东方哈达

徐剑 ◎ 著

中国言实出版社

图书在版编目（CIP）数据

东方哈达 / 徐剑著. -- 北京：中国言实出版社，
2021.2

ISBN 978-7-5171-3768-9

Ⅰ.①东… Ⅱ.①徐… Ⅲ.①报告文学—中国—当代
Ⅳ.①I25

中国版本图书馆CIP数据核字（2021）第021943号

出 版 人	王昕朋	
责任编辑	郭江妮	
责任校对	敖　华	

出版发行　　中国言实出版社

　　　　地　　址：北京市朝阳区北苑路 180 号加利大厦 5 号楼 105 室
　　　　邮　　编：100101
　　　　编辑部：北京市海淀区花园路 6 号院 B 座 6 层
　　　　邮　　编：100088
　　　　电　　话：64924853（总编室）64924716（发行部）
　　　　网　　址：www.zgyscbs.cn
　　　　E-mail：zgyscbs@263.net

经　　销　　新华书店

印　　刷　　北京中科印刷有限公司

版　　次　　2021 年 3 月第 1 版　　2021 年 3 月第 1 次印刷

规　　格　　710 毫米 ×1000 毫米　1/16　33 印张

字　　数　　538 千字

定　　价　　130.00 元　　ISBN 978-7-5171-3768-9

　　徐剑，云南昆明人。中共党员。1982年毕业于
第二炮兵指挥学院政治系。国家一级作家，享受国务
院特殊津贴专家。中国作家协会会员。先后获得鲁迅

文学奖、中宣部"五个一工程"奖、中国图书奖和中国人民解放军文艺奖等全国、全军文学大奖二十余项,荣立二等功一次,三等功三次。著有长篇报告文学《大国长剑》《鸟瞰地球》《水患中国》《江南草药王》《砺剑灞上》《冰冷血热》《遍地英雄》,小说《导弹旅长》(已改编为同名电视剧),长卷散文《岁月之河》《灵山》等。

目录

红色岁月　红色历程　红色史诗　红色经典

红色岁月

红色历程

红色史诗

红色经典

第一张站台票　走进西藏

也许今生注定要被苍茫青藏掳魂而去。

魂牵大荒，随着时光之弧而翩跹。2004 年国庆夜只剩最后 150 分钟，便会在莽昆仑的夜幕中永远隐遁，成为印在墨迹上的一种记忆。这一刻地球村没有吸引眼球的经国大事，自然也不会嬗递成集体记忆。

燃烧在昆仑雪峰上的夕辉如金帐一样，渐次落了下来，与格尔木城郭上冉冉升腾的昏暝，相亲相融，混沌成粉红色空落落的暮霭，壮烈地魔化出黑夜垂死前的最后挣扎，然后悄然蛰伏于斯。等待，等待着一个千年的祈盼，抑或等待一个千年的劫数。

我坐在中铁二十局青藏铁路指挥长的小客厅里，一任昆仑山之夜用苍凉的被单将我包裹，包裹在一种焦渴和兴奋之中。面对相向而坐的少帅况成明，我不知该说点什么。自从英雄、奇迹、激情这些字眼在我们的生活被解构，渐渐从主流语境里抹去以后，我以为自己已变得麻木，坚硬如冰，不会再被感情的湍流所裹挟，不会再有感动。可是一上到青藏铁路，情感死穴，突然大风起兮般地涌入一曲曲、一幕幕奇异风景和天地浩歌，卷走砾石，拂去风尘，重现感情之潭的纯清和波澜。

许多个这样平常的日子，我鼻孔里插着氧气管，静静地听着普通筑路女工们以泪洗面的倾诉，情至深处，我也不禁哽咽饮泣，她们是母亲、女儿、姐妹，善良、柔弱、博爱，在她们面前，男人无需戴着面具，装腔作势。

许多个这样宁静的夜晚，我也三杯两盏淡酒下肚，凝视着与我同龄甚至岁数更小的筑路男儿，话语触摸情感痛处。坚硬铠甲掩饰下的男人个个侠骨柔肠，突兀展现男人脆弱的一面，怆然落泪，我也一露无遗，不经意地拭去泪痕，极力地想挽住身为男儿的最后一点面子，但是撑着的男人面子最终被情感轰鸣的大潮击成碎片。

热眸凝视着中铁二十局指挥长况成明，在他静静的叙述中，海拔逾 5000 米的风火山垭口，在我视线中城垣般地崛起，莽原无边，经幡似魂，一边通向地狱，一边通向天堂。几乎成为他命运的滑铁卢，九死一生，哀兵必胜，为自己，为男儿的尊严，为早已从人民解放军序列里消失的铁道兵 10 师的青藏英魂背水一战。谈到第一年因出师不利，二十局标段差点被别人褫夺而去，谈及远在咸阳城里的妻子和儿子，无法给他们一片护翼的天空，谈到风火山世界最高的隧道成为青藏铁路的优质工程时，他竟凝噎无语，潸然泪下。

况成明将头仰得高高的，不让眼泪流下来。可我的眼眶里却盈动着泪水，就这样情不自禁地被裹挟其中，就这样被青藏铁路人的感情大潮所湿润。

此刻，房间里气氛沉重，一种难挨的沉寂让人几近窒息。采访一时难继。我抽出一张面纸巾递了过去，想缓纾室内的压抑和尴尬。甚至祈盼此时能有一个人出来救场。

手机铃声尖啸响起，我顿时松了口气。来电显示跃出中央电视台资料科科长阴建白的名字。出京前，我曾向老首长、82 岁高龄的原西藏自治区党委第一书记阴法唐告辞，听说他与夫人和女儿建白、亚农参加西藏江孜抗英一百周年纪念活动，未曾料到会来得这么快。

"建白，是我。首长现在在什么地方？"我兴奋地追问。

"已到格尔木市了。爸爸今天从西宁坐了一天汽车，刚看望青藏铁路总指、总后兵站部和西藏驻格尔木办事处回来，准备明天早晨 6 点上山。"

"明天就上山？"我惊诧了，老人刚到格尔木，不作台阶式的"适应"，未免让人担忧。

"是的！所以想让爸爸早点休息，可是他说要见你。"阴建白略有些焦虑。

"哦！"我扬腕一看，已经是晚上 9 点半了，"你们住在哪家宾馆？"

"金轮宾馆，六层 601 房间。"

"太凑巧啦。我也住金轮宾馆。"我在电话中几乎是惊呼，"就住在 608 房间。只隔几道门。"

况成明已恢复了平静。我站起身解释："老爷子今年 82 岁高龄了，居然携家带口，跨越昆仑，翻唐古拉，就是为了圆一个青藏铁路梦。他为这条天路奔走呼吁了几十年。"

"这本身就是一个奇迹，老人家也许是走过青藏路年岁最大的高官了。"况成明站起身来，"走，我开车送你回去。"

"岂止奇迹！还是奇遇。"边往楼下走，我边气喘吁吁地说，"我的西藏情结、知识、梦想，都源于与阴老爷子相遇。14 年前，我刚过而立之年，第一次跟着老将军走青藏路，上山的头天晚上住格尔木市，你知道当时我什么感受？"

"什么感受？"况成明有点诧异。

"上刑场！"

"作家，太夸张了吧！"在风火山待了三年的况成明不解地说，"你不是在创作吧？"

"不！"我摇了摇头，非常认真地说，"当时对高原病很恐惧，担心将自己的骨头扔在青藏路上。到了日喀则时，真的大病一场，三天三夜不吃不喝，梦游天国，差点丢了小命。"

"真有其事！"

"确有其事！"我点头答道。

4700 日产牛头吉普驶出大门，钻天杨像利剑一样刺破夜空在天幕上留下一道道伤痕映射着，悬着一轮昆仑月，清辉如瀑，将宽敞的昆仑路淌成一条清波飞溅的天河，大衢两边霓虹闪烁，远处雪峰凸现粗犷的轮廓，恰似天上宫阙。我坐在吉普副驾驶座上，车如一叶轻灵的快艇穿越时空隧道，昆仑月依然是千载明月，这条天路上的传奇并未付于雪域烟尘，而在月晕混沌中渐次清晰起来。

我感到庆幸，当自己还在对青藏高原神秘憧憬和膜拜时，却有幸成为阴法唐将军麾下的工作人员，因为他在西藏传奇的潜移默化的熏陶，从此我的视野、生活、创作乃至情感世界，无不深深地烙印上了西藏的痕迹。

奇遇、奇缘始于上个世纪 80 年代。

1985 年春节前夕，已在拉萨主政五年之久的阴法唐正欲施展抱负，率领西藏进入一个黄金年代时，突然接到北京指令，迅速回京另有任用。消息传出，人们一片错愕，阴法唐却感到释然，一道御旨路八千，走只是迟早的事情。近两年来他在执行毛泽东和邓小平制定的，由张经武、张国华一以贯之的治藏方略时，与中央主管民族宗教事务的有关领导多有歧见，在噤若寒蝉的一次会议上，他又铁骨铮铮坚持己见。孤影人单，挂冠而去终成现实。于是，在曾担任大区副职二十载之后，重又调到第二炮兵任副政委，殊不知，五年前进藏出任西藏自治区党委第一书记时，他早已任过济南军区副政委。可是阴法唐将军以不以物喜、不以己悲的平和心态，再履新职。

所幸，那一年我刚好 26 岁，任第二炮兵党委秘书，得以一步一步地走近阴法唐，西藏也挟着迷迷茫茫的雪风朝我走来。

将军尚未报到，却有一封封信从雪域高原转来。轻翼似一片连一片，落到秘书的办公桌上，我们捡起来一看，不禁哑然失笑：阴法唐大师收。将军姓阴，却铁马冰河入梦来。身为省（区）委第一书记，竟然有法唐的佛家雅号。大师何以从军，大师何以是一代能文善战的将军，大师怎么又升为共产党的省（区）委第一书记？究竟是一代红色"赞普"，还是佛道中人？阴法唐三个字就足以引起强烈的好奇。我翘首期盼着一睹大师的风采。终于在是年冬天的一个晚上，我跟着办公室主任送一份文件到他暂住的总政黄寺大院。

门铃响过，刺耳的音乐停了，咯吱一声开门声响，公务员将我们迎进客厅。转眼之间，一个普通瘦削的老人走出来了，个子不高，步伐敏捷，额头深嵌着沧桑年轮，蓄着军人标准的发型，丝毫不见官场中人宽额长脸大耳的福相。招呼我们入座时的慈祥和善，很难与一位叱咤风云、执掌西藏的封疆大吏联系在一起。

80 年代中、后期的治藏政策急转弯，阴法唐调离西藏，自然他的政略中断，酿成了拉萨骚乱。随后，乔石同志进藏视察，走一路听一路，从干部群众对老书记的怀念之中，充分高度肯定了阴法唐主政西藏 5 年的工作。中央只好再换将，派锦涛同志前去收拾残局，使西藏重新走上稳定和发展的正轨。

进入 90 年代以后，中央确定考察省部级领导班子，他又在中央组织部的安排下，参与省部级班子和十五大中委候选人考核，"三讲"巡视检查，在河北省省级领导进行"三讲"教育时作为中央巡视组长，面对重重难题，扳倒了踌躇满志的原河北省委书记程维高，轰动全国。而对治藏方略，他不时向中央陈情献策，提出建议，江泽民同志曾在一次中央政治局常委听取阴法唐汇报的会上说他是"西藏专家"。

时光流年，二十载岁月匆匆而过。接触愈久，愈被这代老共产党人的人格魅力所倾倒，更被他西藏岁月的人生传奇深深吸引。

我无法忘却的是 1989 年的初秋，因自己一时工作疏忽，无意坠落于一个政治的旋涡，上演了英姿勃发年代的命运滑铁卢。等从冰河里爬出来时，已物是人非。从故乡疗伤回来上班的第一周，时任第二炮兵副政委的阴法唐竟打来电话，让我代替其秘书跟着他去成都开会，在我上班的大楼引起一场地震级的效应，那无疑是在向众人宣告："此人政治上可靠，绝无问题。"

那一刻，我终于懂得官场并不都是冷漠，还有真情，还有良知，还有悲悯，还有公平，还有正义。虽然我最终婉谢了将军让我做他秘书的挽留，告别官场，抚剑作笔，在古汉方块字的军阵里纵横驰骋，构建自己的文学王国。

1990 年 7 月 19 日，阴法唐中将时隔五年，以全国人大常委的身份进藏视察，铁道游击队最后一任政委、第二炮兵副司令员郑惕中将也一并同行。我又重操旧业，暂时扮演了阴法唐将军秘书的角色，由此拉开了六上青藏高原的序幕。

越野吉普在金轮宾馆雨檐下戛然停下。夜总会的霓虹将昆仑山秋夜调和成葡萄酒色的眩晕。挥手与况成明再见，匆匆乘电梯上楼，将采访包放回自己的 608 房间，便往中央大员来青藏铁路巡视常住的 601 豪华大套间走去。刚在大客厅里落座，阴法唐老首长便疾步走过来了，头戴一顶黑色呢子鸭舌帽，身着褐色的西服。从西宁到格尔木八百公里的一天行程，下车伊始便去看望青藏总指和兵站部，西藏驻格市办事处的有关单位，脸庞上虽凸现一些老年斑，却不见耄耋之年的疲惫。看到我之后，他便招手叫二女儿建白："来来来，帮我留张合影。14 年前，我们就从这里上昆仑的。"

"现在多奢侈！"我指着套间里的一瓶大氧瓶说，"就连格尔木宾馆房间里都置放了氧气瓶。当年你率我们越昆仑、过唐古拉时，保健医生只准备两小瓶盒装氧气，还是以防万一。为我们做心理辅导时一再强调不要吸氧，不然会对氧气有依赖，要用身体顶着去慢慢适应，可这两次上青藏线，在山上吸着氧采访，开着氧气睡觉，恐惧感尽失。"

"今非昔比！如今国家有钱了，当年我们老西藏做梦想的事情都变成现实。"阴法唐老将军指着大氧气瓶说，"不过，我不用这种东西。"

"您的身体本来就是为西藏而备的。"我喟然感叹，"瞧您一到这块土地上，精气神十足，哪像八旬老人。我党的高级干部，像您这样高龄敢走青藏路的，恐怕是中国第一人！"

"哈哈！"阴法唐老将军仰天长笑，"只能说神牵梦萦青藏铁路，为它奔波了大辈子，好梦将圆，想上来看看，我这也是最后一次走青藏路了。"

"还是台阶式地'适应'几天再上山吧？"我不无担忧地劝老人家。

"我用不着！"阴法唐依然是老军人的执拗，"时间安排太紧了！明天早晨六点出发！西藏自治区领导要我一天走过。"

"上一回可是五点半出发，驶到昆仑山垭口时天刚亮！"我不由得陷入回忆之中。

"是吗？"这种经历在老人神奇的西藏岁月里，如莽原雪风掠过，尘封无痕，可对我却刻骨铭心。

我如数家珍地谈到了当年路经昆仑，掠过可可西里，跨越五道梁，登上风火山，步入长江第一桥的每一个细节，老人面露惊异之色。起身告辞时，我不无遗憾地提及，明天早晨他们走时天还未亮，不能与他在西藏驻格尔木办事处的大门口留张合影了，当年曾有照片为证，可资回忆。

阴法唐点头称是。我便告辞，明天早晨再送他。

今晚无眠，到了拂晓时分才似睡非睡地合上眼。清晨六时许，我匆匆起床。晓风残月，五更寒透淫浸骨之冷，西藏自治区专程赶来的人员早已在走廊上等候，我走进601房间帮老人收拾行囊，帮着寻找到西藏那曲时地区领导的文章、书稿，然后再将行李提到楼下越野车里。扶老人跨进车里，我站在雨檐下挥手辞别，当开道车旋着警灯驶出金轮宾馆的门口时，才匆匆返回房间，和衣躺下，重续昆仑晓梦。刚眯盹儿了一会儿，梦境未现，手机遽然响起，仍旧是阴建白急促的声音："徐秘书，没睡吧？"

已经离开首长15年了，阴家的孩子们仍然对我以秘书相称。我一跃而起，忙问："是不是忘了东西？"

"不！"建白在电话里焦急地说，"爸爸叫你到西藏驻格尔木办事处门口合影！"

"啊！"我惊讶不已，昨天晚上我偶尔提及的一点小小遗憾，老人家仍惦记于心。我连忙匆匆洗漱，疾步下楼，步出宾馆，宽敞的昆仑路空阔无人，幸好偶然有彻夜不停的出租车匆匆驶过，我在夜暗街边挥手叫了一辆，跨进车门便气喘吁吁地说："西藏驻格办！"

出租车在曙色中的街市上疾驰，远处的雪峰山影似碳笔勾勒，如一幅水墨画镶嵌在东方欲晓的天幕上，凸现奇崛之美。待我赶到西藏驻格尔木办事处门口时，阴法唐已吃过早餐，看过餐厅服务人员出来，融入黎明前的黑暗，西藏格尔木办事处大门沉落在长夜将尽的最后一刻黑潮中，不见藏文和汉字招牌。一筹莫展之际，随行的中央电视台军事频道记者萌生一念，让五辆日产越野吉普车朝向大门，大灯全部打开，直射大门。我挽着阴法唐将军和夫人李国柱的手站在大门前，留下了一张合影，背景上的天幕渐次露出了一抹烧热的炭色流云，还有利剑突兀刺破晨空的白杨。

待发的铁骑已经轰鸣，我再次送阴法唐将军上车，挥手兹别之时，我突然提出，路过风火山世界最高隧道口时留一张影，我要收入书中。老人点头答应，登车朝着青藏铁路的零公里昆仑山的南山口疾驶而去。

开道警车旋着警灯，在晨曦初露的格尔木大街，划出一道道霓虹，似经幡在晨风中飘荡，一节节衔接起来，如一道祈愿和梦想的天梯，似一条脐带，将天国与人间，青藏高原与内地连成一片。

车队在我的视野渐行渐远，但是阴法唐呼吁了24载的青藏铁路，却在他擦身而过的莽昆仑上城垣般地崛起。

第一站　北京零公里

世界中央的须弥山呀，

请你坚定地耸立着，

日月绕着你转，

绝不想走错轨道。

——六世达赖喇嘛仓央嘉措情歌

世纪元年中南海大手笔

秋夜在泱泱皇城的周遭设下了埋伏，深邃的天穹上，星星从黑夜凉飕飕的腹地钻了出来，离地面那么近，似乎让所有的梦想和憧憬都可以触摸。

喧嚣了一天的京城沉静下来了，坠入秋夜长长的熟睡。大衢间巷里的灯火稀稀疏疏地熄灭了，而中南海勤政殿总书记办公室的灯光还在亮着。

时钟已指向深夜10点了，江泽民总书记毫无倦意，仍在处理案头那一摞堆得高高的文件。

铁道部关于上马青藏铁路的报告放到了党的总书记宽敞的办公桌上。

柔和的灯光拂照着这份只有六页纸的报告。总书记伏案看了一遍，犹有意味，摘下眼镜，重新将桌子上的另一副眼镜换上，重又翻阅了一些重要的段落。如炬的睿眸仿佛穿破夜幕，投向苍茫青藏，千禧元年第一个的中国大手笔即将划下，它是属于西藏的……

就在一个月前，中共中央十五届五中全会在京西宾馆里举行。

那天太阳暖洋洋的。一夜之间潜入京城的秋风，稀释了苦夏的燠热，将京畿上空洗抹成一片海域般的空阔。天庭上的时钟表盘旋转到了下午三时许，一抹斜照映在中央全会西南组的讨论会场里。西南五省的封疆大吏们落座不久，寂静走廊上突然响起一阵矫健的脚步声。

双扇旋转门哗啦推开了，两个女服务员伫立门的两侧。时任中共中央总书记的江泽民信步走了进来，身后跟着曾庆红、王刚，铁道部部长傅志寰也紧随其后。西南组的大员们起身鼓掌后，江泽民双手示意大家坐下，看着总书记坐定后，坐在前排的西藏自治区副书记、人大主任热地心中掠过一缕秋空般的明丽："青藏铁路这出时代大戏今天到了隆重登场的时候了！"

几句寒暄过后，自治区书记郭金龙率先发言，随后轮到热地了。他非常得体地接过了话题，操着一口纯正的汉话："江总书记1990年7月视察西藏，在海拔4500多米的日喀则、羊角雍湖，都留下了光辉的足迹、亲民的形象，西藏人民至今记忆犹新。"

江泽民朝着热地微笑着点头。

热地心中似有一股暖流泛起。他个子不高，皮肤黧黑，一张英俊的国字脸略显贵相。其实，他只是西藏黑河总管比如宗溪卡里一个放牧的奴隶娃子，进藏的18军将士铿锵和平之旅，让西藏发生一场绝不亚于当年造山运动的天翻地覆，也从此改变热地的命运，他从头人的牧场上跑了出来，跟随解放军的工作队走了，当了一名普通的侦察员，后来进入中央政法学院学习，毕业后在那曲分工委任一般干部。以后进入西藏权力的高层，不仅历届西藏自治区党委书记对他青睐有加，甚至就连胡耀邦等中央领导也视他为朋友。

多年的政坛历练，热地越来越找到庙堂之高说话的感觉了。他字润腔圆的汉语已不见少数民族说汉语的生涩，语调略略顿了顿，然后娓娓道来："我们忘不了1994年夏天，江总书记主持第三次西藏工作会议，把西藏人民盼了40年的'做好进藏铁路的前期准备工作'写入纪要，随后，八届人大四次会议，《九五规划和2010年远景目标纲要》也再次提及'进行进藏铁路论证工作'。如今西部大开发的帷幕已经撩开，对于我们西藏人民来说，最大的祈盼、最大的厚礼莫过于进藏铁路了，这是藏族同胞千年祈盼的天路啊。中国共产党的第一代、第二代中央领导非常关心进藏铁路的建议，那么现在看来，西藏人民盼望已久的事，恐怕要以江泽民同志为核心的第三代领导集体来具体实施了。我看西藏铁路大有希望。"

热地的发言在"大有希望"中漂亮地画下句号，静穆的会议室，一时掌声如雷。

江泽民翕动嘴角，仰头一笑："呵呵，热地同志政治工作、思想工作都做到我头上来了啊！"

"总书记对我们藏族人民亲嘛。"热地粲然一笑，非常得体地将他与中央主要领导的感情拉得很近。在西藏政坛上，很少有人具备他这样的悟性。

10年前，也是在京西宾馆，江泽民被邓公从上海召进京城，临危受命，出任党的总书记。那天傍晚，党十三届四中全会落幕后，新当选的党的总书记江泽民跨进一楼大厅电梯，电梯里挤了不少人，身体挨得很近，一个面色黧黑西装革履的中委朝他欣然一笑："你好！祝贺你！"

江泽民当时并不认识与他打招呼的人，连忙俯首一看，胸前挂着的代表证上写着"热地"两字。"噢，是热地同志！"

两个人就这样戏剧般地相识了。以后江泽民同志不止一次地提到，"什么是西藏最大的人权，热地过去是农奴，现在是自治区堂堂的二把手，这就是人权。"

"哈哈！好你个热地。"江泽民爽朗地笑着，挥手招了招坐在远处的铁道部部长傅志寰，"志寰同志，你坐过来跟大家讲讲进藏铁路的前期情况吧！"

傅志寰觉得有点突然，他本是来听会的，想倾听一下西南五省市对西部大开发有何建议，铁路如何在西部大开发中鸣锣开道。没有想到总书记会点了自己的将。在铁道部工作了几十年，他一直是搞科技和运营出身，但是对于进藏铁路的前期论证并不陌生，两个多月前，孙永福率考察组从青藏高原归来，便详尽地向他谈过考察情况。无须借助本子，他便侃侃而谈起来："进藏铁路之梦，一梦就是一个世纪，当年孙中山先生最早在建国方略里就提及，不过，那只是一个写在纸上的梦想，真正能圆梦的是我们中国共产党人，从50年代开始，进藏铁路曾经三上三下，第一次是1956年至1961年，青藏公路管理局局长慕生忠将军带着铁道部第一设计院的曹汝桢、刘德基、王立杰三个工程师，第一次乘吉普车踏勘青藏线，随后苏联专家又帮助进行了青藏铁路走线的第一次航测，但是在1961年的三年困难时期最终下马了。第二次是1974年毛泽东主席接见尼泊尔国王比兰德拉，再次提出要将青藏铁路修过喜马拉雅山，数千勘测人员再度走上世界屋脊，进行现场踏勘，于1978年再度下马，但是我们在风火山留下世界上唯一不通车500米的铁路路基，作为实验段。第三次是80年代初，滇藏铁路一度列入国家重点工程，甚至滇藏铁路总指挥部都在昆明成立了，但是最终还是下马。下马的原因多种多样，国力不济是一个重要方面，当然，最主要的原因是许多世界级的技术难题也一时无法攻克。"

江泽民总书记仰起头来，问道："滇藏线，川藏线，青藏线，你们倾向于哪一条线？"

"青藏线！"傅志寰胸有成竹地答道。

"为什么？"

"是这样的，"傅志寰审慎地说，"从长度上，滇藏线从昆明起始至拉萨是1960公里，经滇西高原丘陵区、高山深谷区、高山宽谷区，横跨横断山脉，金沙江、怒江、澜沧江三大水系，五条深大断裂带，地质复杂，有冰川、泥石流、崩塌、滑坡、地热、风沙等，光桥隧就有970公里，占全线53％；川藏线从成都始，全长2024公里，地形比滇藏线更复杂，横跨七大江河，八大深大断裂带，工程浩大，桥隧1077公里，仍然是53％；唯有青藏线从格尔木南山口零公里起，仅有1200多公里，跨越昆仑山、唐古拉山，海拔虽高，地势相对平坦，三条线相比，青藏铁路是首选，一是建筑长度短，工程量小，投资省，工期短，建设代价最小；二是地形平坦，意外受损容易修复，有利于战备；三是有关的技术研究工作一直没有停止。"

江泽民颔首一笑，示意傅志寰继续讲。

"青藏铁路风风雨雨，坎坎坷坷五十年，横在我们面前的就是三道世界级的难题，多年冻土，高山缺氧和环保问题无法解决，当时的国力也不允许。半个世纪的准备，终于到了破茧而出的时候了。冻土问题，中科院兰州寒旱所的程国栋院士等一大批专家，帮助解决了冻土机理上的超级难题。"

"且慢，志寰同志，冻土机理问题解决了，工程技术上能否解决？"俯首做笔记的江泽民突然抬起头来，他本是学理工出身，对属于科学范畴的问题非常有兴趣，插话问道。

"可以解决！"傅志寰信心百倍地说，"风火山实验路基近三十年的观察，已搜集了1200万多个可靠的数据，借鉴青藏公路和输油管道管理和维护的经验，铁道部又派人考察巴西、加拿大和俄罗斯冻土的铁路，对高原冻土地区的工程建设的认识较为深入，在冻土地段修建铁路总结了比较可行的技术措施。如采用片石路基、通风管路基，设置保温层，以桥代路、热棒技术等，可以说世界级的高原冻土难题，我们已基本解决了。对于青藏高原上脆弱的环境问题，有了全新的认识。今年五月，铁道部派蔡庆华副部长陪同中国国际工程咨询公司董事长屠由瑞就青藏铁路的立项进行了考察；两个月后，我们的另一位副部长孙永福又率有关司局、规划院、铁一院、兰州铁路局负责人再度上青藏高原，实地考察；形成了一个共识，青藏铁路万事俱备，就差中央一声令下了。"

傅志寰的汇报戛然而止，会场上掌声响了起来。

"好啊！"江泽民轻拍沙发扶手，击节叹道，"是该到了下决心的时候了。志寰同志，就把你今天说的这些内容，尽快写一个简明材料给我！"

"是！"傅志寰长长地舒了一口气，这时他才觉得天并不热，可是自己的脊梁却湿了。

十五届五中全会落下帷幕。傅志寰部长驱车回到离京西宾馆仅有数百米之远的铁道部大楼，迅速将铁道部党组成员召到会议室，传达了江总书记在西南组讨论时的讲话，并责成计划司马上起草一个关于青藏铁路的简明报告，不要长篇大论，文字要简洁，以铁道部的名义报总书记。

翌日，一份只有两页纸的青藏铁路报告放到了部长宽敞的办公桌上。傅志寰伏案阅后，突然从高靠背椅上跃起身来，手执起草的给总书记的报告稿走到孙永福副部长办公室，单刀直入地说："永福，计划司的报告我看了，你是铁路工程建设的专家，又专门率队考察过青藏铁路，给总书记的报告，还得请你把关！"

"好的！"一脸儒雅之相的孙永福副部长点了点头。

送走傅部长，俯首披阅，孙永福也觉得这份报告许多问题没有说清楚，他是铁道部领导中对进藏铁路最知情的人，理应将有些重点问题写详尽，说到位，让总书记知道。于是，他推却了所有冗务，平心静气地修改了一天，让秘书打印出来竟有六页纸之多，经傅志寰部长最后审定后，他又亲笔起草了一封信，附上这份观点明确、论证充分、文字简练的修建青藏铁路的报告，直送中南海。

或许关于西藏的阅读属于秋夜的静谧。

江泽民总书记伸手从笔筒里抽出一支毫笔，用遒劲的字体，写下了长达数百字的批示：修建青藏铁路是十分必要的，对发展交通、旅游，促进西藏地区与内地经济文化交流是非常有利的。我们应该下决心尽快开工修建，这是我们进入新世纪应该作出的一个大决策，必将对包括西藏广大干部群众在内的全国各族同胞带来很大的鼓舞。

党的总书记的批示很长，其内容涉及西藏的政治、经济、军事乃至战略等各方面，甚至还考虑到青藏高原的地理和气候环境，今后青藏铁路的运输、管理、维修模式，也应该有比较完善的预案都提及了，要求有关部门抓紧研究，在多个方案中分析比较，以便党中央、国务院作出正确决策。

随着党的总书记手中的笔轻轻一落，2000年11月10日22时，从此凝固定格为历史，成为青藏铁路启动的发令信号。

冻土学家千里青藏追堵内阁部长

冻土学家张鲁新不时抬腕看表，他有点坐立不安了。离中午开饭时间仅剩半小时，前边还有几位专家正在向铁道部孙永福副部长娓娓道来，轮到自己，恐怕时间不多了，他不能再等了，20多年潜心研究冻土，毕其一功，成败就在这一刻，铁道部的一位副部长亲自听青藏高原冻土研究的汇报，在他的记忆中还是头一次。他知道自己话语的影响力，更清楚孙永福在青藏铁路决策中的分量。

2000年7月底，在兰州铁道部科学研究院西北分院（现中铁西北科学研究院）的张鲁新听到一个消息，铁道部副部长孙永福将率考察组上青藏高原，对进藏铁路进行可行性调研，心中遽然一动，20多年的高原冻土研究的漫漫苦旅，终于等到最后的出口了。那天晚上，他早早地回到了家里，从来不做饭的他做了一些菜，给在省邮电局当总会计师的高级会计师的妻子李郁芬打了一个电话，今晚务必谢绝一切应酬，回家吃饭。妻子匆匆赶回家时，只见饭桌上摆满了佳肴美酒，张鲁新解下围裙只待女主人而归。一看这阵势，妻子半是激动半是迷惑地问："鲁新，我们家今天一定有特大喜事？"

"别问！先喝酒！"张鲁新诡秘一笑，给妻子倒了一杯红葡萄酒。

"好！都在酒中！"妻子与丈夫碰杯，一饮而尽。

"鲁新，你虽然不会做菜，可是今天的菜真好吃。好久没有品尝你的厨艺了。"夫妻相视一笑，一切尽在不言中，"我们难得有这样的家庭温馨。"

"郁芬，做丈夫，我是不够格的。"张鲁新歉疚地说。

"不说这些，鲁新。我一直以拥有你为荣。"妻子毫不掩饰自己的感情。

"谢谢！"张鲁新在妻子的手背上拍了拍。

晚餐过后，张鲁新突然伸手揭去盖在钢琴架上的红布，对妻子说："我给你弹一曲《莫斯科郊外的晚上》！"

"不！我喜欢听你边弹边唱！"妻子执拗地说。

"好！"张鲁新手触键盘试音，行云流水般地弹出悠扬的旋律。前奏过后，他引吭高歌，一曲影响了一代人的50年代的苏联老歌在房间里余音绕梁。

妻子坐在沙发上有点不能自已，眼眶里泪水盈动。一曲又一曲歌罢，妻子喃喃说道："鲁新，还有最后的压轴戏啊。"

张鲁新有点懵了："什么压轴戏？"

"我弹琴，你吟诵《钢铁是怎样炼成的》！"

张鲁新心里一热："知我者，爱妻也！"

妻子坐到了钢琴前，纤手拂过琴键，突然弹起了丈夫70年代中期初上青藏高原亲自作词谱曲的《科考队员之歌》的旋律，张鲁新手扶着钢琴，深情地凝视着妻子，用挟着磁性的男高音，朗诵起《钢铁是怎样炼成的》片断："秋雨淅淅沥沥地洒在人的脸上。天空中，灰云密布，它们低低地游动着，缓慢而沉重。已是深秋季节了，森林里剩下的是光秃秃的树枝。……小车站孤单地躲在树林里，小车站只有一个装卸货物的石头月台。一条新建的路基从这里直通森林，人们像蚂蚁一样在新修的路基旁紧张地忙碌着……"

一幅幅森林秋雨，保尔·柯察金和战友们筑路画面在脑际掠过，张鲁新一口气就背了书中两千多字的片断。曲终音落，妻子一边鼓掌一边深情地询问："鲁新，该告诉我是什么喜事了吧？"

张鲁新嗓子有点哽咽："青藏铁路要上马了！"

"真的？"妻子惊愕地凝视着丈夫。

张鲁新点了点头："铁道部孙永福副部长这些天正在青海考察，过两天就要上昆仑山。他主管铁路基本建设和计划，孙部长出马，说明青藏铁路前期准备已进入程序了。高原的冻土事关青藏铁路的成败，我研究了一辈子，到了有用武之地的时候了。"

"原来如此！好事多磨，磨了半辈子，终于盼到这一天。"妻子也喜极而泣。

"我要找组织去。"张鲁新怆然地说，"我们就像几只孤雁，单飞了大半辈子，终于可以大雁成群、有组织接纳了。明天我就赶往格尔木，争取堵住孙副部长，向他汇报西北铁道研究所这批搞冻土的人是怎么走过这十几二十年的……"

翌日下午，张鲁新登上了西行列车，千里追青藏铁路之帅，只为一个埋在心中的千年梦想。

那天上午的汇报持续了很长时间，先是科研，后是运输，再是当地政府，盼了千年，等了一个世纪，要说的话自然很多。张鲁新频频看表，轮到自己怕是该到吃饭的时候了。内敛谦和的书生性格似乎与他无缘，尽管为自己狷狂清高的个性付出过沉重代价，但是他仍然不改秉性，像一匹黑马样地杀了出来，横戈道上，突兀地向孙永福副部长提出："部长，我就讲半个小时，谈你最关心的冻土问题。"

"没有关系。"孙永福的脸庞舒展着和畅的笑靥，"你慢慢说，把这30多年的研究成果都讲出来，把你们科学家在高原生活的酸甜苦辣都讲出来，你们科研能够坚持30多年，我听几个小时还不行吗？不听完你的汇报，我们不散会，不吃饭！"

"谢谢！我有一种找到组织的感觉。"张鲁新优雅地一笑，心里一阵暖流涌动，"20年了，虽然青藏铁路三上三下，但是我们的几代冻土专家却始终坚守在青藏高原之上，艰苦困厄，几经弹尽粮绝，却也大有所获，在区域冻土、冻土物理和力学，冻土工程方面科研上，取得了堪与世界比肩的成果。比如我们西北研究所从60年代初就在海拔4800米的风火山上设立了观测站，年复一年，日复一日，30多载不间断地观测、搜集数据，有1200多万个，青藏铁路如果上马，对于跨越550公里的冻土地段，将是一笔巨大的科学资源。"

孙永福眼前遽然一亮，搁下手中的笔，"鲁新同志且慢，你详尽给我讲讲冻土是怎么回事。"

部长一语击点到了张鲁新事业的兴奋穴位上。他将一生所著的几部煌煌大著化作了简单的几句话，"认识和决策青藏铁路沿线高原冻土，三种情况是不能忽略的，一个是从冻土分布看，有岛状的，大片的和多类融区三种之分。再一个是从冻土的地温上看，也有一高一低四种情况，即高温极不稳定区，高温不稳定区，低温基本稳定区和低温稳定区。第三点就从冻土的含冰量上看，有少冰、多冰和高含冰量之说，这是认识冻土，进行铁路路基施工的基础和前提，舍此无他。"

"我明白了！"孙永福轻点下颌，目光突然犀利起来，如一道飞虹射来，"不过，张教授，我有一个问题请教！"

"部长太客气了！"对于孙永福的礼贤下士，张鲁新心中泛起了感动。

"据我所知，冻土是一个世界难题。"显然孙永福也是有备而来，"世界上的几个冻土大国如俄罗斯、美国、加拿大等国都为解决冻土作出过艰辛的努力。我想知道，中国搞了几十年，与这些先进国家站在一条水准线上吗？"

"应该说我们冻土研究比美俄等大国起步晚，但绝不落后，这并非妄自尊大。"张鲁新对中国的冻土科研了然于心，"改革开放之前，我们几乎是以俄为师，始终没有走出前苏联冻土科研的影子，但是 80 年代之后，突然发力，做了许多开创性的科研，凭借青藏高原这个最大的世界冻土宝库，可以毫不讳言地说，中国的冻土研究绝不逊于世界先进水平。从世界已建成的冻土铁路看，运营百年的西伯利亚铁路的病害率为 38%，建设于上个世纪 70 年代的第二条西伯利亚铁路的病害率是 27.5%，而我们的青藏铁路一期西宁至格尔木段是 31.7%，相差无几。"

"如果我们修建青藏铁路二期格拉段，铁路的病害率能不能降到 10% 以下。"孙永福显然是铁路建设的专家，对铁路建设的指标了如指掌。"在解决冻土地段有哪些可行性办法？"

"我觉得可以！"张鲁新胜券在握地答道，"我们在室内开展的通风管路基、片石路基结构和遮阳棚模拟实验，都取得了很好的效果。为到冻土地段的大实验里展开提供了重要理论分析、数值模拟和工程设计参数。不过就单纯从降温角度考虑，热棒效果最好，其次是片石通风路基和通风管路基，碎石护坡，还有遮阳棚等技术。"

"热棒技术？"孙永福对这种新技术了解不多，关切地询问，"有成功的先例吗？"

"有，美国的阿拉加斯加输油管线工程，共用了 112000 根热棒，安全运行了 20 年，美、俄和加拿大的冻土地区输电线塔、房屋、公路、铁路也都广泛采取了这种技术。"

"噢，有如此之好？"

张鲁新点了点头，详尽地介绍了热棒技术的原理。

时光如昆仑山上吹来的季风，随风而逝。张鲁新冻土问题的汇报，一谈就是两个小时，直至下午一点半才结束。

"谢谢你，"孙永福站起身来，紧紧地握住张鲁新的手，"给我们上了很好的一堂冻土技术课，对于破解这道世界级的难题，上马青藏铁路，更有信心了。"

"部长什么时候离开格尔木？"张鲁新突然追踪起孙永福的行程来了。

"明天早晨上山，我很想到你说的风火山观测站看看。"

"好呀！"张鲁新起身告辞之时，一个强烈的念头陡然而生。回到下榻的酒店，顾不上吃午饭，就和同来的王应先副院长张罗着找一辆跑长途的出租车。助手疑惑不解："张教授，你要打出租车，长途返回兰州？"

"不！"张鲁新摇了摇头，"是上风火山。"

"上风火山，什么时候走？"助手诧异地追问。

"今天深夜动身！"张鲁新远眺着莽昆仑的雪盖，心似乎已飞越到了风火山之巅，"我们必须在孙永福副部长抵达之前赶到风火山观测站。"

"有这个必要吗？冻土研究，你在会上讲了一个多小时，我看已经征服了孙部长。"助手问道。

"当然有呀！"张鲁新深情地说，"我们西北研究院的几代人在风火山守望了40多年，他们的价值和奉献，理应让北京来的部长知道。再说，作为老人，风火山试验段的情况目前也只有我能说得清楚。"

见张鲁新如此执着，助手心里一阵感动，跑到街上挥手去要出租车，然而环顾格尔木市这座牦牛驮来的城市，出租车的窘状令人无法想象，最好的车辆就是天津夏利了，且已经跑了一二十万公里，车况堪忧。

"张教授，只能委屈你坐破夏利上山了。"助手苦笑道。

"能坐夏利已经很不错啦。"张鲁新知足地说，"当年我们跨越昆仑，翻越唐古拉山，可是坐大解放的车厢啊。"

助手感慨万千："今非昔比。车这么破，别掉了链子，将我们扔在五道梁上，哭爹喊娘也无人应啊！"

"不会的。青藏路上的司机都留有一手。"

"但愿！"

是日，上苍之手将时光拨到昆仑山子夜的临界线上，张鲁新就披着高原的夜空寒星出发了。奔驰起来夏利出租车浑身颤动，撞破了夜霭，犹如一叶黑湖中颠簸的轻舟，闪烁的车灯如两只萤火虫儿亮点，沉落在莽昆仑山和空阔无边的可可西里的夜幕里。三百多公里的路程，夏利出租车跑了5个多小时，拂晓初露，就赶到了风火山观察站。

上午10时许，当考察车队出现在风火山铁路实验铁基前时，张鲁新已经带着风火山观测站的人员迎上来了。孙永福惊愕地问道："张教授，你怎么会在风火山，该不是空降吧？"

"哪里，昨天晚上连夜打车赶上来的。"张鲁新如实招来，"我在等部长！好给你汇报风火山实验段的详情。"

"真服了你啦，张教授，工作可是做到家了。"孙永福感叹道。

"你是看高原冻土科研的第一位共和国部长嘛！"张鲁新认真地说，"我们奔波了几十年，总算找到家了。"

"哈哈……"孙永福笑了。

"部长站在风火山上有高山反应吗？"张鲁新关切地询问。

"有！"孙永福连连点头，"我登过最高的地方海拔只有4000米，这里多高？"

"海拔4900多米！"

"难怪，我明显感到有点头晕、气短和心跳加快。"

"那里的海拔已经到了5013米！"张鲁新指着风火山垭口，"过去这些山头一到夏天就有滚地雷，从山顶上一个接一个的火球霹雳而下，人要躲避不及，就会赔上性命。"

"哦！"孙永福连连点头，询问道，"现在还有滚地雷吗？"

"几乎绝迹！但是部长在这里不能多待！可以简单参观一下。缩短行程！"张鲁新引领着孙永福副部长一行，详尽地踏勘讲解了半公里铁路实验段每个项目，将后来大量运用于青藏铁路冻土段的片石路基、碎石护坡、遮阳棚技术一一作了介绍。孙永福在风火山上停留了将近一个小时，才挥手辞别，往沱沱河长江源方向绝尘而去……

张鲁新伫立在风火山，远眺着一群灰头雁排成一个巨大的雁阵，追逐着渐次缩小成为黑点的车队，他突然感到，雁翅之上，一个冻土学家生命的春天姗姗来临了。

他听到了盘旋苍穹之上的孤雁归队的雁鸣。

林兰生生逢其时

就在党的总书记对青藏铁路批示的第二天早晨，兰州城里的太阳照常升起，慵懒地搁在皋兰山之上，染成一片血色清凉。黄河滩上芦荻萋草铺上了薄薄的清霜，晨曦沉落在泛着古铜色的波涛里，水雾氤氲，穿越兰州城蜿蜒而过，逝者如斯，默默流走了每个壮烈抑或平常的日子。

这天早晨，铁道部第一设计院副院长林兰生匆匆走出家门，乘车上班。车轮碾碎了一个沉寂的清晨，也开始了他在兰州城里日复一日的一天。坐在小卧车里往外眺望，大街小巷开始像黄河的惊涛一样奔涌喧腾起来，如果不是后来将这天发生的两件事情连接在一起，林兰生并不觉得今天与昨天、明天有什么两样。

可是 2000 年 11 月 11 日这天，注定会镶入青藏铁路的煌煌青史。

远在京华，江总书记昨晚审阅的青藏铁路报告和三页纸的批示，一大早便传到朱镕基总理的办公室上。在宽大书案上摞成小山的文件中，共和国总理第一眼便看到了这份批件，睿眸掠过，朱总理一点也不陌生。5 月份，国务院分管大型立项的中国国际工程咨询公司董事长屠由瑞和铁道部蔡庆华副部长从青藏高原考察归来，专程来谈过情况；8 月初，孙永福考察回来也有信函送来。进藏铁道的调研论证已紧锣密鼓地展开。挥就世纪初年的中国大手笔，中央决策层似乎早有了共识和默契。

朱总理挥毫写下了批言，请国务院领导和有关部门抓紧工作上报。寥寥数话，无疑是一道时间的令牌。将青藏铁路的兴建驶入了正轨。

林兰生十几天后知道这个决策内幕的。但是这一天，仿佛都与青藏铁路连在一起了。

轿车缓缓驶入铁道部第一设计院的大门。跨出车门，仰望秋空，兰州城里最具 50 年代建筑风格的办公大楼雄镇金城，古拙雄浑，欲与皋兰山试比肩，以咄咄逼人的气势，俯瞰苍生，也将一副沉甸甸的担子压在他的肩上。

林兰生拾级而上，迎面而来的目光变得温婉和热忱："恭喜林院长，什么时候请客！"

"请客，喜从何来？"林兰生有点惊诧。

"当我们的老板了，焉能不喜！"

"是吗？"

"林院长明知故问吧。"

"我真的不知！"

林兰生将信将疑地走进办公室，刚刚落座，老院长便匆匆敲门而入，手执一份任命通知书："兰生，祝贺你！"

老院长的话无疑印证走廊上不胫而走的消息。接过任命书一看，确实是铁道部任命林兰生为铁道部第一勘测设计院院长的红头文件。

"有点突然吧？"老院长笑着说，"我和书记一致推荐了你。"

"谢谢老院长抬爱！"

"也是众望所归。"老院长感叹地说，"43 岁的设计院长，青春年少，英姿勃发，在我们铁一院的历史上还是第一次。"

"深感惶惑，恐难当此任！"林兰生真诚地说。

"林兰生，兰生，真是生逢其时啊。"老院长目光充满了信任，"青藏铁路上马在即，铁一院也准备内迁西安，几代人盼了 50 年的大事情，都让你一肩挑了！担子重呀！"

"请老院长放心！"林兰生紧紧握着前任的手，"我当殚精竭虑，不负众望，不辱使命！"

"这一点我毫不怀疑，年轻人任重道远，一路走好！"新老院长的手紧紧地握在了一起。

"老院长可要扶上马，送一程啊！"林兰生优雅地说。

"哈哈哈！"

几天之后，林兰生奉命晋京到铁道部开会。休息时，先被孙永福副部长召进了办公室，口头传达了江泽民总书记和朱镕基总理的批示，叮嘱他未雨绸缪，要有充分的思想准备，一俟中央批准青藏铁路立项上马，铁道部第一设计院毫无疑问是要当主力，打头阵的。因为那时千军万马就等铁路设计和图纸了。随后，主管基建副部长蔡庆华又将他找去，面授机宜，凭经验和直觉，青藏铁路启动已进入最后倒计时，要他返回兰州后，立即着手调集精兵强将，组建勘察和设计队伍，秣马厉兵，只要中央一声令下，就踏破昆仑之巅。

可是，仰望昆仑，此时唯有漫天飞雪，林兰生觉得也许只待来年春天了。

11 月 26 日，林兰生踏上西去列车返回兰州。车过长安城，沿当年的丝绸之路逶迤西行，躺在软卧包厢里，手机突然响了，林兰生倚着身子接听，听筒里响起了铁道部副部长蔡庆华的声音："林院长，我现在正式电话通知你，国务院已经正式作出决定修建青藏铁路，最迟明年 6 月份就要举行开工典礼，回去后马上组织队伍上山，进行路线的勘测和设计。"

"好的，蔡部长！"林兰生从软卧上一跃而起，放下电话，林兰生再也睡不着了。倚窗远眺，旷野里一片极目的枯黄，古老的丝绸之路纷纷与车窗擦身而过，千重浪翻滚地退却，轮轨铿锵，从豪迈的交响中依稀可辨唐蕃古道驼队远逝的铃声，只是很快被激昂的旋律覆盖了。

车过天水，凝视着这片当年曾经下过乡的土地，林兰生的脉管倏地奔突一股血热，心灵之翼掠过黄土地，扶摇直上世界屋脊，飞向一代代铁一院的勘测者铁鞋丈量过的青藏铁路。心突然沉寂下来，那是一场大战揭幕时的暂时寂静。

伫立在窗前，俯视着这片神秘的土地，林兰生一点也不孤独。铁一院的几代勘测大师曾经三上三下青藏线，在生命禁区镌刻了壮烈的诗行，也留下了一笔无法估量的勘测的资源和智慧。

智慧不能断裂。第一个念头在林兰生的脑际一掠而过，轰然如大河冰裂，惊涛拍岸。今天从昨天岁月深处蹒跚而来，老一辈勘测大师的心血，决不能像格拉丹东的黄河水一样，默默流逝。自己所熟悉的第一代勘测大师庄心丹、曹汝桢已年近九旬，当顾问显然是顾不动了，只能让他们颐养天年。可是像第二代勘测大师吴自迪等老人身体尚好，应请其出山，担纲专家咨询组长，发挥余热。

跨越莽昆仑，谁领衔出任青藏铁路的线路总体呢？林兰生昂首问天，也问自己。如今的线路总体已年逾五十，无论身体还是学识，恐难撑起一片青藏铁路的高天，中途换将在所难免。但是谁能在青藏路上横刀立马呢？李金城的名字突然飞掣而入，一脸憨厚的铁一院兰州分院副院长似乎站在眼前来向他报到，未曾开口，便羞涩一笑，口拙无语，却有内秀于胸，1984 年从上海铁道学院毕业之后，几乎参与铁一院担当的所有铁路设计，赞坦铁路改造时，他曾担任过线路总体，举重若轻，其吃苦精神和才干，在铁一院的少壮派中堪称一流。青藏铁路线路总体，非他莫属了。正好与当年踏勘的线路总体倒了个个，李金城当青藏铁路的线路总体，而那位老同志调整做他的副手。

冻土队队长仍由楼文虎担任，虽说也有工农兵大学生背景，但是一线经验丰富，关键是配合他的副手，张昭脱颖而出，自然成了林兰生最瞩意的人选，他是中科院冻土研究所的研究生，学术底蕴丰沛，刚到而立之年，生逢其时。这样凡是上山的队伍的领导班子里，都有一个年轻的少壮派，一旦老同志身体顶不住，他们便可以挺身而出，笑傲大荒原。

"通知资料科，马上将青藏线历次勘测的资料入院！"在火车上下达第一道命令后，林兰生躺在卧铺上舒了一口气，眼睛投向列车的终点站兰州，旋即又陷入一种莫名的两难痛楚之中。铁一院万余人之众，冗员实在太多，漫漫五十载一路走来，人们似乎早已习惯在一种惯性体制下生存，野外与家里、干好与干坏，都拿一样的钱，生存的压力很小。这种局面必须彻底改变，才能轻装上青藏铁路，林兰生将拳头重重地擂在了软卧之上，他必须背水一战，不给自己留下退路。

踏上兰州城，疾步匆匆走进铁一院，长长的走廊上掠过一阵清风，也给这座老店刮起一股海啸般的飓风。数日之后，打下林兰生烙印和主政风格的举措出台了，对中层以下干部进行民主测评，竞聘上岗，免了6个副处长，劝退了6个副处级干部，诫勉谈话了6名副处级干部，18名混事的处级干部第一次觉得前途岌岌可危。但是在岗的干部职工收入却平均增加了900至1000元，最多的到了2000元。

院办主任朱旭这几天心情越来越沉重，一脸的怅然挥之不去。林兰生当处长时，刚从北方交大毕业的朱旭便被选去当秘书，跟院长多年了，他一直被林兰生的才干和魄力所倾倒，然而，院长位置尚未坐热，队伍还未上山，就实施如此峻急的改革，会伤及林院长的事业和他本人。

朱旭脸上的阴霾似乎早被林兰生窥透了。下班的时间早已经过了，林兰生还在伏案工作，刚好朱旭来请示问题，谈完后，他刚想转身离去。林兰生嗖地从柔软的高靠大班椅子弹了起来："朱主任别走，我早看出来你有话要说！"

朱旭欲说又止。

"当初做秘书时，我不就交待你有什么问题及时提醒我呀！"林兰生诚恳地笑着说。

"那时你是处长，现在却是大院长了。"朱旭的话里多少有点情绪。

"别给我绕弯了。当院长的林兰生和当处长的林兰生，并没有任何改变。"林兰生格外真诚。

"当然有改变！起码脾气大了。"朱旭笑道。

"好了，别给我弯弯绕了，打擦边球了。我想听真话。"林兰生依然灿烂地笑道。

"好，那我也不妨直说！"朱旭多少有点激动，"这样下去，会把人得罪完的！"

"不得已而为之！"林兰生怆然道，"你以为我愿这么干吗，下岗的职工都是我的兄弟姐妹，但是如果我不得罪人，把青藏铁路的事办砸了，那我林兰生就是罪人，就会愧对中央，愧对西藏和全国人民。"

"院长，我懂了！"朱旭默默地点头。

朱旭走出去了。林兰生坐在办公桌前，摊开一摞摞已经退色的勘探资料，西藏的山地风拂去了岁月的尘埃，一个世纪的煌煌铁路大梦清晰地浮现：革命先行者孙中山，东方巨人毛泽东遥望昆仑，欲将铁路修到达旺，公路到阿里，修过喜马拉雅的世纪梦想和昆仑身影在视野中巍然屹立；还有那个在青藏高原叱咤风云的慕生忠将军，带着铁一院的几代总师踏遍黄河青山，冷山寒雪，留下了一曲惊天动地的浩歌。

第 1 道岔　铁鞋青藏

那一片草坡上，

有无数的羊群，

但我神圣的羔羊，

怎的不见了呢？

——六世达赖喇嘛仓央嘉措情歌

20 世纪零公里，孙中山遥望达旺

阴法唐将军跨越昆仑的车队已经远去，融入晨曦初露的血色清晨。莽昆仑顶上的皑皑白雪，仿佛被太阳点燃了，如一幅巨大的绸缎在燃烧，与戈壁滩雪染如茶的红柳连成一片，相映成辉，衬着一条渐次隆起伸入青藏腹部的天路。

我伫立在格尔木市的昆仑大道上，天气有点冷，远眺着沉入晨雾中的车队，旋转的警灯宛如披戴红缨的天马，横跨莽昆仑，踽踽南行。这时，一阵列车的长啸惊醒了我的芜野尘梦，显然是格尔木驶往内地列车嘀鸣待发。西去的列车，曾经是唤醒 50 年代中国红色记忆的一个浪漫标识和符号，我的神思登车而行，往下行方向疾驰而去，穿越历史的隧道，青藏高原上的史诗画卷一幕幕向我展开。

第一次听到"青藏铁路"，仍旧在阴法唐家里。

上个世纪 90 年代一个春天的早晨，阴法唐一个电话将我召在大拐棒胡同的

邸宅里，刚落座，他便拿出一份约稿信说："人老了，都在忆当年的峥嵘岁月，二野的老人要征集《二十八年间》，写小平同志从师政委到总书记的经历，分给我的题目是邓小平与西藏。我觉得很有意义，毛泽东同志是马背上崛起的大战略家，在中国历史的画卷上留下了精彩的大手笔，唯独在治藏方略上谨小慎微，事必躬亲，如履薄冰，而小平同志恰好是我们党的治藏方略的开山之人，更是一线执行者。中央政府与西藏噶厦政府签署的著名十七协议，就源于当年 18 军进藏时小平亲笔起草的十条。"

阴法唐老人坐在沙发上，目光和畅慈祥，额头的皱纹似乎都嵌着西藏的一道道褶皱，当年，作为刘邓大军麾下 18 军 52 师的一个副政委，从四川乐山挥师进藏时，面对西藏噶厦政府欲用藏刀将人民解放军阻于金沙江畔时，我军迫不得已进行昌都战役。他与师参谋长率一个多主力团队从邓柯过江，到西藏昌都地区，又北上玉树，带上一军骑兵，然后折向西南，经囊谦，直逼西藏类乌齐，在恩达堵住了藏军的逃亡之路，昌都总管阿沛·阿旺晋美和数千藏军穷途末路，只好放下武器，从此打开了西藏和平解放的大门。随后 10 年他任江孜地委书记，1962 年重披战袍出征，在中印边境指挥一个代号 419 部队的师进行自卫反击作战，首战克节朗，全歼印军二战王牌旅第 7 旅，活捉准将旅长达尔维，一战成名。在北京受到毛泽东等中央领导的接见。随后任西藏军区政治部主任，福州军区政治部副主任、主任，济南军区政治部主任、副政委，1980 年再次进藏，担任西藏自治区党委第一书记、成都军区副政委兼西藏军区第一政委。此时，他刚卸去中国战略部队的军中要职，开始了赋闲的寓公日子，可是不会有轻闲的时候，西藏岁月已沉淀于他的血液之中，影响和覆盖了他晚年的生活。

显然老人已将这篇文章的撰写任务赋予我，然而，作为写者，我最关心的是阴将军与邓公有无零距离的接触，晚年小平对西藏关注最大的事情是什么？我开始了一连串的发问。

"青藏铁路。"老人感叹道，"小平同志对我有过当面指示！"

"是吗，那为何迟迟不见动工？"我颇感兴趣地追问道。

"一言难尽！"老人目视远方，神思似乎已远游西藏，"这是个世界级的工程，也是一个世纪梦想，本世纪的三位伟人，孙中山、毛泽东、还有小平同志，都想在青藏高原上留下历史的大手笔，青藏铁路曾经三上三下，我到现在仍在不断呼吁，现在看来，一代伟业待后人喽。"

"中山先生也曾想修进藏铁路？"我第一次听说这个闻所未闻的信息。

"当然，已经写进先总理的建国方略，你没有读过吗？"

我摇了摇头："第一次听说！"

话题一触及西藏，阴法唐老人突然来了情绪："知道中山先生世纪之初设想过的进藏铁路的终点站吗？"

"那还用说，拉萨呗！"我自作聪明地回答。

"错了！"阴法唐微笑道，"往南，从拉萨过雅鲁藏布江，经山南，过错那县，直抵喜马拉雅山南坡的达旺，就是六世达赖喇嘛仓央嘉措的故乡。往北跨越冈底斯山，伸入万里藏北，直抵阿里首府狮泉河。"

"如此宏伟啊！"我惊叹不已。

"是啊！"阴法唐老人击节叹道，"孙中山先生在世纪之初有两大梦想，一个是修建三峡水库，一个是进藏铁路，尽管写进了建国方略，画到了地图上，但梦想毕竟是梦想，百年之后，唯有共产党能够做到。三峡水库如今已立项上马了，高峡出平湖的胜景指日可待，我敢断言，修建进藏铁路已为期不远，只是非常可惜，达旺已不在我们手中。"

"什么，达旺已经不属于我们！不是六世达赖的老家吗，明明圈在我们的地图上的！"我一跃而起，趋前走到中国地图边上，指着达旺方向阅图，"就在我们的国界之内，离印度的国界还很远呢！"

"已成了印占区！"阴法唐仰天长叹，"1962年中印边境自卫反击战时，我们419部队就一度收复达旺，长驱直入，兵抵伏特山下，离老国界只有20公里。但是最后还是回撤了，我在达旺住了一个多月，1963年过了元旦才离开的，弹指之间，已经30年了。"

客厅里的气氛突然静穆，继而肃穆。开始听着阴法唐关于世纪之初，孙中山伫立在进藏铁路零公里的眺望，还有关于九万平方公里国土的争端，还有1962年的那场边境反击战以及王者之师赢得了战争和道义却大踏步后撤。

我的采访整整持续了一天。告辞时，我提走了一摞摞西藏的典籍和历史秘档，一路昏黄，天上的太阳往燕岭沉落，上苍血色大手欲攫拿火球不放，滚来抓去，抹成一片殷红的天空。我的情绪也降至冰点，一种江山家国已远的沉重将兴奋的水银柱压到零刻度。回到家中，伏案翻阅西藏噶厦政府夏扎噶伦呈十三世达赖喇嘛的关于西姆拉会议的秘档，终于弄清西藏噶厦政府代表夏扎噶伦是如何背着中央政府，与英印外交大臣麦克马洪做了一笔交易，将西藏九万平方公里的土地割让出去，却不敢拿到国际政治的台面上的沉钩。

搁下手中的秘档，心里一阵寒凉。似乎房间的空气也凝固了，踽踽而至窗前，俯瞰早春二月的皇城灯火阑珊，冥冥之中，我仿佛站到了20世纪初的零公里处，在长长的黑夜将尽破晓时，只见中山先生，挥动手中狼毫，毫笔如椽，写下了中国人熟悉的孙体。进藏铁路的终点将是喜马拉雅山以南的达旺。

可是今天的达旺已沦为印占区，虽然仍然印在中国的地图之上，却不在中国人掌控之中。有一个日子烙印般地烙在了我的心上，1951年2月6日，印军正式占领了达旺。

我祈盼有一天，能跨越喜马拉雅山以北，远远地眺望达旺。我把这种想法告诉了阴法唐老人。

8年过后，终于梦想成真。

1998年8月2日，我随阴法唐进藏采访那场已经远逝的边境自卫反击之战。西藏山南军分区特派了侦察参谋牟荣华陪我去麦克马洪线的东段，远眺达旺。

中午在隆子县岔路口，与阴法唐分手时，他去了农村访问，并实地勘察从雅鲁藏布江向黄河的引水工程，我却和一位同志单骑行千里，独闯中印边境实际控制线。一路上几乎没有人烟，除偶尔在水草肥美的低洼处，一群牦牛和绵羊如浮云般的潺流动，半山坡用草坯搭起来的一户藏边人家，积木般的方形小土屋里，黑色藏獒卧伏在土屋前的高台上，漠然俯瞰着绝世的苍凉，唯有一根铁皮烟囱傲然而出，袅袅升腾着一缕灰白色的炊烟，与海水一样湛蓝的天空形成强烈的反差，氤氲着人世间永不泯灭的温馨。

然而，更多的时候，只有我们这辆高级日本越野车踽踽前行，百里之内，不见一辆对头车迎面开来。倚窗远眺，一只凌空翱翔的苍鹰，追逐在我们的车棚上方，渐渐消失成为一个黑点。远处的山巅上，一头孤狼兀自站在山岗上，又一次绝望地俯视着一个铁壳猎物在眼皮底下渐渐远去。

驶过一片土棕色的丘陵，在极目可眺的河谷里，突然矗立起一个个泥土夯实的碉堡，经历百年风雨的剥蚀而岿然不倒，两三公里处一个，遥遥相望，绵延相连，犹如一道边塞长城。我惊讶万状，这彻骨蛮荒的绝地，怎么会突然拔地而起一个个碉堡箭楼呢！禁不住问坐在车前的牟参谋："这碉堡为何人所修？"

"徐作家，你猜猜？"牟荣华反问我。

"藏军吗？不像，这碉堡的建筑风格可是汉式的。"我有些犹豫。

"对！赵尔丰部队留下的遗迹。"参谋告诉我。

"赵尔丰？清末川滇边务大臣兼驻藏大臣？"我惊诧不已，"他的边军部队当年曾到达这里？"

参谋默默地点了点头。

我的心里突然泛起一股酸楚的怆然。

那可是大清帝国的末世啊！紫禁城里的丧钟已经敲响，帝国江山沉没于最后一刻的落日之中，就在寒夜将临的时候，赵尔丰于1909年被任命为川滇边务大臣兼驻藏大臣，在康区用铁腕乃至铁血政策强行推进改土归流，并派钟颖率新募的2000名川军入藏，与驻藏大臣联豫在拉萨推行的藏事新政遥相呼应，引发十三世达赖喇嘛土登嘉措的剧烈反击，令噶厦派藏军阻挡川军入藏。钟颖的部队在工布江达将藏军击败后，向拉萨方向急速推进，其影响力已深及东部边地一带。不能不让人喟叹一位王朝衰微的边务大臣挽江山于既倒的悲壮。但是血腥新政也在藏民族心灵上烙下了难以磨灭的痛苦记忆。

俯瞰中国历朝历代的治藏方略，唯有中央王朝强盛，才会有西藏的宁静，唯有内地稳定才会有边地的绥靖。可是到了大清帝国的季世，一位帝国铁血将军如履薄冰地扛着世界屋脊，带着他那群从四川、陕西、湖南招募来的边军，爬冰卧雪地守望着西藏的天空。没有让西藏从中国的版图上分裂出去，更没有让早已觊觎喜马拉雅的大英帝国攫取一寸国土。能不让我这个已至中年的军旅作家投去敬仰的一瞥吗？我在车上缓缓地举起右手，向这块荒原，向永远长眠于这片莽原上的先辈军人，行了一个神圣的军礼。

然而，落日辉煌只是短暂一瞬。辛亥革命的冲击波穿过横断山脉，震及西藏。波密丛林中的袍哥兵变之火，终于使赵尔丰苦苦经营多年的西藏边务化为灰烬。而此时从藏边匆匆赶回成都的四川省督赵尔丰也自身难保，一场血与火的革命，使晚清最后一位边关重臣惨死在自己麾下标统尹昌衡的刀下。仅仅三年，袁世凯政府为了换取国际承认，居然听任大英帝国摆布，三度更换出席西姆拉会议的中国代表，在一种极不平等的气氛中坐到国际圆桌会议前调停，成了任人宰割的羔羊。

古堡无言，在荒漠长风中绝望地等候着最后坍塌。可是，让人无法想象，20世纪之初，从三秦大地、三湘四水和巴蜀之国来的中华男儿，就蛰伏在这片天荒地老的苍茫里，与神秘缄默的莽原作伴，前不见来者，后望不断江南，那是何等的凄寂和苍凉。

我们就在彻骨的荒凉之中独行了4个多小时，那份寂静，静得让人都有几分恐惧。我在心中默默地祷告：越野吉普千万不能抛锚，不然，我们只能在这叫天不应、叫地不灵的无望中，等待死神的翅膀从命运的头盔上轻轻掠过了。

吉人天相，虔敬总有上苍助佑。到了下午3点半，我由于大脑缺氧，迷迷糊糊地打起盹来时，牟参谋突然说错那县快到了。恍如惊梦，睁开眼睛眺望，前方仍旧是一片隆起的高原，按照西藏的海拔高差。一般的县城和村落大多选择河谷和低凹的盆地而居。而前方却是一片高原台地，连绵起伏，怎么会有一个县城的容身之地呢！可是车越往前边走，一片熠熠发光的屋顶已在视野中时隐时现。我问牟参谋闪光处是什么地方，莫非是一座工厂？他摇头笑了，说错那县城不过是屁股大的地方，除县委机关外就是边防团的营盘了。闪光的地方是房子的屋顶。错那风大，一年四季一到下午便刮个天昏地暗，雨水又多，瓦片和土屋顶是难以遮风挡雨的。因此盖房子用的都是内地运来的白铁皮。不过这里最有名的东西是地热水，流出来的小溪之水都是热的。

车驶进错那县城，果然如牟参谋所云屁股大的一点地方，远不如内地一个大的村落。两三分钟便可以绕小城一圈了。我们坐的吉普车没有在街上停留，而是直奔边防团驻地。驱车驶进团部小院，静悄悄的，没有一个人走动。是在午休？我一看表，已经是下午三点半钟了，早吹过起床号了。纳闷之时，团部的一位上尉军官露面了，说早已等候我们多时了，午饭做好几个时辰了，却迟迟不见踪影。而这些天天气渐热，雪山融化，娘姆江曲的雪水暴涨，将从麻麻到勒的战备公路冲坏了，团领导正组织部队抢修，都不在家。

匆匆吃过"午饭"，步出饭堂，走到院子里，忽然狂风四起，飞沙走石，敲击着房脊上的铁皮屋盖，犹如一只魔手叩击着瓦片，在弹一曲呜咽的胡笳十八拍，吹得天昏地暗，又如一曲天籁直叩魂魄，让人心惊胆战。而这里的海拔高达4700米左右，已属生命禁区。在庭院里站了一会，便觉浑身冰凉，胸闷头晕，连忙步履蹒跚地走进屋里小憩。

傍晚，天色渐渐暗了下来。边防团的政委刘明军回来了，这位1976年从中原大地入伍的上校在这里戍边已经25载。他原本准备下连队检查工作，顷刻而下的泥石流将路堵了，车阻在了半道上，只好原路返回。他明确告诉我们今晚已经去不了，只能暂且住在错那县城了。恭敬不如从命，一切听边防团安排。

既然今晚已去不了中印边境自卫反击战战场的旧址，我特意提出秉烛夜游当年管理达旺的错那宗的宗政府官厅，感受一下遗落下来的历史缩影。毕竟这是统领门达隅地区的一个长官衙门，也是著名"达旺四联"的重要执法场所。再则，我采访过的达旺司库土登群沛先生逃出达旺后，最后一任僧官是在这里做的。

刘政委一听笑了："哪还有什么错那宗本官厅，那八辈子就倒了。"

"土登司库告诉我，那官厅盖在一个小山包上，是土木结构，很结实的。"我很认真地说。

"再结实也抗不过喜马拉雅的风。一年吹到头，一年复一年，从未停歇，纵使石砌的宫殿也经不起岁月的漠风啊！"刘明军政委感叹地说。

我仍然不放弃最后一点希望："旧址总在吧！"

"旧址还在，就在一个小山包上，可是什么都没了，连片废墟都没有留下。"政委喃喃说道。

看来，天不遂人愿，历史的遗物不会再等匆匆过客。不过，一个好奇的作家总想从别人口里掏到更多东西。我复又问："错那县城离麦克马洪线很近了吧？"

"最近的地方，直线距离不超过 40 公里。"

我惊奇地问道："这么说，我已经到了喜马拉雅山山脊的北坡下边。离那条让中国人奇耻大辱的麦线不远了。"

刘明军点了点头。

"可以看到达旺吗？"

上校脸色凝重地摇头："可以走到肖站，远望棒拉山，翻过山口就是达旺河谷。可那已经成了印控区，娘姆江曲的河水可以流过去，我们中国人却过不去了。"

"水流过去只是两个小时的路程。"

"？！"

房间里的气氛倏地变得沉重起来。作家无语，上校亦无言。这是中国军人心里彼此都很敏感又不愿多说的话题。一个历史遗恨，别样的世纪之痛。

熄灯号吹过之后，营区里静悄悄的。我在副团长的宿舍就寝，他交换到南京战区的野战部队去代职学习一年，一时半载回不来。关掉台灯，躺在床上，在眼前晃动的尽是一串诸如十三世达赖喇嘛、夏扎伦钦、麦克马洪、陈贻范、西姆拉会议、达旺等杂乱的主题词。就像一个个无法剪辑起来的默片一样在我的眼前跳跃。辗转反侧，终于在一片困顿中沉入梦乡，沉入喜马拉雅山南麓之下的情歌之王仓央嘉措的故乡。

今宵别梦短。夜阑之时，我突然被冻醒了。拧亮台灯一看，腕上的时针刚指向凌晨3点又20分，我却感到两个膝关节针扎似的酸痛。在湘西落下、蛰居京城15载不再犯的风湿关节炎发作了，由脚而身上，由肌肤而血脉，一股潜入骨骼的寒凉遍及全身，再也无法入眠。任凭盖多厚的被子也无济于事。于是我坐在床上，仰望着窗外喜马拉雅山的夜空，雪山之巅，风清云淡，参与西姆拉会议的历史人物从时光隧道里，穿着袈裟、燕尾服、长袍马褂，或神情凄惨，或神采飞扬，一一向我走来，20世纪初西藏地方政治史上最不光彩的一幕，被纯净清新的雪风掀开了。

20世纪的零公里，离我那样的遥远，却又是那样的近。当年，孙中山先生在遥远的北平城里眺望达旺，企望将进藏铁路的终点站修到喜马拉雅山之南，达旺那个小镇，而今夜已经接近世纪的末季和终点，只隔着一座山，隔着喜马拉雅山的山阴与山阳，我已经伫立在山顶北坡之上，也只能遥遥相望，达旺不可见兮，唯有痛哭！

痛哉，痛在达旺是1951年2月6日，被印军占领。痛在我们没有一条跨越青藏的战略铁路可直抵边境！而印方已将铁路、机场和战备公路直修到了与我们只有一山之隔的哨卡前了。

青藏高原，渴望一条中国大动脉。

喜马拉雅渴望一条战略大动脉。有了这条钢铁大动脉穿越世界屋脊，将祖国的山河襟连起来，绝大多数援藏的生活和战略物资就会沿着这条战略大通道铁流滚滚而来，分裂祖国的图谋就会寂灭。一旦边境有事，狼烟四起，借着这条战略大动脉，中国就胜券在握，收拾山河一片。

慕生忠第一次带队探青藏铁路

慕生忠将军的嘎斯吉普在铁一院门口戛然停下。

虽然已是冬季，但将军的心情像悬在皋兰山上太阳一样红灿，刚刚过去的"八一"建军节，中国军队第一次授衔，陕北红军出身的慕生忠以18军独立支队政委、中共西藏工委组织部长的身份，被授予少将军衔。比起那些永远倒在通往新中国路上的同乡，尽管身上穿了21个枪眼，但慕生忠觉得自己是一个幸运者。

将军身材伟岸，性情豪爽，有着陕北那块土地遗落的少数民族的遗风。一脚跨出吉普车的门，昂首一片苍天，铁一院号称兰州城里的西北第一楼，气势宏伟，有一股泱泱气度。将军操着一口陕北土话："这楼哩，不愧是西北第一楼，像站在黄土塬上高亢秦腔。"

铁一院的门卫见一位少将伫立在门前感慨万千，连忙上来打招呼："将军贵姓，你有何公干？"

"慕生忠，"将军一阵大笑，"什么公干，小同志，我是来招贤纳士的。"

卫门愣怔了，原来是兰州和整个大西北大名鼎鼎的青藏公路之父慕生忠将军啊，连忙说："慕将军，请稍等，我去请勘测设计院的领导来迎接将军。"

"繁文缛节，就免了！我是来要人的，拜访你们院长吧。"慕生忠脚下生风地往走廊走去。

闻讯而来姓慕的院长早已迎了出来，惊呼道："啊呀，慕将军，幸会，幸会，是哪阵风将你吹来的？"

"当然是青藏高原的季风喽！"慕生忠幽默地答道，"无事不登三宝殿，我来要人呀。"

"要人！"院长怔然。

"是啊，一笔写不出两个慕字来，你可要做个顺水人情啊！"慕生忠紧紧握住慕德高的手说，"青藏公路通车后，彭老总很高兴，请我们吃饭，说我是青藏公路的第一功臣，我说老总啊这个虚名我不敢当，真正的第一功臣是那些为修青藏公路，永远躺在了昆仑山、五道梁、不冻泉和唐古拉山的官兵和民工。我向彭总汇报说，西藏的战略支援，光靠公路不行，得有铁路，彭总非常赞成，还特意汇报给总理，给我批了一笔钱。我回格尔木前，碰上了铁道兵司令兼政委王震，王胡子说，铁道兵在抗美援朝战场上建立了一条炸不烂打不垮的铁路线，现在是和平年代，一定要把铁路修到巴山、天山、昆仑山，一直修到喜马拉雅。王胡子肥水不流外人田，这样的大活，总不能老让王胡子拔了头筹。你给我几个人，随我到青藏高原上走一趟，看看能否修铁路，我也好向总理和彭老总交代。"

院长吁了一口气："我当什么事，铁路踏勘也是我们院的主要工作。慕将军要几个人？"

"至少三个吧！"

"就这么几个人呢，只要将军一声令下，要多少给多少。"

"哈哈，慷慨！"慕生忠一笑，"探一探能否修铁路，要那么多人去打狼啊。"

"这也是我梦寐以求的事啊。"

"那就说定了，让他们回家收拾一下，明天随我去香日德。"

"遵命，将军，明天早晨准时到位。"慕院长爽朗地作了回答。

第二天上午上班时间刚到，慕生忠吉普车停在了勘测设计院楼前等候了。慕院长带着勘测工程师曹汝桢、刘德基、王立杰和司机薛兴才一一走了出来。一看慕将军身着皮大衣，倚在车头前等候，惶惑地说："慕将军，不好意思，让你久等了。"

"学生等先生，理应如此！"慕生忠哈哈大笑，"我行伍出身，是个粗人，与你们这些大知识分子打交道，就一个字，诚！"

刚见其人，便被他的性格磁石般地深深吸引了。开始面对眼前站着的一位魁伟的将军，曹汝桢等三人还面面相觑，有几分拘谨，一闻此言，紧张的情绪一下松弛了。

"这就是我们带队的曹工。"慕院长指着曹汝桢说，"中央大学土木建筑系毕业的，专学选线的工程师，参与修过国民党时代的湘桂黔铁路，解放后到我们西北铁路工程局设计院，参与过天兰线、兰青线和包兰线的选线。"

慕生忠热情的大手伸了过来："好啊！三十出头，正当年。欢迎你们跟我去青藏高原走一趟，任务嘛，就一句话，待下山之日，你们就告诉我，青藏高原能不能修铁路，我好给彭老总和总理有个交代。"

三个人会意地笑了。慕生忠走过去，帮着他们将行李和仪器搬到嘎斯吉普车上。马达轰鸣，挥手别过金城，中国第一个进藏铁路的选线小分队，跟着慕生忠将军踏上了青藏高原，时间是1956年的早春时节。

嘎斯吉普车沿着黄河河谷，驶离兰州城，坐在后排座上的曹汝桢蓦然回首，队伍中的嘎斯吉普又多了几辆，便问慕将军，如何弄了这么多辆车。

慕生忠自豪地说："总理特批的！"

"总理给的！"曹汝桢惊讶诘问道。

"当然！"慕生忠有几分得意地笑着说，"去年12月青藏公路通车之日，主席和总理特别高兴，听彭老总说，得知青藏路和川藏路同时通车那天晚上，主席特意对厨师长挥了挥手，上杯茅台，工作人员不解，问主席有何喜事，主席一饮而尽，说高兴啦。去年授衔之后，我到彭老总那里立下军令状，要为修建青藏铁路探探路，老总报告给总理，总理说这回不能让慕生忠再赶胶轮大车上青藏路了，给他几辆车吧。所以我们就可以以车代步了。"

曹汝桢顿生敬意："可是慕将军，我们选线工程师就是走路的命，靠的就是一双铁脚板。"

"哈哈！痛快。"慕生忠笑道，"那好，我就做你们后勤部长，你们说到哪里，我就将你们送到哪里。"

"将军，整个选线期间，你一直跟着我们？"曹汝桢问道。

"那还用问。如今我们捆绑在一辆车上了，有福同享，有难同当了。"

"谢谢！"曹汝桢一片肃然。

此时，兰青线的勘测和设计正在进行。早春的西部仍旧一片白雪皑皑，冰封千里，慕生忠带着曹汝桢一行出兰州城，沿着当年的唐蕃古道，进西宁城，过湟源，翻越日月山，一路踏勘，逶迤而行。到了文成公主扔碎宝镜，瞭望长安的地方。一条道是继续溯唐蕃古道，往东南方向。走共和，过玛多，入玉树，越过青藏边界唐古拉山，抵达西藏的聂荣索县，最终进入当时藏北的总管府黑河，然后沿念青唐古拉，当雄草原直抵拉萨，这是一条古老的驿道，当年凡从西北入藏，均从此出入。

可是站在日月山顶上的慕生忠，却远眺着青藏公路方向，挥了挥手说："走青海湖北！"

曹汝桢一看地图，诧异地问道："慕将军，这意味着铁路得穿过德令哈，从百里盐湖上驶过。"

"是的！"慕生忠点点头，"曹工，既然公路已经建成，修铁路就该以公路作为支撑。"

曹汝桢敬仰军人的战略目光，但是他不无担心，过德令哈，就有巨大的柴达木盆地。前边还横亘着昆仑山和唐古拉山，这对于铁路的选线是前所未有的挑战，可惜他是第一次上青藏，前路漫漫，他不知等待自己一行的将会是什么。

到了香日德，天渐渐黑下来了。干裂北风裹挟着漫天的飞雪，不时从刚搭起的棉帐篷的门帘里吹了进来，慕生忠的司机和警卫员把捡来的干牛粪碾成粉末，用火链将其点燃。锅里扑滋扑滋地煮着面条，日月山的海拔已逾3000，没有高压锅是很难煮熟的。警卫将军用水壶的盖子拧开了，递给了慕生忠将军。

"来一口！"慕生忠痛饮一口，将酒壶递给曹汝桢，"暖暖身子。"

曹汝桢摇了摇头："将军，医生禁止在高原上喝酒的。"

"信他那个蛋。"慕生忠突然露出军人粗犷的一面，"高原上不喝酒，哪叫男人？喝！"

"好，喝！"曹汝桢被将军的豪迈感染了，选线工程师的冷峻和严谨中也掺入了男儿的雄性，接过来仰头喝了一口，便干咳了开来。

慕生忠躺在被褥上哈哈大笑："好样的，有了第一口，就有一千口，一万口，能练成酒仙。"

刘德基和王立杰也传着喝开了。

"慕将军，我一直琢磨不透，当初你选青藏公路的线路时，为何舍近求远。不走古代的唐蕃古道，而走青海湖湖北，穿越柴达木，上昆仑，翻唐古拉。"

"哈哈，曹工，白天瞧你眉头拧得紧紧，我就寻摸着你会追问。"慕生忠抿了一口酒，"其实现在的青藏公路也是一条驼道，当年的蒙古喇嘛进藏学经，都从那里走。1950年，我作为西北工委进藏时的政委，带了几千头骆驼走过文成公主进藏的唐蕃古道，地势相对平坦，但沼泽太多，湖泊星座成年雪山浓雾笼罩，自然不便汽车通行。"

曹汝桢终于明白慕将军为何舍唐蕃古道，而选莽昆仑之路了。

"慕将军，据说你麾下的官兵在选青藏公路线路时，是遵你的叮嘱，赶着胶轮大车跨越昆仑，过唐古拉的？"

慕生忠摇了摇头："赶胶轮大车走青藏高原不是我的创意，应归功于彭德怀元帅。1953年冬天，彭老总从朝鲜回来，我去看他，那时我兼任西藏运输总队的政委，由西北局和西藏工委一直兼管。有26000多峰骆驼，可是从西北到西藏送一次货回来死了一大半。我对彭老总说，川藏路一时还修不通，西北方向仅靠骆驼运输不是办法，得有公路，我想赶着木轮车上青藏高原，探探在荒原能否修一条公路，直抵拉萨。彭总说，好呀，不过赶牛车过青藏高原，人家会说你拆下来抬着走的，没人会相信，还是胶轮马车上山，胶轮车过去，大卡车就可以行驶。我顿时茅塞顿开。"

"慕将军，你也像这次一样跟着走吗？"曹汝桢认真地问道。

"我没有去，派的是西藏运输总队的副政委任启明带队，我的翻译顿珠才旦，汉名叫李德寿，也参加了，他是30多人队伍中唯一的藏族人。"慕生忠沉吟片刻，"他们赶着50多峰骆驼，20头骡子，三匹马，两辆胶轮大车从香日德出发的，就是走我们今天这条天路。一边走一边用锹平地、垫路，绕湖北行，上德令哈，过大柴旦，一马平川地越过盐湖，到了格尔木，沿南山口上昆仑山时，被一条二三米宽的沟壑挡住了去路，好在探路的队伍中有位石匠，用了三天架了一座桥，才得以过去，随后沿纳赤台，上西大滩，直至昆仑山垭口，过了雪水河，极目远眺，真是莽莽荡荡的可可西里。有一天突降大雪，三米之内见不到人影，任启明和顿珠才旦押后，与队伍走散了。摸了一个多小时，找到几捆干红柳，点燃起来，在雪地中过夜，两个人背靠背，被一群荒原狼团团围住，人与狼相持，看谁能坚持到最后，只要他俩一旦睡着，就会成为饿狼的夜餐，一直对峙到天亮，被闻讯赶来的同伴们救走。到了五道梁头痛欲裂，那种感觉就是哭爹又喊娘，难以忍受了。过了风火山，更是气喘吁吁，可是他们仍然执着地往前走，走蒙古喇嘛进藏时的那条路，只有到了长江上游的沱沱河，赤脚蹚过冰河，那雪水彻骨的凉。然后在风雪迷茫中往唐古拉山走去。翻越唐古拉便证明路完全可以走通，到了安多，再往下万里羌塘，1954年1月23日，到了黑河，见到了黑河分工委书记侯杰同志，任启明给我拍电报时说路可以走通时，你们不知道那晚我多么高兴，痛饮了一夜，一醉方休，好久没有那么醉过了。"

慕生忠将军和他麾下官兵的故事，就像一部西北传奇，听得曹汝桢、刘德基和王立杰扼腕长叹，击节而歌。以后每到晚上睡在棉帐篷里，雪风惊空敲打着帐篷，仰视深邃天穹，几颗寒星如格萨尔王金鞍上银钉闪耀，眯缝着炫黠的眼睛，再听慕生忠边啜烈酒，边讲战争传奇和西部故事，成了青藏高原每天晚上的帐篷盛宴。要是慕将军某天晚上酩酊大醉不能讲时，第二天小分队踏勘时，便会觉得失落了什么。

沉醉在慕将军高原故事中，曹汝桢三人一路踏勘选线。铁路的走向和弯道大多选在离公路不远的地方，终于走进格尔木这座汽车驮来的小城，慕生忠挥了挥手说："放假三天，采购补充食物，恢复体力！"

仅仅在格尔木休整了两天，慕生忠又带着曹汝桢上路了。爬上莽昆仑，海拔渐渐升高了，曹汝桢和两位工程师每走一段都要下车目测，选线，画地形草图。在极地高原，别说每天要走许多路，登高望远，涉水过河，纵是躺着也有如下炼狱一般。

越过可可西里和雪水河，冻土两个字突兀地占据了曹汝桢的脑际，令他困惑不已。青藏高原的地貌对于修铁路毫无影响，如果不是高原缺氧，其工程的难度远远比不及内地的高山大江。但是冻土难题不攻克，却是一道无法逾越的禁地，越往前行，更是茫茫的一片白雪，分不清是冰河，还是雪野，抑或公路。有一次车陷薄冰和泥泽之中，车轮打滑，怎么也冲不上土坎，慕生忠将军一跃跳下车来，脱下自己的棉皮大衣，垫在了车轮底下，大声喊司机："踩油门，加大档位，往前冲。"

嘎斯吉普的发动机吼叫着。终于冲上了路面。望着慕将军的军大衣上溅满了泥泽，曹汝桢于心不安，慕将军拍了拍他的肩膀："曹工，没有关系，太阳出来时，晒一晒，掸掸土就好了。"

越过沱沱河，靠近唐古拉，就没有那样幸运了。有一天傍晚，吉普车突然陷进了沼泽地里，无论慕将军使出浑身解数，都无法将铁骑从深陷的泥泽之中拉出来，脑袋壳胀痛得快爆裂了。敢在青藏高原上横刀立马的慕将军此时已没有脾气了，一筹莫展地摊了摊手说："曹工，果在车里别动，养精蓄锐，保持体力，唯有静静等待！"

"等待，慕将军，我们在这待下去，不是等死吗？"曹汝桢不无忧虑地说。

"没事，等待救援。"慕生忠笑了。

"将军，冰天雪地，茫茫荒原，谁会来救我们？"曹汝桢看着芫野，只有一只孤独的神鹰在飞翔，一片茫然。

"会有军车通过的！"慕生忠望着凝结着自己心血的青藏公路，一派大将风度地挥了挥手，"警卫员！"

"到！"警卫员跑了过来，"首长什么指示？"

"马上到公路上去，有军车路过给我截下。叫他们过来救援，把陷下去的车拖出去。"慕生忠胸有成竹地布置。

　　左顾右盼，空寂的大荒野上并没有兵车出现，唯有野狼的狂喘在风雪中长一声短一声地恐怖传来。几束跳动的绿光，一步一步地向他们逼近，让人有一种战栗之感。警卫员操起枪来，准备射击。

　　"打个球！"慕生忠踢了警卫员一脚，说，"给我省点子弹，好打黄羊解馋。野狼别看它凶，人不伤它，它不伤人。"

　　于是一群人只能蜷曲在车上，胆战心惊地看着野狼巡弋而过。

　　直至深夜，半山坡突然有一晃灯火一闪一亮的，像南方夏夜村场上的萤火虫，慕将军一跃而起，大声喊道："有救了！"

　　一队兵车渐次逼近，最终发现了他们，才将踏勘小分队救了出来。

　　半个月后，车进拉萨城，最后一段铁路线路的初选勘测结束了，慕将军志忑不安地询问曹汝桢："曹工，请告诉我结果吧。"

　　曹汝桢历数了一大堆冻土难题，似乎尚未触及结论性的话题。慕生忠有点沉不住气了，单刀直入地说："曹工，我是个粗人，不知道那个冻土理论，别给我绕圈子了，长话短说，你就告诉我一句话，青藏高原上修铁路到底行还是不行？"

　　"行！"曹汝桢斩钉截铁地回答。

　　"好！我就要你这句话。"慕生忠激动地弹了起来，"今天晚上我请你吃羊肉烩面。"

　　曹汝桢一行三人返回兰州后，口头向院长汇报，初步勘测结论——青藏高原可以修铁路。随后又写了考察报告。

　　2002年9月15日下午三时，我在兰州铁一院的曹汝桢家里采访，已经耄耋之年的曹老一脸慈眉和祥，脸上密布的老年斑似乎每个都隐藏着风雪高原的故事，可是他谈得最多的仍然是早已故去的慕生忠，吁嚱嗟叹："慕将军可是一个豪爽之人，嗜酒，海量啊，身上血性与酒一样清醇刚烈。可以说他是青藏公路和铁路第一人，功不可没，我们不该忘记哟。"

丹心一片青藏缘
——第一代线路总师庄心丹

　　我正走进一部中国铁路建设的煌煌青史，可资阅读的是一位老人。

庄心丹老人仙风道骨地坐在我对面，平静地讲述如烟的往事，其禅定的神色仿佛在讲别人的故事，似乎与己无关。斯时，他已87岁高龄，一挂雪白的长须直垂胸前，瘦削的瓜子脸仍然烙印着江南的痕迹，一点也未被西北酷烈的漠风所洗磨。我伫立房间，很难寻到一个立锥之地。30.59平方米的住房塞满了破旧的家具，房间里光线昏暗，漫漶着一股属于高龄老人特殊的气味。

这天傍晚，时针指向2002年9月16日的黄昏，最后一抹残阳将西天的云彩烧成了炭黑，映在天边的晚霞正壮烈投入黑夜的深渊。狭窄的小屋沉落在一片即将涌入的黑潮里，唯一让其蓬荜生辉的是女主人涂玉清，她不时地走到我们中间倒水或插话，提醒丈夫叙述时间和事件准确记忆。我偶尔凝望，惊愕不已，老太太虽已年届八旬，仍冰清玉洁，皮肤保养之好，令每天擦资生堂化妆品的女性汗颜，腰不弯背不驼，额头上也不见一丝皱纹，挽了一个髻，花白的头发梳得一丝不乱，让人感叹岁月虽然无情，却攫不走一个女人与生俱来的典雅和高贵，一颦一笑，言谈举止，不经意地显示出见过大世面的娴熟之美。命运真的会一视同仁，庄心丹出身豪门，少年时一掷千金，晚年落寞孤寂，但上苍却慷慨地赐予他一位倾城之色的夫人，历经战乱和政治风雨，相伴永远。或许这正是他可以在赳赳血性世界中，永远仰着男人高傲头颅的缘故。

我对庄心丹的关注始于昨天一场集体采访，匆匆之中，惊奇发现，他那凸露的手掌，曾触摸过中国历史的敏感体位，可折射在他头上的命运罩门却那样诡谲、滑稽和怆然，于是，我预约了今晚的采访。一个已被时间和公众遗忘的老人，突然间因青藏铁路而重新被人记起，且有个从京城来的作家虔诚地听他叙述，仿佛天涯孤旅遇上了一个同路。老人清晰的讲述和记忆，让我惊叹生命的顽强。

曹汝桢随慕生忠将军从青藏高原探路回来后，上书院里，郑重建议可在青藏高原上修建一条进藏铁路。慕生忠挟着这份报告，陈书西藏工委、西北局和彭老总，1957年初夏，铁一院便接到在青藏高原格拉段进行铁路线路初测的任务。

谁担任线路总体？铁一院院长的棋盘上浮出了许多人名。曹汝桢、张树森还是嫩了一点，谁能压得住阵？那个吴语款款的民国政府时代的副总工程师庄心丹的卑谦形象跃然而出。

院长长叹一声："军中无大将，廖化打先锋。青藏铁路勘线的总体，非庄心丹莫属。"

下属感叹道:"庄副总工程师现在在兰新线上当总体,正与苏联专家踏勘欧亚大陆铁路的中国出口。现在仍然在新疆。"

"立即将他召回,委以重任。"老革命出身的铁一院院长突然毕现军人豪气的一面。

踏遍天山南北的庄心丹欲随队前行阿拉山口时,一个无线电报拍过来,召他这个铁一院西宁分院的副总师回兰州,另有任务。

半个月后,庄心丹回到了兰州古城。仍然忐忑不安,不知自己何故被召回,不知会是幸运还是不幸降落自己身上。匆匆走进院长办公室,见到院长时心情如履薄冰,诚惶诚恐地说:"院长,我刚在兰新线通往欧亚大陆的走线出口提了十个方案,从中筛选了三个方案,一个是南疆喀什,一个是北疆塔城,一个是阿拉山口。最终苏联专家采用了我的阿拉山口方案。"

"干得好,庄副总工程师!"院长击案称道,"兰新线的总体暂告一段,院里准备委你以重任。"

"我能担当重任?"庄心丹似问院长,也在问自己。

"当然可以,西藏工委和西北局报请中央修建青藏铁路。"院长将一份青藏铁路格尔木——拉萨段《勘测报告书》和《踏勘工程地质说明书》推至庄心丹跟前,"文件已经下,初测和定测马上就要上去,苏联老大哥的航测也一并跟进,院里决定让你担任青藏铁路线路总体。"

庄心丹的嘴唇有些颤抖:"院长,你说是真的?"

"军中无戏言。当然是真的!"

"谢谢!谢谢!"庄心丹的眼圈湿润了,"知遇之恩,心丹当肝脑涂地,鞠躬尽瘁,死而后已。"

"庄总可不能言死啊!"院长幽默地笑了,"青藏高原是生命的禁地,但是我们却盼着你们安全凯旋。13人的队伍已经组建完毕,马万义做你的地质工程师。准备几天马上出发。回来时一个人也不能少。否则,我拿你是问。"

"好的,院长!"

庄心丹沐浴着黄河大道上的万家灯火回家了,凝视着倒映在黄河水中默默流淌的灿烂,他第一次感觉到了自己的人生竟如此炫目。

其实,被西北风掩埋了的庄心丹的昨天,本身就是一幕壮烈辉煌的大戏。

　　辛亥革命后的第四个夏天，庄心丹呱呱落地在上海奉贤县庄航镇一个大世家，爷爷曾是咸丰年间的举人，欲求一个功名，参加乡试却屡试不中，只好守着祖上留下的数百亩田地，过着乡下豪绅的赋闲日子。父亲庄正贵留学东瀛，追随中山先生，成了早期同盟会会员。庄家后代仍然奉"万般皆下品，唯有读书高"为修身治国平天下的做人圭臬，大哥庄心在追随蒋公，一度当了国民党中央组织部长和侨务委员会主任，最终流落台湾岛，客死异乡。而从小对工科感兴趣的庄心丹就读于浙江之江大学土木工程系，1936年大学毕业时，分到海南岛修建中亚铁路，刚干了三个月的助理工程师，日本占领了香港，向华南腹地挺进，中亚铁路匆匆解体。当时的选择只有两条路，要么去战时补习学校，投笔从戎，要么回故乡奉贤县躲避战乱。然而最后一个夜晚，他与十七八名热血男儿登上一条船，环南中国海岸线，漂泊到了杭州，恰好与淞沪会战战败撤退的李宗仁军团相遇，被桂系第17集团军收留，成了后来安徽省主席李平西麾下的一个司书。辗转于军旅，抄抄写写。跟随桂系参与了台儿庄会战，九死一生，打出中国军人的血性与雄气。

　　台儿庄会战结束后，小诸葛白崇禧受命指挥武汉会战。有一天桂系中的一位高参与庄心丹聊天，获悉他曾经是之江大学的高才生，却谋了一个小小的司书，未免大材小用了，便问他："心丹老弟，你想不想重操旧业，干土木工程？"

　　"岂能不想！"庄心丹怅然道，"我做梦都在做土木工程，可是山河破碎，哪有工程师用武之地？"

　　"好，老弟既有此话，我帮你谋一肥缺。"高参拍了拍他的肩膀，"国防部长江上游江防线工程处正在招兵买马，我写一推荐信，你去找我的老朋友另谋高就吧。"

　　"谢中将！"拿着高参的介绍信，庄心丹来到了宜昌，果然谋得一个肥缺，任长江上游防线工程处的工程师。一干就是好几个年头，在宜昌期间，他遭遇了一段战时浪漫爱情，相识了后来成为他夫人的涂玉清。

　　涂玉清是在躲避战乱中寻找到爱情归宿的。她1921年出生在汉阳一个小商人的家庭，6岁时父亲暴病而亡，那年母亲只有25岁，在祖母面前信誓旦旦，绝不再嫁，祖孙三代相依为命过着清苦的日子，只为供玉清读书。武汉会战拉开序幕，奶奶担心在湖北省女子一中读初三、有校花之誉的涂玉清惨遭不幸，给了她几十块大洋，让她跟着同学流亡宜昌，或到战时的湖北省会恩施。可天有不测风云，就在她离开武汉的第二天，母亲又不幸罹难，祖母也不知流落何方，一夜之间，花季少女成了天涯孤女。唯一依靠的就是同班女同学彭小姐了。在巴东湖北联中上学期间，彭小姐经常给长江上游工程处的哥哥彭登仁写信，一来二往，她突然萌生一个念头，为女同学涂玉清找个最后的归宿，征得同意，她便将涂玉清的照片寄给了哥哥，让他帮忙物色一个郎君。

彭登仁一看妹妹的同学长得如此水灵，冰清玉洁，便找来此时仍是王老五的庄心丹，将照片往跟前一放："心丹兄，你说这个女孩漂亮吗？"

庄心丹一看照片，呆了："岂止漂亮，简直是倾城倾国、沉鱼落雁。"

"没有想到，你打的分如此之高呀！"彭登仁愕然，"不过，我倒想到一个问题。"

"但说无妨！"庄心丹坦诚道。

"庄兄，介绍给你做对象如何？"

"我不是在做梦吧？"庄心丹的脸马上红了，"若得此女，心丹此生足矣，功名利禄统统可以抛之脑后。"

"好，这个媒我做定了。"

一言情定终身。彭登仁写信告诉妹妹，女友的终身大事已定，他是长江上游江防工程处工程师庄心丹。

涂玉清羞涩地点头同意后，不久便收到庄心丹的第一封信，说的是发生在峡江附近的故事，神农尝百草，文采飞扬，情至深处，一下子便把憧憬文学的涂玉清的魂魄掳走了。

于是战时的三峡深处，巴东与宜昌就开始了鸿雁传书。确定了恋爱关系后，虽然区区百里之间，庄心丹与涂玉清却无法见上面，但是每月领工资之后，他却雷打不动地给女友寄上五十块大洋，供她读书。这一供就是6年之久。涂玉清于1941年考上了国立女子师范学院，先搬迁四川江津，后到了陪都重庆。这时战乱中的女大学生大多失去了生活来源，纷纷投进了高官和将军的怀抱，大多成了抗战夫人、沦陷夫人。一次舞会上，一个国军的高级将领一眼便相中了天生丽质的涂玉清，先礼后兵，开始伪装成翩翩君子，请涂玉清和一位哥哥是国民党农行行长的女同学吃饭，软硬兼施，投之桃李，唯有一个目的，就是把这只金翅鸟关进金笼。可是涂玉清就是不上钩，她忘不了那个从未谋面，却一个月不落给寄生活费的未婚夫庄心丹。

涂玉清名花有主，而这时的庄心丹却去云南边地的滇缅丛林里修建铁路，打通大后方最后一条战略动脉，取代空中驼峰航道，1942 年已在中缅接壤的镇康待了三年，可是日本军队还是从曼谷湾登陆，合围了热带雨林中的中国远征军。庄心丹跟着杜聿明和战死的戴安澜残部，从八莫野人山里逃了出来，幸好撤得及时，像一只亡命鸟一样，搭上汽车跑到了腾冲，而这时龙陵的路已经不通了，他们将汽车推进了怒江，仓皇逃至保山，回到昆明巫家坝机场，在陈纳德将军的飞虎队当了一名机场工程师。

未曾想到，一个鹧鸪鸟鸣春的早晨，涂玉清突然从女同学的哥哥处拿到一张飞往昆明的免费机票。借着空中铁鸟翅膀，挟彩云南行，去会相恋六载却未谋面的恋人庄心丹了。

精心打扮一番的涂玉清穿着旗袍，跨下舷梯，举目四望，寻找自己倾心相许的人，左顾右盼，觉得接机的人中没有一个像自己梦中的白马王子。

"玉清，是……是你吧！"一句绵软的吴语从人群中飘来，一个个子矮小，说话结结巴巴的瘦削男子朝着她冲了过来，脸上泛着灿烂的红云，"我是庄心丹！"

涂玉清瞪大美丽的眸子，怎么也不敢相信眼前这个其貌不扬，比自己矮几分的男人会是庄心丹，错愕地问："你就是庄心丹？"

"那还有假！"庄心丹没有在意未婚妻的失望，"我不是庄心丹，谁是？"

涂玉清点了点头，又摇了摇头："我凭什么相信你！"

"凭你的照片！"庄心丹突然将一张涂玉清的照片展现在她面前，背面写着庄心丹收藏的字。

这熟悉的字眼每次信上都潇洒写就的。涂玉清闭上美丽的双眸，不知是失望还是幸福。

以后三天，她突然被属于上海男人的温婉和父爱包裹了，从小失去父爱的涂玉清骤然沉醉。一个春风吹醉的傍晚，他们一同去了昆明古刹圆通寺，嗅着寺院里飘来的玉兰花浓烈的清馨，在佛陀前磕了三个头的涂玉清站了起来，微笑着对庄心丹说："心丹，我要做你的新娘。"

"真的！"庄心丹突然朝着佛祖顶礼膜拜，心里默默祝祷："佛祖在上，我庄心丹何能何德，上苍会赐给我玉清这样冰清玉洁的姑娘。我发誓，一生一世爱她、呵护她！"

翌日，在战乱的大后方昆明，不时有日本飞机狂轰滥炸，一个烟柱冲天而起，他们却牵手走进了教堂。

抗日战争的硝烟刚寂静下来，庄心丹和涂玉清东去上海，参加龙华机场的建设。不久这对年轻夫妇在南京购置了一栋两层小楼，以为可以结束颠沛流离的生活，但是龙华机场的谋生之道却由于内战烽火四起而断了后路，夫妻又匆匆南逃广西，参与修建湘桂黔铁路。庄心丹当了七分段长，蛰伏于穷乡僻壤，女子师范毕业的涂玉清无书可教，成了地地道道的筑路家属，在寂寞无望的日子里，她在广西桂县一连生下了两个孩子，过着相夫教子的平静日子。

终于赢来了新中国成立。庄心丹没有跟着国民党撤离大陆的船，驶向孤岛，他知道那一盈海水相隔的台湾，没有铁路工程师的用武之地。忐忑不安地遥望着青天白日旗在南京总统府缓缓坠落，看着一个蒋家王朝和一个时代的终结，等着人民解放军前来接管。

衡宝战役落幕了，南京的铁路署没有一点消息。1949年12月，军代表来了，宣布林境工程处肢解方案，一分为四，一部分人进京，一部分人西去成都，一部分人南行武汉，还有一部分发配西北。庄心丹属于最后一拨，已经习惯漂泊的日子，无论十里洋场还是边隅之远，但是出身江南豪门的他未曾料到自己会根系黄土高原，魂牵西藏。一声令下，涂玉清跟着丈夫抱一个，拖一个，牵一个，带着三个孩子来到甘肃天水的西北铁路工程局，参与了包兰线和兰新线的设计，为他后来当青藏线上的第一代线路总体，做了铺垫。

1957年仲夏，庄心丹带着铁一院13人的初测和定测队伍上路了。所走的线路是德令哈—泉吉—格尔木—昆仑山—风火山—沱沱河—雁石坪—唐古拉—安多—那曲，再沿当雄草原，直抵拉萨。

而此前，四川省委在西康地区展开了民主改革，触动了土司、头人的利益，而出身于四川稻城的达赖经师赤江趁陪达赖出席全国人民代表大会后归来，回老家看看，住进了理塘寺，与同时回拉萨抵达甘孜大金寺的索康遥相呼应，煽风点火。藏区的大小头人从佛爷近侍的身上嗅到了造反气息和暗示。1956年2月，理塘拉波的头人定拥阿、毛鸭土司和富商恩珠仓将藏刀刺向湛蓝的天空，在离天最近的天幕上留下了一道道伤痕。率众袭击道班、兵站和工作队，掀开了康区叛乱的第一幕。翌年，叛乱头目恩珠仓势力坐大，振臂一呼，响应者熙熙而来。窜入西藏境内，成了"四水六岗"卫教军（四水为金沙江、黄河、怒江、澜沧江，六岗为色莫岗、擦瓦岗、芒康岗、波绷岗、杂玛岗、木雅绕岗），甘南地区的藏族也跟着，与青海玉树二十五族、昌都三十九族地区连成一片，黑云压城，无疑对进行青藏铁路初测和定测的庄心丹构成威胁。

或许生活中穿越太多的凄风苦雨，庄心丹反倒坦然了。他没有想到，队伍刚开出兰州城，便有两个排的人民解放军负责警卫。

从德令哈开始，庄心丹带领的 13 人初测队伍每到一地，两个警卫排的官兵马上占领制高点，派出流动哨，设点在山头垭口布卡，将踏勘的每个地域实施里外警戒，围成铁桶，甚至不让一只飞鸟而入。而负责初测和定测的工程师和技术人员，每人一匹马，一支枪，跃上藏马，便可以测量，晚上收工时，再骑着马返回营地。每换一个新宿地，不管多晚多忙，搭好帐篷后，就开始挖工事和掩体，以防止晚上叛匪来袭。专门安排了站岗，每两个小时换一班岗，在整个青海境内一直安然无恙。

从格尔木上了莽昆仑后，海拔骤然升至 4700 米以上，到了晚上九点多钟，广袤的可可西里仍旧擎着一轮红日，像一个红色的彩球往地平线的尽头滚来滚去，初测走线之中，庄心丹最爱看莽原落日，绚丽的七色光柱中，岚气袅袅，夜的帷幄缓缓升腾，诡谲奇妙的云彩中，就像藏民族记忆中的英雄格萨尔王，骑一匹白色骏马御风而来，长风掠过草原，寒剑倚天，一道炫目的光带凌空划过，将太阳头颅一剑砍下，将之攫拿而入囊中。天色骤然黑了下来，夜里躺在帐篷里，仍然可以看到深邃的天幕上，星星垂得很低，似乎就在帐篷的门上，伸手便可以摘下，童年的幻想和憧憬变得越来越近。

可是，一觉醒来，又是另一个世界。一夜之间，楚玛尔平原下起纷纷扬扬的大雪，天亮了，睡得深沉的官兵和勘线的工程技术人员都醒来了。睁眼一看，帐篷不知何时被积雪压倒了，被子、大衣和身上都埋在雪窝子里边，每个人的眉毛、胡子上都结了一层厚厚的冰凌花，大家站起身，抖落身上的积雪，互相打趣着，看人世间唯有的"冰霜花展览"。庄心丹走出帐篷，听到了雪落的响声，远眺着空阔无边的惟余莽莽，他被这种壮丽倾倒了。贪婪地大饱眼福，孩子般地在雪窝子里嬉戏，由于没有高原生存的经验，结果得了雪盲，眼睛又红又肿，只好在五道梁一带休息了三天，才跃然马上，向沱沱河、雁石坪方向推进。

第一次青藏铁路的初测和定测，一直是按照苏联航测的无线抄平的线路，紧贴着青藏公路一侧的山野，一个木桩一个木桩连成一线，铁鞋昆仑，朝着唐古拉山方向迈进。翻越唐古拉之后，庄心丹决定不再沿公路而行，而是进入万里羌塘无人区，在唐古拉山麓的南坡，第一次见到了惊天动地的滚地雷。原本还是万里无云的晴空，苍穹蓝天的炫目，倏地乌云翻滚，像大海里的战舰滚滚驶来，猛然一记雷声从远天传来，一道蓝光锋刃般地划破天幕，一个巨大的火球从唐古拉顶上席卷而下，无形的光环像一条巨龙一样逶迤而来，直逼在雪原上初测的工程人员，大家纷纷卧倒在地，将头埋在雪野里，被青藏高原自然奇观吓得目瞪口呆。滚地雷散尽，在萋萋野草上留下一条燃烧成灰烬的黑道，庄心丹站起来清点人数，所幸无一人伤亡。

躲过一场天灾劫难，却也有战祸不时擦肩而过。翻过唐古拉之后，西藏境内的叛匪队伍便时隐时现，有一天在无人区的沼泽里初测，有一个技术人员说棱镜里有几个黑点晃动，像是马队朝着这边飞驰过来。

"不可能！"庄心丹率队走进无人区后，已经有半个多月不见人影了。

黑点渐次变大了，朝着他们越来越近，已经翻过山头，往河谷里走来，那个技术人员惊呼："庄副总师，不好了，真的是叛匪。"

警卫连长也从望远镜中捕捉到藏马上流窜的叛匪，大声喊道："一排长，打马过去，看清楚了，究竟是自己人还是叛匪，千万小心。"

"是，连长！"一排长抖动缰绳，策马冲向河谷的沼泽地带。

一排长的战马径直往沼泽地里狂奔，想靠近那群在沼泽地一边缓缓而行的人，谁知事与愿违，突然扑通一声，战马掉在泥泽里，动弹不得。那边叛匪开枪了，雨点般的子弹嗖嗖射了过来，在一排长战马前溅起一片片水花。

"全体注意！"连长站在土坎上挥手，"压住敌人的火力，狠狠打，掩护一排长后撤。"

经历过战争的庄心丹倒没有惊惶失措，他很专业地卧伏在地，射击的子弹也纷纷射向叛匪。也许是部队和勘察队员手中的钢枪比较先进，射程远，打得准，沼泽地那头的叛军纷纷夺路而逃。

冰雪冬季载在灰头雁的翅膀上远去了。庄心丹一行沿当雄草原初测而下，穿越羊八井，步入拉萨河谷，穿着蓝色铁路制服的队伍出现在红宫脚下，闪亮登场拉萨城。第一次看到胸前一排工字路徽铜扣，戴着大盖帽，八角街一片轰动，贵族、农奴驻足相望，其围观场面绝不逊于当年18军阔步进入拉萨城。

　　西藏工委专门接见了庄心丹一行。望着从内地进来的铁路同志脸上染上了高原红，铜色的肌肤透着青藏高原的阳光亮色，操着一口湖南话的张代表笑着迎了过来："欢迎，欢迎，从你们铁路工人进拉萨城的脚步里，我听到火车进藏的铿锵旋律，广大农奴期盼火车驶入西藏的日子不会久了。"

　　在新中国第一位红色封疆大吏面前，蛰伏荒原已久的庄心丹反倒显得拘束不会说话了。

　　"说吧，有什么要求尽管提。"张经武和蔼地说，"你们是为西藏人民办好事的。"

　　"我，我们想参观一下布达拉宫。"庄心丹不知何故，对历代达赖的寝宫如此感兴趣，"当然，还有一个重要的请求，设计院交代我们到山南、林芝一带看看，探一下铁路今年能否修过去……"

　　"哦！"张经武沉吟了一下，"参观布达拉宫不成问题，下午就让工委交际处的同志带你们去。至于去山南，最近有点乱，得去噶厦政府办发一通行证。"

　　"通行证！"庄心丹惊诧道，"您是中央代表、西藏工委书记，说句话一言九鼎，在西藏畅通无阻。"

　　"哈哈。总工程师同志，此话差也！"张经武仰天长笑，"西藏特殊情况呀，整个地方行政管辖依旧是达赖喇嘛的噶厦政府，西藏工委现在只管统战、外交和国防，不能越俎代庖呀。"

　　"啊，明白啦！"庄心丹为自己的失言而感羞赧。

　　"不知不为过！"张经武哈哈一笑。"不过。山南方向近来有康区窜入的恩珠仓的叛乱分子活动。有些乱，千万要小心，警卫分队必须加强！"

　　"谢谢！"庄心丹起身告辞了。

　　一直等了好几天，终于有消息了。西藏噶厦政府的通行证办下来了，中央代表为安全起见，除警卫小分队外，还特意增派了两名公安、一名翻译和一名从贵族家里逃出来的饲养员，陪着庄心丹所带着的人马从拉萨出发，沿墨竹式卡、工布江达，溯泥羊河而下，直抵林芝。一路上不断地停车，目测铁路能否通过，拐弯的半径是否达 600 米，抵达西藏的江南林芝后，又骑马溯雅鲁藏布江逆行而上，探究山南地区修筑铁路的可能性，再拐道日喀则，画了一张张铁路走向图。幸好，此行没有与叛匪遭遇，一路安然，一个月后，顺利返回了拉萨。

恰好，张国华中将从内地回来了，听说铁路设计院的同志走过青藏，又在前藏绕了一大圈，测勘路线，特意请大家吃了一顿饭。

西北局派进藏的18军独立支队支队长范明，此时身任西藏工委副书记，听说大西北来人，有一种地域的亲近感，特意将庄心丹召去下象棋，激战犹酣时说："我是西藏这个棋盘上的一个棋子，你们也是。小卒过了昆仑、唐古拉，就可以唱大戏了。"

庄心丹自然读不懂范明的潜台词，抓起小卒，毅然过河，一直拱到军帐腹地，一将军，把老将给将死了。

范明推盘认输，尴尬地笑了。

初测归来，庄心丹被调回第一研究院总体组当了组长，1964年至1966年又再度上山定测，可是当风起云涌的"文革"风暴席卷神州一隅时，有着复杂社会背景的他从此落寞了，几经打倒，几经牛栏岁月，最后在资料室为自己的青藏铁路生涯画了句号。

我走出庄心丹的陋室时，已近深夜。秋夜的寒凉漫淫着肌肤，身在抖索。攥在手中的庄老赠的古体诗抄却炙热无比。诗行之中镌刻着青藏高原的壮美，也奔突着喜马拉雅造山运动的烈焰，心丹已老，丹心却在，烈焰不灭，一怀报国之志最终付与苍山无限。不过将近五十年后，作为第一代青藏铁路总体踏遍青山的线路终于被人重新记起，庄心丹觉得是三生有幸了，可以在人生的大幕最后落下之时，看到一条横亘世界屋脊的国之动脉骤然崛起，跨越昆仑。悲耶喜耶壮哉幸哉，唯有诗以言志。

走过庭院的浓荫树下，霜风掠过，有一片枯叶纷纷落下，撞地而亡，我突然想起了伫立在斗室的窗前与我频频招手的庄心丹老人。

喜马拉雅，毛泽东的最后远眺

已经是1973年的深冬了。

京畿之地的第一场冬雪刚刚下过。雪后初晴，一轮冬阳从昏黄的天幕上缓缓西坠，日暮江山，像一个衰老的长者，步履缓纤地迈向生命的黄昏，渐渐失去了日照中天的炽热和壮烈。

斜阳苍凉地洒满中南海游泳池毛泽东书房。尼泊尔国王比兰德拉还未跨进门槛，女护士便将毛泽东搀扶起来，迎接与中国隔着一座雪山的邻居。

年轻国王戴着一顶红色的船形软帽，身着一袭白衣，身材魁梧彪悍，虎虎生威地走了过来，相形之下，气吞山河的毛泽东已垂垂老矣，英雄不忆当年，洞察秋毫的明眸里唯有老者的慈祥，他紧紧握着年轻国王的手，伸出左手一个指头，说："与年轻的国王比，我老了！"

"主席不老啊！"比兰德拉虔敬地邀请道，"如果方便，我们期待着主席造访尼泊尔，到加德满都王宫做客。"

毛泽东吸了一口烟，指着自己说："瞧我这样子，苟延残喘，去不了。"

比兰德拉真诚地说："主席能行！"

毛泽东的睿眸突然犀利起来："五十年代，我曾经有过一个梦想考察黄河，李太白说黄河之水天上来，我就想骑着马，驮上几箱书，溯黄河而上，一边考察一边读书。直至黄河的源头格拉丹冬。"他飞扬的思绪突然落到了那片大雪山上，王顾左右而言他，"黄河源头在青藏高原，离尼泊尔不远吧！"

"不远，就隔着几座大雪山。"尼泊尔国王的回答睿智而风趣。

"横空出世莽昆仑！"毛泽东吟诵着自己的诗作，"青藏公路跨越了昆仑，翻过唐古拉，如今中尼公路越过喜马拉雅山，将我们两家连接起来了。"

"感谢主席，帮助我们修筑了从聂拉木到加德满都的中尼公路。"比兰德拉真诚地谢道。

"我们是好邻居，不说客气话，有什么困难互相帮忙。"晚年的毛泽东依旧是一览众山小，傲视寰宇的大英雄气派。

"就扩大两国贸易而言，这条路仍无法承受。"比兰德拉似乎看重那个年代被中国领袖忽略的国际贸易，说，"比如将贵国青海湖的盐，还有铁运往我们那里。太远了，汽车运量不够。"

"那就修一条进藏铁路吧，跨越喜马拉雅山。"毛泽东英气渐逝，利眸穿越苍茫青藏，对喜马拉雅作了最后的眺望。

"主席有如此雄心和气魂，尼泊尔王国势单力薄，无法企及。"比兰德拉心存感激地说，"此事能成，对于尼泊尔王国的子孙后代会受益无穷。"

"应该说两国人民受益无穷啊！尼泊尔王国是我们雪山顶上最好的邻居。"毛泽东喟然感叹。

"中国朋友是最可信赖的，我会教育臣民世世代代与中国人民友好下去。"

尼泊尔年轻的国王真被感动，将近半个世纪，在中国与印度两大政治板块中生存的尼泊尔，一直将感情的天秤倾向中国。

"好啊，我们两国永远做好朋友！"毛泽东长长地吸了一口烟，将目光投向了遥远的西藏说，"青藏铁路修不好，我睡不着觉啊！"

谁能读懂一代东方大政治家的心思？毛泽东一直想与南亚诸国做友好之邻，这个国策一直持续到现在。然而唯一让他失望的是印度，当年两国可以说是第三世界的领主，1954年的万隆会议，周恩来和尼赫鲁各领风骚，以万隆精神一举奠定了世界级大外交家的历史地位，但是两个处理过世界多少棘手事情的一代政坛元宿，却在一条臭名昭著的麦克马洪线问题上相向而去，最终未制止一场兵戎相见。其实这场战争是由尼赫鲁骨子里浸染的英国人思维引起的。1951年2月6日，朝鲜战场上中国军队鏖战犹酣，可是貌似公平的印度人在联合国调查会上秉持公道时，却暗暗在中国人民最危难的时候从背上插了一刀，将六世达赖喇嘛仓央嘉措的家乡达旺占领了，而这时进藏的解放军还未最终入驻拉萨，达旺四联的官员急报噶厦政府外交局，仍然无济于事。中国一直罕见地沉默着，可是到了1957年，当新藏公路开通时，一条中国的战略要道途经喀什昆仑的阿克赛钦，印度人脆弱心理却承受不了了，尼赫鲁的宠臣远方亲戚考尔在总理面前献策，推行英印帝国的前进政策，1959年4月，一举推进到了麦线以北后，入侵兼则马尼，占领中国西藏的朗久、马及墩、塔克新等地，挑起"朗久事件"，随后，又在择绕桥打死中国边防官兵数名，是可忍，孰不可忍。可是英国人教育出来的尼赫鲁却读不懂博大精深的中国文化，居然冒天下之大不韪，派印军二战的王牌旅第七旅，又越过麦克马洪线，占领了整个克节朗河谷地区，一直抵进到扯冬一带，打死我边防军数人。于是一场中将对中将，大校对准将的战争无可避免地发生了。时任江孜分工委书记的阴法唐挂帅出征，与其他领导一起，带着原18军主力团队，展开了中印边境自卫反击战，于1962年10月20日在一个风高夜黑的晚上近抵克节朗河谷，早晨七时当总攻信号弹冉冉升空时，一支铁军虎跃龙腾地冲上前去。一天战斗便吃掉了印军的王牌旅，并在向达旺追击中又俘获了第七旅准将旅长达尔维等印军。随后从贝利小道大穿插，以一个师的兵力六天七夜的长途远征，出现在邦迪拉，彻底截断了印军四个旅的后逃之路，击毙印军62旅准将旅长辛格，一度兵临伏特山下，离中国的老国界仅有二十公里，直逼印度的阿萨姆平原。可是为了世界大局和第三世界国家的团结，打赢了战争的毛泽东、周恩来并未按胜利者分享成果，而是尊重印度民族的感情，将一枪一弹，一炮一坦擦拭干净，以泱泱大国气度，将武器和战俘让印度人领了回去，并从收复的国土大踏步地撤军，撤到了麦线以北四十公里的地带。可是以怨报德的甘地传人似乎不领中国的情，尼赫鲁从此元气大伤，两年之后便郁郁而终，虽然其女其孙再次登上总理宝座，但是再也没有解开中印两国死结的气度和胆识。

中印的冷对峙，使毛泽东改变国际战略的格局，与巴基斯坦和尼泊尔发展睦邻友好，于是中尼公路穿越喜马拉雅山而过，直抵加德满都，而中巴公路却穿越巴控克什米尔，与巴基斯坦连成了一条战略大通道。为保护中国的两翼做出了贡献。

毛泽东决定修建横亘喜马拉雅山的铁路，其实也是给中印板块缓冲地带的尼泊尔王国以最大的支持和声援，以抗衡几十年间与中国老死不相往来的印度。

送走了比兰德拉国王，北方中国的冬天太阳残阳如血，没有夏日的炽热和壮烈，悄然沉落到了燕岭之中，在天空中留下一片烟叶般的枯黄。毛泽东累了，护士连忙扶他回去休息，此时已经年过八旬的老人家确实老了，他的老态龙钟是由1971年"9·13事件"的那个夜里开始的，他亲自钦定的接班人林彪居然辜负了他从井冈山时的苦心孤诣，竟然做出了干掉"B52"（林彪集团为毛泽东取的代号）彻骨心寒之事。就在那天深夜得知林彪摔死在外蒙古温都尔汗后，仰天长叹一声，衰老就从那天开始一点一点地捶打着这位马背上的大政治家。

尽管如此，住在中南海游泳池的毛泽东仍然一言九鼎。他与尼泊尔国王谈话时的最后眺望喜马拉雅山，又一次启动了二上二下的中国人的青藏铁路梦。

就在他与比兰德拉谈话二十多天后，国家建委召开了关于高原、冻土和盐湖的科研会，并责成中国科学院具体分管这项工作。随后国家建委将落实毛泽东指示、上马青藏铁路的报告呈报党中央和国务院，白纸黑字地写道，1974年内开工，1983年或1985年完成。工期为十年之久。

当时主管经济工作的李先念副总理最先看到了这份报告。沉吟片刻，以老人家一万年太久，只争朝夕的气魄，他觉得十年工期实在太长了。毅然在文件上批示："似乎时间长了一点，能不能加快。请将报告转呈总理阅示。"

斯时，癌细胞张开饕餮之口，残酷地吞噬着病入膏肓的周恩来。可是躺在305医院病榻上的共和国总理仍然日理万机，从未敢有一丝的怠慢。秘书将毛泽东与尼泊尔国王的谈话记录呈上来了，一摞高高的文件里还埋着国家建委建议上马青藏铁路的报告。他戴上老花镜，忍着病灶的痛楚，一一展读，当看完毛泽东与比兰德拉的谈话，以及国家建委上马青藏铁路的报告后，他挥动铅笔，写下了一段当惊世界殊的批语："同意先念同志的意见。"并在那份文件的先念批语，用铅笔在能否加快上划了一个箭头，仿佛在老人家的记忆中，能否再快一点，他的有生之年能看到火车驶进萨城。在此之前，身染沉疴的总理长叹道，二十九个省市自治区，唯有西藏不通铁路，从孙中山的梦想迄今为止，半个多世纪过去了，铁路未修进拉萨，我们共产党人有愧啊。因此一向谨慎的周恩来大笔一挥，争取1980年通车，最晚不能晚过1982年。

梦幻离现实一步靠近了。刚刚恢复副总理职务才11个月的邓小平，对青藏铁路的上马极为关注，多次作出批示，要尽快论证，争取早日上马。

叶剑英老帅是在北京西山的一个王府得到总理的批示，此时他主持中央军委工作，手中握有百万雄兵，握有当年在朝鲜战场上建立了炸不断铁路运输线的铁道兵。因此，他给时任铁道兵司令员和政委的吕正操、陈再道打电话，铁道兵要尽快上青藏高原去。

叶帅一声令下，1974年4月，铁十师打前站的副师长姜培敏带着先遣组到达了封闭了多年的德令哈到关角隧道。随后铁七师也上来了，承揽了从莲湖往西，直抵格尔木南山口的地域。

风萧萧高原寒，第三次上马的青藏铁路一期的终点站，就在横空出世的莽昆仑脚下。

这一天姗姗来迟了，但是并不晚。

横亘莽昆仑
——第二代线路总师吴自迪

到了秋天，兰州城里的日子开始变短了。

也许因为时光匆匆，作为中国作家协会派来采访青藏铁路的作家，我突然有一种莫名的时间恐慌感，随铁道部采风团集体活动，作家、摄影家掺和在一支队伍里，身不由己，担心在兰州城里的停留太短，而不能将五十年间三上三下青藏线的工程技术人员的故事尽揽囊中。因此，2002 年 9 月 15 日这天下午，访谈完了曹汝桢老人后，我便匆匆赶往铁一院唯一一位勘测大师吴自迪家里。

跨进吴老家的门槛，西斜的秋阳伸手掀开窗帘，悄然泻进屋里，阳光灿烂，屋里暖暖的，宽敞而整洁。我们进屋，吴自迪便迎了上来，他个子不高，身体瘦削，斑白的头发染了一头青霜，儒雅而有翩翩风度。操着乡音未改的南昌口音，连声说："欢迎，欢迎，我们家从来没有这样热闹了。"

摄影记者忙着拍照，而我则抓紧时间进行采访。故事便从毛泽东与尼泊尔国王比兰德拉谈过话之后开始。有一天，铁一院院长脚下生风地走进副总工程师吴自迪的办公室。兴奋地说："吴总师，你瞧我风风火火地找你，猜一猜是什么任务。"

吴自迪粲然一笑："如果我没有猜错，是不是青藏铁路要第三次上马？"

"嗅觉很灵敏嘛。"院长感叹地说，"吴老，真的服了你。"

"嗨，其实是院长的表情泄露了秘密。"吴自迪风趣地说。

"哈哈！"院长一笑，"既然吴总师也窥破秘密，我想征求一下意见，上青藏铁路定测，谁最适合做线路总体。"

"吴自迪。"吴老拍了拍自己的胸脯，"我已经等得太久了。一头青丝都快等白了。"

"哈，吴老举贤不避亲。"铁一院院长感慨道，"英雄所见略同。"

"是吗？"吴自迪兴奋地问道。

院长点了点头："青藏线的总体这第二代，非请吴老出山不可呀！"

"谢谢组织信任，能在青藏铁路上尽点绵薄之力，三生有幸。"

1974 年仲夏时节，吴自迪带着勘测队伍昂然踏上昆仑。回望紧随其后的车队，第一年上山的人数比较少，只有十几个人，青藏铁路的勘测已经二度上马下马，1957 至 60 年代初，庄心丹作为线路总体，进行了第一次初测和定测。三年困难时期过后，又于 1964 年和 1966 年组织了定测。屈指之间，已经十年过去了。而吴自迪此行任务，就是按照历次留下来的踏勘资料，熟悉铁流昆仑的通向日光之城的线路。

然而，那个年代最好的汽车便是四处漏风的北京吉普了。吴自迪驱车穿越可可西里，在一片浩瀚的荒原没有路的地方，趟出一条路来。北京 212 吉普驶过大荒原，前边藏羚羊和藏野驴驰骋左右，平行的与一匹铁骑欲比高低，第二代线路总体惊呆了，那些高原精灵在蓝天白云下划出一道空灵的弧线，似天马凌空，如飞天飘逸，将车轮滚滚的铁骑一次次地抛至身后，然后站在一片高地上，向踏进它们的天堂的人类挑出妩媚的诱惑。一个个龇嘴而笑，似乎在说："加油啊，人啊人！"

"加大马力，追上去！"素来处变不惊的吴自迪被这个迷人的动物王国沉醉了，欲化入其中，大声喊道："融入它们之中！"

北京吉普司机一脚将油门踩到了底，铁马轰地加大马力往前方奔放而去，一会儿便将那群凌空而跃的精灵抛在了身后，可是仅仅是刹那之间，遽然清醒过来的藏羚羊又展开奔逸的双翼，只见晃动的影子纷纷掠过海水浴过的天幕，又一次将铁马丢在了后边。然后再悠然一笑："谁主青藏高原的沉浮，藏羚羊！"

踏勘队伍被这样神秘的动物吸引了，一个回合一个回合的比赛，最终北京吉普陷到了泥泽地里，无法动弹，才最后罢休。他们沉醉在可可西里动物天堂里，不自觉地将自己与世界屋脊生物圈链条融为一体。

"太美了，我们有责任保护这群天使！"吴自迪跳下车来，自言自语道。刚才融入精灵的世界里，有点忘乎所以。接下来却是上苍和精灵的报应了。所有的人都跳下来推车，可是车陷得太深了，人使出浑身解数，车依旧岿然不动。这时苍苍茫茫之中突然飘来一群牦牛，不知谁说了一句有救了。

"有了什么？"吴自迪扭头回望，远处仍然是一片亘古的死寂。

"请藏民的牦牛帮着拖啊！"

"好主意！"

于是带着翻译循着牛群走了过去，说明来意。藏族是最纯朴的民族，没有丝毫的犹豫，便赶着经常驮牧包的牦牛过来，于是在70年代青藏高天上，便有了传奇的一幕。三头牦牛的驮鞍上，拴上一根粗大的麻绳，放牧者一声哞哞地吆喝，三头牦牛一齐朝一个方向使劲。终于将深陷在泥泽里的吉普车给拽出来了。

又可以沿着当年初测的线路上路，可是走到了五道梁时，车轮嘭地没有气了。停在路旁的荒野里毫无办法，备胎也没有气了。

"还有什么办法？"吴自迪总工焦急地问道。

"什么办法也没有，唯有截一辆车，到格尔木补备胎吧。"司机喃喃说道。

"有打气筒吗？"吴总师突然问了一句。

"有啊！"司机答道。

"那就打气！"吴自迪斩钉截铁地说。

"可是，可这是自行车干的事情呀。一个汽车轮胎不知要打多少时候。"司机无奈地说。

"一样的道理。"吴自迪倒有自己的主见了。

于是，所有参与勘测的人员都轮换着来打汽车轮胎气，累得气喘吁吁。

在海拔4800多米的五道梁，用了将近一个多小时，吴自迪总体所带人员轮番躬身打气，终于将轮胎充满，得以向风火山方向驶去。

这一年的冬天姗姗来迟时，吴自迪所率十多人的勘测队伍，按图索骥，走完了曹汝桢、庄心丹初测的全程，并将600米的拐变半径扩大到了1200米，为次年全线上山铺开奠定了基础。

第二年的春雪还未融尽，1700人的队伍就上山了。吴自迪仍旧是线路总体，可是在他的麾下却荟萃了科研队、冻土队、钻探队、中科院冰川所等众多的队伍。刚上到昆仑巅，天突然阴沉下来，下起了小雪，再往前走，纷纷扬扬落下鹅毛大雪，狂风吹着尖啸的呼哨，刺得人的脸上一片针扎地痛，蓦地，黯然的天空与飞雪浑然一片，一切都消失了。

但是勘测队员们仍然英姿勃勃地上山。铁一院原宣传部部长姜瑞生当时是位不满20岁的团支部书记，带着突击队员上山，由司机李戈送她和医生李惠英一齐走的。路太颠了，汽车在搓板路上跳舞，自己携带的脸盆，翻来滚去，也不敢去扶了，瓷全碰掉了，简直就不敢相信是自己的了。

那天傍晚，他们要赶到楚玛尔河勘探队的。可是车过昆仑山垭口时，却不幸陷了下去。李戈跳下车来，抱石头，找土块垫，冲了好几回，却越陷越深，无望地看着天渐渐黯淡下来，那边的雪山顶上，三五成群的孤狼在踽踽独行，一步一步朝着他们靠近，姜瑞生心中一阵阵恐慌。这时，青海兵站部的一队老解放牌车恰好通过昆仑山垭口，她立即跑了过去，将车子截了下来，跃上驾驶室的踏板："解放军同志帮帮忙，将我们的车拉出来。"

兵车过昆仑，虽然都是重车，但是路遇险境，都会有人出手相援，几个年轻的战士纷纷跳下车来，找来了钢绳，挂在了李戈的车上，"轰轰"地拽了几次，深陷的汽车兀然不动，李戈打着火，几次配合着想将车开上来，却越陷越深。

眼看着远天斜阳多情地投向雪山怀抱。暮色四合，部队官兵要赶到五道梁兵站去，李戈挥了挥手："瑞生，你带着李大夫跟着部队的车走，去找吴总师他们去！"

"不！我们陪着你。"姜瑞生执拗地摇头。

"不行，这里的海拔4700米，女同志受不了。待久了会死人的。"只见几辆军车已经发动了，李戈催她俩走。

"李师傅，我们不怕，"姜瑞生很悲壮地说，"要死就死在一起。"

"胡说。"平时性格和蔼的李戈发脾气，"听话，赶快随部队的军车离开。"

"不！"姜瑞生摇了摇头，"我们不能丢下你不管。"

这时，总后兵站部的军车已经等得有点不耐烦了，开始按喇叭催她们登程。

"走啊！等着找死呀。"李戈此时已经暴跳如雷了。

"就不！"姜瑞生娇嗔地近似撒娇，作为一个共青团的支部书记，她不能扔下同事不管。

"走不走，再不走我拍死你们！"李戈急了，抡起手中的铁锹，朝着姜瑞生和李惠英奔了过来。

姜瑞生以为李戈在吓唬自己："你不会的！"

"谁说我不会！"李戈真的抡着铁锹朝她俩拍了过来，姜瑞生连忙一把抓着李惠英跳了出来，怒嗔道："李戈，你真的动手啊？"

"再不走，我拍死你们！"李戈此时已经血涌脑门，怒发冲冠了。

"好，好，李师傅，我们走！"姜瑞生的心中一阵酸楚，差点哭了出来，"你可要保重啊。"

"快走，少废话。"李戈仍然拉长了脸。不给她俩一点喘息机会，"我是男人！"

姜瑞生和李惠英登车而去，回望深陷在昆仑山垭口中的李戈孤零零地，只剩下了一个黑点，泪水潸然而下。

兵车驶过楚尔玛草原，只见草原上依稀钻塔的灯光在跳荡。姜瑞生连忙叫停车。挥手辞别过解放军战士，两个人往草原深处去寻找钻塔，这时西边天幕的碎霞已坠落莽原之上，雪山如血，一点一点燃烧成了黑色，暮霭渐渐落了下来，笼罩着阒静的大荒野，一种慑人心魄的寂静蛰伏于周遭。

"我的妈呀！"李惠英突然一声惊叫。

"惠英，怎么回事？"姜瑞生冲了过去，一把扶着她，安抚问道。

"老鼠，一群老鼠在乱窜，往我裤管里钻。"李惠英吓得快哭了。

"天啦！不是老鼠，是旱獭！"姜瑞生环顾左右，草原旱獭就像蝗虫一样，人的脚步一走便四处乱窜乱蹦，不顾一切地往身上钻。雨点般地落下，留下一片簌簌声响。

"旱獭？你说的是真的！"李惠英声音近似哭腔地追问。姜瑞生点了点头。

"不得了啦？医学书上说这种旱獭会传染鼠疫！"李惠英厉声说。

束手无策之际，姜瑞生突然想起了自己的行囊里一根绳子，连忙找了出来，用小刀一拉四截，朝李惠英扔了过去："李大夫，给！"

"做什么用？"李惠英已经被眼前的草原旱獭吓傻了。

姜瑞生将自己的裤管扎了起来，大声喊道："还愣着干什么，快把裤腿扎起来，旱獭就钻不进裤管里去了。"

"哦，明白！"李惠英连忙躬身将自己的裤脚扎了起来。这时，姜瑞生找来一根杆子在手中，在前开道，每走一步先跺跺脚，然后再用杆子朝着搅动，轰开旱獭，然后再朝前迈步，让李惠英跟着自己的脚步印走。两个年轻的女性往草原深处走去，匆匆的脚步和手中的棍杖，惊动了蜷缩草莽之中的旱獭，纷纷逃之夭夭，密密麻麻如黑色的冰雹一样落下。夕阳之中，俯视着一片旱獭跳跃，仿佛整个草原都在跳动。

一场惊魂甫定，可是姜瑞生、李惠英茫然四顾，不见那草原中的钻塔。却有另一场大自然的天火惊雷吓得她们心惊胆战，只见夜幕即将四合的天穹上，突然一阵闷雷响彻云霄，一道道蓝色的弧光撕破天际，如金蛇狂舞，摇摇欲坠，迅速飞掣钻入前边的半山坡上，一个火球接一个火球地霹雳滚下。

"妈啊，天火，火球，朝着我们滚来了。"李惠英又一声惊叫。

姜瑞生打了一个寒战，她有点后悔听了李戈的话，不然三个人守在一起，起码还有一个男人做主心骨，这回好了，找不到吴总师他们的队伍，却又遇惊雷四起，这与汉地老家的打雷完全不一样，一个接一个火球滚滚而下，在她们的身边炸响，然后燃起一片青烟，焦煳的味从风中飘来。

姜瑞生连忙将李惠英搂在怀中，互相壮胆："惠英，别怕，这不是天火，如果我没有记错，就是当年上高原老同志常说的滚地雷了。"

"滚地雷？"李惠英惊诧地问道。

"是的，老同志说，在楚玛尔平原和风火山上一带特别多。但是还未听过伤人之说。"姜瑞生安慰道。

霹雳火雷舞过大荒原，从天地接壤的地方，滚滚而来，朝着平缓的山丘掠过。燃成一片余烟袅袅，然后第二个回合接踵而来。

一阵接一阵的火球掠过。天色骤然黑了下来，两个女性手挽着手仍然往荒原深处走去，夜色迷茫之中，像只惊惶小鹿的李惠英突然惊呼："篝火，前边有灯光和篝火！"

姜瑞生朝着李惠英指的方向望去。不远处有帐篷几座，灯火从帐篷的门帘里露了出来。

"终于到家了，是我们的队伍！"姜瑞生如释重负。两个人再也不顾旱獭的乱窜，一路小跑地朝着帐篷冲了过去。掀开门帘，不是铁一院的勘测钻机队，而是中科院冻土队的工程师。

望着穿过夜幕而来的两个不速之客，男人都惊呆了："你们真胆大，这荒原上可是群狼出入，没有将你们叼走，真是万幸。"

姜瑞生嫣然一笑："狼倒是没有吓着我们，却被旱獭和滚地雷差点吓破了胆。"

"哈哈！"冻土队的男人憧然地笑了，风趣地说，"帐篷很小，委屈你俩，今天晚上你俩可要在'男窝'里熬一夜了。"

"狼窝，哪里有狼啊？"一场荒原惊魂，李惠英已经变得草木皆兵了。

"满地都是呀！"对方仍在戏谑地说。

李惠英浑身吓得颤抖了："真的！"

"没事！没事！"姜瑞生一看对方想幽默一把，反倒大方起来了，"有你们这群老哥在，我们就有胆量和靠山了，管它男窝一个，还是群狼满地。"

"哈哈！"一群儒雅的书生被两个弱女子的荒原奇遇和豪气震撼了。

那天晚上，姜瑞生和李惠英挤在科学院冻土队的男人帐篷里，蜷曲成一团，安安稳稳地睡了一夜。

第二天天亮，她们终于找到了钻塔，开着一辆大卡车，去拖车陷在昆仑山垭口的李戈，才知那天晚上他一夜无眠。找出千斤顶，将深陷在泥沼里的车轴顶了起来，轰鸣着越过泥泽，把车开了出来，而他的裤管上都结了一层冰，却毫发无损。

吴自迪总师从电话中得知他们三人安然无恙时，长长地舒了一口气，叹道："是昆仑雪山女神在佑助我们！"

时隔28年后，陪着我们采访的姜瑞生偶然谈起这桩往事，仍格格地笑个不停，仿佛在讲别人的故事。

第二站　饮马大荒原

洁白的仙鹤，

请把双翅借我，

不会远走高飞，

到理塘转转就回。

——六世达赖喇嘛仓央嘉持情歌

老将挂帅出征青藏

转眼之间到了 2001 年早春二月。

党中央和国务院已正式确立上马青藏铁路，各大媒体闻风而动，竞相报道，引起世界一片轰动。

共和国总理紧蹙的眉头舒展了，睿智的目光从宽敞书案的一大摞文件里移开，窗外初绽的白玉兰怒放如荼，借着朝阳的余晖，映在了紫光阁的玻璃窗上。一场春雪初晴后的丰年正朝着中国人走来。尽管过去的一年，国外有的经济周刊对中国发展速度和 GDP 多有微词，但是国库里收了多少真金白银，最清楚的莫过于共和国的大总管了。今年经济工作开局不错，重点戏还在后头，此时，他最关心青藏铁路能否在 6 月 29 日正式开工。

千军易得，良将难求。偌大的世界级工程，第一线指挥必须挑选一个干将。此时，朱镕基总理心中已经有了人选，可是须与国务院青藏铁路领导小组组长曾培炎再议一次。

总理操起了手中的红机子，请培炎同志来一下。

搁下机子，总理继续阅读案头上堆满的文件，挥动着铅笔，一一作批。过了一会儿，秘书脚步轻盈地走了进来，俯首告知：总理，培炎同志到了！

"请进来谈！"朱总理将手中的笔插进了笔筒之中，转过身来说。

"总理好！"儒雅温和的国家发展计划委员会主任曾培炎随着秘书跟了进来，谦逊地说。

"坐坐！"朱总理指着沙发，未经寒暄，便转入正题，"青藏铁路开工在即。国务院决定你担任领导小组组长。我准备再给你配一个一线分管的助手。"

"好啊，志寰同志做副组长，再配一名副组长，等于加强工作啊。"曾培炎颇赞成朱总理的提议，笑着说，"我猜总理已有瞩意的人选。"

"孙永福同志，让他主抓青藏铁路的日常工作，替你分点忧！"总理的眼睛投向了远处，"修建大京九的时候，我是领导小组的组长，永福同志是常务副组长，一个干将啊，搞了一辈子铁路基建，专业上很懂。"

时隔不久，铁道部接到国务院的一项正式任命，铁道部副部长孙永福为国务院青藏铁路领导小组副组长，并报请中央政治局常委研究，为正部长级。红头文件一经公布，旋即在铁道部引起一片轰动，五十余年的新中国铁道史上，副部长任命为正部长级，专管一项重大的铁路建设，寥寥无几。

那天傍晚，孙永福坐着专车往家里驶去，日暮黄昏，车水马龙的长街淌成一条生命的长河，车灯闪烁，尾灯在夜空中划过一个美丽的弧，如霓虹在惊涛中涌起、跳荡，让人有点眩目，凝视着车窗外边的人们疾步匆匆地朝着万家灯火温馨处归去。归去来兮，胡不归去。孙永福蓦地觉得，青藏铁路或许是宦海仕途上的最后一个站点，最后一场会战。

命运多舛，孙永福对中国铁路的所有梦想，始于大西北，最后还将落幕于大西北。少年时代，在陕西省长安县读书的他，睁着一双好奇的眼睛看奇迹发生的世界时，最先印入心中却是列宁的一句话，电气化工程师，从此理想的风筝便放飞进一片辽阔的天空，长大后立志做一名铁路工程师。1956年，他刚好15岁，那是一个登上西行的列车去西部的激情年代。初中毕业，年年考年级前几名的他，并没有按班主任的吩咐，报考县一中，一脚踏进大学的门槛，而是填下了"天水铁道工程学校"，他早就心仪这座中国铁路最出技术人才的中专名校之一了。背上行囊，在慈母依依惜别的泪眼中，登上西去列车，开始了一名铁路学子的生涯。

与普通的中学不一样，当年这所铁路中专尤其注重学生的技能培养。孙永福在这里不仅学了所有铁道技术课程，甚至熟练地掌握了钳工技能。三年后以全优的成绩毕业，又作为优等生保送到长沙铁道学院学习，那是一个特殊的年代，可是孙永福并未被迷雾遮眼，气沉丹田地读书，四年读完了五年的课程，以5分的全优成绩提前毕业，分配到郑州铁路局管工处当了一名普通的技术员。在默默无闻的岁月里，他却做了一项非同凡响的事情，从郑州沿铁路线徒步南下武汉，沿途考察铁道桥梁，列车驶过时的承重变化，倚在每座桥旁仔细观察，获取了一个个桥梁承重的数据，从物理力学的角度，揭示了桥梁的疲劳问题，撰写一篇很有价值的论文，一时声名鹊起。

但是，铁路局管工处毕竟不能架桥筑路，孙永福在悄然等待新的机会。1964年，中国战略大动脉成昆铁路响起了第一记开山的炮声，参与西南大会战的铁道部二局、五局急需大量懂工程的技术干部。孙永福奉调入川，在铁二局工段上当了一个普通技术员，以科学负责的精神，细致严谨的作风，给一线工地的广大筑路职工留下了深刻的印象，被评为先进，也让铁二局的领导认识了这个肤色白皙、儒雅的年轻书生。

成昆会战落幕时，孙永福被铁二局局长选为秘书，老局长身上的坦荡和军人血性深深地影响了他的一生。随后，他跟随铁二局决战湘渝线和枝柳线，此时"文革"红色狂飙席卷神州大地，每个在位置上的人都无法幸免，除非是阴谋、背叛、反戈一击，否则都难脱干系，追随局长左右的孙永福与局长一样被贬到最底层，跟着大会战的民工团一起干活，这些刚从土地征召而来的民工没受过筑路的专业训练，搞的是中国人最擅长的人海战术，塌方、滑坡、车祸、爆破和疾病的黑色之翼掠过工地，死人成堆，往往是叫家人收拾了事。对生命本体和价值的漠视深深刺激了他，以至后来当他有了一个拍板决策的桌子之后，执意要彻底清除这一轻视个人生命和利益的诟病，将苍生在上的理念举过执政者的头顶。

邓小平第一次复出重整山河，收拾"文革"的残局，中国步入一个新时代。给许多人的命运带来了天翻地覆的改变。孙永福的境遇才有了改变，由工程师提升为副科长。1980年当上铁二局二处的副处长时，搞完阜阳到合肥铁路工程之后，数千名二处的职工没有活干，一夜之间跌落到谷底，他开始四处寻找市场。恰好这时中国改革开放的总设计师在南国划了一个圆，孙永福闻风而动，立即带队伍南下，挂靠在中国土木公司二总队，在深圳蛇口荒草淹没的地方，搭竹棚做帐舍，打响了修建饼干工厂的第一仗。身兼党委书记的孙永福身体力行，穿着裤衩背心与职工一样干活。肚子里没有油水，就买肥肉打牙祭，度过荒年。饼干工厂以高速优质的深圳速度在南中国海边骤然崛起时，特区人开始对这支默默无闻的铁军刮目相看，等他们拿下五星级饭店的建筑项目时，铁二处的窘境已彻底改观。随后，孙永福被任命为铁二局副局长、局长，他将深圳的管理经验和模式移植到这个铁道部的老工程局上，8万余人的铁二局老树新枝，焕然一派新格局。

1984年12月，孙永福擢升为铁道部副部长，年仅43岁，堪称政坛上冉冉升起的政治新秀。但在随后20多载的从政生涯中，作为铁道部主管基建和计划的副部长、常务副部长，他陪过六任部长，跟随四位国务院副总理，当过大秦、京九、南昆和青藏铁路领导小组的副组长，中国铁道的动脉大战略南战衡广，北战大秦，中取华东，也都留下了他的智慧和心血。

暮色正沉落于泱泱皇城。人生已近晚秋的孙永福以为可以平平静静地在铁道部大楼里，为自己的筑路生涯平平静静地划下一个句号，可是当中国迈入新世纪的门槛时，春天召开的人大会议确定了开发大西北的战略时，多年从政之路的政治嗅觉，使他预感到壮士暮年还要指挥一场大会战，那就是进藏铁路。

因此，在那次人大会上，他特意找到了中国地质研究所的一位女所长，约定会后专门到她那里造访，请地质专家就进藏铁路的冻土、泥石流和环保进行研究，一旦进藏铁路正式启动，到底是走滇藏、川藏路，还是青藏线，心中有个底数。

是年5月，朱镕基总理将出访日本，可能会谈及日本新干线的高轨议题，孙永福先期到了日本打前仗。因此，当中国国际咨询公司董事长屠由瑞由铁道部副部长蔡庆华陪同到青藏路考察时，孙永福还远在日本。

北京的春天是短暂的，苦夏接踵而至。七月份，孙永福定下从新疆南疆铁路巡视后，到青藏进行一次全程考察，为党中央、国务院最终决策进藏提供依据。7月下旬，看望南疆铁路一线筑路的职工后，又辗返兰州，召开专家座谈会。中国冻土界的权威、院士程国栋、吴子安来了，一直主持青藏公路改造的专家武敬民也请来了，座谈会一打开话匣子，专家们慷慨激昂，无不表示出一个强烈的意愿，进藏铁路的话题争论了几十年了，已经到了下决心的时候，无论国力、技术、生命保障系统，都到了上进藏铁路的时候了。负责青藏路改造的武敬民的发言，够有分量，在孙永福的心中留下一个强烈的印象，进藏铁路是可以修的，应该走青藏线。

挟着沉淀在几代铁路人心中的夙愿，孙永福驱车西宁，征求青海省委的意见，未曾想到省里意见比专家还积极主动，省委书记白恩培说："我们青海盼了半个世纪了，快点上吧，青海人民对青藏铁路一路开绿灯。"

随后，他专门驱车关久隧道，实地考察了青藏一期隧道的病害，对青藏铁路的艰巨性有了更加清醒的认识。直抵格尔木市时，时任西藏自治区副主席的杨传堂已经到了青海地界上来接铁道部的大员了，考虑到孙部长的身体状况，杨传堂诚请孙永福一天通过青藏路，晚上直抵日光城拉萨。因此，在风火山，与冻土学家张鲁新告别之后，孙永福一行直抵沱沱河，吃过午饭之后，又看望了兵站的官兵和道班工人，然后翻越唐古拉山，往万里羌塘，直下拉萨。在与西藏自治区党委书记郭金龙和副书记热地作了交谈，西藏自治区党委修铁路的积极态度一拍即响，更让他觉得当地的政府和人民是靠山，返回北京后，他立即上书朱镕基总理，建议青藏铁路可以进入决策程序了。

秋天姗姗而来。在最终展开青藏铁路预科研之前，孙永福还想最后听听中国铁路和冻土界的专家们的意见。秘书将 31 名与会专家的名单表放在他桌子上，量级很重，大部分是院士级和高级研究员，在学界一言九鼎，音容笑貌随着名字浮出视野。浏览过后，孙永福的心中却有一丝挥之不去的怅然，尽是一派赞成派，一个大工程只有一种声音是危险的呀。

孙永福的目光落在书案上的一封信上，这是铁道部一位搞设计的工程师写给他的，对上马青藏铁路提出了直言不讳的批评，甚至言辞激烈地说，如果真的上了青藏铁路，后果不堪设想。

反复读着这封信，有一种如坐针毡的感觉，孙永福从高背软椅上弹了起来，在屋中来回踱步，然后推门而出，对坐在外间的秘书吩咐道："你进来一下！"

"部长，什么事？"秘书步履轻捷地走过来了。

孙永福指着会议的名单，喃喃说道："会议阵容很大，可是我感到独缺一人。"

"缺谁？"秘书不解。

孙永福指了信上的署名。

"他，他是反对派，到处给领导写信，坚决反对上青藏铁路。"

"这个时候就得听听反对的声音。敢于说不，也是需要勇气的。"

"再说，他只是一个副研究员，不够资格呀。"

"什么叫资格，反对意见就是资格。通知科技司让他与会。"

"明白，我马上去办！"

是年的 9 月 18 至 20 日，中国青藏铁路最大规模的一次专家论证会在京丰宾馆举行。程国栋、吴子安、武敬民等 31 名老专家慷慨陈词，大河奔流，形成一种锐不可当的气势和波涛，不能再坐而论道了，青藏铁路三上三下，现在是到领导最后拍板下决心的时候了。

默默坐在一旁的那位副研究员傲然群雄，心里一阵冷笑。终于憋不住了，拍案而起："我反对！"

孙永福心里咯噔一下，他想听听他会说什么。

那位工程师嗖地站了起来，振振有词："既然都是一种声音，那我就来一点杂音。我当年曾经去过安多，只是一个小小的村庄，没有几户人家，青藏铁路修过去，运营起来是亏本的。"

一位专家也拍案而起："你最近去过安多吗？"

那位工程师摇头："没有！"

专家道："多少年没有去了？"

"十多年了！"那位副研究员突然有点底气不足。

"地上十年，天上一瞬。改革开放的十多年变化，如天上人间。"那位专家大气磅礴地答道。

又有一位专家淡然一笑："纵使青藏铁路的运营永远亏本，但是为了青藏高原的高天厚土，为了那块土地永远在祖国的版图里，无论政治经济军事，青藏铁路都非修不可。"

"如果从政治角度考虑，我无话可说！"那个副研究员似有些无奈地摊了摊手。

结局已见分晓，准备人生最后一场会战的孙永福突然感到一股热血在心中奔突。

高级坐车在部长楼前戛然停下，步履矫捷走回家门，孙永福问在海军总院当儿科主任大夫的夫人："我的身体零件如何？"

夫人莞尔一笑说："基本正常，不过心脏多少有些问题。"

"能上青藏高原吗？"

"老孙，你这是什么意思，不是 7 月下旬刚走过一趟了吗？"

"在青藏公路上来回往返呢，比如一年之间走过十多趟。"

"你要来回往返青藏高原十多趟做什么？"

孙永福神秘一笑说："天机不可泄露！"

夫人也笑了，答道："老孙啊，你瞒我的大事情太多了，放心，我不会干预的。不过，你也是六十岁的人了，别逞能。"

"谢谢！夫人。"

拙于讷言
——金城

2000 年 11 月 30 日那天，是铁一院院长林兰生从北京回来的第三天，给兰州分院副院长李金城打了一个电话，让他速到铁一院院长办公室。

李金城刚率队伍从青藏高原初测下来，尽管只离几条马路，他还是一路驱车匆匆而来。气喘吁吁地走进林院长办公室，林兰生不动声色，先将一支烟往自己面前的大烟鬼扔了过去，只说了两个字："抽烟！"

李金城点燃香烟，贪婪地吸了一口，过足了烟瘾，才操着变了味的安徽六安口音问道："院长召我而来，总不会只为抽烟吧？"

"今天就谈抽烟！"林兰生王顾左右而言他，"是不是上青藏线的人都爱抽烟！"

李金城一笑："院长，你也上过青藏线，感受肯定比我深，不过今年我们兰州分院上去定测时，大家确实印证了一条颠扑不灭的活真理，在青藏高原，越是抽烟的人，肺活量越大，也越容易适应高原生存！"

"真有这种说法！我怎么没有听到医生说过呀。"林兰生击桌叹道，"这么说，烟瘾越大，在青藏高原上工作越没有问题。"

"当然了。比如我的肺活量就很大，就很适应啊。可惜不知能否像老前辈一样，在青藏高原上唱一出大戏。"李金城此时已经不木讷了，话说得非常顺畅。

"你真想在青藏高原上唱大戏吗？"林兰生反诘道。

"何止大戏，我甚至还想在世界屋脊上写一部格萨尔王一样的史诗。"李金城将历史学博士夫人的真传抖了出来，"可惜没有这个机会呀！"

"兄弟有气魄，你的机会来了。就冲着你这句话，青藏铁路的线路总体，非你李金城莫属了！"林兰生终于露出了今天召李金城而来的底牌。

"青藏铁路真的要上马了？"李金城追问一句。

"那还用说。你们已经辛辛苦苦地初测了半年多了。前天我从北京返回兰州的路上，铁道部蔡庆华副部长已正式通知我了，大局已定，进藏铁路走青藏高原。"少年老成的林兰生终于笑了。

"太棒了！"李金城从沙发上一跃而起，"五十年一梦终于成真，铁一院的机遇真的来了，不过，院长我想多问一句，我们什么时候正式上去！"

"过了元旦就上青藏高原！"林兰生重又恢复了院长的冷静，"过去一直是倪平做总体，我这次要起用年轻的，你们俩换个位，你为正，他为副。"

李金城突然谦虚起来了，"倪总可是比我资历老呀！"

"青藏铁路非同一般，就得上年轻体壮、专业好的。"林兰生感叹道，"我给你配了五个副总体，倪总只是其中之一啊！"

"谢谢院长抬爱！"李金城感动地说。

"别谢我，首先谢吴自迪大师吧，老人家第一个就推荐了你！"林兰生笑着说，"实践证明，是你的努力和奋斗，走到这个位置上的。马上回去组织班子，定测、设计一起上，我估摸明年夏天就会开工，我们只有不到半年时间了。"

"院长放心，金城不会让院领导失望！"

"我相信！"林兰生伸出手来与李金城告别，"希望你用行动来佐证我的眼睛不浊！时不我待，五月份，铁道部就要在北京招标，屈指一算，做设计出图纸只有一百多天。"

"我会抓紧的，按着时间节点完成好。"李金城告别了院长，走出铁一院机关的大门，匆匆赶回兰州分院，把历次勘测的图线和报告调出来看了一遍。正式履行青藏铁路总体的职责，这一天，他刚好38岁，已经参与并担任过昆玉线、包兰线、侯月线、教柳线、西南线、宝兰线、黎钦线的线路总体设计和尼日利亚970公里的既有线路的改造，厚积薄发，已经到了在青藏铁路施展抱负的时候了。

傍晚时分，初冬的斜阳沉落到了漫延东黄河里，夕阳无限，一抹金黄，与泛着古铜亮色缓缓流淌的黄河水融为一体，跳荡着一个民族千年的沉重和悲壮，他拨了夫人高士荣的电话："今晚别做饭了，我请客！"

妻子在电话中揶揄道："李公子，太阳从西边出来了，今天晚上如此大方！"

"去！"李金城戏谑地回敬，"亏你是我爸爸的硕士生了，连我的大方都不知道。"

高士荣快人快语："喂，我是你爸爸学生没错，如果不是我当年与你的前任女友，贪吃你妈妈的好饭，也不会成为李家的媳妇，知道吗，李金城，我高士荣是心地善良，代人出嫁！"

"哈哈！"李金城在电话中说道，"夫人真是哪壶不开提哪壶呀！"往事如兰州的另一个雅称金城一样，在岁月的风尘中兀立着，依稀可辨。

上个世纪 70 年代末期。毕业于山东大学历史系的兰州大学教师李蔚终于否极泰来，第一批被评为副教授，一洗了几十年地主家狗崽子的政治泥污水，可以扬眉吐气纵横学界和三尺讲台了。其实令他最为高兴的事情，就是在乡下那个大字不识的糟糠之妻办了跳龙门的手续，欢天喜地地跨入兰州城了，而他在大别山宿松县乡下读书的爱子李金城也五子登科了。来到兰州后，虽然条件不行，但是凭着他在安徽上学的教学质量，足以读大学。

父亲的愿望是让他子继父业，学历史，他偏偏没有兴趣，选了上海铁道学院作为自己青春的最后归宿。毕业后常年在荒山野岭进行户外踏勘，找对象成了一个老大难。他让老爸一个学生，历史系的班长曹海科，帮忙物色女友。常年的野外工作，使本来就肌肤黝黑的他显得更黑了，挟着田野的泥土气息，李金城跟着曹海科到女生宿舍转悠，希望能捕捉一个目标。

"李公子来了！却一脸青春痘，黑不啦叽的。"女生们窃窃私语，虽然李金城个子魁梧，但比他老爷子的博学多艺、风流倜傥，真是逊色多了。

不知是否一眼就锁定了目标，后来成为他妻子的高士荣发现，李家公子到女生宿舍里转悠最多的是她与女友的宿舍。既然是系主任李蔚大公子来了，女生个个笑脸盈盈，人面桃花，让李金城怦然心动。在那些华英奇葩之中，他忽然看上一个女生，就是妻子高士荣同宿舍的好友。恰好 1986 年 5 月，老父亲招硕士生时，高士荣和女友，一起就读于父亲的旗下，读硕士研究生。

经曹班长领着转悠后，回到家中，他突然对父亲说："老爸，我看上你一个女研究生了！"

"哦！儿子，是谁呀？"父亲没有想到。儿子真是肥水不流外人田。连媳妇都找自己学生。

"经常与小高在一起的那个女生。"李金城兴奋地说。

"好吧，我尽力想办法促成此事。"历史教授兼系主任的父亲点了点头，"不过你妈妈也得配合！"

"我配合！"妈妈呢喃说道，"你们都是大知识分子，我一个家庭妇女，能做什么事。"

李教授哈哈一笑："请客吃饭呀！"

"请客没有问题！"妻子恍然大悟，"只要能捞一个儿媳妇！"

"以后每个周末，就把小高她们俩请来吃饭！联络感情。"李主任交代道。

从此，每逢周末，女友叫上自己最好的女友高士荣到导师家打牙祭，有时候因为忙来不了，师母会亲自做好可口佳肴送来。

一吃就是一年半载。两个女硕士已经意识到，教授家的饭绝不会是免费的午餐。总有一天，要与导师的公子定情终身。

高士荣与女友在导师家吃了许多顿饭，虽然开始感觉自己只是一个电灯泡，可是后来却发现这个灯泡不能再黯然下去了。女友一夜之间移情别恋，从小就仗义的她深深过意不去，觉得有点对不起导师一家人。两个人中间总得有一嫁啊。

可是没有过多久，李金城和家里作为重点培养对象的那个女士因为导师的关系，被留在了兰大，而高士荣却被分到了社科院的民族研究所。可是不久女友便另有所爱，悄然退却了，把一道难题抛给了女友高士荣。

姐妹易嫁，既然女友拍拍翅膀而去，不肯下嫁导师的大公子，只有她上了，挺身而出牺牲自己。

1986年夏天的时候，李金城终于感觉到那个自己锁定的女友已另攀高枝了，失落之余，便将高士荣作为自己倾诉的对象。漫步黄河岸边的长堤下，热风拂过，夏日浓烈情更浓。冥冥之中，两个人才发现对方相知恨晚却是彼此。当李金城将高士荣揽入怀中时，他们已经情定今生。

鸿雁传书半年后，两个已经不再年轻的恋人决定牵手走向婚姻的殿堂。

那年冬天，第一场大雪覆盖了金城兰州，却不见金城风雪夜归人。敢爱敢恨的高士荣扯了一张结婚证，便登上南去的列车，千里寻夫，跑到了彩云之南的昆玉公路勘测工地，喜结良缘。

高士荣和女儿在饭店中翘首等待。

太阳沉在皋兰山后边了。左顾右盼，终于看到李金城挟着一丝寒风走进饭店。羞涩一笑，"夫人，对不起，来晚一步！"

"晚了就该罚酒！"高士荣铜铃般地一笑，"当然，只要有爱，永远不会晚。"

李金城坐定，让服务员拿过菜单，照着妻子和女儿最爱吃的谱点了起来。一会儿的工夫一桌美味佳肴端了上来。

高士荣和女儿俯首一嗅："真香，金城，好久没有吃过这样的菜了。"

"我不在家，你们娘俩总爱凑合。"李金城将葡萄酒倒进杯子里，"来，博士老婆，犒劳一下！今天是大喜的日子。"

"干没有问题，不过金城，你得告诉我，喜从何来？"高士荣笑道。

"猜猜！"李金城故作深沉。

高士荣摇头："猜不着，别卖关子了，到底有何喜事？"

"我被任命为铁一院的线路总体了！"李金城害羞说道。

"哦，这倒是一件喜事。"高士荣点了点头，将酒杯与丈夫一碰，"哪条线的？"

"青藏铁路！"李金城吐出了四个字。

"今年你不是刚下来，怎么又要上。"高士荣一怔，手中的酒溢了出来，"看来，我们又得当牛郎织女了。"

李金城摊了摊手："今年是初测，明年则要上大队伍定测设计了。估计三年五载下不来了。对不起老婆，嫁了勘测汉，就得做织女牛郎。"

高士荣的眼眶一红："去吧，我不会拦你的。这种日子，从走进你们李家门就已经习惯了。"

"谢谢！"李金城一饮而尽。

元旦的钟声刚寂静下来。李金城麾下的第一支队伍就出发了，由岩土处副处长、冻土科研队长楼文虎率领二十人，中国科学院旱寒所的三位专家加盟其中，驾车往格尔木方向驶去。到了德令哈，由于气温太低，面包车和客货两用车便打不着了，拖了四百米才发动起来。1月3日抵达格尔木，第二天早晨准备上山，可三菱吉普因为天寒地冻放电太多，发动机又打不着了。

终于领略到青藏高原冬天的淫威了。楼文虎只好减员，先率18个人开三辆车到常年冻土第一块分布地西大滩展开踏勘，下车往冻土地带走去，猎猎朔风呼哨般尖啸掠过，拿出图纸记录时，手稍微不慎，就被北风掳走，轻飘直上九重。于是只好几个人围成一团，将风挡住，保证一个记录，留下一组组数据。因为天气太冷，所有的人都将皮帽的护耳放下，眼镜滤尽雪光，却难挡高原之寒。当天傍晚踏勘到不冻泉后，又重返格尔木过夜。

1月7日，所有的车辆都维修好了，楼文虎又再度率队上山，从前些天踏勘的终点不冻泉下车，朝着去年夏天初勘线路打桩地方调查冻土的走向和范围。风肆虐地刮着，如利刀割脸一样生痛，图纸还没有展开就被风撕成两截，最后无可奈何，只好倒走着，到了下午两点才走了4公里，上了公路。晚上住在哭多又喊娘的五道梁，头痛胸闷，好不容易睡着了，第二天刚七点就被冻醒了，昨天晚上生得很旺的炉子已结成了冰凌，挂在烟囱上的毛巾冰硬了，就连热水瓶也冻在地上，撬都撬不动，室内的温度仅有零下10度。

最揪心的是除院里给青藏高原买的进口越野车外，其他几台国产车都发动不起来，哼哼了几句便熄火了。想尽办法，用火烤，泼开水浇，几个人推向山坡上又是推又是拉的，折腾到了中午，仍然有一台面包车打不着火，只好请人拖回格尔木修理了。所有人继续往风火山、沱沱河、唐古拉山推进。以后为了不让汽车发不着误事，三菱车司机孟智元和客货两用车司机齐新平，每隔两个小时就爬起来发动汽车一次。

那年的春节仅过了两天，李金城就带着大队伍上来了。临出发前，林兰生院长便将各路诸侯调到院里的一层会议室作出部署，兰州分院的三队、六队和十三队员300人全上来了，分配的任务是2月25日至5月10拿下格尔木至昆仑山垭口的定测和设计图纸，5月27日至10月30日决战尺曲至安多；西安分院负责五道梁到沱沱河方向的踏勘和设计；乌鲁木齐分院则负责了安多至桑利段，横穿宽阔无边的羌塘草原。

李金城回望了身后的队伍，手里握着铁道部的紧急命令，4月底前必须拿出格尔木到纳赤台的铁路设计图纸，这就意味着三月底所有勘测都必须结束。时间节点在一次次地拧紧，五月份招标，如果铁路的图纸不出来，那就会成为一个国际笑话。可这又是一个非同一般的设计，青藏铁路遇到三大世界级的难题，高原缺氧、冻土和环境保护，都得要他这个线路总体融入几代人苦苦探索的科研成果和技术对策。必须将所有50年青藏高原学研究的所有的学科都纳入自己的视野，李金城第一次感觉到肩上的担子沉甸甸的。

然而，大部队上山的第一天便开局不利，兰州分院六队当天就有6个人因高山反应躺倒了，当天傍晚连夜送下格尔木市治疗。教导员莫维邦忧心忡忡地向李金城诉说。李金城却处变不惊："没事，让他们在格尔木适应一下再上来，如果不行，再送下去，反复与青藏高原过几次招，摸准了神山圣湖的脾气，就会适应了。"

李金城坦诚地笑着，心里却一点也轻松不起来。

天降大任于斯人
——青藏铁路指挥长卢春房

北京春天的脚步总是有点急促，姗姗走来，匆匆而逝。

早晨，儒雅的建设司副司长卢春房刚踏进铁道部大院，只见满天杨絮舞春风，袅袅而起，纷纷而落，落在十里长街上，也落在这幢彰显着五十年代建筑风格的老楼前，有点春天易逝的哀婉。

刚跨上台阶，计划司副司长顾岷迎了过来，朝卢春房诡秘一笑："卢司长，祝贺啊！"

"祝贺，顾司长，有什么好事可贺？"卢春房一头雾水。

"你当真不知？"顾岷追问道。

卢春房摇了摇头。

"一份美差，取鄙人而代之。"顾岷长叹道，"让你到青海、西藏两省区为傅部长上青藏铁路考察打前站。"

"不会吧！"卢春房有几分惊讶，"不是一直听说你去的呀？"

"此一时也，彼一时也！是傅部长和蔡部长点的将。"顾司长坦然笑道，"老卢，这可是一种预兆啊，你可要做好上青藏铁路担大任的准备啊。"

"我可没有想过！"卢春房也戏谑地说，"顾司长，是不是把难啃的骨头，都扔给我了！"

"哈哈，卢司长，是青藏降大任于斯人！"

走进办公室，一向有容乃大的卢春房倒有些微澜惊心了。青藏铁路于2001年2月7日经国务院批准正式立项，几乎走遍神州角落，唯独没有去过青海和西藏的卢春房，不禁顿生憧憬，有一天对刚从西藏归来的主管建设司的副部长蔡庆华说："蔡部长，下次再去西藏，别忘了也带上我！"

蔡庆华哈哈一笑："等西藏铁路正式开工，有的是你去的时候。"

他不知道蔡部长话里已暗藏玄机，仍然执着地说："那我就先给部长挂号了！"

"春房，你等着吧！"蔡庆华副部长与卢春房握手约定。

岂料这一天真的来临了。那天下午，太阳暖暖的，照在刚刚绽放的迎春和玉兰树上。蔡庆华副部长下楼准备登车出门，突然看见个子高挑的卢春房从院子走了过来，便向他招了招手："卢司长，你来一下。"

"部长，有事吗？"卢春房疾步走了过来。

"你不是挂号想跟我上青藏线吗？"蔡副部长说，"这回机会来了，傅部长让我给你打个招呼，做好到那边干的准备。"

卢春房有些不解："我过去做什么？"

"第一步打前站，协调青、藏两省区，将傅部长上青藏铁路考察时要定的事情铺垫好。后一步，铁道部准备成立青藏铁路有限公司，你去负责。"蔡部长显然是与部里的领导早已商量好了，"前者，部里看重你的协调能力，至于后者嘛，青藏铁路有限公司的操作模式，你是始作俑者，当然部里更看重你做过不少筑路指挥长的经验。"

"可我运营经验不够啊！"卢春房觉得有点突然。

"在战争中学习战争，在运营中学会运营。"蔡副部长笑道，"你到青藏铁路有限公司当法人代表，既管建没，又管运营，不是可以补上这一课吗？"

"嗨！"卢春房仰天长叹。以前挂号只想去徜徉西藏独特神奇的自然和宗教风情，没有想过一直待在那里。但是青藏铁路毕竟不是谁想去就能去的，领导点将，从另一个侧面佐证了自己在这座大楼中的潜力和分量。因此他的回答非常有余地，并未将话说死："蔡部长，我服从组织的分配，不过容我想想！"

蔡部长伸出食指："春房，只给你一个晚上。明天答复我！"

卢春房伫立原地点了点头，看着蔡部长登车而去，卢春房蓦然觉得自己积淀浓浓的青藏情结。2001年早春二月，青藏铁路正式立项后，蔡庆华副部长让建设司研究青藏铁路的建设和管理模式，他带人进行了几轮的论证，大家的认识已趋于统一。那就是不能再袭用国内公益性铁路的建设模式了，应该引进项目法人责任制，成立青藏铁路有限公司，负责青藏铁路的建设和管理，把建设和运营整个统筹起来，既建也管，考虑长期的质量问题，这样对建成世界一流的高原铁路大有益处。

"好呀，体现了创新精神！"卢春房所在建设司将讨论的结果上报，孙永福和蔡庆华两位副部长立即同意，并将签报文件呈铁道部的有关领导审阅，但是他没有想到自己会成为青藏铁路公司新机制的筹备组长。

晚上下班回到当年的铁道兵大院宿舍。卢春房将上青藏铁路的事情告诉了夫人朱英爱。夫人沉吟了片刻，忧心忡忡地问："春房，你可不可以不去？"

卢春房摇了摇头："如果领导定了，就没有商量余地！"

朱英爱喟然叹道："其实你在建设司日子过得挺安稳的，一旦上青藏高原，就天各一方，我的身体又不好，最好别去！"

"我再考虑考虑！"那天夜里，一向有大将风度的卢春房第一次一夜失眠了，望着京城大街上的灯火辉煌，心似乎驰骋得很远，青藏铁路这样的世界级工程可谓百年一遇，作为当年从铁道兵队伍里走出来的筑路者，改革开放以来曾担任过中国大动脉许多标段的指挥长，在大秦、内昆、京九、南昆都留下自己的足迹，从最小的指挥长到最大的指挥长，一步一步走到了铁道部建设司副司长的岗位上。而青藏铁路则是他梦寐以求的地方，一个男儿若能加盟其中，跨越地球之巅，将是一件幸事，一生光荣与梦想的幸事。待人生日暮黄昏的时候，回首往事，将会在自己的生命之旅中留下一段壮怀激烈的记忆。偌大一个铁道部，想到青藏铁路施展才干的，大有人在，而被领导相中者却寥寥无几。仰望夜空，心驰神往，卢春房突然想起当年走出西南交大的校门时，自己填过一首词："报国寺前图报国。峨眉山下疏峨眉。"还有什么犹豫的，男儿壮志当报国，如今真的到了饮马大荒，在青藏高原上唱一出人生大戏的时候了。

第二天上班，春房走进了蔡庆华副部长办公室。一见卢春房从容之状，蔡部长便知道结果了，笑吟吟地说："春房，看来是想通了！"

"是的！一切听组织的安排！"卢春房坚定地回答。

"好！"蔡庆华从高背椅上一跃而起，"我就要你这句话！"

"不过……"卢春房谦逊地说，"运营可是我的弱项啊！"

"春房，我觉得上青藏铁路对你是个好事。"蔡庆华副部长非常了解自己的麾下，"基建是你的优势，协调各方面关系则是你擅长的，而运营管理这一课，我想通过到青藏铁路公司的历练，你会如虎添翼！"

"谢谢部长厚爱！"卢春房答道，"青藏公司尚未揭牌，我已有一种如履薄冰、寝食不安的感觉了。"

蔡庆华点了点头，说："生于忧患，死于安逸，修建和管理这样世界级的铁路，就得有这种危机感。"

数日之后，卢春房便带着一班精干人马，踏上西行的列车，往青海省省会西宁铿锵而去，为傅志寰部长上青藏线考察，就青藏铁路沿线的征地、迁移、石料开采、民工使用和医疗后勤保障，具体与地方政府协商。傅志寰部长到了西宁之后，卢春房已万事俱备，又带上打前站的队伍，匆匆飞往拉萨，在红宫脚下与西藏自治区的领导具体商谈。等所有的事情办妥之后，傅志寰部长的车队已于早晨五点从格尔木出发了，青藏苍茫，一千里路云和月，到了第二日凌晨顺利抵达了日光之城。

随后三天，卢春房一直陪着傅部长考察和拜访。等整个行程接近尾声时，有天傍晚吃过晚饭后，傅志寰部长突然起身，将卢春房悄然招到一旁，和蔼地询问："春房，青藏高原之行适应吗？"

"没问题！部长。"卢春房对自己的身体一直很自信，"每个零件都运行正常。"

"这就好！"并不轻易夸耀部下的傅部长击节叹道，"我的反应就很大！所以青藏铁路这样的宏图伟业就有赖你们这些年轻人！"

"部长，我已年过不惑了！"卢春房叹道。

"正当年啊！"傅部长的话切入正题，"铁道部党组成员碰过了，决定让你担任青藏铁路有限公司筹备组组长。留在这边干。我这就算征求意见了，有什么困难和问题需要部里解决？"

卢春房摇了摇头："只觉得欠缺铁路运营经验，怕有负部党组的厚爱。"

傅部长笑着说："青藏铁路这么大工程，许多人都想上去干，但并不是每个人都干得了。实不相瞒，部里在选将时也是反复权衡，慎之又慎，觉得你是最合适的人选，好好干吧，青藏公司这个担子，既是对你能力的一次检验，更是培养。"

"感谢部党组的信任，我一定会尽心尽力。"卢春房在拉萨红宫脚下，一个并不正式的地方接过了执掌青藏铁路的令旗。回到北京后，他马不停蹄地展开了青藏铁路有限公司的筹组工作。

6月23日，孙永福副部长找卢春房和兰州铁路局选调的张克敬等二位副组长谈话，要求马上投入工作，并就机构如何设立，人员怎么调配，与铁道部工管中心成立的青藏铁路指挥部是一种什么关系，作了具体的界定。末了，孙永福抬起头来："春房，你随我上山。"

"部长，有新任务？"卢春房十几天前刚从拉萨回来，仍然挟着雪域风尘。

孙永福谦和一笑："准备拉萨方向的开工仪式，中央已决定格尔木方向由朱总理主持，拉萨派邦国副总理去。"

卢春房笑了："终于可以从陆路登上青藏高原了！"

"春房，今后有的是跑的！"孙永福感慨地说。

"哈哈！"

在拉萨布置完了青藏铁路开工典礼拉萨会场的所有工作，孙永福飞回北京。请刚从国外回来的吴邦国副总理，而卢春房则坚守在拉萨城里检查落实每个细节。

6月29日这天，当朱镕基总理和吴邦国副总理在昆仑山下南山口和日光城里剪下了青藏铁路开工的红绸时，一段恢宏的历史将在卢春房生命之旅中揭开新的一幕。

生死冥界青藏隔

林兰生飞到日光之城拉萨督战。

大年初三刚过，铁一院所属兰州、西安和乌鲁木齐三个分院一千多大队人马浩浩荡荡往天路捷进，踏破昆仑山阙，一千多公里青藏高原，千军万马，迤逦西去，展开一场罕有的大会战。

送完最后一支远征队伍，林兰生转身吩咐办公室主任朱旭说："马上买兰州飞拉萨的机票。"

"林院长，你也要上去啊？"朱旭惊讶问道。

"那还用说！"林兰生说，"大队人马都上去了，我坐在这幢空空荡荡的大楼里，还不成了光杆司令。"

"前边不是有李让平副院长和李金城在一线指挥吗？"朱旭对院长亲赴第一线的意图有点不解。

"那就更需领导上去督战和鼓劲呀。"林兰生望着远方的高天说，"铁一院三代勘测人前仆后继，等了半个世纪，就为了青藏铁路啊，荣辱毁誉，机遇挑战，在此一战。连设计制图室都搬到昆仑山下了，我这个院长怎么能坐得住？！"

"明白！"朱旭转身出去给院长办理兰州飞往拉萨的机票。

林兰生在办公室将所有事情交代和处理完后，已是落日时分了。他抬腕看了看表，剩余的时间就该留给自己了。登车出门，司机惯性地朝他家的方向驶去，他伸手拍了拍司机的肩膀，"去水果市场！"

车子在集贸市场停了下来。林兰生匆匆跨出车门，在水果摊前买了一串荔枝，提着跨进车里。司机不解："林院长，要看谁啊？"

"老母亲！"林兰生啪地关上车门，"要出远门了，得给老太太辞个行。"

"孝子啊！"司机感叹道。

林兰生摇了摇头："我哪配做孝子啊。在铁一院，忠孝难得两全，成年在野外奔波，上不愧国家，下却愧对父母妻儿。"

林兰生母亲刘一行86岁高龄了，当年东北沦陷时逃到关内，就读于天津师范大学，后来，随电力总工程师的丈夫西出河西走廊，从此西北望，白山黑水的林海雪野，只在一枕秋霜的梦中。生下七个孩子，由一名知识女性渐次变成了一位家庭主妇。林兰生是家中最小的男孩，素为母亲宠爱。前些天，母亲被姐姐接到家里去住了。正好是青藏铁路上马的节骨上，反倒分去了自己的一半担忧。

母亲虽进入耄耋之年，但是耳不聋眼不花，身骨子也挺硬朗，看着刚履新职不久的爱子提着水果来了，她挥了挥手："兰生，忙你自己事去。妈妈用不着你操心。"

"妈，我是来向您辞行的。"林兰生将荔枝放在桌上，剥了几个递给母亲手里，"要出一趟远门！"

"是不是上青藏高原？"母亲好奇地问小儿子。

"谁告诉你的？"

"还用着告诉吗，报纸电视上天天都在讲。"母亲以欣赏的眼神，看着这个再过几天才到不惑之年的小儿子已经做地厅级干部了，统领着万余人队伍，做一件惊天动地的事情。

"我明天就上山了！"林兰生将自己的出发时间告诉了母亲。

"去吧。青藏铁路是大事情，人生难得这种机会。"母亲挥了挥手。

"可妈妈你……"林兰生犹豫道。

母亲仍然是那样的爽朗大度："别管我，我老太婆没事，再说你姐姐是大夫，照顾我，可比你这个儿子周到呀。"

"是啊！"林兰生诡秘一笑，帮妈妈拉了拉衣服，然后告辞出门。

母亲蹒蹒跚跚送儿子到门口，就像当年自己每天上学时一样，语重心长地吩咐："西藏天寒地冻，要多穿衣服，千万别感冒！"

挥手辞过高堂老母，林兰生没有想到这是对母亲说的最后一句话。翌日，林兰生便从兰州飞往拉萨，宽敞的空客 320 伸展双翼划过瀚海，从格尔木市城郭掠过，攀升飞越茫茫昆仑，早春莽昆仑仍旧白雪如冠，雪峰兀自，一片唯余莽莽，从高空俯瞰，一座昆仑山在缓缓运动，如披着战袍盔甲的白马将军，统率一个庞大的军团正朝着喜马拉雅山脉从容行进，而落映在千岭万重雪山的空客飞机却像一只巨鲸在峡谷中间巡弋，穿越神山圣湖，朝着拉萨飞去，在世界屋脊上划过一条问鼎天堂的轨道。

机翼穿云带雨，悠悠白云之下，一个已褪色的知青岁月突然浮雕般地清晰起来。林兰生恍然如梦，他从 16 岁下乡那天起，似乎就在为这一天做准备的。

那年春节过后，林兰生踩着一路冰雪，从天水城回到陇南徽县的知青点上，天地一片昏暝，风迷迷茫茫地刮着，雪落无痕，下了足足几十公分厚了，下了班车要走四个小时的山路。弯弯山道上不见一个人影，空山不见马蹄处，风中长一声短一声地传来狼的长嗥，让人有点毛骨悚然。天渐渐擦黑了，那头孤狼仍然不紧不慢地紧随其后，伺机寻找最后下手的机会，林兰生额头上的冷汗簌簌往下滚落，看树路旁有一棵小树，枝梢上落满了雪花，情急之下，铆足全身的力气，一脚踩了下去，咔嚓一声小树断了，扛在肩上，与那头尾随的孤狼对峙着，凭着毅力和隐忍，独自与狼相伴行走了整整四个小时，一座遥远的西北山村终于露出豆点的昏黄，他才如释重负地叹了一口气，走到村口，蓦然回首，远处的黄土塬上，只有两束绿光跳动闪烁，显然饥饿的野狼不敢随自己进村了，他将肩上的小树一扔，一路狂奔地跑回屋中，瘫软在寒冷的床上就再也爬不起来了。惊魂甫定，林兰生发现，1974年下乡的知青点上，该招工的都走完了，就剩下他这个反动学术权威的狼崽子了，比那头踽踽独行的孤狼还可怜，绝望地凝视着这片焦渴枯黄的土地，黄沙万里，夜风呼啸掠过，吹得纸糊的窗子哗哗作响，他听到了自己心泣的碎裂。咬咬牙忍下去，挺过这命运之中最后的五更寒，等待贫下中农推荐自己回城当工人。第二天凌晨5点半，挂在榆树上的破钟就响了，匆匆起床参加公社修梯田，高一脚浅一脚走在逶迤的山道上，睡眼半睁半闭，要走10公里路，才走得到造梯田的现场。早春的太阳在湛蓝的天庭上像一个老汉烧红的烟头，烙在雪地上。偌大一个泥阳村，数百壮男力，没有一个壮劳力干得过林兰生，背起18斤的土块健步如飞，为的是给贫下中农留下好印象，中午吃饭是玉米面糊糊，他端着姐姐送给自己的铁路上的饭盒，一碗接一碗地喝，喝到嗓子眼上，再也咽不下去了。晚上收工，精疲力竭地回到清冷的知青点上，已经是晚上九点钟了。

过了几天，林兰生发现没有柴火烧了，他只好推上架子车，一路爬坡地到80里远的山里打柴火，当天夜里就出发了，住到山里老乡家里，给人家一元钱的住宿费，钻进黑乎乎的被子里，被窝里的跳蚤、虱子哗啦啦一抖一大片，排成军阵轮番向他进攻，他将大衣一裹，闭上眼睛呼呼地入睡了。次日天刚亮就上山，将树根枯木伐倒，拖下山来，装到架子车上，山里有狗熊出没，他不敢钻得太深，以防不测。终于打满了一车柴火后，一个人艰难地推着架子车往自己住的泥阳村里走，饿了，就到路过的老乡家要杯开水，啃冻硬了的冷馒头。第二天日落时分才能回到知青点上，而这车柴火也只够自己烧两个月。

度日如年，终于熬到年底，1976年12月25日，天水一家工厂招工通知来了。早晨从生产队长手中接过左右自己命运一张薄纸时，林兰生手都有点颤抖了，可是俯首一看，报到截止日期只剩最后一天了，一掠而过的命运之神只留给他24小时，而徽县离天水市足足有150公里，迁户口时还要交600斤粮食，林兰生向队长要了三袋玉米，推着架子车一个小时跑了十公里，到粮站卖了粮食，当天就将所有的手续办好。然后简单收拾了一下行囊，最后望了一眼度过自己苦难年华的青春驿站，头也不回地走了。到了天水城里，夜幕四合，挟着一阵朔风回家，如报告一个惊天动地的超级新闻一样，告知母亲，自己有工作了。母子相拥而泣，来不及庆贺，他便匆匆蹬上自行车，朝离天水市二十多公里的工厂疾驰而去。深夜11点半敲开工厂的值班大门时，披衣而起的值班师傅让他明天早晨再来。

林兰生紧紧攥着工厂的大门栏栅，哀告道："师傅，求你了，让我进去吧，再过 30 分钟，我的报到通知就作废了！"

"哈哈，小伙子好样的。就凭这一点，我收你为徒。"工人师傅将大门打开了，欣赏地说道。

紧紧握住命运之杖的结果，并未被漠风吹尽，而是直接影响和覆盖了林兰生的生命之旅。

飞机在缓缓下降，穿越雅鲁藏布江河谷，一抹褐色的苍凉尽收眼底，天堑变通途，林兰生未曾想过，一个世纪的宏伟梦想，居然会在他搭高考末班车踏入大学的年轻一代勘测人手中绘成现实。

林兰生坐镇拉萨指挥一支铁路测绘大军，刚在唐古拉山以南住了不到一周，那天他到羊八井实地察看隧道的走向，桥墩的位置，秘书突然接到在家的穆副院长的电话，说林院长家里有急事，让他马上返回兰州！秘书委婉地告诉他实情。林兰生有点不肯相信："有那个必要吗？我出门的时候，老太太身体挺好的！"

秘书只好实情相告："老人家已住进医院，危在旦夕。"

"真的如此？"林兰生追问了一句。

秘书点了点头："据兰州那边说可能在等你了！"

"唉。天不济我！"林兰生神情黯然地说，"我们坐车翻唐古拉山下去，到格尔木后换飞机去兰州，争取最后见老母亲一面。"

千里走单骑汉唐月，唐古拉的月圆了，小家的月儿却破碎了，林兰生一天之内跑了 1100 公里，知青点上锻炼的强健体魄在生命的禁区经历了检验。到了格尔木，可是飞兰州的飞机却晚点了，匆匆从机场赶到家中，远处的哥哥姐姐都赶来了，林兰生一步跃上前去，大声呼号："妈妈，我从拉萨赶来了！"

母亲已经不会说话了，只是点了点头。那天晚上，他让哥哥姐姐都到自己的家中休息，由他来陪伴母亲最后的日子。

林兰生坐在病榻前，紧紧攥住母亲的手，似乎要握住一世的温馨和沧桑，一次次地呼唤，一次次将水喂到母亲的唇前，可是母亲除了点头一笑，翕动着嘴唇，却一个字也说不出来了。

到了凌晨 5 点多钟，一双紧紧攥着爱子的瘦骨嶙峋的手渐渐地冰凉了，突然松弛开了："妈妈！"

林兰生第一次失声呼号，怆然泪下，母亲魂魄飘散在九霄之时，这一刻恰好是 40 年前自己诞生之时。母亲走了，朝着青藏高原御风而去，他宁愿相信妈妈出窍的灵魂早已飞越莽荡昆仑，在一片遥远的高天之上，默默地俯瞰着他率队问鼎天路。

方生方死，亦死亦生，生生死死的冥界之门，只隔着云上的青藏高原。那一瞬间，林兰生明白了，今生今世，再也无法与这条神奇的天路分开了。

安得猛士镇荒原

已是人间四月天了，大江南北一片柳绿莺鸣、春江水暖，可是昆仑山仍旧蜷曲在冬季的冰点之下，尚未醒来。

夜行列车正朝着格尔木方向驶去，中铁建二十局青藏铁路指挥长况成明却无法入眠，不知是渐次升高的海拔让他有些亢奋，抑或长眠在这片苍凉土地上有二十局前身的铁道兵 10 师官兵的英魂在与他夜语。扬腕看了看表，按行程该过关角隧道了，他觉得一个个窥望大荒的雄魂在审视着自己。

"风火山之战，只能成功不能失败！"况成明望着夜色中的大漠独语，不知是说给铁轨线上的英魂听的，还是说给自己。他本来在宝天线上任局指常务指挥长干得好好的，一听到青藏铁路上马，心便动了。在宝天线上，三番五次向二十局集团董事长余文忠请缨，要求上青藏线，余总在问他为何这般热衷，他说为自己，为命运，更为二十局一代铁兵后人未了的凤愿。余总被这位年轻人的激情和热忱感动了，问他如若上青藏铁路，你准备投那一个标段。当然是风火山了。况成明不假思索地答道。余文忠不动声色地问为什么？况成明说当年青藏一期西格段，我们铁二十局的老前辈们选了最难啃的骨头关角隧道，虽然历经坎坷，但却是一曲威武悲壮的浩歌，青藏铁路格拉段，世界最高隧道在风火山，而且我们这个局的老兵们就曾经二上二下风火山，因此，风火山最高隧道和北麓河段，舍我二十局莫属。

经余文忠董事长提议，集团公司党委研究决定况成明同志担任青藏铁路二十局的指挥长。

况成明已年近不惑，1987 年从石家庄铁道兵学院出来，当时铁道兵 10 师已兵改工，成了现在中铁建第二十局集团，直面全国的建筑市场，他去了上海的莘松高公路，年轻人专业功底不错，脑子又活，很快便崭露头角，两年之间便升任为二处技术一段的副段长了。1990年上了宝中线时，已经是二处的项目部总工，到了南昆线则是局指挥部的安置科长，曾给人留下办事聪明干脆利落果断的印象。1998年神延线当了局指的总工程师，唯一独当一面的2000年宝天线上的局指常务指挥长，比其他集团一次次出任局指指挥长的青藏少帅是缺了些大战的经验，但是青藏线需要敬业和果断、专业和奉献，这一点却是况成明的优势和长项啊。或许阅人太多太深的缘故，没有谁比余文忠董事长更了解麾下的况成明了。

况成明肩负昆仑山一样沉重的担子独自上路，虽然攫拿了青藏线中铁二十局的少帅之印，但是身后置疑不断，有褒有贬，他感激余文忠董事长的识才慧眼，再也不顾及横飞的唾沫星子，可是心情总透亮不起来。

西行列车穿过铁幕紧锁的长夜，穿云带雨，将那些喜悦的乃至不堪回首的旧事，抛在黑暗之中，终于驶至夜的尽头，遥远的地平线惊现一个血球，冉冉浮起，匍匐在柴达木盆地的盐湖，似乎还想与晓风缠绵，与盐湖相吻，在晨雾岚气中烙下一片殷红的唇印。

踏上格尔木火车站的月台，太阳挂在钻天杨上，却没有一点暖意，雪风寒渡，朝着衣服钻了进来，响起尖啸的呼哨。

"适应三天，再上风火山。"况成明曾询问过当年上过风火山的老兵，人家告诉了他一条高原的经验，阶梯似的往上走，方能渐次适应。虽说格尔木海拔只有2800多米，却也杀机四伏。不敢疾步而行，稍微爬几层楼梯便气喘吁吁，未见风火山，已经开始领教昆仑山下沉默的分量。

到了第四天，况成明租了三辆出租车，带着考察投标的十几个工程技术人员和医生，朝着生命极地登高而去。车过昆仑山口，前方一帧帧绝尘风景迎面撞来。雪水河静静躺在暖暖的太阳之下，一江春水向东流，横穿楚玛尔空寂的旷野，藏野驴悠然散步，荒原的空阔和死寂让人顿觉生命的渺小。融入这片大荒，第一次踏上地球之巅的况成明发现，楚玛尔荒原西高东低，过了五道梁，山势渐渐隆起，他带来的人员到了这里个个嘴唇发紫，而二十局的投标地段就是北麓河到风火山。跨出车门，一个个头重脚轻，如踏羽毛，脑子反应迟钝，眼前一切景象都出现了失真的幻觉。随身带的几瓶"氧立得"无济于事。他们第一次驱车来到了风火山实验观察站，爬上了二十多年前铁十师的官兵留下的风火山半里的铁轨路基，开始寻找风火山世界第一高隧的进口和出口，在以桥通过的沼泽地跳跃而过，不知会不会成为自己命运的一片陷阱，况成明叩问自己，也在默默地叩问浮在风火山的白云。

到了下午五点半钟，最终确定了指挥部和各个处的帐舍的定位，才匆匆告别将成为自己生命一段泊地的风火山垭口，沿途返回。一天的劳累，坐上车之后，他们才感到头痛欲裂，有一种马上脱离苦海的渴望，逃得越快越好。出租车跑得很慢，整整往山上走了六个多小时，才返回格尔木市，这时已经是凌晨一点钟了。况成明一点食欲也没有，想躺倒床上安安稳稳地睡上一觉，可是他竟意外失眠了，脑子格外兴奋，像一个高速运转的过山车无法停下来了。

接下来的几天就在编写投标的标书。铁二十局选了第七标段，北麓河到二道沟36.06公里，穿越风火山。拟定标书内容时，况成明最大的担忧是中了标怎么办，虽然二十局的职工有冲天的豪情，但是生命的极限是无法超越的。他思考最多的是用一种什么样的精神和人文关怀，让风火山的筑路大军不致溃败，在残酷的生存环境中坚守下来。

就在这个时候，况成明与母校的同乡师兄余绍水在昆仑山下不期而遇。

37岁的十二局指挥长余绍水也是安徽人，1985年毕业于石家庄铁道兵学院，比况成明高一个年级，是他的学长，少年得志，出道早，几乎一夜成名，29岁就当十二局施工技术处副处长，33岁当了楚大公路局指的指挥长，在云南通往缅甸的国际大动脉上干了七八年，为十二局西南指挥部每年30多个亿的产值立下了汗马功劳。

2001阳春三月，余绍水已被集团公司任命为科技部长了，这意味着大保高速公路一落幕，他就得回太原机关上班，毕业十多年一直在野外跑惯了的余绍水反倒不习惯，任命下来之时，本是晋职提升，可他心里反倒空落落的，似乎英雄已没有演出的舞台。恰好这时，青藏铁路上马的消息在广播电视和平面媒体里，集束炸弹似的在神州大地造成了一阵阵的新闻冲击波。晚上坐在电视画面前，余绍水觉得自己施展才华的机会来了，幸运也来了。

那年春天的一个傍晚，恰好十二局集团公司董事长金普庆来大理巡视施工工地，余绍水陪着他走过永平的标段，突然在车中开玩笑地说："董事长，听说青藏线要上了，我想上！"金普庆不动声色，眼睛凝望前方说，"哪能成，这边的摊子谁来收拾？"余绍水恳请道："让我挪个窝吧，公路我搞了六七年了，彩云之南的高原阳光都将我晒成一个云南土著了。"金董事长摇了摇头说："不能回机关，再给我坚持半年。"

老板将话说得这么死。余绍水觉得没有戏了，也不再争辩。毕竟他们曾经都是铁道兵，服从的天职早就沉淀在血脉之中了，可是命运的改变往往就在一夜之间。

过了几天的一个早晨，余绍水在永平的一家早餐店吃米线，金普庆突然打来电话说："绍水，你去青藏线当指挥！"余绍水愣怔了，说："老板，你不是开玩笑吧？"董事长说："你看我像开玩笑吗？军中无戏言，咱现在虽不是军人了，也是铁道兵出身啊，岂可儿戏。昨天晚上，集团公司报来几个去青藏线当指挥长的人选，年龄都大了，坚持不下来。你上次不是请战了吗？！十二集团公司青藏线的指挥长，就你余绍水了。"余绍水搁下米线碗，也不吃了，连声说谢谢！一向温和的金普庆这时反倒严肃了，说："你先别激动，当年还在铁道兵部队就听说过，青藏线非同小可，睡着睡着就有人不再醒来，第一道难关就是高原病。我送你三句话，第一，不准高原病死人；第二，夺到了标段就得造世界一流的高原铁路，别给老铁道兵丢脸；第三嘛，我等着收真金白银，别给我玩亏了，否则拿你是问。"

"保证完成任务！"余绍水响亮地说。金普庆吩咐道："马上交接一下，明天跟我去北京！"余绍水脸上的表情凝固了，惊讶地说："这么急啊！""当然急，招标很快开始，这次是面向全国，僧多粥少，竞争很激烈。不打无把握之仗，得去摸摸底牌。"金普庆的大将风度一露无遗了。

余绍水立马驱车赶往昆明，登上飞往北京的航班。飞机穿破云层，扶摇直上九天，祥云如雕，机翼之下浮现出一个天上宫阙，余绍水心中突然有一种知遇之恩的感动。从石家庄铁道兵学院毕业后，17载在野外工地施工，有幸跟了三位良师。一个自然是自己现在的老板金普庆了，1985年大裁军兵改工时，他是铁2师七团的政治处主任，改工后当二处处长，他当指挥长时，既懂政治，又通业务，在他身上学到了军人的干练、大气、豪迈、果断、坚定，更有大企业家的超前谋略、严格管理和精确计算。仗未开打，便知道自己能胜。一个是集团公司的副总经理陈汉彪，待人特别好，浑身漫溢着儒家文化营养的宽厚中庸，为人和悦。而最后一个老板则是在云南时这六七年间，人事处长出身的瞿观鄞，他将用人管人之术的精萃，潜移默化地传给他了。

青藏铁路则是余绍水展翅高飞的一场大战。考察投标之时，金普庆并没有让余绍水单独担纲，而是让党委书记胡莫愁带队，包了两台车，一辆车一万元，瞄准了可可西里两个标段，当时十二局、十七局和大桥局等四家在争。十二局考察组出发时，金普庆已经交代了，有备而来，将投标书各个环节都考虑周到了，他们每天早晨从格尔木出发，两个多小时上到山上，啃面包，喝矿泉水，将一期的 48 公里和二期的 25 公里常年冻土地带一步一步地走到。晚上再回格尔木住，来回往返，搞了好些天。对营地如何设，队伍怎么放，材料怎么来，制梁厂设在昆仑山下什么位置，技术报价方案都理得非常清晰。

况成明与余绍水匆匆见面时，刚从风火山狼狈下来的况成明像打了一场败仗。余绍水问他还再次上去吗，况成明摇头说，基本情况已经摸清了，没有上去的必要了。余绍水犹有意味地说："青藏高原的地质学有许多谜，就是穷经白首，终其一生，有时也搞不明白呀。再说我们的标段有四个强大的竞争对手，不能不细呀！"

况成明哈哈一笑，这时他才得知，中铁建和铁路工程总公司的少帅刘登科、董献付、韩立民都上来了。安得猛士镇大荒原，投标会上必有一场刀光剑影不见硝烟的血战。

标落谁家？终会是有人哭来有人笑。

青藏高原不相信眼泪，余绍水知道，谁笑到最前，亦笑到最后！

第2道岔　天路英魂

心魄已经被她夺去
问她愿否永作伴侣,
她问:"若不死别,
决不生离"
　　　　——六世达赖喇嘛仓央嘉措情歌

一公里一个半英魂连接拉萨

日子随风而逝,再过四天,就是20世纪最后一个清明节了。

1999年4月1日这天,我跟着阴法唐将军从万里羌塘的东边丁青县调头重返昌都,从当年川地入藏的故道中的一段匆匆而行。尽管山间洼地仍有残雪,但是太阳暖暖的,百灵浮在空中嘤鸣,春天的翅膀已掠过这片神秘的东方之境。

半个月前,西藏昌都地委筹划庆祝昌都解放50年大型活动,专门邀请阴法唐书记进去看看,他专门叫我同行。这趟藏东之旅,仍旧以成都为大本营,可走陆路,也可以穿行空中走廊,而我们选择从天而降,返回时再从川藏线陆路入川。

那天早晨,晓色刚刚褪尽,薄雾笼罩着双流国际机场的村落竹篁,让人不免心忧,飞机能不能准时起飞? 所幸,等我们跨入舱门时,如血的晨曦涌进来了,蒸发了淡淡的雾霭,不用为浓雾重锁机场发愁了。可是刚坐定,心中陡然一惊，空港小姐忙着进舱清场，飞机降落的是世界上最高的邦达机场，海拔4300米，为减轻降落和起飞的负重，乘坐200多人的波音767飞机，限乘90人，多上来的人都得下去。好在超员不多，几位藏族同胞载心淳厚，解释了几句，并许诺安排下一班航班，便起身离去了。

波音767飞机徐徐滑向跑道，血色清凉中如一只涂金的神鸟，伸展着巨大双翼，挟风裹电，仰首朝天，悠然融入蓝天。机翼之下的城郭村落田野河流，在俯视中渐渐变小，成都平原上的墨绿和簇簇林丛消失了。鸡鸣狗吠之声远遁，人间烟火不再。云层之上，像一望无际的茫茫雪原，镀金溶血般炫目。我将耳机调到了一个音乐的频道上，听着听着，睡意便涌了上来。

天街梦短。以为一枕黄粱，可以与自己钟情之人化蝶天堂。突然，紧合的眼皮被一道奇诡蓝光拨开，睁开惺忪的睡眼，一个激灵醒来，舷窗外尽是无边无际的湛蓝。天哪！银色之鹰什么时候沉入了海底？像一头巨鲸在巡弋，苍苍莽莽的雪山，裸呈褐色山冈的绝壁、沟壑，俨然是从海底冒出来的珊瑚礁，好像进入了另一个世界。往下俯瞰，我的身体仿佛轻轻地浮了起来，感觉尽失，人似乎就飘游在一片净蓝的空溟之中。一种从未有过的下坠似快感颤透浑身，灵魂出窍了。

我在眩晕中倚到柔软的靠椅上，有了一种靠岸的感觉。这一刻，我终于叩响雪域神祇的天门了。难怪天底下有这么多香客熙熙攘攘走在朝佛的路上，难怪有那么多的人前仆后继地跪倒在灵魂回家的路上。因此，今天飞越世界屋脊造山断裂的横断山脉，飞到喜马拉雅山脉的东边，都是一种命运的使然，一种永远燃不尽的西藏情结。

高原的太阳很低。波音飞机贴着一片枯黄的山峦翱翔，像出峡谷的大白鲨，浮出了水面。不到10点，便降落在地球之巅最高的邦达机场。

走出舱门，旷野无树，光秃秃的一片会当凌绝顶，拥簇一片低洼的草场。雪风很冷，由海平面不过四百米的成都平原一下子骤升到4300多米，剧烈的头痛便一阵阵袭来。舷梯之下，西藏自治区人民政府副主席兼昌都地委书记杨松率地区党政军要员来接阴法唐将军。

钻进"日产越野吉普"，出邦达机场，沿川藏公路朝着昌都地区所在地疾驶而去。车窗之外依然是莽荡重山，雪峰逶迤，横断山脉以雄奇陡峭之美，屹立在我的视野里，令人萌生神山膜拜之感。山重水复，晕头转向之中，大峡谷里突然有一浅浅的江水悠悠流过。阴法唐老人说，这就是怒江了。我猛地一惊，流淌在我们家门口的那条著名的怒江的源头，竟在这里温柔地流过，不能不对这片神秘之境刮目相看了。

驶过一道峡谷，车队开始驶入下山之路，典型的四方造型的藏式村落渐次凸现，稀疏瘦削的钻天杨兀立路边，半山的坡地上竟有麦苗葱郁。恍然之间，刚才还针扎般疼痛的太阳穴舒缓了，胸前也不似先前沉闷。直觉告诉我，海拔高程在急剧下降。

邦达机场距昌都有七八十公里之遥。见我的头脑渐渐清醒了，阴法唐将军便给我们讲起昌都的两大奇观：一个是此地为藏族30万年前的生活发祥地之一，有三脚兽身彩陶罐为证；再一个是天人脚印，在一块仞峰孤立的绝壁上，竟然深深地嵌着一个巨人的脚印，长约一米，五指脚掌清晰可见，令人类学家叹为观止。这是藏人之祖，还是外星人在某年某月某日造访横断山，留下的天人之迹？至今仍是一个谜。

我飞扬想象的翅膀，回到喜马拉雅造山运动之始：天地混沌，亘古洪荒，鸿天滔滔，四极废，九州裂，天不兼覆，地不周载，火滥炎而不灭，水浩荡而不息。长江、黄河两大水系在人类的童年岁月漫漶无边，藐视一切的大河向西流。于是便有天人巨子，手挥利斧长剑，劈山凿隧，劈出了九万里长江，穿过千重山，凿出九曲十八弯黄河，飞流海天之上。然后悄然离去，留下一个天人的脚印，亿万斯年，令天下芸芸众生猜不透，悟不尽。

当年18军进藏官兵居然在横断山脉上，挥动利斧长镐，开凿出一条天路。或许他们就是当下的天人巨子。

未曾想到，我会沿着这条天路折返成都。在藏东的大香格里地区转悠，在地球上最精彩的地方——北纬30度线上的苍茫青藏，寻找人类最后一块秘境，东望瓦弄，南瞰香巴拉，朝着金沙江、澜沧江源头昂曲河扎曲河溯源而上，在藏东昌都地域的类乌齐、丁青、巴青和接近玉树的恩达囊谦巡梭了一月有余，结束这一神秘之旅后，阴法唐决定又沿着风景诡谲多姿的川藏路折返入川。1000多公里路雪与尘，其间要翻越数座海拔5000多米的大雪山，而老将军毕竟七十有八，我戏为红色昌都总管的地委书记杨松，担心老人身体能否承受得了颠簸之苦，劝阴书记还是从空中飞回成都，可是老将军的态度决绝，非走川藏路线不可。行前的头天晚上，我几乎一夜无眠，青年时代起对这条天路所有渴求梦想和欲望，都在高原的春夜脱壳而出。

最初被这条天路震撼的是 80 年代初《光明日报》的一篇祭文，四川才女龚巧明援藏后罹难在这条路上，有位作家好友写了一篇祭文，说她永远长眠在了从成都连接到拉萨的天路上，唯有雪山杜鹃作伴。我当时便被这篇祭文打动了，将其剪下来夹在书中放了很长的日子，直至颜色褪尽，祈着有朝一日千山我独行，走过天路。

4 月 1 日早晨，我们从位于昌都昂曲河边的四川坝军分区大院出发，地委书记杨松要送到川藏接壤的地界金沙江边上，车队右拐，从分区营盘的后边上山，融入那座高巍的达马拉山了。一路登高，望不断山高路远，走不出的横断山脉。越过一个高台，莽山重重，朝霞无限，凌空俯瞰，扎曲河、昂曲河交汇处的澜沧江的源头，恰好是昌都小城，似乎被两条天上落人间的银线缠绵着，默默流向远方。朝前方仰望，那才是真正意义的横断山之难，难于上青天，一条巨大的黄龙舒展着鳞翼，逶迤而上，蟠曲成三十六盘，拐过九九八十一道弯，直逼云霄，在青藏高原横行霸道的日产 4700 沙漠野狼，犹如一只只白色的蚂蚁，吭哧着，从柔软的龙脊上缓缓爬过，整整行驶了一个多小时，我们登上了达马拉山巅，会当凌绝顶，海拔已骤升至 5000 多米，往下俯瞰，那条辉映在晨光中的黄龙熠熠发光，周身燃着烈焰，扶摇直上九重，蔚然壮观。车过达马拉山垭口，一座巨大经幡招魂在垭口旁边的山坡上，落满了风尘，将尘世间的"唵嘛呢叭咪吽"的六字真言的祈祷十万遍地送上天空，唯有青藏高原的神山之上，才会有这样圣洁的经幡和玛尼堆。猎猎季风搅动着祈祷旗曼舞飞扬，让人在风中嗅到了那当年筑路的英魂，永远留在这片高天净土上，用年轻的生命之翼诠释灵魂的虔诚与永恒。

一座达马拉山就足以将我征服，何况前方还有雪齐拉山、雀儿山、折多山，沉默地等待匆匆的过客和千年劫数。整整走了一天的行程，下午三点在江达县城匆匆吃了中饭后，我们便直往金沙江边疾驶而去。

落日时分，到达岗托小镇，一湾碧绿的金沙江水蜿蜒流过的美丽村落，漆成红色两层方形的藏式木楼，全是用一根根松木镶嵌而成，蛰伏在金沙江血一样的黄昏中，忍看风雪日暮和重山如斯，落寞中有一种宗教般的纯净。我听阴法唐老将军说，50 年前，藏军曾集结重兵以昌都为中心，沿江边防，准备与进藏的人民解放军一决雌雄，可是他却率一个团千里迂回藏军背后，主力也从侧翼过江，往这里正面发起攻击的仅仅是一个工兵营和侦察营，牵制而已。村里上了岁数的藏族老人还依稀记得解放军划舟渡过金沙江的情景。但是战云已经远逝，历代为川藏兵燹之灾的岗托沉落在寂静的日子里。村里有一个藏族女孩远赴加拿大留学，凰鸣枫叶之邦，引凤归来，在岗托小镇上开了一家乡村医院，竟然有几个加拿大医生志愿者来到这里服务，成为金沙江上游的一道风景。

夜幕黯淡下来，像黑潮一样隐没了岗托小镇。我们从岗托过金沙江，沿着一条峡谷而上，往川藏公路的要襟之地——德格女土司降央帕姆的领地四川甘孜州德格县疾驰而去。两边青山隐没雾暮之中，依稀可见似碳笔画过的山脊轮廓，林中不时有夜鸟扑梭着翅膀掠过，一声惊鸣，似乎仍在诉说着那个冷雪冰冻了的土司传奇。

进藏前伏案而读，得知德格末代女土司降央帕姆生于青海玉树，嫁过来时丈夫已是一个病秧之徒，养下幼子后不久便呜呼哀哉。女土司代夫总揽领地事务，而受西藏噶厦政府暗中支持的小叔，觊觎土司大位已久，竟同室操戈，女土司在大管家夏格刀登的扶助下，打败小叔，令他只好退至金沙江西，在西藏噶厦政府谋得军职，以期有朝一日率兵夺回土司之印。而大管家因扶助幼主有功，渐次坐大，羽毛丰满，也开始与孤儿寡母分庭抗礼。于是主仆之间，连年征战，互有胜负，直到人民解放军进藏时才化干戈为玉帛，两人组织了数万头牦牛，驮着货物支援解放军进藏。

车队沿着河谷一口气开了30多公里，在一片崇山相拥的山坡台地戛然停下，显然就是德格县城了。在县政府招待所吃过晚饭，已是晚上九点钟，因为明天上午便会离开德格，我连夜展开关于土司家族采访。可惜女土司家族早已没有子嗣，女土司和冤家的大管家早已作古，土司官寨沉落在烟雨风尘中，化作一片残垣断壁，蒿草萋萋，唯有凄风冷雨的黑夜，巡弋雪山之巅的魂灵偶然光顾，寻找一个女土司家族逝去的辉煌和荣耀。

不过，县里仍然找到夏格刀登的私生女和当时的管家，我便借助翻译进行采访，关于女土司和大管家对18军进藏官兵的后勤支援，对于开凿川藏公路的民工援助，还有大管家与女主人之间打冤家的故事，一直谈到午夜我才回到房间休息。

翌日上午，参观过藏区最大的印经院之后，我们才匆匆上路，定于当天晚上夜宿甘孜州。而横亘在德格前方的有两座海拔5000米以上的大雪山，一座是雀儿山，一座折多山，它宛如两个战神，万夫莫当地兀立在川藏路上，考验着每个过客跨越最后时的勇气、雄心和毅力。

出德格县城，上行30多公里，便是雀儿山山脚了。阴法唐将军突然挥手说停车，我感到茫然，通常情况在莽荡大山，除下车方便之外，一般是不轻易下车的，否则雪风吹来，海拔陡升，会有身体之忧。我连忙问首长有什么事情。老人说看人。我颇感诧异，莽荡大山，偶然只有一辆对头车迎面驶来，极少有行人，苍茫荒野何处看人？

"祭扫一位叫张福林的烈士，当年修筑川藏公路时，他就牺牲在雀儿山上。"阴法唐的眼睛眺望着前方，心情倏忽黯然下来。

车队在一处有建筑的地方停了下来。我跨出车门，路旁的半山坡上雪山杜鹃含蕾欲放，一条石阶砌成的小径直通红墙蓝砖的去处，我初以为是道班，随着老人拾级而上，铁门咯吱推开，一个偌大的陵墓昭然惊现，高巍的墓碑写着张福林烈士之墓，雪祭英雄不能无牺牲祭品，一路陪同送我们去成都的昌都公安处副处长白玛旋即跃入杜鹃丛中，啪啪地折了一束杜鹃，递到了阴法唐将军手中。阴法唐吩咐我们站成一排，向这个永远遗落在高山雪国的中原孤魂深深一鞠躬，我并不知他生于何地，死于何时，也不知长相如何，但是作为一个后辈军人我却举起右手，虔诚地向他行一个神圣的军礼。

雀儿山上祭英魂。仪式结束后，我们便登车上山，朝着进入川地后第一座5300米的大山逶迤而行。这比我翻越过的藏北唐古拉山整整高了100多米，车中空气越来越稀薄，胸闷的感觉犹如一座沉重的雀儿山压了下来。可是阴法唐将军却显得格外的轻松。我问他张福林是不是18军的嫡系，他笑着说是18军53师159团的炮兵班长，解放战争入伍的，是一个500米内百发百中的神枪手，参加过太原、秦岭和成都战役，进藏后一直修路，漫漫2000多公里，从高入云间的二郎山开始一路修来，担任炮班班长，专为劈山开道放炮，在雀儿山上他发明的放大炮风靡一时，1951年12月10日中午，在雀儿山上放炮的时候，他带着小炮班的战友去装药，插一根雷管时，山顶上一块二立方的石头突然坠落，砸在他的腰部和右腿上，殷红的鲜血染红了岩石上的冰雪，染红了高原杜鹃，当场就昏迷过去，醒来时艰难地翕动嘴唇，要求便是将口袋里的4.5万元旧币交作党费，便结束了他24岁年轻的生命，到九泉之下去会被国民党军队杀害的革命的母亲了。张福林牺牲后，人们在他的挎包里找到了五包菜种，他想到青藏高原上给部队种菜自济。

我默默地点了点头。川藏公路2000多公里的漫漫路程，有2000多名官兵和民工在筑路中遇难，有的死于塌方事故，有的则在干活中突然猝死，有的一场感冒过后便撒手人寰，没有人知道这是高原病。2000多英烈，以一公里一个生命的倒下，将这条天路由成都铺到了拉萨。漫漫2000公里路，唯有张福林是荣耀的，他不仅有一个豪华的墓穴安妥了灵魂，《人民日报》还专门发表了号召全国人民学习他的社论，名字进入英烈祠，而那二千多名英灵，却没有留下一丘荒冢，一缕孤魂仍然飘游在雪山之上。

神情怅然，我们将雀儿山、折多山一一抛在车窗后边。过白利寺，夜宿甘孜、炉霍、康定、雅安，四天四夜，终于走出冰天雪地的川藏路。从二郎山下到川西平原已是人间四月天。大衢间巷，夜幕下霓虹灯令人眩晕，夜夜笙歌，每个角隅都凸现着温柔之乡的委顿和奢靡。

一个月的高原之旅，让我对城市开始陌生。

川藏公路总指挥
——陈明义将军

回到成都府南河边，下榻西藏饭店，房间铺天盖地负氧粒子一涌而入，我有点昏昏沉沉，眯眯盹盹，长睡不醒，显然是醉氧了。

在半醒半睡中起床吃过中饭，阴法唐老人叫我们与西藏昌都行署送我们的马副秘书长和白玛处长一行合影，远送我们入蜀的藏族客人便沿川藏公路返回，往二郎山和康定草原绝尘而去。

傍晚，我仍旧嗜睡不醒，迷迷糊糊接到了成都军区原副司令员陈明义秘书的电话，说陈副司令员晚上要来看阴书记，有要事相谈。我搁下电话，连忙上15层的套房报告阴法唐。老人遽然一惊，说："陈副司令眼睛不好，应该我去看他。"

我被他们这种几十年间的战友情谊所感动，解释说："陈副司令说了你是客人，他是地主，不能搞颠倒了，反客为主。"

"哈哈！"阴法唐笑着说，"好吧，就听五号的，晚上，我等他！"

两个老人的战友之情是从西藏的岁月开始的。当年进军西藏时，陈明义是18军的参谋长，代号五号，而阴法唐则是52师的副政委，署理政委工作。前者是老红军，后者是老八路，一个年长，一个岁小，明显的上下级关系。可是80年代初，阴法唐由济南军区副政委调任西藏自治区党委第一书记时，张经武、张国华已先后去世，他自然成了西藏的擎旗人，陈明义等老将军自觉将西藏代言人的角色交给阴法唐，每凡有西藏大政向中央进言，都请法唐同志代转。

我第一次见到陈明义是1986年春天，刚卸去军中要职的陈明义在成都军区一招宴请阴法唐，我作为秘书参加。在贵宾室刚落座，陈明义就赶来了，与他的老战友寒暄几句，便朝着我走过来了。老将军个子不高，也许是在雪域高原耗尽生命的膏血，身体单薄瘦削，眼睛不大，说话低声细语，绽着和畅的笑靥，执手相握，一股春天的温婉在血脉中流动，传递一个封疆大吏罕有的谦逊与平易。如此平常，就很难与一位爬过雪山草地，喋血祁连，转战太行，千里跃进大别山，在川藏公路上横刀立马的铁血将军联系在一起。

"怎么，有点失望吧？"陈明义睿眸似乎已窥破我的心思。

"不，不！什么叫大爱声稀，柔则至刚。"我连忙回答道，"我在首长的身上找到了答案！"

"会说话！"陈明义扭头道，"法唐，你可带来一个能说会写的秘书！"

"哈哈！"几位老首长笑了。

也许因为这种西藏之缘，我得以零距离地走近他们，走近那段飘散入云端的西藏往事。

以后，不止一次接触，谈及他军旅生涯中最辉煌的一个乐章——川藏公路时，陈明义说，新中国第一代领导者中，第一个提出修川藏公路的是邓小平。那是1950年1月15日，在重庆曾家岩西南局开会的18军军长张国华打电话给我说，让我带上三个师的师长赶到刘、邓首长驻地。事由是毛泽东第一次赴莫斯科与斯大林双雄会，在专列上给彭老总下达了进军西藏的指令，西北局搞民族宗教的秀才们调查论证后，说西北进藏困难甚大，难以克服，如要西北进藏，准备工作也要两年。主席的性格素来是只争朝夕，三两年太晚，于是到莫斯科后就将经营西藏的任务交给了西南局的刘伯承、邓小平、贺龙。

那天，陈明义带着三个师长赶到了重庆曾家岩西南局驻地，见到张国华和谭冠三，便问张军长，18军的军师主官都召来了，这阵势是不是有新的任务，是往南下解放台湾，还是上山解放西藏。张国华笑了笑说，当然是上山，刘司令员说我是属兔的，跑得快，只有带大家去解放大陆上的最后一块高地西藏了。

18 军的六位高级军官步履铿锵地步入西南局会议室,刘伯承司令和邓小平政委就进来,环顾麾下的战将,刘司令员哈哈一笑说,张国华,你的干部很整齐嘛。是地主啦,所以我和邓政委确定 18 军进藏。等刘司令员具体部署了进军西藏的军事行动后,一向寡言的邓小平站起身来,凝视着偌大中国全图,目光聚焦到了西藏的版图上,掷地有声说:"进军西藏要靠政策走路,靠政策吃饭,政治军事协同解决。要在西藏站稳脚跟,当务之急要解决公路的修建问题。"

小平一语点破治藏方略的要谛。

1950 年 3 月 18 日,18 军在乐山召开进藏誓师大会。会议落幕后,先派出了去甘孜和巴安(现巴塘)的先遣支队,几个月后雅(安)甘(孜)公路通了,张国华带 18 军 52 师前行到甘孜,准备昌都战役,而身为军参谋长的陈明义则成了后方支援司令,集 53 师和 54 师两个师的兵力组织补给线。年轻的中国空军飞上高原,在甘孜空投成功,是年 10 月 6 日,52 师强渡过金沙江,实行迂回包剿,一举粉碎了企图用藏刀阻止人民解放军进藏的历史逆流。昌都战役结束后,西南局将 18 军后支和西南军区后支合并,成立了 18 军后方部队司令部,陈明义被任命为司令兼政委,正式成了川藏公路十万大军的总指挥。

为彻底解决好西藏问题,贺龙等注重网罗人才,将华西大学著名的藏学家李安宅夫妇收编到麾下,成立 18 军政策研究室,请教完西藏的政治、宗教、民俗和婚姻等后,突然问及西藏的驿道等交通情况,李安宅拿出一本清人所写《西藏始末纪要》,引证道:"乱石纵横,人马路绝,艰险万状,不可名状。"……"世上无论何人,到此未有不胆战股栗者。"陈明义仰天长笑,然后说道:"我承认西藏的驿道可能艰险万状,但是人民解放军不但不会胆战股栗,反会让雪山发抖,江河股栗。"

这句话后来被引申为川藏公路上的一句经典名言:"让高山低头,叫河水让路!"

李安宅欣然点头,他从新中国年轻执政者身上,感受到了一股太阳裂云喷薄而出的朝气和豪情,遂辞去华西大学的教职,夫妇俩跟着 18 军进藏。

陈明义和 18 军筑路官兵川藏公路的第一仗,就是打通二郎山。

二郎山地处川藏的要襟,海拔 3477 米,山势高巍雄浑,峰峦陡峻,气候诡谲多变,上山 90 公里,下山 90 公里,古木苍天,荒草萋萋,一天四季,东边日出西边雨,山下阳光如炽,山中狂雪飞舞,终年山崩地裂,塌方淤泥。1940

年，国民党政府修通了川康公路，可只是在通车典礼那天通了一次车，二郎山公路就被暴雨和洪水冲坏了，再没有车上去过。

1950年5月初，陈明义带着18军158团、162团和西南军区工兵部队的六个工兵团上了二郎山，在180里的线路上盘旋摆开，手中的武器仍旧是和"小米加步枪"同是一样的铁锹、十字镐、钢钎、铁锤，但是精神和士气却焕然一新，他将八个团团长召到跟前，下了一条死命令："八月底之前，车过二郎山！"

屈指数来100天，像一支令牌悬在了万余筑路官兵的头颅之上。而时年33岁的总指挥，也住在二郎山上督战。随后他将军文工团也调上山去，沿路鼓动，一路歌声一路风尘。陈明义踩着泥泞步入二郎山之巅，见有古人留下的石碑"贯穿牛斗"、"登峰造极"，于是他将162团的官兵召到石碑前，借口喻今，振振有词地说："贯穿牛斗，手摘星辰的英雄气概，二郎山不可不算高峻，却逊色于我们筑路战士的冲天豪情，而登峰造极的境界，只会永远属于高路入云端的天路。"

"五号讲得好啊！"军首长的现场鼓动，就是最大的士气，二郎山公路进展一路顺风。这种英雄豪迈，被时乐蒙写入了新歌《歌唱二郎山》之中。

走下二郎山，大渡河横亘在陈明义的眼前，往事未付烟雨，当年毛泽东带着红军勇抢泸定桥，终于避免了红军重蹈石达开的覆辙，挽狂澜于既倒。可是四个汽车团和三个辎重团，要运送大量的战略物资进藏，支撑前方。此前，汽车兵将卡车大卸八块，用船运过去了，重新组装再抢运物资。但是没有桥横跨大渡河，二郎山纵使通车了，也难抵甘孜。

兀立大渡河边，俯瞰江水惊涛拍岸，湍急的江流卷起千堆雪。陈明义将桥工队队长、桥梁专家黄渭泉找来了，声音柔和地说，黄博士有什么办法架桥，让汽车跨越大渡河。黄渭泉说我已经勘察多次了，可在大渡河上架一钢索桥，就像美国的旧金山钢索大桥一样，不在河里打桥墩，修得快。

伫立一边的苏联专家摇了摇头，说天方夜谭，中国连钢索都不能生产，拿竹绳藤条来造吊桥呀。

陈明义知道黄渭泉曾负籍海外，曾沐浴过西风欧雨，有博士头衔，是中国著名的造桥专家。他目光坚定对着苏联专家说，那就到贵国去买。

"谢谢陈司令。"黄渭泉的眼眶一热说，"如果钢索桥造不出来，我就跳大渡河。"

陈明义拍了拍他的肩膀，说："渭泉啊，这大渡河，跳不得，共产党不是石达开。千里川藏路，要跨越三大水系，金沙江、澜沧江和怒江，沟壑纵横，前方还有多少江河等着你去一桥飞架。"

黄渭泉说我不会辜负陈司令的厚爱的。

陈明义点了点头，一边让黄渭泉设计出大渡河钢索桥的图纸，一边派有关人员，到全国各地采购钢绳和材料。

黄渭泉果然不负众望。三个月之间，不仅设计了图纸，还将中国第一座钢索拉桥变成了现实，飞架在大渡河之上。朱德总司令闻讯，专门为泸定桥题词："万里长征犹忆泸关险，三军远成严防敌国侵。"

车通甘孜，西藏噶厦政府却将和平的大门封上了，七八千名藏军和民兵麇集藏东重镇昌都，唯有一战，才会赢来雪域高原的和平。这年9月，张国华军长已抵前指挥，进至甘孜，准备昌都战役，陈明义却回到重庆曾家岩，向西南局的刘邓首长汇报。

刘伯承伸出有力的大手，紧紧地握着脸已被高原的太阳和风雪染成两团高原红的陈明义的手，深情注视着当年跟着自己爬过遥远大雪山的小参谋，开口便问："怎么样，路修到哪里了？"

"已经过了甘孜白利寺，穿过当年我们走的那片草地。正在往折多山推进。"陈明义自豪地说。

刘伯承看了看地图，转身说："好嘛，我看了电报，说你们顺利打通二郎山，架起了中国第一座钢索桥，飞跨大渡河，看来你这个军参谋长，不光会谋划打仗，修公路、搞后勤，也是一把好手。"

"司令员过奖了，当年在你身边，只学了一点皮毛，没有得到真传。"陈明义笑着回答说。

"好哇！"刘伯承说，"陈明义什么时候也学会尽捡好的说了。"

辞过刘司令，陈明义又到邓小平办公室，汇报18军和筑路部队认真执行民族政策，宁可睡帐篷，也不住喇嘛庙，宁可饿肚子，也不捕河里的鱼吃，四处走访土司头人，获得了康区上层的好感和支持，德格女土司降央帕姆和大头人夏克登刀派数万骡马和牦牛帮助18军运送弹药和补养。

"做得对哦！"邓小平眼睛炯炯有光，敲击着食指说，"当年乾隆在大小金川这一带败得一塌糊涂，就是不讲民族政策。赵尔丰的改土归流也杀戮太重，流血甚多,留下很大的后遗症。当然,我们不是清王朝,共产党进军西藏,就是靠政策走路,靠政策吃饭。"

"靠政策走路,靠政策吃饭!"邓小平政委这句话后来成了西南进藏部队治藏的圭臬。

川藏公路在越过牛皮糖一样的折多山后,横亘在前方的雀儿山却让 18 军的筑路官兵望山兴叹了。

已是 1951 年的深秋了。前方张国华军长和谭冠三政委也率 52 师进入了拉萨城,部队不吃地方,全部供养靠内地和向印度采购,如果 1952 年公路修不到昌都,补给运不进去,部队在拉萨和边防就站不住脚跟。陈明义带上 54 师师长张忠、副师长干炎林和筑路总工程师,从甘孜驱车到了雀儿山下的东山站,仰望终年积雪不化的雪山,如一条玉龙腾空而起,盘曲在横断山脉之上,挡住了滚滚铁流前进的步履,他对部下说,上去看看。警卫员一跃而出,挡着陈明义的去路,首长,你不能上去。陈明义不解问道为啥,警卫员说海拔太高,攀登困难,会死人的。陈明义脸板下来了说,张军长、谭政委都上得去,我岂能不行。再说一个修路总指挥不探路,谁来探路,警卫员无奈,只好悻悻跟着陈明义走。开始倒不也觉得有多大反应,可是越往上走,头越来越沉重,似乎一个天穹都朝头顶压了下来,脚踏羽毛,走一步要喘三口气,才能朝前。快接近登顶时,每个人都精疲力竭了,陈明义低头一看,雪地上有一排脚印,便问是谁留下的,总工程师俯首一看,说是朝圣的藏民留下的。陈明义精神一振,指着脚印说,藏民尚且能过去,何况我们军人,走!警卫员挡不住他。

雪风从身旁呼啸掠过,陈明义带着部下艰难登顶,察看当年的驿道走向,选了一个公路可以通过的垭口,可却有一壁巨石挡住去路,总工程师将其称为石门。陈明义此时的嘴唇都紫了,说话气喘吁吁,仍指着绝壁对 54 师师长说,斧凿石门,让兵车通过。

到了雀儿山公路垭口石门的最高点,工程师测了海拔高度是 5300 米。

陈明义刚下山,53 师和 54 师和六个工兵团数万官兵上了雀儿山。他给两个师的主官交代,两个月拿下雀儿山,让汽车进入德格县城。可是初战不利,不幸的消息纷纷传下山来,工兵八团 12 名战士开始在山下还活蹦乱跳的,可是一会就倒下了,当场便罹难,再也没有醒来。人们没有觉察到这是典型的高原病。晚上筑路官兵无睡处,只有找一些高原杜鹃垫着作床了。第二天早晨天亮时,就有士兵再也没有醒来。

部队上去的第三天，54师副师长干炎林给陈明义打电话，说五号我们在火攻雪山了。火攻，陈明义听到这个词仍旧费解，干炎林说刚上去的时候，雀儿山公路走线全是冻土地带，冰冻三尺，千年之寒，战士们举镐挖下去，仅有一个白点，打孔炸药，撕开一个小口子。忽然有战士心生计，火烧雪山，从几十里外运来干柴牛粪，沿路烧开了，点点篝火，连成一片，在白雪皑皑的雀儿山蔚然壮观。果然冰化了，泥土和岩石暴露出来了，才可垫上路基。

刚搁下54师的电话，53师师长黄作军又打来电话报喜，说在石门有最高点，出了一个千锤英雄。

"谁是千锤英雄？"陈明义听说后惊喜地问。黄作军师长说有一个叫杨海银的战士，在海拔5300米的石门处，一口气抢了一千三百锤，创造了生命禁区的奇迹了。

"好啊！两个月攻下雀儿山有望。"陈明义决定第二次再上雀儿山，并将军文工团带上去，现场鼓动，犒劳大家。但是12月10日这一天，不幸消息传来了，张福林在雀儿山上殉职了，他是筑路官兵倒在天路上血肉凝固的又一座战士冰雕。

1952年元旦，雀儿山正式打通了。陈明义领导下的筑路大军一鼓作气，挥兵西进，1952年11月21日，提前四十天正式修到昌都。刘伯承、邓小平、贺龙发来了贺电，毛泽东挥毫题词："为了帮助各兄弟民族，不怕困难，努力筑路！"

兵车进了昌都小镇，却被扎曲河与昂曲河的水隔着，将镇中心的昌都寺分成云南坝和四川坝，一边是从川入藏的官道，一边则是从滇入藏的茶马故（古）道，可这只是漫漫天路的一半，刚刚迈入西藏境内的边缘，离拉萨还有近千余里地。横亘着怒江和移动的泥石流地带。以后的路究竟如何走，是朝北，往万里羌塘，沿唐蕃古道伸入丁青、巴青、比如宗等三十九族地区，再入那曲，过当雄草原入拉萨，还是走南路，从然乌越过怒江，从原始森林覆盖的波密、林芝进入拉萨。

伫立在四川坝的军营里，陈明义的目光投向了远方，他在焦虑地等候，等待一个叫余炯的工程师，他带着一个勘察队出去踏勘川藏公路昌都到拉萨走线，去年阳春三月在甘孜为他们举杯壮行，早已过了约定回来的时间，却杳无音信。

掐指算来，已经整整一年零四个月了，这支小分队是死是活，陈明义相信他们活着，可一颗牵挂的心悬在空中。

每天朝云暮雨，陈明义都站在大门口焦灼地眺望，希望奇迹出现，可是从云南坝过来的藤桥上，始终没有这支队伍的踪影。

有一天傍晚，天还没有黑下来，碎霞在湛蓝的天空里云卷云舒，渐次向黑夜的温婉怀抱坠落。警卫员气喘吁吁地跑来了说："司令员，回来了，回来了。"

"谁回来了？"陈明义被警卫员说得有点丈二和尚摸不着头脑，迷惑地问道。

"余工程师他们呀。"警卫员终于镇静下来了，回答说。

"在哪？"陈明义追问道。

"已经进院子了！"

"你怎么不早说呀？"陈明义一跃而起，从首长小院里往大门疾速跑去。

暮霭沉沉之中，余炯一群人衣衫褴褛，头发长得披在肩上，面黑肌瘦，朝着陈明义跑过来了，向他行一个军礼："司令员同志，余炯小分队安全归来，向你报到，一个不少。"

"回来就好！"一向处乱不惊的陈明义激动地跑了过去，将他们揽在怀中，热泪横流，说，"余炯，你让我想得好苦啊！一年四个月，你也不捎信来。"

"我们也想司令员和战友呀！"余炯嘴唇颤抖地答道，"可是关山远隔，完不成任务不能归啊。"

"路测得怎样？"陈明义说。

"昌都进拉萨的北路南路测过了，我们先后踏勘3200公里，来回绕行了6700公里。"

"又一次长征，一个闻所未闻的奇迹。"陈明义扼腕长叹，"2255公里的川藏路，你们走了6700公里，铁鞋踏过地球之巅啊！"

"这是《川藏公路昌都至拉萨踏勘技术方案》！"余炯将厚厚一本书交给了陈明义。

"好样的！"陈明义捧着厚厚的技术资料，拍了拍余炯肩膀，"洗个澡，把长发铰了，好好睡上一觉。"

晚上，陈明义伏案展读余炯踏勘回来的川藏路昌都到拉萨的资料，他震惊了。整个川藏路上，横跨十四座5000米以上的大雪山，他们竟然攀登了其中的大部分，从昌都到拉萨段有北路和南路可行，余炯一行先行北路，沿唐蕃古道，从昌都到类乌齐、丁青、巴青、索县，穿过无人区，翻越念青唐古拉山时，北风卷雪，阳光辉映下如瀑布飞扬，哗哗而下，白茫茫一片，刺得眼睛睁不开，望着藏民用长发遮脸，他们用手绢蒙住眼睛，躲过了一场雪盲。在5000多米的念青唐古拉测出了公路走线，步行到了拉萨之后，沿雅鲁藏布江南下，穿越大拐弯处，有一处50度斜坡的地方，是一块光溜溜的绝壁，脚下是万丈深渊。藏民凿了一行脚印当栈道，走时须先迈右脚，再迈左脚，余炯不知，先迈了左脚，再出右脚，刚走了几步，两只脚便不能互换了，前不能行，后不可退，脚下是白云风卷，万丈惊涛涌起千堆雪。身子稍微倾斜，就会粉身碎骨。余炯双腿颤抖之际，一个藏民及时赶了过来，扶他走过了空中栈道，幸免一难。一步一步地走过一块流动的泥石流板块，横跨怒江，踏勘了南线的道路。

然而，余炯却给陈明义出了一道难题，北线与南线，昌都至拉萨的公路究竟该走哪里？

"我再去探一趟！"后支政委穰明德又亲自带队，走了一趟南线，回来后对陈明义说，无论从政治军事意义上，都认为走南路最合适。

"我们到重庆去向贺龙司令员汇报！"带着这道问题，陈明义和穰明德回到了重庆，请西南军区司令员贺龙最后定夺。

此时，刘伯承司令员归隐林泉，在虎踞龙盘的紫金山下，开办第一座高等军事学院，避开了中国政坛凄风冷雨的袭扰，邓小平则奉调进京，任政务院副总理。署理西南军区军政要务皆握在贺龙司令员手中。

陈明义和后支政委穰明德将北路和南路两个方案摊在贺龙的案前，利弊各有千秋，北路地势相对较平，却海拔高缺氧，个别的垭口在海拔5000米以上，冬季封山，沿途缺乏燃料。南路由邦达过然乌，横跨怒江，从波密、林芝、太昭进入拉萨，是西藏森林覆盖最多的地方，气候适宜，河谷可种香蕉橘子，田里长着水稻。唯一不确定的因素是雨季多，容易引发泥石流。

贺龙伏在摊开的地图上看了半天，点着烟斗吸了几口，然后将拳头重重地擂在了桌子上，一锤定音："当然走南路好！一则那里气候温和，海拔低，在西藏那是黄金都买不到的地域，再则，南线横穿茫茫林海、水草肥沃的草原、湖泊，物产丰富，便于部队就地取材，路通了，将来开发西藏，大有前途。"

可是陈明义心中忧虑的是冰川和泥石流，还有狂傲不羁的怒江横亘在前方。贺老总似乎早已窥透了陈明义的心思，说："当然，怒江天险，冰川泥石流，会给你带来预想不到的困难，不过，我欣赏你们那句话，让高山低头，让河水让路，在18军筑路官兵面前，没有过不去的山，没有越不过的江。"

穰明德政委起身卷着地图，咬钢嚼铁地吐出一句话："贺老总，等着我们的通车消息吧！"

贺龙又往烟斗上点燃一支烟，轻声细语地问："什么时候通车拉萨？"

穰明德望了一眼陈明义："贺老总，1954年底，修不到拉萨，我提着头来见你。"

贺龙仰头哈哈大笑，拍了拍陈明义和穰明德的肩膀说："好，你们可是给我拍了胸脯的。我等着喝你们的庆功酒！不过这个方案得让主席首肯，穰明德，你飞北京一趟，直接给毛主席汇报。"

穰明德到了北京，先找到了交通部长王首道，看过方案，王带着他到了国防部长彭德怀家里，彭总戴上花镜，翻开大比例军事地图，一一察看南路走向，然后拍案称道："我举双手赞成修通这条国防战略公路！"

接着他又要通了邓小平的电话，小平说好呀，我赞成，这比走人烟稀少、寸草不生的不毛之地好。

1953年大年初一，穰明德跟着彭老总和王首道进了中南海，这天中央正举行春节团拜。彭总领着他向毛泽东汇报，听过南路方案后，毛泽东吸了一口烟，问道："走南线的根据是什么？"

彭老总说："18军后支曾派工程技术人员踏勘了一年半，为慎重起见，穰明德也亲自走过。"

毛泽东仰头笑了，这叫亲自品尝了梨子的滋味，好。这是有国防观点的表现。随即，毛泽东挥动毫笔，写下了批示："同意此项意见，公路走南线！"

1953年6月，筑路部队推进到了怒江东岸，绝壁兀立的怒江天险挡住了去路，一条数十公里长的峡谷裂岭而过，站在岸边抬头看不到峰峦，站在半坡上，脚下惊涛骇浪，撼山震地。总工程师李昌源选了三个横跨怒江的入口，一个是倾多拉山口，但海拔过高，终年积雪；另一个山口海拔也低些，但也积雪半年；还有一个是冷曲河口，离怒江只有10多公里，却有一段冰碛孤石堵塞，工程量大。

陈明义正俯身研究横绝怒江大桥定点何处时，昌都寺第二大活佛谢瓦拉来拜谒他，带来不少葡萄干和梨子。陈明义问大活佛，水果产于何地？大活佛说，我庄园附近的山上，盛产葡萄和梨，那里下去就是冷曲河口，离怒江只有10几公里。

"好！"陈明义一跃而起说，川藏公路飞越怒江天险的入口就选在冷曲河口。它印证了贺老总说的在西藏，海拔低的地方黄金也买不到。

谢瓦拉大活佛笑了。冷曲河口的山葡萄如神物，指点了一条天路的走向。

已擢升为54师师长的干炎林带着162团强渡怒江天险。陈明义站在江边督战，李文炎带着四个伙伴，划着团里唯一的橡皮舟，在江流湍急的怒江几次渡舟，三次失败，终于顺着激流划过了对岸，但是架便桥的钢绳因浪高水急，流速每秒八米而无法过去。工程师张天翔在江边转来转去，突然眼睛一亮，他发现水纹斜过江心后，形成了一个大旋涡的回水湾，水势较为平缓，且离西岸只有二三十米，他突然一拍腿说："有了。"

望着怒江一筹莫展的陈明义司令问他："张天翔，你有什么了？"

张天翔答道："司令员，我有过江之策了。"

陈明义瞪大了眼睛："真的，说来听听。"张天翔说其实最简单不过，扎一个木排，将钢缆放在下边，顺江放下，到了大旋涡的回水处流速就缓了，李文炎他们在西岸打捞上岸，钢绳就过去了。

好主意。陈明义连声叫绝。果然木筏放了过去，大获成功，一座跨怒江天险的钢绳便桥架起来了，部队和货物纷纷越过怒江。陈明义觉得张天翔功不可没，被评为全国劳动模范，出席了全国的群英会。

然而架起钢绳便桥，只是征服的第一幕，正式的公路桥还需查明桥墩和路基的定位走势。162 团副排长用一根绳子将自己捆在树上，冒着粉身碎骨的危险，从西岸的绝壁下滑数百米，终于看清了怒江峡谷的地理位置，为造桥专家黄渭泉设计另一座贝雷式的钢架桥立下了头功。

时隔一月，江宽 70 米，主跨 45 米的贝雷钢架桥一桥飞架怒江之上。战胜怒江天险的官兵流下了激动的泪水，当他们在桥上欢呼雀跃时，八一电影制片厂的摄影师拍摄了《战胜怒江天险》的纪录影片。

1954 年的春天姗姗来迟。当筑路部队越过陡壁峡谷一线天的然乌沟，徜徉于鸟语花香、猴子纵身跃过树梢的波密原始森林时，印度洋的暖流挟着狂飙乌云，如一字排开的战舰，驶入了密林的天空。蓝光撕破天幕，暴雨滂沱，无情地鞭打着森林大小草，山洪倾泻而下，波斗藏布江、迫友藏布江水像一个疯狂的怪兽，跃然而出，卷起惊涛狂浪，将新修的公路冲了个精光，最震天动地的是，"鸽冰川"移动下滑，山崩地裂，泥石流铺天盖地而来。

陈明义的指挥帐篷里尖啸响起，到处一片呜咽之声。

"司令员同志，路面被洪水冲光了！"

"通麦大桥被洪水卷走了！"

"下滑的鸽冰川覆盖了公路！"

"157 团 6 连二排老虎嘴滑坡，有 9 名同志牺牲。"

"全线有 32 公里路基毁于暴雨。"

接电话的值班参谋手颤抖了，边记边流泪。

陈明义没有掉泪，他的泪早在红四方面军兵败祁连山中流光了。那才是一场真正的血雨啊，西路军的几万之众，就剩徐向前和李先念带着他们六百多人，而且是由女兵团掩护着最后撤退的。

望着 1954 年底通车的时间节点，只有 6 个月，不到 200 天了，他和政委穰明德第二天便冒雨赶到现场了。抢险会议在加龙坝召开，总工李昌源第一个站起来检讨，说路基被洪水冲走，自己有失察之责。陈明义摆了摆手说现在不追究责任，我要你提出拯救办法。李昌源说办法有，升高路基不要沿江河谷底走。

陈明义点了点头，说好，就按你的办。

最难的一处是通过鸽冰川，那里的泥石流已经演变成一块流动的公路，迟迟难以下手，苏联顾问团工兵专家伊万诺夫来了，看了后直摇头，说他从未见过如此规模的泥石流。提出治理办法在鸽冰川修一个钢筋水泥灌注的隧道，长500米，同时可以驶过两台汽车。陈明义摇头，他觉得洋专家的洋玩意儿行不通，一则到哪里去运这么多的水泥，再说万一鸽冰川的泥石流改道流来又怎么办，他问中国的专家：用什么土法可治。

各种各样的方案提上来，最后陈明义拍板定音，采用打木桩，搭成便桥，让泥石流从木桩中间流过，并放一个工兵连在鸽冰川下驻扎，随时抢修。

等密林河谷里的工程一切处理就绪，已经是1954年8月了，通车胜利在望，他突然接到了西藏军区张国华司令员的电报，让他速到拉萨，参加商议1954年底川藏公路、青藏公路的通车事宜。

陈明义策马向拉萨绝尘而去……

早春的蓉城之夜，仍有几分寒凉，那天晚上，因白内障眼睛只有微光，82岁的陈明义在公务员的搀扶下，驱车从白校场的军区大院来了，走进西藏饭店，几乎是碎步往前挪了，一进阴法唐的房间，他便喊道："法唐，这趟昌都之行，身体怎样？"

"没有问题啊，5号！身体的每个零件都很正常。"阴法唐回答说。

我插了一句话："陈副司令员，阴政委的身体，比我们年轻人还强，在西藏走得很快，我一路小跑都跟不上。"

"哈哈，这是法唐同志的速度，你是徐秘书吧？"虽然已有多年不见，陈明义副司令员从我的口音听出来了。

"他现在是二炮创作室的副主任了！"阴法唐介绍说。

"第一次走川藏路吧，路怎么样？"他在问我。

"路很好，一路风光旖旎迷人，人的一生，如果与川藏路失之交臂，是一个最大遗憾。"我回答说。

"还是徐副主任能写会说。"陈明义笑道，"将来写煌煌大著时，我希望你能为川藏路写上一笔。"

"我会的，首长！"我默默点头答道。

"哈哈！"套房里响起了老首长的笑声。

青藏公路总指挥
——慕生忠将军

慕生忠在格尔木搭起了第一个帐篷。

牵着2万多头骆驼追随他给西藏送粮的民工说，慕司令，你不是说格尔木是一座城吗，城在哪里？

慕生忠环顾左右，戈壁一片苍凉，远处的昆仑山白雪如盖，他指着自己的帐篷，说，是啊，格尔木城在那里，那不是吗，我的帐篷在那里，那里就是格尔木城，这就是城市的圆点，我们要在柴达木盆地建一座花园般美丽的城市，再栽上几万棵树。

从甘肃宁夏招募来的民工笑弯了腰，说慕将军，你牛皮吹到昆仑山顶上了。简直是白日做梦！

"有梦就有希望！"慕生忠认真地说，"十年、二十年后钻天杨长大了，城郭崛起。我们就是格尔木的祖先。"

"祖先？"民工茫然不解说，"我们看不到这种希望。"

"希望就从现在脚下挖坑栽几万棵白杨开始。"慕生忠指着帐篷旁边的一片戈壁说。

民工毕竟是朴实的。2000人真的一个个去挖坑，栽下了一排排钻天杨。等他们栽完钻天杨之后，便对慕生忠将军说，我们跟着你已经一年多了，树种完了，该放我们走了吗？

慕生忠说你们走，我不能走，你们给我开一天荒，我要在这里种菜。

牵骆驼的民工说这小事一桩。你吩咐吧。于是，他们组织90个人，十人一块，每块三亩地。一天就开出来了。这是格尔木最早的27亩菜地。

第二天，慕生忠又将那些牵骆驼的民工召集在一起说，有人说在青藏高原不能劳动，一干活就会死人，可是昨天每人开了三分地，活儿不轻呀。谁个儿病了，谁个儿死了。说明在这里能劳动嘛。大伙跟我送了几趟粮了，任务没有完成。把粮食丢在半路上，打道回府，那不是军队的开小差吗，逃兵一个。昨天我收到任启明拍来的电报，说他们已经走通了青藏高原，到了黑河和聂荣了，好啊，我决定把这条路修通。用卡车将粮食运到拉萨。你们好样的都给留下来，跟我去修路。

民工们一片哗然。低头私语一阵，一个宁夏民工突然挺身而出，说："我不留，我是招来牵骆驼的，不是修路的。我们想活着回去，就图一个老婆孩子热炕头。"

慕生忠一愣，如果让这种局面闹下去，一旦民工散去，自己就是光杆司令了，因此他想给他们来点军阀作风，镇住这帮民工。大声喊道："把这闹事的家伙给我捆起来。"

警卫员一听慕司令员有令，像虎狼一样扑了过来，手执麻绳，轻轻一提，便将那个带头闹事的民工捆了起来。

慕生忠意在震山敲虎，只是想吓一吓，没有想到警卫员真的将那个民工捆了起来。一时没有台阶可下，他只好漠然背过身去。那民工呜呜地哭开了，说，"慕司令，给我留一条活路呀。我们村里来的伙伴，第一趟跟慕司令过昆仑山，在沼泽就死掉了十几个人，我还有父母、妻子儿女，给我一条活路吧。"

被捆的民工弯下腰，哭得伤心欲绝。

慕生忠此时的心肠突然变得坚硬起来。他知道宁夏的民工说的是什么事情，第一次运粮到西藏，他们拉着从西北购来的二万多头骆驼驮着粮食翻越昆仑山，进入黄河源的泥泽地带，驼铃声声，风中飘摇，驼队一个跟着一个朝前走。驼印相连，可是走进沼泽段，一头接一头陷了下去了。牵骆的人连滚带爬，却怎么也爬不出来。有的深陷其中，当天折兵损将，一下子死了十多个人。死亡之翼掠过生灵的天空，让许多民工一想起那个黑色的日子便不寒而栗。

"放了他！"慕生忠挥了挥手，对警卫员说，"民工兄弟们跟着我上高原，出生入死，也不容易。"

"慕司令，不杀一儆百，难以服众。"警卫员急红了眼，愤愤不平地说。

"杀个屁！都是亲兄弟。"慕生忠走了过来，亲自给那个宁夏民工松了绑，脱下自己的皮大衣，说，"对不起，兄弟。我是一个粗人，脑子简单，动作大了一些，请你多包涵。现在你可以走了。我没有别的可送你的，穿上这件皮大衣吧，路上挡挡风寒。"

那个宁夏民工陡然跪下："慕司令，我不走了！"

慕生忠一把将那个宁夏民工扶了起来："兄弟，为啥？"

"不为啥！"那民工将皮大衣还给了慕生忠，诚恳地说，"你一位打江山的老红军都能在青藏高原上下去，何况我们这些平头百姓，我跟你去修路！"

"好兄弟，谢谢！"慕生忠紧紧握住那个民工的手。

"慕司令，我们跟你干！"牵骆驼的民工都围过来了。

慕生忠举起右手，向站在自己面前黑压压一片的民工行了一个庄重的军礼，热泪盈眶地说："我慕生忠谢过大家啦！"

清点过人数，发过遣散费，慕生忠留下1200名身强力壮的民工，站一个方阵，朝昆仑山方向的南山口而去，他除了身后这群纯朴憨厚的西北汉子外，只有一个科班出身的工程师，再就是兜里揣着彭老总拨给他的30万元。

1953年末，慕生忠派出的运粮总队副政委任启明带着一行人，赶着一辆胶轮大车经过70多天的风雪之旅，沿着昆仑腹地一路走过，经可可西里、五道梁、风火山、通天河、沱沱河，翻越唐古拉山，穿过安多，抵达藏北重镇黑河，欣喜若狂地给慕生忠发来了电报，说青藏高原已经走通了，可以修路行车。

"好啊！"慕生忠手执电报，对身边警卫员说，"拿酒来！"

"首长，这里海拔高，不能喝酒！"警卫员说。

"谁说的？这么大的喜事，岂能没有美酒庆贺！"慕生忠接过警卫员的酒壶，拧开盖，咕咕咚咚地喝了一大口，说，"马上给彭老总发电报：慕生忠所率的西藏运粮总队，按老总的吩咐，赶着胶轮大车，已将青藏路走通了，不日之后，特来具体汇报。"

1954年元旦的钟声刚刚敲响，慕生忠去了北京，彭老总已经从朝鲜战地回国了，卸下志愿军司令员的职务，由杨得志代理。慕生忠见到彭老总说，我来给您报喜来了。

彭老总不露声色地问，喜在何处。慕生忠说，你交代的赶着胶轮车走青藏高原的任务，我底下的人已经实现，车可通拉萨。

是吗？彭老总惊讶地问。

慕生忠点了点头，将探路走向的地形图摆在了彭老总眼前，详尽地汇报了青藏高原的地形和筑路前景。彭德怀站在那张巨大的军事地图前，凝眸着苍茫青藏，那双指挥千军万马的元帅之手，手指沿着从甘肃南部到西藏北部那旷无人烟的地带悄然划过说，"生忠啊，这一带全是空白啊！"

慕生忠眼睛遽然一亮，彭老总是要自己在那里补空白，在空阔无边的莽昆仑上写下历史的诗行。

"老总，我干！带着牵骆驼的民工和士兵先把可可西里的300公里搞通。"

慕生忠在彭德怀面前拍胸脯说，"然后视情一段段往前推进。"

"好啊！这是一件功德无量的事情，历史会记下你慕生忠的。"一般不表扬人的彭老总脸上掠过一丝不易察觉的笑靥说，"还有什么问题需要我解决？"

"老总，我现在是光杆司令，既无钱，也无兵，只能靠那群民工了。"慕生忠说，"你得往我兜里装点钱，1000 号人，吃喝拉撒，我都得管啊。"

彭德怀沉思片刻说："你写个报告吧，我转呈总理！"

慕生忠回到下榻之所，将彭老总说的话转告当时仍在北京西藏工委的领导人张国华、范明他们当即向周总理写了报告。3 月 23 日，中央财委和交通部正式通知，周恩来总理、邓小平副总理和军委已经批准修筑格尔木到可可西里段，拨款 30 万。

"老慕，总理已将修路的报告批下了，钱已到位了，你就带人去干吧。"彭老总凝视着这个干将说，"还有什么困难，让军委帮你解决！"

慕生忠欲言又止。

"说吧，这可不是你慕生忠的性格。山上困难，各种问题都要想到。"彭老总催促道。

"彭总，我怕你说我狮子大张口。"慕生忠犹豫地道，"能不能拨给我十辆十轮卡车，十个工兵，再给一辆中吉普。"

"我当什么呀！没有问题，满足你的要求！"彭德怀未经思索便爽快地同意了说："由西北军区给你。"

慕生忠觉得自己已很奢侈了，有点按捺不住。低头卷茶几上的地图时，抬头对彭老总说，"这一带的地方都荒无人烟，山名地名人名，以后地图上的名称，是不是由我们来取？"

"那还用说！"彭德怀笑了笑说，"你们不起名，谁来起？"

彭德怀将授名权都给了慕生忠。

1954 年 5 月 11 日，慕生忠带着 1200 名牵骆驼的民工站到了昆仑山下的零公路处，他用红的火钩在一把铁镐木柄上烙了"慕生忠之墓"的几个字，往地下一插，说："青藏公路就从这里开始吧，如果万一我有什么不测，这就是我的墓碑，生不是青藏人，死亦做青藏鬼雄呀。"

慕生忠的壮举，令解放军战士和民工深深感叹。可是漫漫青藏一千余里，而他的麾下只有一个姓邓的工程师，听说队伍里叫宋建伯、何畏的在国民党军队的工兵团担过军官，懂一点工程，他就大声喊道："宋建伯、何畏出列！"

两个已换上民工服的中年人跑步出列，气宇轩昂地站到了慕生忠跟前，他走了过去，朝他俩的胸脯上擂了一拳，说："好样的，还有军人作派，你们过去干过什么，我既往不咎，带着民工队给我修路吧，不要怕丢面子，也不要像正式工程那么干，三通一平，先通车，后测量，再重建，我要的是汽车驶到拉萨，将给养送上去。公路修成了，我重赏你们！如果公路修坏了，责任在我，不在你们！"

"是，长官！"宋建伯、何畏啪地一个立正，答道。

"没有长官了，叫同志吧！"

"是，长官！"

"嗨！"慕生忠摇了摇头说，"昆仑山好移，本性难改呀，看来几十年的习惯，要你们一下子改过来也不容易啊！"

队伍解散了，民工分成六个队，开始往昆仑山下的南山口的戈壁修了过去。

开始真是一马平川，在茫茫戈壁上只要填一填平，垒起几堆行车的标识，就呼呼地一天几十公里地往前推进。干完雪水河的工程，慕生忠将第一个工程队的马珍队长叫了过来，说我给你20天的粮食，你带着民工队伍，往昆仑山以南，朝着可可西里修，要修170公里。到时我们会师。

马珍受领任务，朝骆驼队挥了挥手，驮上粮食，走了。慕生忠站在高台上望他远行，他蓦然回头道："20天以后见！"

但是进入昆仑山腹地，顺着河谷往上修，遭遇的第一个硬仗便是雪水河前的一个深壑，格尔木河水从昆仑山里奔涌而下，形成一个冲击扇河谷，可是到这里，雪山水像一柄剑刃似的从天而下，剑气如虹地劈开了一道深罅，宽不过8米，深有30多米，曲里拐弯的，纵横绵延一公里多长，站在崖上，朝下俯瞰，黑哩咕咚地深不见底，却有万马奔腾的呼啸飞浪逼来。筑路队的民工站在悬崖上望崖兴叹，慕生忠将邓工程师叫到跟前，交代道："我不管你用什么方法，20天之内必须通车，不然我前边的队伍，就得饿肚子。"

邓工程师伫立在崖上苦思冥想，终于想出一个简单易行的妙方，选一个最狭窄之处，在两岸的崖上打出石槽，架木桥通过，随后派人从兰州运来九根桩木，同时再打掉石嘴。等桩木运到时，离与马珍约定时间还剩最后三天了。慕生忠下了最后的通牒："三天内必须修通，不然我的前边的队伍就要死人。"

没问题。邓工程师连夜组织人干，将木桩一根挨一根地放在石槽里，打掉石嘴子。桥终于通车了，前边的队伍已一口气修过昆仑山口。慕生忠拉着粮食赶了过来，上了万山之祖的昆仑山口，只有十二步之宽，他就说叫十二步山吧，到了马珍的帐篷前，他出来咧着嘴笑了："慕司令，我们已经超额完成你定的170 公里了。"

"同志们挨饿了吧？"慕生忠关切地问。

"没有！"

"为啥！"

"我每顿饭都克扣一点粮，怕你一时运不上粮来，还剩三天了。"

"好啊，马珍也不是赳赳武夫嘛，变得有勇有谋了。"

青藏公路朝着五道梁方向推进了。冯玉祥的老部下、后任胡宗南少将师长的齐平然被慕生忠任命为运输总队五道梁站长，慕生忠让他陪自己去正在修建的公路巡视，朝前走了一百多公里，车呼呼地驶了过去，见有一个地方黑乎乎的，慕生忠也不停车，扭头对齐平然脱口而出说，这里有煤，就叫乌丽吧！像乌黑金子一样美丽的地方。过前边道班时，叫他们将帐篷搬过去，挖煤取暖，远比牛粪强。

齐平然摇了摇头，心中一阵嘀咕。世界上还有这样主观主义的，车也不下，又是起地名，又是叫挖煤的。

第二天从前边返回时，道班工人已将煤挖出来了，堆成了一座小山，往炉子里放，火苗很旺，齐平然一片惊异，说："慕司令，我请你喝酒。"

"为何请我喝酒？"

"你太神奇了！"

"我神奇！"慕生忠浑身上下看了自己一圈，有些不解，"我没有觉得自己神奇啊！你今天是不是有点发烧？"

"你知道，我这些人虽然被打断了脊梁，可心气还是挺高的。"齐平然端着酒杯，一饮而尽，"但是今天我真佩服你了，过去知道你胆大，有魄力，现在看你也是一个能人。"

慕生忠击节叹道："你既然佩服我，我就要给你这个国军前少将师长分一个任务。你敢不敢？"

"惭愧！败军之将不言勇。"齐平然低下了头，"什么任务？"

"把公路从格尔木修到敦煌！"慕生忠趁热打铁。

"敢！"齐平然军人血性的一面突然爆发出来了。

慕生忠自饮了一口，用手抹了一把嘴唇，说："我给你一辆卡车，20个民工，你从敦煌边走边修，车开到格尔木，就算完成任务。哪儿通不过，你死在哪儿，我另请高明。"

"一言为定！"齐平然举酒杯与慕生忠一碰，一饮而尽。

晚上，有点微醺的慕生忠刚躺到帐篷的床上，一位老部下走了过来，好心地劝慰道："慕司令员，我跟了你大半辈子了，有句话不知当讲不当讲。"

躺在地铺上的慕生忠挥了挥手："可可西里一路平川，没那么多弯弯绕，有屁就放，有话就讲。"

"你重用国民党旧军队的少将师长，可要三思而行！"

"咋了？"慕生忠一跃而起，说，"你指齐平然，不错，他是胡宗南的老部下！重用他怎么了？担心他会哗变？"

"哗变不会，担心人家说你招降纳叛！"

"哈哈！"慕生忠一阵狂笑，说，"此言差也。当年在辽沈和淮海，许多国民党的被俘官兵一场《白毛女》，一次政治教育，不就调过枪口就为新中国冲锋陷阵吗，那才是最大的招降纳叛。"

"可齐平然是胡宗南的少将师长啊！"

慕生忠又咕咚地抿了一口酒："英雄不问出处，管他胡宗南、李宗南的，只要给我修通了敦煌到格尔木的公路，我就重用他。"

那个部下摇了摇头，悻然而去。

穿过楚玛尔平原，青藏公路朝着空阔无边的大荒原急速推进，一平三填，再往公路两边堆上行驶的标记，一天就可以修10多公里，而慕生忠一路上在地图上给一片空白的可可西里赋予诗性的浪漫地名。过了清水河大桥，有五道山梁蜿蜒伸向远方，他便说此处就是五道梁了。见路旁一处露天煤矿，就叫乌丽吧。而登上一处高地，有灰飞烟灭的焦土痕迹，滚地雷从山顶上霹雳而舞，慕生忠手一指，此地起名风火山，唐玄奘和徒儿路过此，孙猴子在此烧焦了屁股。穿凿附会皆成妙语。到了沱沱河，第一次送粮时辗转了半月不渡，而这年夏天残雪化尽，冰河解冻，灰头雁浮在空中，翼上掠过一片片白云。鱼翔浅底，伸手下去便一条一条抓起来。慕生忠说，开百鱼宴，吃够了，再往前修路，心情舒畅，家也不想了。于是前边苍茫一片，就叫开心岭吧。

一路高歌猛进，3个月推进了1000公里。到了唐古拉山了，是慕生忠遇到的一场硬仗。唐古拉之上30公里，海拔平均逾5000米，来回几趟送粮，2万多头骆驼在山下死了一半，6个工程队分段施工，斜坡、垭口处有许多石坎、石崖，铁镐撬不动，就放炮眼炸，在唐古山上抢大锤，头重脚轻，嘴唇发紫，许多同志吃不下饭，人瘦得如麻秆，皮肤干得可以擦着火柴，有的晚上睡着睡着就过去了。

正在这生命攸关之际，突然接到了电报，说上级工作组要来检查运输总队的问题，让慕生忠下山去说清楚。

"娘卖×！"慕生忠一声骂，将电报扔到了地下，"老子现在还顾得上这档鸟事。警卫员，走！"

慕生忠驱车上了唐古拉山，与民工一起比赛抢大锤，前边的人躺下了，后边的跟上。年轻人一口气抢八十下，他也抢八十。民工一看，惊呼道："慕司令，你的眼睛都红了，老红军也抢大锤，跟咱一样，佩服，佩服！"

也许因为慕生忠守在唐古拉山下督战，工程进展十分顺利。10月20日下午，在白雪皑皑中打通了唐古拉。

兵车驶过唐古拉，慕生忠立即口述了一封电报，发给彭老总转中央，他激动地说："中央，我们已战胜了唐古拉，在海拔5700米（当时的气压表测得，未修正）以上修路30公里，这可能是世界上最高的一段公路了，我们正乘胜前进，争取早日到达拉萨！"

彭老总将电报报给周恩来总理。总理当即命令交通部和青海省，组团上唐古拉慰问慕生忠和他的那群民工。

翻越唐古拉以南，青青的牧场霜雪洗后一片金黄，万里羌塘一览无遗。11月11日青藏公路修入过那曲，20天前进了300公里，然后沿着念青唐古拉两边的雪穿山峡谷而过，穿越风景如画的当雄草原，10天之内挺进了200公里。到了羊八井，进入拉萨城尚有八九十公里，峡谷地带绝壁屹立，乱石横空，河水湍急，横亘在前方。此时慕生忠再度向彭老总求援。要了1000辆卡车和两个工兵团，喋血激战羊八井雪山峡谷，保证1954年12月底与川藏公路会师拉萨河畔、布达拉之下。

西藏军区从康藏公路调来了两个工兵团，驻守在拉萨附近的18军主力团

155团也一起调到了羊八井，两个工兵团自然是一支筑路尖兵劲旅，携着钻探的空压机，短短的20天就将石峡打通了。1954年12月15日，青藏公路修到了拉萨，慕生忠掐指一算，花了七个月零四天，1300公里。当然此时也只是初步通车。

12月26日，川藏公路和青藏公路举行通车典礼，这个日子恰好是毛泽东的生日，这是两条天路上的英魂忠烈，献给共和国主席的一份寿礼，欣闻通车消息，毛泽东那天特意喝了几杯茅台酒，一生在马背上做大手笔的他，三盅两杯下肚，突然有种微醺的感觉。

翌日，齐平然的电报也来了，他带领的20个人，也修通了敦煌到格尔木的公路。

“彭总，我来交差了！”慕生忠走进了国防部大楼，1955年早春的残雪刚消融而尽，庭院内的玉兰花绽出新芽。

望着脸色黧黑干瘦的慕生忠，彭德怀心里泛起一阵酸楚，有点不敢相信，问道：“你们真的将路修到了拉萨了？”

慕生忠点了点头：“我坐着车上去了，开进拉萨，又坐着车回来的。”

“好好！”彭德怀连连点头，“人生做事就要有这股劲！”

到了吃饭的时候，一向简朴的彭老总喊道：“拿瓶茅台来！”

拧开瓶盖，彭总亲自为慕生忠斟上，慕生忠低头一嗅：“老总，好酒，比我那老白干强！”

“美酒敬功臣！”彭老总举起杯来，“青藏公路和川藏公路的筑路官兵和民工是中华民族的英雄啊，我敬你们！”

慕生忠是嗜酒之人，可是第一杯，他却泼到了地下。对彭总说：“老总的这杯酒我不能喝，配得上喝彭老总的酒的是那些倒在青藏路和川藏路上的士兵和民工们。”

“牺牲得很惨烈？”彭老总问。

“是的！”慕生忠哽咽了，“青藏公路好一些，死了百人。川藏路很惨，几乎是一公里一个人的代价，铺到了拉萨。”

“我再敬你们一杯！”彭老总心情也沉重起来。

慕生忠仰头酣然而下。随后干脆将茅台酒拿到自己跟前，一连喝了好几大杯。

"你这酒鬼！"彭德怀看着慕生忠的豪饮，有点不认识自己的老部下了，把酒瓶抢了过来说，"士别三日，当刮目相看，慕生忠你酒量大长啊。"

慕生忠说："老总没有办法啊，那山上太冷，晚上唯有喝酒御寒！"

"那也不能再喝了，再喝就醉了！"彭老总劝道。

"谢谢彭总，我已经喝好了！"慕生忠果然不再喝了。

我见到慕生忠将军时，他已没有了当年大碗喝酒的豪情和豪气。

上个世纪80年代中期，当代中国西藏讨论会在成都召开，阴法唐将军指着会议桌前一个的老人，对我说，他就是慕生忠。我陡然一惊，这就是大名鼎鼎的慕生忠将军啊，当年青海长云，万里风尘，敢在莽昆仑横刀立马，雪风未将这位血性军人卷走，可是寒凉的政治风雨，却将一个老人变得祥和而平静了。华发染霜，佝偻着背，默默坐在会议室一隅，木讷无语。他引起了我无限的好奇心。

我约好了对他的采访。

慕生忠淹没在宾馆里的沙发里。一双凸露着青筋的、瘦削的手，放在了冰冷的扶背上。

"喝茶吧！"慕生忠给我沏了一杯茶，复又蜷曲到沙发上去了。

"你让我谈青藏公路？"老人突然止住了咳嗽，喉咙里语言的残片一下子化作长江大河，声如洪钟，却始终渗着黄土地的泥汁，迷离的眼睛蓦地一亮，腰板陡然挺直起来，顷刻之间，仿佛生命的灵旗又将军人之魂招了回来。眼神里跳荡着机警，瘦弱的躯壳深埋着坦荡和威严，一种天然的控制和把握人的力量重新激活了。

凝视着这块秦俑般的脸庞，许久，我心里突然冒出了这么一个念头："这是一部大书，一本值得军旅作家们大书特书活的战争传奇。"

这传奇的语言，便是戎马倥偬镌刻在躯壳上的印痕，前胸后背上的几十处刀痕、枪眼和伤痕。每个逗号、句号、感叹号似乎都是一个惊天动地的故事。英雄的乐章自然是前胸后背上的贯通伤，这是保卫延安的战役落下的；左腿上缺一块肌肉，那是在百团大战中拼刺刀时，小鬼子赠送的；背上手上的刀痕，那是红军西征时抢大刀时留下的。

一个没有了英雄的时代，我们在苦苦地寻找英雄。可是英雄就与我面对面地坐着，英雄就是这个不同凡响的小老头，可是他的领导、同级、战友、亲人，乃至包括他自己，从不这么认为他是英雄。

但这丝毫不影响我对他的敬重、尊重、景仰，我被他那特立独行的人生一次次地打动、感动、激动，尤其是在一个感动缺席的矫情年代。

他走过的桥比我们走过的路多；

他见过的死人比我们认识的活人还多；

他亲自经历的战争比我们参与的演习和看过的战争大片还要多得多。

那瘦削的身体经历了一次次生命的万劫不复，却一次次九死一生。那刚毅的性格经历了一回回命运的沉浮，灵魂的真身却永远站着而没有跪倒。那种猝然临之而不惊，泰山压顶而不崩的泰然、坦然、淡然、恬然、自然，却是一些人一生想学，装腔作势，涂了许多金粉，总也学不会的，总也假冒不了的。

凝视着他，我似乎觉得在触摸一段正在被遗忘的历史，翻阅那些被战争的冷灰尘封的褪色故事。一缕血缘亲近的热流在奔突，陡生了一种英雄情结和一种灵魂的皈依感。那是军旅文学魂魄脉冲的重新归零啊！突然间，连我自己也深感愕然。

在飞往北京的班机上，我就试图将他那些零零碎碎的故事残片连缀起来，拼凑成一个完整的慕生忠。

天路上一群最小的旅客

阴法唐将军一家往莽昆仑绝尘而去。

仰望从世界屋脊上瀑布般跌落下的天路，我的心似乎悬在高天流云中，有点忐忑不安。倒不是担心阴法唐 82 岁高龄的身体，这些年他几乎年年进藏，睥睨喜马拉雅之小，从未将海拔高度和生命禁区视为畏途，长驱而入青藏腹地，未见过强烈的高原反应。就像他当年做自治区第一书记时一样，踏遍西藏人未老，除了墨脱之外，仍然变雪域为坦途。

随老人家而来的二女儿建白这年刚好到知天命之年，但生命曾孕育于西藏，在海拔 4080 米的江孜呱呱落地，血脉之中早已沉落适应高原的基因。青藏之旅似乎如履平地，不会有太大的高原反应。而让人担忧的恰恰是首长的夫人李国柱，这位西藏第一代女兵今年已年过七旬了，患有心脏病，医生断定她不能再上西藏了，可是天路诱惑，竟磁场般吸引这个具有浓烈西藏情结的家庭。她和丈夫、两个女儿一起上了昆仑。

天庭上的时光钟盘已旋至晌午，我寻思按时间阴法唐一家该到长江源了，沱沱河有手机信号，调出阴建白的号码，打了过去，不在服务区。

也许，他们一家仍在风火山上踟蹰良久。昨天晚上，我曾对建白说，让她告诉随行的中央电视台军事频道的记者，替老爷子拍几张在风火山铁路隧道的照片，将来我要收入书中。

10月1日下午，我在格尔木城里突然无事可做。几个采访对象都未曾联络得上，手机关机，焦急之中有点坐卧不安，倚窗远眺，朝北的昆仑山巍峨如冠，秋风挟着冰雪的寒凉扑面袭来，南山口的天路沉落在一片昏黄的血色之中。

风马旗在神山垭口迎风而舞，我也默默地与雪山晤谈。抑或是一种冥冥的巧合，一年前的今天，当我把六进西藏写成的反映1962年中印边境自卫反击作战的60万字书稿《麦克马洪线》书稿送给阴法唐将军审阅时，老人尤其高兴，挥了挥手说，将你爱人小吴和女儿倩倩叫来一起吃顿饭，为国庆干杯，也为你这部煌煌大著干杯。我笑了，说应该为老首长当年在喜马拉雅山南坡创造的战争奇迹干杯。

我们一家三口，在京城并不是自己故乡的地方，却有幸相遇了阴法唐这样不似亲人胜似亲人的老首长。家宴温馨浓浓，落座时，老人扭头对公务员说："拿酒来！"

公务员提着一瓶茅台酒过来了，说："这瓶酒，首长已经放了25年了。"

我有点受宠若惊，说："谢谢，这可是首长在西藏时就存下来的酒了，还是等你一生中最关注的青藏铁路通车再喝。"

"哈哈！"阴法唐仰头一笑，说："你的书写得非常有价值，非常有感情，为当年中印边境自卫作战将士了却一桩心事，留下了碑文般的文字，是一个重磅炸弹。该喝好酒。待你青藏铁路大作杀青时，我们再喝庆功酒。"

我知道老人自过了八十大寿，对烈酒只是点到而已，可是今夜，中国沉醉在自己的生日里，当年打江山的老兵，破例喝了几盅，烙印着西藏岁月的额头上，舒展成高天流云的蔚蓝。

阴家的两个女儿建白和亚农也频频敬我们夫妻，三盅两杯下肚，清醇的茅台如精灵的藏羚羊在血脉中奔腾，我有点露出了文人墨客的放浪形骸，话渐次地多了起来。等家宴结束时，阴法唐坐一旁，慈眉祥和地看着我们聊天，平时话不多的建白和亚农，突然打开了话匣子，娓娓道来，向我讲述小姐妹三人当年在襁褓之中走过天路的故事。

故事序篇当然是从爸爸妈妈当年进藏路上的爱情开始的。

当年阴法唐率部将西藏噶厦政府的噶伦昌都总管阿沛·阿旺晋美迎头堵在竹阁寺，迫其放下武器，踏上了和平之旅后，10月25日，他挥师昌都，带着两个警卫员住到了云南坝清朝川滇边务大臣赵尔丰麾下的老兵铁宝新家里。这是一个从陕西来的清军的军官，娶了昌都藏族妻子，乐不思蜀，用军饷盖了一栋藏式小楼，与康巴女人过着平平静静的日子，笑看天上云卷云舒，故乡藏在了遥远的云层里。年轻的时候不想家，生命渐入中年，思乡心切，忘了母语，只好站在云南坝上，等着云南的驮队从茶马古道山间铃响，踽踽而来，款款乡音，可以温暖一颗三秦赤子的心。可是最近十年，驮队进来的越来越少了。汉人的影子成了一个苍凉的梦幻。

没有想到继辛亥革命改朝换代之后，又一再次江山易主，一批年轻的红色军人，英姿勃发地开进了昌都。那天人民解放军进驻云南坝的总管府和四川坝的军营，铁宝新的泪水突然涌出来了，他蓦然发现，这完全是一支不同于赵尔丰的边军，更不同于刘文辉的川军的新军啊，脸庞的笑靥洋溢着青藏在握的自信和从容。他盼着与他们成为朋友。

果然天遂所愿，那天，一匹驮马驮着18军52师副政委阴法唐的行李，来到他的家门，询问他可否借此一住时，他欣喜若狂，打开大门，泪水潸然而下："东望王师四十年，终于盼到了！请进！"

阴法唐时年28岁，带着两个警卫员在铁宝新家里住下了，一住就是十个月之久。在云南坝的这段日子里，俯瞰着远处滔滔远逝的澜沧江之水，逝者如斯，没想到在藏东的这片神奇的土地上，他又遭遇了一场战地爱情。

血色的浪漫挟着刚散尽的硝烟。李国柱生长于重庆市郊区歌乐山镇一个小商家庭，父母经商供她读了中学。17岁那年，1949年底刘邓大军解放了重庆，解放军朝气勃勃的进城队伍，令女学生欣喜如狂，当进藏的18军在重庆扩招女兵时，她毫不迟疑地报了名，心里憧憬的是一个革命的新时代，从未想新中国成立后的第一代女兵上青藏，还悄然隐含着为战争年代"258"红军或抗战入伍的团以上干部解决婚姻问题。随后作为52师康藏工作队的一员，她跟着师长吴忠的夫人田涛队长赶牦牛驮着支前物资迤逦走来，翻折多山，越雀儿山，渡金沙江，然后再跨越那高巍入云端的达马拉山，每座大雪山海拔都是 5000 米以上。也许因为年轻，并未感觉到横断山脉的恐惧，最令她们发怵的是女人每月那个日子，途中没有草纸，只好悄悄地把身上穿的棉衣或棉被里的棉花掏出来以解窘迫之状。到了昌都才舒了口气。

昌都战役结束后，52 师康藏工作队解散了，李国柱被分到了师组织科当干事。有一天李国柱同工作队七八个女兵一起跟着田涛队长来到了师部师长家，副政委阴法唐也在那里。望着身材婆娑的重庆妹子，老红军出身的吴忠有了成全他们的想法。

阴法唐一直视吴忠为老大哥，抗战到解放战争，吴忠当团长，他任政治处主任，情同手足。护送刘伯承司令员出大别山，吴忠是旅长，阴法唐是他下边的团长。一个旅与胡琏的整编 11 师不期而遇，狭路相逢勇者胜，撕开一条血路，保护了刘伯承和中南局李雪峰的安全，为中国军队保住了一位胜似诸葛的名帅，从此，刘帅对 52 师刮目相看。

11 月的一天，组织科刘月亮科长突然正襟危坐与李国柱谈话，第一次像查户口似的，将她的家庭成员问了个底朝天，李国柱有点茫然不知所措。第二天，又漫无边际地聊，但是刘科长却渐渐地落在了个人问题上。李国柱不懂什么是个人问题，以为科长说自己有个人主义，说，是科长，我是有个人私心，需要认真改造。刘月亮噗地一笑，以为李国柱王顾左右而言他，说个人问题就是婚姻大事。李国柱正色道，我还小，是来西藏革命的，关于婚姻从来没有考虑。谈到第三次，刘科长提起了阴法唐，说这个首长很好，为革命贡献了青春，组织上要考虑这个问题。第三次谈话仍然不欢而散。李国柱回到科里，翻了阴法唐的档案，一切都如刘科长所云。这时科里的两个结了婚的女战友也来找李国柱做工作，显然是科长安排的。李国柱有点六神无主，找她的好友、一位女大学生商量，拿个主意。女友说，听组织的，没错。可是李国柱心里还是犯嘀咕，毕竟阴法唐比自己大十岁啊。她写信向家里征求意见，爸爸的回信很幽默，说丈夫、丈夫，就是一丈大十岁，我就大你母亲十岁，日子过得很恩爱啊。读罢来信，李国柱苦涩一笑。

时隔数日之后，师政治部组织科长刘月亮带着李国柱来到了铁宝新的家门口，刚进门就大声喊："阴政委在吗？"

"首长好！"李国柱向阴法唐行了一个军礼，有点站立不安的局促。

"屋里坐！"阴法唐心中掠过一丝的惊喜，爱神已向他迈出了第一步。但是李国柱那天很紧张，半天没说出一句话来。

李国柱一直羞涩地低着头。偶尔才抬起头来看坐在自己对面的师首长。阴法唐个子不高，身体瘦削，额头也不宽，却突兀地向前挺着，一身棉军衣显得臃肿，一点也不漂亮，可是那双眼睛在温存中竟然透着睿智的坚定，一下子便将她吸引了。那天更多的是首长问，而她总是嗯嗯地点头。直到太阳下山了，营盘里的开饭号响了，她才如释重负地走出了铁宝新家的藏式小楼。

有了第一次接触，来而无往非礼也，虽然这对军旅情侣有十岁的差距，但是岁数的鸿沟很快被阴法唐那些传奇的人生所填平了。下班吃过饭后，她从师组织科自己住的拥拉村，悄然地去铁宝新家看首长，路上提心吊胆，一怕人看见，更怕那群到处溜达的藏狗，晚上回来，倒有警卫员送她。在昌都的十个多月寒冷的日子中，他们的爱情迅速加温。有一天阴法唐突然提到了结婚的事，李国柱婉拒了，提出两个条件，西藏全境不解放不结婚，自己不入党不结婚，她不能让他们差距太大。阴法唐笑了，点头同意。

来年的四月天，随着灰头雁掠过横断山脉，春风飞渡，尽管仍有雪峰兀立，但是冰河解冻了，草原上小花星星点点，播种在春季的爱情开始在往拉萨方向的进藏途中收获了。

1951年夏季，滞留在昌都达10个月之久的18军按照中央人民政府与西藏噶厦政府签订的十七条协议，开始进驻边防点，担负起保卫国防的义务。由昌都往工布江达推进，然后沿当年西藏的古老驿道，从边坝翻过东雪山，从嘉黎的死人山穿越而过，往穷八站推进，军部行军在前，靠南而行，而52师殿后，靠南北行走。阴法唐到了太昭，小住了一段时间之后，便带着文工队顺尼洋河而下，经林芝越过尼洋河右岸溯雅鲁藏布江而上，穿过米林，直至山南地区的东部几个县，然后回到太昭。1952年4月，52师师直推进到墨竹工卡，阴法唐到西藏江孜任分工委书记时，他与李国柱在墨竹工卡举行了一个简朴的婚礼。

1953年7月，大女儿建白在海拔4080米的江孜宗山脚下呱呱落地。然而当女儿长到10个月时，李国柱突然发现女儿夜夜啼哭，却嘤嘤无声，时断时续，嘴唇和皮肤呈紫黑色，请医生一看，确诊阴建白因供氧不足患了心脏病，建议赶快将孩子送回内地。

1954年仲春5月，江孜仍然一片白雪皑皑，中共江孜分工委的十个孩子由妈妈陪着送往内地，只好将睡在襁褓之中的十个月女儿建白，同江孜分工委组织的护送小孩去成都的分队一起走，李国柱因身体不便没去，组织委托请去西南民族学院学习的藏族姑娘拉珍带建白回成都。分工委为这群千里赴内地的孩子们雇了藏族马夫和保姆，一个驿站一个驿站地换马往前送。每家准备了柳条编的筐子，用布和棉花垫好，把孩子放到筐篮里。这时，饲养员已备好了骡马，一匹供拉珍骑，一匹属于警卫员叔叔骑，一匹是饲养员自己骑，最后一匹属于带小孩的藏族阿姨和10个月的婴儿建白，骡背上驮着两个筐，一边是自己睡的摇篮，一边则驮着她的生活用品和尿片。

也许是要回血脉相连的故土了，那天躺在马背摇篮里的建白显得特别安静，而俯身与她吻别的妈妈李国柱却泪飞如雨，簌簌泪水玉碎般地洒落在她的小脸蛋上。

在爸爸妈妈远送的目光中，驮着建白等天路上一群最小旅客的骡马的小分队渐行渐远，最后成了年楚河畔一个黑点。当时拉萨到江孜的公路尚未修通，300多公里的路程，过雪山，进入浪卡子，环羊卓雍湖，沿曲水，到拉萨，马背上摇篮的筐里躺着一个小女婴，旁边则是晒着她飞扬的尿布。300多公里的路程，正常走7天，他们整整走了15天。摇篮中最小的一个孩子叫刘恒只有两个多月，是财委书记刘春林的儿子，由妈妈董惠陪着送往内地，翻越海拔5000米的卡如拉雪山，到了山顶，天已经黑了，山巅之上，只有藏政府换马的驿站，刚住下来时，董惠抱孩子出来，可一摸，已经没有气了。"儿子，我的儿子！"妈妈惊叫着，卫生员闻讯后赶过来了。连忙注射强心针，嘤嘤的哭声才哇地尖啸起来，撕碎了夜空的寂静。那天晚上董惠再不敢睡了，抱着孩子坐到了天亮。第二天上马，又朝前边一个驿站驰去。长途羁旅，再加上高山缺氧的天寒地冻，到了拉萨，小建白的心脏病加重高烧不退，住进拉萨人民医院。

一住就是1个多月，而远在江孜的李国柱因工作繁忙，不能来陪女儿，仍由拉珍看护，代行母亲职责。到了7月份，天气渐渐变暖了，小建白也康复过来了，他们才开始另一个行程——跟着组织部的另一个小孩分队走向尚未修通的川藏公路回内地的漫漫长旅。

于是，在20世纪50年代中期的西藏天空下，就出现了撼天动地的一幕，一群最大一岁最小两个月的孩子，只会牙牙学语地喊出妈妈两个字，便与妈妈依依别离，躺在马背摇篮里，在一个藏族阿姨和饲养员的护送下，踏上了2000

多公里的艰难的川藏行程。

遥望巴蜀大地，数不尽的大雪山，兀自而立，滚滚东逝的怒江、澜沧江和金沙江等著名水系蜿蜒前方，对于一个刚刚一岁的汉族婴儿，简直就是一条天堑绝旅，他们要像当年取经的唐玄奘一样，要经历九九八十一难，才能返回故乡。

也许因为是天路上最小的一群旅客，阴建白当时太小，对耸入云端的川藏路，在她的记忆中，只留下了一块块连缀不起来的残片。唯一留下印象的就是炫目的蓝天，还有袂袖广舞仙子般的白云。实际上，自从5月离开江孜母亲充满乳香的怀抱后，与拉珍阿姨相依为命前往天府之国，艰难地向前挺进。当时这条正在修筑的天路被怒江天险挡住了，数万官兵望江兴叹，将近八九百公里的地段尚未通车，骡马驮摇篮之中小建白，须溯爸爸妈妈进藏之路东行，出墨竹工卡，翻越一座大雪山，沿尼洋河而下，过工布江达，到达林芝，然后再穿越当年被称之为野蛮之地的易贡、通麦和波密，翻几座大雪山，跨怒江之后，才搭上汽车前往成都。

太阳刚刚升起，藏族阿姨给孩子们喂过牛奶后，便将她放在摇篮里，在马蹄得得声中上路了，每个身上裹着厚厚的被子，只有小脸蛋仰望着天空，雪风仍然寒凉，那流动的白云垂得很低，半空掠过一群灰头雁，向着故乡的方向轻灵飞过，百灵浮在空中不动，唱着一曲悦耳的歌。马儿一天最多能走四五十公里路，天黑之前，他们就得找一个村庄或者寺庙歇下。更多的时候是前不着村，后不着店，路上百里之内无人烟，只好在苍茫旷野中搭一个帐篷，栖身一夜。

那个春天的晚上，帐篷里透着几缕昏黄小马灯的光亮，荒原野狼似乎嗅到了一群小孩身上的乳香，一头头狼朝帐篷周遭踟蹰而来，绿光般的豆点在不远处夜幕中跳跃，拴在帐篷桩上的骡马一声声长啸，刚满1岁的建白惊吓得号啕而哭，警卫员叔叔一跃而起，将钢枪握在手里，子弹推上了膛，持枪堵在帐篷的门口，随时准备向野狼开火。而藏族阿姨坐在帐篷中间，一手抱着小孩，紧紧地搂在怀中，一手握着藏刀，欲为这个汉族孩子而与恶狼一拼。

"千万不要开枪！"饲养员深知狼的习性，"人不惹狼，狼不犯人。点一堆火吧，据说狼最怕火。"

一群高原狼在荒原狂嗥。

饲养员在帐篷和牲口的边上，点起了一堆篝火，添加了傍晚捡来的牛粪，透过火光，骒马的腿在簌簌发抖，而那一头头野狼半卧在不远处的土丘上，虎视眈眈地睨视着这个荒野中的帐篷。

警卫员和饲养员就这样与狼对峙了半夜，天将破晓，只听野狼群一声长嗥，狼群渐次散去，饲养员和警卫员叔叔如释重负，脊背上的汗水已将衣服冻结成硬硬的坚壳。

曙色初露，荒原张开热唇，将一个红丹似的火球吐了出来，冉冉升起。警卫员钻进帐篷，发现藏族阿姨抱着孩子也一夜无眠。

"给孩子喂完酥油茶上路吧！"饲养员已将熬热的酥油茶送了进来。

重又上路，又是大雪山横在前方。印度洋的暖流与喜马拉雅的雪风交织在一起，满天的乌云像千万艘战舰一样，气势汹汹地扑来，狂飙掠过，白雪挟着季风而来，纷纷扬扬，铺天盖地，将山岭覆盖成一个冰雪王国。几米之内不见人影，风雪之中，突然传来了孩子嘤嘤哭声，拉珍连忙飞身下马，将睡在摇篮中的建白从马背上抱了出来。

牵马的饲养员不解，制止道："拉珍，孩子睡在摇篮里挺好的。你干啥？"

拉珍羞涩一笑，说："天太冷，我怕冻坏了小建白！"

"再给她盖个棉被！"饲养员说道。

"不，会捂坏孩子的！"拉珍摇了摇头，说着解开自己厚厚的藏袄，将建白揣到胸前，再用藏袍裹了起来，说："我小时候就这样背自己的弟妹的。"

揣在拉珍怀里的建白暖和了，停止了哭泣。

中午时分终于越过了雪山之顶，暖流吹来，吹散了聚集在色霁拉山空的黑云。太阳从云罅里犁云而出，雪光刺眼，警卫员把风雪镜戴了起来，以防雪盲。

董惠还记得，到了墨竹工卡，翻越雪山时，驮运孩子们的骒马，与一峰骆驼匆匆相遇，第一次见到庞然大物，骒马悚然一惊，乱窜乱跳，向着雪山上狂奔疾驰，她怕将摇篮里的儿子摔出来，紧紧地抱着马脖子，在雪地上拖了很远的距离，也死死不放手，后来骆驼走远了，马也跑累了才停了下来。孩子们终于躲过一劫。

一支孤独护送幼婴的小分队朝着山下步履踉跄而行，气喘吁吁。朝色霁拉东坡一路下山，一下就是20多公里。前方已出现了一团团墨绿的黑点，像沾在宣纸上的黛色，渐次浸润、放大，一片大莽林出现在前方。等他们走进波密的原始森林，不啻走入了一片绿色的江南，负氧粒子的覆盖面大了，就连骒马也跑得快了，睡在拉珍怀里的小建白嘴唇也不再紫了，晚上到了一个公路上设的兵站，附近有地热温泉，拉珍抱着小建白，帮她洗了一个澡。刚出生不久就交给藏族保姆看护的建白，似乎已习惯了，在她蒙眬的意识中，她甚至将拉珍当作自己的妈妈。

然而，波密大莽林中的幸福时光非常短暂，穿行其中，开始听到筑路开山炮声了，他们离登车的日子越来越近，可是这片原始雨林又一次狂张着自然的淫威，热风吹雨，天气一日十变，一天之内下了十几场雨，饲养员、警卫员将自己的雨衣脱下来，盖在马背摇篮上。飓风挟着暴雨摧毁了18军后支刚刚筑起来的公路，鸽冰川如一支移动地板块，从高山顶上急遽滑下。只有穿过这片神秘的险境，跨过怒江大桥，才能登车回到成都。因此，穿过鸽冰川成了护孩子小分队的最后一道难关。马背摇篮中的队伍走到这里时，路被冲毁了，在一条深不见底的峡谷之上，横着一根四五米长仅20公分宽的独木桥马不能过，唯有大人抱着孩子去过去。董惠往独木桥上去了几步，两眼发黑，浑身战栗，头重脚轻，摇摇欲坠，吓得她不敢朝前去，藏族副队长塔新走过来，递给她一根棍子，让她眼睛平视前方，不看脚下万丈深渊，才战战兢兢地走了过去。好在离鸽冰川不远有一个连队，警卫员找到了连长，选了一个泥石流不易滑坡的时候，一面观察一路小跑地通过了鸽冰川。

跨过怒江大桥，汽车已在那里等候多时，拉珍挥手辞过饲养员和警卫员，抱着小建白，登上了大卡车，踏上了通往成都之旅。

四千里路云和月，等藏族姑娘拉珍带着建白一路风尘颠簸到成都时，已经是一片溽热的苦夏了，董惠看了队伍随身携带的被子，都被撕成了尿片。潮湿的天气让裹着棉袄的拉珍浑身长了痱子，奇痒难忍。掐指数来，从江孜告别父母那天算起，这群川藏路上最小的旅客，整整走了3个多月。

而阴法唐和李国柱并不知道女儿在天路上的历险，这些故事，似乎早已习以为常。

第三站　生命禁地

口也渴极了，

水也喝足了。

但初解渴的泉源，

请印上心版，

永莫忘掉。

——六世达赖喇嘛仓央嘉措情歌

年轻工程师之死

一个公里一个半英魂埋葬在冷山之上的川藏路，由驮马、汽车载着天路上一群最小的旅客走向了天府之国。

那时躺在襁褓中的阴建白，并不知道她走的川藏公路，每走一公里半就有一个英魂的眼睛注视着，远望着她回归巴蜀。当长大之后，她打开了这部血撼雪域的英雄史诗。

如果说当年一公里半一个壮士的墓碑，作为里程碑连接天路走向拉萨，是因为我们在生命禁地对高原病认识不足，以血肉之躯相搏昆仑、横断山，写下了一曲雪山壮歌的话，那么当青藏铁路早期勘探时，一位年轻的大学生之死，竟然引起了一场生命在上、苍生为大的理念嬗变。

魏军昌将玉珠峰前勘察的留影封好后，投进了信箱。未曾想到，这居然成了留给妻子的最后的绝笔和遗照。

再过两个月，他就要当爸爸了，新婚妻子一朝怀胎，十月分娩在即。从2001年2月25日跟着铁一院兰州分院进入昆仑山腹地之后，他所在的三队一直担负昆仑桥至西大滩的铁路走线的定测任务。5月下旬青藏铁路就要招标，6月29日举行开工典礼，铁一院的勘测钻探的时间一再被压缩，林兰生院长跑到前方来督战，线路总体李金城下了最后的通牒，3月底必须拿出格尔木到纳赤台70公里的定测的技术资料，图纸设计人员已进驻格尔木市的鑫苑宾馆，随时展开路基工程设计。尹春发只好将六队从西大滩调了下来，加强三队，把中线横断面和桥跨样式做出来了。同时，调来了54台钻机，25天突击完成了任务。

一切都在按时间节点全线铺开。魏军昌从西南交大毕业五年多了，学的是地质，一直是队里勘测的中坚。自从南山口进入了昆仑山谷地后，手机没有信号，与妻子的所有联系都中断了，在茫茫雪野里没日没夜地测至了5月10日，最终完成了第一阶段的攻坚任务，他们才撤到格尔木休整15天，准备第二阶段攻坚土门至安多无人区，跟随青藏线路总体李金城作最后的突击。

那天到格尔木市里，顾不得两三个月没有洗澡理发，他就急不可耐地寻找街边的IC电话，挂通了妻子的电话。已将近三个月没有丈夫消息的年轻妻子哽咽了，喃喃地说："军昌，孩子在肚子里踢我，在悄悄喊爸爸呢！你听到了吗？"

"听到了！"魏军昌听到妻子的第一句话，泪水刷地流了出来。

"想我和肚子里的孩子吗？"

"想死了！"

"可我看不到你呀！"

"我在玉珠峰前拍了照片，常年白雪皑皑，铁道就从山峰之下通过，玉珠峰像个美神一样俯瞰着铁路，就像你深情地注视我一样。"

"军昌，你真好，寄一张给我行吗？"

"好！"魏军昌在电话中答道。

可是当照片最终冲洗出来时，离第二阶段上唐古拉山，挺进无人区只剩最后一天了。

寄走照片，魏军昌带着几分眷恋走回了鑫苑宾馆，不知怎的，突然松弛下来了十五天，夜里睡得又晚，他觉得身体极度疲惫，未曾想到会为高原病埋下了祸根，病殁天路。

27日天刚拂晓，勘测队伍出发了。兰州分院三队担任的是唐古拉越岭地带土门至安多无人区的勘测。

整整走了一天的路程，上风火山，过长江源，越开心岭，翻唐拉山，到安多时已近落日黄昏，枯黄的草原在雪风中泛起片片绿色的波涛。远处的雪山仍然白雪如冠，沉落在血色苍茫之中，而海拔2700米陡升至4700米，已是生命的禁区。过去曾有人想在这里种树，却无一棵生存，旷野无树，却有干涸的雪风袭来。魏军昌压根没有想到这里竟然成了自己最后的天堂。

靠前指挥的兰州分院原本要住电力宾馆的，可是一个月4万元的租金，让他们觉得花得冤枉，便租借宾馆对门的安多县粮食局的房子。安营扎寨之时，也许体力消耗过大，魏军昌觉得浑身疲乏，话也不愿多说，眼睛呆滞地眺望着远方，似乎在想自己的重重心事。

"小魏，你怎么了？"队长刘思文询问。

魏军昌的反应迟缓，说头昏沉沉的，一点精神也没有了。

4月30日那天，三队队长刘思文和副队长刘松见魏军昌和另外两个病人精神萎靡，饭也没有吃，便带他们到沈阳市定点援建安多县的急救中心看大夫，内地援藏的大夫显然缺乏高原病防治的经验，仅仅说是高原反应，先打打针吸吸氧就会有改善的。一种潜伏的危机并未引起足够的重视，没有及时往海拔低的格尔木医院下送，结果生命中最宝贵的时间给白白耽误了。

晚上9点多钟，一分院副院长尹春发抵达了安多，连夜召集询问上山后的安营情况，刘思文说队里有三个病号，特别提到了魏军昌。

"严重吗？"尹春发也不敢有丝毫怠慢。

"急救中心的医生说是高原反应。正在打针吸氧。"

"千万不可掉以轻心。安多不比昆仑山，这是最不适宜人类生存之地。"

刘思文点了点头，说："我们会密切观察的！"

或许高原病暗藏的杀机和恐惧，注定是要以一个大学生之死来作为高昂的代价，4月30日这一天又被忽略了。

下午，正在安多的尹春发副院长接到指挥部的电话，说铁道部建设司顾聪司长到安多检查工作，看望一线定测的干部职工。放下电话，尹春发还专门安排顾司长到三队时，去看看魏军昌，他们都是西南交大的校友。有可聊的话题。

"小魏，顾司长来看你了！"尹春发站在一旁道。翌日中午，顾聪司长抵达安多县城，吃过中饭之后，就赶到三队驻地探望，此时已经下午 2 点 30 分了。他一个宿舍一个宿舍地看望职工，走进魏军昌的房间，他正躺在床上吸氧，顾司长伸出手去，握着这个年轻校友的手，问他是西南交大哪一届毕业的，关切地询问了他的病情，勉励他在羌塘无人区镌刻下西南交大人的痕迹。

魏军昌只是默默地点了点头，说话有气无力。此刻的他反应近乎迟钝，虽然吸着氧，但眼前却是一片混沌，灵魂飞扬得很高，朝着唐古拉山麓踽踽独行，前方似乎有一个雪山女神荷衣袂袖，飘飘而上，往一个雪地天堂翩跹而去。

当时青藏铁路的大部队尚未上去，人们还未了解到，患了高原病人一般分成两种类型：一种是狂妄型的，病发之时显得格外的兴奋，烦躁谵语，有酒徒的高亢吟啸；另一种却是抑制型的，沉默寡语，表情呆滞木讷，两只眼睛一点神儿也没有，像被一场寒霜打蔫的叶儿，耷拉着脑袋，抑郁而不可终日。

那天见顾聪司长，是魏军昌见到的最后一个高官和校友，可是他一点说话的兴致和精神也没有，神色漠然，高原病魔已遏制住他的生命之魂，俯瞰尘世中人匆匆走过，仿佛灵魂已剥离了自己的躯壳，唐古拉山上风马旗招魂的灵幡，朝他发出诱人的微笑，他要顺着印在经幡上六字真言的颂诵"唵嘛呢叭咪吽"，雪风卷起，幡动着十万遍的吟诵，搭成了一个天梯，将自己送入天国。

顾聪司长离开仅仅一个半小时，4 点钟，刘思文就给尹春发打来电话，焦急地说："小魏病情加重了！情况不妙。"

"一个多小时前见顾司长，不是还好好的？"尹春发猝然一惊。

"如今已说不出话了！"刘思文焦急地说。

"马上送下山去，格尔木市有解放军 22 医院，条件比较好。"尹春发交代道。

"我们队上没有车！"

"用我的三菱指挥车送，朱惠强教导员在格尔木，让他照顾小魏。"尹春发答得果断而又迅速，但为时已晚。

撂下电话，尹春发一步跃出门去，大声喊自己的司机刘可智，神色一片惶然，"可智，快开车到三队，接上魏军昌，将他送到格尔木去！"

"有医生吗？"刘可智多问了一句。

"没有随队医生，3 队派一位搞地质化验的女同志与你一起送，好一路照顾。"尹春发交代自己的司机。

刘可智驾着车驶到了三队的门口，进屋将魏军昌抱上了车的后座，由一位女化验员陪着，风驰电掣般地朝着唐古拉山方向驶去。

尹春发看了看表，此时恰好是 4 点 12 分。

或许，当时若有人略懂点预防高原病常识的话，应该力主送往那曲、拉萨方向，而不是格尔木，那小魏可能还有几分获救的概率，因为从安多县城重返格尔木，沿途要经过 5231 米的唐古拉和 5010 米的风火山，两座貌似不高的山麓犹如高原病两道生死冥界，逃过了第一劫，还有第二劫悄然等待。

果然，魏军昌就在唐古拉这道地狱冥门前魂飞九天，他死在了青藏铁路尚未开工前。

傍晚 7 点 30 分，西藏的天空暮色未至，可是乌云已开始涌向这座高原小城，西边天际的彩霞燃尽了最后一息，渐成炭黑，煽扑着黑之翼的昏鸦从天葬台上吃饱了，悠闲地在旷野里散步。尹春发无暇欣赏高原小城的血色苍茫，坐卧不安地来回踱步。这时，室里的电话突然响了，传来了驻雁石坪定测地段 12 队教导员张各格焦急的声音："尹院长，魏军昌病情非常非常重，医生抢救了一下，让立刻往山下送。"

"我这就联系沱沱河兵站，请他们做好抢救准备！"尹春发此时已焦急万状，"你马上跟过去，停止所有生产，全力抢救！"

尹春发摇通了沱沱河兵站教导员的电话，请兵站医院全力帮助抢救。

刘可智的三菱指挥车 8 点 30 分到了沱沱河，他仍然第一个跨出车门，抱着小魏到了沱沱河兵站医院，抢救了 50 分钟后，瞳孔已经放大了。但是他们仍然抱着最后一线希望，往格尔木人民医院送，尹春发接到小魏不行了的电话，但他仍然给格尔木医院打电话，请他们派救护车从昆仑山下迎上来，进行最后的抢救。

然而，所有的努力为时已晚。到了晚上九点钟，虽然送魏军昌的车驶离长江源，往风火山、五道梁的方向疾驰而去，但他已经越不过第二道生死之劫了。正在这时，尹春发已经得到了小魏生命已乏再生之术，无力回天了。他眼含悲泪地郑重宣布，魏军昌已经去世了。并派总工张学伏带着杨红卫科长住到队上去，安慰大家。指挥部所有的人都上工地，他坐依维柯下山去处理善后。沿途工点上的病号都带下山去。

晚上 9 点 10 分，安多天穹上的黑帷渐渐落了下来，尹春发带着汽车队长李永庆、三队队长刘思文登上一辆依威柯，翻越唐古拉，往格尔木市匆匆赶去，为魏军昌安排善后。车驶出安多县城，沿途公路上狂雪飞扬，一场罕有的大雪覆盖唐古拉山以南无边的旷野。冷雪飞舞之中，能见度已降至最低点，等车缓缓驶上唐古拉山顶上，公路与山坡沟壑连成了一片，行驶 5 分钟就得停下来，擦挡风玻璃的冰雪，铁一院公安段的侦查员岳利新干脆跃出车门，走到车灯前边探路，以身体向导，赶到雁石坪，已经是深夜 12 时了，他们敲开十二队的临时帐舍，一一询问有没有病号，吩咐大家注意，凡有病者，都跟收容车下山。可是有几个生病的职工，却不愿下山，说要为最后的决战奉献绵薄之力。

尹春发在雁石坪停了半个小时之后，又匆匆往沱沱河方向赶去。

此时仍在旅途中的魏军昌已经气息全无，心脏完全停止了跳动。送他的车子在不冻泉与格尔木市人民医院的护救车相遇，急诊医生上车继续抢救，凌晨 2 点抵达格尔木市医院时，护送他的司机刘可智，边哭边抱着他冲进急救室，发现小魏已经僵硬在自己的怀里，一点生命的体象都没有了，哽咽着说："军昌，我抱你上车时，你可是好好的啊，兄弟，你要挺住，你就要出世的孩子需要你，砸锅卖铁供你读大学的老母亲需要你，马上就要开工的青藏铁路更需要你啊！"

格尔木市医院的专家抢救了四十分钟之后，终于放弃了最终抢救。奔驰在天路上的尹春发还在默默等待着奇迹发生，赶到西大滩时，已是凌晨 4 点，两位女化验员郭向前、魏春梅见了他，号啕大哭，他这时才真正意识到年轻的工程师之死，对这支队伍所造成的震荡和阴影。

一路狂奔，一路安顿军心，到了次日上午 11 点，尹春发的车才赶到了格尔木市。他在给副指挥长李让平报告时，怆然泪下，大哭道："指挥长，对不起组织的信任，我损了一名干将，一个年轻的勘测工程师啊！"

晌午空气清冷，天一边阴着一边晴着。尹春发的心灵如天上涌动的阴霾，他率队走进格尔木市人民医院抢救室，发现躯体上已卸下了抢救器械的魏军昌赤裸地躺在手术台上，生死之间竟然如此相似和重复，前尘已经注定，赤身裸体地来去，20 几载短暂如梦，又一丝不挂离去，什么都没有带走，却留下了亲人骨肉永远的离痛。他觉得愧对魏军昌的家人，一种沉重的负疚感在心中涌动。他挥手叮嘱身边的人道，"马上去格尔木买最贵的皮鞋和名牌西装。"

"尹院长，请别激动！"陪他而来的医院贾院长说，"中国有一个传统，人死了，是不能穿毛的、用皮的，只能买棉的东西。"

"军昌,委屈你了,我的兄弟!"尹春发扑了上来,抱着魏军昌赤裸的遗体泫然涕哭。

唐古拉的死神之翼

尹春发将辞职报告递到铁一院院长林兰生的办公桌上。

出师未捷,唐古拉山上先损一位年轻大学生,他有一种无法洗抹的负罪感,觉得愧对黄土地上靠自己的血汗供出一名大学生的乡下母亲,请求院里免除自己的指挥长之职。

"胡闹!"林兰生操起电话将尹春发臭骂了一顿,"尹春发啊,你以为就只有你会自责,就你知道心痛。6月1日晚上,我也一夜无眠,期望小魏第二天早晨能够醒过来,回到我们中间,可是人死不能复生。现在不是问责板子该打到谁身上的时候,而是要稳住山上的队伍,按时完成定测,设计出施工图纸,保证6月29日青藏铁路正式开工,眼下最要紧的是处理善后。我当过知青,一个甘肃农村家庭,培养一位大学生多不容易,我们应当为他们办点实事。"

"我明白了,林院长!"尹春发在电话中答道。

撂下电话,林兰生倚在大班椅上呆呆地出神,心中挥之不去的刚才那句话,一个农村家庭培养一个大学生多不容易。因为他曾经当过知青,参加过高考,深知西北农村贫瘠和艰辛。

那个初冬的深夜,林兰生从甘肃陇南徽县的知青点连夜赶回天水敲开工厂大门报到,成了老磨工师傅曹友生的最后一个关门弟子,第一天上班,与几个徒工在露天清理产品,此时户外北风萧萧,气温降至冰点以下,霜风露白,滴水成冰,这在他当知青的农村,冬天修梯田干活是寻常之事。可是一位女工师傅突然心痛地跑了出来,对他们喊道:"快到房子里呆一呆,天太冷了,别冻坏了!"

一句久违的温婉之语,从一位工人师傅的口里说出,如一条巨大的瀑布骤然落在了林兰生早已干涸龟裂的心域,轰地敲击他的情弦,一泓热泪刷地涌了出来。

"林兰生,你咋流泪啦?"一位学徒问道。

"北风吹的!"

　　到了中午开饭的时候，林兰生第一次可以吃一顿饱饭了。这比他在农村里6分可管一顿饭，喝一肚子玉米糊糊，简直是天壤之别。

　　令林兰生一生难忘和感动的还有一件事，那就是到工厂一年后，荒芜了十年的高考重又恢复，他听后欣喜如狂，跑回家中找来了一大堆复习资料，晚上回到宿舍时，他与三个工人同住一屋，因为生活单调枯燥，工人师傅都在宿舍打扑克，赢一局可以赚一元钱，许多人趋之若鹜，宿舍里喧嚣不已。林兰生只好用一块床单将自己和工友们隔开，独自复习。有一天晚上师傅曹友生突然闯进来了，一本正经地交代学徒说："打牌，我不反对，反正晚上无所事事，以牌解忧，但我得给你们立个规矩，打牌时不准出声，让小林考状元！"

　　几个徒工视师傅的话为金科玉律，从那以后打牌时一句话不吭。谁洗牌手重了，弄得有响声了，便嘘一声提醒对方，动作不要太大，影响了小林复习考大学。

　　第二天早晨，师傅就把林兰生叫到自己跟前说："小林，本想为你请复习假，但思来想去，厂里不会开这个先例，我唯一能帮你做的，就是每天上班签到时，你来一下，就可以走，你的活儿，就让师兄弟干吧！"

　　"谢谢，师傅！"林兰生的眼眶热了。

　　"谢什么，常言道，一日为师，终生为父。"曹友生感慨地说，"只要你能考上大学，那是师傅的骄傲啊。"

　　"师傅放心，我会的！"

　　林兰生就这样三更灯火五更鸡地苦读了3个月。高考之日，3000多人的工厂，有200多人参加考试，最后发榜之时，只有林兰生和一位姓刘的工友考上了大学。

　　"小林，好样的！"报到前几天，曹友生特意花四元钱为林兰生买了一个当年最时髦的塑料铅笔盒，将六个徒弟叫到家里，切了一碗萝卜丝，咕隆咚把老白干倒在瓷杯里，举杯同庆，"师傅敬你，我们厂的状元。"

　　"兰生老弟，我们也敬你！"几个师兄弟齐齐举杯相庆。

　　"学着点！"曹友生发话了，"有了小林这个高足，从今以后我就关门不收学徒了。希望你们也和师弟一样上大学去，师傅没有文化，但是喜欢文化人，一个国家要发展，有知识的人得当老大，而不是老九啊。"

　　"是，师傅！明年看我们的。"众学徒齐声答道。

那天，师傅喝醉了，林兰生也第一次喝醉了。

由林兰生开了一个好头，六个徒弟果然不负曹师傅的厚望。翌年有两个考上大学，第三四年又各考上了一个，最后剩下了两个上了电大。

知青生活的艰辛和工厂的温情，似乎影响了林兰生后来的人生观，使他对底层永远怀有一颗悲悯之心，他知道，甘肃陇南那贫瘠的山村，如果能供出一个大学生，那是积几代人之德，举一家人之心血啊。

可是，魏军昌却在刚能给乡下的父母一点荣耀和回报之时，竟然撒手唐古拉，灵魂随经幡飘然上了天国。

林兰生觉得愧对魏军昌的母亲，眼前一片混沌。"文革"中，爸爸被专政，全家人靠糊火柴盒度日，考上大学去报到，母亲摸了摸兜，塞给了他十元钱，就是她最大一笔钱了。由自己的母亲推及魏军昌的母亲，城里尚且如此，何况贫困的乡下。两个母亲的影像重叠在一起，让他感到无比的沉重。

也许知道院长心中的隐痛，办公室主任朱旭蹑手蹑脚地走了进来，将魏军昌的遗像、生平和悼词放到院长书案之上。

"小魏的亲人都到了吗？"林兰生从沉思中醒来，声音低沉地问道。

"据兰州分院电告，是昨天晚上七点钟赶到的。"朱旭答道。

"都来了一些什么人？"

"小魏的父母、舅舅、叔叔和哥哥弟弟。老岳母也来了。"

"安排他们和小魏见最后一面了吗？"

"昨天晚上，小魏的哥哥、弟弟、舅舅、叔叔和老岳母说连夜赶往德令哈了。由院里孟磊书记和一分院的工会主席陪着去的。"

"德令哈？"林兰生有点惊讶，"格尔木市没有火葬场？"

"没有！"朱旭摇摇了头，"就连小魏的遗体运到了德令哈也一直放在殡仪车里。"

"哦！"林兰生点了点头。

"林院长，需要去看看小魏的母亲吗？"朱旭建议道。

林兰生喟然叹道："我暂时没有这个勇气，我无法面对小魏的白发老母啊。她让我想到了自己的母亲。失责啊，唯一的补救，就是给老人家和未出世的遗腹子多做点实事。"

"铁道部傅志寰部长上青藏路考察，已经到了格尔木，要不要向他报告无人区高原病死人的情况？"朱旭再为自己的老板出主意。

"当然要报告，不过得等小魏的善后处理完了。"林兰生感叹道，"我担心山上有的职工会谈高原病色变，走不出死人的阴影。"

林兰生目光忧虑地投到了唐古拉山之上。铁一院兰州分院三队一位年轻地质工程师之死，造成心理威慑和恐惧是灾难性的，死神黑色之翼似乎巡弋在生命的天空，三队干部职工情绪低落，一蹶不振，有8个人下山到了格尔木，不告而别，14个住进了那曲地区医院，卧床不起，人心散了。停工整整20天。6月11日在安多为魏军昌开了追悼会，可是仍然有不少职工指责领导对职工的生命漠不关心。

"这种状态绝不能再继续下去了！"林兰生院长拍案而起，"仅仅壮烈了一个人，就溃不成军，如果走不出高原病死亡的阴影，兰州分院难以担当起实现几代铁一院人青藏铁路的大梦。"

于是，组织调整的方案率先出台了。三队队长刘思文和教导员朱惠强被撸了，由杨红卫科长代理队长，公安段的科级警长叶利新被任命为书记，技术开发科科长岳立新当了副队长。

在研究副队长刘松的去留时，兰州分院的一位领导意见也一并拿掉。尹春发挺身而出承当责任说："如果要拿掉刘松的副队长，那就先拿掉我算了，抢救失误最大责任在我，而不在下边，一切责任都由我来担着。"

尹春发作为前线指挥长说话仍然有分量，刘松最终保下来了，继续当副队长。

再就是队伍暂时后撤，三队先从唐古拉山顶上撤下来，先完成雁石坪到温泉相对平缓的一段，缓一步再挺进无人区，什么时候准备好了，什么时候进去，不打无把握之仗。

最大举措是消除职工心灵上的死亡阴影，给每个队都配备有高原病专业知识的医生，请高原病专家、格尔木市人民医院内科主任张学峰上山讲高原病预防知识，铁一院医院派出医疗小分队在安多设点，层层防护，御高原病于身体和队门之外。

队伍的情绪渐渐稳定下来了。

"该向傅志寰部长报告魏军昌之死的情况了！"6月9日到了拉萨，在下榻的宾馆里，李宁副院长详尽地汇报了魏军昌患病、送下山抢救、病殁途中和留下一个遗腹子的情况。

说到悲怆之处，李宁哽咽无语，傅志寰部长也不禁热泪纵横。

共和国内阁部长为一个年轻工程师之死，黯然神伤。沉默了片刻，傅志寰部长对随行的铁道部考察官员长叹说："我们交了一笔沉重的学费，魏军昌同志壮烈殉职，死得其所，生命之躯预先给我们敲响了警钟。6 月 29 日开工后，大批的队伍很快上来了，能不能站得住，关键要看预防高原病卫生措施是否到位。我有一个课题要拜托各位，青藏线可否做到不因高原病死一个人！"

"青藏铁路不能因高原病死一个人！"共和国的内阁部长已为上青藏的队伍定了一个生命海拔的标尺，不死一个人。这对刚折损了一位年轻工程师，而卫生医疗条件仍不完善的勘测队伍来说，无疑是一个巨大的挑战。

铁一院三队新任队长杨红卫越来越不想吃饭了，魏军昌病逝后，队里职工情绪仍旧不稳，他每天都跟着队伍上工，翻山越岭，越涧过溪，一天要在海拔 4800 米山岭上走 15 公里，中午啃的是冷馒头，身体素质降低到了零点，胃病的老毛病犯了。又极度缺氧，一天走下来，几乎不想吃什么东西，身体极度消瘦，突然发生了胃出血，一连便血三天。最后一天出去定测之时，杨红卫突然晕倒了，瘫倒在荒野云天里，被职工们抬了 15 公里送回来的。

尹春发到三队去看杨红卫时，他正躺在医务室里输液。从西宁人民医院聘来的向大夫伫立病榻前，见到尹院长，连忙呼吁："杨队长病情危重，要赶快下山，多待一分钟，就多一分危险！"

"马上送！"尹春发有魏军昌的前车之鉴，不愿再重蹈覆辙，连忙派人陪着杨队长下山，让他们找格尔木人民医院内科张学峰主任救治。

下午 4 点钟，车驶进了医院，杨队长一下车就栽倒在地。医院下了病危通知书，让领导来签字，尹春发匆匆赶来了，恳求张学峰主任说："兰州分院不能再死人啦。无论如何，你都得给我抢救，不论花什么代价，我只要一个活人。"

"尹院长，我不妨直说，杨队长的病很危险。"张学峰坦诚地说，"不过，我会日夜守在病床前。"

"谢谢！"尹春发紧紧地握着张学峰的手，说："等着你妙手回春。"

经过一天一夜的抢救，杨红卫脱离了危险。听到此消息，尹春发紧绷的神经也松弛下来。

可是无人区仍然险象环生。那天，尹春发正好在无人区里指挥最后突击，一个从山下带上去的民工突然晕倒了，不省人事，原来是潜隐多日的高原病未被发觉，从西宁人民医院聘来的胡大春就地抢救，民工表情冷漠，神志委顿，生命体象一点反应也没有了，从未见过如此阵势的胡大夫见了尹春发不禁号啕大哭，尹春发安慰他说："你是医生，关键时刻，只要你镇静，才不会乱了方寸，你全力以赴抢救，出了问题，我们担着。"

胡大夫终于镇静下来了，按高原病的方案进行抢救。这时，通过卫星接通了电话，安多县医院的救护车也赶来了。

那个民工最终得救了，但是巡弋在唐古拉之上的死神的翅膀，确实让大队伍还未上山前的勘探队员们一片心悸。

偌大的工程，似乎在等一个人，一个人的青藏高原和他的传奇。

院士之风山高水长

第一次听到吴天一院士的名字，是 2002 年 9 月 12 日。

中国作家协会派作家采访国家四大工程，要我担纲四大工程之首的青藏铁路。那天下午，作协党组副书记王巨才和创联部主任孙德全到铁道部为我们壮行，孙永福副部长作了专题介绍，谈及青藏铁路的人文关怀时，他列举了一个近似美国大兵打仗追求零伤亡的例子，说青藏线施工队伍上山后迄今没有因为高原病死过一个人，而这一切，除了铁道部和各指挥部全力保障之外，中国唯一一位高原病学院士吴天一教授功不可没。

就在那一刻，我记住了吴天一的名字，也为他的学识在青藏铁路创造的奇迹肃然。

但是第一次上青藏铁路采访，却与吴天一失之交臂。我们一行直奔金城兰州，在铁一院、西北铁道研究所和中科院的寒旱研究所采访了三天后，随行的摄影家早已等得不耐烦，妥协的结果，9 月 16 日傍晚登车直驱格尔木，没有在西宁停留，自然也就无缘拜谒吴教授了。可是到了格尔木之后，每每谈及青藏铁路的医疗卫生保障，高原病学专家吴天一院士的名字不绝于耳。等登上莽昆仑，在可可西里，风火山之上，长江源头，中铁二十局指挥部医院院长丁守全，铁三局指挥部医院院长段晋庆，总是怀着一种敬仰之情谈起了吴天一的传奇，言语之中，似乎印证了一句古话："云山苍苍，江水泱泱，先生之风，山高水长。"

青藏归来，关于吴天一的形象、传奇猜想等等，一直萦绕于我的心中。随后，我伏案写一部关于西藏边境战争江山版图的长篇作品《麦克马洪线》，直至沉落于那场让中国人谈"非典"色变的非典劫难落幕时，才落下最后一个句号，自然也就痛失再次进藏采访的机会。

2004年上半年，我参加中宣部和中国作家协会举办的第二届中青年作家高研班，7月中旬结业时，一直与铁道部青藏领导小组联系上山采访事宜，但是这次采访却是我十年专业作家写作生涯中最艰难的一次，个中原因不堪回首，一腔苦涩唯有默默咽下。一直在等待中度过，带着家人从新疆回京后，仍无消息。等到9月中旬依然无望，我便舒展潇洒轻羽，到河南云台山中国作家创作基地亲近山水，一洗红尘烦恼丝，沉迷涧溪流云，忘忧忘情忘却生命不能承受之重。9月24日上午，我正在晋代名士嵇康放纵灵魂的红石崖上徜徉时，突然接到铁道部文联秘书长赵奇克的电话，要我次日飞西宁上青藏铁路采访，只有一天的准备时间，时光匆匆，只好连夜返回北京。

9月26日登上飞往西宁的航班，倚在舷窗旁，翼下白云飘浮着青藏之梦，醒来脑际间跃出的仍是吴天一的名字。下榻青藏公司金轮宾馆，放下行囊，我便请青藏公司办公室徐主任联系采访吴天一的事情。一听说采访，吴天一便婉言相拒了，说我与记者谈得太多了，就不谈了吧。

慕名而来，眼看采访就要泡汤，我从床上一跃而起，唯有露出自己的底牌，以期最后的争取，我接过徐主任的电话，恳切地对吴教授说，我是中国作家协会派来采访青藏铁路的作家，是第二炮兵政治部创作室主任，师职干部，不是小报记者。我知道你接受过许多记者的采访，但是作家的视角和写作模式，与记者迥然不同。

"哦！"吴天一教授有几分讶异。

我从语气中感觉到了吴天一院士并非拒人千里，于是换成了他最感兴趣的话题，谈起了自己最初对高原的恐惧之状，说："吴教授，你知道吗，我第一次走青藏路是跟随原西藏自治区第一书记阴法唐，还在格尔木适应了几天，可是上山的头天晚上，我却一夜无眠。"

吴天一院士笑了，问我："紧张什么？"

"那紧张和恐惧感就像上刑场，担心自己一去不复返，壮烈在唐古拉山上。"

"呵呵。"吴天一院士在电话中笑了,"真有这么恐怖?"

"真的,一点也不夸张!"我回答说。

"是有这种情况,许多人第一次上青藏路心理负担都太重。"吴院士似乎认同我当时的感受。

我话题一转:"吴院士,我曾经采访过青藏公路总指挥慕生忠将军,川藏公路总指挥陈明义将军。您可是我心仪已久的专家,青藏铁路一书,如果没有您的出场,就会缺少应有的魅力。"

"你今年多大岁数?"吴天一突然对我的话感兴趣了。

"46岁!"

"好,你来吧,我接受你的采访!"吴天一告诉我他家所在的小区和门牌。

青藏公司办公室徐主任执意要送我去吴天一院士家。

气喘吁吁爬上六楼,按门铃之际,连忙扶着门框,以倚着身子,而蹦蹦乱跳的心已蹿到嗓子眼了。西宁的海拔只有2700米,颇像一个道谋和法力很深的老者,其貌不扬,却在平淡中蛰伏淫威,让我在拾级而上中领略了杀机四伏。

铃声未尽,吴天一院士开门而现,身着一件桃红色的开衫羊毛衫,脸庞上染着高原的铜色,头已谢顶,戴着一副眼镜,颇显儒雅之气,与内地专家学者并无异样。

　　晌午的秋阳暖暖的，泻进客厅里。吴天一院士倚在沙发上，笑眯眯地凝视着我。当我开启谈访大门时，蓦然发现自己走进一部历史、一个传奇。

　　惊天发现竟在无意之间。我问吴天一教授，你是本地的汉族吗？

　　"不是！"他摇了摇头说，"我是塔吉克族。本不姓吴，我的塔吉克父名叫依斯玛义尔·赛里木江！"

　　这下轮到我惊异了："你是塔吉克族，叫赛里木江，那怎么又会姓吴氏呢？"

　　"说来话长！"吴天一望着天上云彩，映在他家的玻璃窗上，那段被岁月烟云湮没的往事，从青海长云里浮雕般地凸现。

　　上个世纪30年代初，在新疆迪化（乌鲁木齐）通往西安的西域之路，有一个叫依斯玛义尔·赛里木江的塔吉克族青年，跟着几位维吾尔族的首领家世家子弟，骑着骆驼，赶着马车，在新疆枭雄盛世才卫队的护送下，出迪化城，穿越吐鲁番、哈密，入甘肃柳园，踏入了西北王马步芳控制的河西走廊，他们兜里揣着国民政府中央大学的文学系录取通知书，最终目的地是秦淮河边。

　　而这个叫依斯玛义尔·赛里木江的青年人，便是吴天一的父亲，他回首朝戈壁尽头的地平线眺望，故乡远在天山之南的喀什，早已沉落在大漠孤烟直的远天里，前边祁连山上残雪点点，阳光折射在戈壁上，岚气氤氲，缥缥缈缈，青烟锁成一片蔚蓝的海，一座海市蜃楼在沙海中漫漶崛起，真的是自己理想王国中的海市蜃楼吗？依斯玛义尔·赛里木江在问自己，也在叩问浩瀚戈壁。

　　蒋介石政府的统治权杖伸到边域后，为笼络少数民族首领，培植心向汉地的青年才俊，特意在中央大学开设了少数民族班，将新疆、西藏和云南土司、贵族和部落长老子弟招来学习，依斯玛义尔·赛里木江成为其中一名赴中央大学文学系学习的塔吉克族世家子弟。此去经年，他欲学成后再回到南疆报效自己的部落和人民。谁知抗日战争的爆发，他再也回去不了，取汉名吴中英，迷恋烟雨江南，对小桥流水情有独钟，娶了一个叫吕胜华的苏州市师范毕业生，编辑了中国第一部塔汉语言大辞典，成了一名著名的塔吉克族的语言专家。但是金陵城的平静日子很快昙花一现。松沪会战后。南京陷落前，夫妇俩跟着南迁的大学跑得快，才躲过了南京大屠杀的喋血之劫。1937年在南迁的路上，生下了大儿子，取名吴天一，而他的塔吉克名为依斯玛义尔·赛里木江。

　　依斯玛义尔夫妇在兵荒马乱的年月里一路南迁，长沙、湘西、贵阳、昆明，最后辗转到陪都重庆。七载烽火梦断，终于迎来了抗战胜利，满卷诗书喜如狂地迁回金陵故都，这时他们已经有了四个孩子。为养家糊口，依斯玛义尔·赛里木江成了银行的职员，妻子成了一名小学教员，过了两三年的平静日子，内战兵燹又起。而这时吴天一已考入了中央大学附中，读初二，操一口款款吴语。塔吉克语如碎片似的残留在脐血相连的乡愁里。

1949年的人间四月天，王谢庭前的燕子似乎随着一个王朝的覆灭而远遁，最终成为一种遥远的记忆，再不会有四月天的温婉和亲情。

那个周末，吴天一从附中回到家中，只见地上一片狼藉，细软衣物都收进了寥寥无几的几只皮箱。爸爸妈妈的脸上一片焦急，待他走进门来，母亲一把将他搂进怀中说："天一，快点收拾一下，咱们晚上就走。"

"走！往哪走？"吴天一一头雾水。

"解放军就要兵临城下，你爸爸随银行迁往台湾。赶快收拾一起走，今天晚上我们就从下关上船。"妈妈也一脸无奈的神情。

"我不走，我的同学们都不走。"吴天一的口吻很坚决。

"为什么？"妈妈显然有些不解。

"我们的学校很好啊，到了台湾，再不会有这样的好学校了。"吴天一认真地说，"老师同学都要留下，说迎接解放军进城！"

"随孩子吧！"站在一旁的父亲吴中英吴语喃喃地说，"天一已经长大了！"

"大什么，他才十三岁呢！"母亲在一旁说道。

"我们天山上的雏鹰总是要离巢的。"吴中英叹道，"只是国破山河碎，飞得早了一点。天一大了，由他自己选择吧。"

妈妈转过身去，双肩抽动着哭了。

晚上，扬子江上江雾迷茫，站在下关码头上，挥手辞别父母亲和弟妹的一瞬间，吴天一的泪水突然涌了出来，离乱之世，江山易主，他没有料到会造成一个家庭永久的别离，隔着一湾浅浅的海水，隔着一个遥远的大洋，这种血浓于水的暌隔和等待居然这么漫长，从少年等到青年，从青年等到了壮年。且站在了高高的青藏高原上，他思念的目光投向流云飞渡，却不知亲人流离何方。

不过，他最先等到了人民解放军进城，一队穿着布鞋的士兵冲进了总统府，远望着青天白日旗缓缓坠落，站在迎接解放军进城的人群中的吴天一听到了一座江山崩溃碎裂的声响。五星红旗冉冉升起，伴着紫气东来的扬子江面的朝霞喷薄而出，他跳着蹦着喊着欢呼着，13岁的少年不知为谁而歌而哭。

　　激动过后，拭去少年离泪。吴天一周末回到曾经住过的那条老街，才发现家已不再，偌大的大陆，没有一个可通家书的亲人。踯躅街头，断鸿声中，倏地有了一种不知归处的茫然。可是他仍被年轻执政者身上的朝气和清风所吸引。两年过后，当朝鲜战争的战火烧到鸭绿江边，许多热血青年纷纷登上东去的专列，投身到抗美援朝的激流中时，年仅15岁的吴天一热血被点燃了，毅然投笔从戎，胸戴大红花，唱着"雄赳赳气昂昂"志愿军战歌，只身走向战场。然而，这批莘莘学子刚到鸭绿江边，就被志愿军后方司令部扣下了，一锅端到了东北的中国医科大学军医班，学制六年。抗美援朝牺牲的惨烈，让志愿军高层的将领清醒意识到太需要受过正规学历教育的医疗骨干了。

　　吴天一在中国医科大学读了六年。医大毕业之时，恰好是一代年轻人被理想和激情所诱惑的年代，他踏上西行列车，到了青海省一家部队医院当军医，开始了策马昆仑的人生之旅。他走遍青藏高原的一座座高山，一个个藏包，一跃成为中国唯一一位高原病院士。

　　等了漫漫的40年，走到了新世纪的零公里，在青海湖畔的吴天一突然听到了一个惊天消息，青藏铁路要上马了。那天晚上回到家里，饭菜已经上桌了，他突然对自己大学的同学、出身江南的妻子说："来杯酒吧！"

　　"天一，你可是很少喝酒的。"妻子操着侬侬吴语问道。

　　"就一杯红酒。"吴天一毫不掩饰地说，"人生得意须尽欢！我今天高兴坏了。"

　　"我们家还有什么值得高兴的事情？"妻子环顾左右，嫣然一笑。

　　"我们在青藏高原待了一辈子，委屈你了，不过终于有了用武之地。"吴天一端起红酒杯啜了一口。

　　"你是说高原病学将有大发展？"妻子已觉察出丈夫的喜从何来。

　　"是千载难逢的机会！"吴天一感叹地说，"青藏铁路要上马了，大批兵马就要上山。新闻媒体报道说青藏铁路是三大难题——冻土、生态和高原缺氧。依我之见，其实就是两大难题，一个是生态，一个是卫生保障问题。后者，我有发言权，应该给国家陈策献言。"

　　"好啊，天一，这杯酒该喝！"妻子与丈夫碰杯，轻轻地啜了一口。

　　"干了！"吴天一深情凝眸着妻子。

　　"好，天一，干！"妻子眼眶里的泪水涌了出来。

吴天一怀杏林术，终于等到了在青藏铁路这个巨大平台上，助佑苍生的时候。

孙永福副部长第一次上青藏路上考察，路经西宁，第一个要见的专家便是吴天一。

那天，召开座谈会，他特意邀请吴天一参加，可事情却偏偏那般凑巧，吴天一在来开会的路上，突然遭遇车祸，住进了医院，一时无法直接向铁道部领导陈策预防高原病的方略，当天孙永福派秘书到医院探视吴天一。转告孙部长的话说，部长祝您早日康复，等您病愈之后，专门请您到北京面谈。

腿脚刚能下地活动，吴天一便蹒跚入京了。

孙永福紧紧握着他的手时说："吴院士，对你可是心仪已久啊。青海之行，失之交臂，这回专门将你请到北京，给我们上上高原病专业的课，你放开讲，只要能够保证青藏铁路不因高原病死一个人，什么医疗设备和卫生保障手段，我们都可以上。"

"好啊！苦苦等了40年，终于找到知音了。"吴天一噫吁感叹。

在医学专家座谈会上，他以中国第一位高原病学院士的身份郑重献策，青藏铁路两大课题，一个生态，一个人的卫生医科保障问题，绝对不能掉以轻心。尤其是后者，我想将重话说在前头，以免后患无穷。

"但说无妨！"孙永福抬起头来，鼓励地说，"吴院士，知无不言。你尽管说。"

"好！"吴天一集一身高原病所学，谈了自己的六点陈策，说："第一，卡住队伍上山前的进人关。什么人能进来，什么人不宜进入，包括将来列车开通时的旅客。什么人不能上去，就得树起一块高原禁忌症的牌子，患有下列疾病的人不能上山，如冠心病、心肌梗塞、心脑血管病、高血压、代谢性的糖尿病、慢性气管炎、肺心病、肝肾明显病变、溃疡症、消化道大出血、过度肥胖等是不能上去的，怎么把好这个关，那就是体检。第二，进山要循序渐进，阶梯式地适应。第一个阶梯西宁三天，第二个阶梯格尔木三天，逐步地适应习服（一个新造的名词，习服就这样出现在青藏铁路之上）。第三，进行高原卫生教育，从心理上消除高山恐惧症，战略上蔑视，战术上重视。第四，做好劳动卫生保障。人的劳动强度是随着海拔的升高而增高的。每1000米就升高半个等级，行走在2000米的地方为中劳动强度，而到了4000米则是重劳动强度，因此，要尽量实施机械化施工，减少劳动强度。在海拔 4000 米以上的地方，吃什么都是不香的，饮食营养，睡眠，住什么样的房子，甚至就连撒尿，都要考虑到充分保暖，不然，在零下 20 度的地方，晚上起来撒泡尿，就可能发生肺水肿，因此，建议将晚上睡觉撒尿问题作为一个问题来研究。第五，建立医生巡夜制度，晚上最易出问题，稍有干咳，乃至精神萎靡不振，嗜睡的，都容易发生脑水肿和肺水肿，发现得越早越就有抢救的希望。第六，制定青藏铁路卫生保障制度。所有施工单位都按此实施。"

"说得好啊！"孙永福率先站起来给吴天一教授鼓掌。

吴天一的六点陈策，对青藏铁路卫生保障至关重要。随后，他参与修订了青藏铁路的卫生保障措施，为上山前的医务人员讲授高原病的预防知识。

一个院士和他的高原病学，为青藏铁路在生命禁区里施工，筑起了一道生命的安全屏障。

第一座医用高原制氧站崛起风火山

况成明没想到队伍第一天上风火山就掉链子。

2001 年 6 月 20 日上午 9 时，况成明带着中铁二十局的 10 台车和 50 名弟兄，上风火山去安营扎寨。他特意让办公室主任买了很多鞭炮，动土之日，要驱祛风火山的魔咒，祈求雪山女神保佑施工平安。

在山下人员的壮行声中，他们一路奔驰而去，下午 4 点接近风火山时，50 名兄弟开始东倒西歪了。一队、二队、三队和局指帐篷布点在不同的地点，他得下车安排，与各队的领导一起踩点，走了两个小时，到傍晚 6 时整个大队伍上来时，他发现已溃不成军，一个个下车后，面色苍白，嘴唇发紫，抱着氧袋躺在车里吸氧，不到 20 分钟，就吸光了，而氧气瓶的阀门歪了，放不出来，憋的一个个气喘吁吁，躺在车上就不愿动弹。

那天况成明的身体也很难受，头重脚轻，带人察看现场布点整整走了 2 个小时，几乎耗尽了他的体力，睥睨荒原，冷雨夹着雪花呼啸而来，迷茫在整个风火山地域，再过一会儿，天就要黑下来。帐篷和晚饭都没有着落，他招呼职工来搭帐篷，可是他们连站起身来都很艰难，甭说干活了。

"找风火山道班的帮我们搭！"况成明已无法选择，晚上没有栖身之处，这

50 名弟兄就会倒下。

风火山道班的职工来了，一听说搭一顶帐篷只给 30 元，转身就要离去。

况成明唤住他们说："先别走，你们说多少钱？"

"300 元！"道班一个工人伸出了三个指头。

"这不是讹人啊！"况成明摇了摇头，"搭一顶帐篷 300 元，整个中国都没有这个收费标准。"

人家诡黠一笑，说："这就是风火山的收费标准，爱干不干随便。"

"300 就 300 吧！"况成明挥了挥手说，"天黑之前一定得干完。"

何须等天黑，道班的员工早已经熟悉和适应风火山的气候和海拔高程，仅仅干了 1 个小时，便揣着近 1000 元人民币潇洒地走了。

暮色苍茫，炊事员费尽移山心力用高压锅将面条做好了，可是 50 个人躺在帐篷里一点食欲也没有，犹如一班败军之将，狼狈不堪。

况成明叫医生来一一检查身体，可是就连医生也抱着氧气袋，这时他不能不惊叹慕生忠将军当年是如何率领一群乌合之众的民工，让青藏公路穿越风火山的。他最担心的是军心不稳，他一个一个地找职工谈话。一直谈到晚上 11 点，才回到自己的床铺上，躺着时心脏怦怦乱跳，一点睡意也没有。神思在天穹飞扬，如风火山垭口的灵旗，迎风猎猎，身体却兴奋不已，脑子如坐过山车样旋转，快到天亮了，他才迷迷糊糊地合上了眼，似睡非睡，似醒非醒。

第二天早晨天刚刚亮，况成明头痛欲裂，他睡的帐篷里突然涌进六七个人，说："况指挥，派车送我们下山吧！"

"下山，往哪里走？"况成明一怔，问道，"昨天刚上来，怎么就要下去？"

"这鬼地方不是人呆的。"一个人喃喃说，"再待下去，小命都不保。"

"忍耐几天，我们会改善卫生条件，一切都会好起来。"况成明苦口婆心地劝道。

"再好，也不适应人类生存。派车送我们走吧。"个别人有点急不可耐。

"我们二十局可是老铁道兵的后代。"军人出身的况成明试图挽留大家，"当年铁十师三上风火山，没有一个逃兵，你们这样一走，可是丢了前辈的脸。"

"别拿逃兵的帽子乱扣，我们只想换种活法。"人群中不知谁说了一句。

"换种活法，你们有的可是三番五次找领导才上来的，回去可就要息工了。"他将最后结果摊在 7 个人面前。

"息工也走，总比将一把骨头扔在风火山上好！"7个人去意已决。

"走吧！"况成明挥了挥手，并对拥到他帐篷前的职工问道，"还有谁想走？"

伫立在帐篷前的员工没有一个吭气。

车开时，那几个人抱着氧气袋跟着走了。望着面包车绝尘而去，况成明转过身来，眼眶有些发热，说："留下来的都是好汉，我们将无愧于风火山，也无愧于铁十师。"

站在帐篷外俯瞰风火山，这是况成明命运中决定性的一战，远处风火山垭口经幡猎猎，雪落大荒，天气一天几十变，让他开始领略这座神山的淫威。天空一会儿阴，一会儿晴，一会儿狂雪飞舞，一会儿晴空万里，一会儿阴风四起，一会儿静如处子，垭口处的海拔达到了5010米，与唐古拉山垭口，只有10多米的差距。而其他地域平均是4910米，如果没有氧气，他和他的施工队将寸步难行。

就在他忧心忡忡之际，医院院长丁守全突然找来了，说指挥长，北京科技大学的刘应书教授上山来了，专程来拜访你。

况成明摇了摇头，"老丁啊，图纸还未到，我现在需要的不是穿越风火山的科技，而最需要的是氧气，让人能呆得下来工作，能睡得着觉的氧气。"

"刘教授就是来解决高海拔制氧的。他有一个很不错的专利。现在招标的六家单位，唯有他的小型制氧机制氧率高，效果好。"丁守全介绍道。

"余亮指挥长和王书记什么意见？"况成明单刀直入地问道。

"余指挥长和王书记表示同意，叫征求你的意见。"

"是吗？"这正中了况成明的下怀，"快请！"

北京科技大学刘应书教授在格尔木呆了好些天了。他一直在等中铁二十局的指挥长况成明，2001年只有况成明和他这支队伍站在了青藏铁路的最高点上，他挟着高原制氧的专利从北京而来，就想在风火山上一举实验成功，然后可向世人佐证，这套装置在海拔4910米风火山上经过严酷的考验，是世界上最先进的，可令刘应书教授扼腕长叹，专利技术放在抽屉里很久了，一直没有相识相知的伯乐和知音，他将宝押在了风火山之上，押在了况成明身上。

刘应书见到况成明就先声夺人："况指挥长，我知道现在找来推销制氧机的厂家很多，但依我所见，这些制氧在内地都没有问题，但在风火山上，能大容量稳定制氧的寥寥无几。"

"英雄所见略同！"况成明点了点头，前些天一家厂家送了一台上来，机器咔嚓咔嚓地响，制氧量不足 30％，根本无法满足需要，他满目希望凝视着刘教授，"你有解决的良方？"

"当然！我们已经研究了好多年，设计思路和机理独成一家。"刘教授摊开图纸向况成明介绍。

"有样机吗？"况成明抬起头来问道。

"只有小型的，大型高原制氧机投入太大。许多单位望而却步！"刘应书实话实说，"所以我想与中铁二十局指挥部联合开发，成果共享。"

"先期投入要多少钱？"

"至少 70 万！"

"没问题，我马上签协议！"况成明爽快地答应了。

这反倒让刘应书愣怔了，心头轰然一热，感动地问道："况指挥长，你为什么对我们这样有信心？"

况成明仰天大笑，然后指着合同书说："说白一点吧，我对北京科技大学这块牌子有信心，对你们校长当合同书的第一法人有信心，你们过去就搞制氧的，如果中国大学解决不了这个高原制氧难题，舍此还有谁？"

"谢谢，况指挥，士为知己者死。"刘应书感动地说，"如此厚爱，我们决不会让你失望！"

"什么时间给把机器运上山来？"

"3 个月！"

"3 个月，太久了，黄花菜都凉了。那时我的人该下山了。30 天如何？"

"好！我竭力去做！"

送走了刘应书，况成明问医院院长丁守全："守全，我们订的那些医疗设施什么时候到货？"

丁守全说大队伍上来时全部到齐。

"要快！"况成明摇头道，"没有完善的医疗设备，我们在风火山就会稳不住阵脚，会不战自败！"

"我明白！"丁守全点了点头，作为青藏铁路为数不多的几位卫生保障专家，他曾参加过全国职业病标准的审定和铁道部的卫生保障条例的起草和修改，深知铁道部党组和青藏铁道公司的意图，那就是要将执政为民的理念，融入对筑路职工的人文关怀里去，在卫生保障上要不惜血令，傅志寰部长、孙永福副部长不止一次地强调，青藏铁路沿线施工队伍，不能因高原病而死一个人，大队伍未上山之前，年轻的工程师魏军昌之死，就是前车之鉴。他用青春之殇，树起了一面生命的灵旗，引起了上上下下对高原病的重视，傅志寰部长和孙永福部长下了最后通牒，青藏铁路不能因高原病死一个人。铁道部卫生司专门行文，要求每个指挥部购置了高压氧仓、高级彩超、X光机、手术室全套抢救设备等一千多万的医疗设备。

况成明起初对这些卫生举措有点愕然，以前在内地施工，卫生保障皆是由沿线的地方政府承担，有了病号和伤员往沿途的地、县甚至乡镇医院一送，便万事大吉。而这一回连医生护士都得自己带上山来，还有购1000多万的医疗器械，毫无疑问会增加整个风火山工程的投入，但是出师不利，无论鸣放再多的鞭炮也驱逐不了风火山上潜伏的生命之魔，他不得不退而求助于最有效医疗卫生保障系统。

时隔不久，刘应书教授研制的第一台高原制氧站运到了风火山上，第一次试车便大获成功，制氧率达到了80%。况成明让丁守全一下子购买数百个大氧气罐，每间宿舍和帐篷里都配齐，职工们下班回来，随时都可以吸氧，恢复体力。青藏铁路上第一台高原制氧机在风火山上兀然崛起了。

凝望着队伍可以在风火山待下来了。北麓河的实验段也陆续开工，但风火山的图纸到了秋凉时分才送达，况成明有一天突然对丁守全说："守全啊，风火山是世界第一高隧，如今职工回到帐舍可以吸着氧睡觉了，我们度过了能在风火山上待下来的第一道难关。今年的隧道工程不会停工，洞里空气含氧量不到40%，别说干活了，就是躺在那里也受不了啊！"

"我和刘教授商讨过了，可以在风火山进口和出口各设一台高原医用制氧站，将输氧管接往洞中，在隧道里建一氧吧车，或者在掌子面上弥散式供氧！"丁守全答道。

"能成？"况成明反诘道。

"理论上和操作上都不成其为问题。"

"这是一个好主意！"况成明喟然叹道，"风火山开通之日，你们可是大功臣啊！"

"应该说青藏铁路独此一家！"丁守全不无骄傲地答道，"我们与北京科技大学商谈好了，作为一个重要科研成果立项，风火山隧道建成之日，作为一个重要的课题和科研成果上报。"

"好！世界一流的铁路，须有一流的科研。"

2001 年的冬季，中铁二十局风火山隧道掘进是整个青藏铁路工程唯一不停工的一家，在滴水成冰的 12 月底，两个进出口子掘进了 100 多米后，一个特殊的供氧氧吧车，推进了坑道里，掘进的工人觉得累了，便可以停下来，到氧吧车里吸上了一阵，头脑清醒了，体力恢复过来了，再接着干。从外边出口的医用制氧站的管道输入了大量的氧气，直接弥漫在工作面上，在世界第一个高隧中形成了一个氧气浓烈的地带。

一座高原医用制氧站兀立在世界屋脊上，天下无双。

在高原，夜间撒尿也非小事

余绍水兀立在昆仑山垭口，眺望空阔无边的可可西里，旷野苍茫，一簇簇云团低垂在地平线上，千古如斯守望着楚玛荒野，心中奔突着一种莫名的得意。

中铁十二局确实太幸运了。2001 年 6 月初北京青藏铁路这场招标，竞标清水河一期工程的有十二局、十七局、铁三局和大桥局等四家单位，而最强劲的竞争对手是同为铁兵出身，同住在太原城里的十七局，无论是西格段一期进藏的历史渊源，还是天时地利和早期上山准备，不冻泉和楚玛尔河南边六标段，非十七局莫属，而且在标书的另外几个项目中也是人家遥遥领先，可是在最后决定性的报价中，十七局却以多出自己 100 万的报价而落败，痛失了第一期的竞标工程。

十二局的职工笑了，十七局的职工却哭了！太原城里的天空一半晴着，一半阴着。

而在随后的第二期竞标中，十二局幸运地拿下了可可西里楚玛尔河至五道梁之间的第 11 标段，这样北起昆仑山口以南的不冻泉，南至五道梁，全长 74 公里的地段，全部纳入十二局的囊中，两个标段之间相距不远。指挥部设在清水河，可两头兼顾，这样建设帐舍钱便节省了一大笔，余绍水岂能不笑。

在可可西里的标段来回走了不知有多少趟了，余绍水一眼就看中离楚玛尔河不远的这个地方，十二局指挥部设在这里位置居中，紧倚青藏公路，居中而栖，东瞰不冻泉的第六标段，西止五道梁前的第11标段，离格尔木市也只有两百多公里，隔着一座莽昆仑，上山下山极为方便。

春风暖暖的，瀚漠开始返青了。个子高巍壮实的余绍水站在清水河一片荒原上，测定了一个中心点，望着亘古的寂寞，前方几只黄羊在悠然漫步，他用脚在地下划了一个圆圈，说："十二局指挥部的中心桩就订在这里，我们要建青藏铁路上一流的施工宿舍，将各种人文关怀的因素都考虑进去，在这上边多花点钱，不会有错！"

"余指挥，小心将银子白花花地扔到清水河里去！"一位工程师不无忧虑地说。

"何出此言？"神色严峻的余绍水扭头问道。

那个工程师凝视着脚下的荒原说："这里的海拔将近4600米，是一片多年冻土地带，夏天热融，冬天冻胀，地质极不稳定。在这上边建房要充分考虑地质因素，小心房子盖好了，地基下沉了，或者被冰锥拱翻了。"

"哈哈！谢谢提醒。"余绍水翻开了建房的图纸，指着画在房屋地下一排排通风管道，说，"这个问题，早考虑到了，这也是预防冻土的良方之一。"

此前，余绍水早已沿着昆仑山以南的地区，一路考察过去，过清水河，越五道梁，翻越风火山，在已有40多年历史的风火山观察站，房基地下的一排排通风管道引起了他的强烈兴趣，他询问观测站站长，"这房子脚下的一排空心管道另有何用场，不仅仅是一种装饰吧？"

"余指挥有一双慧眼。"观测站长笑着说，"一下子便能洞穿！"

"哈哈，过奖，我是搞铁道线下工程，总有相通之处。"余绍水眼睛里充满了强烈的兴趣，"不过，究竟有何用处，但请说来无妨！"

"一句话，给冻土降温！"观测站站长介绍说，"这也是我们中铁西北研究院搞的一个科研项目，只要冻土温度始终保持不变，就不会热融和冻胀，将来穿越冻土的路基也采取这个技术。"

"效果如何？"余绍水指着房子问道。

"这还是70年代铁道兵十师上来盖的，已经快30年了。还经历过青藏高原上几次大地震，没有出现大的裂纹。过去青藏公路道班上的房子，也都是建在冻土上的，刚盖起来不到三年五载，不是下沉，就是裂罅倒塌，后来采用我们通风管的技术后，一劳永逸地解决了这个问题。"风火山观测站站长不无骄傲地说。

"哦！"余绍水有几分惊讶，也就那一刻，他决定，十二局在清水河指挥部的帐舍采用通风管道技术。

太阳渐渐西沉，朝着与远处雪山接壤处坠落。刚才还寂静的楚玛尔平原蓦地狂风四起，掠过刚刚泛绿的荒野，卷起万顷青波。风中似乎万千兵马的军阵从远方奔腾而来，蹄声如雨，长啸如雷，那慑人的气势惊天动地。余绍水的目光从远处聚焦而回，感慨地叹道，楚玛尔平原的天气诡谲多变，我们必须建设一个安全保暖的居住环境。既要保暖安全，还要预防荒原野狼的贸然入侵。于是，在指挥部营盘的构造上，前后几排房子地基采用风火山的通风管道，并有封闭式长廊纵横相接，加筑高墙，自成一方格局和天地。

数日之后，一幢幢整洁、坚固、美观的职工宿舍在可可西里拔地而起，地基由一排排通风管道支撑着，红瓦砖墙，纵横交错的内走廊镶着玻璃窗，将前后三排房子连成了一体，集体供热的暖气管道，伸入每个房间，有效地防止因屋内生炉子而引起的缺氧和煤气中毒。每个房间，都摆着从格尔木运来的大氧气瓶，下班回来随时可以吸氧。食堂吃的东西，都是从格尔木市指挥部的加工基地运来煮好的馒头、包子、花卷等半成品和拣好的净洁蔬菜，减少了运载途中的浪费和耗损。

余绍水一炮打响。在青藏铁路的施工帐舍建设上舍得投入，仅后勤保障就先期投入了700万，一流的样板房蔚成风景，给铁道部和青藏指挥部领导留下了深刻的印象。

时光之轮旋转到了青藏铁路的第一个夏天，队伍陆续上来了。晚上的可可西里气温骤降至零下10度，每天晚上，余绍水都要带着医生到指挥部帐舍巡睃，看看有没有身体不舒服的人，他要带着大夫形成一种巡夜的制度，把高原病死亡永远凝固在零的刻度。

到了工地医院和项目部的卫生所，有十几个人在躺着打点滴。余绍水俯首询问，清一色的感冒，是高原上最忌讳的病症，极容易引起肺水肿而至死亡。

余绍水的脸色陡然一变，前些天在西宁拜访高原病院士吴天一时，吴教授曾经告诫过他，青藏高原上最忌讳的是感冒，一点小小的感冒会丢掉一条命，千万不可漠视。

"这是什么原因？"余绍水有些惊愕，转身询问随他一起巡诊的指挥部医院院长刘京亮，"固定宿舍是集中供暖，民工的帐篷，每四个就有一台七万多元高原暖风机，室内的温度不低啊，为何病号频出？"

刘京亮院长也有点茫然。

"马上查清患病的诱因！"余绍水的胳臂从空中划了下来，凝固成一个坚定的感叹号，"把医生都集中起来，我带着你们，沿着不冻泉到五道渠十二局所有项目部，每个宿舍和帐篷都必须走到，给我查个水落石出。"

夜已经很深了，夏夜的可可西里繁星点点，坠落在草丛之中，傍晚肆虐的阴风停歇了，大荒原上死一般的寂静。余绍水率领 22 名医生分头驶回十二局六标段所有项目部，一个帐篷一个帐篷地询问，一个宿舍一个宿舍地查找，感冒的原因很快归结出来了，就四个字：夜间撒尿！

"呵呵，真他妈的没有想到！"余绍水手掌在桌子上拍了又拍，感叹地说，"晚上起来撒泡尿，也会患感冒，到底是青藏高原啊，夜间小解也非小事一桩。"

坐在一旁的院长刘京亮解释道："余指挥，这个问题该打我们的板子，是我们考虑不周，职工们晚上睡得热烘烘的，夜里惊醒起床撒尿，户外零下二三十度，冷风一吹，不感冒才怪呢。"

"该抢板子的是我这个指挥长。"余绍水自责地说。

"万幸没有出现肺水肿！"刘院长宽慰地说。

余绍水摇了摇头说："不能有侥幸心理，躲得过一时，躲不过三年五载，这个问题得马上解决！"

把撒尿感冒的小事弄清之后，东方地平线上裂镶出一道灰白晓色，在可可西里常常失眠的余绍水就这样度过了高原上的一个夜晚。

时隔几天，余绍水从格尔木飞往北京开会，萦绕在脑子的仍然是高原上职工撒尿的小事，他担心感冒的病号统计数值是不是又飙升了。

倚着舷窗冥想着高原，机翼下的京城黑点渐次放大，泱泱成一片。飞机近地，伸展巨大的羽翼，往着宽敞的跑道俯冲而下。这时一辆摆渡的移动舷梯缓缓驶过来了，余绍水恍然一怔，拍了一下航空软椅子的扶手，说，有了！

同行的人问，余指挥长你有了什么呢？

"移动厕所！"余绍水似乎还沉浸在高原病的病患之中。"什么啊余指挥长？"同行一头雾水。

"呵呵！"余绍水歉意地说，"不枉北京之行，我终于找到解决职工感冒的良策了。"

下了飞机，余绍水没有赶往下榻的宾馆，而是去一家研究所，提出了研制移动性保暖厕所的方案，晚上可直对着宿舍门口，白天拉到指定地点冲洗，一个奇妙的构想。

数日之后，一个个移动式的厕所运载到了可可西里的十二局驻地，夜间使用后，感冒概率骤降了 60%。筑起了一道预防高原病的安全屏障。

高原上晚上起夜也非小事。吴天一教授听说了移动厕所的事情，大为称赞，说这是一个了不起的发明。

铁道部副部长孙永福来可可西里检查工作，看过了十二局的移动厕所后，大加称赞，欣慰地说，厕所的革命里有人文关怀的因素，从这点小事情上，就可以看出青藏铁路对高原病防治和人的生命的重视，我在北京可以睡着觉了。

中铁十二局指挥部的房子也成了可可西里的一道风景。

4 个月过后。这道极地风景经历了一场天惊地裂的七级地震袭击，却我自岿然不动。

那是 2001 年 11 月，在离可可西里不远的昆仑山腹地，一道蓝光划过荒原，莽昆仑颤然抖动，奔突的烈焰在万山之祖的躯壳里如脱缰野马，横冲直闯，纵横捭阖，从昆仑山南口裂开一条宽一米深不可测的沟壑，瞬息之间，青海省在昆仑山口塑的一块巨大昆仑石碑拦腰折断，化作残碑断碣，倒在了两只雪山雄狮跟前，相距只有一百多米的索南达杰墓也未能幸免，那道蓝光一直朝着可可西里划过，抖动的颤变也波及了清水河不冻泉一带，地声尖啸，震得在那里施工的十二局和铁五局的职工天旋地转，无法站立，一个个趴在地下任由青藏之神施展淫威，劫尽余波，道班的房子大都裂了，坍塌了，化作一片残垣断壁，唯有十二局盖在通风管道上的指挥部的房子却安然无恙，一点裂缝也没有，通风管道再一次显示出了一种非凡的神力。

余绍水为自己的杰作高兴，更扼腕长叹四十载冻土实验的硕果。

卢春房报告北京，施工队伍站住了

卢春房的心一直悬在天路之上。

2001年6月29日，朱镕基总理和吴邦国副总理同时站在高原太阳下，在格尔木和拉萨手执剪刀，剪下了青藏铁路开工的红绸后，数万名筑路大军西去荒原，踏上昆仑山、风火山，过沱沱河，在唐古拉山以北摆开了战场。

送走了邦国副总理和孙永福副部长后，卢春房于7月3日从拉萨飞回西宁城，在铁道宾馆开始了他作为青藏铁路有限责任公司负责人的重要角色。此时，距青藏铁路有限公司的正式挂牌还有待时日，以西宁铁路分局为主体的筹备人员已陆续到齐，他身兼组长，西宁分局副局长张克敬等二个副组长已经就位。

卢春房环顾左右，青藏公司蛰伏在铁道宾馆狭小房间里，办公环境简陋，多少有点人单力薄，可是他深知这个公司的重要，堪称中国铁路建筑史上第一次大胆尝试，集建设经营为一体，不仅管现在的建设，还要管将来运营，巧妙地将工程组织、监督、检查和资金控制很好地融在一起了，颇有点现代公司的意味。

伏案起草好公司成立章程和管理条文，卢春房的睿眸早已投向了莽昆仑。7月20日下班前，他对青藏公司筹备组副组长张克敬说："克敬，我们晚上乘车上格尔木，然后上昆仑山去看看！"

张克敬有些不解，说："卢司长，我们青藏公司就管投资控制和运营，建设方面的事情，也可以过问？"

"当然！"卢春房的回答干脆而又坚定，"部党组确定设立青藏公司，就是要在建设的初期就全方位地介入，全程掌控，不但要控制投资，监督质量，还要将今后的运营一管到底。"

"我明白了！"学运营出身的张克敬连连点头。

当天晚上，夜行的列车往昆仑山方向驶去。

车轮滚滚，与铁轨坚硬地摩擦着，铿锵的旋律响了起来。驶向天路的卢春房难以入眠，这是他第一次从陆路踏入青藏高原，夜色如水，一路苍茫，冥冥之中，他仿佛看到了坚守在铁路两旁的铁兵英魂在审视着自己。

那久别的军号仿佛又在山野里响彻起来。

　　1974 年底，燕赵大地上下了一场罕有大雪，卢春房穿上一身国防绿，从故乡保定蠡县出发，踏上了南下的军列，迈出了改变人生命运的一步，成为朝鲜战场上炸不断、打不烂的钢铁洪流铁道兵一师的一员。

　　虽然离开军营很多年了，可卢春房的血脉中仍然沉积着浓郁的军人情结。他感谢命运之手轻轻拨动了转门，赐给他一片任意翱翔的地平线。阔步迈进吕正操政委麾下的铁道兵方阵，他来到了当时湘渝线上的湖北丹江口，成了铁一师机械营三连的一名士兵，先当上士，管连队的给养，随后学推土机、铲运机、柴油机的修理，很快成了连队的技术骨干，在一群河北籍新兵中脱颖而出。

　　1977 年石家庄铁道兵工程学院恢复招生，实行推荐与考试相结合。铁一师选了 32 人赴考，集中复习了 5 天，卢春房考了满分，高居榜首。领导觉得让他去读铁道兵工程学院实在有点屈才，欲让他读更好的大学。遂留他参加刚恢复的全国高考，作为领队，带着 20 名士兵到丹江口一所中学参加复习，听地方老师辅导，那年 12 月初，湖北省组织了"文革"十年后首次高考，阔别学校多年的卢春房踏进考场，犹如十年一觉书生梦，梦醒了，一连考了四场，中国恢复高考 20 年纪念时，他曾赋诗一首，"一朝录取信轮回"，但是走出考场的卢春房并没有十分把握，觉得自己考砸了。师首长马上找到机械营营长，让他们报材料，将卢春房由士兵破格提干，说这样好的人才部队岂能不留。

　　可是高考揭榜了，卢春房的分数足够上重点线，西南交大录取通知书寄到了，全师 20 名参加高考的，被大学录取了四个，他是其中的佼佼者。

　　漫卷诗书喜若狂地到了峨眉山下，蛰伏了整整四年，卢春房要把一个知识残缺年代荒废的青春重新寻找回来。四载寒窗，学的是铁道工程专业，以笃学不倦的苦读和成绩，获得了老师们青睐。毕业之时，校方三番五次找他谈话，欲将他留校任教。

　　"我是拿着部队津贴费出来读大学的。"卢春房摇了摇头，说，"铁一师有恩于我，我得回报于部队。"

　　卢春房义无反顾地回到了铁一师。

　　"春房好样的。"铁一师师长罗有志看着"文革"后的第一代大学生学成归来，专门给他们接风洗尘，"铁道兵要大发展，就得要你们这些文化人，你们是铁一师的未来和脊梁。"

　　在师领导的安排下，卢春房被分到二团十五连木工班当兵锻炼，从拉锯和钉钉子干起，学的是木工的活儿，样样都干得很在行，虽为实习学员，却当了代理排长，半年后，师里一纸命令，调卢春房到师作训科施工组报到。

卢春房还不太习惯属于自己军旅岁月的第一个工作平台。刚刚坐下，桌子的电话骤然响起，都是一线施工连队打来的，请示的技术问题五花八门，涉及的工种和学科样样皆有。对于一个刚出校门、毫无实践经验的学子来说，确实勉为其难了。

有一段时间，听到桌子上的电话响，他有点心悸。只要老工程师在的时候，就不接，后来发展到老工程师不在的时候，他也不接！

"师长，放我到一线连队吧！"卢春房跑到师长罗有志办公室，恳切地要求到部队锻炼。

"为啥？"

卢春房坦诚地说："我不适合在这里工作，挂在这里是活受罪！"

"哈哈！"罗师长豪爽一笑，"春房啊，你可是铁一师的宝贝疙瘩，放眼全师，你看看有几个正儿八经的科班出身。"

"让我从基层一步一步干起吧，许多技术问题都不懂。"卢春房说得非常诚恳。

"不行！机关需要文化人。"罗师长说得斩钉截铁。

事情暂时搁下来了。但是执着的卢春房见到师长仍然不断磨蹭，历数自己到基层的好处。终于有一天，罗师长被卢春房的坚韧打动了，喟然感叹道："春房啊春房，别人是打破头往机关钻，而你却一根筋往连队走。叫我怎么说你……"

"师长，我只想补上这一课。好让自己的人生不再缺腿，再说，我这人适合在基层干。"卢春房说得也很诚恳。

"好！我成全你。"罗有志只好忍痛割爱了，"不过，你的编制还算师里的，人嘛就到三团去驻勤，锻炼，锻炼，什么时候想回来，吭个气！"

"谢谢师长！"卢春房啪地立正向师长行军礼。

如愿以偿地到了铁一师三团工作，卢春房从铺轨架梁最基础的活儿干起，画图、组装，如鱼得水，新一代大学生的知识之翼有了一片空阔无边的天空，年底荣立了三等功。在兖州到日照的铁路线上，有一年多时间他就住在卧铺车，搞了一段站后工程，对给排水的施工又进一步熟悉了。1982年，中国军队第一次为机关干部明确职务，他破格被提为副营职，并担任三团作训股副股长，而这时的机关营职干部，大多是 1965、1969 年入伍的老兵，年仅 27 岁的卢春房够抢眼了。

但是在 80 年代初的一次军委扩大会议上，邓公举重若轻地向世界伸出了一个指头，中国军队裁军 100 万。在大江南北驰骋了 30 多载的铁道兵含泪脱下军装，兵改工。那段时间，对穿了近十年戎装仍眷恋不已的卢春房，一度陷入彷徨，他给母校的教师写信，诉说了自己的苦闷。

老师的回信依然初衷不改，学校随时欢迎你回来。

可是，卢春房却走不了。

1984 年元旦的钟声敲响之时，铁一师的全体官兵沐浴在冉冉升起的朝阳里，向硝烟碧血染红的军旗行最后一个军礼。不久，只有助理工程师头衔的卢春房被任命为处副总工程师，这在铁一师的历史上从未有过……

……

青藏高原的夏夜越来越冷了，软卧车厢放起了暖气。西去格尔木的列车犁开夜幕，驶入关角隧道。撩起窗帘，一轮青藏冷月悬在天幕上，铁路沿线隆起的土丘荒冢似成百上千的雄魂，睥睨着列车驶过，卢春房心中泛起一种莫名的酸楚，那是原来铁道兵第 10 师和 7 师修青藏铁路一期遗落下来的英烈吧，在杏黄色的圆月下踽踽独行，远眺着江南的三月桃花雪，北国的人间四月天。

上青藏路之前，卢春房专门在自己住的当年铁道兵大院，拜访了铁兵七师和十师的老人，了解修建青藏铁路一期时高原病对年轻士兵身体的戕害。身为青藏公司的主要负责人，他深知青藏铁路一役如同部队的大决战，成败就在于卫生保障能否到位，沿线职工在山上能否待得住。

到了昆仑山下的南山口，第一站便是铺架基地的中铁一局，给卢春房留下了深刻的印象，原来 28 节的普通车厢被装成了豪华宾馆，为了保暖，车壳加厚了，所有的椅子拆除了，每节车厢隔成了 10 个房间，每个房间住 2~3 人，不仅设了指挥间、会议室、餐厅、娱乐室，就连医院也跟着上来了，装配了高压氧仓、最现代的测量血压和血红素的仪器。

卢春房开怀笑了，环顾周遭，有雪山野狼出没，再给每个房间配一个电棍，万一遇狼可以捅它一下，以保全自己。

随后，卢春房朝着昆仑山北坡一路走来，过纳赤台、三叉河、西大滩、玉

155

珠峰，铁一局、中铁十四局、铁五局的卫生保障各有千秋，越过昆仑山口后，卫生保障印象最好最深要数余绍水领导下的中铁十二局以及风火山的铁二十局和沱沱河的铁三局。铁二十局投资800万，与北京科技大学一起研制了世界上独一无二的大型高原医用制氧站，每小时可以制氧气42立方米。不仅氧气管道可以直接接到职工的帐篷宿舍，下班回到室内可以随时吸氧，就连风火山的进出口也各设了一个大型制氧站，24小时不间断地向世界第一高隧里供氧，弥漫到了掌子面和氧吧车里。

"好，有气魄！"卢春房对铁二十局的卫生保障大加称赞。

走下风火山，虽然他的嘴唇发紫，气喘吁吁，但是仍然驱车前往沱沱河。由刘登科领军的铁三局丝毫也不逊色中铁十二局和铁二十局，他们投资了数百万巨款，率先在青藏铁路沿线第一家上了高压氧仓，一次可进去四个高原病人，还购置了彩超、心电监护仪器。其硬件水准已经达到了二级医疗保障水平，加上院长段晋庆又是高原病的防治专家，可作为青藏铁路一个重要的医疗站点了。

卢春房高悬在天路上的心渐渐落下来了。但心中仍掠过一丝忧虑，沿线的职工卫生保障自然没问题了，那么跟随上山的民工吃药和医疗又会如何？卢春房在天路上打下一个问号。

也许出身农家之故，除了自己和一个哥哥出来工作，其他的兄弟姐妹都在乡下过着清贫的日子，所以卢春房对民工这些弱势群族有一种与生俱来的感情。拖着疲惫之躯，他一定要看看民工的卫生保障情况。

辗转每个帐篷，吃住都无可挑剔。青藏公司每天给民工补助生活费，医疗和吃药都予以免费，但是每个民工是否按时吃了保健药，卢春房要亲自摸一摸。

在唐古拉山越岭地段，海拔已经到了5000多米，在二处的最高点上吃过饭后，卢春房已经太累了，每走几步都气喘吁吁，但是他还是查查民工住宿和卫生保障情况。步履艰难地走进一个甘肃民工的棉帐篷，室内收拾得很整洁，被子都是项目部统一买的，叠得整整齐齐，床头边放着氧气，可以随时吸氧。

民工看到卢春房来了，纷纷站了起来。

卢春房摸了摸被褥，挺厚的，御寒没有问题，坐在床铺上拿起一瓶抗缺氧的药物瓶子，关切地问："每个月都按时发吗？"

民工们羞赧一笑，说非常按时，每个人都有一份。

卢春房欣然地点了点头，一一地追加问道："你们都坚持服吗？"

站在帐篷里的民工几乎异口同声，大家都服用了。其中一个民工的脸色微微一红。

卢春房从那民工稍纵即逝的愧疚和尴尬中察觉到了军情，走了过去，拍了拍他的肩膀，问道："兄弟，你吃药了吗？"

"卢总，我……我……吃了！"

"真的？"卢春房有点不相信，见他叠的被子有点鼓鼓囊囊的，顺着一摸，在被罩和棉絮之间有好几个瓶子。他又和颜悦色地说："将被子藏的东西抖出来我看看。"

那个民工脸唰地红了，拉开被罩的拉链，一下子抖落出了好几瓶"三七"药瓶，包装盒还没启封。

"兄弟，你为何不吃？"卢春房有些不解，"唐古拉山越岭地段太高了，人躺在这里都受不了，何况你们还要干活，同志，身体最紧要的，有了身体才有一切。"

"卢总，对不起！"那民工眼眶红了，"我老母亲在家得了贫血病，听说'三七'能养血，我就悄悄留下了，想带回去给老母亲吃。"

多好的民工兄弟！卢春房听了后心里一阵酸楚，沉默了片刻，喃喃说道："这个药，我们能保证，一定要吃，身体要紧啊！"

那个民工点了点头。

卢春房交代随行的医生说，你们要督促检查，看着他们服下去。

离开唐古拉山的时候，卢春房觉得越岭地带的医药费显然不够用，立即决定给十七局和十八局每年补 20 万，并再拨发一些医药器械。

回到西宁，卢春房给北京的铁道部领导报告，青藏铁路沿线的卫生保障十分到位，施工队伍站住了，这一仗，我们赢定了。

傅志寰部长和孙永福副部长听了后会意地笑了。铁一院上山早期，一位年轻的工程师之死，引来了青藏铁路一场卫生保障的革命，这笔学费交得值。

第 3 道岔　唐蕃古道

> 故乡远在他方，
> 双亲不在眼前。
> 那也不用悲伤，
> 情人胜过亲娘。
> 胜过亲娘的情人啊，
> 翻山越岭来到身旁。
>
> ——六世达赖喇嘛仓央嘉措情歌

小昭寺前仰天长叹

我伫立在小昭寺的门槛前。

那年是公元 1998 年 8 月 1 日，一个属于军人的节日，也是我刚跨过不惑之年的转门，第二次随阴法唐中将入藏。头一次是我刚过而立之年，随他从另一条蒙古人的入藏大道，西出阳关，而后敦煌，而后柳园，而后当金山，而后大柴旦，而后盐湖，而后慕生忠将军开拓的第一座莽昆仑之下的城市格尔木，上昆仑，越唐古拉，便是万里羌塘，最后直抵拉萨，这条路自然是时隔 11 年之后的青藏铁路的走向。

可是这次，我却随他乘着迷迷茫茫的风，借着神鹰的翅膀，从天穹之上空降拉萨，因为没了入藏之前先西宁后格尔木，再唐古拉的台阶式的"习服"，而是从天而落在了贡嘎机场，沿雅鲁藏布江而上，跑了近100公里，下榻于红宫前面的西藏自治区的迎宾馆里，陡然升起的海拔，让我无法一下子适从，阴夫人李国柱，看我嘴唇发紫，面色苍白，强行命令我当天乃至第二天都静卧床上休息。恭敬不如从命，静卧在床上，躺到第二天下午三时许，我能下床活动了，便朝着小昭寺蹒跚独行。我要去拜会一个孤独的灵魂，在岁月的凄风冷雪中伫立了千年的文成公主塑像，深深一拜。

遥想当年，少年不知愁滋味，听冷雨在彩云之南的老屋里，倚在西厢房的窗前，看一只雨色般冰冷的酥手，纤手抚过黑色的汉瓦键盘，弹奏一曲汉风唐韵，远处的天空，半边日出，半边彩雨，如梦如幻，然后俯案读《文成公主》，读得回肠荡气，大唐王朝真的是泱泱帝国，巍峨之邦，居然通过一位皇族的宗室之女，将中华文明的薪火播撒在世界屋脊之上。且给炎黄子孙留下永远睥睨边域煌煌庙宇大昭寺和甥舅纪念碑，还有一株老唐柳。

第一次进藏，兀立大昭寺的门前，俯瞰众生，唐柳之下从天路而来的朝圣香客，五体投地地朝着大昭寺屋顶上奔跑的金羊十万次地磕长头，我心中一片壮怀激昂，喟然长叹，文成公主在天之灵可以笑了，她无愧于西藏吐蕃帝国的王后。时间已越千年，还有如此众多的善男信女向她顶礼膜拜，虽然香魂飘逝在逻些（拉萨）的城郭里，但崛起成万世景仰的一尊菩萨。

从西藏返回京城时，我带回两套书，一套是西藏文史资料的三十集读本，一套则是将麦克马线以南的九万平方公里土地悄悄出卖给大英帝国的西藏噶伦池门的侄子夏格巴写的《西藏政治史》，孤灯夜读，细细品味，我却发现一个惊天大秘密，原来我们的大唐公主竟然是松赞干布的最末一个王妃，而在她之上的则是尼泊尔的尺尊公主，前边的还有象雄国莎理提门公主、藏后蒙莎等四位王妃。那一刻，我心底蓦地涌起一阵透彻肺腑的寒凉。

时隔8年之后，我特意从内地带来母亲赠我的三炷梵香，在小昭寺前的文成公主偶像前点燃，香烟袅袅，我的泪水潸然而下，心中突兀地萌动一个念头，公主，一定要为你褪尽辉煌，还一个真实的你，你确实将中华的汉文明远播芫野之远，功不可没，可是谁又了解一个远嫁雪域的汉族女人心中之苦，赞王只陪了你9年便撒手人寰，留下寂寞孤独的你，泪眼迷离，西望长安，却不知魂归何处。

以后，我又先后4次进藏，每回都忘不了来到山南泽当的昌珠寺，在文成公主为松赞干布烧饭的灶台前静默片刻。藏族翻译不无骄傲地说，这是当年文成王妃做饭的灶台，是历史的原件，并非复制品。我伫立不动，屋子阴冷，光线昏暝，一位帝国公主沦落到烧饭的地步，不知是女人本性的皈依，还是爱情甜蜜的写照，抑或贬为婢女的佐证。

岁月佐证。历史考证的结果是，返京后，我写了一篇大散文《布达拉宫的暮鼓》，告诉世人一个真相。唯有心祭公主。

长明灯前，母亲赐我的梵香冉冉。一缕青烟，浮在云上，宛如一个时光的隧道，引领着我的灵魂扶摇而上，越过千年，我的神思仿佛回到了大唐帝国长安城的殿堂之上。

檀香的烟霭弥漫在长安早朝大殿上，唐太宗李世民肥胖的身躯倚在龙榻之上，眼睛半睁半闭。昨晚与年轻贵妃缱绻了半夜，骨架都快散了，多想偎香倚红睡个懒觉，还是被那娘娘腔的太监唤醒了，做皇帝也有人管，真不自由。他狠狠地踢了太监一脚，从贵妃那白如凝脂的怀中跃然而起，坐上大轿，颤颤颠颠地进了金銮殿，仍春梦未醒。

真烦，早朝官员唠唠叨叨说些什么？唐太宗睁开龙瞳，睿眸俯视群臣，玄武门兵变褫夺大位十四载了，贞观之治初见成效，帝国的强势憬然成局，只是边域还动荡不安。一直称臣纳贡的高句丽王居然鲸吞邻邦，妄想坐大，称雄远东，不想再做中央王朝的边域之王。堂堂英主岂能坐视不管，从惊风血雨里走出的唐皇跃然跨上昭陵七骏，亲自率兵东征，平藩定乱，仗打得很艰难。班师之际，回望身后的兵阵，从长安而来御林军都死伤过半，唐皇忽然有一种胜者的落寞，战争并非是最好的政治。

于是，当他重坐在九五之尊的龙椅之上时，忽闻午门晨钟响起，执掌宫廷礼仪官员拖着长长的声音禀报："吐谷浑使者到！"

唐皇悚然一惊，问群臣，并不是朝觐的时候，吐谷浑使者来朝做什么，会不会边域陡变？

庭上的右相长孙无忌说，陛下多虑了，想必高丽大捷，吐谷浑国王派使者来贺。

左相房玄龄一阵冷笑，说，贺捷此其一，有事相求，才是吐谷浑遣使长安的最终目的。

"哦！"唐皇捋了一把颔下美须，说，"众卿家，你们说会有何事？"

长孙无忌思忖太宗心思，想着如何回答是好。

"还会有什么事！"房玄龄接过话题，"与吐谷浑边界相邻的吐蕃自赞普松赞干布继位后，从贞观八年开始，岁岁遣史访唐，习我天朝的府兵制和大相设置，羽毛渐次丰满，国力殷实，兼并了邻近诸部落，完成了一统吐蕃的大业，其疆域北至吐谷浑，南至泥婆罗（尼泊尔）、天竺（印度），东与我天朝接壤。"

"房卿所云，朕皆明白，这又与吐谷浑何干？"唐太宗问道。

"赞普觊觎青海湖，吐谷浑国王岂不如坐针毡。"房玄龄说。

唐皇突然从倚着的龙椅上一跃而起，炯炯之眸直逼左相，"这么说，吐谷浑是来央求出兵了？"

刚征过高丽，又要出兵吐谷浑，长孙无忌等也不寒而栗。

房玄龄摇了摇头："吐蕃势力虽强，然还没到与大唐的属国兵戎相见的时候。不过，吐谷浑国王反倒觉得剑悬头上，岌岌可危，欲借天朝之威震慑一下吐蕃。"

听了房玄龄之语，唐太宗在龙椅上颓然坐下，挥了挥手，宣吐谷浑使者。

吐谷浑原本是辽东半岛上鲜卑族慕容氏的一支，公元４世纪迁移到甘肃南部和青海东南部地区，逐水草而居，建立了吐谷浑，都城设在今青海湖西南１５公里的石乃亥构筑了国都伏俟城，后经历南北朝、隋、唐几代的励精图治，崛起为西陲大国，其疆域扩至日月山以西，祁连山以南，巴颜喀拉山以北，西达新疆鄯善。虽然此时长安城已是苦夏，但吐谷浑使者仍然穿着厚厚的皮袍，腰间饰着松石玛瑙猫儿眼等珍宝，披泻的长发，古铜色的肌肤，透着青藏高原阳光的色泽，身上仍然挥发着浓烈的羊膻味。

吐谷浑使者朝着唐皇一步一步走来，右脚骤然下跪，向太宗皇帝使朝觐礼，说："欣闻唐皇东征高丽大捷，吐谷浑国王特派本使来天朝恭贺班师。"

"免了，免了！"唐太宗心里掠过一丝的窃喜，这可是第一个贺帝国大捷的使者，挥了挥手说，"唐朝、吐谷浑本是兄弟，就不要那么多繁文缛节了，站着说吧。"

吐谷浑使者朝后使了使眼色，仆从将大量的奇异珍宝抬到了庭上，说，这是吐谷浑王孝敬大唐皇帝的。

唐皇喜形于色，说："好嘛，吐谷浑王真是好兄弟，还记得朕，他最近可好？"

"我们吐谷浑王越来越年轻了，草场射猎纵横马背，身手敏捷，这不，小的来天朝前，他特意修书一封，让我呈给大唐天子，希望赐一个公主为妻，为他生一群王子。"吐谷浑使者恳求道。

"哦！"唐太宗轻拍龙椅的手在空中停住了。

庭下的朝臣一片私语。唯左相房玄龄却心静如止水，似乎一切都预见之中。

"你先到驿馆休息，好好看看长安城。至于吐谷浑国王求婚之事，待我与群臣议了后再作答复。"唐皇终究是见过大世面之人，很快又气沉丹田地来应对时局了。

吐谷浑使者向大唐天子鞠躬行礼，阔步迈出了早朝大殿。

回望吐谷浑使者渐次远去的身影，群臣中一片哗然，说我大唐乃中央帝国，恩泽四海，威震八方，岂可将自己的公主远嫁番邦，有辱汉仪唐风。

唐皇手一扬，朝廷上瞬间鸦雀无声。

"房相，你有何高见！"唐太宗的睿眸直逼多谋善断的房玄龄。

"陛下，依老臣之见，这倒是一桩美事！"房玄龄沉吟道，"尽管大唐立国至今，从未有过远嫁公主和蕃之事，但前有汉朝旧规可循，并不丢人。再说和亲也是拖延战争之术。我们与吐谷浑自然不会有战事，但将公主许给吐谷浑国王，等于昭告世人，唐与吐谷浑结为亲家，对吐蕃王国也是一种最大的震慑。"

"哈哈！"唐皇笑道，"吐谷浑国王走了一步妙棋，可谓一箭双雕，既与大唐攀上了亲，又让窥视已久的吐蕃不至铤而走险。长孙爱卿，你有何高见？"

"陛下，恕我直言，此事，我不敢苟同左相之见。"右相长孙无忌曾经在玄武兵变为唐皇立下大功，也是唐太宗的小舅子，他摇了摇头说，"贞观以来，历经十二载之治，国力鼎盛，我大唐已气吞九荒，威仪四方，将自己公主嫁一小小蕃国，有损天朝声隆。再说吐蕃坐大，与之兵戎相见也是迟早之事。"

房玄龄反唇相讥："汉武帝也是盛世，和蕃之事一直持续到他的盛年。"

"那是因为他没有准备好！"长孙无忌答道，"用女人换和平，还搭上珠宝，一直为汉武大帝的隐痛！"

"大唐现在也没有准备好！不可轻易开战。"房玄龄说。

"两位爱卿各有各的理。"唐皇摆了摆手，说，"不过就准了左相之奏吧，选一个公主给吐谷浑国王送去，高丽之战，我方大捷，然国库已差不多耗尽，黎民百姓需要休养生息。你们都是跟着我马背上得天下的，不可轻易言战。"

数日后，唐皇派御林军，在一个鸡鸣茅店夜，人迹板桥霜的晚上，匆匆从一个遥远的山村，找来一位知书达礼的李氏宗室之女，赐以唐公主封号，嫁到青海湖边。

早朝时辰未到，逻些城郭仍然一片霜天晓角，可年轻赞普松赞干布早躺在虎皮卡座上了，等他的八位朝中大臣。

仰望晓天，窗外曙色未明，松赞干布第一次感到黎明前的长夜这般寒凉。尽管大殿里长明灯亮如炬，煌煌的火苗，如一条长龙般盘曲在他这个吐蕃雪狮周遭。可仍旧掩饰不住心头的失落和孤寂。

唐朝公主远嫁吐谷浑国，如干裂季风一样掠过青藏，吹起一片灰头雁的羽毛，落到了吐蕃国王都逻些（拉萨）年轻的赞普的王座前，松赞干布先是一愣，继而心仪，继而心妒，继而跃跃欲试。吐谷浑国王算什么英雄好汉，居然娶了大唐高贵的公主，环视雪域，唯我松赞干布独尊，才配做大唐的贤婿。

那一夜，年轻赞普失眠了，凝视着躺在身旁新娶一年的泥婆逻王朝的公主，眼前晃动的竟是大唐公主的身影。荷衣袂袖，发髻高挽，如一只藏羚羊一样踏着曙色而来，赞普伸手握住红酥手，跃身跨上藏马，环抱熊腰，飞掣而入格桑花盛开的野草丛中，牵手入藏包，沉落在一代英主的金戈铁马的梦中。

此时松赞干布英姿勃发，虽蛰伏逻些一隅，却雄睨昆仑之小，他的权杖早已指投向与自己相邻的邻邦吐谷浑，欲一统青藏。但是，他的赞普宫殿里已经拥有了四个王妃，第一个是藏妃蒙沙尺姜，生于逻些河谷的堆龙德庆的蒙堆，随后娶了弥药王之女茹雍莎杰莫赞和象雄王国的莎理提门，都是清一色的佛教徒，各自建了自己的宗庙，公元639年，他又向泥婆逻国王俄赛郭洽求婚，迎娶其女尺尊公主。吐谷浑国王迎娶了大唐公主，令松赞干布有几分韵羡，吐谷浑实力无法与吐蕃相比，何况国王已垂垂老矣，可以揽珠圆玉润的大唐公主入怀，年轻赞普能安心吗？！

沉溺太久，终于有几许倦意了。年轻赞普于拂晓中匆匆一梦，那春色尽显江山美人，英雄柔情刻骨。蓦地，朝中八大要臣藏靴惊醒了赞普的春梦。

都几更了，怎么这么晚才来上朝？赞普有点愠怒。

八大重臣面面相觑，早朝晨钟尚未敲响，按吐蕃朝中惯例，都是他们先候赞普，可是今天却朝纲逆转，赞普先等自己了。

赞普从虎皮卡垫上嗖地弹了起来，步入八大朝臣跟前，转了一圈，才威风凛凛地说："众爱卿，本王昨夜无眠，只为一个天朝仙女神魂颠倒，你们猜猜是谁？"

"班丹接姆女神？"

年轻的赞普摇了摇头。

"白渡姆？"八大重臣与赞普猜起了哑谜。

"嗨！本王的心事你们不懂。"松赞干布长叹了一声，"昨晚折磨我一夜的是大唐公主。"

"大唐公主？"八位重臣错愕不已。

松赞干布视而不见，将手中的羊皮书急报丢了过去，说，"边关军报众卿家没看是吧。吐谷浑国王这些天正过着神仙般的日子，乐此不疲，他娶了大唐的公主啊。本王一生只会围着雪山转，前有尺姜王妃、后娶象雄王妃、茹雍王妃，最近准备新娶泥婆逻公主，可是还是不如吐谷浑国王有艳福啊，我们是不是把目光投向长安，娶一个唐朝公主做王妃，如何？"

"好啊，能与大唐攀亲，乃吐蕃之幸。"一位重臣击节而叹。

"好是好，万里风尘，山高水远，大唐未必肯下嫁公主到吐蕃啊。"另一位大臣喟然叹道。

"别说丧气话。"年轻赞普对违忤自己之意颇为不满，对八大重臣说，"前汉有多少个公主嫁到漠北，长路漫漫，也不比吐蕃近多少啊！和蕃是天朝的既定国策，以安抚边域诸王，少给华夏找麻烦，再说能成为我松赞干布的王妃也是大唐公主的运气、福气。环顾宇内，如今能与唐皇比肩的，非本王莫属，你们拟一部求婚的国书送到长安城去，要坦然真诚，声情并茂，多说唐与吐蕃结亲，沐汉魂唐韵的益处，至于不肯结亲，后代干戈相向，也要恰到好处地点到为止。"

八大重臣唯唯诺诺遵命去草拟国书了。

从公元634年，唐贞观七年开始，大唐便与吐蕃互派使节，到吐蕃王朝断灭时的213年间，双方互派使节竟有191次之多，接近一年一次，尤其是吐蕃的遣唐史有125次之多，最热闹的年份竟有四批使节迤逦东行在唐蕃古道上。足见大唐帝国对吐蕃王朝的影响之巨。

但是这一次却让年轻的赞普失望了，出使长安的使节历经周折返回逻些，带来几乎让松赞干布气绝而亡的哀音，唐皇和他的几位得力大臣拒绝了吐蕃和亲请求。

年轻赞普一怒为红颜。

"发兵！中国的圣人不是讲先礼而后兵吗，这回休怪本王无礼哪，20万吐蕃铁骑踏平吐谷浑，占领松州，进逼长安城。我看唐皇李世民紧不紧张，还不老老实实送公主和蕃。"松赞干布从虎皮卡座上直起身来，藏刀扎在了羊皮地图的松州点位上。

"陛下息怒，千万不可与唐朝大动干戈。"八位重臣齐刷刷地跪在地下，请求赞普别鲁莽行事。

"怎么，你们认为本王不是李世民的对手？"赞普怒视重臣。

一位大臣仰起头来，说："当今之世，唯唐皇、赞普大英雄也，两位都是治世英主，可是吐蕃毕竟处芜野之远，无论国力和兵力，都不能与大唐硬碰硬！"

"愚蠢！你们以为我会与唐皇全面开战，本王只是想踢一踢他的昭陵七陵的屁股，让他将眼睛放得远一点，知道我吐蕃国也不是好惹。乖乖地将公主送来。"

"陛下，这战火一点燃，就扑不灭，收不住了。"一位大臣仰起头来说。

"谁说的？大唐帝国现在麻烦是在东边高句丽。我只想在它的屁股上捅上一刀，让李世民首尾难顾。他不是宠吐谷浑国王吗？好嘛，我们就踏平青海湖，然后见好就收。"年轻赞普已经阔步走出早朝大殿，到他的御林营里遛战马去了。

八位大臣愣怔了，悻悻跟着走出了大殿。

松赞干布跃身马背，一个凌空立马横戈，战马打着响鼻，铁蹄踏着白雪，双翼凌空而翔，藏刀光带在湛蓝的天穹上划过，20万吐蕃铁骑从唐古拉山巅扑了下来，踏碎了吐谷浑国的半壁江山，狂飙掠过，大唐帝国与吐蕃东部边境接壤的官军，像暴风雪肆虐地被吐蕃的铁蹄淹没了。松州被占，成都和长安暴露在赞普的藏刀之下。

吐蕃的铁骑在松州停住了，年轻赞普给唐皇送来了一副金甲和求婚的国书，让唐太宗在战争与和蕃上作出抉择。

唐太宗看着300里快马送来的朝报，肥硕的脸庞神情僵硬了。把国书和金甲扔在群臣面前，白嫩的拳头重重地擂在了龙案上，说："好个松赞干布，求婚不成，反目成仇，竟敢在我大唐的背上插上一刀，占了松州不说，还送来一副金甲，妄称如不允婚事，还要兵进长安，与朕在玄武门前单挑，好嘛，敢来长安门口撒野，也算有胆量，众卿家有何高见？"

"陛下，吐蕃欺人太甚！点将亲征吧，灭一灭吐蕃的嚣张气焰。"长孙无忌献策道。

房玄龄挺身而出，说："陛下不可！量吐蕃现在不敢与大唐摊牌，它只是背后偷袭，意在求婚。"

"左相所言极是。"唐皇俯瞰众臣说，"大唐的作战方向仍是高丽。东西作战，未免首尾难顾，派五万精兵去，即其人之道，还即其人之身。夜间偷袭，煞煞吐蕃的锐气。"

长孙无忌劝道："陛下，5万精兵对20万铁骑，小心成了人家的盘中餐。"

"书生之见。"唐皇摇头道，"右相，这叫以拖待变。吐蕃骑兵长途奔袭，粮草跟不上，一到冬季就会后撤的。只要夜袭成功，让吐蕃官兵抛尸旷野，军心自然就会动摇。"

一切都似乎被唐太宗预见到了。

唐皇下诏钦点四川节度使，率5万精兵进击松州，收复失地。作战之策仍然是唐皇最擅长的奇袭术，5万大唐铁骑穿过夜雾，趁吐蕃官兵喝了半夜青稞酒，围着篝火跳锅庄累了，酩酊大醉，在火堆旁酣然入睡，铁流滚滚突兀而来，马踏藏包，刀如冰雹落下，剑似虹影划过，血溅冰河，尸骸成山，战至天将破晓，突然流云般地远遁了。

大战过后的黎明，死一般寂静。满身血污、战盔上已被狼烟染黑的吐蕃先锋，狼狈地站在了松赞干布的中军大帐里，耷拉着脑袋。

"昨夜被袭，损了我多少吐蕃子弟！"松赞干布黑红的脸庞如凝固的铁水。

前锋官嘴唇颤抖，说："亡一千，伤者无数。"

"为何不与弟兄们一起战死，回来作甚。拖出去祭旗吧。我要踏平长安，在玄武门前与李世民比剑。"心高气盛的赞普背过身去，挥了挥手。

"陛下，不可莽撞！"八位重臣齐跪在了年轻赞普的大帐前，哀求道，"与大唐全面开战之时，便是吐蕃国覆灭之时。"

"怕什么，我吐蕃有昆仑雪山和唐古拉山作屏障，完得了吗？"年轻赞普手执调兵令牌，欲奔出帐。

八个大臣横跪在赞普前边，堵住了他的去路。

松赞干布抽出藏刀，说："谁敢再阻拦本王，休怪无情。"

首席大臣拔出剑来，往自己的颈前一横，"陛下不听，若执意要攻打大唐长安，我唯有血谏了。"

说毕，自刎倒地，血冲藏袄。

松赞干布此时已无怜悯之情，蓝瞳甚至懒得看一眼地上倒下的大臣，径直往前辕门冲了出去。欲统兵踏平长安。

又一个大臣伏剑抹颈，重重地摔倒在了沙地上，碧血冲天，浸淫了战地格桑花。

当第三个大臣自戕倒下时，年轻的赞普步伐终于凝滞不动了，扭过头来，眼噙悲泪，说："何必呢？你们何必要以死相谏，就会阻止我血溅长安城吗？！好吧，我不想授世人于八大重臣被赞普相逼而死的话柄，给你们一个晚上，商量一个对策，使我能心悦诚服地不进军长安。"

那个岷山里的高原寒夜尤其漫长，年轻赞普蜷缩于雪狮袄里仍难御五更寒，第二天黎明，当龙案上的长明灯芯即将燃尽时，御林军首领的脚步惊醒了赞普，"陛下，大事不好了！"

"慌什么？是不是昨晚唐军又夜袭营盘，打过来了？"

"不是，是五大臣在军帐屠杀自己身边家人和仆从后，个个自刎气绝而亡。"

"啊！"年轻的赞普一声惊叹，说，"命该如此啊，不是唐军亡我，而是吐蕃自己打败了自己。撤！"

松赞干布率20万铁骑撤回逻些城堡，他将麾下最聪明的大臣，为他从尼婆逻迎娶回尺尊公主大伦噶尔东赞叫到王座前，说："八大重臣忠心可鉴日月啊，可是这种喋血兵谏，本王不敢苟同。好吧，既然20万铁骑请不了大唐公主，就靠你的簧簧巧舌支撑江山昆仑了，本王将你扶到首席大伦的位置上，就相中了你的机敏和睿智。不管此去经年，一定替我迎回大唐公主，否则就让你的仆人提着脑袋来见我。"

噶尔东赞躬身鞠躬："出使长安，我当肝脑涂地，在所不辞。"

东望长安，噶尔东赞使节踏上唐蕃古道。

唐太宗远征高丽大捷，心里舒坦得很。坐在金銮殿上看着唐朝歌妓表演，不时酌一口剑南春的宫廷御液，并与长孙皇后相视一笑，频频举杯。

长安城里春风暖暖的，城郭之上万里无云。见太宗皇帝一脸春风得意，心情不错，席地跪坐看戏的左相房玄龄一饮而尽，说："陛下，春天来了，大唐与吐蕃的关系该解冻了。吐蕃首席大伦在来长安驿馆里住了半年了，是不是该召见他了？"

唐皇放下手中的金樽，说："我是有意让他冷冻了半年，面壁思过，吐蕃人骄横之气有所收敛吗？"

"岂止是收敛，这个使者噶尔东赞可是吐蕃的首席大臣，最为吐蕃王赏识，一进长安城就被大唐的风韵震慑了，前倨后恭，一派采菊东篱下，悠然见南山的雅士风度，乐不思蜀，还学了一口流利的汉语。"房玄龄回答道。

"哈哈，还有此等事情。看来大唐分娩的文明血潮和羊水足以淹没任何一个强悍的异族。"唐皇挥了挥手，对身边太监说，"召吐蕃使臣噶尔东赞前来看戏。"

噶尔东赞被召入朝了，走过玄武门，只见皇宫峨嵯，御花园内大唐的武士、歌妓粉墨登场，琴瑟鼓鸣，春江花月夜，富丽堂皇，雍容奢华，一副气韵沉雄的大家气派，一下子便将吐蕃首席大伦惊呆了。连忙给唐皇叩晋见礼。

唐皇的眼睛半觑着，俯瞰使者，高耸的红帽堆成一个小山的罗髻，油亮的脸庞上蓄着一个八字胡，向两翼展开，眼神英气如炯，一副巍然的躯壳透着十分英雄豪情。第一眼，他便喜欢上这个吐蕃使者了，一抛水袖，说："赐坐，看戏吧！"

一曲终罢。唐皇眼眸如炬，直视吐蕃大使，说："大唐宫廷戏如何？"

噶尔东赞连声说："好！"

太宗朝后一仰，笑道："你尽会在朕跟前说奉承话，让朕开心。比吐蕃的藏戏如何？"

"各有千秋。若大唐的是牡丹国色，皇家气派的话，那吐蕃的呗舞跳神也是战歌惊风，高亢辽远。"噶尔东赞说得极为得体。

"哦！"唐皇沉吟片刻，"请问赞普对我高丽之战是否心悦诚服。"

"当然！"噶尔东赞解开国书，用藏语念了一遍，随后又用汉语翻译道："闻贵天子平定四方，皇权遍及日月所照各地；高丽恃远而不遵命，对此，天子亲自率部渡辽河前往讨伐，攻城陷阵，凯旋而归。宅中之鹅（雁），自不如山巅之鹅（雁）翅翼强劲，飞翔技高，然系鹅（雁）类，故献金鹅一尊。"

噶尔东赞朝后挥了挥手，近侍将一尊精美的金鹅，有半身高，可盛酒，呈了上去。唐皇定睛一看，点头称道，他开始喜欢眼前这位吐蕃年轻人了。吐蕃国王真的认为唐朝皇权的日月能照到边隅雪野？唐太宗多少有些疑问。

噶尔东赞毕竟巧舌如簧，说吐蕃王朝能迅速崛起雪域，一统部落，皆因习了大唐的行政和府兵制，将全境分成十八个行政区域，全区设五个茹钦，每个茹钦分上下分茹，共计十个分茹，每分茹各有四千户，卫队一千户，设正副茹本各一名。朝中的官员也仿唐朝的官制，分为八大相，如主理刑法的叫"喻寒波掣逋"，意为整事大相，汉语就是刑部尚书。

唐皇颔首称道："看来松赞干布有意学唐制治国。"他开始对年轻的赞普感兴趣了，问道："赞普比你如何？"

噶尔东赞谦辞道："我岂敢与赞普相媲，其英俊体魂、雄才大略，文治武功，远在小臣之上，我只是赞普麾下的一个奴仆。"

"哦！"唐王一脸诧异。

噶尔东赞趁热打铁，机警地说："赞普年轻笃学，对贞观之治艳羡不已，期冀和亲，修唐蕃万世之好，让天朝礼仪之邦教化播撒寰外。"

"好一个教化之辞，"唐皇说，"看来远嫁公主和蕃，朕没有拒绝的理由。"

噶尔东赞骤然跪下："谢陛下慷慨远嫁大唐公主，恩泽雪域！"

李世民酣然大笑。他好久没有这样笑过了。

东望长安是离愁

我站在青海西宁城郭零公里的界碑前，追寻一条消失了的唐蕃古道。引发我极大兴趣的是，在属于中华世纪的盛唐，这条古道的意义堪与当下的青藏铁路媲美，可以说它是最早纽结内地与西藏的一条文明的脐带。

接触青藏铁路后，孙永福副部长不止一次提及唐蕃古道的字眼，希冀作家记者们能搞清古道的走向，为青藏铁路寻找一条时代传承的纹脉和坐标，将唐蕃的融合之路重新复活，唤醒岁月和历史的记忆。随后，读了一些媒体刊载的文章，多少有点跌破眼镜，几乎众口一词地将青藏铁路的走向说成是当年的唐蕃古道，甚至穿凿附会地将文成公主路经昆仑山纳赤台民间神话版本作为正史张扬，跃然纸上，造成不小的误导。其实这个版本始作俑者是一个对青藏地理无知的日本人松田寿南，他在《吐谷浑遣使考》中迷失了，迷路在苍茫大荒中，找不到岁月的纬度，荒谬地将唐蕃古道说成是从鄯城（今日西宁）—柴达木—布尔罕达尔山—黄河沿—巴颜喀拉山—木鲁乌苏河（通天河）。而大量的古籍记载，唐蕃古道在西宁以西绝不可能穿越柴达木，如今青藏路也只是到了清王朝时漠北的蒙古喇嘛要去拉萨朝圣才趟出来的一条入藏之路。

唐蕃古道何处在？千载的荒漠和沙尘已将这条古道淹没，从此遗落在青藏大梦里，遗失在虫蛀的古籍里，乃至陆沉在诗性与神性的想象之中。

我朝着这条古道踽踽独行，东望长安，西眺青藏，每个神山的垭口经幡飞扬，十万遍吟诵的六字真言"唵嘛呢叭咪吽"，随雪风而狂舞，搭成一道数码的天梯，走向天堂。所幸沉寂的官驿大道并未从万里河山中消失，所幸浩如烟海的唐代典籍毕竟留下可资追寻的履痕，所幸自上个世纪以来一群严谨执着的中外学人从未停止过探索的步履，当我将这些地理文化的碎片拼凑和连缀起来时，一条迤逦西行、横亘青藏的唐蕃古道便在视野中浮现了。

蓦然之间，一阵狂飙般的雪风从莽原拂来，将我卷入一场血色苍凉之中，随风而舞的灵魂在沉落，沉落到了大唐的历史黄昏中，黄河穿城而过的滩涂上，一群昏鸦在枯树上聒噪，唱着一首凄怆的老歌，巨大的水车轮盘在旋转，轮回出时代的吊诡和重合，弹指之间，水泥森林般崛起的现代西宁城，似被化学稀释剂沉淀一样，退尽七色光谱，淡化为一座由黄泥厚土筑成高墙的鄯州城，唐朝西北边境的最后两座城池。我看到，高巍的戍楼城门下，出使吐蕃和大唐的使节在这里交换关防文书，然而回眸一望，或西出赤岭，或东入长安，故国便永远湮没在青海长云暗雪山里。

西出鄯州古城，我突然觉得彻骨的寒凉，孤旅漫漫，雪大又添早春寒。人生开始归零，重又归零到了唐蕃古道西段起点上，在《新唐书·地理志·鄯州》留下详尽入藏的驿程纪文，却是鄯州至逻些一个个驿站，而长安城至鄯州唐蕃古道东段，也许是在唐朝的境内，也许是古丝绸之路的重合，被忽略不计了。可是八千里唐蕃古道尘与土，如果没有了长安开远门下零公里处的东段驿程，这条古道便不完整。于是，我站在鄯州城的角楼堞垛上，回望长安。

东望长安，不见风雪故人来。可是唐蕃古道终究是从长安城为起点，冷山千重，掩埋过多少香魂忠骨；云水泱泱，一条古道如血脉似的将内地与雪域连成一体。准确地描述它的历史和走向，便赋予自己一份沉重和挑战。

好在我时断时续走过唐蕃古道一些路段。记得是上个世纪90年代初的早春二月，我从灞柳烟云的洪庆秦皇大帝焚书坑儒处，穿过西安城郭，出西郊，越过长安县境，来到唐代第一个驿站临皋驿，即今天西安城西郊枣园、阎庄一带的大土村一带。据《长安志》载："临皋驿，在县西北一十里开远门外，为京师西行第一驿。今废。"开远门就是长安城的国门，大唐时代，每有唐使将军远行，商旅书生西去，大都步出开远门，策马西行京师第一个在临皋驿站摆酒钱行，长箫魂断，挥泪而别，王维诗云："渭城朝雨浥轻尘，客舍青青柳色新，劝君更尽一杯酒，西出阳关无故人。"便是这种写照。但是天下没有不散的宴席，浊酒一壶，朝阳青山，远行的游子跃身上马，送行的亲朋执袂拭泪，此去经年，不知何时是归期。大唐时代名流政要、文人墨客的豪迈和从容，不仅写在脸上，也融入诗中，埋在一丘黄土掩埋的古驿的废墟之中。

穿过麦苗如茵的阡陌小径，嗅着远村犹如彩蝶狂舞泡桐花的浓烈，至渭河以南，经三桥西去，是长安城去咸阳的官驿大道，途中经望贤宫至咸阳，一座便桥横跨渭水南北，渭水之北有第二个驿站陶化驿，是咸阳的县驿，此去临皋驿 30 里。三十里路并不远，却是一片皇天厚土和诗性的土地，既有大唐帝王西行回京必住的望贤宫，更有被楚人一炬烧成灰烬的阿房宫旧址。伫立这块土地上，远可眺秦汉雄魂，近可触摸在大唐王朝的体热和心跳，会被一种马踏飞燕的霸气和春风大雅的包容所浸润和倾倒。那个年代，每逢帝国有重大的西边战事，长安城的芸芸众生，会万人空巷，扶老携幼来到咸阳桥，送丈夫儿子远征，魂断咸阳桥，也许此去，就是最后的诀别。站在送行队伍中的杜甫目睹了人世间一幕幕生死别离的悲情，再也无法抑制内心的悲噪，叩问天地，饱含泪水地吟道："车辚辚，马萧萧，行人弓箭各在腰，爷娘妻子走相送，尘埃不见咸阳桥。"苦吟的就是此桥，遥想当年，唐太宗李世民曾经在咸阳桥上与突厥可汗颉利会盟，可是到了安史之乱，为避安禄山的兵燹，国舅爷杨国忠一把火点了咸阳桥，使乱军不能渡过渭水，却也递演马嵬坡的那场千古爱情悲剧。从此，盛唐晨钟暮鼓里的一道著名景观灰飞烟灭，便活在了诗文的记忆里。

我倚在军用吉普车里眯盹儿地睡了一觉，一梦千年，疑自己也梦回大唐，策马驰骋在唐蕃古道之上，远处飘来一阵驼铃声，是远归的商队，还是朝贡的使者，蹄声得得，仿佛我也在纵马西行，"从咸阳西行 50 里，经温泉驿到了始平（即今日兴平县）槐里驿，又西 25 里至马嵬驿。"杨国忠的一炬火把焚毁了咸阳桥，迟滞了安禄山的叛军追杀的脚步，却点燃了护驾而逃的唐朝官兵心中的怒火。拔剑相向清君侧，兵谏玄宗皇帝，让他与杨家最后决绝，六军无能，不敌叛军，却向一个柔弱的女人挥舞屠刀，开了杀戒，算什么英雄？《旧唐书·肃宗纪》记载："玄宗天宝十五载六月丁酉，至马嵬驿，六军不进，请诛杨氏，于是诛国忠，赐贵妃自尽。"中国历史上不乏几分真情和感动的帝王之爱，被一条柔软白绫拴成的活扣，哗啦一下划下了最后句号。难怪晚唐诗人刘禹锡咏史感怀，不无悲悯地说："绿野扶风道，黄尘马嵬驿。路边杨贵人，坟高三四尺。"我吟着这首咏史诗跨下车门，在一片渐次隆起的黄土塬半坡之上，拾级而上，只见一个圆形的大丘，高巍的汉白玉碑碣上，阴刻丰满圆润的颜体"唐杨氏贵妃之墓"七个字，坟茔不可不大，墓碑也透着几分皇家气度，但仍旧顿生悲悯和感慨：政治何其冷酷，权术何其吊诡，男人何其龌龊，当两个霸主、两个集团、两个民族、两个国家最后决斗而无法决出输赢时，用心爱的女人作祭品，或杀戮，或远嫁，或相赠，或赐死，战争和权术的平衡或终结，最终让女人娇嫩和无助来摆平。香魂飘散，妩媚色尽，依然觉得不解恨，于是再泼上一瓢女人是祸水的脏水，古今中外概莫能外。我在暗自为贵妃香魂祈祷平安，祈望香魂终归故里，一朝选到帝王家，有什么好，还不如凤楼闺阁上抛掷绣球，选一个村夫野老，男耕女织，恩爱一生，少了皇家的奢华，也少了被弃的风险，更不会无缘无故被推上政治的祭坛。不过，我也不得不向唐玄宗投去后世文人敬重的一瞥，他的骨血里还流淌和残存一点帝王之家人性、情感未泯的纯真，还有几分可爱。当安史之乱尘埃落定后，孤家寡人，独守长生殿，望断秋空，唯见月圆，却日思夜想与他的胖美人相会，再不近女色，恨不得化蝶而入月宫，永远离开了那离乱丑陋的尘世。我在马嵬坡踯躅良久，希冀能够找到了那株让魂飞玉殒的老槐树，可是岁月毕竟久远了，再老的唐槐也活不到今天，因此我宁愿相信它化作一棵棵相思树，被多情的青鸟衔到九州，让天下钟情的男女寄寓情思。偶一日，翻阅后唐花间派班主温庭筠的《题望苑驿诗》时，其中有："东有马嵬坡，西有端正树，一作相思树。"看来将贵妃自缢之树视为相思树，其想象的专利权非温庭筠莫属。

历史总是在嬗递惊人的重复。马嵬驿注定成为李氏王朝的情殇之处。时隔70载，继文成公主再度和蕃的金城公主远嫁时，唐中宗李显竟然率全朝文武百官，浩浩荡荡地送到马嵬坡，令皇家御用文人吟诗作赋，最后才挥泪告别。

凭吊过马嵬驿，车轮碾碎一片残阳苍凉，我们从干涸的海棠血痕中又西行

25里，到了武功县驿，即今日的武功县普集镇。当时曾经是唐太宗的猎场，但驿道早已荡然无存，伫立在黄土大道上，却可以握一把苍凉血泪。

沿着唐蕃古道的老路，告别武功驿，又70里至扶风县置驿馆，往西30里至龙尾驿，又西20里至岐山县，置石猪驿，再往西50里至岐州，即今日的凤翔县。那是当时京西的一座重镇，尽管时隔千年，龙尾驿的名字仍然沿袭至今，由一个小小的驿馆膨胀成了今日的龙尾镇，人口已逾万人。而歧山县与东去扶风县相距50里，说明两县之间的县址没有发生过偏移和改动，而且唐代测绘丈量的路程之精确，不得不令今人噫嘘感叹。《隋书·炀帝纪》载："大业五年三月，炀帝西巡，由京师经武功，扶风至河湟。"由此可以佐证，隋炀帝并非野史所云的江南猎物，纵情声色犬马的暴君，他南凿大运河，西征青海边隅，实在是功不可没。白居易站在文人的立场上，苦吟长诗《隋堤柳》："二百年来汴京路，露草荒烟朝复暮。后王何以鉴前王，请看隋堤亡国树！"诗句直白有余，童叟皆能吟，却失之浅显。还是政治家出身的大唐宰相皮日休超越了文人的眼光，给予隋炀帝公正的评价："尽道隋亡为此河，至今千里赖清波。若无水殿龙舟事，共禹给功不叫多。"唐相将隋炀帝的京杭大运河与大禹治水相提并论。往往只看到了他在江南留下的政绩工程，却忽略了他亲自领兵远征，在天寒地冻，万里雪飘河湟（即甘肃青海）一带开拓版图，赢得金瓯一片的历史功勋。重走唐蕃古道，我却意外地发掘到了隋炀帝被历史唾沫星淹没后的人生另一面。可是他时运不济，投入太多，终于使支撑帝国江山的砥柱和基石掏空，大厦既倒，无力回天，他的江山与他一样，背着千古骂名，黯然退场，但是他所做的一切，却为大唐的崛起，作了人才的准备和治国环境的培育，用皮日休的话说，是"在隋之民不胜其害也，在唐之民不胜其利也"。这倒还了隋炀帝一个公道。

驱车出咽襟京西的重镇凤翔府，此地离长安城已315里了。再往前迤逦而行，秦陇山脉在视野中渐次隆起。据《旧唐书·地理志》载："凤翔西微北七十至汧阳县（今千阳县），在汧水北两里，循湋水河谷而上，80里至陇州所汧源县（今陇县），亦在湋水北岸置馆驿。陇州又30里于安戎关，依山临水，大中六年筑。又西30里至大震关，乃汉以来之旧关，后周复置，以大震关名，地居陇山重冈，当陇山东西交通之孔道，隘处广两百余步。开元时，上关仅六，此居其一，地位与潼关、津蒲、蓝田、散关同，盖以其京师四面关之一，且当驿道也。"

我们驱车走下大震关，当天晚上夜宿陇县固关镇西的村舍客栈，干裂的漠风挟着沙尘叩击玻璃窗，剧烈时似呼哨尖啸。低沉处如羌笛呜咽，今夜难眠，披衣下床，手抚线装的唐诗抄本，清水般的月色涌入室内，仰望大震关，我似乎看到了那个笔力雄健的岑参，驻足大震关，凝眉而题，在白墙上挥毫留下《初过陇山途中呈宇文判官诗》，将一条唐蕃古道跃然大震关之上："一驿过一驿，驿骑如星流。平明发咸阳，暮及陇山头。陇水不可听，呜咽令人愁。沙尘扑马汗，雾露凝貂裘。西来谁家子，自道封新侯。前月发安西，路上无停留。都护尤未到，来时停西州。十日过沙碛，终朝风不休。走马碎石中，四蹄皆血流。山口月欲出，先照关城楼。"岑参将唐蕃古道进入了陇山之后的驿道之苦，尽透纸背。王维途经此地，也欣然唱和一首《陇头吟》："长安少年游侠客，夜上戍楼看太白。陇头明月回照关，陇上行人夜吹笛。关西老将不胜愁，驻马听之双泪流。"一代戍边将士都愁满寒山，我不知道柔弱的文成公主策马经过大震关时，乡愁又与谁共，寒凉又让谁知。诗往往比史更能触摸到时代情感的体热。《通鉴·唐纪三十》只有短短的几行字："代宗大历三年，凤翔节度使李抱玉使右军都将临洮李晟，将千人出大震关至临洮，屠吐蕃定秦堡。"

临洮就是今天的甘肃天水以西的临洮县了，到了晚唐，吐蕃的势力已经越过河湟，伸入大震关以西地区了。

早晨太阳刚刚升起，昨晚的半弯残月还惨淡嵌在大震关的山冈上，不知是汉时雄关晓月，还是唐代的明月清风。一千多载过去了，大震关历经狼烟兵燹、惊风血雨，焚毁重建，多少风雨沧桑，多少国使匆匆，多少封疆大吏，多少百媚千红，多少渴望封个万户侯的青年学子，从关上而过，却未曾留下半片屐迹，沉浮荣辱，风月无边，都统统被岁月风尘掩埋了，唯一陪伴我们的是黄河青山，感觉唐蕃古道还活着的，活在一首唐诗之中了。

消失的唐蕃古道复活浮现了。走下大震关，又西去50里是小陇山的分水岭，有一个分水驿，盖陇坂道上最高处。《元和志·秦州》云："小陇山，一名陇坻，又名分水岭。……陇坂九回，不知高几里，每山东人西役，到此瞻望，莫不悲思。陇上有水东西分流，因号驿分水驿。"唐代诗人岑参路过此地，歌吟"东西流不歇，曾断几人肠"。那么文成公主当年兀立在分水岭之上，又何以感怀忧国，思乡离愁呢？

走下分水岭驿，朝着西南方向行驶105里，中间经过弓门寨而至清水县

（今清水县），设有官方的驿站，《旧唐书·德宗纪》："建中四年正月，凤翔节度使张镒与吐蕃相尚吉赞同盟于清水。"毫无疑问，清水道为驿路正道已确凿无疑了。出清水县城往西南方向又行125里，便是秦州治所上圭县（今天水县），在渭水南13里，盖的驿馆气势宏壮。秦州是在大唐时代在西部的一个重要的驿程正道枢纽，西北进入安西、北庭，正西可通河湟、吐蕃，西南接岷、洮、松州之途，故驿馆宽敞，驿骑如云，熙熙攘攘奔走于唐蕃古道之上。

出秦州城门，向西沿渭河而上120里，到了伏羌县（今甘谷）驿，再往西行80里到了落门川，又西行稍约50里到了陇西县（今武山县）驿，几乎是百里一驿。连绵不断地往西而行，再西行50里到了渭州治所襄武县（今陇西县东5里）驿，住上一夜，踏着晓色启程，又西行往北90里到了渭源（今渭源县东北），置渭源镇。又西经武阶驿90里到临洮，到了临洮军重地狄道县（今临洮县）。临洮有唐朝在西北边庭上最大的一支驻军，多达一万五千多人。退可以入大震关之上，进可以直抵唐朝与吐蕃的最后一座边城都城。唐代边塞诗人岑参出入安西、北庭，时常路经临洮小住，留下了《发临洮将赴北庭留别》《临洮泛舟赵仙舟自北庭罢使还京》《临洮客舍留别祁四》《临洮龙兴寺玄上人院同咏青木香丛》等数首诗作，描述了军事重镇醉卧冰雪的金戈铁马。其实愈接近边关，愈有狼烟袅袅。《旧唐书·薛讷传》云："开元二年八月，吐蕃大将坌达延、乞力徐等率众十万寇临洮军，又进寇兰州及渭州之渭源县，掠群牧而去。诏讷为陇佑防御使，率兵邀击之，十月，讷领众至渭源，遇贼，战于武阶驿，与王竣猗角夹攻之，大破贼众，追奔至洮水。"贞观十五年和蕃到开元二年，相距不到70年，和亲的两位英主已先后辞世，唐蕃便开始兵戎相见了。

临洮作为唐蕃古道东段的一个驿站，西北行经兰州、凉州至安西而去了北庭，另一条道路则是由临洮军渡过洮水，西行80里至大夏县（今广河县西），西大夏川置有大夏川驿，又西70里有河州治所抱罕县（今临夏县）。每个县都设驿馆，由河州西行80里至凤林县（今临夏县北风林村），又西行20里至凤林关（今炳灵寺石窟黄河南岸桥滩）北临黄河，东拒关口，再北渡过黄河越过漫天岭（小积石山），约80里而至龙支县（今民和县古鄯）。西藏典籍《安多政教史》称，文成公主入蕃时亦在炳灵寺处渡黄河，并在寺中雕塑了8丈佛像。而炳灵寺的一处摩崖上，竟镂刻着开元十九年御史大夫崔琳出使吐蕃时，留下了《灵岩寺记》，遣使团的71人皆在下边挥毫题下自己的名字，大至部、台、寺与内侍省官员以及诸道将吏，都留下了自己入吐蕃时的见证。偌大的使团经炳灵寺入藏，不仅说明炳灵寺为入藏的官驿正道，而且寺庙之下的晋代渡口风林津，也是入吐蕃过黄河必经古渡。

东望长安是离愁，长安城早已经隐在山高水长的身后，往西行125里是鄯州的治所湟水县（今乐都县），南临湟水，为盛唐时代的河湟地区的军事中枢之地。贾耽著《皇华四达记》称从长安至鄯州约1700余里，我们从长安县的开远城门一路的驿站，一驿接一驿地走了下来，长安—凤翔府（310里）—陇州（180里）—秦州（340）里—渭州（300里）—临州（180里）—河州（150里）—鄯州（305里），总计1735里，与古代长安至鄯州驿道的里程不相上下，毫无疑问，唐蕃古道的东段重又浮现西部寒山之中。

漫漫长路，我朝着大唐与吐蕃的最后一个边庭踽踽独行。从鄯州西循湟水120里，便是鄯城（今青海省会西宁市），是唐蕃古道东段的终结处，也是西段的零公里，是大唐通向吐蕃的衢途，仪凤三年置，兼置河源军，统军14000人，战马650匹，是陇右境内陇右节度使所统十军的第二大军，但是面对着虎狼之师的吐蕃20万铁骑从青藏高原上雪崩般的一拥而下，毕竟显得有些单薄了。励精图治的唐皇唯有借和蕃来稳定边关的情势了。于是唐蕃古道的意义和功用自然便突显出来了。

唐蕃古道东段长安城至鄯城1855里的驿程，从此留在了我的记忆中。

文成公主迤逦青藏两载之谜

唐皇御林军的马蹄踏碎了李唐宗室府李家庄的寂静。

那天晚上，恰好是月圆之时，一轮杏黄月挂在刚刚绽蕾的梧桐树上，悄然泻进了奴的绣楼。奴家倚窗赏月，焚香抚琴，一曲春江花月夜，让奴有几分陶醉。琴声在李家庄园里飘逝，一缕缕琴声也醉了月下的村落。就连春醒的小动物，也听得如痴如醉。但是一阵暴雨般的马蹄声踏在石板路上，琴弦断裂般地破碎了夜的静谧，一片喧嚣淹没了山村的幽静。奴家手中的琴弦嘎地断了。惊愕之余，李家庄的大宅门突然咯吱一声巨响，灯笼如昼，红红的，如涌进一片残阳，灯笼为皇家独有，照亮了天井，夜空中突兀地传来一娘娘腔的长调，圣旨到，李氏宗室接旨！

　　这时奴家的贴身丫鬟立春匆匆爬上绣楼，气喘吁吁地说，小姐快下去啊，皇帝有旨，好像要册封你为什么公主啊。奴家摇了摇头，说不可能，这不是天上掉馅饼吗？你瞧那月亮就是上天烙的馅饼，还挂在天庭上呢，纵使到了池塘，也莫把月亮当画饼啊。立春说是真的，夫人叫你赶快下楼接旨。宫里的公公等在大厅里宣旨哩，奴家悚然一惊，何能何德，无缘无故册封。立春的眼泪涌出来了，说小姐，册封之日，便是我们主仆分手之时。奴家说，立春不要说这混账话，小姐走到哪里都会带着你的。立春骤然下跪，说谢谢小姐。

　　奴家轻移莲步，悄然下楼。走到李家庄园的正厅里，只见父母大人双双跪在地下，就连丫鬟家丁们都齐刷刷地跪成一排。奴家从未见过这阵势，掩口窃笑。父亲狠狠睥睨了奴一眼。

　　娘说，儿啊，还不快跪下来接旨，这可是皇恩浩荡啊。奴非常不情愿地跪到了母亲身边。那个不留胡须的男人拖着长长的娘娘腔调说，奉天承运，皇帝诏曰，李氏宗室员外之女养在深闺，知书达理，孝敬父母，娴熟有加，特册封为文成公主，即日进宫，另有宠幸。钦此！唐贞观十五年春。太监把圣旨递给父亲，奴家与父母高堂仰起头了，行过了面谢的大礼。父亲挥手让管家抬出了一盒银锭，送给太监和御林军作跑路钱。奴家刚站起身来，只见四个宫女捧着公主红袍和凤冠走了过来，一腔京韵流白：公主赶紧梳妆打扮进宫。奴家又重上绣楼，也许是最后一次登楼了，樟木桶中加了热汤，奴家宽衣解带，跨进木桶里沐浴，那白皙娇嫩的胴体，让四个宫女眼神凝眸，一片惊异。宫灯红彤彤的，映得浴室如一片血潮涌起，奴家从木桶沐浴而出，犹如天宫的甬道里款款而来的婴儿。然后裸身熏香，一缕天然的檀香弥漫在奴家的身躯，香魂如登九重。熏过香后，换上公主红袍和凤冠，立春将洛神古铜镜放在梳妆台前，奴都不敢认自己了，一个珠圆玉润的大唐公主横空出世，真的是奴家吗，奴家有点不敢相信。立春也说，小姐，人是衣裳马是鞍，我跟你十几年，数今天最漂亮。奴家瞅了她一眼，多嘴，就你会说话。

　　打扮完毕，四个宫女扶着奴家下绣楼，木屐踢哒，蓦然回首间，也是奴家最后看一眼自己的香巢了。小鸟羽翼丰满，该出巢飞翔自己的天空了。奴翩跹莲步步入正厅，娘泪涕涟涟，两只眼睛都红肿了。奴心酸难耐，只身下跪，匍伏在地上，磕了一个长头，说谢父母高堂十六年养育之恩，女儿就此别过了。娘哽咽着说，儿啊，不论你走多远，记住天底下最疼最爱你的人唯有父母。奴家也哽咽了，竟然说不出一个字来。娘的话音匝地，四个宫女一拥而上，只听娘娘腔的太监喊了一声：文成公主起驾。奴家就这样被宫女扶着上了四人大轿，前边有骏马卫士和红灯笼鸣金开道，颤颤悠悠地离开了李家庄，往长安城奔去。

也不知过了多少时辰，奴家跨进了朱雀门，大内卫士刀剑如林，走入了琉璃黄瓦、红墙森森、嵯峨云间的皇宫时，已晓色初露。一抹殷红从天际裂云而出，皇家的森严诡秘时隐时现，奴家困倦了，在宫中的奢华的睡榻上小憩片刻，倏忽，一枕春梦，梦到的尽是洞房花烛夜，长明灯如河，青烟袅袅，好辽远的梦境，三百六十五里路啊，竟然走了整整二载。奴骑在枣红的骏马往远行，擦肩而过的是三秦桐花梨白，陇上黄沙滚滚，九曲长河从云间坠落，还有那一望无际的野莽，绿茵如毯，野花星缀，温泉氤氲着蜃气雾露，风吹草低现牛羊。再往前行，却是雪峰重重，山外冰山奔来眼底，像个蛋壳似的包裹了群山褐色内核，一个骑黑骏马的王子竟在众目睽睽之下将奴掳走了，没有谁愿出手相救，奴家被吓醒了，也冻醒了，这是什么地方，究竟是天堂还是地狱，还是奴家的最后魂归之处。这时奴家才觉得皇宫太旷太冷，手摸睡榻一片寒凉啊，不知娘娘们的丰乳肥臀肥美之躯能否焐得暖和这冰冷的睡榻。

奴家尚未起身，四个宫女已悄然站在睡榻一侧，帮奴家梳妆打扮了，以前一直是立春妮子侍候奴家，轻点重点奴也不在意，这回倒好，她下岗了，成了门房外的使唤丫头。眼前的宫女真是训练有素，手感好，穿衣梳头恰到好处，乱蓬的长发梳起来竟然没有一点痛感了。但这是不是应验了那句谚语：长痛不如短痛。此时不痛则是一生之痛。

上朝的晨钟刚刚敲过，长夜在昼夜的对峙挣扎中痛苦分娩，炼出一枚红丹，挂在皇宫的穹顶之上。在宫女的拥簇下，奴家重又坐上四人大轿，往午门狂奔而去。于战战兢兢迷迷糊糊之中，被抬到了金銮殿前，被宫女扶下了轿子，帮奴正了正衣冠，忽然间，奴家又听到了那个娘娘腔的太监拽着长长尾音的高吭，宣文成公主晋见。奴就这样稀里糊涂地踏上了金銮殿，甬道两旁伫立着文武大臣，文官手持奏板，武将手抚长剑，不苟笑容，见奴莲步悠悠地走了进来，那如炬的目光齐刷刷地射到了奴家的身上，随后便是一阵长嘘短吁的喟然。喟叹甚？莫非感叹奴家太美，有倾国之色，还是感叹奴家红颜命薄？！走向金銮殿上的路真长，红柱高耸，油灯如昼，但殿宇太高，阴森得很，仍难抵早春的寒冷。走到了一个缎锦的蒲团前，骤然下跪，只听一声金口玉言，文成公主免礼！文成是谁？奴家茫然四顾，宫女小声说，公主，陛下在唤你呢。叫奴家，奴仰首一望，只见太宗皇帝端坐在龙椅上，身着龙袍，前方虽有一张宽大无比的楠木龙案，大腹便便一览无余，不过留给印象最深是他的八字胡，翘朝两边，一种夺人心魄王者之气，一下便将人震慑了。

奴家在观唐皇天威时，忽听陛下说，吐蕃使者，我大唐文成公主，朕今日在殿上，便许配给你吐蕃国王了，瞧她的沉鱼落雁之色，知书达礼之贤，配你赞普绰绰有余，朕可是丑话说在前边，文成公主乃代我大唐母仪宇外，若赞普敢有怠慢之处，休怪我大唐无礼。

陛下，放心，公主确有倾城之色，大唐能准婚，乃我吐蕃之幸，我们会善待公主的。这人说话的舌头怎么有点僵硬，像刚学会了汉话语的鹦鹉，奴家定睛一看，大殿旁边站着一位黑马王子，肌肤黧黑，一对清澈大眼睛，头戴高高红帽，身着一袭大襟长袍，嘴边蓄着八字胡，气昂轩然，一副不亢不卑的英雄气派。

太宗皇帝点了点头，微笑着说，噶尔使者，朕欣赏你的才华，鉴于你和蕃有功，特擢拜为右卫大将军，将朕之孙琅琊公主许你为妻。

吐蕃使者猛然下跪，说谢陛下龙恩，小臣为聘妇而来，不敢奉诏。且赞普未谒公主，陪臣哪敢接受。

太宗皇帝哈哈大笑，那就不勉为其难了。

这人是谁？宫女悄悄在奴耳边说，是吐蕃王国首席大臣噶尔东赞。奴家的眼睛与那双太阳灿烂的睿眸对视，突然电闪雷鸣，一道闪电划过奴的全身，浑身颤动，血脉也奔突起来，奴这时才知道什么叫怦然心动。

后来进了吐蕃的逻些，才知道那一瞬，奴家在噶尔东赞的平静的心间掠过惊鸿一片，吹绉春水微澜。后来在藏族典籍中他这样形容奴家，青色中透着红彩，口生青莲之馨味，碧玉之峰在她顶上飞翔，右颊有骰子点纹，左颊有一莲花纹，额间有黄丹圆圈，其上显有度母字样，其齿洁白细密，中间略有缝隙，喉部柔润，颈部有小斑点。从此我在吐蕃人的心中，成了莲花公主。

奴家成为吐蕃人心中的莲花公主，也许与最后一夜宿皇宫有关。那天晚上，母仪天下的长孙皇后来看奴，说，公主，你远嫁吐蕃，山高水长，哀家疼不了你了，赠你两件宝物，一者是日月宝镜，若你想家了，一照宝镜，家乡的山水和亲朋就浮现了，再者是释迦牟尼12岁身量相等的觉卧释尼像。吐蕃乃蛮荒之地，动辄大兴干戈。须用我佛教化芸芸众生。到了逻些，若赞普问你亲爹娘是谁，当管说陛下和母后了。

奴家点头应承。在黄缎金幢相拥的春夜里度过了在皇宫里的第一夜，也是最后一夜。

翌日天刚破晓，四个宫女就进来为奴梳妆打扮了。她们与其他二十一名宫女被赐跟奴家远行，一身轻装短衫，奴家也换成了可坐马车的便装，略施粉黛，便跟着太监出宫了。跨过玄武门雕栏玉砌的小桥，蓦然回眸，奴知道再也回不到长安城了。那天奴家骑在枣红色的高头大马上，沿着驰道往西边的开远门纵马而去，沿街的雨檐和绣楼回廊前，站满了夹道送行和看热闹的父老乡亲。行至开远门前，朝中的文武百官都站在楼门下为奴远嫁壮行。奴对他们真的有些不屑，尔辈算男人吗，战争打输了，让奴一个女人走上风雪高原去和蕃，还搭上这么多的工匠艺女、金银财宝，倒让我敬重赞普，奴那未来的夫君，求婚不成便抢，派20万铁骑来抢。还有那天站在金銮殿上的英俊的吐蕃大臣噶尔东赞，他骑着一匹黑骏马，兀立排头，恍惚觉得他才是女人心中的黑马王子，从天堂里御风而下。奴家刚刚站定，只见开远门上一阵晨钟敲响，执掌礼仪的大臣喊道：文成公主和蕃起驾，万人空巷，出城相送！

高亢欢快的唢呐吹了起来，锣鼓敲响了，鞭炮从开远门楼头噼噼啪啪地炸响了。江夏王李道宗作为送亲的大臣与噶尔东赞策马并行，然后是手持长矛的禁卫军，然后是奴家坐的马拉轿车，然后是陪奴家去吐蕃的25名使女，立春也行在其中，然后是拉供养12岁释迦牟尼佛像的车辇，装有大唐赠吐蕃的珍宝。经书、典籍360卷，各种宝器、食物以及卜筮典籍300种，医疗、建筑、工技、著书60种，能医疗404种疾病的医方100种，还有大量的绸缎、衣帛等嫁妆，谷物种子，装了一个又一个驮队。再往后是六七百人的工匠队伍，足足有两三里长。大唐自立朝以来，从未见过如此壮观的送亲排场啊。送亲的驮队迤逦西行，出了开远门，拐了一个弯，奴家回首，发现后边的人马还连绵不绝地走出开远门。

旷野上小麦在毕毕剥剥地疯长，路边泡桐花凋谢落在奴家的身上，奴不禁三步一回头地眺望，开远门高巍的戍楼缩小成一个黑点，奴家转身向长安城投去最后一瞥，也许今生今世，奴家再也回不来了，只有魂归故里的一天。

一条遥远的唐蕃官驿大道伸向烟霭村郭深处，在奴的视线里化作天梯，奴家往天上而行，过临泉驿、陶化驿，侧面越过望贤宫，咸阳城郭在炊烟袅袅中浮现，渐渐隆起，斜阳青山，渭水泛着墨绿的清波，断鸿声中，那座著名的咸阳桥横跨江波之上，倒映在暖暖的夕照里，犹如一道虚幻的彩虹飞越两岸。咸阳桥，其实就是一座奈何桥，奴刚要跨越时，忽然听到一声撕心裂肺的儿的呼唤，奴的白发高堂和兄弟姐妹，纷纷站在桥头为奴送最后一程，奴刚想叫停车下去，岂知随行宫女说，公主不可，你已被皇上赐了文成的封号，就不再是李氏宗室之女，而是皇家的金枝玉叶，你一下车，这出和蕃的大戏就没有法子演了。

奴家只强忍着泪水，掀开车窗帘子一看，妹妹抱着亲娘哭成一团，父亲大人也老泪纵横，车辇向西而去，辚辚碾过咸阳桥，放下窗幔，奴在车中恸声哭噭，只有湍急的渭水呜咽，与奴离泪共鸣。走过咸阳桥，便是断魂桥了，奴的香魂留在了长安，躯壳却浑浑噩噩朝着苍茫元野匆匆而去。

当晚下榻陶化驿，官驿正道上一驿一驿，以后每路过一驿，奴家就记住驿站的名字，以后每天晚上睡觉，奴都要一站一站地念一遍，背熟了，铭刻在心里，等着归去来兮的那一天，纵使故乡不可见兮，也可让孤独魂儿沿着驿站回归。

驿道的日子好漫长，河流穿过重山流向远方，五岭逶迤，依然是山外青山。越过大震关，驿道越来越窄，不能行马车了，奴家只好换骑枣红马，虽然华盖遮风挡雨，但总是被狂风卷进沟壑，仰首是水，俯首是山，前方是山，回首仍旧是山，山重水复疑无路的苦旅中，奴家最欢快的时分便是看到那双刚毅清纯的蓝瞳。

每天在驿馆吃过晚饭，吐蕃大臣噶尔东赞都要教奴家学两个时辰的藏语，为的是与赞普相聚时能够沟通。奴家早从宫女那里听说过使者睿智幽默的故事，当时在金銮殿上，向大唐求婚者还有突厥、天竺、食毒等四国使者，唐皇要为难他们，测一测来使的智慧谁高。先赐每人一个玉佩，孔径比针尖还小，让他们将丝线穿过去，三国使者一筹莫展，噶尔东赞看书案上有一只蚂蚁缓缓爬过，心生一计，用丝线拴在蚂蚁腿上，蚂蚁穿孔而过，轻而易举地将丝线穿过玉佩。唐皇第一关难不倒吐蕃使者，又出一题，让御林军赶来五十匹小马驹和骡马，让四国使者辨出每只小马驹母亲是谁，其他三国使者面面相觑，噶尔东赞从小在牧场长大，他挥了挥手，让御林军拉来母马，拴在马厩里吃草，小马驹纷纷奔向母马。由此分出了小马驹各自的母亲。唐皇看一道题都没有难倒吐蕃的国使，便将奴家混在25名宫女之中，让吐蕃使者当场辨出谁是文成公主，头天晚上，噶尔东赞早将宫中一个妇人买通了，弄清了文成公主穿的衣服，在26个春色丽人中一眼便辨出了奴家。

　　噶尔东赞眼神有一束彩虹般光芒，让奴家有点眩目。每教一句藏语，奴说得地道时，他都会粲然一笑，笑得那么坦然和纯净，让奴家常常有盛夏之时遭终年不化的冰雪的感觉。渐渐地，奴眼前这个使者似乎就是赞普的化身，每天晚上他来教奴家学藏语成为最大的渴望。奴家也从噶尔东赞的眼神读到了一种无法掩饰的迷失和跃跃欲试。

　　在炳灵寺里塑一座佛像之后，奴家策马西渡黄河，离大唐的最后一座边塞之城鄯城越来越近了，江夏王告诉奴家说，鄯城城门就是唐蕃古道西段的起点了，越过那道城门，跨越赤岭的边界，故国就沉落在大唐的落日中了，唐装在身上，故乡却永远在梦中。也许少年不知愁滋味，有护送入蕃的亲人，乡愁还像天上的云彩一样美丽，离奴家很近，也很远的。

　　暮春已近，可是在辽远的鄯城，春天才刚刚开始。送亲的队伍抵达大唐与吐蕃接壤的最后一座边城，也是最大一个兵营，听着秦腔高吼，奴家才蓦然觉得乡愁如山，这也是奴在故国的最后一个夜晚。晚宴痛饮过后，奴家有几分微醺的眩晕，孤灯长夜，听着城墙上风中吹来埙的凄怆，凝重如咽，突然有了一种想家的念头，挥也挥不走。那天晚上不知是因为寒冷，还是载不动的乡愁，奴一夜未眠。翌日早晨出发时，三军将士站在城门前。排成军阵，举着长矛向奴家致敬。奴不知道自己显在哪里，贵在何处，只觉得这群官兵命运与奴一样悲哀，一将功成万骨枯，他们的灵魂也像奴一样，将永埋藏在青藏高原了，再也回不到黄河东流去的汴京城、丝竹杏花雨的江南。

　　送亲的队伍出鄯城门，一路朝西而行，莽原苍苍，百里之内无人烟，到了赤岭，天降狂雪，这可是六月天下热雪啊，泛绿的野草被厚厚的白雪覆盖，与长安城六月天可有天壤之别。雪风掠过，奴身上裹着黑色的貂皮披风，脸颊却似针刺般痛，有窒息之感。立马赤岭的垭口上，脚上一片红土如尘，寸草不生，被热雪覆盖，极目四望，山下衰草离离，迷茫之中无归客，雪地上不见马蹄行，家在何方，乡愁昆仑般地将奴压倒了，奴的泪水哗地涌了出来，扭头对贴身丫鬟立春说，将母后娘娘赠奴的日月宝镜拿过来，奴要看看故乡。立春从马背行囊中取出宝镜，递了过来，奴举起来一看，乡关何处在，何处是长安，崇山峻岭遮住了视线，除貂皮披风帽掩盖着奴脸上两团高原红外，便是寒冷彻骨的雪野啊。母后娘娘骗了奴，看宝镜哪有什么家乡亲朋？万里风尘，百年孤独，唯有奴自己默默咽下。奴欲哭不行，双手举起宝镜朝着赤岭上砸了下去。立春在后边惊呼，公主不可，这可是母后送你的宝镜。奴狠狠地瞪了她一眼，不要，既然家乡不在，我要这宝镜何用。奴就将吐蕃作故乡吧。公主说得好啊！噶尔东赞策马上来了，扬手遮住雪光往额头远望，说天就要晴了，天涯何处不故乡。大雪过后的草原会迷醉公主的。噶尔东赞眼神泛着滋润的光泽，一片情深，奴家沉溺这双坦诚的眼睛，自然相信他的话。

风停了，天真的放晴了，从赤岭打马下山。据说因为奴家将日月宝镜摔砸在了赤岭之上，从此这里改名为日月山，后人则说奴扔宝镜之时，赤岭瞬间天崩地裂，列罅为一个巨大的垭山，将赤岭一分为二，东为日岭，西为月岭，从此日月山咫尺相望。呵呵，那纯粹是胡咧咧，民间演绎的神话版本，一点历史真实的余温都没有了。奴将宝镜摔在草莽之中，决然下山西行。到了开元年间，已经是玄宗皇帝坐江山了，吐蕃灭了吐谷浑国，唐蕃大动干戈，在大非川上喋血厮杀，打累了，互相都没有力气再斗下去了，终于唐蕃划界，奴摔宝镜的日月山成了唐朝最远的边界了。

噶尔东赞说的没错，走过日月山，唐蕃古道上真的是美轮美奂的人间天堂。六月飞雪融化了，水天一色的青海湖，梦幻般地映入眼底，烟水朦胧，令人质疑是天上瀛台坠落人间。奴不走了，让江夏王李道宗在这里搭起帐篷，尽情玩上几天再说。随后离开青海湖南，与湖渐行渐远，沿着一条河谷西进，真是绝境毕现，有一条倒淌河水，竟然向西而流。自古一江春水向东流，而截断的青海湖水溢而倾，一河雪水向西流，不复归海，也不会流入长安的护城河了，就像远嫁的奴家，永远行走在一条没有归途的和蕃路上，但是奴不是第一个，也不会是最后一个。不知是天晴的缘故，还是空阔无边的切吉尔草原让奴家心域一下子明朗起来。奴真的被一望无际的大草原迷醉了。天空蓝得炫目，云彩从遥远的地平线上跃了出来，周边镶嵌着红边，垂得很低，其造型诡奇多姿，令人目不暇接，有似天马兀立，长啸旷野，有像天上宫阙，滚滚而来，有似雪狮卧睡，俯瞰前方，还有如仙女散花，普度众生。草地上开满了野花，金色的、粉红的、橘黄的，馥香袭人，尤其是那醉马草，果然神奇，奴骑着骏马飞越其上，竟然会一匹匹酣然倒下，久唤不醒，仿佛春梦一场。草不醉人马自醉，骑马的主人也跟着醉倒了。

奴家后来怀疑这是一种迷幻草，漠风一吹，让马的主人也迷醉了，风月无边，朦朦胧胧之中遭遇了一场春梦。那枣红的醉马驮载着奴家往草原深处疾驰而去，前方芳草萋萋，风从雪山那边吹来，格桑花在摇曳，远处溪流潺潺，热气氲氲，哦！是一片珍珠般星落草场的暖泉啊。奴出长安远门之后，沐浴几乎成了一种奢侈，噶尔东赞戏谑地对奴家说藏族风是净洁的，阳光是净洁的，雪花也是净洁的，既有风淋日浴雪浴，女人何必再水浴了，故藏族女人一年一度沐浴节，是在仲夏时节。但女人毕竟是水做的，奴还是不习惯唐蕃古道上的风浴日浴和雪浴，一见暖泉汤池，奴家跃身下马，可惜离大本营已经好远了，一个使女丫鬟也没有跟上来，立春这个小婢女也不知跑到哪里去了，奴只好马放草地，轻解罗衫，在辽阔的草地上，背朝蔚蓝色的天穹，面向龇着樱桃小口仰望奴的妖冶的百花，奴大胆地裸裎上帝馈赠细如凝脂的胴体，轻移莲步，一步一步地往一湾清澈的暖泉走了过去，那清泉如一面磨得锃亮的古铜镜，奴刚要躬身下水，霎时愕然不已，暖泉中一个裸体的美女朝奴徐徐走来，背景祥云朵朵，周遭野花摇曳，一个珠圆玉润的美神浮现岸边，百媚千娇地凝眸一笑，奴惊呆了，她与奴长得一模一样，难道是奴的姐姐来了。我们笑着朝着对方走去，姐姐，奴惊呼着，往暖泉里跃身一纵，平如镜面的暖泉被奴撞得哗地声脆，姐姐的幻影消失了，水雾蒸腾之中，唯有奴家一人沐浴在暖泉，犹如婴儿躺在母亲的天宫里，浑身被温婉的羊水浸泡一样舒坦，肌肤也红润如婴。

抑或是春梦一场，一枕黄粱。奴家不敢相信会有些瑶池浴身，哗地从暖泉里站了起来，将热泉溅在自己身上，有暖暖的温馨触感，酥手纤纤地摩挲躯体，突然一阵蹄声如雨，噼噼啪啪地踏得离离原上草簌簌作响，那匹黑骏马朝着暖泉飞驰过来了，烟水袅袅，遮住了奴的明眸，待奴用暖泉洗目，再往岸上远眺时，那黑骏马背上的骑士也不见踪影，只有一缕彩虹落入暖泉，奴家狐疑是太阳之虹沉入瑶池，奴家就像草原上的母羚羊一样，一声惊啸，沉落在了温柔的热泉里……

也不知过了多少个时辰，醉马草的药力失效了，一声惊天马啸，将奴唤醒了，睁开惺忪的睡眼，斜阳落入了无边的大荒，在冰肌玉骨的雪峰上，留下了一抹殷红，一片处子般的残红。

暮霭沉沉。上苍伸出一只蘸着墨汁的五指，将天幕上最后一片凤凰展翼的红云擦去了，奴家与噶尔东赞并肩朝着草原上的大本营奔跑而去。

从那时起，我们在广阔无垠的切吉旷野上停留了一个夏天。江夏王李道宗和吐蕃副史吞米桑布扎一个劲地催噶尔东赞前行，他却推辞说，要给赞普报信，让他到吐谷浑与吐蕃交界的柏海来接奴家和大唐的护亲队伍，并盖一座公主行馆。奴家在离切吉不远的地方，建筑了一座汉式文成公主庙，待到来年冬天过后，奴得以轻装而行，去会我下嫁的藏王松赞干布了。但是唐蕃古道两年的行程，却似一个历史之谜，吐蕃历史对这个千古之谜讳莫如深，松赞干布时代，吐蕃人刚创造了文字，还不会记这些正史轶事，纵使随后的《白史》《红史》《青史》也一笔带过，只在簪缨之族的民间版本流传，后世西藏文人偶然著书留下噶尔东赞"不轨"，寥寥几字，为贤者讳，将这段秘史隐去了。

吐蕃王国的神山经幡如魂，迎接奴家印着六字真言的吉祥如意，还是梦魇一场。奴忐忑不安地上路了，去会奴家的真命天子松赞干布。

青藏铁路并非唐蕃古道

千年已矣。

一场煌煌大婚早已成了绝响，可是千年香魂，千载风流仍旧巡弋在唐蕃古道上。

夜已经很深了，夏夜的西宁城凉风徐徐。上午从北京飞至青海省会，陡然飙升的海拔令我无法入眠，明天就要从古鄯城出发，去探寻湮没在岁月风尘和莽原中的唐蕃古道西段，我将朝着雪域而去，寒山我独行，横跨黄河源，追踪文成公主一千多载岁月未曾飘散的芳魂。可是孤灯长夜，辗转难眠，拧亮床头灯，倚在床头，重读那卷文字已经发黄的《新唐书·地理志》和《新唐书·吐蕃传》，心中蓦地升起一种莫名的感动和崇敬，大唐赴吐蕃会盟的遣使们真的是今日背包族的开山之祖，万里孤旅，荒莽空廓，帐篷和驿馆外边有雪狼出没，一声长嗥令人心悸，而高寒缺氧折磨得欲生不得，欲死无路，但他们依然用火捻点亮油灯，把冰块用体热化成水，碾墨临池，沾着自己精神的膏血，挥毫记下了唐蕃古道西段官道驿程的方位、里距和周遭奇崛的自然人文景观。今天读来仍让人扼腕长叹。掩卷之余，我的灵魂也跟着飞扬起来，在那条古道的西段千山而行，冥冥之中，身着唐装、肩披铠甲、头戴战盔的唐代军人，裹着黑色貂皮披风的大唐遣使，或豪情纵横，或乡愁凝眉，或旷达狂放，或怅然不已，或举杯邀月，或铁马秋风，在夏夜的星空里朝着我——而来，抛下一首首比肃穆坚硬的正史还炙热的诗作，留下了一篇篇凝固了寒冰的驿道纪文：

> 鄯城……西六十时里有临蕃城，又西六十里有白水军、绥戎城，又西南六十里有定戎城。又南隔涧七里有天威军，军故石堡城，开元十七年置。初日振武军，二十九年没吐蕃，天宝八载克之，更名。又西二十里至赤岭，其西吐蕃，有开元中分界碑。

当年唐蕃古道鄯城至赤岭有 207 里，与今天西宁到日月山的路程相差无几，二百里的驿程上有四座城堡，名字皆有临蕃、绥戎、定戎，显然是一座座兵城，而驻军的名字有天威、振武之标识，刀光剑影早已蛰伏在青海湖边，图穷匕首见，只是一个时间早晚问题。而这时距文成公主的芳踪走过，不到三十年的时光，和平年代很短暂，也很脆弱，一柄战争的利剑仍旧悬在古鄯城的城门之上。当年的太宗皇帝似乎早已预见到了，公主西去和蕃，暂时缓迟唐蕃之间的矛盾，当时两个强大帝国迟早会为江山版图在青海边、赤岭之下一决雌雄。只是远东高丽王与中央王朝渐行渐远，西部酋长长泉盖苏文，杀了高丽百余名大臣，最后又弑君，血染高丽王宫，唐皇觉得有乘可机，于 644 年引兵亲征，却于失败而告终。而文成公主和蕃至松赞干布的九年间，吐蕃王国从未停止过对大唐与吐蕃的缓冲地域吐谷浑的鲸吞，迫使吐谷浑国王，率民内迁中土，大量的难民潮涌入河湟、陇州一带，乃至天子脚下，令大唐皇帝非常恼火，心忧边域，吐蕃的疆域已推至大唐边界，擦枪走火的事情在所难免。贞观二十三年，太宗皇帝驾崩，松赞干布派使臣入朝祭祀。继高宗大位的李世民第九子李治先后两次分封松赞干布，第一次封为驸马都尉、西海郡王，第二次为翌年春天，高宗这时加封的诏书还未送到逻些，松赞干布就染疾而中道崩殒。两位英主相继一年溘然离世，唐蕃两国从此进入了一个多事之秋。

沿着历史的纬度，冷山独行，我开始触摸已冷却成为冻土的唐蕃遗址。从唐蕃古道西段的零公里，由都城西门而出，古城西宁被四座寒山环抱，南有凤凰山，西有大圉山，北为土楼山，东为峡口，湟水、北川河、南川河皆汇于此。绕城东去，浩浩荡荡，最终归入九曲黄河。古往今来，雪山草场，便是兵家必争之地。故杜甫在《兵车行》中曾经悲愤地苦吟："君不见青海头，古来白骨无人收，新鬼烦怨旧鬼哭，天阴雨湿声啾啾。"我怀疑杜拾遗朝叩富儿门，暮随肥马尘，在长安城的土路上跑掉了鞋子，因为超生，得给家里嗷嗷待哺的孩子们弄一碗残羹冷炙，也许就没有到过青海从军，自然少了边塞诗人的旷达和雄浑，却多了内地文人的感伤和忧怨。出西宁城，行至当年的第一驿站也是兵营的绥戎城，再前行 20 里就是西石峡。东西纵深 20 余里，危峰耸立，南北陡峭，奇石簇生，唐代以下或者从军或出使的文人墨客，大多在石峡上留下墨字，有"山高水长"、"海藏咽喉"大幅勒石于悬崖之上，文并不奇崛，倒是"山高水长"，仿佛是为千山独行去和蕃的文成公主写的，文成公主当年纵马穿过峡谷，也许并不知前方仍是天路漫漫，不知会有多少山高水长。我也穿峡而过，再西行 47 里，便是唐蕃古道上的第三个驿站，大唐时代著名的石堡城了。少时读李太白的诗句："君不能学哥舒横行青海夜带刀，西屠石堡取紫袍。"抑或少年心气甚高，不知愁滋味，对斗酒诗百篇的李谪仙多少有点不屑，觉得他的诗反战意味太浓，彻底颠覆了大唐男儿宁为百夫长，不作一书生，封个万户侯的高远志向，不过后来由读诗进而学史，对大唐帝国周边战事一一梳理，鹄立皇城复兴门下，远眺青海长云，雪山黯然，惊讶地发现自文成公主走过的 30 年间，这座唐蕃古道上两国使者夜宿下榻的石堡城官驿，一步步沦为大唐和吐蕃士兵慷慨赴黄泉的地狱之门。

我朝着这道早已废弃的天堂与地狱之门疾驶而去，牛头吉普车在石堡城前戛然停下。距青藏公路不远处有一孤仞突起，高不过数百米，却三面绝壁陡峭，激流拍岸，只有阴面一道鱼脊的山梁可通高台，当年吐蕃将领吞并了吐谷浑后，往都城唐地推进，一眼便选中了这个战略要冲，悉心经营，襟要于唐蕃古道上，进可逼取河湟、陇右，退可据守青藏门户，对一统芄野的天朝来说，石堡城不啻如鲠在喉，不拔掉则寝食难安。

唐高宗咸亨元年（670），大唐帝国对吐蕃侵吞其保护国吐谷浑的容忍，已突破了水银汞柱的极限，李治决定对吐蕃用兵，以护翼吐谷浑国王和百姓回归自己的游牧之地，下诏令右威卫大将军薛仁贵为逻娑道行军大总管，左卫员外大将军阿史那道真、左卫将军郭待为副将，率王师十万，沿唐蕃古道，出都城，穿西石峡，过石堡城，下赤岭，兵临大非川莽原，筑城屯田，准备与吐蕃军队决战。吐蕃此时已是松赞干布之孙芒松芒赞执政，一代少年英主派噶尔东赞的大儿子、摄政王噶尔赞聂东普为大将军，领兵 40 万，从喜马拉雅山最高坡上一拥而下，铁骑滚滚，气势汹汹，雪崩般地朝着帝国军队扑来。薛仁贵也许浪得虚名，早没了当年"三箭定天山"大胜突厥的铁血雄风，派郭待将五百轻骑绕道抄吐蕃军队的背后，却因大非川草原广袤无边，苦旅漫漫，补给供不上，被吐蕃军队回师一锅端掉。十万唐军多以步兵为主，显然与当时的吐蕃铁骑隔着一个时代差，鸣金击鼓，大战三日，血溅原上草，连蔚蓝色的天幕和悠悠白云，都染成了一抹血色苍茫，最终王师大败，一代帝国名将最后只好屈辱地签下城下之约，灰溜溜地退出大非川的切吉古城，也丢掉了唐蕃古道的最重要一个驿站石堡城。吐蕃铁骑进入了石堡城，将这个驿馆改为兵营，在这个长不足200米，宽不过150米的山脊上经营了数十载，以八百勇士可敌一国，从成亨元年（670）到至德元年（756）唐朝与吐蕃在石堡城进行了八次争夺战，城堡几度易手，殉难在野山坡上的大唐与吐蕃兄弟逾十万之众。开元二年八月，唐玄宗登上大位，吐蕃大将坌达延、乞力徐以石堡城为跳板，率十万精兵出西石峡，攻陷鄯城，围困鄯州（令青海乐都县）与驻在城里的临洮军发生了惨烈的战斗，并深入兰州和渭州的渭源县一带，掳走了女人和牛羊，然后扬长而去，300里快马的军情急报进了长安城，唐玄宗龙颜大怒，下诏令薛讷为陇右节度使领军迎敌，并诏告全国，御驾亲征。不过大将薛讷不负众望，在渭源与滞留在那里的吐蕃军队鏖战，与副将王竣相互夹击，大破吐蕃军队，大唐帝国第一次打一个大胜仗，追吐蕃军队至洮水，但是石堡城仍然牢牢握在吐蕃手中，随时可以进犯河湟，越过大震关，直逼长安。这时李隆基朝气勃勃，女色只是他称雄四方的一剂春药，爱江山更爱美人的性情尚未激活，励精图治十五载，于开元十七年，派朔方节度使、信安王玮率帝国军队，出陇西拔掉大唐西部的眼中钉石堡城，这一战打了吐蕃军队一个猝不及防，吐蕃人称为铁仞城的石堡城，血流成河，被箭矢射杀的大唐士兵的尸体堆成长城一样，一截一截地挺进到了石堡的高台上，八百吐蕃勇士捐躯殉难，石堡城终于第一次陷落帝国军队手中。大唐的疆域一夜之间拓展了千余里地。

青藏之门在大唐王朝面前洞开，无险可守。吐蕃士兵唱着忧伤的藏歌，向喜马拉雅山撤退，朝着黄河源，朝着唐古拉山脉后撤，后撤，大将军无望地对失地投去深情一瞥，等着瞧吧，十年之后再来石堡城过招，吐蕃人真的在逻些城蛰伏了10年，卧薪尝胆，欲报一箭之仇。果然，仅仅过了12年，开元之治成了强弩之末，沉入历史黄昏，唐皇贪恋贵妃美人的丰乳肥臀，从此君王不早朝。石堡城外，一支虎狼之师早已潜伏在荒野中，觊觎已久。开元二十九年，吐蕃军队一举攻陷了石堡城，帝国士兵全军覆没，吐蕃国界一下又推至鄯城城门之下。此时的唐玄宗已没有了当年御驾亲征的雄心，让陇右节度使王忠嗣率兵攻之，王领陇右所有唐军，浩浩荡荡征伐，将石堡城围了一个铁桶，插翅难飞，可是石堡之上是一夫当关，万夫莫开，窄窄的一条鱼脊梁路，数万唐军将士一个接一个地中矢倒下，躺在长满草苔的斜径上，骨骸遍地，新鬼哭嚎，令麾下官兵闻石堡城色变，奏报朝廷："石堡险固，吐蕃兴国守之，今顿兵其下，其数万人不能克，请俟其衅，然后取之。"唐玄宗震怒，派大将董延光率军攻取，下诏令王忠嗣分兵协助，结果仍旧丢下数万唐军尸体，仓皇而逃之。过了四年之后，唐玄宗撤了王忠嗣的陇右节度使之职，下旨哥舒翰为陇右节度使，总领陇西官兵，拿下石堡城。这个青海长云夜带刀的大将军，用八万大唐士兵之死，血铸长城，终于攻克石堡城了，以一将功成万骨枯的气派，赢得了皇帝颁给的紫衣袍。故李太白对他也艳羡不已，妒忌人家终于封了万户侯，而自己斗酒诗百篇，只配与国舅杨国忠喝喝花酒，才吟出了那句狗屁诗："君不能学哥舒横行青海夜带刀，西屠石堡取紫袍。"李白若有点男人血性，就像岑参、王昌龄一样，以剑作笔，当一回战地书记官，跟着哥舒翰麾下的弟兄们攻一攻石堡城，看着箭矢如豪雨而下，还不吓得屁滚尿流，中国的文人有个臭毛病，喝几口猫尿，血涌离际，骄傲的翅膀便飞扬起来，恣意妄为地指点江山，挥斥方遒，一副普天之下唯我独大独尊的气派。

不说了，我沿着远芳侵占的古道，溯鱼脊梁缓缓而上，已气喘吁吁，野草萋萋，海拔骤升，数百米之高却走了一个半小时，每迈出一步，我惧怕惊动了已沉醒千年的万千雄魂，纵使这样，原来冰冷的寒山，却有热血的岩浆在奔突，那一刻，我蓦地发现，寻找了一生一世的中国军人的血魂，原来深埋在石堡城里。我把脚步放得很轻很轻，原来以为帝国的士兵已经沉睡了千年，怕惊醒他们，这时我才觉得，他们的眼睛一直怒睁着，忧郁的，感伤的，抑或从容的，远眺江南的杏花，长安的泡桐花，洛阳的国色牡丹，还有遥远乡村里慈母倚门盼归的泪眼。

俯下身去，我拾起了一枚大唐的五铢钱，还有一根成了归化石的骨骸，我要带回去，供奉在我的紫檀木的条案上，那是中国军人之魂，也是一个军旅作家追寻已久的中华之魂啊！

走下石堡城，斜阳辉着广袤的莽原，我往文成公主摔碎宝镜的赤岭驰骋而去。今日的日月山岭上。仍然寸草未生，只有迎着季风狂舞的经幡在飘扬，那簌簌之声，是天堂里传下来的天籁，是文成从一千多年的岁月隧道里传递出来的幸福抑或痛楚的呻吟。

文成公主和蕃六十年后，大唐与吐蕃在赤岭划下了唐蕃边界，以赤岭为界，在日月山下勒石立界碑。又过了整整一个世纪，唐穆宗长庆元年唐蕃会盟于长安，次年唐皇派礼部侍郎刘元鼎到逻些会盟，并在大昭寺前塑了一座甥舅碑，正式确立唐蕃为甥舅关系，碑文用藏文写道："南方门隔天竺（印度）、西方大食、北方突厥、涅麦，均畏服，争相朝贡，俯首听命。东方有汉国，地极大海，日出之处，其国君与南面泥婆逻（尼泊尔）等国不同，教善德深……"言辞之中，对大唐帝国充满了钦佩之情。刘元鼎功德圆满之时，沿着唐蕃古道而回，途经赤岭，在他的官驿大道的驿程里写道："元鼎……过石堡城……右行数十里，土石皆赤，虏曰赤岭。"我从经幡的风颤中，听到了文成公主给的暗语密码，然后在夕阳衰草中徜徉，突然遭遇了一个惊天发现，一块石碑躺在荒芜之中，轻轻拭去岁月的风尘，是一块界碑，古老的方块字已经被风雪蚀食了，无法辨认，可是碑的风格却属于大唐，毫无疑问，这就是唐与吐蕃的分界碑了。

追着匆匆坠落的斜阳，走下了日月山，我寻芳唐蕃古道的踪影将往何处去，耳际又响起了《新唐书·地理志》的驿程：

> 自振武经尉迟川、苦拔海、王教杰米栅，九十里至莫离驿，又经公主佛堂、大非川二百八十里至那录驿，吐浑界也。

冥冥之中有一种神谕，从日月山下西行九十里，便是莫离驿，环顾莽原，莫离驿今何在，俨然要穿过苦拔海，其实就是唐宋典籍中所云"可拔海"西去赤岭七十里，其实就是今天的倒淌河镇，青海南山沟道至尕海的55里的地方了。

有了尕海，莫离驿也就一览无余了。距赤岭90里，已知苦拔海即尕海55里的地方，那就是今天的东巴乡驻地乙浪堂的一块高台，我们走了进去，荒草摇曳中仍然残垣断壁，毫无疑问，这就是莫离驿的废墟了。

确定了莫离驿，再由当地藏民所指，我们找到了当年的公主佛堂，那么距莫离驿280里的那录驿，自然非今天大河坝食宿站莫属了。

那天晚上，我们在青康公路的大河坝食宿站住了一夜，漠风乍起，风叩石棉瓦。仿佛是一双酥手在弹古琴，让人似乎觉得有吐谷浑的羌笛响起，文成公主当年在这里遇醉马草，下暖泉，遭遇一场风花雪月的浪漫清晰地在我眼前浮现，于是驿程之中纪文也碑刻般地凸现：

又经暖泉，烈谟海，四百四十里渡黄河。

翌日清晨，切吉莽原的天的尽头，一轮喷薄而出的红日，张开饕餮之口，吐出一枚赤丹，将当年薛仁贵兵败大非川的雪山包成一个红鸡壳，内核却是褐色的烈浆，我们步出大河坝的食宿站，远眺漠漠旷原，苍凉无垠，向埋葬在这片寒原上的大唐先辈军人行一个导弹部队军官的军礼后，我登车西行。站在二十一世纪零公里处的，我将自己蘸墨的笔剑，往着蔚蓝色的天空凌空一刺，亮出光域般的光带，也许专家或有粹民族意识的国人不会苟同我的一家之言，可是我还想象堂·吉诃德那个骑着瘦马的骑士一样，举戟挑向大风车，向自己开战，向我们自以为是的大汉民族的自尊自傲开战，告诉国人，纵使在中国最强盛的大唐，唐太宗也未必敢为所欲为，纵使当下超霸美国山姆大叔敢恣意纵横天下，不也要为自己过度的张狂付出沉重的代价。

我们乘坐的高级越野牛头吉普驶过班禅玉池，就是历世班禅入京晋见扎营的地方，继续沿着沙荒之上的青康公路南行，过了鄂拉山口，温泉山口便在视野中浮现了，打开车窗，一股浓烈的硫磺味迎面扑来，跃身下车，脚下一股股热流汩汩流淌，汇成一条小河向东流去。我匆匆地走了过去，温泉四周，野花如荼，一排排芦荻悠悠，在风中低吟浅唱，是诉说文成的浪漫故事，还是因为我们从长安城而来，奏一曲喜洋洋的欢歌，我倒觉得是六世达赖的阴魂不散，为玛吉阿米而狂。抚摸着一丛丛芦苇，朝位于暖泉旁的一座座藏包钻了进去，本可以脱个一丝不挂，像遨游在天阙里的大地之子一样，亮出自己的躯壳、灵魂和空空荡荡，可是远处有一群玛吉阿米译成汉语就是娇娘在沐浴，我们只好望而却步，匆匆地用暖泉擦一把脸，感悟文成公主的馨香依在，便往烈谟海狂奔而去。

烈谟海，有人置疑为今青康公路花石峡养路总段西边 20 余里的托素湖，藏语叫"黑海"。当地人称乌海，乌顾名思义就是黑而得名，《旧唐书·薛仁贵传》

云："军至大非川，将发乌海，……乌海险远，车行艰涩。"《通典·四夷》曰："吐蕃国出鄯城五百里，过乌海，莫春之月，山有积雪，地有冷瘴，令人气急，不甚为害。"日本地理学者佐藤长考证，烈谟为药草意，是一种兴奋剂，在青康公路由苦海西岸约 5 公里处有一个醉马滩，滩上疯长着一片片醉马草，马驰过皆醉，而人嗅着时，便会萌动一种性幻想。我们望而生畏，不敢涉足其中，不过，文成公主与噶尔东赞的那种属于民间版本流传的故事，在醉马滩上孕育而成，便一点也不奇怪了。

匆匆驶过烈谟海，长驱直入 440 里路，往黄河古渡风驰电掣般地驶去，自古以来，黄河古渡有二，一处是黄河源头两湖地区鄂陵湖、扎陵湖襟连的周毛松多，人称黄河上渡，一处是其东 200 里的玛多县治黄河沿，又称黄河下渡。大唐与吐蕃会盟立甥舅碑的刘元鼎路过此地，曾经留下这样的驿程描述："河之上流……水益狭，春可涉，秋夏乃胜舟，其南三百里有山，中高而四下，日紫山（今巴颜喀拉山），直上大羊同国，古所谓昆仑也，虏日闷摩称山。"由此可见，黄河上渡河两岸相间 40 米，水深 15 米以上，泛舟可以，但是涉水而过绝不可能，而黄河下渡岸相隔 70 米，河流徐缓，深近马腹，牛皮筏、驼、马均可过河。民国初年的著名人类学者周希武在作《玉树土司调查记》时，写《宁海纪行》说由大河坝经温泉、苦海、花石峡到黄河沿 450 里，与唐人驿程所记相差无几，所以黄河下渡恰好唐蕃古道过黄河的必经的古渡口了。而今黄河沿古渡已经是万里黄河第一镇玛多的所在地了。

不走黄河桥，而借划着牛皮船渡过黄河，我突然想到了唐蕃古道上的驿程纪文写道："又四百七十里众龙驿，二百一十里至多弥国界。又经牦牛河度藤桥，百里至列驿。又经食堂、吐蕃村、截支桥，两石南北相当，又经截支川，四百四十里至婆驿。"

骑着战马涉水而过黄河沿，大唐的遣使们挥毫写下这段驿文时，似乎没有预料到，一千里路尘与土，众龙驿、多弥国界、牦牛河藤桥、婆驿，也许当时就是一个流动的藏包，有使者来时驿站才会暂时留人，也许那断井颓垣早被岁月的风沙吞没，留给今天一个千古之谜，让当下研究唐蕃古道的学者一而再再而三的迷路。

好在 1984 年夏天，青海省文博部门组织北京青海 15 名历史、考古、民俗专家，对唐蕃古道进行了为时 126 天的野外考察，行程 15000 公里，在过了玛多之后的黄河沿最让人迷失的地段，借着大唐遣吐蕃之使刘元鼎的叙述，借着旷荡原野留下的地貌参照和当年驿程相近里程，廓清了唐蕃古道的历史走向。让我们寻觅芳踪的脚步又重新踏在了真正的唐蕃古道上，嗅到了文成公主当年遗留在入藏大道的历史香魂。

从玉树地区玛多过黄河沿渡过黄河后，横亘在我们面前的一座大山，曾几度出现在唐宋明清的历史典籍了，刘元鼎在出使吐蕃见闻纪略中云："河之上流（指黄河沿一带），繇洪济梁西南二千里，水益狭，春可涉，秋夏乃胜舟，其南三百里有山，中高而四下，曰紫山（今巴颜喀拉山），直上大羊同国，古所谓昆仑也，虏曰闷摩黎山，东距长安五千里，河源其间，流程缓下，稍合众流，色赤，行益远，它水注则浊，故世举谓西戎之地曰河湟。"刘所称的紫山，就是今天的巴颜喀拉山的唐时汉称。闷摩黎山，是藏语名，意为"紫（青）色的山"。而成吉思汗马踏昆仑，蒙古王爷一统青藏，改称紫山为巴颜喀拉山，意思是"富饶的青（黑）色的山"。唐称、藏语和蒙话，异曲同工说的一个地方，《河源纪略》和《清史稿》都有记载，这是可以认定的事实。但是，唐蕃古道黄河源后又四百七十里是众龙驿，必然经过南三百里紫山巴颜喀拉山，究竟从哪个山口过紫山，而走向众龙驿，显然是一个历史的谜团。当时唐蕃古道考察队舍近而求远，先将远望之眸投向前边可以参照的坐标——牦牛河。《唐书》说犁牛河，也称牦牛河，指今金沙江上游的通天河。《大明一统志》还有明清入藏的文人墨客的诗文所记："山形高广，形似犁牛。"从清末以来的历代中外学者在考据牦牛河时，都毫无争议地将牦牛河定为金沙江上游的通天河。可是许多中外学者在考证时，却因在通天河前望而生谜，一个个陷入困境，得出了望文生义的结论，使唐蕃古道步入了学术作业的玄想之中。青海省的唐蕃古道考察借野外踏勘的便利，暂时弃下过巴颜喀拉山口和牦牛河不论，锁定古驿道纪文的描述："又四百七十里至众龙驿叹渡西月河，二百一十里至多弥国西界。又经牦牛河藤桥，百里至列驿。又经吐蕃材、截支桥，两石南北相当，又经截支川，四百四十里至婆驿。"截支桥、截支川，以及过了桥之后的两块巨石相峙，逆向而回紫山，山重水复疑无路，终于柳暗花明现驿站。他们先找到通天河西南两三百里的子曲，又称子介河，在玉树地区很出名，而子介与截支可以是同音异字反写，却因年代久远，一次语误笔误，沿用至今。而且最令他们兴奋的是在玉树州结吉镇与杂多县公里子桥处东约20里的地方，有两块巨石，长20米，高约 15 米，宽 10 米，兀立子曲的河岸两边，犹如松赞干布留下的两位大将军把关，迎着迤逦而来的大唐使者。考察队踏访遍整个玉树州河谷流域，唯有这块巨石横亘河谷，被当地藏民作为神湖的尼玛石来膜拜，挂上了许多迎风飘扬的经幡，这个发现让他们兴奋不已，遥想当年，唐使路过子曲，驻足凝眸，这特殊的唐蕃古道的驿道标记铭刻于心中，晚间作行程日志，或者回到京都写朝报奏折时，无疑会记下了这两块巨石了。有了牦牛河的地理定位，又找到了截支桥不远的两块巨石，考察队访问民间，当年的从甘肃和青海入藏的驿道过了黄河源之后，经巴颜喀拉山口，逾山沿一条有名的大河扎曲，藏语叫发源于月亮一样泉眼中的河（即驿程中所说的西月河）的东岸而行，到清水河（今玉树称多县的清水河乡）南边不远的崇陇峒，日本学者佐滕长写《唐代青海至拉萨间的道程》考证时，功不可没，认定崇陇峒就是音近而确定是众龙驿了。据清代和民国入藏人员的《行记》也是这样走的。这样，唐使晨起出了众龙驿，过当时吐蕃的一个酋长部落多弥国，即今天的通天河一带，往牦牛河（今通天河）上唯有可建藤桥的称多县至玉树的尕多渡口而行，到玉树县宽旷的草原结隆乡，号有玉树州江南之称，土地肥美，宜农宜牧，水网纵横，唐人亦绝不会弃草原而选青紫无草的重山作驿，因此《新唐书·地理志》列驿，非玉树结隆乡莫属了。文成公主庙就坐落于附近。

至于婆驿，便是今日的沿子曲上行至子野云松多的地方，这里离截支桥 300 里，加上至列驿（结隆乡）的 150 里，恰好与驿文所载的"四百四十里至婆驿"并不矛盾，而且子野云松多，是一个风景绝色之境，有十八座山峰为文成公主所命名，水涓潺潺，青草蔓生，奇石突兀云间，最适宜人住，唐人在这里小憩几天，却是最好的去处。

可是我国近代一位著名学者吴景敷却在紫山面前迷失了，他经过演绎和玄想，竟然猜想出入藏的唐蕃古道渡过黄河沿后，经巴颜喀拉山的札木隆山口后一直西行，溯通天河而上，过沱沱河进入长江源，逾今天青藏公路的唐古拉山口入藏，实际与当年的唐蕃古道已相差十万八千里了。显然忘却唐人所写的南北两石相峙的地理标识，与唐人所走的入藏大道渐行渐远，遗憾的是许多作家记者在写青藏铁路时一引再引，误以为唐蕃古道就是今日的青藏铁路走向，以讹传讹，误人子弟了。

早晨从婆驿启程，绝佳的美景不再，入藏之前的第一座大雪山唐古拉，已浮现在前方的驿路之上，唐蕃古道的驿程纪文写道："乃渡大月河罗桥，经潭池、鱼池、五百三十里至悉诺罗驿。又经乞量宁水桥，又经大速水桥，三百二十里至鹘莽驿，唐使入蕃，公主每使人迎劳于此。又经鹘莽峡十余里，两山相嶂，山有小桥，三潭水注如泻缶，其下如烟雾，百里至野马驿。"

越横亘数百里大雪山唐古拉山，前方有五个山口可供入藏。即：当拉、郭由（纽）拉、查午拉、沙卖拉、保苟加吾拉。当拉山就是今天青藏公路所过唐古拉山口，它也是一条历史悠久的入藏大道，但并非唐蕃古道，80 年代在敦煌新发现的《吐蕃投递驿书》记载，这是吐蕃经柴达木去敦煌驿路的古道。元朝称为"拜都路"，即从拉萨经唐古拉的当拉山口至柴达木盆地，然后再去蒙古大草原。明清两朝，行者亦甚多，今日的青藏公路和铁路就是建在这条古道之上。但是取道玉树的入藏大道皆不由此口通行，因为当拉山口以东从子曲过去最理想的有查午拉山口入藏，而沙卖拉和保苟加吾拉山，也不作为越唐古拉的山口，因为它太偏东，一个在囊谦县境内，一个在多县的苏鲁乡，沿子曲而上的使者自然不会掉头朝东，而最后遴选的结果，查午拉和郭由拉山口便是入藏大道越唐古拉的必选之路了。唐代驿程称，婆驿至野马驿要经过三条大河，而其中两条皆在唐古拉山岭北，一条扎曲，一条当曲，而第三条则是越过唐古拉的岭南了，就是今天索曲河了，发韧于唐古拉山南麓，水流湍急，落差很大，是怒江的发源地，故唐人称为大速河。但是这条入藏大道究竟如何走向？

青海省唐蕃古道考察队先从《册府元龟·外臣部·土风三》吐蕃记载："有鹘莽山，去长安六千里余，其国因险而防焉，其山西八里，状若三峡，其中水流声如雷霆，人语不相闻。其山远而望之，色黄而白，无草木，两岸有石壁，一处瀑流自山巅飞下，可百余尺，激一县石，似飘粉焉。"按照这个一千多年前使者所记载的地貌风景坐标，考察队骑马越过唐古拉山查午拉山口，在索曲北源上游的巴马拉雪山，找到了鹘莽山最理想的归宿，一条15里长的峡谷横穿巴马拉雪山，峡势峻峭，独仞孤立，索曲北源之水由西向东奔涌流过，一条小溪从山间飞流而下，距唐古拉山查午拉山口50里，即今天的聂荣县查午拉区所在地。由此一条消失的越岭古道被踏探出来了：唐代使者走了人生中最艰难的一段驿程，风雪迷茫，策马西去，他们从子野云松多的婆驿启程，西南绕行阿热起庆山北麓约百里渡布青曲（扎曲支流），又西绕洋欠着尕山北麓转西南行约230里至扎尕那松多渡扎典（大月河），又西循扎曲河谷行约180里又转南行40里到加力曲草原（悉诺罗驿），沿加力曲南行约40里至加力曲，入当曲口，在口西不远的查午拉曲口渡当曲（乞量宁水桥），溯查午拉曲东岸约150里至唐古拉查午拉山口，西行50里至现在西藏地区聂荣县的查午拉区，又西南约50里至赛红达（大速水桥），渡过索曲北源，西行30里至鹘莽驿，其西10里为鹘莽峡，整个行程870里，与唐代吐蕃古道的850里只差20里。中国考察队寻找的驿站方位应该是非常接近唐代的古道了。

而在这海拔5660米的地方，文成公主抑或后来进藏的金城公主，派使者来迎大唐的遣使，可见远嫁的汉家女是如何思念中土故园和亲人的。

走出雪山，走下高原，策马步入万里羌塘，却是天苍苍，野茫茫，风吹草低见牛羊的藏北风光。唐代使臣的心情也随之开起来，唐代驿文写道："经吐蕃垦田，又经乐桥汤，四百里至合川驿。"

从野马驿（今聂荣县白雄区）出来，已见人间烟火，一片男耕女织的屯田气象，可惜那是在大唐时代，吐蕃国可以垦田。而在时下聂荣属于牧区，藏民一般是不种田的，但从地域看却是怒江上游支流的白曲流域了。乐桥汤在其南20里的陇雀湖、陇桥、乐桥，也就是语译时的读音差异而已。而纵横四百里至驿，中国学者吴景敖和日本学者佐藤长，均认为就在今天的西藏那曲地区首府黑河了。唐代吐蕃的附庸国敢国当时就活动在这一片。那曲是唐蕃古道的必经之地，也与今天的青藏铁路重合一线了。

我第一次住那曲晚上，1990 年的 7 月 20 日凌晨 1 点抵达的，从格尔木一夜奔来，已是凌晨时分，那曲地委还给阴法唐中将摆了一桌盛宴，我却一口也不想吃，被安排睡到那曲军分区副政委的卧室，炉子里烧着牛粪，人仍然兴奋，刚一合眼，心脏便被骤升的海拔猝然憋醒，一夜无眠。以后两过青藏路，我都住在了安多，只是匆匆驶过那曲，投去匆匆的一瞥。

而这次重走唐蕃古道时，我到了那曲，也只是翻阅着《新唐书·地理志》的最后一段记载："又经恕谌海，百三十里至蛤不烂驿，旁有三罗骨山，积雪不消。又六里时至突录济驿，唐使至，赞普每遣使慰劳于此。又经柳谷，莽布支庄，有温汤，涌高二丈，气如烟云，可以熟米。又经汤罗叶遗山及赞普所祭神所，二百五十里至农歌驿。逻些在东南，距农歌二百里，唐使至，吐蕃宰相每遣迎候于此。"

这一段驿程 640 里，仍然活着，与今天的青藏公路和铁路的走向重合，那曲至蛤不烂驿，就是现在的当雄草原了，雪水丰沛，一条雪水河牛羊成群，而三罗骨雪山，佐藤长考证为三骨罗雪山，就是当雄草原当雄拉大雪山，终年积雪不化。突录济驿则在桑来拉雪山的南端，往下有柳园出现，说明此地已经可以植树了。莽布支庄是一个部落头人的名字，早在汉唐文书便有记载，《敦煌吐蕃历史文书·编年篇》第 10 条："及至羊年（唐高宗显庆四年）达延莽布支于乌海之东岱处与唐苏定方交战。"由此可见位于柳谷的莽布支庄是吐蕃贵族的一个庄园领地。温汤高二丈，自然是当雄下来的羊八井了。而汤罗叶遗山就是今天的念青唐古拉南麓的一个山口，而农歌驿则在羊八井一带，这里距拉萨城 200 里，与青藏公路和铁路的方向一致。

逻些城在望，策马沿着堆曲北岸而下，到官驿大道的最后一程堆龙德庆恰好 200 里，便可以看到高高的红宫了，文成公主找到了供奉自己灵魂的庙宇。唐蕃古道西段鄯城到逻些的 4250 里路程也走到了最后的归宿。蓦然回首，古道漫漫，六千里路云和月，它不仅凝固着军人的血痕，也洒下了一个女人的泪水。

一座灵魂的殿堂在唐蕃古道尽头骤然而起，那是我心中的圣城拉萨，但是她永远不属于我，尽管我已六次进藏，一步步靠近红宫，因为我不是一个虔诚的转经之人。唯一欣慰的是我以文学的徒步，走完唐蕃古道的全程，向世人复印模拟出大唐长安通往拉萨的一个公主的履痕。

唐蕃古道也走到了迎官厅，6100 里的官驿大道走到了终点，任何赘述都显得多余，到了落下句号的时候了。

头枕冷山向黄昏

我看不出当年文成公主与松赞干布的合卺之礼有何奢华和排场。

已是第六次进藏了，每次我都不禁要去昌珠寺看看，并不是为了看那幅价值连城的珍珠唐卡，尽管这也是天朝皇帝所赐，由文成公主精制而成，一缕金线将数万颗白珍珠黑珍珠穿梭而成一位婆娑多姿的救难白度姆，成为镇寺之宝，可我却去拜谒一个永远遗落在那里的千年孤魂——文成公主。

每次走进昌珠寺，步履都很沉重，走到文成公主给藏王烧饭的灶房，光线黯淡，一股腐蚀的霉味充斥其间。藏族导游讲解时神情眉飞色舞，我的心中却有一种说不出的苦涩，一个宗室之女，虽不生于贵胄之家，也算是一位大家闺秀啊，在长安城的时候，纤纤酥手做过厨娘干的粗活吗？也许当下的时尚女子把下厨房为丈夫做一顿美味佳肴，视为经营的爱情阳光雨露。可那毕竟在大唐，在吐蕃国的王室里，皇后王妃是不屑做厨娘的。我伫立又黑又暗的灶台前，无意中窥视到了一个埋葬千年的秘密，文成公主在西藏的历史舞台上，虽然后来一直被尊，泥塑的菩萨真身像与尼泊尔的尺尊公主一样，各坐松赞干布左右，神情却肃穆凄楚，似有万千言语欲说，却无法掩饰一个冰冷的事实：她只是藏王最宠的一个后妃。

据西藏《青史》《红史》《白史》载，13岁登上赞普大位的松赞干布在迎娶大唐公主之前，已有了四个王妃：生于拉萨河谷堆龙德庆蒙堆的藏妃蒙沙尺姜，象雄王之女象雄妃莎理提门和弥药王之女茹雍莎杰莫赞，后两人都是一吐蕃的附属国和酋长部落之女联姻，随后又迎娶了泥婆逻公主尺尊，大唐文成公主是他先礼后兵迎来的第五个王妃。

那天，松赞干布倚在第一座藏王宫殿雍布拉康里，俯瞰着祖先的发祥地，雅砻河谷的青稞已经黄了，他开始想念自己的爱臣噶尔东赞了。此去长安已有两年了，一点消息也没有，去年大雪封山前，三百里快马朝报，说文成公主已经踏上唐蕃古道了，爱妃现在何处，怎么走得这么慢啊！年轻赞普仰望天穹，蔚蓝色的天幕上，一群灰头雁浮在高天，排成一个汉地的人字，朝着藏王宫飞了过来。百灵也盘旋半空嘤鸣，从窗外传来一曲高亢的藏歌。

赞普的眼睛望着远方，说："是到了回家的季节啦。"

依偎在身旁的尺尊公主问："陛下，你说谁回家啊？"

"噶尔东赞该回来了。"藏王的眼睛仍然凝望天空翱翔的灰头雁。

"你又想那个汉族女人了？"泥婆逻王妃逼视着藏王问道。

松赞干布眼睛一片清纯，说："我在想大唐公主会是什么样子。"

"哼，"泥婆逻王妃将脸背了过去，说，"女人就像手抓羊肉一样，味道都一样，只是颜色深浅不同而已。"

"哇！"年轻的赞普笑得捧腹，将口中的甜茶吐了出来，前仰后合。

"我没有说错吧！"尼妃觉得自己点了赞普的痒穴。

果然一会儿三百快马朝报来了，说首席大任噶尔东赞陪着公主过了赤岭了，正朝着唐蕃边境迤逦而来。

松赞干布一跃而起，对身边大臣说，即刻派三百里快马给首席大任回信，本赞普带着朝中的文武大臣去柏海迎亲。

尺尊公主也从卡垫上起来，身着藏式婆婆长袍，说："赞普，柏海在什么地方？我要跟你去。"

松赞干布拍了拍尼妃的肩膀，哄她说："王妃，柏海在我吐蕃国与吐谷浑的边境上，要翻好多座大雪山，山高水长，你这样的金枝玉叶，受不了那份罪。再说，本王去柏海，也是想探探路，把吐谷浑纳入我吐蕃国的版图，这可是本赞普朝思暮想的事情。"

"你当时迎娶我的时候，只到了大雪山之下啊。"泥婆逻尺尊公主不满地说，现在却要去遥远的边地。

赞普一笑，说："那是因为我们只隔着喜马拉雅啊。"

"哼！"泥婆逻王妃起身离去了，扭头说，"那就与你的大唐公主去山高水长吧。"

年轻赞普摇了摇头，吩咐道："备马！"

松赞干布跨上他那匹白色的藏马，带上卫队，从半山坡上雍布拉康宫殿往泽当雅砻河谷里下去，骑在马背上蓦然回首，吐蕃国第一座宫殿，位于半山龙脊之上，只是一座四层楼之高的雕楼，却气昂轩然，雄睨八方，但在雄霸天下的年轻赞普心中，祖宗留下来的老屋毕竟太小了，孤零零一座城堡，就那么十几间房子，与吐蕃王朝泱泱疆域和气度颇为不符，他决定举一国之力，在逻些卧马塘的红山上建赞普宫殿，好与泥婆逻与大唐王妃过几天奢华日子。

　　扬鞭纵马出逻些城，前后有五千铁骑护驾。松赞干布溯唐蕃古道而下，一个驿站一个驿站地往前走，翻越念青唐古拉山口，进入当雄草原，雪山、草地、牛羊、村落，如诗如画地扑入视野，让人心旷神怡。当藏王真好，土地、江山、女人、男奴都是我的，权杖一指，一个个纷纷下跪，或躬身低头，让道于旁，亮出了自己长长的舌头。原来颐指气使，号令天下的感觉会这般好，犹如兽群中的狮王，一声咆哮，没有一个不臣服的。晚上，趁着天上还有星星，本赞普要下到羊八井的地热暖泉痛快泡个热水澡，再让御林军卫队长到附近牧民村里挑一个最美的藏族姑娘，侍候一夜。横戈马背的男人，哪一个离得了女人，血雨里滚出来了，九死一生，战胜对手，征服了天下，赢得江山在握，最终都是为了将雄性的伟岸展示给倾城倾国的女人看。柳谷的莽布支庄园是要住一晚的，莽布支头人天生就是一个战将，他那草上飞、一剑封喉的功夫，除了本赞普，没有几人可以相媲美。

　　大唐公主长得怎么样，像本赞普藏妃和泥婆逻王妃吗？本赞普见过他们的使臣，一个气宇不凡，眼神从不飘离，一看就是一种自信从容的高贵，眼睛就是窗口，本赞普看到的是一个日照东方的强大帝国，据遣唐使回来说，长安城连绵百里，走出去还会迷路，这是什么样的城池啊？本赞普先礼后兵迎娶大唐公主，就是仰慕这种高贵与奢华，为吐蕃文明寻找一个交媾的强种。

　　马踏风尘，卷起一条黄龙在空中飞舞，与念青唐古拉山上的白云撕咬相斗，吐蕃赞普朝着万里羌塘疾驰而去，将空旷的藏北草原一一抛在身后。有时在草原安营扎寨，白天赛马抢羊，晚上点燃篝火，与百姓们跳上一场锅庄，喝着青稞酒，伸手抓过一块块手抓羊肉，酩酊大醉三天，阅尽草原上的人间春色，携着牧羊女身上青草的芳菲，然后登马而去，朝着唐古拉雪山浩浩荡荡行进，穿鹘莽峡，过查午拉山口，越索曲，牦牛河，往紫山策马而行，涉水过了天下大河的源头，过了玉树，前方就是柏海了，吐蕃国与吐谷浑的分界之处。在扎陵湖边出口处离黄河不远的地方，年轻的藏王登上湖南岸的一个小山包，说，就在这山包上仿造雍布拉康，造一座行宫吧，我要在这里迎娶大唐公主。

　　吐蕃国不乏能工巧匠，周遭的百姓也被赞普卫队支乌拉差赶来取石运料，数月之内，一座依山而建，分为内外城，有城墙、城门、瞭望台，融入了汉唐风格的石堡"公主行馆"在柏海边上拔地而起。年轻的藏王虚宫以待，就等他的大唐公主入洞房了。

左顾右祈，又是一个春季过去了。封冻的黄河开始解冻了，终于跟随噶尔东赞去的卫兵快马急报，唐朝太宗皇帝派江夏王李道宗护送的和亲队伍，已经到了柏海，明日太阳升起的时候，与赞普举行合卺大典。

那天晚上，年轻的赞普辗转反侧，躺在虎皮卡垫上怎么也无法入睡。他在想着文成公主的模样，将她与四个王妃比来比去，直至拂晓时分才迷迷糊糊地睡了过去。

翌日早晨，太阳刚刚在柏海湖面上升起，犹如一个从龙王口里吐出的火球，冉冉升起，将一片白色的扎陵湖染成一个出浴的婴儿。松赞干布还在做着春梦，浸淫在红烛高照的奢靡中，却被宫廷礼仪官叫醒了："赞普醒醒，大唐公主快到啦。"

松赞干布一跃而起，喝了一碗刚打的酥油茶，他特意换上了雪豹皮做成的长袍，浑身缀上红宝石绿宝石和银饰，戴上水貂皮的帽子，套上藏靴，佩上藏刀，踩着下人背脊，跨上那匹白马。带着威风凛凛的卫队，排成两边，夹道欢迎大唐送亲的队伍。

一阵蹄声踏碎草地上的金莲花。卫兵滚身下马，说："赞普，李唐王朝送亲的队伍过来了。"

年轻赞普一挥手，一排丈多长的法号吹响了，在空旷的原野上呜呜作响，一支长长的队伍从地平线上出现了，由一个黑点渐次放大，前边龙旗飘飘，后边一队铁骑紧随，再往后则是一个大红的车辇，车轿子有门可开，俨然一间房子，噶尔东赞与大唐的江夏王走到前边。看见自己，噶尔东赞滚身下马，跑了几步骤然下跪，未语泪先流，说："赞普，老臣复命了，大唐文成公主也给你迎娶回来了。"

"爱卿免礼！"年轻藏王也跃身下马，扶着噶尔东赞说，"让我本赞普好念想啊，两年了，也不来封信啊。"

噶尔东赞泪涕涟涟，说："老臣千辛万苦，千山万水，终于将大唐公主给赞普带来了，她可是美貌倾国，娴熟端庄，母仪天下，颇得大唐余韵啊。"

松赞干布错愕不已，说："是吗？"

这时江夏王李宗道也走过来。看着唐皇麾下的大臣王公紫衣锦袍，头戴黑冠，胸前绣着锦鸡，腰间缠着官带，仪表堂堂，衣着华美，随其后的卫士身着金甲，头戴战盔，手持长矛，个个英气逼人。看看自己穿着兽皮的部下，年轻的藏王顿时觉得麾下的官兵个个蓬头垢面，像山野之远未曾教化过的野人，一种愧色悄然掠过他那英武的脸庞上。

　　吐蕃的法号刚落下。大唐的鼓乐齐鸣，奏响了大唐宫廷的乐曲。一个仍然有童声的官员一声长啸，乐曲戛然而止。这时车辇的门突然开了，一个穿着红色锦绣缎袍，头戴凤冠，外边一件貂皮黑色披风的公主莲步款款地下车了，高贵之气一下子将年轻赞王震慑了，神情呆滞地看着大唐公主，嵌着在脸上的黑葡萄般水灵的大眼会说话，像雪山飞瀑迭落而下的秋潭，樱桃小口与细如凝脂的脸颊，相得益彰，嫩得滴下水啊。而珠圆玉润的身姿，将一个女人亦凸亦凹亦平的性感部位，恰到好处地展现出来了。

　　"班丹接姆女神！"松赞干布惊叹地脱口而出，说，"班丹接姆女神降落草原。"

　　文成公主在侍女的搀扶下走了过来，第一眼看到松赞干布，便被眼睛里折射的坚定和纯清迷住，皮肤像噶尔东赞一样黝黑，折射着太阳的光泽，八字胡朝天而翘，一看就是一个一言九鼎的人主。她开口的第一句话居然是地道逻些官话："扎西得勒！赞普。"令松赞干布悚然一惊，他知道这一切都是噶尔东赞煞费苦心啊。

　　大唐的合卺大典礼仪好繁复，拜天拜地拜祖宗，然后夫妻跪拜之后，侍女才将一个大红的绸子扎的龙球，让松赞干布与文成公主拴着，朝着公主行宫的城堡走去。

　　那天晚上，年轻藏王设喜宴款待大唐的送亲队伍，全是一桌桌藏菜，手抓羊肉、煮全羊、血肠、奶渣应有尽有，本该喝有金片银片的金稞酒的，可是噶尔东赞硬让藏王尝尝大唐的宫廷御酒剑南春，那酒醇香可口，三盅两杯下肚，松赞干布已经醉了，可是公主、江夏王，还有那个胳膊往外拐的本赞普的首席大臣噶尔东赞硬要劝赞普喝，烈酒翻腾，如千军万马在腹内奔涌，松赞干布喝得酩酊大醉，入洞房时，那一排排酥油长明灯，全部按公主之意换成了红烛。红帐烛影，一个荷花般的女人出水婷立，羞沉扎陵湖中的鱼儿，年轻的藏王嗅着大唐公主身上悠悠的体香，醉入洞房，眼前一片眩晕，他觉得公主那丰乳肥臀的美躯，让人心旌荡漾，幻觉之中，那荷花一样红润的玉体，一下子变成了两个人，一会儿成了一个人。烛光变人形，人在烛影中，烛在身上燃烧，在这种变来变去的迷幻中，吐蕃王听到了一声藏羚羊母羊发情时的尖叫，他就在这尖叫中强暴征服大唐帝国，步入欲仙欲死的坠落之中……

第二天，江夏王与他喝酒时，文成公主的侍女用金盘端上来一块白绢，那绢上涂着像大唐国色牡丹花一样的血痕，松赞干布懵然不知，说这是做啥？

江夏王掩口一笑，说："这是我们公主昨晚被赞普驰骋耕耘的凭证，她是清白的处女之身啊。"

年轻的赞普笑了，说我们吐蕃国这种初夜并不重要。

文成公主如释重负，坐在大臣席上的噶尔东赞也舒了一口气。

松赞干布与文成公主在柏海行宫里，缠绵了整整三个月。草原上的牧草被一场冷似一场的秋霜染黄了，远处的紫山落雪了，才与江夏王告别，向着遥远的东方最后一瞥，带着宫娥和数百人的工匠艺人走向城堞般崛起的青藏高原。

文成公主就这样成了吐蕃最早一个汉妃。她跟着松赞干布循唐蕃古道策马进了逻些城，登上红山王宫，当初的吐蕃王宫只是今日布达拉宫一个小小的雏形，格局简陋，几幢雕楼依红山西斜的山脊而建，雄镇逻些河谷，站在天台上，雪风很大，如长安城墙上吹奏的埙一样尖啸，唯一让公主赏心悦目的总有彩云飘来，垂得很低，抚摩着宫殿上的风铃，在湛蓝的天幕上染着斜阳的余晖，染色成朵朵祥云，那一定是故乡的云吧。

泥婆逻王妃见松赞干布有了新欢，忘了旧人，气冲冲地从雅砻河谷的雍布拉康赶来了，见了赞普拥着肤如白雪红润如婴的大唐美人，楚楚动人，人见人爱，不免有几分妒忌，从来只有新人笑，哪里去闻旧人哭。好在在吐蕃王朝里文武百官心中，先娶尺尊，后娶文成，泥妃为大，汉妃为小，再说自己也为松赞干布生了一子，也算母后了，心中才有了一缕平衡感，于是颐指气使汉妃成了她的最大快事。

那两年，雅砻河谷和雅鲁藏布江流域总有灾患，年轻赞普笃信佛教，让泥妃和汉妃将她们的佛陀金身盖成寺庙供奉，以镇邪恶，祈愿吐蕃众生平安。尺尊听说文成公主会看风水，便匆匆找来了，送了她一盒天竺檀香，说妹妹，不愧来自东土大唐，不光有冰雪之肌，更有冰雪聪明，听说你会看天象，又懂风水，帮姐姐选一个地址，我要盖寺庙，将泥婆逻带来的佛像供奉起来。

文成公主欣然从命，带着从长安来的风水先生和工匠走遍了逻些河谷，在一片沼泽和湖泊的卧湖塘上为尼泊尔王妃选了大昭寺的地址。尺尊公主一看，脸色陡变，霜凝眉头，觉得文成公主有诅咒和陷自己于不洁之嫌，才将寺庙选在了水烟瘴厉盛行的沼泽之中。一脸愠怒地跑到了松赞干布那里告状，赞普说："选得好啊！"

尺尊公主一愣，说："好在哪里？是不是汉妃做的每一件事情，你都以为好。"

松赞干布呵呵大笑："汉妃已经告诉我了，她说逻些如一个形似仰卧的魔女，而卧湖塘则是魔女的心脏，建庙镇住魔女，可佐佑我吐蕃平安。"

泥妃将信将疑，问："那湖水如何处置？"

松赞干布说："这好办，本赞普诏告天下，赶着成群的彭波山羊驮石填湖造庙。"

尺尊公主破涕而笑。

在汉族和藏族工匠的精心建造下，位于拉萨城中心的大昭寺拔地而起，为纪念白羊驮土的功绩，大昭寺的平顶上塑着一对奔腾的金羊，望着法轮，踏云而去，给普世的人间驮来了吉祥。

随后文成公主为自己建了小昭寺，门向长安而开，但它的香火与名气，似乎永远无法与大昭寺比肩。

文成公主嫁到逻些城之后，是幸福还是痛楚，永远是一个不解的谜。人类的爱情保鲜期只有22个月，何况帝王，宠幸一个女人只为一晌求欢，新鲜和神秘尝过了，他又会把目光投向别的美女。因为他是人中之龙，占尽天下最美的女人，像大唐玄宗皇帝那样只痴情地爱一个贵妃杨氏，厮守长生殿望月，祈盼月中再与贵妃下凡相会，简直是人间情痴情种。

步出昌珠寺的门槛，别过雍布拉康，我朝历世藏王的最后归宿地琼结驶去，心中挥之不去神龛之上文成公主黯然的怯色。她真的应验了中国那句谶言：红颜薄命。长安家万里，一个孤魂远在雪域，想家的时候，只能看看云游到红山宫殿上的白云，权作从故乡飘来的云彩，萦绕在昌珠寺、小昭寺让她都将大门朝着东方开，似乎祈盼佛前的每一个祷告飞掣入长安，祈求大唐风调雨顺，祈求唐蕃永远休兵罢战，祈求父母高堂福禄安康，祈求一个汉地的弱女香魂能得到更多的呵护，但是松赞干布仅陪了她九年便病薨而崩。说起一代英主的死，也是英年中殇。尼妃尺尊公主从泥婆逻带来的侍女忽一日染上了瘟疫，究竟是天花、鼠疫，还是其他的烈性传染病，不得而知，按说在雪域高寒缺氧，紫外线照射又强，是不易有暴病流行的，可是松赞干布在与尼妃亲近时，不幸被侍女传染了，侍女暴死三日，自己也羽化佛国。

我第一次走进雅砻河谷时，从山南泽当到藏王陵琼结的路还很难走，100 多公里的盘亘山道，经常要冲过雅砻江的河滩，在半山坡上缓缓而行，一路风尘，道路坎坷不平，"日本巡洋舰"总在上边弧步而舞，将近下午 4 时，终于驶进了藏族的发祥地，两山南北相峙，一条几近干涸的雅砻江水劈峡谷而过，它似乎在佐证着，养育藏族英主的雅砻江血乳已经流尽了，枯萎了，雪域从此英雄不再。唯有南边一草不长的石山龙脊上，琼结宗城堡的断壁残垣，在陡峭山脊上只剩一道半圆的石墙，兀立天际，围墙横着几蓬荆棘，张牙舞爪地横向天空，像藏王当年的剑戟，沉落在斜阳里，划破天幕，叩问和触摸藏王金戈铁马的雄姿和天空，一个接一个世纪地做着英雄之梦。北面就是木惹山了，山外有山，千岭逶迤，高耸入云间，放眼望去，依山势而上的河谷和半山坡上，星罗棋布地隆起一个个荒丘，这就是历世赞普之墓，没有中国皇帝乾陵、昭陵、明孝陵、十三陵、东西陵帝国豪奢和气派，却将生与死、灵与肉、荣誉与泥土、梦想与乡愁、诞生与毁灭、血源与逝水、繁衍与涅槃链接起来，统统埋葬在像兵阵一样从山间而下的半山坡之上，埋在一丘冰冷的尘土之中。

史载，吐蕃王朝历代赞普，都埋在了雅砻河谷的木惹山上，第八至十四世赞普陵建在石山与草原之间，第十五世至二十三世埋在雅砻河中央，而最后三代则葬了雪山之巅。但许多墓陵已与寒山融为一体，只有九座荒冢还能依稀可辨藏王陵的轮廓。生于王者之家，生前享尽荣华富贵，死时却葬于高山之上，守望着家族的发祥地，一代代赞普似乎早已经将名垂千古，写入青史视如一抔黄土。

踏着风化成沙的黄土，登上衰草离离的松赞干布的坟墓，在九座赞普陵中，这是最大的一座，周遭供奉许多微型泥模做的佛陀之像，离坟不远摆满了刻着藏族经文的尼玛石。此时，我对藏王已无兴趣，因为膜拜他朝圣香客实在太多了，世人皆尊一个，唯我独怜香魂，我来藏王墓最渴慕的是为文成公主的荒冢深深一拜。从松赞干布墓陵转身离去，沿一道石阶小径，气喘吁吁登上墓顶，一座简陋小喇嘛庙矗立其上，显然是为历代守陵的喇嘛而建成的。他们不像内地的守陵人，世代相传，而只是师徒相袭。听到脚步声，一位穿着红色袈裟老喇嘛走了出来，见人憨厚一笑，眼睛清纯，透着一种惠风和尚，陌生感尽失，顿时让人感到冷山不寒，经过藏族翻译，老喇嘛终于明白我要拜谒文成公主的寝陵，先是凄然一笑，随后欣然作为向导，带着我们穿过一片太阳下裸露无余的沙化泥滩，一步一步地朝大唐公主的墓地走去。

斜阳抚摩着寒山，藏王墓里一片死寂。我步履沉重地走向荒草残阳中的孤坟，仿佛自己正走向一个埋葬在雪域的亲人的墓地。文成公主之死，一直是我将一个个天问叩在拉萨的天空，却无法解开的历史哑谜。

在进藏采访青藏铁路的路中，孤灯长夜，多少个神经亢奋得无法入眠的晚上，我曾一遍遍地翻阅西藏的《白史》《青史》《红史》，对于文成公主之死，因为当时吐蕃的文字刚创，只有个别人能懂，故这段历史几无白纸黑字，全凭大唐史书所载，但稍晚的《红史》《白史》《青史》却春光乍泄，露出了一线历史玄黄，说吐蕃上层一直在口头流传，松赞干布驾崩那天，尼妃尺尊公主和汉妃文成公主都跟着进了大昭寺观音菩萨的真身了。《红史》说："圣观音菩萨化身的松赞干布在阴土鼠年八十二岁时与两个王后一起没于大悲菩萨像的胸中。"(《红史》第30页)《新红史》称："松赞干布土狗年，与二位王妃一起融于十一面观音之胸中。"《西藏王统记》说是死于铁狗年，"众大臣对于（松赞干布）融于佛像胸中一事予以保密。"(《新红史》第16页)《红史》写于元朝（1346），《新红史》写于明朝嘉靖十五年（1538），晚了200年，对于松赞干布之死，岁数出现了混乱，但是只一句话，却将一幕历史的喜剧嬗变成悲剧的高潮，如黄钟大吕般地嘎然落幕，让人目瞪口呆。我们可以试图想象这个结局：身染暴病的年轻赞王已知自己时日无多，到了生命的倒计时，他躺在病榻上，身体极度虚弱，他将两个王妃叫到了床前，她们正是风韵少妇，本王将矣，与蒙妃生的儿子早殇，已先他而去，孙子芒松芒赞像自己一样13岁继赞普之位，已托孤给首席大伦噶尔东赞辅政，只是两个王妃谁来照料，年轻母后已无儿子可嫁，唯有随自己而去了，成佛登天，在天国里也好恩恩爱爱，不离左右。于是，他让身边的侍卫官在青稞酒里加了鸩毒，但神色却很平静，说："两位爱妃，本赞普大限已到，不能陪你们了，你们好生珍重，好自为之吧，陪我喝最后一杯离别的酒，赞普在佛国的门口等你们吧！"

"赞普，你不能扔下奴家不管啊！"文成已涕泗滂沱，淳心仁厚地端起了酒杯；尺尊执酒杯时的手有点抖颤，斟满的酒几乎要洒出来。

松赞干布几乎用尽了全身力气，说："与我碰下杯吧，本赞普要看着你们喝下去才可瞑目。"

文成公主先与松赞干布碰了一下，说："赞普走好，奴家在吐蕃已经失去了最后一个亲人，我会每天在小昭寺里为你烧香超度的。"

说完一饮而尽。

尼妃迟疑了一下，松赞干布的眸目逼视着她，无可奈何，尺尊公主也只好仰头一饮而下。

刹那之间，两位王妃身上的剧毒发作，七窍流血，齐声说了一句"你！"便霍然倒地。

松赞干布闭上了自己的眼睛，化鹤而去。麾下的医官连忙用药水将他和两个王妃的遗体血水抽干，腹内填上药材，涂上几百种重金属粉，置入十一面观音的胸中，放到了布达拉宫里，供人奉养。于是松赞干布在西藏所有的寺庙里，都是高坐法座之上，尼、汉两王妃各司左右，矮了大半截，神情木然。

文成公主之死的第二种结局，也为冰冷的正史旧新唐书吐蕃传所载，文字略略数语，大同小异。纵使在敦煌出土的《敦煌吐蕃历史文书》也几乎是一字不少地抄录旧唐书的皇家版本，但是年代上略有出入。新旧唐书记载文成公主于唐高宗永隆元年（680）逝世。按松赞干布死于唐高宗永徽元年（650年），已经过去了31年，她大约活到了49岁。《旧唐书》编纂于后晋高祖天福六年，即公元941年，距唐朝覆灭34年，虽说是五代十国的乱世，但大唐王朝的余温尚未全部散尽。《新唐书》编撰于北宋庆历四年，即公元1044年，唐亡也不过百余年间，仍然可以遥望，何况有欧阳修、宋祁等北宋的文学史学家参加，也算是盛世治史。藏语的《敦煌吐蕃历史文书》说，在赤松德赞执政的第五年（羊年公元683年），吐蕃才到长安城报丧，说明吐蕃王朝有三年时间秘不发丧。还有一个令人疑惑不解的是，自松赞干布病逝到文成公主离世的31年间，大唐有数十拨遣使来逻些，居然没有一个遣使日志和奏章谈及过见过文成公主的事情。或许肃穆正史只载经国大事，煌煌国事为大，那么一个中华女儿远嫁雪域，她的生老病死就小吗，也许这从中露出一种诡异，正如《新红史》所云，文成公主在松赞干布去世那天便融于十一面观音的佛像里了，所以大唐遣使终未能见上。

然而，文成公主之死，我还有第三种玄想。那天，在年轻赞普要赐死两个王妃之前，他已任命宠臣噶尔东赞为辅政，顾命大臣。辅助十三岁幼主芒松芒赞，当得知一代英主要将两位王妃作为陪葬时，从长安的金銮殿上第一眼便迷恋文成公主了，但自从公主成了赞普的爱妃之后，他便将一怀炽热之恋深埋于心中，对公主每每欲吐情怨苦思时，假装视为不见，甚至避而远之，伴君如伴虎，还是居龙榻，小心翼翼，如履薄冰，终于等到了最后时候，一跃登上了摄

红色岁月 红色历程 红色史诗 红色经典

政王的宝座，他要为她出手了。悄然叫内侍官换了鸩毒，用了一份剂量轻的，当赞王与两位王妃猝然倒下，一场大戏落幕之后，噶尔东赞掉了包，将公主移到自家的官宅医治，毒死公主身边丫鬟，代替公主融入了观音菩萨的胸中。

陡然倒地的文成公主昏昏沉沉地睡了三天，以为香魂已跟赞普而去，一缕青烟飘入了佛国，睁开沉重的睡眼，却嗅到了天竺香的味道，自言自语，说："怎么，奴家真的进了佛国？"

"你终于醒了！"

这声音好熟悉，又陌生，但仍不禁如磁力飞掣入文成的胸中，激起死水惊澜，怎么会是他的声音，而不是赞普。她睁开了眼睛，发现自己躺在了噶尔东赞的家中。

"奴家没有死？"文成公主问。

"没死！你活得好好的。"噶尔东赞说。

"奴家这是在哪，是在切吉大草原的热泉之中吗？"

"不！公主，你现在在吐蕃摄政王的府上。"

噶尔东赞当了15年的辅政，他自然将大唐公主置于自己权杖的护翼之下，保护了15年，其间，吐蕃与大唐无战事。安安稳稳地度过了15年，他在吐谷浑住了6年，随后又在突厥住了1年。唐高宗乾封二年，在吐谷浑返回逻些的途中死于塔林。可是西藏的民间版本一直流传噶尔东赞晚年被赞普逮捕入狱，挖了双眼。是不是文成公主的掉包之计东窗事发呢？不得而知，但是自从他死后，唐蕃战祸又起。5年后，噶尔东赞的长子噶尔赞聂东普成了大伦，监国吐蕃，并率40万铁骑在大非川，大败大唐名将薛仁贵，其父不至于这样不得善终。倒是他在木鸡年（公元695年）势力坐大，与赞普不和，最终被杀戮，可是事实，其后他的二弟赤振做了大伦，3年之后，又被赞普诛杀。另外3个弟弟赞琼、伦斯多益、伦贝龙只有投奔唐女皇武则天了。

或许文成公主无人知晓地住在辅政王府里，或许青灯孤影在昌珠寺里吃斋念佛，度过了吐蕃王朝的一场场惊风血雨，最终在藏王陵的一个小小的土丘寻找到了自己的最后归宿，头枕寒山望长安，长安不可望兮，唯有这雅砻河谷之水陪着自己哭泣，它会流入长江，流入中土去吗？！

扒开几簇荒茅，终于找到了文成公主的墓穴，如果不是老喇嘛指点，我以为只是一片平地，荒冢早已融入风化的泥土了，痕迹不再。据说时隔80年，金城公主和蕃，曾经来为姑奶奶烧过纸。其后，一如她筑的小昭寺一样清冷，少有祭奠的人来光顾，比起大汉时代匈奴单于为王昭君修的高巍巨大的青冢，真是天壤之别。

　　黄昏将至，斜阳将寒山洒成一抹苍凉。起风了，虽是仲夏，我仍然觉得从肌肤到心里，都有一种彻骨的冷。独留香冢向黄昏，改老杜甫诗句的一个字吧，最能凸现此时意境心境环境。青冢香冢虽然隔着天遥地远，却都在汉唐盛世的中国，也独向黄昏各自愁，故乡永远沉落在风里云里和雨雪苍黄的暮霭里。我很快就要回京城去了，在文成公主的坟旁踯躅，希望能找到一份可资纪念的东西，终于拾到了一个泥胎做的藏式观音雕像，不大，可捧在掌中，也可挂到胸前，我用藏族同胞送我的哈达精心包了起来，带回了京城，放在我的书柜里，放到了我获得的几乎所有国家文学大奖的奖杯之上。

　　一个大唐的莲花公主赐给了我文学的灵气，当把她的故事还原于文学和人性的真实时，我的国人与读者，感情上能接受吗？！

第四站　柔情莽昆仑

在那西面的峰峦顶上，

朵朵白云在飘荡。

我那益增旺姆啊，

给我点起祝福的高香。

——六世达赖喇嘛仓央嘉措情歌

三入昆仑不过

一条古老的唐蕃古道沉落在岁月的烟雨里，被冷山的绿了枯了的青翠和风尘淹没了。

我朝着昆仑莽岭独行。一条新崛起的唐蕃大道青藏铁路在前方跃入眼帘。尽管文成公主的故事成为一种温馨遥远的记忆，但是一个新时代的文成公主，挟着汉文明天边天蓝融入这片无边的旷野。

走过苍茫，走过昆仑，心中跳荡着一种宗教般的虔诚和执着，我重回茫茫天路上，似乎有一个柔情无限的文成公主朝我走来。

第二次走近格尔木城已是上午 11 点钟。

踏上站台，过盐湖时还阴霾的天空，开始透亮起来。与我 12 年前来过的格尔木一样，小城仍旧是空旷的，尽管盖了许多楼，却不高，街道又宽，填补不了点缀在广袤戈壁中的空旷。

前度徐郎今又来，其间整整隔了12载，我已由而立进入不惑，阅历多了，就容易将一些毫无关联的人和事连接在一起，我赫然想到了慕生忠将军说过的那句话，我的帐篷在哪里，哪里就是格尔木城的圆心。

真正读懂慕将军的还是同样有着军人血性的西部诗人昌耀，他在《去格尔木的路上》写过，"这是青海高原西部的一座城市，但不是最后的一座城市"。我在驶往格尔木的路上脑子里反复闪过这句诗，老昌耀作为中国第二个跳楼的诗人，他的缪斯的翅膀已飞入天国了，只有那双忧郁的眼睛，还在注目着昆仑山上的经幡飞扬，也许他那颗敏感的诗人之心，早预感到了会有今天的青藏铁路。

青藏铁路总指接我们的是负责宣传的副书记才凡和宣传部副部长黄杨。下了软卧车厢，站在一会亮着一会阴着的格尔木的天空下，虽是初秋，已明显感到风有些清冷。下榻的酒店是刚装修不久的天龙酒店，我住到208房间，气喘吁吁爬几步楼梯，好在有电梯，可解身体之劳，快到中午1点才叫开饭，也许时差的原因，格尔木比内地晚了一个多小时。中餐过后，我们得知，下午的项目只有一个：体检。

"体检？"我有些愕然，以为自己听错了，这是我第四次进藏了，二过青藏路，二出川藏路，从未听说过体检之说，纵使12年前第一次跟阴法唐中将走青藏路，从拉萨下来格尔木为阴老爷子做保健的西藏人民医院的大夫，也从未要求包括阴中将在内的人进行体检。

见我一脸惊诧之状，才凡笑了，说："凡青藏铁路有关的人员，哪怕民工，上山之前，都得体检，吴天一教授给我们划了一条杠，高血压、冠心病、心肌梗塞、心脑血管病、代谢性的糖尿病、慢性气管炎、肺心病等，都不能上山。开工两年了，整个青藏铁路沿线，没有因高原病死过一个人。"

才凡如数家珍列举了一大串高原病，俨然对高原病了如指掌了。

"这本身就是奇迹！"我的神色肃然，过去采访川藏公路总指挥陈明义将军，那条天路可是一公里半一个英魂铺到拉萨的啊。青藏铁路将人文关怀写在飘舞在神山圣湖的经幡上，苍生在上的本身就是一个奇迹，我的采访就从这里开始。

才凡似乎已经感觉到了我采访攻势，马上摆手打住，说："停止，停止，中午好好睡一觉。下午4点到格尔木铁路医院体检，所有的作家、摄影家都得去！"

人在昆仑山下，神经却是亢奋的，格尔木市的海拔不到 2900 米，但中午能睡着，简直就是一种幸运和奢侈。我睁着眼睛在床上辗转了一个中午，竟然毫无倦意，荒凉戈壁上骤升的海拔，某种程度上就是一株妖娆的血罂粟，弥漫在空气中，悄然让人有中毒兴奋感。

下午 4 时许，铁路医院专场为我们青藏铁路采风团体检。查到内科时，一位文静的女大夫为我测血压，告诉的结果让我大吃一惊，164/125。

"不可能，绝对不可能！"我一跃而起，说，"是不是测错了，我离开北京时，在二炮门诊部让保健医生量过血压的，不高，125/85，很正常。这不，心电图我都带来了。"

女大夫莞尔一笑，露出了她美丽的瑕疵，一口含氟牙透着西部女子的单纯，说："此一时也，彼一时也，这是格尔木，比不得你们只比海平面高出 200 米的京城。"

说毕，女大夫捡起桌上的笔，欲在我的体检单上填上血压系数。

"别！别！"我遽然一惊，如果这组血压数据一填上去，我明天上山就泡汤了，得打道回府，连忙恳切地说，"大夫，请高抬贵手！"

女大夫也错愕地望着我。

一位上海来的摄影家也为我求情，无意中亮出了我的身份，说这是电视连续剧《导弹旅长》的编剧，是中国作家协会专门派来写青藏铁路的。

"你真是前几天央视一台播的《导弹旅长》的编剧？"女大夫的眼睛陡然一亮。

我不好意思地点了点头。

"我喜欢导弹旅长江昊！"她毫不掩饰自己对军人的情有独钟，"有现代军人的气质。不过冯媛媛与他做红颜知己的戏编得不够味，犹抱琵琶，躲躲闪闪的。"

"先声明那只是亚感情，互相欣赏，有好感。江昊是共军高级军官，道德约束不允许第三者插足，这是军规。"我解释道。

"那么精干的军官，就该有女人爱。追的越多，说明我军的形象越好！"女大夫的话如昆仑山刮来的雪风，清爽之后有点冰凉的感觉。

问了一阵拍戏的内情，我觉得可以疏通了，指了指体检表，说："能不能通融通融，放我一马！"

"就一次！下不为例。"温柔的女大夫将我的血压填成了北京测的数字，末了补了一句，"不过上山之前必须测，我这是为你负责。"

"谢谢！"我反倒释然，已经不是第一次去西藏了，我知道在高海拔的地方，人的血压自然会骤升，关键是心理因素，我来西藏趟数多了，视高原如履平地，心里不惧，但没有想到，这次青藏铁路采访归来，我的血压再没有下来过。一直维持在135/90之间。这也许是青藏高原慷慨馈赠。

第二天早晨，我们开始上昆仑山了。坐的是一列驶入昆仑山腹地的轨道车的机车头，从青藏铁路南山口零公里处驶往正在铺轨的西大滩，有80多公里。中铁一局青藏铁路指挥部副指挥长陈敬陪我们上去，他曾在新疆军区的一家文工团服役多年，行为举止仍烙印着军人的痕迹，肢体语言极有激情。我们登上机车头后，他说，青藏铁路第一个作家、摄影家专列出发了！

站台上给了信号，零管值班员递上一个铁环似的信号标识，很古老，大概在铁路上已经用了一个多世纪了。只听"呜呜"的长鸣，沉睡万年的莽昆仑，第一次听到了火车驶入的长啸，一个亘古的长梦被惊碎了，从此寂静只会遗落在一枕寒梦中，对青藏高原来说，焉知是福是祸是幸运还是灾难？

我成了第一批坐火车走昆仑的中国作家。刚铺过的铁路因为没有倒碎石整轨，轨道车的机头像喝醉酒的铁马，摇摇晃晃，可是在这有点近似酒醉的晕眩中，我也随昆仑醉山了，不过却庆幸地发现，灾难并未发生，穿越昆仑腹地铁道两侧没有出现过乱采滥挖，路基两侧戈壁处子如初，红柳伏在荒滩上，如火如荼，蜿蜒而过的铁路多走山脚一侧，对河谷里脆弱的植被没有伤其枝叶。

列车一路往上，朝着昆仑山脊而行，一路穿行南山口、雪水河、纳赤台、三岔河大桥，往正在铺轨的西大滩缓缓驶去，行车的时速规定每小时30公里，我们犹如坐在一只方舟里，在青藏高原瀚海里颠颠簸簸，两岸雪山兀立，如大海中的冰峰，耸入一片蔚蓝的天幕之上，左避右闪中，终于在一片地势宽阔的地方停了下来。是中铁一局的铺架现场，一列专供铺轨员工住的卧铺车静静地停在轨道上。

跳下轨道车，陈敬副指挥长说："上卧铺车吃午饭吧？"

"吃午饭？"我有点惊愕，还没有采访就要吃饭，一看表，时针已指向中午12点半了。

上了卧铺车，才感觉到中铁一局也是一番良苦用心，吃饭本身就给人耳目一新的感觉和体验，这列与正常运营无二的卧铺车，他们花了几百万进行了改造，车厢铁壳加厚，安了保暖设备，一走进车厢，别有一个洞天，餐厅、会议室、指挥所、医院、高压氧仓和制氧站应有尽有，医用设施大部分国外引进的，堪称一流。饭菜是从格尔木拉上来的半成品，稍一加热就可以食用。

我们刚坐定，四个凉菜、八个热菜就上来了，荤素皆有。旁边还放啤酒、可乐和水果，随便饮用。

我有点不以为然，也许知道作家、摄影家要来吃午饭，事先准备了，于是我戏谑了有过十八岁当兵历史的陈敬一回，说："陈指挥，都是一家人，你还学过去部队的老作风，加菜呀？"

"哈哈！"陈敬副指挥长爽朗一笑，说："哪里啊，平时我们架桥铺轨的员工都这么吃，别以为花样多，吃三天就腻了。伙食虽然这样好，可我们架桥的职工体重都下降了十至二十公斤。"

"哦！"这回轮到让我惊讶了。

陈敬副指挥长扶了扶眼镜，说："有一种说法，在海拔 4000 米的地方行走，如平地 100 公斤的负重，而在海拔 5000 米的地方行走，则如平地 200 公斤的负重。而我们架桥铺轨，过了西大滩，都在 4000 米以上的生命禁区。虽然机械化程度很高，但体力消耗很大。"

我默默地点了点头。吃过中餐，颇有兴趣用最高档医疗设备测了自己的红细胞含氧量，然后躺倒高压氧仓里，感受一下普度高原病患者的诺亚方舟，甚至就连两个人一间的列车职工宿舍，也去造访一番，床头都放着氧气瓶，随时可以拔出来吸氧。再不用像当年修筑青藏路和川藏路官兵、民工一样，以生命承受的极限来抵抗青藏高原隐藏的杀机了。

天空中开始飘小雪了。我们换乘一辆拖载着许多桥梁和钢枕的轨道车，往正在施工中的西大滩的铁路桥驶去，在架桥前戛然停下，步行过去看铁路建设者架桥，几十吨重的水泥预制板正在一块一块地往上吊装，雪风很大，我穿着羽绒衣，仍觉得雪风往身子里钻，周遭的雪山都落了一层薄薄的雪，远处敞开的山谷却被太阳一抹光带映亮了，玉珠峰隐约可见。我走到大桥上，从几十米的高处往下看，有一种悬空的眩晕感，架桥工人却在一丝不苟地干自己的活，根本没有在意我们这些作家和操照相机的摄影家。如一个个风中的雕像，最终让我明白，这条铁路与这些风中的男儿形象才配昆仑山了，而我却无法融入。我从大桥之下走到河谷里，从不同角度拍摄大桥的雄姿，等轨道车鸣笛呼叫我们返回，沿着昆仑石砌成的小径，从河滩里拾级而上铁道路基时，高不过百米，我却爬得气喘吁吁，心脏快跳得蹦到嗓子眼上了，我问了一下，西大滩的海拔还不足 4000 米。

雪落千山，第一次上昆仑未越。待我们坐着轨道车下到南山口时，千山冷雪已远远地抛到脑后，一轮圆圆的中秋月从昏溟夜幕里钻了出来，挂在昆仑雪山顶之上。

格尔木市的秋夜是寒凉的。吃过晚饭，我独坐在潮水般涌来的暮霭里，看月亮将自己的身影拉得长长的。一个人的羁旅是寂寞的，但毕竟是短暂的，而我很快就会结束采访，回到自己的生活圈里去。可是我关心的那些远离亲人的筑路男人、女人们，如何在这冰冷的寒山上度过六载孤独的岁月，还有那些一同上了昆仑山的夫妻们，又如何在守望中度过属于自己的青藏铁路的日子，却是我所关注的话题。

也许是思念像轨道一样的长，也许是因为昆仑山的鬼月亮垂得太低，伸手便可以触摸到它的温度，那天晚上到了凌晨二点，我仍然耿耿不眠，突发奇想，给一位仅仅有一面之缘的天上红颜赋诗唱和，居然遭遇了一段奇缘。此不赘述。

第二天早晨，昆仑之月落下去了，太阳却未升起。格尔木的天空一片阴晦，直觉告诉我，昆仑山上必然落了大雪。按照青藏铁路总指宣传部的采访安排，今天仍然不越昆仑，而是直抵昆仑山隧道采访。

美国道奇公羊车驶过南山口，刚叩响昆仑的门环，莽昆仑的大门便骤然洞开了，一幅极地风景在挡风玻璃里惊现，一夜飞雪给莽昆仑戴上了白色战盔，千重昆仑迎客，每个穿白袍的武士夹道于两旁，穿行其中，仍然可窥山体上裸露的坚硬的躯壳，远处云雾蒸腾，越往上走，天色越来越黯淡，待我们驶过昨天架桥的西大滩，从玉珠峰北峰擦身而过时，狂雪飞舞，迷迷茫茫，静如仙子的玉珠峰也在风雪中沉重喘息，留下一缕缕尖啸的呼哨。横亘其下的铁路路基也被大雪覆盖，与雪山连成一片，无法寻找参照物。我们再往前十多公里，便是昆仑山的主峰了，中铁五局修建的昆仑山隧道横穿而过，据说再有 5 天，从进出口向心施工的队伍就可以在洞中会师了。

雪落中铁五局整洁小院，清一色的塑钢制式的小室，一下子涌入了一批作家和摄影家，显然有点拥挤，海拔一下子提升到了 4680 米，我觉得胸闷得慌，听指挥长齐康平介绍情况，脑子有些发木，拧开北京带来的钢笔做手记，采访本上留下大滴大滴蓝色眼泪，连笔在昆仑山都不灵了，咬紧牙关听到最后，汇报终于结束了，随手抓了一把材料，然后就直奔一位副指挥长的小屋，抓过床头的氧气管，也不管鼻饲的插头要不要消毒，拧开阀门，贪婪地吸开了，一会儿的工夫，脑子便清醒了。

吃过中饭后，我们坐车盘旋而上，缓缓驶入昆仑山隧道进口，摄影家都忙着抢占最佳机位，抓拍雪中的施工场景，我却抓了一顶安全帽，往昆仑山隧道里钻，洞里弥漫的硝铵炸药的味道，我太熟悉了，16 岁当工兵时，我干的活就是为导弹筑巢，对隧道里的钻眼、装药、放炮、通风、除尘、排险、被复，没有一点陌生，而对戴着安全帽，一身泥水的建筑者，我有一种天然的亲近感，仿佛看到了自己的青春的影子。我一直朝里走，走到了掌子面前，装碴的轨道车正将一兜兜的石碴往外运输。我特意爬到了断面上，抬腕看了看表，时针指向中午 1 点 22 分，我就着洞内昏黄的灯光，在自己的采访本上写下了一行字："2002 年 9 月 22 日中午 1 点 22 分，作为中国作家协会派出采访青藏铁路的作家，我第一个抵达昆仑山隧道未挖通的横断面上！"

我记得这个难忘的时刻，转身询问了一下，负责进口施工的是铁五局四处，一个叫黄冬春的工人说，他参加过京九、焦枝等铁路线的施工，现在的施工队伍里正式的职工只占 40%。主要在一些技术岗位上，而 60% 则是民工了，正式职工在昆仑山隧道工作一个月可以拿到 5000 至 6000 元，而民工大都只能拿到 2000 元。后来我回京后，给中国作协写的一个报告中留下这样的感慨，时下有人把 MADE IN CHINA 比作世界加工厂，那么不论在什么地方，民工则是这座巨大的中国发动机上的润滑油，他们榨尽了躯体的膏血，支撑中国经济的腾飞，在青藏铁路上，中国民工同样功不可没。

走下昆仑山隧道，我特意跑到了四处四项目部采访，无意撞入了一个爱情故事，一个与《英雄儿女》中的王成同名同姓同样精神的小伙子，与他的湘妹子黎丽琴在昆仑山下的小屋里已经蛰伏了一个漫长的夏天了，昆仑山隧道贯通之日，在隧道之中举行隆重的婚礼。这也许是我几天踏上青藏铁路采访最大的收获了。

昆仑雪似乎还不想停下来，望着狂雪满天而舞，我们距昆仑山的垭口只有几百米了，却在暮色回眸中，与昆仑山说再见，下到格尔市时已经是万家灯火了，戈壁城郭里的灯火一片炫目。

第二次上昆仑未越顶而过。

回到宾馆休息前，陪我们俩上昆仑的青藏铁路宣传部副部长黄杨说："你们在格尔木已经习服了四天了，可以过昆仑了，今晚昆仑山一场大雪，明朝一定是个雪后初晴，这回摄影家可有用武之地了。"

"真的吗？"第一次上昆仑的女摄影家丁秀芳大姐欣喜不已。

黄杨憨厚地点了点头，他每个月陪中央媒体的记者从格尔木到拉萨往返好几趟，早已经摸准了神山圣湖的脾气了。

晚上，我给家人和友人发了短信，说明天上山，一周之内行程无移动信号，到了，拉萨再联系。

第二天早晨果然如黄杨所说，晴空万里无风，戈壁滩上一片透亮，一丝云彩也不见。进了昆仑山的门槛，雪山上的天幕如海水浴过，映衬着皑皑白雪，一片片极地红柳伏在戈壁滩，被朝阳点燃了，如一颗颗红宝石镶在雪坡之下。路经玉珠峰时，前边停了好多车，黄杨陡然一惊，说："大事不妙，我说为何整整一个上午，不见一辆对头车开过来，昆仑山上修路堵车了。"

我们并未意识到问题的严重，太阳下的玉珠峰果如一位雪山女神，美轮美奂，毫无羞涩地掀开蒙在身上的轻纱，露出白色的冰肌，令摄影家们倾倒，纷纷跨过公路，走进雪野，朝着玉珠峰啪啪地拍照。我也趁火打劫，蹭着让摄影家帮我将一个丑男的身影定格在玉珠峰上。

等我们从玉珠峰的绝美的梦境中走回现实时，黄杨说："车走不动了，昆仑山顶从昨天傍晚堵到现在，有30多公里长，拉萨方向驶来的车下不来，格尔木上去的过不了。司机20多个小时没吃没喝，铁五局的医生都上去了，还带去许多白花花的馒头。"

"那怎么办？"作家和摄影家开始焦虑了。订好了今天要去可可西里的中铁十二局采访。

"就一个字，等！"黄杨无可奈何地说，"眼下青藏公路改造，堵车是寻常之事，先吃饭，解决肚子问题。"

我们朝停车的地方走过去，与玉珠峰立碑处正对十米远，有一家回民夫妇开的小面馆，屋里生着火，可以吃饭，喝茶，还能坐等昆仑山顶通车。

推门而入，面馆里摆设极为简陋，由青海省循化县丁江者（麻提）来的一对叫马海山、马彩飞的撒拉族夫妻经营，生意不错，接待的都是青藏路上的八方来客，收入可以供他们的三个孩子读书，大儿子马国明在读高二，二儿子马多华上小学五年级，小女儿马金花上小学三年级，就在西大滩镇的小学念书，平时帮着爸爸妈妈打点面馆里的事情。尽管小面馆里突然涌来一群作家、摄影家，但是两个孩子似乎见得多了，一点也不好奇，小兄妹俩守着一台碟机，看噼噼啪啪来打去的武打片。

午餐很简单，每人一碗拉条子，还有手抓羊肉和几碟小菜。匆匆吃过后，便是长长的等待。

到了下午三时许，昆仑山起风了，玉珠峰的悠悠白云，也在随雪尘飞舞，山脚下的雪在午后融化着，裸露出黑色斑驳的沙土地，千百条溪流纵横闪亮，紧贴着地面上氤氲着水雾白烟。

等的有些不耐烦了！拉我们上山采访青藏铁路总指的一辆警车，拉着警报，带着我们往一辆跟一辆车队中钻过去。到了一座桥边上，走不过去了，只好冲到昆仑河滩里，走一段泥泽路，然后再冲公路，一会儿就把长长的堵车队伍抛到了后边，好不容易挤到了昆仑山口北侧的一处洼地，再也挤不动了，前行不了，后退不得，真的喊天喊地喊昆仑不灵的感觉。我们八个人只好待在公羊车里静静等待，等待奇迹出现。我看了看表，时间恰好下午4时许，而车上的海拔显示4650米。

太阳西斜了。刚开始车里还照到一缕阳光，一会儿便被昆仑山巨大的阴影覆盖了。起初大家坐在车里七嘴八舌，抑或因为空气稀薄，海拔又高，坐在车里也耗费体力，说话的人越来越少了，我仰首从车窗里往西南边的雪山眺望，夕阳白雪，残照昆仑，一道高巍的山脊的雪坡里，先是一只雪狐匆匆窜过，精灵般地在雪地左顾右盼，不知是在嘲笑人类还是诱惑人们，然后朝着雪山之巅一掠而过，留下一道彩虹般的弧线。一会儿，一只昆仑雪狼出现了，大摇大摆地朝着绝壁走了过来，俯瞰着山谷停滞不前的车辆，绿眼发光，不时有人在公路匆匆走过，与大千世界中的芸芸众生相媲，这只孤狼实在是形单影只，斜阳将它的孤独的影子印在了雪地之上，尽管欲壑难填，却不敢冲下山来逮一个猎物，只好仰望昆仑，一声长嗥，黯然离去。

道奇公羊车里已险象环生。先是我们采风团协调入铁道部文联的王雅丽大姐脸色苍白，嘴唇发紫，头痛欲裂。接着，与我同行的中国青年出版社的资深编辑龙冬也出现不良征兆，这几天他一直在咳嗽，情况不妙，素来彬彬有礼，突然间脾气变得烦躁不安，一丁点事情就火冒三丈，这都是高原病的初期反应。如果我们今天晚上在阴冷的山洼里度过昆仑山里一个漫漫的长夜，后果将不堪设想。有多年远足高原经验的龙冬，催促车子赶快返回格尔木市，等路通了再择日上山，获得大家一致赞成。这富有先见之明的抉择，终于让我们躲过了昆仑山夜晚的一劫。

三入昆仑而未过，返回格尔木时，皓月当空，山地银白，十六的月亮比十五的更圆，伏在昆仑雪山之上，一轮圆月照亮，激起人们多少的想象。蓦然之间，我觉得天堂离自己很近，欲化作月魂而去，与那双痴迷凝眸我的眼睛，倾诉红尘之中的离合悲欢。

一只失群的灰头雁风声鹤雁唳，你会听到我在昆仑山下的倾诉吗？！

寻夫上昆仑

湘妹子黎丽琴千里追夫到了格尔木。

下车伊始，已精疲力竭的她找到一个出租车司机，说："我的未婚夫在昆仑山上，你送我去吧。"

司机可是很现实的，说："你出多少钱？"

黎丽琴说："你要多少钱？"

司机说："我的费用不高也不低，没有200元我不会上去。"

黎丽琴牙一咬，说："200就200，虽然这就是我一个月的下岗生活费，但为了我的夫君，我去。"

司机摇了摇头："钱我攒了，但是我没有见你这样的女人。"

黎丽琴说："我这女人么子样，红眉毛绿眼睛吗？"

出租车司机噗地笑了，说："像个辣妹子，一半是水一半是火。"

"你算说对了，"湘妹子呵呵一笑，"你还算一个男人，一下子就读懂了我们湘妹子。"

于是，在一个春风不解昆仑风情的下午，日子恰好是2002年的六月天。黎丽琴跟着出租车司机远上昆仑。他们从慕生忠将军的格尔木城出发，朝着南山口而去，风从家乡吹来，风从雪山吹来，将湘妹子的长发吹得飘了起来。她望着天穹上飘来的白云，那白云是从故乡湘西的沅江上空飘来的。

倚在窗前，她倏忽在想她的白马王子，那个叫王成的男生，与《英雄儿女》的王成同名同姓的男人，上天真慷慨，居然在故乡的秋天里，将那个一表人才的小帅哥赐给了自己。

其实认识他纯粹是一种偶然。那天傍晚，在叙浦的向警予和蔡和森的老家的江边上，黎丽琴与同乡大哥在小摊上吃田螺。因为厂里的生产不景气，她已经息工了，只领 200 元的生活费。日子过得很凄惨。看着她愁眉不展的样子，那大哥说："丽琴，你这样寂寞，还不如找个男友把自己嫁了。"她说："找么子哟，哥哥，我一个下岗工人，谁要？"

那大哥是铁五局四处的一个施工队长，说他的老处长的儿子，正在他的队上，小伙子长得好酷，一表人才，就是没有女友。问她愿不愿意考虑终身大事。她说可以啊，帅不帅倒不在乎，只要能养活自己和孩子就行。

大哥说："当然，我那小兄弟搞铁路建筑的。一个月 2000 多元的收入总有嘛。不过，嫁了铁路郎，就得活守寡啊。"

她说："守什么寡呢，都什么年代了。我可以陪他而去。恩恩爱爱，哪怕吃糠咽菜也愿意。"

于是就在那个傍晚，江风徐徐，一缕晚风拂来还有一点冷。王成被大哥一个电话叫来了。一见到他，才觉得他的帅气绝对不亚于电影里那个英俊小伙王成。黎丽琴脸一红，有点怦然心动，多像她梦了多年的白马王子啊。

王成坐了下来。他的队长说："兄弟，我今天正式给你介绍一个我们叙浦小城里的美女，她叫黎丽琴，你们认识吧。"

黎丽琴大大方方地将手伸了出去，紧紧地握住了他，一如握住的春风在手，她发现王成有害羞之感。脸唰地红了。她一笑，男孩也会羞涩啊。

他们就在一个秋风清凉的晚上相识了。

也许是秋风吹得幡动，一对钟情男女的心已动了。可是刚认识一周，王成就远上昆仑山了，去修青藏铁路。

那天早晨，黎丽琴到了叙浦车站去送他，他说："丽琴，如果我去了昆仑，你还会爱我吗？"

她点了点头，说："当然！"

王成的眉头蹙得很紧，说："我一去可是六年啊，你会等我吗？"

"会！"黎丽琴斩钉截铁地说。

"如果我一时回不来你会怎么样？"王成问。

她说："我会像现代孟姜女一样，千里寻夫上昆仑。"

"真的？"王成的眼泪唰地涌了出来。说："我好幸运，上苍把一个最美最好的湘妹子赐给我了，我是哪辈子修的福啊。"

黎丽琴用手帕给他拭了泪说："你妈妈虔诚信奉佛祖为你修的福啊。所以你遇上了我。"

王成拭去泪痕，欣然登车，跟着铁五局四处的施工队朝着横空出世莽昆仑而去了。

此去经年。竟然一点信息也没有了。电话不通，写一封情书，三个月也回不了一次。八千里路云和月，他们的爱情在千山万水的相隔中变得遥远而陌生。因为懂得，所以相爱。因为惜缘，所以黎丽琴不想让他一个人在昆仑雪山里独守天涯。她要千里寻夫，找到他，嫁给他，陪伴着他度过寒风凛凛的青藏岁月。

从湘西千里迢迢的来了，黎丽琴事先没有告诉，只想给他一个意外的惊喜和浪漫。这个纵情滥欲的年代，人们已经远离了浪漫，可她的心里祈盼这种大浪漫，所以她要远上昆仑，在属于一个女人的蜜月里，留给昆仑，也让昆仑留下我们亘古不变的爱情。

一个湘女独行昆仑山。黎丽琴只知道王成在修昆仑山隧道，却不知他居住何处。一个多小时后，坐着出租车过了纳赤台，到了三叉河，看到架桥的中铁四局的工人了，她一想离我的未婚夫不远了。铁四局过了，应该就是铁五局，我下车打听。工人师傅告诉她铁五局还在上边。

"上边多远的地方？"她问。

"当海拔升到 4680 米的时候，妹子就找到中铁五局。"好心的师傅告诉说。

她问："这里的海拔多少？"

"3600 多米。"

黎丽琴吓得瞠目结舌，远上昆仑之前，她读过许多关于青藏的书，说人类家园的海拔 4000 米，就是生命的禁区，不适宜生存的。而王成他们的住地的海拔已经超过了 4680 米，显然是不宜生存之地了。我这次来就是要试试，在这样的极地真的不适合个体生命的存在吗？

　　车过了西大滩，玉珠峰的雪山之景美妙绝伦，让她惊叹万分。一年四季积雪的雪山放晴了，从小在湖西长大，祈盼下雪只是一种奢侈，如此极地美景，还是生平第一次看到。玉珠峰就是一个冰肌玉骨的雪山之神，沐浴在晚霞之中，展露着女儿的羞涩。有点像她这个跃跃欲试的新嫁娘，想为自己的青春赌一把，只要王成答应，她马上与他去格尔木办结婚登记手续，永远地陪伴在他身边，陪伴在昆仑山上，精心照顾他每一个平淡的日子。

　　黎丽琴被玉珠峰的雪景沉醉了，如果能天天与王成厮守在玉珠峰的雪山美景之中，他们就是一对昆仑仙眷了，这趟青藏路没有白走。

　　出租车在离昆仑山主峰不远处停了下来。一幅大字标语展现在黎丽琴的面前，写下四个醒目大字：中铁五局。她千恩万谢地谢过了送她上山的出租车司机。

　　那司机也厚道，说："你谢我啥，200元够多了。瞧你这妹子对爱情这般拧巴，我就只要你一半。"说着退给她100元。

　　她问为何么子做？

　　司机说："你感动了我。天下还有你这样痴情的女娃，千里寻夫上昆仑。我就收个成本费了。"

　　黎丽琴说："你下山拉不到人，会亏的。"

　　"不亏，不亏，"那出租车司机说，"我心中有底。再说拉一趟你这样的姑娘，挣个成本就行了。"

　　"谢谢！"黎丽琴觉得西部的男人豪爽大方，一点也不斤斤计较。

　　出租车绝尘而去，将黎丽琴扔到了中铁五局指挥部门口。她提着沉重的行囊，步履蹒跚地走到了值班室，刚才还乱窜乱跳，一下子便觉得头晕耳鸣了，开始有点高山反应了。

　　"姑娘，你找谁？"见黎丽琴站在门口徘徊，一个值班的干部走了出来。

　　"王成！"

　　"王成是谁？"也许工程大了，中铁五局几千号人上昆仑，并不是每个人都认得。

　　"就是与电影《英雄儿女》名字一模一样的王成啊。"

　　"英雄儿女？"对方笑了，说："我们中铁五局的热血男儿站在昆仑之巅，个个都是英雄儿女。"

"不，不，我说的中铁五局四队的王成！"

"嗨，你咋不早说啊。四项目部可是在昆仑山隧道脚下。"值班的同志操起电话，要通了四项目部的电话，问，"你们那里有一个叫王成的人吗？"

"有啊！是队里的施工统计员。"对方在电话里问道，"找他什么事？"

"有一个女孩从湖南追到昆仑山找他来了！"

"还有这等事情！等着，马上让他下来。"电话啪地挂断了。

那天傍晚，王成刚从隧道施工的入口回来，队长找来说，刚才局指值班室来了电话，说有个女孩看你来了。

王成摇了摇头，说："不可能，天荒地老的，谁吃饱了撑的，跑来昆仑山上看我。"

"少废话。"队长说，"坐车下去看看嘛。一个女孩子跑这么远，爬这么高，山高水远，只会为情而来。"

王成半信半疑，挥手叫了队里一辆小车，朝昆仑山主峰下河谷台地上的局指驶去。

白天向黄昏伛下了腰肢，斜阳缭绕着岚烟坠落到昆仑雪山里，染成一片血红，莽昆仑此时少了粗犷，更似一个静如处子的女神。跨出车门，他还没有想到自己心中的女神会兀立在昆仑山下。刚走进局指值班室，他就问："谁找我啊？"

"我找啊！"黎丽琴一跃而出。

"丽琴，怎么会是你啊！"王成惊讶地望着自己的恋人，神色一片怔然，女友的突然出现，让他有点始料不及。

跑了几千里地的黎丽琴突然扑到了王成的怀里，说："想死你了，这么久也不打个电话回来。"

王成拍了拍她的肩："车子一过南山口，中国移动就没有信号了，我没法打啊。你上昆仑山，为何也不告诉我一声。"

"我到哪里找你啊，只想给你一个突然袭击，一个突然的惊喜。"黎丽琴说道。

王成将黎丽琴揽入怀中，也不顾旁边有人，说："丽琴，我真的觉得很突然，很惊喜，不会是梦吧？"

"那你就当作一个昆仑梦吧。"黎丽琴在未婚夫脸上留下雨点般的吻。

"今天住一个晚上，就下格尔木吧。"王成将黎丽琴的行囊往车上一放，拉她回队里。

"你不喜欢我了？"黎丽琴有点急了。

"不是！"

"你有别的女孩子了？"

"也不是！"

"那是么子事吗？我刚来就赶我走。"

"这里海拔太高了，不适合生存！会影响你的身体的。"

"你都在这里生活一年了，每天还上班干活，你能待得住，我就行。"

"听话！"

"不，我就是陪你的，不准撵我走！"黎丽琴小鸟依人地依在了未婚夫的怀里。

黎丽琴犹如一只南来的归雁，在昆仑山上栖息下来了。队里是清一色的男人，突然有了一个女人出现，甚是感动，专门将王成住的小屋一个工友搬走了，把那间不到八平方的小屋，作了他们的香巢，千里上到了昆仑山的第二个月，趁王成下格尔木轮休，两个人到民政局领了结婚证，终于解除了他们先上车后办证的窘迫。

王成的工作多数在营地里，负责队里的各种人员、车辆和施工进度的统计工作，经常要上两公里以外的昆仑山隧道，每次出门，黎丽琴都要将他的安全帽戴好，将他搂在怀中亲吻一下，然后总忘不了叮嘱一句话："路上注意安全，进隧道眼观八方，早点回来，我在等你！"

一个女人的新婚宴尔就在昆仑山的枯寂守望中悄然流逝。黎丽琴在队里几乎无事可做，无需做饭，两人吃的是队上的食堂，一顿六七个菜，伙食显然比在内地施工强多了，衣服很少洗，因为这里吃的水都是从纳赤台拉的，一两个月轮休的时候，她可以陪着丈夫下到格尔木去洗个澡，购买点女人的用品，更多的时候，是她独自一人坐在小屋的火炉前，守着那台十八寸的小电视，也守着了属于自己的昆仑山的日子。晚上丈夫下班回来了，年轻的工友便会挤到他们的香巢里，一起打扑克，到了很晚才散去，因为小屋里弥漫着一个女人的体香，而这些会让恪守昆仑山枯寂日子的男人的心情温馨而宁静。

一场狂雪过后，天空昏溟，雪水融化了，地上一片泥泞。我走进他们小巢的时候，几个小伙子都挤进他们的小屋里看电视，见我进来，纷纷知趣起身告辞。

我坐下来环顾小屋，只能放一张高低床，一张桌子，小电视放在桌子上，上铺摆着两个人的什物。一米宽的下铺就成了他们的婚床，床头前放着一瓶大氧罐。让人难以想象的是他们居然在一米宽的下铺度过半年多的昆仑山蜜月。

男主人王成不失巴蜀之地男生的英俊清癯，而女主人黎丽琴则有湘西女孩的温婉和热烈，白皙肌肤被昆仑雪风吹得染上了一团团高原红。

在问过了他们的相识相爱和千里寻夫上昆仑之后，我对另一个话题也不能不问了。别的施工单位对在高原上过夫妻生活都很在意，海拔4000米似乎是一道坎，据说高原上曾有过过性生活而猝死的个案。因此，青藏铁路的各指挥部似乎作了一个不成文的规定，不准来团聚的夫妻住一屋，免得引起不测。

于是，我有点窥视别人隐私之嫌，问道："你们在这昆仑山上，可以过夫妻生活吗？"

黎丽琴羞涩一笑，将一个羞红的脸埋在了飘飘的发长之中，然后便是格格的笑声。

"过啊！"王成倒一点也不害羞，说，"我们新婚蜜月不过夫妻生活，让资源空置，我们家丽琴还不休了我。"

"打你，打你！"黎丽琴的拳头像雨点一样落在了王成的肩上。

"你听说青藏高原上过夫妻生活猝死的事情吗？"我继续这个话题。

"听说过啊。"王成很自豪，说，"这种现象不会在我们身上重演，瞧我们体力多好，再说还有这么一大瓶氧气啊。"

"呵呵！"我也仰昆仑而笑，为这对小夫妻的幸福和甜蜜。

黎丽琴深情地依偎在王成的肩上，脸上飞过一抹羞意。

"你们就这样在昆仑山上过小夫妻的生活，不想举行一个隆重的婚礼？"我问。

"想啊！"黎丽琴莞尔一笑，说，"再过五天。"

"五天，在哪？"我开始好奇了。

王成热情自豪地说："就在昆仑山隧道贯通那天。"

"啊，这倒是一个有意义的婚礼，一生都难忘。"我感叹道，"可惜我已经过了昆仑山，参加不上了。"

"作家，我们邀请你来参加婚礼啊！"王成热情邀请我。

"谢谢！可惜我在青藏铁路采访的路上，不能目睹你们的昆仑山隧道里的婚礼了。"我不无遗憾地说。

王成小夫妇有点失望。

"我会在电视里边看的。祝福你们，昆仑雪山作证了你的爱情和婚礼，你们会白头偕老，一生厮守的。"我起身告辞。

"借作家的吉言。我们会的！"小夫妻俩将我送到了门口。

2002年9月26日上午9时19分，在我乘坐的4700牛头吉普在可可西里驶往五道梁的路上，飞驰在倒淌河汩汩的大荒上，美丽的藏羚羊精灵般在草原悠然信步，一边吃草，一边惶恐张望侵入它们领地的人类，当我们那群激情飞扬的摄影家试图靠近时，它们像高原太阳的光带一样，一闪而过，跳跃奔向远方，在我们的视线里渐行渐远。

这时在远离可可西里60多公里的昆仑山隧道里，青藏铁路总指挥、儒雅的领军之帅卢春房按动电钮，起爆！

只听一轰隆巨响，一阵烟雾腾起，全长1686米穿越昆仑山海拔4600至4800米多年冻土区的昆仑山隧道全线贯通了。

中铁五局的两支施工队伍也顾不得高海拔的禁忌，互相拥抱着、跳跃着，把他们头上的安全帽扔向空中，一泓男子汉的泪水潸然而下。

这时等一切都静下了，西装革履的王成，牵着白色婚纱披身的新娘黎丽琴，款款地走进了昆仑山隧道贯通之处，在莽昆仑的腹地，先拜天地，向巍然的昆仑一鞠躬，再向远在沅水之边的父母又鞠躬，然后向昆仑山隧道的建设者鞠躬，最后夫妻对拜。在众目睽睽之下，新郎新娘热切拥抱长吻，随后，王成抱着自己的新娘，一步一步走出了昆仑山。

横空出世莽昆仑。见证了铁道建设者与它比肩的铁骨雄魂，也见证了一段美丽的爱情。

一条青藏铁路和一家人的昆仑

王福红从枕轨车间的航吊上走了下来。

五月天的昆仑南山口天气暖暖的，融尽冰雪的春风一片温婉。纤秀的王福红脚步有点飘，到了昆仑山下，因为太瘦，身体抵抗力差，她不时在感冒，却一次也没有旷过工。

制轨现场站着许多人，前呼后拥着围一位领导，显然是北京来了要员，不然不会如此隆重，因为在航吊上，她也看不清楚是谁。

铺架项目部经理发话了，让她下来，首长要单独接见她这第一朵昆仑山下的雪莲。

王福红觉得自己不配这个雅称，雪莲花多高贵，只在海拔4000以上的雪线上绽放，傲霜卧雪，一枝独秀，越是冰天雪地开得越艳，羞煞天下的名卉奇葩。而她只是昆仑山下一根小草，青海长云，春雨润物，大莽原绿了的时候，母亲于1973年在青藏铁路一期哈尔盖一间破庙的半堵墙下生下了她。

王家真的与青藏铁路有缘啊。

父亲王国增是当年中铁一局的老职工，修青藏铁路一期格拉段时，带着母亲上了高原。不仅在海拔3000多米的青海湖边生下了自己，也将一双腿永远扔在了青藏铁路上。

浩浩乎莽莽昆仑，寒山万里。一条青藏铁路与一家人，等了整整30载，等到老人步入生命的黄昏，王家兄弟姐妹过了而立之年，青藏铁路二期才正式上马，如今王家兄弟姐妹、姑爷媳妇全上来了，朝着昆仑山一排走来，一家人影映在长长轨道上的背影尤其悲壮。

王福红有点胆怯，朝着中央领导走来，这时她多祈盼看到一双双亲人的眼睛，哥哥嫂子、丈夫与弟弟，就站列在青藏铁路建设者中间，可是现在都不在现场，王家兄弟姐妹中唯有她最幸运的。

其实王家的幸运与不幸，都与这条青藏铁路血肉相连在一起。

那是2001年的人间四月天，咸阳城里一夜春风，吹开万树梨花，如雪如云一样飘浮在城郭之上，也纷纷飘落在中铁一局一栋老旧的职工宿舍的小径上。踏着周末西下的斜阳，退休老职工王国增摇着轮椅，驮着孙子从小学校里，往家里摇去，碾碎一地飞落的梨花白。车碾过去，回望留下了两道车轮印痕，他总怀疑这不是梨花，倒像是青藏高原上满天狂舞的雪花，让他有一种久违的感觉。最近这些日子电视里总在播青藏铁路第二期格拉段上马的新闻，让老人热血沸腾，梦断青藏，魂系青藏，可惜人老了，一双腿扔在山上，再也去不了，只在一枕冷梦中，拥抱那一片寒凉的冻土。车进院子，老二王福营见俏皮的儿子王希凡骑在爸爸的脖子上，顿时火冒三丈，唬道："臭小子，滚下来，胆子越来越大了，居然骑到爷爷头上称王称霸了。"

"我喜欢！"王国增将小孙子从自己头上抱了下来，瞥了儿子一眼，说，"我高兴！"

"都是您老宠的，宠到老人家头上动土了。"王福营有点不敢苟同爸爸太惯孙子。

可老爷子却有自己的道理，说："我过去修青藏铁路一期，将你们小哥仨扔在咸阳，放野马，没有尽到一点父亲的义务，如今啊就给孙子补上了。"

听着王福营与父亲在门外说话，二儿媳白振荣、女儿王福红、女婿袁胜安、小儿子王福礼都出来了。

父亲一惊，说："什么风将你们三家都吹回到我们老爷子、老太太这里啦。难得，难得。"

老伴高秀玲端着热腾腾的饺子出来了，插了一句嘴："什么风，还不是青藏高原的山地风！"

"你们都要上青藏铁路？"老父亲似乎从儿女们神情中嗅到了什么。

二媳妇白振荣快嘴快语："爸，我们老王家这次上五个！"

"五个？"老父亲神色愕然。

"是！"白振荣说，"我和福营、福红妹与胜安，还有小弟福礼都上去。"

"好啊，打虎要靠父子兵，修青藏铁路少不了我老王家，可惜我这身子废了，不然也跟着你们去，青藏铁路不通拉萨，是我们这代铁路人一生的遗憾啊。"老爷子感叹道。

"好什么，我又不是没有去过青藏高原，我担心这些孩子都是金窝银窝里长大的，吃不了那个苦。"母亲高秀玲不无忧虑地说。

"老太婆，我家这地方，什么金窝啊，狗窝一个！"王国增呵呵大笑，环顾四周，说，"我数了数，五个孩子三个与青藏高原有关，福营在库尔勒当过兵，守过西藏阿里海拔最高的机务站，那可是喀什昆仑啊！福红是在青藏铁路一期的哈尔盖生下来的，在娘胎里就在青海待过，胜安嘛也是在新疆库尔勒的部队干过，上过喀什昆仑，差一点的是振荣与福礼了，身体也没有问题。"

"是啊！"王福营感慨地说，"听爸爸一说，看来，这青藏铁路舍我王家其谁。"

"舍，舍，舍个啥？"母亲不满地说，"两口子都上去了，三个孩子扔给谁，我看三家男人上去就成，媳妇闺女都留在咸阳管好后方。"

"妈！"白振荣怕婆婆挡驾，恳切地说，"青藏铁路千载难得，大的方面为国家，为西藏人民修条吉祥路，圆爸爸的青藏梦不说，收入也是内地的好几倍，我们想给孩子将来读大学攒笔学费。"

女儿王福红说："是啊，妈，我和胜安，还没有房子呢。"

小儿子王福礼两口子没有正式工作，缄默了半晌，吐了一句："我是队上的临时工，没有嫂子和姐姐的奢望，就一个养家糊口。"

母亲高秀玲听后一片怅然，儿女们说的都是大实话，上青藏铁路圆的是国家的大梦，也圆小家的梦，她没有理由阻挡，挥了挥手说："去吧，三个孩子交给我和你老爸。"

热腾腾的饺子端上桌了，为了给孩子远上青藏铁路壮行，老伴特意做了几道热菜，坐在上席的王国增对老伴说："拿酒来！"

高秀玲摇了摇头，问："医生不是让你不要喝酒吗，还要喝！"

"要喝！我高兴。"王国增将一瓶西凤烈酒拧开了盖子，给两个儿子与女婿各倒了一杯，说，"我做了一辈子铁路人，最大的愿望就是修通世界上第一条高原铁路。可惜当年国家不富，中途下马了，一双腿已经扔在了山上了，壮志未酬啊。不过有悲也有喜，你们兄妹几个再上昆仑，铺路架桥，帮爸圆了青藏铁路梦，好啊！干！"

"爸爸，干！"王福营与父亲碰了碰杯，眼噙热泪地说，"当年你送我当兵上喀什昆仑，我对你的青藏情结一直读不懂，这回儿子真懂了。"

王国增老泪纵横，说："儿子啊，懂就好，爸爸一腿都埋在青藏高原了，能不爱那条高原铁路吗？"

四个男人将酒杯碰得咣当响，一饮而尽。

高秀玲站在旁边，更有巾帼气派，说："他爸，哭啥，当年我在哈尔盖生福红这小妮子时，差点命丢了，活过来时，你没有掉泪，你的一双腿截了，我哭成泪人，你未掉过一滴泪，现在几个孩子还未上昆仑，你反倒哭了，这不是在泄士气吗？"

"唉，老婆子，人老了就爱动感情。好，我不哭，不哭！把酒给我斟满。"王国增拭去眼角上的泪痕。

"爸！你不能再喝了。"独生女儿王福红劝道。

"不，我要敬你们一杯。"王国增将酒杯端了起来，说，"长江后浪推前浪。一代比一代强啊。我敢说，王家的儿子、姑娘、媳妇、姑爷上了昆仑，都不会是孬种，但是爸爸还是忠告你们一句，谁要是中途当了逃兵，就甭想踏进王家的门槛。"

"爸爸，干！"五个上昆仑的孩子都站了起来说，"爸爸妈妈只管放心，我们不会给王家门庭抹黑的。"

"好！干，我就要你们这句话。"一家人共饮壮行酒。

春风吹醉了咸阳城，有点微醺的王国增送三个儿女出门，仰望春天的夜晚，满天繁星镶嵌在深邃的天穹，夺目耀眼，有点像当年他在青藏高原上见过的格萨尔王战马背上镶了宝石金鞍。远送着孩子们消失在夜幕里，消失在昆仑山的浮云里，他觉得五个孩子那颗纯朴的心，也像宝石一样纯净可爱。

上个世纪 80 年代中期一个秋天，中铁一局为老职工办好事，决定内招一批子弟当工人，王家得到了一个指标，而家里却有三个孩子待业，老二王福营，三女儿王福红，小儿子王福礼。

代表那个年代铁饭碗招工指标到了王家，却让老两口犯愁了，手心手背都是肉，到底给谁呢。

二儿子福营毕竟是哥哥，首先表态，说："爸妈，我先出局，这招工指标我不要。"

父亲问："不当工人，你做？"

"我去当兵。"王福营早已经想好了自己的前途，"复员回来，就能正式分工作，把招工指标留给小弟。"

父亲点了点头，说："好，像我王国增的儿子，有男子汉气魄。"

是年秋天，新疆军区来咸阳招兵，事先就声明是驻守西藏阿里机务站的通信兵，吃不了苦的别去。许多报名的年轻人都望阿里而却步，转身离去，而王福营只有阿里一条路，说我去。毫不犹豫地跟着部队走了，在喀什昆仑的冰大坂，海拔最高的通信兵机务站守望了三年半，在千里冰封的银色世界里维护线路，半年之内大雪封山，不见一个行人上来，白天兵看兵，晚上看星星，半年之内将一辈子的话都说完了，从此沉默不语。本来性格开朗的王福营在喀什昆仑山呆了三年半之后，成了一个木讷之人，连父母都不认识了。

那年秋天，二哥走了，王国增将小儿子王福礼叫到屋里，把一张表拍到他跟前，说："填吧，填了后，你就有正式工作了，以后可以攒钱娶妻生子，养家糊口。"

王福礼摇了摇头，说："谢谢爸爸，这张招工表我不能填。"

"为啥？"王国增一脸惘然，说，"你这娃，这可是你哥哥专门让给你的。"

"我姐呢？她也没有工作啊。"王福礼突然冒了一句。

父亲愕怔："女娃家，总要嫁人，以后找个有工作男娃嫁了过去。像你妈妈一样，当家庭妇女呐。"

王福礼不以为然，说："姐姐那么漂亮，没有一个正式工作，一辈子就毁了。我是男人，还是我到社会上闯吧，招工的指标，让给福红姐。"

"你想好了？"

"想好了！从二哥走那天起，我就决定这份工作让给姐姐。"

"有种，像个男人。"

一份工作，王家的两个男人以不同的方式让给家里柔弱姐妹。

二哥福营远去阿里当兵，小弟福礼到社会上去摆摊，卖粮食杂货，娶妻生子后，夫妻俩都没有工作，最后到爸爸的老单位，当了一名与民工一样铺路架桥的临时工。

王家三兄妹与爱人都上了青藏铁路，在昆仑山下南山口的中铁一局铺架项目经理部，二哥王福营是铺轨架桥的施工队长，爱人白振荣与小姑子王福红在枕轨车间开航吊，妹夫袁胜安开救护车，随时待命于山上的铺轨架桥现场。小弟王福礼是一个普通的架桥工人。项目部对这些夫妻双双上昆仑后，给每家辟了一个小屋，到了轮休的日子，往昆仑山、可可西里、五道梁、沱沱河不断铺轨向前方的丈夫下山休息两三天，便可以得于久盼妻子温馨的滋润。这十几间的鸳鸯房，成了青藏铁路沿线最具人性化的一道风景。

二哥王福营与妹妹王福红的宿舍，只隔着一间房子。在这间仅能放下一张狭窄的双人床，环绕着一排简陋的小沙发，一个取暖的炉子，一个很小的十九寸的电视，最醒目的就是儿子那张照片，放了二十四寸之大，挂在了昆仑山下这个诺亚方舟的最中央。每次看到儿子的照片，白振荣便会涕泗滂沱，不能自已。王福营知道妻子这心病，就用一件铁路制服将儿子的照片遮住了。而妹妹的房间里却挂着女儿袁琳的照片，远上昆仑，第一次离那么久，孩子成了一个母亲永远的牵挂和痛。

对于小姑子王福红来说，思女之痛，并不比嫂子轻多少。千重昆仑，两地相思，母女之间的思念之情，一怀牵挂都在了莽昆仑之上。妈妈打电话说，小袁琳看电视时，一看到有昆仑山的镜头，就背过脸去，因为她怕昆仑山在，妈妈却不见。等姥姥说电视屏幕上已经没有昆仑山的镜头时，她才转过脸来，红润的小脸蛋上落下了樱花雨。王福红听了，已泣不成声，这种思女的压抑终于因一条短信爆发了。有一天下午，刚下班回来的王福红走进小屋，突然发现手机的振铃突突响了两下，她打开一看。屏幕上突然闪现了一行字："妈妈，妈妈，我爱你，就像老鼠爱大米！"看着看着，一股母性的舐犊之情撞开了她脆弱的情感闸门，王福红哇地一声哭开了，那哭声挟着浓烈的乡愁凄厉云天，直上昆仑，将隔壁的嫂子白振荣惊动了，她不知小姑出了什么事情，连忙跑了过来，询问怎么回事，王福红把女儿的短信递给了舅妈，不看则已，一看，白振荣强捺的思念突然爆发出来。姑嫂两个抱头痛哭，那哭声纵使踯躅昆仑雪山之巅的孤狼听了也会流泪。但是王家兄妹依然觉得自己是幸运的，有深明大义的父母支撑在大后方，他们雄居昆仑，圆父亲一代铁路人的青藏梦，也向着自己拥有一套住房和为孩子攒一笔上大学的学费的梦想一步步走近，可是命运多舛，造化总在无情捉弄善良无助的家庭。厄运神不知鬼不觉地在敲响王家的命运之门了。

春节悄然来临了，咸阳城里时断时续响起过节的鞭炮声。从昆仑山基地和风火山铺轨现场下山的王家兄妹回来冬休了，二载昆仑岁月，他们确实有了不菲的收入，比那些一家人好几个孩子下岗的家庭，日子也红火了。三个孩子买了好多年货，来到父母家里，准备欢欢喜喜过大年，待到冬雪化尽，春暖三秦，他们就要三上昆仑了。然而就是这年休假，却发现了母亲一个惊天秘密。

母亲高秀玲领下的淋巴一天比一天坚硬，自从孩子们第一年上山，就在隐隐作痛，但是她悄悄瞒着老伴，瞒着儿女们，后来淋巴肿得越来越大，她只好到医院开几片止痛片。冬天上昆仑的孩子们回咸阳冬休，一家人相聚时，她仍在脖子上挂一条围巾，遮住脖子上的肿胀之处。中铁一局职工医院的医生怀疑是淋巴癌，劝她赶快到西安确诊。

高秀玲摇了摇头，说："我不去西安！"

大夫不解，问为什么？

"我的病得真了，不是一万两万块钱得好的。"高秀玲道出了初衷，"我不能花孩子们的钱，那是血汗钱啊，是搭上小命上青藏才换来的。"

"这病拖不得啊，越早治疗越好。"大夫建议。

"不，我都快七十岁的人啦，拖过一天赚回一天。"高秀玲执拗地说，"唯一心愿老天别早收我回去，再熬三两年，把二儿子、三闺女的孩子带好，让他们干完青藏铁路。"

大夫听了后欲说无语。有一天恰好遇上了王福红来医院看病，她将高秀玲的病情告诉了她。

王福红疯了似地跑回家里，不由分说地要解开母亲的颈上的围巾。

"妮子，你干啥？"

"妈，你不能瞒我们了。医生全告诉我了。"王福红哭着说。

"嗨，这大夫，我可是与她有君子协定的啊！"母亲无可奈何，解开围巾，脖子上长了一个硬疙瘩，一触就痛，连吞咽都有些困难了。

三个孩子一看，围着妈妈暗自流泪。年也没有过，连忙赶到西安一家大医院做穿刺检查，结果很快就出来了，甲状腺癌。

王家兄妹愣怔了。大哥王福生也从上班的航天工厂赶过来了。二哥王福营将小妹王福红叫到跟前，说："妈妈得马上做手术，大哥的孩子在读大学，厂里不景气，小弟虽跟着上了山，但只是民工待遇，媳妇没事做，一人扛着三张嘴，这钱就咱兄妹俩出吧。看来青藏铁路挣的钱，都得填进去。"

"哥，只要妈妈能好，没什么。"福红饮泣地点头。

大年初一，一家人都在医院里度过的。

春天来了，小草像精细的绣花针脚一样，钻出了三秦大地。母亲做了癌症切除手术，经过几个疗程的化疗后，病情暂时稳定了，这时第三个年头上昆仑的时间也到了。王福营与妹妹商量，一家留下一个人来照顾母亲。

"都走！"躺在病榻的母亲突然撑着病躯下床了，说，"三个孩子交给我和你爸，安心上青藏铁路，老娘死不了。"

王家三兄妹硬被执拗的母亲赶上了昆仑山。

到了2004年的夏天，母亲的癌症仍未能控制住，转移到了淋巴上了，要做第二次手术。

大哥打电话来了，在电话中一片哽咽。王福红听着就哭了，嫂子白振荣是深明大义的女人，她说："别哭，我找你哥去。不做手术，婆婆会疼死的。"福红饮泣道："妈妈舍不得花我们的钱。"

"舍不得花？"嫂子惊愕道，"痛死都舍不得花这钱，要我们干啥，我们挣钱给谁？"

最后三兄妹商定，由王福红请假坐飞机赶回咸阳。

可母亲死活也不愿再做第二次手术，说："妮子，就让妈妈这样拖下去吧，上次手术花了一大笔，这可是儿子、姑爷、女儿、媳妇，从青藏高原上顶风冒雪挣来的，留着给希凡和袁琳将来读书吧。"

王福红蓦然下跪相求："妈，都说养儿为防老，可我们却在千里昆仑之外。你们苦了一辈子，好不容易将我们拉扯大，有个病痛，就该做儿女出钱出力啊。"

第二天，柔弱的王福红不由分说地将母亲拉进西安医学院，做第二次手术。那天从上午开始，福红就站在肿瘤科手术室的走廊上久等，主刀医生已有言在先，她母亲的情况非常不妙，手术风险系数很高，凶多吉少，剥离的癌细胞全部包裹在人的神经周遭，病人如不配合，或稍有不慎，轻则半身不遂，重则下不了手术台，让她有充分的心理准备。王福红忧心如焚，唯有祈求昆仑山巅飞扬的经幡和朝圣香客的虔诚神佐母亲。手术持续了十几个小时，到了傍晚时分，手术室的红灯终于变成了绿灯。大夫出来了，疲惫的脸庞绽开了微笑，说："这老太太真不多见，她用坚强创造了生命的奇迹！"

"真的啊！"王福红听了后，泪涕滂沱。

麻药散尽了，妈妈从沉睡中醒来了。虽然精疲力竭，却说："老天对我王家还算公道，没有收我走，如果我死了，这三个孩子怎么办？我在一天，你们就可以出去挣钱。"

手术一周，母亲能下床了，就撵王福红走。可她是执意陪了母亲二十天，才回到昆仑山下，恰好暑假来临了，她执意将二哥孩子王希凡和自己女儿袁琳带到昆仑山脚的中铁一局的铺架基地，过一个有意义的暑假，让他们看看气势雄浑的青藏铁路是如何在妈妈的纤手航吊下，组合成一节节枕轨，再由舅妈吊装到轨道车上，由舅舅驾驶着，驶过已铺好的青藏铁路，上昆仑，过可可西里，越五道河，翻过风火山，往长江源大桥驶出，看铁路是如何一段一段地铺向唐古拉，伸入万里羌塘。

　　小兄妹俩到了昆仑山南山口的铺架基地，早晨起床，只见一夜雨雾过后，昆仑七月舞狂雪，雪山之神岸然横空，一会儿太阳出来，融尽戈壁上的残雪，而山顶上却终年不化，让他们激动得又蹦又跳沉醉在儿时的童话王国里。哥哥王希凡见爸爸从沱沱河的铺架现场下来休假，非要跟着上，王福营与妻子商量，让小希凡上山去，亲身感受爸爸在高寒缺氧的地方指挥工人叔叔铺轨架梁，也许会影响他的一生。妻子点头同意，于是小希凡跟着爸爸，车入昆仑，玉珠峰白雪皑皑，让他留恋不已，等到了可可西里，看到草原上悠然走过的藏羚羊和野驴，更是高兴得手舞足蹈，可是一过风火山，他却受不了，一句话也不说，躺在爸爸的怀里，说头痛，说话也气喘吁吁。王福营将儿子抱到卧铺车里吸氧，渐渐缓解。小希凡在淮河待了一周，站在新铺的铁轨上看爸爸和叔叔们在风中雪中雨中一丝不苟工作。那六天时间，从此影响了一个少年人的成长，下昆仑山之后，他突然觉得自己长大了，像一个小男人。他对妈妈说，等我长大了，总有一天我要与同学们再来青藏高原，告诉他们这铁路是爸爸妈妈参与铺设的，每钉每铆都有他们的汗水和心血。王希凡的自豪溢于言表。

　　"儿子！"白振荣将王希凡搂在怀里。

　　妹妹袁琳跟着爸爸开的救护车到了楚玛尔平原，她最想看的就是藏羚羊，可是当爸爸将她拉到铁轨上看在铁道两旁奔放的小精灵，她已经气喘吁吁，眼睛蒙眬，美丽的藏羚羊成了风中一片幻觉。

　　两个月的暑假如白驹过隙，转眼即逝。哥哥王希凡开学的时间到了，要先走，王福营和妻子白振荣打了一辆出租车去送儿子，一上了车，王希凡就眺望窗外的戈壁，一句话也不愿跟爸爸妈妈说，爸爸一再交代路上要小心，不能乱跑，不能随便下站。王希凡只是点头，却不回答。到了车站，他向爸爸妈妈说了一声再见，便背着书包，跑进卧铺车厢，爬到自己睡的上铺，将头埋进被子里，再也不肯下来，直至开车再也没有露过面。

　　白振荣一直站在月台上默默流泪，她以为开车铃响时，儿子会从上铺上下来，贴着车窗向爸爸妈妈说一声再见的。可是始终不见儿子的踪影。跟着缓缓驶出格尔木市的列车跑了一段，被丈夫一把拽住了。失望地凝视着列车消失在视线里，儿子影子被远去的列车驮走了，她刚走不出几步，就蹲在地下，喊着儿子的名字哭开了。丈夫眼眶也红了，挽着妻子走出了格尔木站，钻进了一辆出租车，白振荣仍在流泪，一直哭到了昆仑山下。

　　小侄女袁琳走的一幕更让人揪心的痛。她在昆仑山下住到幼儿园开学时，也该走了，恰好有一个朋友要回咸阳去，王福红和丈夫袁胜安托人家把丫头带回去，因为孩子小，特意为她买了软卧，爸爸妈妈一起去送她，在车厢里坐到临开车的时候，连忙下了站后，小姑娘贴着窗子喊妈妈，妈妈听不见，却看见女儿的泪水在车窗玻璃上如雨在下。妈妈拿自己的手机打了那个朋友的电话，女儿拿了过来，接听妈妈的电话，一边哭一边说那句话："妈妈，妈妈，我爱你，就像老鼠爱大米……"

　　天涯咫尺，咫尺天涯，母女亲情血浓于水却被一层玻璃车窗隔开了，女儿在车上哭，妈妈站在月台上哭，一对母女隔着车窗打电话的一幕，让天地为之动容，一对来青藏路上旅游的情侣，恰好坐在这间包厢里，也禁不住被感动哭了……

　　列车铿锵远去，在雪风中渐渐远成为一个黑点。

　　往事如风，但却像电影一样，一幕幕地在王福红眼前闪现。可是今天她觉得昆仑山下的春风变暖了，她走进了被人拥簇的人流，只见一位中央领导同志向她伸出了热情的大手。她凝眸一看，是时任国家副主席的胡锦涛同志。

　　"这是我们中铁一局昆仑山上五朵雪莲的代表王福红同志。"中铁一局青藏铁路指挥部指挥长，在向锦涛同志介绍王福红。

　　"昆仑山上的雪莲，这个称呼好啊，迎风傲雪，雪中绽放，像我们筑铁女职工的性格。"国家副主席握着一个普通铁路女工的手，喟然感叹。

　　一条青藏铁路与一家人的昆仑。王福红觉得自己是幸运的，中铁一局青藏指挥部将最高的荣誉给了自己，国家副主席亲自接见了她，她要将这个消息告诉卧在病榻上的母亲。王福红觉得自己是不幸的，两口子还有哥哥嫂嫂们奔波四年四上昆仑，挣的钱都交给医院了，得之失之，失之得之，但是有了在昆仑山上的四年，有了一家人都上过青藏铁路的历史，如今手中所剩无几的她，蓦地觉得，自己是天下最富有的女人。

　　她已经想好了，等到青藏铁路正式通车那天，只要爸爸妈妈身体还好，一定带着全家坐火车到拉萨，她要亲口告诉爸爸妈妈和女儿，在昆仑山零公里通往拉萨1100多公里的铁道线上，每隔一段的枕轨，都是她与昆仑山上的另外四朵雪莲一起吊装的。

　　她从不认为自己是雪莲，但是她的一家属于昆仑。

力拔昆仑舍我其谁

已经是 2001 年仲夏时节了。

一队挟着青藏风雪的高级吉普车驶入了金轮宾馆雨檐下。孙永福副部长跨下车来，身上仍然落着青藏铁路的风尘。他刚从唐古拉以北已开工的工段巡视下来，返回了格尔木市。

坐电梯走进 601 室的套房，匆匆洗了一下。秘书走来询问部长下一步行程，他挥了挥手，说："让青藏铁路总指的指挥长们都来一下，我有话要说。"

一会儿，青藏铁路常务副指挥长王志坚、副指挥长那有玉和黄弟福等一齐走进了大会客厅。他们见孙部长的神情凝重。

从西宁赶来陪他上山的青藏公司筹备组组长卢春房也坐在身旁。

一向温和儒雅的孙永福语调凌厉："你们问我何时返京，我现在郑重地告诉诸位，五大实验段不开工，我就不走了。"

青藏总指的指挥长们面面相觑。

"你们应该明白，冻土实验段今年如果不开工，没有一年的冻融，就难发现问题，补墙设计就会滞后，会影响青藏铁路的工期，我再郑重地说一句，五大实验什么时候开工，我什么时候走。"

孙部长已破釜沉舟，欲留在昆仑山下最后督战。

送走了几位指挥长，孙永福转身问卢春房："春房，你说卡在哪个环节上？"

"指挥体制不顺！"卢春房坦陈己见。虽然此时自己只是青藏公司党委书记、筹备组长，工程建设仍委托铁道部工管中心分管，这已经是老传统了。可是 7 月份第一次上山检查过后，他又数度上山，不免忧心忡忡。五大冻土实验段的图纸陆续到了，但几家施工单位机械、技术准备不足，想扎好营盘待明年，就是昆仑山下已开工工段，质量离世界一流的高原铁路仍有差距。再则与青藏两省区协调管道不畅，与新闻媒体沟通也不够，人家不打打招呼，丁点小事情，在青藏两区的事情，小事也都是大事，也是政治，寥寥几笔就会裂变成捅天大新闻。凡此种种，问题就出在指挥体制的不顺上，一条青藏铁路，一个青藏铁路有限公司，一个铁道部建设司工管中心派出青藏铁路建设指挥部，又隶属于两个主管的副部长，指挥不顺。

"春房，你有何想法？"孙永福征求他的意见。

"两套人马合而为一，由青藏铁路有限公司统管。"卢春房是坦荡之人，他并不怕人家说他取而代之之嫌，而是从工作着想。

"好，我也有此意！"孙永福默默地点了点头，对青藏铁路开工之后出现的问题症结，他已一目了然，他有意让卢春房将青藏铁路公司党委书记和指挥长一肩挑，只是时机还不成熟。

到了9月下旬，铁道部建设司也向部党组反映这个问题，觉得指挥体制不畅，还是交给卢春房来管可靠。他回北京开会，分管建设司的蔡庆华副部长看到他，说："春房，现在这个情况不顺。你把青藏铁路总指挥部指挥长的重担接过来干，环顾路内，唯有你最合适。"

"谢谢！"卢春房也毫不推辞，说，"不瞒部长说，在铁路建设方面，我当指挥长的经历倒还很丰富，大大小小的都干过。"

"呵呵，春房这回可是当仁不让了。"蔡部长笑了。

力拔昆仑舍我其谁？！第一次当指挥长时，卢春房只有29岁，他所在的铁一师已兵改工为十一局三处，那时他已是处里的副总工程师，1985年9月，北战大秦，他带着先遣队开进大秦铁路，组建了大秦铁路指挥所，当指挥长。翌年春天被任命三处副处长，还未满30岁，开始站在2000多人的队伍前讲话时，手掌心里攥了一把汗，一场演讲下来，背上的衬衣都湿透了，渐渐地找到了做指挥长的感觉。也许是"文革"之后铁道工程科班出身，解决技术问题颇有招数，管理上又很泼辣，老同志和年轻同志，他都不怵，以一种诚信的亲和力感染对方，平时与下级相处随和平易近人，很少板着脸嘘人，但是该下决断时，却断然出手。短短三年间，处里所承担的铺轨架桥提高了一个档次，工程质量和进程一直处在中国铁道建设总公司前列。可是私下里，他仍然怀疑自己的威信，这毕竟是当年抗美援朝炸不断钢铁运输线的杨连弟的老部队，与美国大兵的钢铁翅膀较量过，部队的传统就是谁胡子长，谁说话就有分量，论资排辈分天经地义，更何况自己是三处领导班子中最嫩的一个，所以他对自己在群众之中认可度打一个问号。1987年，局里对各处的领导班子进行考核打分，结果令他惊愕万分，他得了83分，在三处领导班子中最高的一个，分比处长书记还高也是个问题，他有点惴惴不安。可是群众的拥护，让刚步入而立之年的卢春房更自信了，胆子也大了，十一局领导似乎已认准了卢春房此材可造，也一直给他提供一个更能展示才干的平台，充分施展抱负。从 1987 年开始，连续两年报他当处长，未能遂愿，便任命他当了常务副处长，主管生产，而他下属的科、段长，兵龄都比他长，有的是他当兵时的排长、连长，但他没有禁忌，放开手脚去干，迎接更大的挑战。

80 年代末，三处从大秦铁路撤下来了，住到了湖北十堰，手里只有一点地方工程，一时陷入窘境。工资发不出去，职工队伍不稳定，整体效益一度滑入低谷。恰好在 90 年代第一个春天，卢春房被任命为三处处长，不到 35 岁，一下子将几千人的命运担在了肩上。上任之始，他向局里和全处职工保证，一年打翻身仗，二年各项指标步入局里榜首，三年过后，谁超过三处我就辞职。

如此气魄，如此豪言，真有点初生牛犊不怕虎。其他几个处的处长资历都比卢春房老，人家在看他兑现施政演说，也准备看这位少年得志的书生，会不会悲壮地上演一场滑铁卢之战。

然而，命运之神似乎对卢春房过分厚爱。他当处长不久，恰好遇上了中国铁路大上马，南昆、宝中、大京九，一项项特大铁路工程纷至沓来，就看三处能否一下子攫拿在手。他很快就确立了改变三处面貌的目标，第一要发展，重点抓住铁路大上的机遇，多拿标段，扩大承揽地方工程的力度，拓宽路子。他是一个礼贤下士勤奋笃学的人，看到十二局、十八局标前调研、编定标书、确定标数和答辩搞得好，就虚心学习别人的长处，有备而来，靠科学的答辩征服甲方，有些重要的标段，他亲自上去答辩。终于将南昆、宝中和大京九等一个个重大项目揽到了手里。有了任务之后，如果管理跟不上，前期的工作也会付之东流，卢春房从做第一个指挥长开始，就注重拟定施工流程，一个环节一个环节地抓管理，使三处的效益大幅度的跃升。还有最重要的一点是聚凝人心。他最引为自豪的一点，便是不管到哪里工作，与人的团结都搞得好，以后他总结为领导就是要学会妥协，带领大家奋发向上。有趣的是，过去处里告状的事情此起彼伏，他上任当处长后，一年内也发生了一起告状的事情，总是告处里的书记。卢春房茫然不解，火了，给局里的纪检办公室打电话，说："我们书记很辛苦的，这纯粹瞎告状，请局里来查一查，收拾一下告状人。"

这话不知如何传到告状人耳朵里去了。结果第二次告状时，人家将他也给捎上了。

"好啊，身正不怕影子歪，欢迎来查！"卢春房非常坦荡。

果然局里派人来一查，竟然查出了一个先进典型。卢春房上任不到两年时间，三处的变化可谓日新月异，核裂变式的效应。许多工作由过去的倒数第一，一跃成为局里状元，效益、利润达到了产值的10%，承揽任务第一，完成产值第一，实现利润第一，人均收入第一，上交局里资金第一。此后的两年间，局里没有哪个处突破刷新了他创造的五个第一。凭着这些骄人的成绩，卢春房成了中国铁建总公司的风云人物。1993年8月1日，兵改工10周年，他被评为局里的十大功臣。而这时，卢春房领导下的三处手中仍有六条线路在全线铺开。

1994年的四月天，中国铁道建筑公司总公司总经理、原铁道兵二师的老师长翟月卿越过局里，直接给卢春房电话，说总公司对他的工作和能力十分认可，还有重大工程等着他，准备任命他为十一局副局长兼指挥长，负责大京九的吉安到定南的铺轨任务。他未来得及到局里报到，也未参加谈话，他直接去了吉安。这次任大京九指挥长的经历，让他学会和操练了组织大兵团作战的本领，在更高的层面提高了自己的指挥能力，并留下了一篇有学术见地的学术论文《铁路工程铺架施工与管理》。

几乎是三年一个台阶，1997年年底，卢春房擢升为中国铁道建筑总公司副总经理，刚刚熟悉一些情况，翌年春天便去了内昆线，担任中铁建内昆线的指挥长，统辖中国铁道建筑总公司与中国铁道工程公司的所有建筑者，并出任党委书记，从最低一级的指挥长做到了最高一级的指挥长，这时他刚步入不惑之年。半年后，他调到铁道部建设司任副司长，从国家一个更高的法规和政策的层面进行战略性的思考，进行重大工程的协调，这无疑为在铁道工程建设一线当指挥长的经历，又添了宏观决策和指挥的一翼。

冬天悄然在人的周遭设下埋伏，一阵阵凛冽的寒风掠过，北方城郭里的树木脱去了夏天的盛装，赤身裸体地兀立在大街小巷的十字路口。远眺着村落里炊烟，在莽昆仑上施工的队伍挟着冰冻后的乡愁回到故乡，沉浸到了温婉的亲情之中。

是年11月，卢春房从西宁城回到了铁道部大院的综合楼里。那天在大院里恰好与建设司司长施德良不期而遇。两个人曾经在建设司呆过，一个是司长，一个是副司长，虽然施德良年长十多岁，但他仍然十分尊重比自己小的少壮帅才，一见面，卢春房便向施德良预约了，说："施司长，我们找个时间聊聊！"

"好啊，春房，我早就想找你了，青藏铁路那个委托管理，弄得工管中心心力憔悴，该想一个出路了。"施德良的话很真诚。

数日之后，施德良主动来到了综合楼的办公室，两个人聊了一会青藏铁路的情况，便单刀直入，说："现在的委托管理，谁都难受，改吧！春房，你将指挥部一锅端过去，由青藏铁路有限公司担起来。"

卢春房沉吟了片刻说："施司长，将你的指挥部接过来，我早有此意，这样比较顺，但是人不好管，工管中心是驻勤的，转到青藏公司来，这批人愿不愿意？"

"该调就调走！"施德良掷地有声说了一句。

"好，就这么办！"两个人迅速达成了共识。

随后，卢春房到了孙永福和蔡庆华副部长办公室，将他与施德良司长达成的协议作了详尽汇报，核心一点就是将一直由建设司工管中心管的青藏铁路指挥部交给青藏公司，由卢春房兼任总指挥。

"好，就这么办！"两个部长几乎异口同声说，"写成一个文字的东西，呈报部党组批准。"

当天下午，卢春房正式起草了一份书面报告，将青藏铁路总指挥部交由青藏公司管理的原由说得非常到位，让施德良审看之后，便正式报铁道部党组会议研究，形成了一个正式文件，2002年元月1日，青藏总指正式划过来了，卢春房任青藏铁路有限公司党委书记兼总指挥。

一并而牵全局。当酝酿之事尘埃落定之时，卢春房心情反倒轻松不起来，千重昆仑从此压到了自己的肩上。这个冬天，北京刚下过一场初雪，秋风梳理过的水泥森林般的城郭，沉落在雪浴过后的纯净之中。他对青藏公司组织部长、从铁道部办公厅跟他去西宁的刘小雨说："我们上格尔木去！"

刘小雨不解，问："卢总，青藏高原此时已雪拥千山，天寒地冻，队伍都撤下来冬休了。你过去做什么？"

"稳定军心！"卢春房说，"越是冬季，越要让青藏铁路总指的同志们步入感情的春天，在明年开工之前，士气鼓起来，斗志昂扬起来。"

卢春房先飞到了西宁的青藏铁路公司，将所有的人员召集在一起，说铁道部赋予青藏铁路公司更大的功能，建设与经营融为一体，我的办公室地点要推到昆仑山下，希望大家都到建设一线去。18个员工被董事长的人格魅力所感染，写了18份申请。让卢春房有了坚强的后盾支撑。

日暮黄昏，他登车西去，直奔格尔木城里的青藏总指会议室。人来齐了，一个个却耷拉着脑袋，默默地抽烟，空气很沉闷，表态发言也很死板，显得十分尴尬。

卢春房站起来了，脸上溢着真诚说："我由青藏铁路有限公司党委书记身兼总指挥，绝不是来收编青藏总指的，也不是说前段大家干得不好，我带着一班人来取而代之，而是更好地整合资源，最大限度发挥每个人的长处，加强协同。不存在我吃掉你，你吃掉我的事情。我这个人走过很多地方，从基层到机关，从铁道兵到铁道部，毫不自擂地说，最大的优点，就是与人为善，与人团结搞得好。虽然现在两家合为一家了，但是每个指挥长的职责权和待遇都不变。驻勤的同志愿留下的欢迎，工管中心来的同志隶属关系不变。我希望一个同志也不要走，青藏铁路这样世界级的工程，人的一生能遇几次，参与建设是我们每个铁道建设者最大的荣耀。虽然青藏公司在地理上不占优势，可是我们的事业却是举世瞩目的。我欣赏《钢铁是怎样炼成的》保尔说过的那段话，当一个人回首往事的时候，一定会为参与青藏铁路建设而不枉为中国铁道人的一生。"

随后他又逐个找大家谈心。对常务副指挥长王志坚说："你当常务副指挥长，在前边大胆地干，有什么问题，我兜着！"

"卢总，我们跟你干。"王志坚的眼眶有点发热。

真诚撼动人心。除了个别驻勤的普通工作人员调离外，青藏铁路总指中层以上的干部一个也没有走。接着他又招募了一批人，扩大了队伍。

卢春房要在昆仑山和可可西里的冰雪解冻之前，以最短的时间完成磨合，齐心协力打青藏铁路的大仗。

队伍稳住了，人心凝成昆仑。卢春房便将目光投向了青藏两省。就在十几天前，青海当地有的包工头老板拿不到青藏铁路的采石工程，恼羞成怒，给青藏铁路总指下绊子，对匆匆路过铁路沿线的采访的媒体说，青藏铁路乱挖乱采，很快这个捅天的新闻便出现于中央一家很有名气的早间栏目，舆论一片哗然。卢春房出任青藏铁路总指指挥长后做的一件事情是，说我们不能拒绝媒体的监督。错不在媒体，在我们与新闻媒体的交流沟通不够，不必再与人家去叫板，弄个你错我对，重在引以为戒，有则改之，无则加勉。随后，他又一一拜访青藏两省的国土资源厅，广泛征求意见，并一趟趟到格尔木市委和市府请示汇报。市委书记很感动，说："卢总，你可是堂堂的正厅级，中央部委的大员，我格尔木市不过一个县级市，如此放下身段，我们很感动。说吧，卢总，有什么事情需要我们解决？"

卢春房一笑："没有什么，我只有一个要求，如果青藏铁路有什么事情，从地方口反映到你这里，请事先与我沟通一下。"

"见外了，卢总。修青藏铁路为我们格尔木人民引来致富路，幸福路，铁路的事情，就是我们的事，凡反映到我这里的，全能解决。"

"谢谢！"卢春房步履轻松地告辞出来。

卢春房的第二步棋，是理顺内部关系。他将施工单位的各个指挥长、监理部门和设计单位的头头召集在一起，就强调一句话，树起青藏铁路的整体意识和精神。他说大家担纲的角色不同，工作也不尽一致，但是只有一个目标，只有一条通天大道，就是永远一路朝上，朝着昆仑山、朝着唐古拉、朝着拉萨，心连心，肩并肩地走过去，青藏铁路荣我荣，青藏铁路衰我衰。以后不论哪个单位，不能再有感情的隔阂，不能再发牢骚，对执行上级的指示软磨硬抗，大家平等协商，定了事情就不能打折扣。设计、施工、监理和物资保障，都要环环相扣，成为一个整体。我有话在先，工作我放手让大家去干，出了问题，卢春房扛着，可是谁要是只顾小群体的利益而没有大局观念，办砸了青藏铁路的大事，那就走人，走队伍。

襟怀坦白，恩威并重，说得入情入理，丝丝入扣。各个老总眼睛遽然一亮，我们遇上明白人了，跟着他拼命地干，没错。

干就得有章法。卢春房让青藏总指的各个部门将资料档案整理了一遍，有的文件只有举措却没有结果。他组织一班人将所有规章制度汇编成册，一下子制定了二十六七份文件法规。形成了照章办事，有章可循的新局面。

卢春房当了二十年大大小小的指挥长，他觉得自己最成功洒脱的一笔，就是拟定施工组织设计。青藏铁路第一年，一度让孙永福副部长说了重话，五大实验段不开工，就住在格尔木不走了，症结就出在没有一个清晰的施工组织计划和指导施工的大纲上。他亲自布置，一起论证，请技术专家参写出指导施工的大纲，然后一步一步地排出七年间的投资安排，重点工程安排，重点技术方案，质量、环保和卫生安排，每个施工流程，一编就是一二百天，每天做什么，落实到什么程度，进度图表上一目了然。

冷山千里我独行。做完了所有的事情，姗姗来迟的春天已经近抵昆仑山了。卢春房步履轻松地回到了北京，对青藏铁路领导小组副组长孙永福说："事情都处理好了，万事俱备，就等春天上山甩开膀子大干了。"

"还有哪些难题，需要我出面协调解决？"孙永福副部长热情地问道。

"没有！都办妥了。"卢春房回答道。

"春房，办得好啊！"孙永福向这个青藏铁路和前线指挥官投去赞赏的一瞥。

第 4 道岔　滇藏青藏

浓郁芳香的内地茶，

拌上了糌粑就最香美。

我看中的情人，

横看竖看都是俊美。

——六世达赖喇嘛仓央嘉措情歌

青藏冰河入梦来

张鲁新是我采访过专家中最有性格的一位。

那天下午，昆仑山下秋阳暖暖的，斜照在青藏总指首席冻土专家张鲁新办公室。宣传部部长童国强将我引领进去。

"坐吧，我很忙，在搞一个冻土补墙设计方案。"张鲁新似乎对这种采访骚扰早已习以为常，看过我递过去的名片后，他站了起来，破例给我泡了一杯"青山绿水"，说，"这是我的一个博士生指挥长，从四川给我带来的，有点苦，我喝不惯。"

"好茶！"我看着青山绿水嫩叶朝杯底沉淀，尽管味道有点涩滞，却始终是透明的，一如张鲁新的性格。

"我边干边谈！"张鲁新对着电脑液晶显示屏，头几乎没有抬起来。

我笑了笑，第一次见到一心两用的特立独行人，既然电话已约定，下午的时间就该属于采访，我在琢磨着他最感兴趣的话题，将他的注意力吸引过来。

"听说你收藏了五个版本的《钢铁是怎样炼成的》？"我想抓一抓他的兴奋穴。

"你怎么知道的？"他突然仰起头来，近视镜片后边仍然掩饰不住狷介清高的神情。

我诡诘一笑，说："2002年我在兰州采访就听说了！"

"哦！你觉得哪个版本更好？"张鲁新似乎在考察我这个作家的阅读面。

"中国青年出版社、人民文学出版社和工人出版社三家，我更喜欢人民文学出版社的。"我并不遮饰自己对这家国家出版社的好感。

张鲁新点了点头，似乎有点昆仑山下遇知己的感觉。

"还能背吗？"我问。

"你喜欢哪段？"他似乎对昆仑山下谈保尔·柯察金更感兴趣。

"保尔在冷雨纷飞的莽林中遇冬妮娅那段。"我说了。

张鲁新放下手中的活，扶了一下眼镜，仰起头来，望着远处的昆仑山，以重金属般的清脆声音，吟诵起来：

> 秋雨淅淅沥沥地洒在人的脸上。天空中，灰云密布，它们低低地游动着，缓慢而沉重。已是深秋季节了，森林里剩下的是光秃秃的树枝。……小车站孤单地躲在树林里，小车站只有一个装卸货物的石头月台……

从年轻时代到晚年，张鲁新刻骨铭心的偶像只有保尔·柯察金。当年从唐山铁道学院毕业时，他为了追寻保尔·柯察金筑路的那片大莽林，穿越千山万水，大兴安岭秋雨淅淅沥沥之际，找到了一个静静的铁路小站，一个安妥他命运翅膀的森林之中的小站，大兴安岭加格答旗加格达奇分局的一个小站，茫然四顾，秋霜过后的林间万山红遍，层林尽染，突然与"文革"年代那种喧嚣的躁动和狂热隔绝开了，他找到了一片远离尘世的寂静，一种像保尔·柯察金一样的命运。在这个大莽林中的小站上，他不仅遭遇了一段浪漫的旅途爱情，与正在大兴安岭的大连下乡知青李郁芬相识相知相爱，而且还在那里寻找到他一生一世追求的事业的出发地——冻土。

1973年12月，已调到齐齐哈尔铁路局技术室的张鲁新参加了第一次冻土学术会议，解决大兴安岭铁路病害冻土，听中科院兰州冰川所的专家徐学祖讲课，他知识视野里出现了一个陌生的名词：冻土。

也许是一种天意，抑或是青藏的神秘诱惑，两年之后，在青藏高原的无人区里，他居然与给自己讲课的老师徐学祖同住在一个帐篷。但是驱使他从遥远的大兴安岭，转道青藏高原，从此与青藏铁路再无法分开，却是毛泽东 1974 年接见尼泊尔国王比兰德拉一次谈话，沉寂了十多年的青藏铁路再度上马了。经历了十年浩劫，铁道部科学研究院西北研究所出现了人才断层，急需一批全国大专院校毕业的知识分子补充队伍，便在全国铁路系统选调。

青藏铁路冻土普查，张鲁新听到这个消息心动了，他不想在大兴安岭里当一个工程师了却一生。大名鼎鼎西北研究所则令许多学子仰慕，他想归队，去圆一个踏遍青藏的工程师之梦。可唯有远去兰州，方能圆梦。

"我要去兰州！"张鲁新对女朋友李郁芬说。

"去兰州，做什么？"女朋友有点茫然，刚相识就要远别。她是大连下乡来的知青，当时张鲁新还在加格答旗加格达奇的小站时，恰好与她的弟弟在一起，有一天她从知青点到站上看弟弟，竟然天缘相助，与张鲁新相识，进而相爱，长跑的爱情就像轨道一样，扔在了铁道之上。如今她刚从知青点上调来一家建筑公司当会计。一对恋人刚刚好团聚，却又要相别。

"到铁道部科学研究院西北研究所搞冻土。"张鲁新的心早已飞向皋兰山。

"大兴安岭不是有冻土吗？"女友仍然茫然。

张鲁新摇了摇头："郁芬，大兴安岭冻土是我们国家高纬度地区的冻土，只是季节性的，这里已经有铁路，唯有西藏有世界上海拔最高的中纬度冻土，那里还没有铁路，才是世界最丰富的冻土。集数理化天地生为一体，复合学科啊！"

女友点了点头："既然你喜欢冻土，就去吧，青藏高原天遥地远，走之前，我们结婚吧！"

"结婚！"张鲁新有点愕然，继而对女友脉脉含情，说，"郁芬，我现在觉得自己是天下最幸福的人！"

女友莞尔一笑："我们都老大不小了，该有个家，再说，你去了青藏高原，我不想再让你心悬在天上。"

"那我就悬挂在妻子心上。"张鲁新脸上溢着幸福之感。

"我喜欢这句话。"李郁芬幸福地依偎在张鲁新怀中。

匆匆忙忙地准备。12 月 2 日结了婚，新婚宴尔的日子只甜甜蜜蜜地过了 12

天，12 月 14 日，张鲁新便告别了新娘，踏上了西行列车，去了兰州，一去便是三年。可是到了兰州，他并没有去所调的单位西北所，而是直接被派到中科院的旱寒所工作，遇见了他最心仪的冻土专家徐学祖和其他赫赫有名的冻土专家，在青藏高原上调查行走了四年，开始了青藏铁路高原冻土分布特征的研究调查，并有幸和后来的院士程国栋住到了一个帐篷。而他所在的铁科院西北研究所，却抽出 100 多人在风火山区域进行冻土、冻土力学、冻土热学、冻土路基、冻土桥涵、冻土房建的研究。那时，中科院的寒旱所则聚集着中国对冻土研究的第一流专家。第一代冻土研究专家童伯良先生，一个在烟雨江南长大的学子，毕业于莫斯科大学，专攻冻土。周幼吾、谢自梦两位冰川专家也是童伯良先生的莫斯科大学的校友，他们联袂在兰州开拓了中国的冻土研究。

张鲁新跟着冻土队伍上了青藏高原，三个多月收不到一封信，有一天他终于收到父亲寄来一封信，说他的母亲得了绝症，时日无多，要他抽个时间回来看看，也许还能见上最后一面。读着父亲的信，张鲁新的泪水潸然而下，但很快便被朔风凝固了。母亲刚好 54 岁，出生在济南一个大世家，可是自嫁了父亲之后，一直在颠沛流离中生活，带着四个孩子躲避兵荒马乱，新中国成立后又在"文化大革命"的政治风暴中担惊受怕，在恐慌中度过了自己的大半生，长期的压抑，终于罹患了癌症。恰好冬休了，冻土队伍要下山休整，他回到兰州开会，便坐车赶到济南，到母亲的病榻前侍候了 20 天，企望将一个孝子 30 年的反哺之情凝固在 20 天里。可张鲁新确实是一个读书人，在母亲身边的日子里，一有空他便捧着清华大学编的那部工科俄文辞典，执着地背了一个遍，然后俯首去啃莫斯科大学俄文版的冻土文集，躺在病榻上的母亲欣慰地点了点头，又摇了摇头，说："鲁新，妈知道你很忙，心已经拴在了青藏高原上，既然有一个自己喜欢的工作，就努力去做，只要坚持下去，终会修成正果。可惜妈妈看不到你成功的那一天了。"

"娘！"母亲的话让张鲁新有点心酸。

母亲挥了挥手："你放心走吧，娘没有事。"

"娘！"张鲁新的泪水刷地流出来了，男儿有泪不轻弹，张鲁新为了不让母亲看到自己的眼泪，蓦地扭头看泉城的冬天，天空灰蒙蒙的，斜阳如一个沉入水中烧红的火球，摇摇欲坠，朝着黑色暮霭渐渐升起的西天坠落。母亲得了直肠癌晚期，医生打开后却原封不动地缝上了，一直将病情瞒着她，也许是母子之间的最后一面了。

张鲁新待了20天便远离故乡而去。3月份队伍就要上山，他不能再耽搁了，但是走出家门那一刻，他的心中突然涌动一种莫名的伤感，也许母子从此天地相隔，只有在苍茫青藏，离天堂最近的地方，朝天呼唤一声亲娘了。

神色黯然地踏上西行之路，再上昆仑。那是青藏三月天，青藏公路两边仍是一片风雪莽荡，他们坐的是大卡车，几个人拥簇在一个炸药箱上，对岁数大的老专家的优待就是两个人坐在一只炸药箱上，最好的车子是一辆救护车。放眼四望，这支队伍中最年轻的是他了，搬东西扛大活，非张鲁新莫属。那天他们从格尔木出发时起得很早，第一个晚上，夜宿纳赤台兵站，海拔3600米，身体反应并不强烈。第二天过西大滩，上昆仑，跨过清水河，穿越一片白雪连天涌的楚玛尔平原，下榻五道梁兵站，青藏路上有谚语云："过了五道梁，哭爹又喊娘。"张鲁新是男子汉，不会爹啊妈啊地呻吟，却亦头疼欲裂，晚上躺在军人的大通铺上，只有一床薄薄的军被，既当垫的又作被子，又冷又难受，他从窗口遥望夜空，深邃的天幕上几簇寒星点点，脑海里不时掠过贺敬之的诗句《西去列车的窗口》和杜鹏程的小说《昆仑兵站》的画面，夜幕让银河如带，几颗寒星、无尽的诗意和浪漫突然涌起，驱走了躯壳暂时的苦痛。

一夜无眠，第三天在清风晓月中继续上路。越过风火山，入宿沱沱河兵站，张鲁新痛感渐渐缓解了一点。以后几乎每个兵站一天行程，第四天雁石坪，第五天安多，第六天到了安多西边的西道河的最终目的地，这已是冻土地段最南的边界了，张鲁新看了看表，恰好是下午三点多钟。

刚跳下大卡车，狂飙四起，挟着涩雪飘飘扬扬，卷动着飘雪满天，如万幅白纱幕掠过莽原。张鲁新是冻土综合考察队南界分队里最年轻的队员，卸车任务首当其冲，他去扛东西，几次被大风掀得趔趄难行，天色渐渐黑了下来，唯有将棉帐篷搭起来，才能度过荒原上的第一夜。兰州大学的冰川学专家武光和年近七旬，也一起过来帮忙，整整干了4个小时，才将棉帐篷搭了起来。那天晚上也许因为太累，或许是海拔相对低了，张鲁新匆匆吃了点东西便入睡，而且是睡得最香的一夜。第二天早晨，一阵朗朗的英语才将他惊醒，已是八点多钟，荒原与天空接壤的云鳞中泻下几缕天光，泻到了棉帐篷门口，他倚起身来一看，只见武光和坐在晨光中读英语了，那种久违的朗朗读书声让张鲁新泛起一种感动，那一刻，他的血突然热了，觉得终于在青藏高原找到了良师益友。

他对武光和说:"从明天早晨开始,你起来的时候推我一下,我跟着读。"以后每天早晨他们就躺在被子里读一个小时的外语。八点半吃过早餐后,开始上路展开冻土普查,一只孤狼紧随其后,不近不远地跟着,伺机寻找下手的机会,弄得张鲁新心惊肉跳。

这一年从冻土普查安多以西的西道河开始,穿越藏北羌塘的无人区,溯唐古拉山而上,越岭朝北,探测至雁石坪,摸清300公里地域里的冻土分布情况。每天的日子枯燥而寂然,南界分队几十个人朝着空旷无边的无人区走进,分成两人一组,徒步几十公里,每隔一段挖一个两米深的坑,将冻了亿万年的冻冰抱出来,然后再装上炸药放炮,炸出深坑。测试各种数据。而没有安排民工帮忙,全部工作由考察队队员自己干。

万里羌塘空旷无边,每天早晨都会将极地绝景变幻莫测地展现在他们面前。有一天早晨,武光和习惯地推了推睡得很沉的张鲁新,他伸出手来摸摸被子,一手冰凉在握,觉得诧异,睁眼一看,所有人都睡在大雪里,帐篷也不知道吹到哪里去了。曙色未露,大荒原上一片死寂,人乏马困,只好继续睡觉,第二天天亮过后再去寻找,发现棉帐篷已被吹到一里多外的洼地里去了。捡回了帐篷,牛粪却点不着了,早晨的酥油茶烧不了,只有将着冷雪,啃那冻成冰块的冷馒头了。

一步一步朝唐古拉方向踏勘而去,到了夏天,南界分队决定探险错那湖。可报名过后,公开宣布探险名单没有张鲁新,他急了,找到工宣队和军宣队的头头,说我可是西北所的,代表着一个单位,第一次探险错那湖的队伍如果西北所缺席,不仅是历史的缺憾,我回去无法交代。领导见他说得有理,最终还是同意了他的请求。无人区探险,毕竟与生命攸关,他们站在红旗下宣誓,举起拳头,向着茫茫大荒、冰河青藏,似乎已将生死置之度外。与大本营留守的人员拥抱告别后,就向七八十里外的错那湖徒步而去。整整走了两天,精疲力竭之时,天边一湾湖水渐渐放大,犹如一瓢圣水从天而降. 站在山冈上俯视,偌大一个圣湖,像一块蓝宝石镶嵌在草原之上,再往前走,一群天鹅从湖面上振翅而飞,白色的胸脯碰撞着蓝玻璃的水面,像撞碎了一个沉睡千年的梦幻。季风吹过,卷起千重惊波,拍打着沙滩,张鲁新被错那湖迷人的景色沉醉,漫步湖边的草丛中,数不尽的天鹅蛋,俯首撷拾,一会儿便拾了一筐,有的同事则用麻袋捕鱼,一会儿便网了一麻袋,点燃荒火而煮,那是他们到了羌塘上最幸福快乐的一顿野餐。

激动沉静下来后，开始环湖踏勘，绘测错那湖的走向。20多年后，青藏铁路绕错那湖而过，走的就是他们当年测得的线路。

漫漫冰雪之旅一年300公里路冰与雪。挖了425个坑，几乎是500米一个，一直挖过唐古拉进入雁石坪，已是深秋时季了，四处白雪覆盖。那天晚上，庆功宴是高压锅里放几听武昌肉罐头，好久没有吃过这样的晚餐了，张鲁新第一次有过年的感觉。

1975年的任务落幕了，雁石坪到昆仑山的冻土地段只待明年。张鲁新下山回到兰州，接到的第一份家书，竟然是母亲病危的电报。那天傍晚，他从黄河边沿上匆匆走过，滚滚东去的黄河水，载不动一个游子无尽的乡愁，仰首远眺皋兰山巍然兀立，挡住望乡的路，亲人不在。第一场冬雪纷纷扬扬，回到宿舍，他打开了手风琴，开始为自己写的一组科考队员之歌谱曲，边拉边哼，乡情乡思乡愁挟着青藏高原的冰雪漠风纷至沓来，寂寥的大荒，海水洗濯过的天幕，旷野上流动的白云，还有那一群群悠然信步的藏羚羊、藏野驴，像电影一幕幕在视野里浮现，一股怆然却又高亢的旋律撞击着他的心扉，情感的大潮从世界屋脊轰然落地，一行行五线谱跃然纸上："科考队员的帐篷，耸立在高原之上，暴风雪无情的袭击，那是给予丰富的营养……"

黎明从长夜中划过一片光亮时，张鲁新的最后一个音符戛然落地。第二天，他将手稿交给一位同事配乐和修改和声，便登车赶往济南，为弥留之际的母亲送最后一程。当他扑到母亲的床前喊道："娘，我回来啦！"

母亲一句话也说不出来，却将最后的微笑凝固在脸庞上，永远留给了爱子。

列车铿锵，西去的张鲁新觉得悲怆的旋律是为自己哀叹。回兰州城里，听着到处演奏自己的科考队员之歌，那悲壮忧伤的旋律，如一记黄钟大吕，遽然冲开了压抑已久的感情闸门，母亲逝世时不曾流泪的张鲁新突然泫然涕泗，哽咽不已。

青藏冰河入梦来，他等着翌年春天再度上昆仑。

滇藏铁路一度遥遥领先

1976年早春的中国天空一片阴霾。

张鲁新回到兰州城里，踏下火车，便听到了周恩来总理逝世的噩耗，随后邓小平历经第三次宦海沉浮，望着金城山雨欲来，不免忧忧心忡忡。早春二月的黄河尚未解冻，他就随中科院寒旱所上昆仑了，继续对沱沱河至昆仑山口的冻土分布情况进行实地勘探。铁一院几千人也在青藏高原上勘线，丈量着格拉段铁路的走向，可是未曾想到，四载冷山独行，踏遍青藏的心血和成果最终会在第二年的秋季，像远去白云间的黄河一样，付之东流。

1977年11月28日，铁道兵党委与铁道部党组联袂呈送的中南海一份文件，摆到了集党中央主席与共和国总理于一身的前中央领导人的书案上，抬头写的是国务院、中央军委，标题很醒目："关于缓建青藏铁路格尔木至拉萨段、修建昆明至拉萨铁路的请示报告"。

一大摞的文件像小山似的摆在了中央前领导人的书案上。一场十年内乱刚刚终结，百废待兴，中国航船究竟驶向何方，远山海天迷雾涌起，冰山隐现，他有点找不到北，仍然沉醉在"两个凡是"政治窠臼里，陶然自得。此时，中国改革开放的春天已露一缕曙色，由"实践是检验真理的唯一标准"讨论引发的春潮正在积蓄、酝酿。显然，中国步入了一个历史拐弯的关键点上，他不是一个合格的舵手，人民中国在寻找新的船长。

历史的脚步还踯躅在昨天的秋雨里。

北京的天气已经冷了，这位中央领导戴上花镜，伏案阅读，铁道兵党委和铁道部对青藏铁路格拉段"有900公里经过海拔4000到5000米的青藏高原、有570公里多年的冻土地段"的报告心有余悸，郑重指出：我们缺乏在多年冻土上筑路的经验，科学技术层面不少问题尚未解决，修通后正式运营也会有不少困难。加之空气稀薄，高寒缺氧，每年只有半年的施工时间，即使投资、物资能适应需求，最快到1987年才能建成。从经济上看，沿线人烟稀少，矿藏资源尚未探明。目前，全线输油管路已铺通，公路正在铺设柏油路面，无论平时战时，运输问题都可以解决。因此，此段铁路宜推迟修建。

滇藏铁路第一次浮现在红头文件之中。报告郑重指出："昆明至拉萨的铁路沟通四江（金沙江、澜沧江、怒江、雅鲁藏布江）和四省区（川、滇、青、藏），贯穿东西大矿脉带，列车掠过的地方人烟较多，气候较好，大部分有公路可通，施工运营条件比较有利。沿线有丰富的林木和水利资源，树木生长周期短，开发量大，水流高差大，有大量的发电潜力；已发现有江达的铜矿、兰坪的铅锌矿等，经济上很有价值。当然，地质上可能会遇到很多困难，有待在修建中克服。"

　　时隔 20 多年后，重读这份文件，青藏铁路当时第二度下马已在情理之中，原因不外有三，一是 550 公里的永冻区，从铁道兵、铁道部的领导到专家学者，心中都没有底；二是海拔 4000 米以上的生命禁区有 960 公里让人谈虎色变，川藏路上一个公里一个半英魂，青藏公路格尔木河边上的烈士园陵里也有不少忠魂睡卧其中，仅海拔 3700 米长 4010 米的关角隧道，就躺下了铁道兵 10 师 55 名子弟兵的生命之躯，高原施工这一关难以逾越。三是适应高原的燃气轮机机车和信号系统研究进展缓慢。再则输油管道和沥青路面的铺通，青藏公路的运输足可以保证物资供应。因此，青藏铁路下马，让位于滇藏铁路，但是对横断山脉险峻雄奇估量远远不够。

　　随着中央领导手中之笔骤然落下，滇藏铁路突然在人们的记忆中清晰起来。

　　仅仅过了四天，铁道部便向铁道兵、农林部、水电部、国家地质总局和铁道部第二勘测设计院发文，请求派人"参加昆明至拉萨铁路考察组"。

　　那年年底，陈嘉珍刚从铁三师副总工程师调到铁道兵司令部作战处仅有 10 个多月。12 月 1 日傍晚下班前，司令部领导将他和作战科副科长周振远叫进办公室。说："交给你们一个重要任务，带好保暖衣物马上去成都报到。"

　　"到成都报到？"陈嘉珍有点愕然，询问领导什么任务。

　　"勘测滇藏铁路。"

　　陈嘉珍第一次听到滇藏铁路这个词。第二天他们就去了成都，向铁道部第二勘测设计院院长崔文炳、副总工程师胡惠泉报到。随后水利部、林业部和长江规划委员会的工程师也陆续到达。并从铁道兵襄樊和安康部队调过去的三台 212 北京吉普也在第一时间到位。铁二院又相机配了两台解放牌大卡车，专门拉着帐篷和防寒等物资。12 月 20 日包括医生、司机和炊事员在内的 28 人的队伍，在崔文炳院长、院副总工程师胡惠泉带领下，从成都出发，向西南边陲重镇昆明挺进。12 月 22 日车队抵达春城。一连三天与云南省有关厅级领导座谈，了解云南通向西藏的茶马古道，三江源地区的地理走向和工程。

　　当时仅仅在地图作业，昆明至拉萨的铁路有两个方向可驶往西藏境内，一个方向是以大理为中心点，西进六库，溯怒江而上，过福贡，越贡山，从丙中洛过云南与西藏交界之地，进入察隅。再一方向仍然以大理为中转，入丽江，过中甸，进至三江并流的香格里拉地区，至德钦，沿古老的茶马古道，从梅里雪山脚下穿越而过，进入西藏昌都的盐井、芒康、左贡、邦达，而转入川藏公路。

地图上可以跑通，滇藏铁路勘测队先探走六库的怒江之路。27 日经楚雄，一天跑到了大理，当晚听了当地军方介绍情况后，第二天早晨便匆匆辞别大理古城，西进六库，虽然重山巍峨，怒江如一条剑龙，劈山夺路而出，蜿蜒在千重万岭的莽荡之间。盘旋的车道紧贴着怒江向北，一会驶入白云缭绕处，一会缓缓而入河谷，不时停车踏勘，尽管千仞兀立，但仍然可以修铁路，只是工程量略显大了一些。过了六库，沿卢水北进，到了贡山，公路已经到了尽头了。只有山间铃响的马帮，赶着驮马沿着怒江陡峭的山崖上走过，一周时间才能到达贡山脚下，而断了头的山道，皆是崇山峻岭，山外无限青山，有的地段唯有一条高山鸟道，马帮通过时要选择无风的时候，迅速通过那条羊肠小道，否则一旦起风，就会卷起碎石，朝下往马帮队伍砸来，连人带马卷进怒江。

崔文炳伫立在贡山的公路断头处望山兴叹。说："本想选一条最近捷的路，可上天无路啊。"

陈嘉珍建议说："请部队和民工来砍出一条小径来，再爬过去。"

崔文炳摇了摇头，说贡山矗立前方，不让滇藏铁路横穿而过，看来历史上没有路的地方，就过不去，只有走古老的茶马古道了。

踏勘车队在公路断头处调头，悻悻然地退回了大理，最终决定先是从剑川、维西方向前进，企图沿澜沧江越过云岭，到达滇藏边境不远的德钦而从金沙江穿越梅里雪山，翻越怒山到西藏。考察队伍在三江源并流之处，踯躅多日，在澜沧江走了数日，这条捷径仍然不通，只好折返丽江，从金沙江大拐弯处虎跳峡擦身而过，直奔中甸，往横断山脉逶迤而行，踏上了茶马古道这条历史上入藏的古老驰道。到了中甸，已是寒冬腊月，白马雪山大雪封山，路上堆了一米多厚的积雪，车阻白马人不前。队伍里产生了分歧，铁二院一位副处长不想走了，说从未见这样的鬼天气，队伍撤回成都，等春天冰雪化了再来，还有的提议回到成都坐飞机进到拉萨，从里边往外走。

"如果地方的同志视茶马古道为畏途，就让我们当兵的先探路！"周振远、陈嘉珍横刀立马，三辆吉普车的司机也跟着铁军走过千山万水，毫无惧色，默默支持两位从兵部机关来的领导意见。

崔文炳院长凝视着窗外的大雪，缄默不语。这年他已年届60，一辈子踏勘过多少铁路，已经记不清了，蜀道之难，秦岭之高，成昆天堑，什么样的山路没有走过，却第一次领教了香格里拉绝境，一点也没有失去地平线的梦幻和浪漫，车阻中甸，海拔已逾 3000 多米，气温骤降至零下 20 多度，令人束手无策。但是决心还得他下。在那个年代，人的意识里仍然是一副与天斗与地斗的铮铮铁骨，退缩无疑是逃兵。人文关怀的悲悯，在这个时候，往往会与胆怯同义。

"继续前进！"崔文炳最终痛下决断。他将周振远和陈嘉珍叫了过来，诚恳地说："走这样的路，部队有经验，两位有何高见？"

周振远未加沉思，说："请军分区帮忙，用推土机推开雪道。"

"好！"崔文炳点了点头。

"到时候，我与周副科长走第一台车。"陈嘉珍说了一句，"给大家探路！我们铁三师的司机常年跑冰雪路，有经验。"

"好啊，这个时候方显解放军的顶天立地了，有两位在，队伍就有主心骨了。"崔文炳喟然感叹。

周振远和陈嘉珍找到了中甸军分区的政委，一位藏族同志。当兵的相见，格外热情，说你们真的要过去？

"雪停了就走！"周振远坚定地说。

"好！我派推土机为你们鸣金开道！"

在中甸木炭火盆旁边等了三天，雪终于停了。晓风拂过，太阳宛如一个刚点燃的红灯笼挂在白马雪山上，茫茫雪野渐次清楚，白马雪山像一个火中涅槃的天神，骑着一匹高头白马纵横天际，四蹄踏火而行。队伍登车前行时，突然被大自然诡奇和神秘震撼了，几台推土机在前方雪道推开一米多深的积雪，一条盘旋于白马雪山上的公路现出雏形，整整推了一公里远，但是雪窝中的沟壑仍然是悬崖绝壁，仍然不为所见。

周振远在前方开道，缓纡而行，伸出头从窗口蓦然回首，推出来的雪堆积在公路两旁，像一条雪塑的峡谷，车行其中，已湮没了车顶。

雪路漫漫，横跨白马雪山，抵达德钦县城。住了一夜之后，考察队依依不舍地离开云南边境的绝地，进入西藏的芒康，斯时冬阳高照，虽然风中仍然凉飕飕的，但是满目青山，山的阴面沉积着残雪，天空蓝得炫目，一朵朵白云缭绕在雪山之上，身着藏东一带藏装的藏族妇女，每人背一个筐在背土搞农田基本建设，学大寨的痕迹遍及了滇藏边隅之地。

听说将来铁路要横跨白马雪山，从茶马古道横穿而过，芒康县当天晚上为滇藏铁路踏勘组举行盛大的锅庄晚会。广场上点起了一堆堆篝火，康巴的汉子和女人们，将家中最珍贵的水貂皮长袍，银饰嵌着绿宝石、绿松石的盛装穿在身上，围着篝火，跳起了雄浑壮美的锅庄舞，悠扬的歌声如天籁穿过夜空，久久萦绕不散，喝过一杯杯银碗之中献上来的青稞酒，考察队的工程师们醉了。

醉在茶马古道上乐不思蜀。

滇藏路入川藏过大雪山时，山垭口偶有积雪，但远比走白马雪山好得多。进入大香格里拉地区，由芒康而后左贡，而后邦达，驶入川藏公路，由八宿过然乌湖，穿越波密热带雨林，过古乡、102、通麦、排龙、东久，都是川藏线上最险的地段，沿着帕隆藏布江河谷里而行，穿越古冰川，却是一条移动的公路，公路斜着深壑而行，树不大，山上却是雪崩和泥石流，如果行进之中不慎，惹怒了神山，几公里长的雪崩和泥石流铺天盖地袭来。先到林芝，然后由工布江达，沿泥羊河而上，到了拉萨过了1978年春节，西藏自治区党委第一书记任荣接待了全体勘测人员，称他们为"文革"结束后第一批踏进拉萨的选线人员。

从2月3日开始，滇藏铁路考察组蛰伏于拉萨迎宾馆中，绘制滇藏铁路纵面图、平面图、剖面图，分几个组撰写选线报告，2月16日傍晚，崔文炳突然接到成都军区运输部来的电话，让他们暂停2月20日出藏的计划，原地待命。

果然，第二天上午铁道部电话就挂过来了，告知待命的始末。原来这年春节，第三次复出的小平同志回四川故里过年，在成都金牛宾馆休息时，成都军区司令员、政委去拜访老首长，谈起正在勘测的滇藏铁路，说四川历史上就是援藏的依托和大后方，当年邓政委指挥18军进军西藏，都是从四川进去的。巴蜀乃富庶之地，援藏物资几十年间都是从这里进去的，西藏军区又隶属成都战区，从来铁路都是以战区分局，现在进藏铁路改走昆明，舍近而求远，成都军区和四川省委百思不解，强烈要求进藏铁路改走四川入藏。

邓公默默地听着，很少插话表态。历经三次政治沉浮毁誉，他的话越来越少了，往往不说则已，一说则一言九鼎，对于成都军区和四川省委关于进藏铁路由成都至拉萨的请求，他不置可否，只是说，可以考虑对川藏铁路进行勘探，然后再与滇藏线方案进行比较，优中选优。

有小平同志发话，成都军区和四川省委自然不会放过最后一搏的历史性机遇，力争将川藏铁路重新拿到中央决策层思考的天平上。于是，春节刚过完，他们马上商请铁道部，请铁二院接着考察川藏线方案。

"川藏线就从邦达考察起。"崔文炳与考察级的同志伏在1:5万的军事地图上看了半天，最后作出了决定，邦达以西的八宿、林宗、波密、通麦、林芝、拉萨，与现在的滇藏线方案重合。原班人员原路返回，从邦达下至昌都，与成都军区有关部分人员会合后，从昌都翻越达马拉山，进入江达，过金沙江，沿德格、甘孜、炉霍、道孚，到康定，然后雅安一路走回。两支队伍3月10日在昌都会师，17天后返回了成都，撰写考察报告。

再度回到成都，已经是天府之国人间四月天了。周振远和陈嘉珍返回北京后，向铁道兵党委汇报了考察情况，无疑更倾向于走滇藏线。4月14日，铁道兵政委吕正操带着周振远等一行亲赴成都听取铁二院对滇藏线和川藏线的汇报。一代名将的决心已定，倾向滇藏线方案。

滇藏铁路露出冰山一角，此时，在青藏、川藏、甘藏四条线中呼声最高。

最后定案的时刻姗姗来临了。1978年7月3日，就在十一届三中全会召开前夕，铁道部部长段君毅，铁道兵司令员陈再道、政委吕正操联袂向国务院、中央军委上报了《关于进藏铁路的请示报告》，在介绍了青藏线、川藏线、滇藏线的利弊得失，以及昆明军区、云南省委、成都军区、四川省委和西藏的意见之后，倾向性意见落到了最后一句话，先修建滇藏铁路，青藏、川藏铁路何时修，视国家财力、物力再定。

报告送进中南海的第三天，小平就挥笔写下了批示，进藏铁路选滇藏线为好，青藏线应该放弃，建议国家计委专门审查，向中央作出报告，以便决策。当时的党中央和国务院的领导人华国锋、叶剑英、李先念、纪登奎、谷牧、康世恩都先后圈阅同意。

接到小平的批示后，8月12日，铁道部立刻电令铁一院，青藏铁路全面下马："桩子打到什么地方，就在什么地方停下。"此时他们离拉萨只有400公里了。

就在青藏铁路格拉段正式下马的第二天，独臂将军、国务院副总理余秋里主持召开了滇藏铁路的审定会议。中科院、民航总局、地质总局、云南省、西藏自治区、四川省、交通部、国家经委、铁道兵、铁道部的领导同志都到会发言。对走滇藏线大家并无异议，但是忧思也由此而起，中科院和地质总局忧虑的是滇藏铁路要横穿横断山脉，这是世界上最年轻的一个造山板块，而处在北纬30度的神秘线上，选线过后，科研若不走在前边，遇上了当年川藏公路鸽冰川的地段，后果将不堪设想。

这种忧虑引起了独臂将军余秋里的重视，当年他曾经组织过大庆石油会战，是一个通晓经济的行家。他知道若搞不清地质仓促上马，后患无穷，于是他挥动着单臂，斩钉截铁地说："进藏铁路决定走滇藏线的方案不要再争论了，但是搞不清地质之前，绝不可以轻易上马。这是科学，不尊重科学，就会碰得一个头破血流。至于滇藏铁路何时上马，要视国家的实力而定，现在国家已经上了65000多个项目，投资3000亿，国库里没有那么多钱，正在清理，对国民经济发展起决定作用的坚决保，坚决上，不起作用的就得喊暂停，不要怕别人说下马风。这也是实事求是。"

独臂将军战争年代留下来的膂力，在空中划下了一个历史性的句号。滇藏铁路被搁置终结了。终结在中国国力不济的日子里，这对刚刚结束十年"文革"的中国，无疑是一件幸事。

奔走二十载，梦里几回青藏

阳光真好。

车队穿过五道梁后，从楚玛尔平原雪峰上冉冉升起的秋阳，如雪山女神殷红的热唇，吸纳了氤氲在可可西里莽原上的岚烟，苍穹如海水洗濯过似的，旷野空旷，目光投得很远，绝地风光迎面扑来，在高原的阳光下袒露无余。

82 岁的阴法唐老人从倚背椅子上，摘下鼻架上的茶色眼镜，扭头拉开随身手包拉链。坐在一旁的夫人李国柱连这个细小的情节也未放过，说："老阴你找什么？"

"墨镜！"阴法唐把手伸进包里。

"你手里不是有一副吗？"夫人有些不解。

"我找当年你在亚东蹲点时，托人从印度给我带来的那副水晶墨镜。"阴法唐喃喃说道，"怎么不见了，从北京出发时，我收了的啊。"

"在这！"李国柱从自己的包里，小心翼翼地将一副老式的天然水晶眼镜拿了出来，递给丈夫。

"我记得收进包里了啊，怎么会在你手里？"阴法唐有些不解。

李国柱嫣然一笑，说："我怕你丢了，就装进自己的包里了。知道你上了高原用得着。"

"怎么会呢，这可是你买给我的呀。带在身边快半个世纪了。"

"我知道！"李国柱脸上绽出幸福的笑靥。

阴法唐从夫人手里接过老式的水晶眼镜，咖啡色的塑料镜架，镶着一副镜片不大的墨镜，50 年间换架时磨过许多回了，但是水晶的石头纹络，仍然清晰可见。戴在鼻架上，极地的风景一幕幕从视野里掠过，折射在晶石镜面上。

"国柱，还记得我第一次戴着这副眼镜走青藏路是哪一年？"阴法唐突然饶有兴趣，一副水晶眼镜，将他带回了昨天。

"当然记得，是 1957 年 7 月，毛主席决定西藏民主改革，六年不改，整个西藏大收缩，地厅级以上干部回内地参观。我们就从青藏公路下到西安的啊。"李国柱对于远逝的岁月仍然记忆犹新。

"是啊，弹指之间，46 年过去了。我们都老啦。"阴法唐自语自言地感叹道。"这可能是我最后一次走青藏路了。"

第一次走青藏路似乎还历历在目。

那年阴法唐刚刚 35 岁，已在西藏江孜分工委当了六年的分工委（地委）书记。此前，毛泽东已承诺，西藏民主改革六年不改，六年以后是否还改，也要视情再说。于是西藏一度出现了大收缩，大批干部内调，阴法唐也与十名地专级干部，带着夫人一起回内地参观。时值夏天出藏，此时青藏公路已经通车两年，他们多是进藏后未出过藏，更未看到过青藏路，这次却是走的慕生忠开始带着一批民工修出来的青藏公路了。

7月中旬，阴法唐携夫人李国柱坐上配给江孜分工委的嘎斯吉普，经日喀则，于大竹卡渡过雅鲁藏布江，翻两座大山，两天抵达拉萨，与先期到达的几位分工委书记和西藏工委机关的领导会合，第二天早晨便从日光之城出发了，过堆龙得庆，沿堆曲一侧新修成的青藏公路而上，穿过羊八井地热，进入美丽的当雄草原，七月间的念青唐古拉白雪如冠，融化的雪水沿着蜿蜒的小溪横穿当雄草原而过。牛羊成群，一片风吹草低见牛羊的美景在现。那天晚上，阴法唐与同行的人员第一次住在了当雄兵站，第二天从当雄往那曲方向而行，进入万里藏北草原，却是另一番风景，牧区的黑河与农区江孜大不一样。两边青山相拥，清清牧场连绵百里，路从念青唐古拉相拥的河谷里穿行，如履平川，这时他才觉得青藏公路为何能在半年之内就修通了，而川藏公路则历时五年。这天他们一口气跑了三百多公里，在距唐古拉山100多公里的安多兵站住了下来，海拔接近4900米，雪风很大，睡觉远不及英雄之城江孜，刚入眠一会便被憋醒。第三天早晨匆匆上路，翻越5230米的唐古拉山口，晚上下榻沱沱河兵站，黄昏时分，李国柱挽着丈夫的手，说我们去看看长江第一桥吧。

阴法唐与夫人步出了兵站的大门，右拐朝青藏公路的方向走过去，再往右拐，便登上了沱沱河长江第一桥，夏天的雪水有点混沌。李国柱俯首河面，水势并不大，河面上露出沙滩，一湾流水夺路而过，她不解地说："这就是流经我们家门那条大江的源头啊。"

"怎么，与梦想中的长江源头有差距？"

"是！"李国柱纯净的眼睛有点失望，"它经过朝天门前，可是浩浩荡荡、一泻千里啊。"

"不成溪流，何以成江河？长江大河，就是由这点点涓流汇成，最后汹涌澎湃入海的。"

李国柱点了点头："说得也是。"

阴法唐眺望远方，沱沱河从远处的雪峰里流淌而出。他自言自语道："也许有一天，铁路桥会从沱沱河上飞架过去。"

"老阴，你不是做梦吧？"李国柱喟然叹道，"还不知道是猴年马月的事情。"

"呵呵！"阴法唐笑了，说，"有梦就有希望，人类就是从做梦开始的。我相信有生之年，我们能够看得到铁路穿越世界屋脊。"

翌日早晨离开沱沱后，他们又在五道梁兵站住了一个晚上。然后下到了格尔木市，当时格尔木就是从西藏办事处发展起来的。阴法唐的六天青藏之旅，给他留下一个强烈的印象，青藏线横亘昆仑、唐古拉，貌似雄奇，但千里单骑，仍是一马平川，比从横断山脉里夺山而出的川藏线不知好走多少。

往事如风，弹指间就是近半个世纪匆匆而逝。

不知不觉，车队已越过不冻泉、风火山，朝着沱沱河方向驶去。

坐在高级越野车驾驶员副座上的保健医生扭过头来，问："阴书记，下边就是长江源铁路大桥了。还停车吗？"

"停！"阴法唐回答得斩钉截铁。

高级越野吉普车队沿着中铁三局修筑的公路，朝着半山坡上铁栏围起的纪念碑缓缓而上。保健医生担心刚才在风火山隧道口照相折磨了半天，82 岁的阴法唐老人受不了，车刚停稳，她便跨下车来，欲挽扶他们的老书记。

"不用！"耄耋之年的阴法唐一跃跨下车门，轻捷的步履如同年轻人，让人吁噫感叹。

阴法唐伫立在江泽民同志题字的长江源纪念碑前，与夫人、女儿阴建白和阴亚农照了一张全家福后，又一一与从拉萨来接他的工作人员合影留念。

随后，他站立在纪念碑前，遥望前方的长江源大桥，不禁赞叹："修得真气派啊！"

"阴书记，还记得吗？"李国柱当着众人，总是称丈夫为阴书记，说明他们曾经是上下级的关系。

"记得什么？"青藏这片神奇的土地似乎早已经烙印和沉淀在一家人的血脉之中。

"当年我们第一次走青藏路时，你曾经预言过，有朝一日铁路大桥会飞架沱沱河之上。"

"呵呵！"阴法唐笑了，"这可有 46 年了，那时兰州铁一院的工程师好像刚开始勘线了。"

46 年的青藏铁路大梦，梦了 46 载，阴法唐却奔走呼吁了整整 20 年。

1980 年的春天，时任济南军区副政委的阴法唐因心脏早搏正在军区总医院住院，济南军区司令员曾思玉和政委肖望东突然接到总政转来的中组部的电话，中央决定阴法唐进藏，担任西藏自治区党委第一书记。

两位军区主官颇有点为难，阴法唐已在西藏干了20年，再让人家进藏，于情于理说不过去，有点不好意思找他谈。数天后，中组部副部长赵振清的电话打进阴法唐的病房，直截了当亮出了中央的意图。阴法唐遽然一惊，说坚决服从中央的决定，但我在住院，心脏早搏，已经住了3个月了。再说我离开西藏10年了，让"四人帮"这么一闹，西藏情况也不熟啊。

"这个情况好办。"赵振清说得很干脆，"中央领导要找你谈话，病好了，你来北京一趟。"

放下电话，阴法唐就很快请医生办出院手续，上北京。

魂牵梦萦的西藏，暌隔了12载的西藏又再度入梦来。

阳春三月天，北方的天空渐渐变暖了，中国开始沉浸于改革的春天里。阴法唐从济南登车进京。

接他的小轿车驶入西单中组部重地。车在雨檐下戛然停下，"阴书记，请！"已有人引领他往中组部部长宋任穷同志办公室走去。刚推门而入，时任党的总书记的胡耀邦和中组部部长宋任穷站了起来。"法唐同志来了！"宋任穷部长率先说话。

"宋部长好！"阴法唐与宋任穷是老相识了。

"这是耀邦同志！"宋任穷介绍说，"今天由耀邦同志与你主谈！"

个子不高的党的总书记伸出热情的大手，幽默地说："欢迎我们的红色封疆大吏啊！"

"耀邦同志好！"明法唐向党的总书记行了一个军礼。

"坐，坐！"胡耀邦招呼阴法唐坐下说，"法唐同志，我们可是第一次见面啊！"

"是！"阴法唐点了点头，"当年你在川北，我们在川西。随后十八军就进藏了。"

"你在西藏待了多少年？"胡耀邦问道。

"20年多一点！"

"不短了，真的不短啊。不过，这回又得让你进去了。"胡耀邦话锋一转说，"中央决定将任荣同志从西藏自治区第一书记位置上调出来，考虑接任人选时，一位中央主要领导同志也点了你的将。"

阴法唐正要问是谁点的将。

"天机不可泄露。"胡耀邦感慨地说，"对派你进藏，有何想法？"

"坚决服从中央的决定。"阴法唐回答得特别干脆。

"西藏的领导班子，都是当年18军的老人。"胡耀邦对班子建设提出了要求，"过去你在经武、国华同志麾下工作多年，对他们经营西藏的韬略、传统和作风都非常了解。我只送你一句话，西藏无小事，民族宗教问题如履薄冰，要按照党的十一届三中全会的精神，团结党委一班人，大刀阔斧地搞好改革开放，平反冤假错案，把西藏的经济搞上去。"

阴法唐点头承诺说："我会按总书记的指示办。"

"听说你前段时间住了院，身体零件有问题吗？"胡耀邦关切地问道。

"有点早搏，现在快好了，无大碍。"

"这就好，在西藏工作，关键是团结和作风深入的问题。"胡耀邦说，"法唐同志这次进去，要做好准备，至少要干个三四年。"

宋任穷插话道："法唐同志我了解，这方面没问题，可以干三四年。"

胡耀邦接着说："还可多干几年。你先参加中央召开的西藏工作会议。会议结束，你就可以去了。"

第一次正式谈及青藏铁路是在1981年底的中央工作会议上，针对中印两国开始要对悬而未决的麦克马洪线上进行勘测，西藏上层和群众多有微词，他在会上挺身进言，将麦克马洪线问题由来说了一个一清二楚，建议中央不能接受非法的麦克马洪线。最后一句重话，掷地有声地落在了勤政殿的中央工作会议上，解决边界问题，要照顾历史、现状及西藏人民的感情。

随后，阴法唐话锋一转，首次谈到了进藏铁路，从政治上看，对于沟通祖国内地与西藏少数民族地区的联系，密切藏族人民与内地人民的感情，克服离心倾向，大有好处。从经济上看，改变大型机械运不进西藏，矿藏、水利资源无法利用，6亿立方的森林资源不能很好开发的状况。阴法唐列举了进藏铁路建设经费说，最多不超过四十个亿，建议列入国家"六五"规划。

那天他的发言印成了中央工作会议的重要简报，小平和其他中央领导都看过了，以后关于麦克马洪线的问题，不再被提及。

这是治藏方略的陈策，也是对河山版图的进言，一位老臣的心无不沉浸在了江山家国的忧患之中。

我的遐思闪回到21年前，阴法唐在中南海勤政殿的中央工作会议上发言时，事先会不会有所犹豫，是否曾经想过此话一出，会影响他的沉浮进退，其实这不仅仅是一个执政西藏自治区党委第一书记的普通的一次发言，如果了解从50年代以来万人景仰的好总理在麦克马洪线的态度、思路和策略，如果知道中国与缅甸、朝鲜划界的真相内幕，如果知道进藏铁路几上几下的内幕，毋庸讳言，说这个话是需要何等的政治勇气，不啻给那个冬季沉寂的京城搅起了一池春水。

阴法唐见进藏铁路的问题仍然毫无回声。1982年12月初来北京参加全国人大会议，他联袂西藏自治区的一位藏族女书记巴桑，再次给耀邦并剑英、小平、紫阳、先念、陈云同志写信，信中说：

毛主席、周总理等中央领导同志一直很关心把铁路修到西藏这件事。早在50年代初，当国家还处在经济恢复时期，进藏部队的十万大军遵照毛主席一面进军，一面筑路的指示，花费巨大的物力、财力，于1954年把康藏、青藏两条公路同时修到拉萨，使我们得以在西藏牢牢地站稳了脚跟。陈毅副总理、周总理、毛主席还曾对尼泊尔国王马亨德拉说，铁路不仅要通到拉萨，而且还要通到加德满都。最近小平同志同金日成同志的谈话中也提到了西藏的铁路。联想到中央领导同志50年代以来许多关于西藏战略地位以及做好西藏工作对巩固祖国统一，加强民族团结，扩大对外影响等重大意义的谈话，更增加了我们趁中央几位老同志健在和进藏早一些的同志没有全部撤出西藏之前，一定要把铁路修通到拉萨的紧迫感和历史责任感。深觉如果这件事不能早日办好，解放三十多年了还没有铁路，实在无法向西藏民族的子孙后代交代，无法向党中央和全国人民交代。

这条铁路在经济上和国防上固然有重要意义，更主要的是在政治上有特殊的重要性。不仅对解决西藏的离心倾向有很大的作用，对尼泊尔、锡金、不丹等国的政治形势也有一定作用（从拉萨到这三个国家的首都汽车只有一天多一点）。所以毛主席曾经说，这条铁路是政治铁路，是正确的。

铁路已早在1979年通车青海格尔木，距拉萨只剩下1200公里路程了。而且过去为修筑格尔木到拉萨这段铁路已做了大量的准备工作，西藏曾组建过青藏铁路管理局，还训练过列车员。但由于种种因素的影响，这段铁路的修筑工程曾经几上几下，而终于未能付诸实施。致使西藏许多人失去了修铁路的信心。

我们觉得，现在基本条件已经具备，资金除国家投资外，西藏也可挤出点钱来（即从国家援助西藏的款项中拨出一定的数字），这段铁路的工程南北两端一起动工，现驻格尔木的两个铁道兵师不解散，不外调，继续向南修，西藏组织人力从拉萨向北修，是可以在 1990 年或稍后一些时间修通的。

六位中央领导人都在阴法唐的信中圈阅了，并作出批示，而青藏铁路的启动仍然遥遥无期。但是阴法唐仍然继续奔走呼吁。

中央将阴法唐关于上马青藏铁路的报告批给了铁道部长陈璞如后，时至 1983 年全国人大会议期间，铁道部长的手与红色西藏自治区第一书记的手紧紧地握在了一起，多少有点相见恨晚。阴法唐说，我们联手，西藏从内往外修，铁道部从外往里修。

陈璞如一笑，说："阴书记，修这条路关键是要立项，只要立项，用不着你们修，只铁道部就可以。还有一个问题就是冻土问题。请你帮助我们做做一些同志的工作。"

阴法唐总是不放弃鼓与呼的机会，"西藏可以做你们的坚强后盾，我们可以向中央进言。"

"好啊！"两个省部级领导的手紧紧地握在了一起。

当年夏秋之交，阴法唐到北戴河向小平同志汇报工作，邓小平主动提出了青藏铁路的问题，他一锤定音，为后来中央决策走青藏线留下历史性的一笔。

1984 年 2 月召开中央第二次西藏工作会议，阴法唐又一次提出了青藏铁路上马的问题，而时任国务院的主要领导人刚从欧洲考察回来，得出了一个结论，修铁路不如修公路，修公路不如搞航空。如此，中央给西藏拨了 5 个亿。西藏虽然买了两架苏制图 154，并成立了西藏航空公司。但是西藏的飞机最终没有变成神鹰，冲上九霄。青藏铁路方案又一次被搁置了。

1985 年，阴法唐依依不舍地离开了西藏。此后 5 年间，他一直在中国最现代化战略的导弹部队，对于西藏也只是一种浓浓的情结和遥望。

　　20世纪90年代的第一个夏天，调离西藏5年的阴法唐，以全国人大常委的身份入藏视察，走的仍然是青藏路，在接受新华社记者采访时，他一次重话旧提，谈到了青藏铁路。在向中央写的报告中，他又一次提到了上马青藏铁路的事情。

　　1994年7月15日，中央第三次西藏工作会议召开前夕，江泽民和胡锦涛同志将阴法唐召进中南海，专题汇报西藏问题，当他走进勤政殿时，江泽民同志当着乔石、李鹏、朱镕基等领导的面说："我们的西藏专家来了。"在那次向中央政治局常委汇报会上，阴法唐在汇报中谈了青藏铁路的问题，建议中央列入2000年前的工作计划。

　　奔走20载，一片老臣心，可鉴青藏高原的天地日月。时代的转门旋转到了新世纪的第一个早春，看到中央决定开发大西北，阴法唐觉得青藏铁路的历史性机遇来了。他又一次上书给朱镕基总理、温家宝副总理并总书记和中央常委，呈上了《关于建议青藏铁路复工的情况报告》。在一个关键的时刻，一个老西藏的陈情表，像历史的撬杠一样，拨动了青藏高原一条铁路的旋转。

　　2000年11月10日，党的总书记在铁道部的上马青藏铁路的报告中落下了历史性的大手笔。青藏铁路立项已成定局。阴法唐闻知后夙夜未眠，给当年一些进藏老同志打电话，千里报佳音。

　　但是丝毫不减轻他对青藏铁路的牵挂。一个多月后，他看到《人民日报》一篇文章《进藏铁路——勘察论证紧锣密鼓》，重提青藏线与滇藏线之争的问题，他立即给《人民日报》总编辑许中田打电话，说中央上青藏铁路已成定局，身为党的喉舌不应该再有杂音。放下电话，阴法唐仍然觉得心里有一种隐隐约约的不安，担心媒体再起争论，将青藏铁路的事情搅黄了。于是他挥笔疾书，写信给丁关根并锦涛同志，呼吁在修建青藏铁路的方案已经定下来时，媒体不要再出现杂声，以免引起不必要的争论，而影响中央的决心。

　　青藏铁路，一个世纪的光荣与梦想。阴法唐老人不能再等了，雪域高原不能再等了，中国不能再等了……

邓公以观沧海，说还是走青藏线好

　　北戴河的午后，海天一色，水雾烟云被炽烈的阳光化作一片蔚蓝。一双睿眸投向大海深处，极目所至，似乎早已穿透了中国的天空。

这是 1983 年 7 月下旬的一天。午休起床后的邓小平坐在别墅的阳台上，远眺秦皇岛，滔滔汪洋一片，像大海一样波澜壮阔，似乎最能展现中国改革开放总设计师的胸襟。他吸着烟，静静地看着大海深处，思考着中国的航船驶向何方。

吸完一支烟，将烟头摁灭在烟灰缸里，老人家突然转身问邓办主任王瑞林："今天几点下水？"

"还是老时间。不过要稍晚一点。"王瑞林说，"上午彭真同志处打来一个电话，说西藏自治区党委第一书记阴法唐到他那里谈过了，法唐同志想拜访您！"

"哦，是阴法唐，他从西藏而来，当然要见见啰！"小平同志点了点头。

秘书多少有点错愕。小平日理万机，到北戴河夏休办公仍然日理万机，每天工作得很晚。此时，都要亲自与一位自治区区委第一书记谈话，似不多见，而且是在他最喜欢游泳的一个下午的时光。

"几点到？"小平扭头问道。

"三点半！"秘书说，"人已经在路上。"

"哦！"小平同志仰望高天，说，"18 军的老人，已经不多了！"

也许人们并不太熟悉一段已经远逝的西藏风云。阴法唐是刘邓大军麾下的一员战将。当年刘邓首长带十万大军跃进大别山，阴法唐为刘邓首长领导下的 20 旅的一个团长，在豫西动员的时候，邓小平政委站在地图前，讲刘邓大军将重装备扔掉，越过黄泛区，千里跃进大别山，犹如一把尖刀插入南京国民党政府的背部。同时，也将各种困难预见到了，邓政委说那里不是老区，生存下来非常困难，外有国民党军队重兵围剿，内则是粮秣供济不足，要麾下的将士将各种困难都预见到。果然进入大别山后，一切艰难险阻，都被邓政委预见到了。于是，由刘邓首长决定由刘司令员和中原局迁回出大别山，牵制敌人。阴法唐所在的 20 旅作为刘帅的卫戍部队，暂时告别大别山，临走的那天，邓小平政委又再度动员，如果刘司令员有一点闪失，我拿你们 20 旅、团长是问。

后来，果然发生了一场虚惊。1947 年夏天，当时阴法唐与吴忠一个是团长一个是政委，跟着刘伯承元帅从大别山回师豫皖苏根据地，警卫刘帅和中原局机关，在向北开进途中，冤家路窄又一次与胡琏整编 11 师不期而遇，敌我之间相互拦腰截断，敌中有我，我中有敌，狭路相逢勇者胜。面对数倍于己之敌，杨勇司令员立即命令部队一字排开，成宽大正面，向北、向西轻装跑步，快速前进，不惜一切代价将陷于重围中的刘帅和中原局的领导接了出来。

消息传到大别山，邓政委说20旅的59团功不可没。而团长政委恰好是吴忠和阴法唐。

阴法唐作为当时二野一位中高级军官，在大西南追击战中，更让刘邓首长眼睛遽然一亮。时任445团团长兼政委的他，率一个团两个营的兵力1200多人，追击国民党中央军一代名将宋希濂军团残部三万余人，溯大渡河而上，在河的两岸穿插迂回，终于将宋希濂军团赶进了大渡河，全军覆灭。邓小平政委听了后，击节叹道：阴法唐这一仗打得好！

1962年深秋，邓小平时任党的总书记，在以毛刘周朱陈林邓成为第一代中国领导集体的核心之一，进入中国最高决策。当时中印边境战云飞渡，印军不顾中国西藏边防军人忍让，翻过拉则山脊，涉克节朗河，公然侵入我方的实际控制地，中国边防部队一忍再忍，被迫进行自卫反击作战。当了十年地委书记的阴法唐重披战袍，作为419部队的指挥官，指挥一个师吃掉了印军第七旅，活捉准将旅长达尔维，消息在北京传开了，说一个地委书记指挥打了一场大胜仗。

小平同志问那个地委书记是谁？别人告诉他，阴法唐。他说我知道，是原来18军52师的副政委。

1980年初春，中央准备对西藏自治区第一书记换将时，刚从广东省委书记任上调中央管民族统战工作的习仲勋，向小平同志推荐一个人选：周仁山。小平说已经有了。习仲勋说是谁。小平说了三个字：阴法唐。

阴法唐果真来了。小轿车在小平所住的北戴河住处前戛然停下。在西藏任职已三年有余的老部下跨出车门，在邓办秘书的引领下，往会客厅走去。刚刚落座，小平同志便从书房走了出来，阴法唐连忙站起身来，走了过去。依然是过去的老部下对二野刘邓首长的称呼："邓政委好！"

"坐。坐！在西藏还适应吧？"小平落座后，从茶几上抽出一根熊猫牌香烟，点燃后抽了起来，"有人给我讲到西藏抽烟的人比不会抽烟的人适应。你抽烟吗？"

阴法唐摇了摇头，说："我不抽烟，不过身体在西藏很适应。"

小平点了点头，问道："18军的老人都还在西藏吗？"

"现在区地级干部大多数是当年的营团干部。"阴法唐感叹地说，"老人像张代表和国华同志都不在了。"

邓小平当年在西藏的几员大将张国华等相继离世，听到此，他的神色顿时变得凝重起来，"是啊，都不在了，经武、国华同志这些老人都不在了。"

"张代表、国华同志当年给西藏打下一个好基础，留下了一个好作风。"阴法唐汇报说，"最近三年多，我们认真落实十一届三中全会以来的政策，西藏发生了很大变化，人均年收入由改革开放之初的一百多元增加到了二百多元。"

邓小平听了后称道："好，这个变化不小。"

阴法唐接着说："落实政策，平反冤假错案也取得了新的进展，上层和统战人士的心安了，气顺了，离心倾向大大削弱。"

邓公静静地点着头，很少插话。但是眼神却鼓励阴法唐说下去。

阴法唐接着谈了达赖派来的两个参观团，第一个还比较小心谨慎，怕翻身群众不欢迎，但是到了第二个参观团，是由达赖的妹妹带来的，就有恃无恐了，公然在迎宾馆宣传"藏独"。区党委决定将他们赶走，并向外国人作了解释宣传，西藏的老百姓拍手欢迎，积极分子腰杆也硬了。

"这件事做得好。凡是老百姓欢迎的事情我们就得办好。"邓公予以高度肯定。

"不过，西藏有位大活佛，要将1962年那个万言书彻底翻过来。"阴法唐不无忧虑地说，"过去主席和总理对他的问题定的是有严重错误，现在似乎不但没有错误，反倒是我们整错了人家，人家不是严重错误，而是全对啊。想一风吹。"

小平同志沉吟了片刻，说："这个事情，彭真同志跟我谈到过，处理这件事情的时候，也有我的份，我是党的总书记，了解事情的始末，不能一风吹嘛。"

"我们抬高他的威信，达赖就会水涨船高。"阴法唐谈到了治藏方略，"在西藏宗教界，达赖第一，这是历史形成的。"

小平点了点头："我们不能培养宗教领袖。"

西斜的太阳渐次泻进会客厅，不知不觉中，一个小时过去了，阴法唐怕影响小平同志下海游泳，欲起身告辞，没有想到邓小平突然问到了青藏铁路的问题："你是西藏的老人，你觉得进藏铁路走哪里好？"

阴法唐一怔，他知道中央和小平同志已批示走滇藏线了，但是三年自治区党委第一书记的任上，走遍西藏的经历，使他对西藏地理环境有深刻了解，说："还是走青藏线好。"

"走青藏线，盐湖的问题怎么解决的？"小平突然提出他关注的盐湖问题。

阴法唐笑了，说："早已经过了盐湖，铁道兵的两个师在1978年就将青藏铁路一期西格段修到了格尔木，铁路已经抵昆仑山下了。"

"哦！"小平突然感兴趣了，问："那还有什么问题？"

"主要是冻土的问题。"阴法唐沉吟了一下，"但是专家认为可以解决。从50年代开始，中科院冰川所在风火山上设点实验。1974年第二次上马时，搞了许多项目，应该说我们的专家积累了许多经验。再说西伯利亚大铁路也有冻土，问题不大。"

"如果修青藏线，有多少公里？大概要花多少钱？"总设计师最关心的仍然是国家口袋里的钱的问题。

阴法唐回答道："从格尔木到拉萨路为1200多公里，原来预计需28个亿，现在加上物价上涨的因素，可能要三四十个亿。"

小平同志扳着指头算了算，仰头考虑了一会儿，说："用不了这么多，30来个亿足够了。"

"西藏群众迫切希望青藏铁路能够早日上马。"阴法唐不忘最后做小平同志的工作。

小平点了点头说："还是走青藏路好！"

阴法唐起身告辞，看着小平与卫士们向海滩走去，万里海天任驰骋，纵身游入了大海，他带着中国人民开始了走向蔚蓝色海洋文明的又一次搏击。

第五站　可可西里

登东山一望，

觉得西山青草弥漫。

年轻的我，

又想移到那个山峰上了。

——六世达赖喇嘛仓央嘉措情歌

可可西里的诱惑

邓公以观东海，走青藏线的话，成了历史的绝响，煌煌的青藏铁路之梦姗姗来迟。

一代代的青藏追梦人在空山灵地的守望中等待了一年又一年了。然而，一座座灵山相连的天路在诱惑，广袤无垠的可可西里在诱惑，轻盈掠过雪坡草地的藏羚羊在诱惑。

余绍水觉得自己是庆幸的，幸运的是在可可西里，他成了冻土专家张鲁新的博士研究生。

那天在昆仑山下，余绍水找到青藏铁路总指首席冻土专家张鲁新说："张教授，我要报考你的冻土专业博士生。"

张鲁新教授霎时愣怔，凝视着性格豪爽的中铁十二局年轻的指挥长，笑了笑说："余指挥，十二局在可可西里拿到最大两个的冻土标段，千军万马上荒原，够你忙活的了，你哪会有时间读书？"

"不瞒教授，到了可可西里，最多的就是时间，一夜一夜地睡不着啊。"余绍水解释道，"我不但读完你的所有论著，中科院寒旱所程国栋院士的，甚至国外的冻土学专著，我也翻译过来一点一点啃完了。"

"哦！"张鲁新有点错愕，自从就任青藏铁路专家组长后，与余绍水相遇，他总带着一串串冻土问题向自己发问，没有想到他会如此用心。沉吟了片刻，张鲁新说："我现在兰州大学、北京交大、西南交大、中科院寒旱所和铁科院，联合培养博士生，你选一个点吧，不过我有言在先，考取了才收。将来论文如果上不了核心期刊，也拿不到博士学位。我是不会在学术上放水的。"

余绍水仰天长笑："张教授过虑了。我本是石家庄铁道兵学院科班出身，已有管理学硕士文凭，都是自己啃下来的，绝没有假冒伪劣。"

张鲁新笑了，说："余指挥，你们中铁十二局北至昆仑山，南到五道梁，74公里两个标段，都是多年冻土，4年下来，造出一流的铁路大桥和路基，就是世界上一篇最有特色的博士论文。"

"我知道！所以才要报考你的博士生啊！"余绍水毫不掩饰自己的雄心壮志。

"哈哈！"一向严肃的张鲁新笑了，说，"我收下你这个学生。"

余绍水双手作揖道："张教授，学生先行拜师礼了。"

一个冻土专家与一个少壮派指挥长的手紧紧地握在了一起。

余绍水从第一天踏上可可西里起，心里只装着两个字：冻土。这两字如千钧重担压在了他的肩上，沉重如昆仑，施工队伍在可可西里安营扎寨之始，他就研究起了冻土施工技术了。翻阅了几十万字的冻土资料，最终决定报考张鲁新的博士研究生，他要在可可西里这一世界级的冻土地带施工时，留下自己的痕迹。他一步一步地走过70多公里标段的每一寸冻土，真正读懂了这片神奇的土地，惊讶地发现，可可西里的冻土地段有季节性和多年性冻土之分。季节性的冬天冻了，夏天就化，还有晚上冻了白天就化，而多年冻土则是一年四季都在冻，却也有变化，造成一道世界级的技术难题，到了冬季，冻土在冻结的状态下就像冰块，随着温度降低体积发生剧烈的冻胀，这样会将冻土地段上的路基和钢轨顶起来，而到了夏季，冻土随着温度的升高而解冻，又使冻土地段铁道路基和钢轨沉下去，拧成麻花，影响正常通车。俄罗斯西伯利亚大铁路冻土病害率达到了 45%，每小时的通车速度只有 50 公里。

抚摸着厚厚一本本冻土施工手册，余绍水似乎志在必得。第一年刚开工，铁道部孙永福副部长在格尔木青藏总指掷地有声地说："五大实验段不开工，我不走。"

"十二局坚决落实孙部长的指示，清水河实验段，我们干。"他将八个项目部的经理总工和技术人员叫到三公里长的实验段上，说，"我们在这里搞超前培训，一个项目部干活，其他的跟着边干边学，冻土实验工程完成后，都要给我留下技术总结和文章。我有话在先，谁砸了我十二局的牌子，我就砸谁的饭碗。"

余绍水将铁一院的设计人员请来主持施工，各项目部技术员都跟着干。并从局里申请了 120 万，专门作为冻土施工技术科研经费，又从整个盘子中拿出了 200 万来配套。在三公里的实验地段上，摆起了战场。把专家学者们搞了多年的科学实验变成巨大冻土建设工程。实验段展开后，余绍水发现，中国人攻克青藏高原的冻土难题，历经 40 年风雪阳光，已臻于成熟。中科院寒旱所与铁科院西北研究所 1961 年和 1976 年在风火山搞了实验观测站，铁道兵 10 师建筑半公里的铁路路基，采用的就是片石通风路基、片石护坡、通风管路基和遮阳板技术，后来又从美国引热棒技术等，展现出来的解决冻土的思路，就是冷却地基体，主动降温，减少传入地基土的热量，以确保多年冻土的稳定性，从而保证建筑在冻土层之上的铁道路基的稳定性。

2001 年队伍上去时，十二局就搞了清水河 3 公里的实验段。余绍水几乎每天都蹲在那里，片石堆放角度多大通风才最为合理，通风管道排例距离应该是多少，热棒深埋几米，他既按铁一院施工技术规范严格要求，同时又号召技术人员积极探索。到了冬天姗姗来临时，完成了 5000 万的投资，路基夯实，质量无可挑剔，技术总结文章与实验段的验收一并进行，孙永福副部长走过其上，对余绍水指挥的清水河冻土实验段的工程大为称赞。

冬天来了，冰雪覆盖了可可西里。施工一个夏秋季节的队伍，下山冬休了。孙永福副部长特意交代，对清水河、北麓河、沱沱河、风火山五大实验段进行冬查。铁一院和青藏总指担纲此任，对 39 个科研实验项目提取大量的数据，五大实验段总体情况不错，却也发现有的地段出现了冻胀和裂罅。而十二局的 6 标段和 11 标段，却有近 20 公里的地段，夏天是一片沼泽，而到了冬天则坚冻如岩石，是冻土地段最不稳定的。青藏铁路总指指挥长卢春房根据孙永福副部长的要求，召集专家反复研究，决定进行补强设计，以桥代路，全线 555 公里的冻土，以桥代路竟然达到了 156.7 公里，占冻土地段的四分之一。而余绍水麾下的十二局指挥部两个标段特大桥已增至 20 多公里。

翌年可可西里的三月天，中铁十二局的队伍再度上来了，余绍水兀立可可西里，觉得这是一场大战，在建的清水河特大桥，横跨可可西里冻土地段，直径一米二的桥墩钻孔有 5000 多个，每个深度在 20 多米，总长度超过了 10 万米，连接起来，比喜马拉雅山主峰还要高，这也是一场攀登世界建桥技术顶峰高技术之战，因为要保持冻土地带的温度，钻孔不能加水，只能全部采用干钻法。身上流淌着铁兵血性的汉子，决定在可可西里打三场战役。

第一场战役，是总攻发起前的准备。乍看此时的可可西里，荒原静悄悄的，却是一场大战展开前的暂时的寂静。余绍水将八个项目部的经理召到指挥长的办公室，挥动着改变荒原的手，说："现在我们确定时间节点，四月中旬之前，施工方案、施工队伍、35 台德国产的最先进旋挖钻机全部就位。"

随后，他以每台 10 万调遣费，从中原调了 35 台旋挖钻机到大荒原，几乎将中国三分之一的旋挖钻机调过来了，还嫌不够，又以一台一千五百万价，购买和租赁十几台，仅此一项，就投入两亿五千万人民币。这种钻机一小时钻 2—3 米，最深的钻 30 米，两天能钻一个桥梁孔，钢筋笼也在工厂加工好：钻了几十公分就开始下笼，德国旋挖钻机专家也跟着上到了格尔木，习服了十天就开始施工。

眺望着森林般钻机塔架矗立在可可西里，余绍水突然有一种大莽原任我驰骋的快哉，他迅速展开了第二战役，5000 根桥桩，10 万米的长度，这在内地一年也无法完成，他却给自己的队伍下了最后督战令，2002 年冬休下山之前，必须全部钻完。最多一天钻了 70 根孔，每根桩孔旁，浇注的泵站车已停在一旁，超声波无线遥测，发现一个错误的信号，马上停下来，塌孔，重新将钻机调出来，重搞，先卸下护筒，不让上部分的冻土坍塌。余绍水尤其注重的是施工工艺。有一天干完活后，他在野外池塘里洗手，有点刺骨的寒凉，可是回到房间，再度洗手时，却发现贮存罐里装的水，比池塘里的还冰凉。余绍水悚然一惊，说明野外的温度与贮存罐里的温度不一样，他突然想到了搅拌混凝土的水温。于是马上责令技术部进行研究，水温控制在多少，搅拌水泥后浇灌桩基为最佳。经过多次实验，得出的数据水温在 3 度为宜。

余绍水认为建造世界一流的高原上的铁路，必须追求完美。十二局的桥墩浇灌完成后，专门买来了棉被盖在其上，以防止冻裂。2002 年 9 月的一天，他到大桥工地例行检查，发现桥梁工地上有一个刚刚拆模的盖梁，便职业习惯地爬到了盖梁上进行检查，突然在表层发现几道细小裂纹，这是由于养护不及时造成的，余绍水立即将项目部经理叫过来，斩钉截铁地吐出三个字："炸掉它！"

项目部经理和总工眼睛红润了，说："余总，在海拔 4600 多米可可西里。多走几步都喘得慌，能搞得这样已经不容易了。再说水泥沙子都是从 100 多公里的地方运来的，一个墩造价十多万。"

"我得给你们一个教训。这是国优工程，一丝一毫都不能马虎。"余绍水的心突然变硬了，说，"炸，炸了没有商量。"

轰隆一声巨响，刚建不久的一个盖梁被炸成了废墟，推倒了重来。像这样稍有点小问题的桥墩，余绍水查出来后，炸掉了四个。

余绍水讲求造桥的质量，更卡着工程进度，按照时间节点完成。第三项目部的经理赵辉是他当年石家庄铁道兵学院的同班同学，桩基施工进度慢了，没完成当月的任务，余绍水一下子罚了他 200 万。赵辉来到局指挥部说："老同学，通融通融，200 万，可是割了心头一块肉啊。我无法向职工交代。"

"割个球！"余绍水依然那种当兵的性格，反问道，"你没有法向职工交代，就有脸向我交代了吗？我有脸向卢总和孙部长交代吗？"

余绍水挥了挥手，下了逐客令："走吧。我这里不要说客，要的是干将。如果你下个月还完不成，对不起，我就送瘟神，将你的工程分给别的项目部。"

过了几天，余绍水要到第三项目部检查，发现那里的浇灌石料厂乱糟糟的，他大声喊，赵辉在哪里？

赵辉闻讯走来了，步履慢腾腾的。余绍水火了，走过去就是一脚，将老同学踹倒了，愤愤不平地说："我告诉你赵辉，你虽然是我的老同学，如果在工程管理还给我慢三步，就给我走人，我请神容易，送神也不难，盯着你这个位子的人多啦。"

赵辉窘迫地说："老同学，我改，我改！"

"我现在不是老同学，而是十二局青藏铁路指挥长在给你说话。"

"我知道，知道！"

果然，赵辉改好了，他在中铁十二局集团公司董事长金普庆面前大说赵辉的好话。

第一项目部总工王强也是余绍水的校友、师兄弟，1990年毕业的，小伙子聪明能干，工程上很钻研，钢筋笼编得很好，只是工地很难看，地也不平。余绍水两天前去巡查时，就将他叫到跟前说："要随时用，随时挖，如果用不完就垫好了。"

王强点头答应。说一定按余指挥的要求落实。

过了两天，余绍水再去检查，工地依然如故，乱糟糟一片，他一下子怒发冲冠，拽着王强的衣领便将他摔了一跟头。

王强脸色难堪地站了起来，说指挥长，我错了。

"我不是指挥长，我是你师兄弟，你这样干，还配是石家庄铁道兵学院的学生吗？你在给母校丢脸！"余绍水拂袖而去。

上车之后余绍水开始后悔了，觉得自己的性格暴躁，太容易伤同事的感情。下到格尔木时，他特意到音像店里买了好多盘京剧磁带。过去一点也不喜欢听京剧，可是从那时开始，只要一上车，他就让司机播放京剧，也像个票友似的哼开了，同事们不解说："余指挥，你不爱京剧，怎么突然感兴趣了？"

余绍水苦笑道："京剧的节奏慢，我这人性子急，想听听京剧磨蹭性格。"

就连自己的房间里，他特意种了一盆仙人掌，一盆女贞子的树种的盆景。仙人掌在可可西里活得很滋润，女贞子树的盆景叶子都掉光了。

我问他："余指挥，你在房间里养花做什么，仅仅是为了点缀吧？"

"不！"他摇了摇头说，"我这个人啊，有点军人的军阀作风，脾气太暴，养花也是为修炼心性。"

楚玛尔河荒原上的草黄了，2002年秋天姗姗来迟。到了9月下旬，余绍水所率的青藏铁路十二局员工五个月完成了十亿两千万的投资量，两个标段工程已经过半，为他在2003年内结束主体，进行最后的决战，在可可西里划下圆满的句号，写下了浓墨重彩的一笔。

少帅兀立可可西里，写下了一份大手笔的博士论文，一鸣惊人。

楚玛尔河，夫妻咫尺天涯相望

刘正道伫立在格尔木开工典礼的队伍中，没有频频回眸。

万余名青藏铁路的筑路者是一片彩色的海洋，映衬出半个天边橙红的霞，将昆仑山下青藏铁路零公里点缀得一派壮美。

中铁十二局千余人的队伍站成一个方阵，气势如虹，像当年超越鸭绿江的前辈。橘红色的羽绒服淹没了一张张笑脸，折射着莽昆仑的太阳。当朱镕基总理剪彩的剪刀铰下时，刘正道潸然泪下，几代铁道人祈盼已久的高原铁路大梦终于成真，他是几个月前跟着打前站的队伍上了楚玛尔河的，可可西里没有信号，好些日子没有与在家的妻子方文红通电话了。于是开工典礼的仪式刚落下帷幕，他马上拨通了妻子的手机，激动地说："文红，青藏铁路正式开工了，朱总理刚刚剪彩，我在第一时间将这个喜讯告诉你。"

"正道，我也正在看呀。"妻子说话的口音有点急促，"像你一样激动。"

"你在看，是在看电视实况转播吗？"刘正道为妻子与自己一样分享这一历史性的时刻感到高兴。

"不，我也在现场！"妻子告诉他一个惊天新闻。

"不可能，不可能，你在与我开玩笑吧！"刘正道在电话中笑了。

方文红的话却变得一本正经："正道，我说的是真的，没有与你开玩笑，我也上来了，就在开工典礼现场。"

"我不相信。"

"你不相信，开工典礼的现场是不是在播放李娜唱的《青藏高原》？"

"是啊！一点也没有错。现在是李娜在唱。"刘正道有点欣喜若狂了，说，"文红，这么说你没有骗我，你真的上昆仑来了？"

"是的，正道！"方文红在隐约地饮泣。

"你在哪？"

"我在十二局的女工队伍里。"

刘正道蓦然转身，朝着中铁十二局方阵的女工队伍匆匆走了过去，寻找自己的妻子。可是一切都显得徒劳，橘红色的青藏铁路羽绒服几乎将每个女职工的脸庞都映照成一株株盛开的红柳了，他在这如火如荼的热烈中寻找不到自己的妻子。

"正道！"女工队伍中突然一阵骚动，一个女人从队伍中挤了出来，朝着自己的丈夫跑了过来。

"文红，别跑，别跑！"刘正道摆手制止自己的妻子，自己竟然毫无顾忌地跑过来，然后当着众人之面，将妻子揽在怀中，喜极而泣。

相会在昆仑山下，中铁十二局的女工队伍一片嘘嘘艳羡之声。

执袂相看泪眼，竟无语凝噎。方文红仰起头来，凝视着丈夫，仅仅三个月不见，还不到而立之年的他竟然苍老了许多，皮肤黧黑，脸颊呈古铜色，染上了一团高原红，最让妻子心痛的是丈夫明显消瘦了。一泓酸楚的泪水涌了出来。

丈夫拭去妻子眼角上的泪珠，说："文红，你咋也不吭一声就上来，你来了，咱们那宝贝女儿咋办啊，她才四岁。"

"我交给妈妈带！"方文红一提起女儿，思念的泪水刷地涌了出来，说，"走的那天晚上，将她哄着睡着了，我才悄然离去了。打出租车到火车站时，我是边走边哭。"

"回去吧，回去照顾我们的女儿，一家人有一个在山上挣的钱就够花了。"刘正道欲想撵妻子回去。

"不，正道，你不能撵我走。"妻子深情地说，"我专为你而来的，瞧你才离开三个月，就又黑又瘦。"

"我的体重掉了十几公斤。"刘正道告诉妻子。

"我要上山去照顾你。"方文红执拗地说。

"我们七项目部在楚玛河，海拔超过 4700 米，是最不适宜人生存的生命禁区。"刘正道劝妻子说，"前边就是五道梁，上过青藏路的人有一句话，'过了五道梁，哭爹又喊娘'。还是不去的好。"

"去，正道，我要跟你上去，纵使哭爹喊娘，我也要上可可西里。"方文红的话语非常坚决。

已经在格尔木习服数日了，方文红觉得自己岁数也才二十六七岁，身体不错，第二天就跟着丈夫上山了，一路上心情很好，过了纳赤台，雪峰扑面而来，玉珠峰的美轮美奂令人沉醉，可是车至望昆，她便开始嗜睡，浑身上下如被莽昆仑重重挤压，胸闷得如压了一块石磨，连喘气都困难了。车过昆仑山垭口，她开始吐了，走一路吐一路，到了中铁十二局的指挥部医院，不能再往前走了，只好躺下来输液吸氧。稍有一点缓解，医生怕出事，要她马上返回格尔木。

刘正道工作实在太忙，分管的是第七项目物资供应，每天进进出出许多料，不能亲自送她下山了，只好将她抱进救护车里，由护士护送下山，方文红已经吐得浑身无力，但是她仍然强打精神说："正道，我在格尔木恢复过来后，再上来。"

"别，别，文红，打道回太原府吧。"刘正道一心想赶妻子走。

"不！我还会上来。"方文红情重昆仑，不陪丈夫不罢休。

第一次上山大败而归。下到格尔木休息数天后，她特意买了不少抗缺氧的药，什么红景天、高原安、恒力抗免疫胶囊，每天早晨大把大把地吃，一周过后，觉得身体稍稍恢复了，见到局指挥部有车上去，不由分说便求人家捎上她。临出门前，她害怕车上再吐，什么东西也没有吃了，一路盘旋而行。可是车进了昆仑山腹地，又开始难受起来，胸中翻江倒海，冷汗簌簌雨下。面色苍白，但仍然默默地挺着，到了丈夫所在的第七项目部。

刘正道见妻子又上来了，却脸色如蜡，心痛地将她扶到卫生所，然后张罗着吃中饭。可是方文红连一点食欲也没有，勉强吃了几口，马上又吐出来了，丈夫以为油腻的不好，给她开了一瓶水果罐头，仍然还是吃什么吐什么。医生无奈，请示项目经理，当天就将方文红送下去，理由很简单，她适应不了高原生活。

方文红走的时候，哭了，但是仍然给送她的丈夫和领导抛下一句话，我还会上来。

第二次又被从可可西里赶回来了，方文红不甘心，到了格尔木市休息数日，她又琢磨着上山的行动。先是早晨起来跑步，借此锻炼了一下体魄，被基地里的医生拦了，说，方文红你不要命了，你看看整座格尔木城里，早晨哪有起来跑步的，这里的海拔可是2900米啊。

不能跑步锻炼，她就照医生讲卫生课说的，一个台阶一个台阶地习服，先跟车到西大滩，到海拔4000多米的地方适应一下。她让汽车将自己捎到了西大滩，在那个小镇漫无边际地游走，觉得身体还受得了，到了下午，又截了一辆铁路上的车，直奔楚玛尔河。

傍晚时分，方文红赶到了项目部。丈夫下班回来，又在卫生所里见到了她，一片惊讶之状，她仍然是吃什么吐什么。刘正道摇了摇头，说："文红，青藏高原是男性的神山，属于我们男人，听话，回去吧。明天我送你下山。"

"正道。我也听说过有女性的神山啊！"方文红被折腾得筋疲力尽，委屈的泪水哗地涌出来了，说："那项目部也有不少女工，为什么她们行，我就不行？"

"因为你的身体对高原缺氧反应更敏感。"刘正道解释道。

"不，是上苍觉得我们的感情还不够纯真，不让我留下来照顾你。"方文红哭了，刘正道也哭了。

当天晚上项目部怕出意外，要刘正道连夜送方文红下去，并给她买好回太原的火车票。

当晚到了格尔木已是凌晨时分，刘正道觉得第二天就送妻子上火车，有点不近人情，趁着自己在下边办事情，又陪了妻子两天。

方文红活过来了。人又开始变得滋润了。丈夫已经买好了回太原的车票，昨天晚上夫妻俩商量得好好的，第二天傍晚就送她走，可是次日天一亮，她就开始反悔了："正道，我不能回去！"

"为啥？"丈夫茫然。

"我回去了就等于是青藏铁路的逃兵，这是可耻的。"方文红喃喃说道。

"你不是逃兵，是身体不适应，像你这样下山的人，青藏铁路上很多啊。"刘正道安慰道。

方文红陡然变得柔情似水，说："正道，我舍不得你，你在楚玛尔河边一待就是四年，我都追上山来了，岂能打道回府。"

"文红，事不过三。"刘正道正色地说，"你已经三度上山，证明你在可可西里待不住。听话，回去吧！"

"不。我不回去，人家许多夫妻都上来了。哪怕就是死，我们也在一起。"方文红抛出了决绝的话。

"别这样，文红！"丈夫几乎是哀求她了。

"再给我最后一次机会，如果真的不行，我就在格尔木租个房子待着，等着你下山来侍候你。"妻子的执拗让丈夫感动。

"好！我们再上去，不过我可讲明白了，不要有心理负担，越害怕越不行，你要是将可可西里不当回事，真的就一点事也没有了。"刘正道开始给妻子做心理辅导。

"你怎么不早说啊。"妻子在丈夫额头上留下雨点般的吻。

当天上午，他们将火车票退了，方文红又跟着刘正道拉材料的汽车上去了。

也许。可可西里真的是在考验方文红的爱情坚贞。前三次上山她都是大败而归，可是到了第四次，苍天开眼了，傍晚到达楚玛尔河的时候，西斜的太阳染红雪峰，玉珠峰南麓如出浴的处子。绿了的荒原上，藏羚羊悠然信步，藏野驴朝着河边缓缓走来，一抹晚霞坠落在楚玛尔河里，河面上燃烧一簇簇荒火，半空中流动的白云，浸润余晖，被高原的晚风雕塑梳理出各种各样的造型。

方文红眺望着这一幕极地奇诡之景，被深深地感动了。一种莽原与心灵的共鸣如春潮掠过心扉，她的泪水哗地出来了。

丈夫不解，问："文红，你为何哭了？"

"被震撼！"

"震撼？"

"是的，被可可西里美景震撼了。"

丈夫将信将疑。

奇迹在可可西里出现了，也在方文红身上惊现。有意思的是，从那天黄昏开始，她适应楚玛尔平原了，再也不会吃什么吐什么了。

方文红在可可西里住了下来。但是余绍水指挥长已经给在可可西里施工的八个项目部的经理下了一条似乎有点不近情理的规定："不提供夫妻房，违者重罚！"

这条硬性的规定似有点与人性、人文关怀渐行渐远，却是最大的生命关怀。在青藏公路沿线上，过性生活的猝死的事情屡有发生，甚至有的民工为了解决

281

性问题，与跟着筑路大军上山的流莺在洗发店里偷情时，在巅峰之时气绝身亡。

于是，方文红到了工地的实验室工作，住在了女职工宿舍，而丈夫刘正道则在指挥部里管理物资，住的是男职工宿舍。两个人同在一个锅里吃饭，在一个工地上班，却没有属于自己的夫妻生活。天幕渐渐黑下来的时候，他们就得回到各自的宿舍，度过楚玛尔河畔一个个不眠的长夜。

最幸福的时光是落日时分，吃过晚饭之后，大荒无风，方文红作为一个女人、爱人、妻子，对于丈夫爱情的表达往往归寂于荒凉和苍茫。飘雪无痕的日子，轮上两个人公休的时候，她会挽着丈夫的手，朝着楚玛尔草原、雪地踽踽而行，朝着江山无尽的天边执手而行，蓦然回首，寥廓的雪地上只留下两个人的脚印，方文红会突然变得小女人的诗意和浪漫，朝雪野里迈着太空步地跑上几步，让丈夫一前一后地追逐，像那匆匆掠过草原的藏羚羊一样嬉戏地追逐和调情，然后被丈夫一把抓到，那时她会心甘情原地滑到在地，滚在厚厚的雪地，滚到他的怀里，拥抱着，翻滚着，胳肢着，抚摩着，热烈地亲吻着，当发现妻子的脸颊上红润泛起，眼神迷离，浑身如地心的烈焰燃烧时，刘正道猛然会从一片欲望的海里爬上岸来，停止所有的亲昵。一本正经地坐在一片土丘上，遥望远方，遥望流云，遥望着太阳像被格萨尔王的金刀砍下的战将脑袋，流着碧血，圆圆的，滚落到了雪山的怀抱里。

狂热的方文红用一把冷雪擦擦自己的脸，心境渐渐地平静下来，依偎在丈夫身旁。俯瞰着默默流淌的楚玛尔河水，她仍然不失女性的温婉和幻想，问丈夫："不是说草原上有地热温泉吗，一滩一滩的，四周开着了格桑花。"

"有啊！"刘正道搂着妻子的颈，说，"听说铁轨铺到唐南，到了当雄草原就有啊。"

方文红感慨道："我真想让楚玛尔河荒原上也有。"

"为啥？"刘正道不解地问。

"这偌大的荒原就属于我俩，多奢侈，如果有一个地热瑶池，我们就……"

"呵呵！"刘正道用吻将妻子的幻想封堵了，然后说，"有狼啸了，我们回吧！"

"真的！"

天幕渐渐落下来了。暮色中的楚玛尔河宛如一池冒出几株芦花白的秋潭，寒光点点。方文红挽着丈夫回到了七项目部的驻地，一东一西，劳燕分飞，各自回到了自己的男女职工宿舍。

楚玛尔的夜静悄悄，楚玛尔的黎明静悄悄。一勾弯月如船，载着方文红走向爱情的伊甸园，就在这 N 个静悄悄的夜晚，并没有多少诗意的少妇，拿起了笔，在一河之隔的咫尺，在牛郎织女星相望的银河，在一张张破碎的纸片上，给丈夫留下了一张张碎片般最有诗意的情书：

> 亲爱的正道，今天是七月七了，知道吗，是中国人的情人节啊。许多中国年轻人只会拾人牙慧，跟随着西方人过 2 月 14 日的情人节，把九朵，九十九朵，九百九十九朵玫瑰献给自己的恋人、情人、爱人。岂知，这只是舶来品，中国的情人节才是最古老的，男耕女织的牛郎织女，天各一方，彼岸相望，一年又一年，一月又一月，一天又一天，望穿秋水，只等到七月七这天。数百万只喜鹊，用洁白的翅膀搭起了一座鹊桥，牛郎织女走过了，天街水冷却有温暖，我带着咱们四岁的宝贝女儿，脚踏轻羽，也走过鹊桥，与君相会，我们相聚的却是天天如此，一年一次。你知道吗，这鹊桥的翅膀是什么，是我在洁白的纸片上给你留下的情书。我爱你，正道，人间正道是沧桑，我知道，你的名字取自毛泽东的诗。但是今晚，在牛郎织女相会的夜晚，我虽然不能拥着你入眠，但是我会走进你的梦中，说一声，正道，我爱你，永远爱你。

夏天过去了，秋天步履姗姗地来了。中秋节到了，那天中午，方文红找了一个铁通电话，给四岁的女儿打了电话。女儿在电话中号啕，妈妈只有爸爸，没有宝宝。一听这句，她的泪水刷地出来了。哽噎难咽，搁地将电话放了，跑出十二局七项目部，哭着奔向莽原，喊道："女儿，我的宝宝，妈妈爱爸爸，更爱你啊！"

落日时分，一轮皎洁的月亮从西边的雪峰里钻了出来，如一个山西老家烙好的玉米饼，黄黄的在穹窿上飘荡。这时，十二局的中秋晚会就要开始了，刘正道走到妻子跟前，说："文红，你给咱们女儿打过电话了吗？"

方文红默默地点了点头，说："打过了。"

"几点打的？"丈夫问道。

"中午时分。"

"为何在中午，那时月亮还未圆啊。"丈夫有点嗔怒，说，"你为何不晚上打？"

方文红的眼泪哗地坠落下来了，说："千家万户的月圆了，唯有我们家却不能圆啊，我不能月圆的时候打电话啊，那时女儿哭，我也哭，这个中秋节我会伤心欲绝。"

刘正道听到此，泪水也潸然而下，说："文红，你对得起我，陪我在可可西里待了四年，我们却对不起女儿啊。"

那个一轮杏黄月的中秋之夜，晚会散尽了，回到女工宿舍。方文红又在洁白的纸片上写了这样一封情书：

> 正道，今天是中秋节，万家团圆。我们却欲罢不能。一条楚玛尔河，不过数百米之宽，可是在我的眼里，却有数亿光年之远。我们曾经品尝过"天涯咫尺"的滋味，而现在我们正经历着"咫尺天涯"的煎熬。这是理性对人性的征服。就是要征服自然，融入自然，而顺应自然规律的必需。在这恶劣的环境中，一切生命都是那么脆弱，万年的可可西里的植被比我们的皮肌更脆弱，更金贵。而只有我们铁军的后代充满了生机和活力，挺进高原，挺进楚玛尔，挺进五道梁，我们挑战生命的极限，脚踩莽昆仑，头顶蓝天，用智慧向党和人民交上一份合格的答卷。
>
> 尽管我们咫尺天涯，但这不是煎熬，这是对意志的磨砺，是人生的亮点，也是我们铁军后代的风采。

一个秋风萧瑟的下午，我到了十二局采访，刘正道夫妇都参加了。方文红将一封一封未发出的信读给我们，读给丈夫听。

刘正道第一次听到妻子的情书，双手捂着脸，指缝里雨点大的泪珠晶莹落下。我也泪下如雨，为这对夫妻的情感哽咽不已。

青藏铁路指挥长的气度，请媒体监督

昆仑天穹上旋转的时针，已经指向了2002年的人间四月天。

卢春房将青藏铁路公司与青藏总指整合在一起，已近半年了，青藏铁路的建设渐次走上正轨。当他们雄心勃勃地进入第二年的决战时刻，新华社内参竟然捅了一个惊天新闻，驻青海的记者王圣志写的内参《青藏铁路使用包工队，给质量留下隐患》（未正式发表），传到了铁道部，在部机关大楼里，一下子掀起炸锅的效应。

孙永福副部长看过内参后，心情十分沉重，立即拨通了仍在西宁的青藏铁路公司筹备组组长兼指挥长卢春房的电话，说："春房，一定要查清，不管有没有，都得给中央和国务院一个交代。我再说一遍，质量是百年大计，第一流世界高原铁路绝不能搞民工分包制。"

"好的，部长，我今天晚上就赶往格尔木，一定查个水落石出。给媒体，给部里一个交代。"搁下电话，卢春房当天晚上便登上西行格尔木的列车，第二天上午赶到青藏总指，他发现气氛有点不对头，从上到下，对这篇内参有严重的情绪，觉得全线职工在一线辛辛苦苦地干活，牺牲奉献，媒体的记者却从后边捅刀子，既不仁也不义，甚至有的同志提出拒绝媒体采访。但卢春房却不这么看，他觉得新华社参了一下青藏铁路，并非是一件坏事，从某种意义上说却是好事，可以借此从抓管理的切点入手，理顺青藏铁路施工过程中不尽如人意的地方。

会议的气氛有点沉闷，似乎一篇通天的内参，如一座莽昆仑压在了青藏总指每个人的头颅之上，让他们有点挺不起胸来。

"我先说几句吧。"卢春房执意要将这种氛围扭过来，说，"这篇文章我看了，记者的出发点是好的，也许有言过其实，夸大的地方，但是我敢肯定地说，青藏铁路不允许搞分包，可是有没有分包给民工队的现象呢，你们在一线，最了解情况，能不能底气十足地告诉我，青藏铁路没有分包问题？"

大家耷拉着头，没有一个人挺身而出，大声说青藏铁路没有让民工队分包的现象。

"没有持异议的话，就说明基本事实是有的。"卢春房话锋一转，"看问题就得先分清主流。既然主要的是对的，这就说明记者是在帮我们查找问题，这是难得的舆论监督啊，我希望建设司与青藏办派业务人员来查清问题，我担任组长，以此为突破口，提高我们的管理水平。"

卢春房的话说得很在理，一下子将青藏总指里的紧张空气释放了。

随后，他马上组织了几个组，由他总牵头，深入到每个指挥部，查合同，查财务账，到现场进行摸底调查，一个一个民工施工队地询问。在十四局的三岔桥大桥工地，卢春房在翻账本时发现，一台挖掘机一月份的台班费竟然高达60万，而且一、二月份也没有开工，竟然会有钱划到了那个老板的账上，肯定是有分包呀。他将做账的女会计找了来，说："你跟我说实话，是不是做了假账。"

凝视着青藏总指指挥长温和的目光中有一股英气逼来，那女会计心慌了，毕竟她不到30岁，做事实在稚嫩了点，哇地一声哭开了。

卢春房这下反倒心软了，说："小同志你别哭，错不在你，当然你的责任是做了假账，丧失了原则，不过板子我得打到你十四局指挥长身上。"

随后他将中铁十四局指挥长叫了进来，说："分包的事情果然存在。我现在宣布，从今天起，马上解除合同，过去了的事我可以既往不咎，但不等于我既往不问，如果今后再发现，一定严惩不贷。"

十四局指挥长说："卢总放心，我们马上就改。"

卢春房一路查下来，除了中铁十二局余绍水没有，铁二局、铁五局、中铁二十局，都有不同程度的分包问题，汇总起来居然查出了100多个，他当场下了最后通牒，从即日起解除了合同，初犯不究，违者重罚。

回到了格尔木，他将写新华社内参的记者王圣志找来了，说："王记者，我请你吃饭！"

王圣志一愣，说："卢总，我捅了你们问题，你们不记恨我，还请我吃饭。"

卢春房微微一笑，说："我先表个态，第一，感谢媒体的监督。第二，我来请你吃饭，就是表示我们的感谢之情，你反映的问题很及时，我一下子查出了一百多个分包的问题。已经改正了，这是我们的调查整改报告，你可以接着再发内参。"

王圣志眼睛一热，伸手紧紧握着卢春房的手说："卢总，内参我不再往上参了，理解万岁！你有如此气度，心胸如可可西里一样开阔，我愿意交你这个朋友。"

"过奖！"卢春房紧紧握住王圣志的手，"青藏铁路无小事，这是一条经济线，更是一条政治线，你在这里工作，跑基层多，接触面广，我们定个君子协定，以后你发现了问题，尽管往上边参，但是参之前，可否提前给我打个招呼？"

"我会的！"王圣志将手中的酒与卢春房碰了一下，一饮而尽。

时隔不久，王圣志真的找到了卢春房，说："卢总，我手里有一个材料想请你看看，青藏线上不仅有民工打架的事情，待遇也不能保证，有的回族和藏族住宿条件堪忧，一个人只住 1.5 平方米的面积，一天吃饭只有几元钱。"

"不可能啊！"卢春房错愕道，"青藏总指早就发过文，民工每天都有补助，这笔钱是由总指下拨的，要求每顿都必须有肉吃，这是硬性规定。住房环境，多少人住一个帐篷也有要求。"

王圣志摇了摇头说："卢总，规定归规定。好政策往往在执行环节上卡了壳，或者被和尚把经念歪了，钱也没有吃到民工的嘴里啊。"

"王记者，谢谢你的提醒。我马上带人去查。"

次日，卢春房立即组织工作组下去查。结果情况比王圣志反映的还要严重几分。

在中铁五局的站后工程现场，卢春房一一询问了民工，反馈的情况令人吃惊，民工已经一周没有吃到肉了。

卢春房脸上儒雅的微笑凝固了，说："将你们的指挥长叫来。"

中铁五局的指挥长赶来了，见卢总站在民工中间，脸色有些不对，连忙问："卢总，有事吗？"

"我想问问你，跟着你们五局施工的民工多少天没有吃肉了？"

"每天都有肉吃啊！"指挥长未加思索就脱口而出。

"民工吃饭的时候，你去看过吗？"

"没有。"

"那你凭什么说民工每天都有肉吃？"

铁五局指挥长愣住了，说："不是规定每天民工都有肉吃吗？"

"规定事情要抓落实，钱划到位了吗？"

铁五局的指挥长一时哑口无语。

"我现在郑重地告诉你，你的民工已经一周没沾过肉了。"

那位指挥长一片怔然。

"我想问你一个问题。"卢春房饶有意味地说，"你出身是农家吗？"

指挥长一时迷惑，想不到卢总突然提及了农民问题，不知如何回答才好。

卢春房神色严峻地说："同志，我说句话，也许你不中听，不把民工当人待，就是不把自己当人待。我是农民子弟，是地地道道的农民出身。我的亲人都在农村，除二哥去世外，大哥、三哥和姐姐都是老实巴交的农民，都在农村生活。不瞒你们说，我有很浓的农民情结。一看到这些民工，我就好像看到自己的兄弟姐妹，没有自卑和掉价的感觉。中国还是农民居多的农业大国，一个国家如果忽略了农民问题，就会影响坐稳江山。一个单位如果漠视民工死活，也不会良性地发展。"

那位指挥长默默地点了点头，说："卢总，对不起，我们对民工的工作做得不尽如人意。"

"不是不尽如人意，而是感情问题。"卢春房说，"为了让你们烙印深一些，坏事变成好事，我宣布三点处理意见，第一，全线通报，让各个指挥部从你们这里吸取教训；第二经济惩治同步，重罚十万；第三，在劳动竞赛之中扣分。"

中铁五局的指挥长瞠目结舌，愣了一会儿说："卢总，我们在民工问题上想得不远，考虑不周，交了一笔沉重的学费。下次看我们行动。"

卢春房的脸上有了些许暖意，说："好，我回查时先到你这里。"

到了中铁一局铺架基地的现场，看到整道队的上碴民工 60 多个人挤在两顶帐篷里，睡觉时几乎是人挨人，没有床，睡在地上，气味难闻，卢春房的眼睛湿润了。他对常务指挥长马新安说："我不想多说，给你两天时间，全部改善。我原路返回时就来看落实情况。"

马新安窘迫地说："卢总，请放心，过去我们没有注意到，已有失察之责。马上就改，我已经打电话叫人去办了。"

"关键是落实。"卢春房抛下一句话走了。

等他返回时，再到中铁一局回访时，发现马新安当天就将问题解决了，在原来两顶帐篷的基础上，一下子增加了 4 顶，一个帐篷住 12 个人，床已铺起来了，铺盖也全部换成了新的。卢春房笑了，说："马指挥，在对待民工问题上，你们原来有问题，改正了就好。我既往不咎。"

随后，他又转身征求民工的意见："还有什么需要我办的？"

整道队的上碴民工说，这本是地方老板办的事情，青藏铁路上给解决了，非常感激了。

卢春房说感激什么，为青藏铁路建设做贡献，自然就是铁路上的事情。我这个总指挥长来晚了，委屈农民工兄弟了。你们还有什么要求？

民工们怯生生地说，晚上出去上碴天高夜黑的，经常听到狼嗥，心里瘆得慌。

"这个好办！"卢总马上吩咐身边的人说，"给每个帐篷配一根电警棍。"

回到西宁，他找到了王圣志。说："你的问题反映得好啊，我走了一圈，情况比你反映的还严重啊，不过都引起重视了，该解决的我们都解决了。你看还要不要上内参？"

王圣志笑了，说："卢总在将我的军啊。写内参最终目的为了促进问题的解决，既然青藏铁路指挥长亲自解决农民工的问题，我的目的达到了。这个内参就不写了。"

"好！内参不写了，但是反映问题的渠道一定得畅通。"卢春房紧紧握住王圣志的手，真诚地说，"感谢记者，对我们的工作的关心和推动。"

王圣志摇摇头，说："卢总，我走过许多地方，也接触过不少领导，像如此大度地对待媒体的批评之声，实属不多。"

卢春房说："为什么要害怕媒体，这是对工作的最好的监督啊，再说我们领导干部，还没有脆弱到如此不堪一击。"

从此，在卢春房的影响下，青藏总指视媒体记者为诤友和知己。

然而，对于来自民间的声音，卢春房也从不掉以轻心。

已经是2001年年底了，再过几天，元旦的钟声就要敲响了，卢春房仍然蛰伏西宁，着手青藏铁路公司与青藏总指的整合。那天下午，他突然接到远在北京的孙永福副部长的电话，说："刚收到了一封民工的告状信，状告中铁十四局的三岔河大桥，称这是一个豆腐渣工程，桥墩里都是石头和沙子，混凝土标号远远不够。我看了心忧如焚，坐卧不安，一颗心悬到了昆仑山下了，春房，你亲自跑一趟格尔木，一定要查个水落石出，不然我在北京睡不好觉，也无法向部党组和中央交代。"

搁下副部长的电话，卢春房便匆匆踏上西去昆仑的路，列车铿锵，轨道声敲击着他的思绪，无法入眠。卢春房越想越觉得不对劲，中铁十四局曾经是铁道兵老部队，也是中铁建公司集团中小有名气的施工队伍，怎么敢在青藏铁路上搞豆腐渣工程，这不仅砸自己的牌子，也是将头往昆仑山上撞啊，谅他们没有这个胆，也不至于这般愚蠢。他立即打通青藏铁路中铁十四局指挥长的电话，询问有没有写信这个人。电话很快就回过来，说有，是一个帮助提供劳务的民工队的小头头。

"这个人最近与三岔河项目经理部有过什么纠纷吗？"卢春房另辟蹊径来思考这个问题。

"有啊！"中铁十四局指挥长说，"在劳务费结算问题上有过争执。"

"好了，我明白了！"卢春房舒一口气，他觉得信中反映的问题也许掺了水分，甚至子虚乌有。但是到了格尔木后，他还需拿到科学的证据来证实自己的判断。

他将副指挥长黄弟福叫到办公室，说："弟福，这个告状的事情，你得亲自到三岔河大桥上取样，我才放心。"

黄弟福也是像卢春房一样，从一个小指挥长一步步干到大指挥长位置上的，对工程业务非常娴熟，办事又利落果断。他点了点头，说："卢总，我去。你说从哪里查起？"

卢春房胸有成竹地交代了方案，尽量扒开桥墩周遭的冻土，用钻机圆心取样，送到地方的权威实验室去化验混凝土的强度。

"没问题！"黄弟福马上带着队伍上去了。这个活可是一个苦差事，此时三岔河大桥桥墩周遭天寒地冻，早已经冻成数米深的冻土。镐挖下去只是一个白白印子，黄弟福采取了许多现代施工手段，终于往下扒了好几米深，钻到底取样，然后送去地方实验室化验。

而坐镇格尔木的卢春房将三岔河大桥进料的水泥统计表找来，一一翻阅，换算，发现施工该投入的水泥一点也没有少。心中终于有底了，中铁十四局没有偷工减料，三岔河大桥不是豆腐渣工程。

地方的取样实验的数据很快出来了。混凝土强度完全符合青藏铁路三岔河大桥的设计技术要求。

卢春房马上给孙永福副部长打电话，向孙部长报告一个好消息，三岔河大桥的工程质量没有任何问题，那封信有诬告之嫌。你放心睡觉吧，当然也反映出十四局指挥部的管理是有问题的，让人家捅了刀子。

所有调查和实验的数据都报到北京了。筑路专家出身的孙永福一页一页地翻阅，翻着翻着，脸上溢出了轻松的微笑。

刘登科得陇望蜀

刘登科兀立可可西里八标段上，有点郁郁寡欢。

中铁三局在第一期投标中拿下了沱沱河以北的第八标段，造价高达八个多亿，应该很有成就感了。可是身为中铁三局青藏铁路指挥长的刘登科，一点也兴奋不起来。怅然北望，心事茫茫而连着可可西里，北边风火山有二十局的世界第一高隧，楚玛尔平原有十二局的清水河特大桥，再北去昆仑有铁五局的昆仑山冻土隧道，唯有自己的第八标段，在整个青藏铁路线上，无论政治的、地域的、文化的、品牌的含金量都不高。活干完了，甚至能连用广告表述一句震撼内容的话都不多，留下的只是一段平庸的记忆，对铁三局，对自己，无疑都有被淹没之虞。

蓦然转身，朝着沱沱河南岸眺望，刘登科的眼球突然被撞了一下，有一种豁然开朗，境界浩浩的大观，离他标段不到三公里的地方，长江源自然保护区的沱沱河铁路大桥尚未投标，名花无主，不知花落谁家。

"长江源大桥"五个字，像高原山地风掠过刘登科的心地，触动了心弦，他胸中突然有了一种莫名的渴望，拿下沱沱桥，就不枉在青藏铁路上纵横驰骋一场，铁三局有了一个值得大书特书的标志性建筑，生命之旅从此就多了一个可资纪念的回忆。可是觊觎沱沱河铁路桥的各路英雄好汉多矣，竞争者大有人在，但是唯有他所率的铁三局尽占了天时地利，八标段的北端所连接的就是沱沱河，于情于理，分给铁三局来干最为合适。但是刘登科心里明白，能不能攫拿下沱沱河上的铁路大桥，关键看八标段实验段的开局如何，能否在领导留下深刻的印象，这是决定沱沱河铁路大桥最终花落铁三局的一个重要情感指数。

刘登科得陇望蜀，意在实验段上的第一仗，也是整个青藏铁路上的第一仗。

2001 年 8 月 10 日，沱沱河实验段在青藏铁路沿线首家开工。刘登科将麾下的几个项目部经理叫到了现场，指着南边的沱沱河，说："看到前边了吧。沱沱河上要架一桥，这是我朝思暮想的啊，铁三局在青藏铁路上干了一场，要想让全国老百姓都知道嘛，就必须拿下长江源上的铁路桥，它是最好的宣传品牌，怎么拿，打好实验段这一仗，以此作为一个重要筹码。说白了，就是背水一仗，干成精品工程，这既是为铁三局的荣誉而战，也是为自己而战。"

"指挥长是一箭双雕，放心，我们会竭尽全力！"几位经理点头承诺而去了。

刘登科似乎志在必得。虽然实验段只有一公里，但是在五大实验段中，第一家开工，领导颇为瞩目，来得也最多，细节注定成败，只要做完美了，势必造出声势，给青藏总指留下难以磨灭的印象。

未曾想到刘登科的第一件轰动的事情，就是拿第一工程队的队长、书记和总工祭旗。

开工之前，铁三局在实验段相距不远处修了一条便道，通往刚刚开采的石料厂，实验段动工前召开宣誓大会，刘登科将长江源地域的生态提到了从未有过的高度，说："那些小草，那些植被可是长了几亿万年啊，比我们的眼角膜还金贵，一旦破坏就是灾难性的，几亿万年也恢复不了，我希望大家要像爱护眼睛一样，珍视长江源的生态。"

可是实验段动工之后，有一天刘登科到石料厂检查，看到便道旁边压了两道车辙，下车一看，显然是自己的运料车留下，顿时勃然大怒，他立即叫随行人员，把中铁三局所有的施工队长、书记和司机都召到这里，开个现场会，问道："这是哪一个大车司机干的，是男子汉的站出来。"

大车司机们面面相觑，尴尬地耷拉着脑袋，没有一个人敢站出来扛着。

"都男人一点嘛！"刘登科在司机们面前走过一圈后，说，"做了就做了，敢作敢当，站出来承担。"

队伍中仍是一片沉默，唯有风的尖啸从人群中掠过。

"好吧。"刘登科转过身来，"第一施工队的队长、书记和总工站出来。"

三个队领导不知刘指挥长葫芦里装的是什么药，心事重重走到前排。

"这是不是你们的管段？"刘登科问道。

"是！"三人不约而同地说。

"好！"刘登科当着众人的面说，"既然没有哪个司机敢站出来承认这车辙是他压的，那好，我就将板子打到你们三人身上，领导监督不力，每人罚款两千元。"

队伍中先是一片哗然，继而愕然，继而肃然。

刘登科趁热打铁，说："我希望压草皮的事情是第一次，也是最后一次。如果下次再出现这种现象，我定重罚不贷。"

铁三局在环保上动真的，消息一经在青藏铁路上传出，一下子便将影响和知名度打出来了。

刘登科的第二手就是抓质量，打造一流的工程，一公里的实验段大多是片石通风路基和一些预埋的测量器具，他在片石堆前转了半天，从填埋的角度看通风效果，发现三个直径相同的圆相切，中间的直径最大，将片石适当地加工成圆形，片石路基的通风效果最好，外表也很美观，于是他就让施工队将片状石料修整成圆形的，这样加工一方就增加成本十多元，如果20多公里的地段全用上，就会增加100多万。刘登科对工程部的同志说，干，这笔钱值得投。于是，一公里的实验段初出雏形时，那外表光滑整齐通风效果又好的片石路基，给人耳目一新的感觉。青藏总指来检查，质量无可挑剔，铁三局一炮打响。

第三招就是体现人文关怀，在沱沱河建成了青藏线上第一家三级医疗抢救点，最早配备了高压氧仓，青藏线6月29日开工，6月7日就进入了现场，光这一项就投入了20万，并购买了从美国进口的彩超，当时整个青海省境内都还没有。2003年又建立了制氧站，仅医院就投入了670万。

刘登科未雨绸缪的一系列大举措，赢得了孙永福副部长和青藏总指的青睐。

2001年9月底实验段的路基起来了，横亘在沱沱北岸的冻土地段，孙永福亲自来检查，他蹲在路基上反复看，称赞说："登科啊，这质量好，顶得住高速公路的路基啊。"

刘登科一笑，委婉地说："那部长还不鼓励鼓励铁三局啊。"

"鼓励什么？"孙部长笑着问，"奖物质的还是精神的？"

刘登科摇了摇头："物质和精神的我都不要！"

"哦！"孙永福有些惊讶，"那你要什么？"

"我想要前边沱沱河那座大桥。"刘登科真切地说，"孙部长把它奖给铁三局吧，我保准干好。"

"好你个刘登科，胃口不小啊。"孙部长笑了，"不过，这个问题可以考虑。"

"谢谢，我代表铁三局青藏线的全体职工，谢谢部长了。"刘登科深深地鞠了一躬。

"呵呵，刘登科的思想工作做到我这里了。"孙永福笑了。

随后，青藏铁路总指挥部指挥长卢春房来到沱沱河检查时，刘登科一再向他殷殷陈情，说明将沱沱河大桥交给铁三局主持施工的各种理由，似有让领导无法拒绝之意。

卢春房被刘登科的执着所感动，饶有意味地说："登科啊，把各项工作都准备好，秋天五子登科之时，也许就会瓜熟蒂落了。"

到了 11 月份，可可西里已经被秋凉后的一场大雪覆盖了，刘登科觉得今年没有希望了，只待明年再来争取。突然有一天，青藏总指的常务指挥长王志坚将沱沱河大桥中标的标书递给刘登科时，他疑惑是不是一场长江大梦。

"登科，好好干吧，这可是给铁三局锦上添花啊。"交代完标书后，王志坚拍了拍刘登科的肩膀走了。

送走王指挥，刘登科按捺不住内心激动，马上给一队队长吴继森打电话，说："停止安排下山冬休，马上来我这里受领任务。"

吴继森一听，心里也怦怦直跳，说："刘指挥，是不是沱沱河大桥工程到手了？"

"那还用说。"刘登科此时的兴奋之情溢于言表。

吴继森从一队赶来了，刘登科将标书和图纸一铺，说："这回可有你吴继森的用武之地了。"

"刘指挥，你说吧，我们如何干。"

"今年下山前，将一切准备工作做细些。旋挖钻机、模板都得准备好。"刘登科交代道，"待明年开春队伍上山后，放开手脚干。长江源是我们家，一句话，防止河流的生态污染是沱沱河施工的重中之重，在源头搅浑了长江水，我们就有负于天下，河两边要垒起沙袋，防止浪拍岸边，淤泥倒灌入河，打桩墩处搅起来的浑水，要排到沉淀池，待沉淀成一池清水，才能排入长江。"

"明白！"吴继森频频点头。

"马上给河北涿州的模板厂加工订购四套模板，让他们以最快的速度送上山来。"刘登科交代道。

"刘指挥，局里的模板厂已经在格尔木设点了。"吴继森是铁三局一处分管生产的副处长，迷惑不解地问道，"这不是肥水流到了外人田，砸了自己的饭碗？"

"让他们走人。"刘登科挥了挥手说，"这样的活，让处里的模板厂干会砸了我们的牌子，我用过涿州厂的钢模，无论光滑度、刚度和入土的强度都是国内最好的，久负盛名啊。而且是一次灌注成形，我们加工的模板水平赶不上人家啊。"

刘登科要沱沱河铁路桥写就一个大手笔，将品牌效应做到极致。他蓄谋已久的就是改名的事情，应该将沱沱河铁路桥改为长江源特大桥，名字一改，自己干的就是真正意义上的长江第一桥了。下到格尔木，他找到了铁一院的李宁副指挥长，建议在设计图纸上，就改名吧，沱沱河铁路桥在长江源自然保护区横空出世，应该叫长江源特大桥，唤起人们对环境保护的自觉意识。

李宁未加思索，说："好！刘指挥，这个名字改得好，设计院会考虑你的建议。"

"谢谢！"刘登科一箭双雕，已经有了一个心想事成的结果。

漫长的冬季蹒跚而去，只在长江源的山脊上留下了冰雪的背影。春天驮在藏羚羊的背上悄然而至，尽管残雪未融，但刘登科却早早地上山了。第一个桥墩的施工，他要亲自督战，这期间，他们花了1000多万从德国进口旋挖钻机，又租赁了一些。最高峰的时候长江源大桥工地的旋挖钻机到了45台，并以每套7万多元的价格从涿州进了四套模板。开工那天，他特意在沱沱河举行了一个隆重的仪式，心系母亲河，情结长江源。

那时长江源的温度还在零下16度，下第一桥墩的模板时，刘登科觉得这种温度对混凝土的凝固极为不利，他叫吴继森搭了一个帐篷，专门加热沙石料，向大篷里吹暖风，搅拌用的水也须加热到一定温度，以确保出模时的混凝土温度在零上5度。

2002年6月，长江源的第一个桥墩掀开盖头，让前来揭幕的卢春房总指挥惊叹不已。在初夏的阳光照耀下，桥墩那光洁的身躯宛如出水芙蓉，惊艳雪域，墩棱身角分明，光洁如缎，宛如一个工艺品，混凝土的颜色在高原太阳的光谱下更有一层奇谲色泽。

"好，刘登科果然出手不凡。"做了整整二十年路基隧道工程的卢春房总指挥不轻易在质量上夸人的，也禁不住喟然叹道："第一个长江源的桥墩是优生，我希望13089.2米的长度的墩身个个都是优育优生。"

"卢总放心，我们会一如既往的。"刘登科踌躇满志说，"目标就是冲着鲁班奖而去。"

"好啊！筑世界一流高原铁路，就得有此雄心。"卢春房开始对这位个子不高的指挥长刮目相看了。

　　刘登科是个不擅长豪言壮语的人，可是他却一步步地兑现了对长江源的承诺。2003 年底铁三局八标段和后来十三段的主体完成，他调入京城，擢升为铁六局副总经理兼总工程师，在空阔无垠的可可西里莽原上留下了他一串串骄人的足迹。青藏铁路 22 个施工段，2003 年共评 120 个优秀工程，刘登科所指挥的铁三局就占了 39 个，占三分之一，并连续三年被青海省评为卫生保障先进单位。

　　2002 年秋天，随着长江源特大桥主体落下帷幕，刘登科看到经常有人驱车登上山冈，在江泽民同志题写的长江源纪念碑前拍照，而背景则是跨越沱沱河的长江源特大桥。俯瞰着不时有车辙碾碎那数亿万年才出来的一点点小草，他心痛不已，决定投资 100 多万元，修了一条从青藏公路直通到长江源纪念碑前的上山公路，并开辟了一个停车场，以栅栏相围，既成了远眺长江源的望景台，又避免了对萋萋野草的践踏。

　　倚剑而下昆仑，刘登科将自己生命音乐中最辉煌的一节，留在可可西里，留在了他痴情的长江源大桥上了。

第 5 道岔　玛吉阿米

在那东山顶上，

升起了皎洁的月亮。

娇娘的脸蛋，

浮现在我的心上。

——六世达赖喇嘛仓央嘉措情歌

旋转在摇经筒上的灵魂之河

我在布达拉宫下等一个人。

一场朝雨刚停歇，天空中偶然飘来几缕雨丝，但祥风从西天吹来，似乎要将红宫穹顶上摧城般的阴霾，吹裂一道云罅，泻下一束束七彩的如意佛指，为绕着布达拉转经的芸芸众生抚顶禳福。

转经的人越来越多，像潮水一样纷至沓来，一朵朵浪花叠加成一排潮汐，围着布达拉宫大河奔流，满街都是飞旋摇经筒，默祷六字真言如瀑，绕着红宫，旋成一条虔诚的长河，祥风掠过，激起千重浪，旋转成一个个灵魂狂涛和旋涡，似乎在陷落肉身的龌龊和浮尘，飞扬起一座座涂着金身的灵魂的经塔。

这是 2004 年"十一"长假的最后一天，拉萨城郭空气湿润，天空依旧一半阴着一半亮着，飞渡在红宫顶上的浮云，由炭黑渐变成灰白，茫茫然一片芦花白。那天早晨，我刚从青藏铁路沿线采访过来，鹄立在红宫脚下，默默地等一个人。时间过得真漫长，仿佛等待了好几个世纪，等得千载如风而逝，等得百年如魂而泣，等得一夜风月化作仓央嘉措情诗如牙板在歌。我一直在这条朝圣君客走过的河边作岸上观，举着索尼数码 DV，对着迎面向我扑来的圣徒长河、老妪少妇、童叟喇嘛从我的身边擦肩而过，神色肃然，似乎早已了却尘世间的七情六欲，化作一种宗教般的神圣，一种圣洁的虔诚，去赴一个前尘的约定。

我只想置身转经道旁，却无法置身世外，灵魂却被摇筒俘虏而去，拴在了飞旋的法轮之上，转入了天堂与炼狱的转门之间，却心静如止水。这时，数码 DV 的摄相屏上，突然闯入几袭红色袈裟，身材纤瘦，个子不高，头发剃度成了板寸，却眉清目秀的喇嘛朝我走来，眼睛透明如秋潭，溢出一股纯清之气，显然是几个小尼姑。她们在我的摄像镜头里由远及近，由小及大，最后定格成特写画面，走过来了，一个肤色有太阳之泽的小尼好奇地瞅了我的摄相屏，见自己同伴的形象录入其上，神情好奇，围着我的摄像机凝眸而望，我旋转着角度，一一将她们摄入其中。

"你们好，从哪里来？在哪座寺庙里学经？"我用汉语向五个小尼姑打招呼。

她们朝我恬静一笑，显然不懂汉语。

我将摄像的带子回放给她们看，看到我手中的 DV 屏有她们的身影浮现其上，五个小尼姑咯咯地笑了。

"你们谁会说汉语？"我一直未放弃与她们交流的企图，我指着其中的一个女孩，说："你叫央珍，她叫梅卓。"

显然，我说的是我的两位作家班女同学的名字，前者在北京，后者在西宁。可是她们依旧是羞涩友善一笑，依旧没有听懂。

我无可奈何，这时，我电话相约的作家同学扎西悠然走来了。我举手喊道："扎西，快来，帮我与五位方家拍张合影照。"

扎西笑了，接过我手中的数码相机，将我与五位穿着红色袈裟小尼的照片定格在布达拉宫之下。

"请你问问她们是哪个寺庙的，我好把照片寄给她们。"我请扎西帮忙翻译。

扎西转身用藏话询问。然后对我说："她们从青海玉树来的。"

"哦！那在唐蕃古道上了。"我多少有点振奋，说，"问问是哪个寺庙的。"

扎西再扭头追问，虽然他从小在此后藏日喀则长大，五个小尼家在玉树，属于青海的安多话与卫藏的官话，几乎无法交流，但意外的是他们仍可交谈。扎西告诉我："她们是玉树寺的。"

"地址如何写？"我有点急不可耐。

扎西再转身询问，然后失望地摊了摊手，说："她们没有通过信，也不会写地址。"

我摇了摇头，与她们怅然作别。数日之后，我将重又沉落到皇城根下熙来攘去的喧嚣和浮躁之中，追名逐利；而她们则会重返长明灯映照的清凉和孤寂之中，诵经修行。俗世与庙堂的门槛隔得并不高，甚至只有一步之遥。所谓浊者自浊，清者自清，其实从来就没有一条清晰的边界。

仰望红宫，霞光已从云缝中洒了下来，斑驳地照在历代达赖灵塔的金顶上，那经塔在与天人对话，飞檐上的风铃便是灵魂如泣的天籁。我突然想到今天要等的一个人，一代教皇，一代情歌圣手，一位红衣达赖喇嘛教皇，一个性情风月的转世活佛，他的名字叫仓央嘉措。此刻，他不朽之魂仍在布达拉宫的日光殿里飘逸着，如梵香氤氲，直上重霄，却又俯瞰着红尘。而他不腐的肉身，却在万家灯火的闾巷，却在风沙淹没的大漠，却在酒肆黄房子玛吉阿米的怀中不死。人世就这样真奇妙，饮尽奢华的饮食男女憧憬佛门的清幽与寡欲，而饮尽佛堂香火的活佛高僧却贪恋人间的声色犬马。六世达赖喇嘛仓央嘉措似乎就是这样一位或僧或神或人或情或欲的多情种子。

"我们先游哪里？"扎西问我。他与我是鲁迅文学院第二届全国中青年作家高研班的同学，七月份刚在京城分手，仲秋又相见于拉萨。昨晚我在电话中邀他当向导，追寻六世达赖的飘萍履踪。

"当然是仓央嘉措住过的拉鲁彩嘎了。"我脱口而出。

"看来是读过好多西藏的书了。"扎西嗟叹，"没有想到内地的作家，还有你这样对西藏历史感兴趣的。"

"已在图上作业多次了。"我笑了笑，"就想实地看看，找回一点历史的真实感。"

"这边走！"扎西带着我往布达拉宫红宫一侧绕过，溯转经的逆时针方向而上，一条沧桑坎坷的石板路，流淌着雨水，紧倚红宫宫墙下一侧，红色支架上悬挂雕铸着六字真言黄色转经筒，转经的人手在旋转着灵魂的世界，而相隔不到二米的外侧，却是小商小贩摆着各色各样的奶渣、酥油和蔬菜，像赶集一样熙熙攘攘，尘世与圣地泥泞般地融为一体，很难分清人是僧还是僧是人。

"如果我没有记错，历史上这一带叫雪村。"我指着早已改造过的平地说，"布达拉脚下的商贾平民住的村落和监狱，都曾经放在这里。"

扎西的神色怔然："这个你也知道呀？"

我点了点头，说："我知道十三世达赖麾下的一个宠臣，曾经带西藏的第一批留学生到英国读书的龙夏生于雪村，老达赖圆寂，树倒猢狲散，最后被囚于雪村监狱。被刺瞎双眼。"

"这件公案你也了解啊？"扎西愕然问道。

我多少有点炫耀自己的学识了，说："我当然还了解到就在我们要去的拉鲁彩嘎，龙夏曾经先后与儿子共一个女人——拉鲁夫人。这可是一段恩爱情仇，惊天动地的故事啊，也是一幕西藏宫廷权力之争的复仇血案啊。"

"其实龙夏只是一个小贵族，他的贵族庄园很小的。"扎西解释道。

"不过，我们今天不谈龙夏，只奔仓央嘉措而来。"我说出自己的初衷，"雪村里还有仓央嘉措留下来的黄房子啊。"

"可惜拆了！"扎西喟然感叹道。

扎西个子不高，穿着旅游的大头皮鞋，头发稀疏，一个智慧的脑袋可鉴天地日月，在西藏民间文艺家协会干了多年，熟悉西藏的历史掌故，风土人情。他的步伐迈得很大，有点大步流星，几步之内就将我带得气喘吁吁。他似乎已经将我视为西藏的一员了。

"扎西且慢！"我喝住他，"老同学，你别忘了，我可是从内地而来，脚步跟不上你们拉萨节奏。"

扎西粲然一笑："对不起，我真把你当作西藏人啦。"

"荣幸之极！终于被拉萨认可。"我仰天一笑，不知不觉之中已走到布达拉宫后面的龙王湖公园，几百株老唐柳盘根虬须，枯枝新芽掩饰着碧水蓝天。湖面上有几只鸭子船轻轻划过，掠碎一池秋液。扎西说，过去每到雪顿节，拉萨城里有两个著名的戏社，就划着船在湖面上给达赖喇嘛和噶厦的高官演出。

我诡谲一笑，说："可我刚才跟你穿越历史的甬道，分明看到是仓央嘉措与他的贵族玛吉阿米———娇娘在湖上荡舟，对酒当歌寻欢作乐。"

在那东山顶上，升起了皎洁的月亮。娇娘的脸蛋，浮现在我的心上。

万种风情的笑声、歌声，从老唐柳林里的湖面上传来，我的心在静静地啼听，灵魂却被神王的情歌拽夺而去。

"玛吉阿米……"歌声悠扬，飘向布达拉的穹顶之上，如重金属般的清脆。重重地拨动和撞击我的情弦，不知是我的鲁院作家班的女同学梅卓在唱，还是仓央嘉措怀中的娇娘在唱。

踏上这片圣洁佛陀的后土，踏上这片风月无边最后神秘之境，我有点醉眼迷离。

高原的太阳将一个秋高气爽的日子褪色成一幅老照片。向往人间春色，一盏盏青灯锁不住。老唐柳那躯干上的疤痕，像一双岁月之眸，默默地雄睨着布达拉宫廷里的惊风血雨，孤灯经卷。

扎西沉默。我也缄默。秋风中的老唐柳似乎还沉浸在历史的昨天。

神性魔性的情歌教皇

一切依稀入梦来，却又不是梦。

仓央嘉措步出白宫的日光殿的黄房子，仍有几分春困的疲惫，他伸了伸懒腰。拉萨早晨的太阳真好，暖暖的，天风飞扬，吹得经幡震荡，那抛向空中的红幡，如一脉脉喷涨九天的热血在奔突，年轻神王的心总也静不下来，万卷经书，诵声不绝，就是驱赶不了少年躯体里蠢蠢欲动叫春的心魔。四周都是炽烈的火，瞧瞧，晃眼的阳光又折射到五世达赖的经塔上，如一座火焰山在燃烧，融尽红灿的祥云化作一片骨灰般的洁白，从天穹上纷纷坠落，云聚在他的头顶之上，身上的欲火也在往头顶上蹿，挂在经塔上吉祥鸟上的风铃在天风中摇曳，清脆似磬，呜呜如箫，凤鸣莺啼，如一曲天籁划过寂静，似一首千媚百婉的丽歌摄人心魄，又像故乡门隅时莽林中的鹧鸪鸟在春天的鸣叫，引起他无限的乡愁。

好一个愁字了得。一个多愁善感的诗人，在错误的时间错误的地点，被权力点金术，错误地乱点为一代教皇。他只想做一名纵情歌楼酒肆的多情诗人，却意外地登上神圣的达赖喇嘛的莲花宝座。

仓央嘉措把情眸投向布达拉下的雪村和八廓街，穿着藏式嵯峨长裙的少妇，身材婆娑，摇曳走过，长裙簌簌的声响，有点撩动少年魂魄。

"佛爷，该习经了！"那个仲译扎仓的内侍僧人，低头伸舌站在他的旁边。

"读经，讲经，习经，成天就是读经，诵经。烦死了！"仓央嘉措挥了挥手，问，"今天谁来讲经？"

"第西·桑结嘉措！"内侍近仆答道。

"又是他！能不能叫他少来烦我。"仓央嘉措对第西的厌恶溢于言表。

老达赖早已不在了，可是一看到第西·桑结嘉措，他冥冥之中便觉得，五世达赖的身影和睿眸，无时不在，无处不在，飘游在布达拉的每个角落，咄咄逼人，拷问着他，审视着他，悄然地告诉一段已经开始风化的宫闱秘史。

大概有15年吧。

仍然是在布达拉的日光殿里，五世达赖喇嘛已时日无多，那双炯炯的瞳渐渐黯然失神，他将自己的私生子桑结嘉措叫到床前，说："桑结嘉措，我的生命在一天天走向日暮，风烛之躯，苟延残喘，来日无多了啊，佛陀已派金刚来牵我去报到了，我下诏任命你第西吧，第西的藏语意思就是藏王，可监国摄政。我圆寂后，你可秘不发丧，专心致志地修好布达拉吧。历史与伟人都会被雪风吹散，唯有布达拉会长存下来。"

"佛爷，小的明白了。可您不能走啊。雪域的众生需要您啊！"第西·桑结嘉措眼含悲泪。

"别说傻话了。神山圣湖不老，人岂能不死。我虽活佛，概莫能外。"五世达赖摇摇头，说，"你跟着在我的莲花座下，历练已久，必然能担起政教之重任，不过，赠你一句话，在我走后，15年内可秘不发丧。"

第西·桑结嘉措伏乞于地，说："佛爷，我懂了。"

"你懂得黄教的江山是如何来的吗？"五世达赖询问道。

第西·桑结嘉措说："佛爷，我只是略知一二。"五世达赖说："那我就将红衣喇嘛王朝崛起之秘告诉尔辈吧。"

曾几何时，五世达赖真的是雪域高原的一代枭雄。当大明帝国的太阳日薄燕岭，无法顾及尢野之远时，噶玛王朝（西藏白教）正在西藏盛极一时，对战胜了本教的黄教教主"敌视黄教，几欲根除之"。而在藏东，甘孜的白利土司顿永多吉率领大军骚扰边关，一筹莫展的五世达赖突然想起蒙古骑兵，在青海的和硕特蒙古部落，于是与蒙古王爷固始汗两人暗度陈仓，订下密约，邀请和硕特蒙古铁骑入藏。1639年，和硕特骑兵先入玉树，剿灭了白利土司的家丁武装。1641年，固始汗应达赖之邀，第一次入藏，向西以武力推翻了噶玛王朝。从此，达赖喇嘛得以一统卫藏，登上了黄教教主至高无上的宗教宝座。而这时农民起义的烈火在华夏大地上燃烧，大明王朝却因高丽一战而使国本动摇，劫数已尽，沉落于风雨飘摇之中，智慧过人的五世达赖预感到大明帝国江山既倒，中原的天下将属于满人，便通过蒙古王爷固始汗搭桥，与尚未入主紫禁城的清王室拉上关系。1642年派遣特使抵达盛京，觐见皇太极，一表忠心和归顺之意，从此便找到了一个金戈铁马横扫中原至尊靠山。1653年，五世达赖亲赴北京，谒见当时的顺治皇帝，清室专门为其修筑了金碧辉煌的黄寺。五世达赖到达京畿之地时，顺治皇帝以打猎为名，驰马到南苑相迎。随后在紫禁城里大殿之上，册封五世达赖为"西天大善自在佛所领天下释救普通瓦赤喇怛喇达赖喇嘛"。

得此殊荣，五世达赖请求顺治皇帝将其之前的四位活佛也一并追封为一至四世达赖喇嘛，一统西藏和蒙古教皇之权。

可是，到了五世达赖晚年，蓦然发现，当年请和硕特蒙古铁骑入藏，真是请神容易送神难，固始汗的蒙古铁骑蛰伏在当雄草原，雄镇拉萨，而达赖麾下的噶丹颇章已被蒙古王爷掌控，在某种意义上，五世达赖喇嘛直到暮年也未能最后施展拳脚。如今生命已步入黄昏，他担心自己圆寂之后噶丹颇章王朝的大权旁落，遂决定提前交权，赐予他与贵族女人所生的私生子桑结嘉措。

"与蒙古汗爷翻不得脸，人家重兵在握啊。"五世达赖给了第西·桑结嘉措最后的历史交代。

此时才27岁的藏王，青春气盛，踌躇满志，他似乎并未在意老达赖的政治交代。

"喇嘛教一统雪域的至尊之位，是和硕特蒙古汗的铁骑打来的啊，就得仰人鼻息，养着人家啊。"老达赖望着布达拉窗外的满天飞雪，风很大，凄迷的眼睛也承受不了雪光的刺激，泪水就流出来了。

第西·桑结嘉措伴装没听懂老达赖的话。天鹰的羽毛已经丰满了，自然有属于自己的天空。桑结嘉措当了三年藏王后，五世达赖圆寂，一缕出窍之魂沿着风马旗直飘云霄，肉身却成了布达拉宫最大的经塔。第西·桑结嘉措秘不发丧，为的是大权独揽，也为的是完成布达拉宫扩建的凤愿。

西藏已殁了一代显赫的神王了，可是日子照常随着满天的经幡飞扬，第西·桑结嘉措在雪域一言九鼎，对于教皇之死，他隐瞒得滴水不漏，故《西藏通鉴》载:"桑结欲专国事,秘不发丧,伪言达赖入定,居高阁不见人,凡是传达赖之命以行。"

但是,寻找达赖转世灵童的仍在悄然进行。第西·桑结嘉措带着亲信随从,策马驰到圣湖纳木错,登上扎西岛,远观湖像,平面镜面的湖水蓝得炫目,几只水鸟掠过,白色的胸脯撞碎清波,如撞碎了一个远古的梦幻。纳木错的西边天际,水天一色,祥云如霞漫漶,浸染一抹嫣红,清风徐拂,丽日当空,第西和几位大活佛的慧眼穿破时空,巍然的雪山下,惊现一片郁郁葱葱的大森林,半山坡有个白卡村落,几户人家房屋全系木头所筑,木屋顶上,几株参天大树如伞一样撑开,云罅中洒下一抹朝阳,五彩祥云一会儿惊现了几个藏文罗桑。

"往错那方向去寻找。"第西·桑结嘉措交代寻访灵童大活佛。

次姆白卡村何在?沉落在莽林无边的喜马拉雅山南麓达旺河谷里了。如今在麦克马洪线以南,是印占区了,中国人往麦线不能跨过半步。可当时却是达赖喇嘛治下的皇天厚土,寻访灵童的活佛很快便在老达赖圆寂过后的第三年,在门隅地区的达旺次姆白卡村,寻找到一个与纳木错的湖像一样的房子,家中恰好有一个三岁的男孩子,父姓孔西丹增,母名才旺拉姆,很可能就是老达赖的转世灵童了,于是,第西派人两次去辨认,灵童在辨认老达赖用过的碗和转经筒时,与几个不是达赖喇嘛用过的碗和转经筒放在一起,真假难辨,可是他却一把抓出了五世达赖用过的东西不放。转世灵童非仓央嘉措莫属了。

于是,在一个阳光明媚的早晨,喜马拉雅山南麓的雪山,被冰雪包裹着,犹如一个透明的白鹅蛋,抹上一缕朝阳的胭红,是为祥云流动,门隅达旺次姆白卡村的3岁的仓央嘉措被一个红衣喇嘛抱上了马背,藏袄一裹,便往喜马拉雅山以北的藏南之地疾驰而去,蹄声嘚嘚,踏碎了山间的寂静,从此也注定小灵童生命之旅不会安静。到了聂塘附近的纳布尔康,仓央嘉措便蛰居下来学经,由第西派来的格西传授,但这一切犹如五世达赖之殁"秘不发丧"一样,作为转世灵童的寻访、教育,也是秘而不宣的。

布达拉宫的修建终于在1695年竣工,此时五世达赖已殁13载了,第西·桑结嘉措瞒天过海,可谓滴水不漏,不仅瞒住了英明一世的大清皇帝康熙,也瞒住了三大寺和噶丹颇章的众臣,第西·桑结嘉措宣布达赖喇嘛无限期地坐静出化了,他们欲谒见达赖时,多数情况是达赖喇嘛的莲花座下,放了他的衣冠服。凡有特殊要见达赖,只能单独召到达赖的私室,饮食仍然像平时一样送上，要臣磕过长头后，却一直听到时断时续的铃鼓声，这表明达赖仍然在诵经，由第西代传示谕，其实都是第西·桑结嘉措的政见和主张。只有那个仲译扎仓的僧人即达赖的近侍和第西知道他已经死了。遇上蒙古要人穿越遥远的大漠而来，非见达赖喇嘛不走，第西就令仲译青波佯装五世达赖，用帽子盖住头发，遮住眼睛，因为五世达赖已经秃头，又有一双明眸。昏暝的密室遮住了一段西藏的白宫秘史。蒙古王爷深信不疑地走了，甚至将五世达赖还活着的消息传给少年英主康熙。

但是，一双睿眸似乎早已窥透了第西·桑结嘉措的政治野心，继承和硕特蒙古汗位的拉藏汗仍旧在西藏监国，第西一手遮天，引起他的不满，两人遂起权力之争，他便将第西·桑结嘉措对达赖之死隐情不报的消息秘报了大清皇室，并派使臣非见达赖不可，第西才不得不派使臣尼玛塘夏仲进京密奏，报告大清英主：五世达赖阿旺·罗桑嘉措圆寂13载了，转世灵童已经13岁了。康熙皇帝甚为震怒，严令责之。第西·桑结嘉措才不得不向世人宣告真相。

蛰伏经堂十载，13岁的仓央嘉措已经长成了一个英俊少年。遥望故乡，门隅只在梦中，那故乡丛林中飞翔的孔雀，翅膀上总给他驮来春醒一样的躁动。第一次梦遗门巴族姑娘时，着实吓了一跳，嗅着那有几分腥味的白色分泌物，他有点心惊、心悸，脸红红的，不知该去问谁。毫无疑问，他早已长成钟情少年，一个漂亮而又聪明的青年，到了钟情的花季，才被正式宣布为五世达赖的转世灵童，从藏南接到了拉萨坐床，路经浪卡子宗时，班禅罗桑益西专门为其受戒。布达拉宫坐床之日，康熙皇帝曾派章嘉呼图克图意意具法到拉萨参与坐床典礼，以示中央王朝对西藏的权杖之尊。

第一次看到第西时，仓央嘉措就不喜欢他。第西象征着父氏的权力和至尊，如喜马拉雅山一样高巍的背影，总想覆盖他，使年轻的神王永远走不出他的影子。仓央嘉措不要这样山一般的沉重，他已经坐床了，是神圣的六世达赖喇嘛，他要亲政，执掌雪域众生的命运沉浮，西藏政教大事，就该他说了算，可最终发现，他只是第西·桑结嘉措的一个傀儡，一只关在布达拉宫里的会诵经的神鸟。

神鸟活着，不仅仅会鸣叫，仓央嘉措的羽翼已经丰满，他要飞，飞向拉萨城郭，飞向广袤的草原，飞向喜马拉雅山之巅，搏击长空。不要诵经，不要长夜青灯，不要梵香袅袅度余生。十六岁的神王恰好走进了反叛年龄段，肺腑里流动的是才华横溢，是惊世骇俗。他要歌吟，禁不住地歌唱，让整个拉萨城郭都知道神王的心事重重，春情漫漶。早已春心荡漾，早已在春天的草丛之中与多情的门巴姑娘相会，听过女人的呻吟如春歌一样悦耳浩荡，还想尝尝云雨春事的快乐。一朝选进神王红宫，他荒于学经，疏于政务，乃性情中人，最大的爱好是高歌浅吟情诗艳词，贵族世家的女人、女儿趋之若鹜。他成了一个放荡不羁的风流少年。

引诱仓央嘉措成为风流神王的是拉萨城一个叫塔坚乃的混混。

那个日落拉萨河的暮霭沉沉，从布达拉宫的后门溜出来的仓央嘉措，故意穿上藏袄布衣，缩蜷在酒肆一角，酣然痛饮，醉眼蒙眬之际，塔坚乃端着青稞酒走了过来，说："佛爷，我敬你一杯！"

仓央嘉措先是一愣，继而摇了摇头，说："你认错了人啦，我不是佛爷，我是浪子宕桑旺波。"

"哈哈！"塔坚乃仰天长笑，"佛爷，瞧你的眼睛如天上的太阳月亮，照亮雪域的白天和晚上，宕桑旺波哪有你的慧眼明亮。"

"听了舒服！"仓央嘉措也跟着笑了起来，"你的嘴可是比我们门隅森林里的八哥会说话。"

"佛爷，你泄露天机了吧。尊敬的达赖喇嘛就是门隅人啊。"那个浪人穷追不舍。

"你叫什么？"仓央嘉措问道。

"塔坚乃。"那人自斟了一口青稞酒，说，"我是佛爷莲花宝座下的一只藏獒，随时听从使唤。"

仓央嘉措与他碰了一下杯，说："好啊，塔坚乃，你既是我的一条狗，知道我现在喝了酒过后想什么？"

"玛吉阿米！"那人毫不犹豫地说，"最高贵漂亮的娇娘！"

仓央嘉措微醺的脸庞泛着渴望的神情，惊呼道："对啊，塔坚乃，我此时最想的就是玛吉阿米！"

"佛爷，我带你去找娇娘。"那个浪荡人将藏币拍到桌子上，扶着仓央嘉措扬长而去。

一代神王跟着浪子塔坚乃穿过夜幕下的八廓街，到了一贵族的小楼前，浪子让仓央嘉措在小巷里等他，然后自己消失在夜色之中。

此时，西边的月亮刚刚升起来，圆圆的，如雪狮炯炯的眼睛，镶在娘热山上。一地银辉洒在了八廓街石头雕楼的小巷里，第一次等女人的年轻神王，脸颊热热的，心在狂跳，寂静的夜里只听到心鼓在敲，像布达拉的人皮鼓一样咚咚作响。

印度檀香从小巷远处传过了。塔坚乃走了过来，说："佛爷，你看这玛吉阿米，能让你春夜销魂。"

仓央嘉措定睛一看，似乎是他祈盼已久的娇娘，脸色似酥油一样凝脂细润，一双大眼睛如弯月，长长秀发披泻在婆娑的身材上，明眸皓齿，面若桃花，便将年轻神王的魂魄攫走了，声音颤抖地问："姑娘叫什么名字？"

"仁增旺姆！"

"何方人士？"

"门隅！"

"幸会。我是荡子宕桑旺波。"仓央嘉措心花怒放，"看到姑娘，就像家乡的杜鹃鸟。"

"先生不是荡子，是天上之神。不过小女不解，杜鹃鸟当作何比？"

"我有歌相送。"仓央嘉措踩着石板路上的节拍，借着门隅的情歌小调，吟道，"杜鹃鸟来自门隅，带来了春天的地气。我和情人见了面，身心也感愉快。"

"啊啊！"仁增旺姆掩口一笑，"都说佛爷只会念经，却也是一个风情万种的才子。"

"哈哈，那就跟情种走吧！"仓央嘉措牵着情人的酥手，穿过春风吹醉的小巷，穿过酥油灯点点的红堂，步入了他在龙王湖里建造的帐房，点燃一簇篝火，斟满一杯杯青稞酒，倚躺在卡垫上，将玛吉阿米搂在怀中，一杯杯地豪饮，载歌载舞地跳起锅庄，眺望天空中飘来的月亮挂在山冈上，他脱口而吟出了一首诗《玛吉阿米》："在那东山顶上，升起了皎洁的月亮。娇娘的脸蛋，浮现在我的心上。"

仁增旺姆被仓央嘉措的情歌倾倒了，当场用藏歌旋律唱了起来。歌声醉了月亮，醉了月下的浪子仓央嘉措，也醉了将成为年轻神王的情人的贵族娇娘。

微醺的神王将娇娘压在自己的身下，犹如布达拉一样压了下来，周围的一切融为月色一样皎洁透亮，清溪涨潮漫溢，淹没了草地上的格桑花，像拉萨河一样岸边激浪，飘在爱河上的娇娘仁增旺姆曾像轻舟承载客无数，荡舟摆渡技巧堪称一绝，迎奉，旋转，吞吐，划过险滩，飘向平缓如镜的港湾，时而大江东去，时而冰融涓溪，时而冲向浪尖之上，时而坠落湍流之中，当携着初尝情事的神王冲入云端，倏忽又下坠在茫茫云海时，仓央嘉措觉得自己的身躯被一道闪电击穿，一缕蓝弧颤抖般地划过躯壳，穿云带雨甘霖如注而下，他听到了娇娘变成了一头茫茫白雪的母狼，伫立在月下尖啸，颤声悦耳动听。

云雨之事竟然会如此之妙，仁增旺姆成了他最初沉迷，有了第一次，就会有一百次。躁动的盛夏匆匆而过，金秋一过，草黄的秋季非常短暂，很快就是雪花纷纷的冬天了。

冬季的拉萨风雪好大，夜晚寒气逼人，一床薄衾何以挡住雪域寒凉，青灯长夜，一篓一篓的经书，锁不住仓央嘉措一颗不羁的狂放之心，禁不住他朝思暮想娇娘。布达拉高处不胜寒，俯瞰八廓街，人间烟火在诱惑，他在布达拉宫正门旁边开了一个旁门，将旁门的钥匙自己带在身上，到了晚上守门的把正门上锁之后，他就戴上假发，扮着布达拉宫里的下人，大模大样地从旁门里走了出去，依然叫宕桑旺波，走进八廓街，走近万家灯火，孤独不再，苦行不再，禁欲不再，走进一个酒家花天酒地。醉了，寻一个可心的贵族和平民美少妇，醉眠酥怀之中，每次艳遇，如同一只飞翔的天鸟，突然降落在石头之上，纯粹是一个天缘，绝不在他的计划之中，而是因为酒肆中的老板娘从中撮合，使他桃花运不断。故此他戏谑地吟道："鸟石般跟情人路遇，那是酒家妈妈撮合。如果欠下孽债，请你关照养活。"

到了破晓之时，从娇娘软玉的怀中而别，朝着布达拉宫踽踽而行，将旁门锁好，卸去假发，躺在床上把一夜的风流化作晨雾云烟。好长的时间未被人识破。

可是就在那年的冬天，拉萨城的第一场雪纷纷扬扬下了一天一夜，仓央嘉措还是被风雪凄迷中的人间灯火诱惑了，从布达拉宫的神殿上下来，悄悄地溜出旁门，塔坚乃早在那里等候，帮他物色到了一位新的娇娘，匆匆到了那个贵族家中，一夜情过后，穿衣披裳匆匆下楼，趁清晨八廓街上空寂无人，卷着一袭红衣袈裟踉跄而去，雪地上空留一行神王脚印。汗水浴过，秀发缤纷，神色慵懒的贵族少妇伫立窗前，胴体毕现，远眺着年轻达赖的背影渐行渐远，立即在窗前挂出黄色的经幡、绸带，迎着天风飞扬激荡，似乎还沉溺在高潮之中。晨起的人们便知道此家有女被神王达赖喇嘛宠幸过了，无不投来惊羡的目光。

那天曙色初露，风雪不知什么时候停了。晨曦一抹撒在雪地上，也久久地抚摩着那通往布达拉宫的两行脚印，侍者早晨起来，看到雪痕从旁门直通日光殿的六世达赖的寝宫，大惊失色，以为是有强盗夜入，神王有险，可是掀开布帘一看，仓央嘉措还躺在那里呼呼入睡，那睡姿犹如刚吸吮了母亲乳汁的圣婴。近侍摇了摇头，只好照着脚印往八廓街寻找，两行雪痕在寂无一人的闾巷，伸向小巷的尽头，最后竟然伸入一个荡妇家中，在通向二楼香阁的梯子上留下屐痕，近侍仰头而望，只见窗前黄幡飞舞，俯瞰却是仓央嘉措的藏靴之印，一个惊天秘密曝光在冬日的阳光下，成了拉萨城里的街谈巷议。

随后，这户之家的房子均刷成了黄色。人称美少妇为玛吉阿米——汉译"娇娘"。

回到布达拉宫，俯瞰拉萨城里白雪茫茫，黄房子上黄经幡迎风飘扬，仓央嘉措无奈地却带有几分得意地吟道："入夜去会情人，破晓时大雪纷飞。足迹已印到雪上，保密还有什么用处。"

400年如白驹过隙。六世达赖的肉身法身终无归处，飘荡，一个诗人的孤魂在青海湖边徜徉，毫无归处。历代十三位已故达赖的灵塔耸立在布达拉宫之中，唯独缺仓央嘉措，归去来兮，魂归何处？红宫里空留着他那偌大的寝宫。一个孤魂野鬼倒在风尘之中，永远没有故乡，可是拉萨城郭里的黄房子却400年不倒，一代一代地涂着黄色，大胆地袒裎着胴体，毫无羞涩之状，似乎在向雪域示威和炫耀。

黄房子不见故人来

我与扎西穿过一条长长的街道，往娘热山下的拉鲁彩嘎信步而去。在我的阅读记忆中，这一带曾是一片沼泽地，两行垂柳，长在沼泽和池塘的边上，与悠悠然飘忽芦荻一样，拥簇着一条驰道，直通六世达赖的北郊别墅，娘热山下的拉鲁彩嘎。拉鲁的名字很特别，不是西藏的芸芸众生随便可以用的，它属于皇家血脉，是达赖教皇之族的代名和符号。

雪后袒露出偷情的足迹后，仓央嘉措心动雪村和拉萨城的艳事，终于秘报到了第西·桑结嘉措案前。藏王拍案而起，再也无法忍容了，他问达赖的仲译青波，是谁带坏了佛爷。

仲译青波浑身颤抖，伏在地上，说："塔坚乃！"

"塔坚乃是何方神圣？"藏王的脸拉得很长。

"拉萨城里的一个奸商。"仲译青波告诉藏王，专门加了一个修饰词，"一个二流胚子。"

"剁了他！"藏王的拳头擂在了藏式的茶几上，命令道，"好让佛爷迷途知返。"

"遵命！"仲译青波向藏王行了一个礼，躬身后退出门。

那天晚上，仓央嘉措与塔坚乃和塔的仆人缱绻拉萨春色，夜游而归，从布达拉宫的后门回来。夜色，无尽的黑暗，深邃的夜幕上只一颗星星眨眼，他们三人刚想跨进布达拉宫后门的门槛，突然遭人袭击，一把藏刀插到了塔坚乃仆人的背上。

仆人惊叫一声倒地。

仓央嘉措蓦然回首，几个鬼鬼祟祟的黑影，已消失在夜幕之中。

塔坚乃的仆人俯身倒地，血流尽而亡。

"马上惩办元凶！暗下毒手，这分明是冲我而来的。"第二天，年轻的神王请卜筮占神，一下子便将那两个凶手抓住了，审问他们谁是主使。两个元凶咬断了自己的舌头，无法开口，但是达赖仍将他们正法了。他怀疑此事幕后主使是第西·桑吉嘉措。两人的关系骤然降至冰点。

从此，仓央嘉措失去了对第西的尊重。

仓央嘉措20岁的时候，到了该受格隆戒的年龄了，第西·桑结嘉措让他受戒，他不屑一顾，第西只好搬来仓央嘉措的老师班禅大师，劝导他受戒。可是这时的六世达赖已经另有想法，不仅不愿接受格隆戒，甚至连13岁时浪卡子宗拜班禅为师时，受的格楚戒，他也不想遵循。

1702年的夏天，任性的达赖跨上了他的枣红马，身边跟着一群仆人，往浪卡子宗、江孜方向策马驰去，白天行走，晚上打帐篷住下，走了六天，来到了后藏重地的日喀则的扎什伦布寺，只见大门紧闭，他跃身下马，摇动扎寺雪狮铜扣，没有人出来应诺。他便又哭又闹又叫，整整叫了一天一夜，班禅大师无奈，只好悻悻然走出来见他，他将班禅大师授他的迦裟也递了回去，说："我们师徒之间还袍断义，两清了，你授我的格楚戒也即时退回，再没有什么戒律可以约束我了。"

班禅大师怅然，欲上前劝导。

仓央嘉措却跃身上马而去，马踏风尘，漫卷的黑尘淹没了班禅大师。

"孺子不可教也。"班禅摇头，"佛陀啊，雪域众生将面临一场劫难。"

"好啊！我一直怀疑六世达赖是假的，他连班禅大师授的格楚戒都不要了。"和硕特蒙古汗爷拉藏汗将银碗里的马奶酒一饮而尽，一跃而起，望着拉萨方向，现在是他动手的最好时机了。与第西·桑结嘉措权力之争，始终扳不倒对方，这回他终于找到了一箭双雕的妙策了。当晚当雄草原上风高夜黑，念青唐古拉顶上，冷雪如白色经幡飘落，穿堂风几次欲将军帐中的酥油灯吹灭，他在连夜修密奏一封，八百里快骑送往京城，禀告大清英主康熙皇帝，六世达赖是个假的，此人若再执掌西藏政教之权，雪域必生动乱。

第西·桑结嘉措已经预感到山雨欲来。他对仓央嘉措已经不抱任何希望，他在离布达拉宫后门两里远的池塘边上，给六世达赖修葺了一座拉鲁嘎彩，一池清波，水中建有瀛台水榭，让仓央嘉措去逍遥吧，眼不见心也就静了。

那天，一位叫来龙吉仲的大喇嘛到布达拉宫访问达赖喇嘛，在早朝的大殿里等了很久，也不见年轻佛爷出来，僧人进去请了数次，才见仓央嘉措步出书房，那身装束着实让静如止水的大喇嘛心惊肉跳。六世达赖着一件俗人穿的蓝缎子衣服，手执弓箭，几个指头上戴满了戒指，头发蓄得很长，一点也不像僧人剃度后的秃脑袋了。大喇嘛还是躬身向仓央嘉措施礼，顶礼膜拜。

"呵啊！平身吧，"仓央嘉措戏谑地说，"你这大把年纪，就不要施宗教礼仪了。"

"谢佛爷。"来龙吉仲起身坐到了卡垫上。

仓央嘉措有点心不在焉，问："大师为何事而来啊？"

"祈祷大法会快到了，想请佛爷面示。"来龙吉仲说明来意。

随从似乎在后边催他，仓央嘉措敷衍道："这些事情，我说了也不算数，找第西·桑结嘉措，他不是爱管事吗？我全权委托他了。"

只与大喇嘛有一面之缘，他便匆匆带着随从下山到龙王公园帐篷里去寻欢作乐了，留下来龙吉仲与第西商量事情。

"让他住到拉鲁彩嘎去！"第西也忍无可忍了。

"好啊！"在龙王公园里搂着玛吉阿米喝酒唱情歌的仓央嘉措仰望一下高巍

的布达拉宫，说，"我早就不想住在里边了，它太高，太清凉，拉鲁彩嘎离人间近些，温暖。"

仆人牵来了他心爱的枣红马。仓央嘉措踩着马夫的背，一纵上马，带着随从，穿过柳树林相拥的驰道，往拉鲁彩嘎疾驰而去。只有一炷香的工夫，便到了拉鲁彩嘎的宫殿前，一座四层楼的石雕般藏式建筑，坐北朝南，主楼与两个侧楼连为一体，有宽敞的天台，可俯视湖心亭，远眺布达拉宫的背影。每一层楼都有正堂和天井，一缕祥风吹过，阳光直射进来，仓央嘉措住在三楼的正房里，每晚叫他的仆人去雪村或八廓街，将他最心仪的娇娘驮来，夜夜笙歌。

岁月的笙歌远逝了。

我与扎西穿过一条与布达拉宫后门正对着的宽敞的街道，两边铺面是琳琅满目的商品，沧海桑田，显然当年通往拉鲁彩嘎的驰道已经化作了长街大衢，走到一环路上，左拐，有一条小河潺潺流过，往西行二三百米，河边上便有一幢四层高的藏式豪宅，扎西指着说："这就是拉鲁彩嘎。"

"怎么会这么新？"我有点惊讶，"是不是重新在原址上盖的？"

"没有！"扎西摇了摇头说，"只是原样作了翻修。"

我们走过小桥，扎西指着一条泥泞土道，右边有一栋栋新起的单位宿舍楼，说："这一片都是拉鲁彩嘎，很大一片的，可惜后来作了单位宿舍楼，有的倒了，就重盖了。"

"哦！"我有点沮丧，历史的旧址只剩下这栋四层高的小楼了，六世达赖之后，拉鲁嘎彩就成了历代达赖喇嘛父家的庄园，八世至十二世，几乎都是少年夭折，香火都不旺。十三世达赖在位最长，就将几家达赖喇嘛的父家合为一家，仍然未将一缕教皇余脉传承下来，后来才出现了十二世达赖的弟弟的太太拉鲁夫人，丈夫英年早逝，膝下无子，成了十三世达赖的宠臣龙夏的情妇。后来龙夏将自己的二儿子过继给拉鲁夫人为子，当龙夏在十三世达赖圆寂后，在权力之争中被刺瞎双眼，拉鲁夫人遂嫁少爷，让龙夏的二儿子作了自己的入赘丈夫，少夫老妻，相距二十多岁，但是最终帮助龙夏家族重新恢复名誉，拉鲁成了西藏噶厦政府四大噶伦之一。此乃后一个惊天动地的故事。此不赘述。

当年的拉鲁彩嘎，如今已是一个街道办事处，房子重新粉刷一新，雕梁画栋。我与扎西沿着一个陡峭的楼梯，一层一层地往上走，二楼的前厅里仍然留有当年六世达赖居住时的壁画，我很想进去一睹为快，但是扎西与一位街道办事处藏族女官员商谈时，颇有几分风韵的女人，神情凝固，不苟笑容，硬要区里文物局的信函和介绍信，我只能望楼兴叹，望仓央嘉措的壁画却步，不过到了三楼，却可以看到当年仓央嘉措的卧室。徜徉其间，从阳光洒入的角落，我似乎又听到了仓央嘉措与玛吉阿米对酒当歌的笑声。

拉鲁彩嘎成了仓央嘉措的最后日子，一场享受的盛宴曲终人散。

拉藏汗已经得到了康熙皇帝的密诏，拒不承认仓央嘉措是真的达赖喇嘛，他的一箭双雕之策非常明确，废掉六世达赖，就等于剪掉第西·桑结嘉措的权力之翼。

"我可以不当黄教教主啊！"沉溺声色的仓央嘉措早已没有称雄雪域的大志，"只要保留教主现世享受的特权，我可以不做达赖喇嘛啊。"

"我怎么选了这么一个政治低能儿啊。"第西·桑结嘉措摇头道，"报应啊。"

眼见拉藏汗与第西·桑结嘉措剑拔弩张，风声鹤唳，哲蚌、色拉、甘当寺三大寺的高僧活佛出面调停，班禅堪布也派来了代表参加。最后的结果是，拉藏汗率兵由当雄撤至青海，桑结嘉措去职第西，由阿旺仁青任继任摄政，可是撤至那曲卡的拉藏汗发现自己被骗了，桑结嘉措虽然辞去第西之职，却在操纵西藏政坛，俨然在垂帘听政。于是一怒之下，他召集那曲卡一带的蒙古人，组成了一支铁骑，沿着念青唐古拉河谷，长驱数百余里直下当雄，风尘卷起一条黄龙，桑结嘉措闻报拉藏汗挥兵重来，组成藏军从堆龙得庆出发，前往抵抗，三大寺自知情况不妙，再次挺身而出做调停人。班禅大师眼看西藏生灵将有血刃之灾，也从扎什伦布寺风尘仆仆地赶来，抵达苏波拉山口时，得知三大寺高僧调停成功，双方实现停火，第西·桑结嘉措去贡嘎庄园里颐养天年，不再过问西藏政治，而拉藏汗则返回青海。

似乎一切都平静下来了。但是平静恰恰只是一场血腥的暴雪来临前的暂时的寂静。无毒不丈夫，不冷酷无情成就不了大事，拉藏汗早已明白，他与第西·桑结嘉措，必然有一个身首异处，这场政治游戏才会终结。

1705年的七月之夏，素来精明的第西·桑结嘉措失算了，他以为到了贡嘎庄园仍可以操纵西藏大事，放心地将江山交给了他的心腹阿旺仁青，便策马往曲水方向驰去，谁知拉藏汗早在路上埋伏了伏兵，只等桑结嘉措自投罗网。等第西的马队快到曲水古渡时，蒙古铁骑从山垭里冲了下来，轻而易举地解除了桑结嘉措的武装。

7月17日那天，晴空万里的雅鲁藏布江忽然七月飘雪，第西·桑结嘉措将被推上法场，拉藏汗骑着蒙古骏马来了，看着自己的政治对手成了阶下囚，冷冷一笑，说："第西·桑结嘉措，你独揽西藏大权十数载，恶贯累累，先是隐瞒达赖之死，随后又找了一个声色犬马的达赖，我们蒙古人虔诚崇拜的黄教，被你破坏殆尽。你在西藏一手遮天，忘了谁让你有西藏的今天，是我们蒙古汗铁骑拼死拼活，为你得来的。我最瞧不起忘恩负义之徒，你一直讥笑我拉藏汗是一介武夫，草原上的狼逼急了，也有反咬的时候，谁笑到最后笑得最好。我今天倒要看看你掉了脑袋之时，时不害怕痛苦还是冷静微笑。"

第西·桑结嘉措无话可说，胜者为王败者为寇。他输了，输得干干净净，还有何可争辩的。

拉藏汗手一挥，执法的刽子手的大刀轻轻落下。一个脑袋落地，像滚落的西瓜一样，露了红瓤，掉到了一边。拉藏汗叫刽子手拾过来一看，第西·桑结嘉措永不瞑目的眼神充满惊惶和痛苦。他仰天哈哈大笑，说："第西，你不是伟丈夫，扔进雅鲁藏布江喂鱼吧。"

当天，拉藏汗就杀了一个回马枪，重返拉萨城，接管了拉萨的权利，再次成为监国之主。一朝大权在握，拉藏汗开始对放荡不羁的仓央嘉措下手了。

十个月过后，康熙大帝的圣旨到了，将六世达赖"诏执谳京师"。

仓央嘉措在拉鲁彩嘎寻欢作乐的日子结束了。火狗年（1706年）五月初一，蒙古铁骑包围了拉鲁彩嘎，还在与娇娘对酒当歌的六世达赖醉梦初醒，慌乱之中，给自己最迷恋的娇娘仁增旺姆写下了最后的绝笔：

> 白羽的仙鹤，你的双翼给我吧，我不飞往远处，只到理塘就要折回的。

那是一个百年之谜，谁也不解他最后遗言蕴含着什么。有人说，当第七世达赖喇嘛最后在理塘找到时，西藏的芸芸众生才恍然大悟，原来仓央嘉措在昭告世人，他的转世灵童第七世达赖将在理塘诞生。

藏历五月十七日（公元1706年6月27日），拉藏汗派一个蒙古大臣和清军卫队押送六世达赖进京。路经哲蚌寺时，一群铁棒喇嘛蜂拥而至，硬是从蒙古铁骑中将仓央嘉措抢进了寺庙，拉藏汗派兵将哲蚌寺围了一个水泄不通，插翅难飞。对峙到了第三天，仓央嘉措站了出来说："我已经二十有五了，三岁被奉为转世灵童，荒唐了二十多载，至今后悔不已，我为西藏苍生做事甚少，为了避免一场血火之灾，就让我走吧，我还会回来见你们的……"

仓央嘉措走了出去，让蒙古士兵为他上了刑具，然后朝着唐蕃古道的官家驿道，过堆龙德庆，入羊八井，进入当雄草原，过那曲卡，穿越鹊莽峡，从查午拉山口翻越唐古拉山，进入青海玉树地区，到了青海湖边，走到纳革雏喀时，这个年轻的神王永远消失在风尘之中。

仓央嘉措之死，一直是一个历史的谜团。直到现在，他的死仍然有多种版本流传，权威说法是罹患高原病圆寂于青海湖边。骨骸未能入主布达拉宫的灵塔里，一代情歌教皇永远停止了歌唱。但是他那些动人的情歌却在西藏民间传唱了整整四百年，余音绕梁，终日不绝。

我与扎西被仓央嘉措的情歌所吸引。走出拉鲁彩嘎，往八廓街的黄房子漫步而行，走过平康庄园，走过拉萨街上的当年监狱，在离索康贵族庄园不远的地方，靠街道之南的地方有一片黄房子，上边写着"玛吉阿米"四个字，画有一幅穿着藏装、戴着风雪帽的娇娘的广告牌。我们被吸引走了进去。没有了酒肆，唯有卖甜茶和咖啡的小店，我们刚落座，老板娘便走过来，问喝点什么。我举起了手，说甜茶。

老板娘仍有几分妖冶，婆娑身段，面如芙蓉，性感得快滴下水来了，转身去倒茶，留下一缕印度香的浓烈。她是仓央嘉措情人的后裔吗？倾城之色四百载不衰，执着地坚守着一抹教皇的黄色，是青稞的成熟之色，还是女性天体蓦然躺成人字的胴色。

在那东山顶上，升起了皎洁的月亮。娇娘的脸蛋，浮现在我的心上。

黄房子里传来了悠扬高亢的藏歌之声，轻轻地触摸着我的心弦，是仓央嘉措的玛吉阿米在唱，还是内地歌星谭晶在唱，抑或藏汉混血的韩红在唱，我分辨不出来。

黄房子仍矗立在八廓街，只是不见风情万种的六世达赖归来。

我对扎西说，这些歌星的歌唱，都不如我们作家班的女同学梅卓唱得动情动听动人动心……你知为何？

扎西笑了，摇摇头。

我抿了一口甜茶，说："因为歌星只会唱仓央嘉措情歌，却读不懂他的灵魂，他是我们的同行啊。不像教是神王，更像一个有情有义的西藏大诗人。"

"说得好。"扎西扼腕吟啸，低声唱起来了仓央嘉措的"玛吉阿米"。

我茫然四顾，黄房子犹在，却不见故人回来，可是我却借神鹰的翅膀，从万里之遥的京城来了。只等一个人，可是那个人却已经不再回来。

第六站　真爱无疆

这月去了，

下月来了；

等到吉祥白月的月初，

我们即可会面。

　　——六世达赖喇嘛仓央嘉措情歌

寻找卓玛

横穿青藏高原的路程遥远而漫长。

车里的音乐，一直播放着内地歌星谭晶的《玛吉阿米》。藏歌的旋律高远悠然，如天籁飞掣而入，搅得我思绪万千，冥冥之中，仿佛觉得那位情歌神王仓央嘉措"解押入京"就淹没在满天风雪的青藏高原上，孤独寂然的身影谁人懂？下里巴人的情歌却让每个人都能和歌而舞。一阵风掠过，仓央嘉措一袭红衣喇嘛袍早已远逝在冷山云天里，我们却循着他创造的情歌寻找，寻找一种境界，一种虔诚，一种神秘，一种神圣，寻找心中的真爱无疆，却总在路上。

三上莽昆仑而不过后，采访团在格尔木蛰伏了两天，山上传来消息，道路已经疏通，一路畅通无阻。于是，2002年9月25日这天早晨，吃过早餐，我们便钻进丰田4700牛头吉普，往昆仑山腹地迤逦而行，在雪山的折射中，日产高级越野车如一只金蝉煽动着透明的双翼，悠然掠过一个巨人的肠道。

　　已经三上三下昆仑山了，虽未能当临绝顶，但是沿路两边的风景，早已摄入眸子里，连接成一幅幅惊澜不惊的图片，因此对窗外的景色，作家和摄影家渐失去了第一次登临时的好奇和激动。

　　车子里的气氛沉寂又沉闷。青藏总指宣传部副部长黄杨全程陪我们上山采访，他坐在副驾驶的座位上，戴着一顶毡子做成的遮阳帽，好遮住从前挡风玻璃斜射的阳光。黄杨是成都人，调来青藏总指驻勤前是铁二局的宣传部新闻科长，个子不高，胖胖的，脸庞早被青藏的太阳烤得黑黑的，更衬出一副忠厚老实相，一如他的心肠。他在青藏总指的任务，就是陪各种各样的采访团，一个月最多的时候十多次翻越唐古拉山，名气大的，名气小的，脾气大的，脾气怪的，牛皮轰轰摆谱的，他都一个个像爷似的侍候，终以三月春风的大雅和温婉感染感动对方，遂成为好朋友。有时当天晚上刚从山上下至格尔木，第二天早晨又上去了，因为青藏铁路沿线布局了大量的医院，高原病不再是青藏高原的第一杀手，而恰恰是车祸猛于虎，迎面驶来的大车司机一旦高原缺氧，反应和处置失当，与他错车的小车里的人就小命休矣。

　　青藏公路每天有十几起车祸，黄杨每次上车都坐到副驾驶座位上，带车开道，那无疑是一个安全系数最小的位置，一脚踏在了死神的门槛之上，可是每次他都当仁不让。那天也许觉得车里的气氛太沉闷了，他扭过头来，对挤坐在后座上的我、中国青年出版社的龙冬、铁道部文联的副秘书长王雅丽、济南局的女摄影家丁秀芳感慨地说："青藏铁路可是1000多公里，车里不能这样沉闷啊，你们都是作家、摄影家，每人讲一个故事，活跃活跃气氛嘛。"

　　"讲什么啊？"如其名字一样雅致美丽的王姐早晨上车后，脑细胞就显得特别活跃，她突然先开口了。

　　"青藏公路是通向天堂，也是圣徒的朝佛之路，就讲每个人心中最刻骨铭心的一段恋情吧。"黄杨提出了要求，"我知道你们作家会编故事，但今天在这条天路上，要虔诚，不许虚构，得讲真实的。"

　　车里表决一致赞成。

　　"那谁先开头啦？"黄杨当仁不让地成了故事会的主持人了。

　　"当然是王姐了。"我打趣地道，"你是我们采风团的领导呀。"

　　"好，我说！"王姐一改平时的文静与典雅说，"北京有一个叫××的男声四人组合，你们听过吗，年龄在50多岁。你们谁看过？经常在北京台露了脸呢。"

"我看过啊！"龙冬接过话茬，也不知他是真看过还是假看过。

"那组合中有一个长得最漂亮的男子，曾经是我的男朋友。"王姐一下子陷入回忆中。她说，那一年她刚好从北京石景山南站调到了北京铁路局政治部工作，邻居大妈给她介绍了一个当兵的，是广州军区战士歌舞团的歌唱演员，是个干部，长得一表人才，又高又帅，而自己年轻时也算美女一个，靓男俊女，一拍即合。虽然那个年代没有罗曼蒂克的故事，但是晚上十里长街相送，在昏黄的街灯下，春风吹醉的晚上，你送我一程，我再送你一程，就这样循环往复，走到了尽头的十里长街，永远走不到尽头的爱情之旅，一直走到了黎明破晓，才在春风徐徐中挥手相别，却不带走一片京华烟云。那时京城与羊城虽然隔着千山万水，但是王姐相信他们会像神街第一街的十八相送一样，天长地久，一段漫长的爱情长跑，一个并不浪漫的年代一段红色的罗曼史，可是最终还是走到了尽头。男友当时一门心思就想调回北京，回到广州后不知因为恋爱超假了，还是别的什么原因，有一天突然给王雅丽寄来了一封绝交书，说我们分手吧，不作任何的解释，也没有丝毫的理由，从此便杳无音信。这对沉浸在初恋之中的她无疑是一个巨大的打击，有好些日子心情失落和惘然，对恋爱和婚姻大事避而远之。最后不知是为争一口气，还是向对方示威，王雅丽嫁了一个年轻的空军军官，现在的空军大校。

以为一场刻骨铭心的恋情可以埋藏了，以为一段并不风花雪月的往事早已尘封了。可是30年过后一个春天的晚上，王雅丽无意按了一下电视控制器，一个四人的男音组合惊现在舞台上，是他，是他，虽然30年的岁月，人的体形有了很多的改变，但是她仍然一眼就认出他来了，禁不住一阵怦然心跳。随后，她知道他们这个组合经常在北京音乐厅演出。

仍然是春风吹醉的晚上，王雅丽特意买了一张很靠前的音乐厅的票，她要近距离地默默看看他，她要近距离地审视他。那天坐在音乐厅，前边的节目是什么她全不记得了，唯一浮现在脑际的仍然是春夜晚上十里长街上徜徉，青春不在了，我们已经不再年轻，再回首却是仍然滚烫的记忆。

他终于出场了。唱什么她都不再记得，唯一记得的是他真的老了，额头上的年轮毋庸在佐证着他所经历的沧桑。后来，她隐约地知道，他转业回到了北京，考进了一家歌舞团，但只是跑龙套，当了一个普通的合唱演员，娶了一个搞艺术的妻子，后来又离了，日子过得很潦倒，到了50多岁，才搞了这么一个组合，但是这个时代已经不属于他了。

一曲终了。这个组合躬身谢幕，舞台灯光渐渐暗了下来。王雅丽立即站起身，朝音乐厅的大门口跑了出去，她知道他们是跑场的，她想跟他打个招呼，问他还认不认识她，如果他说不记得了，她立马转身就走。

心里有几分颤抖地站在春风暖暖的皇城的夜幕中。他出来了，正与几个同伴朝一辆车走过去，当他正要跨进车门的一瞬间，王雅丽突然直呼其名，说："你还记得我吗？"

听到一个陌生似乎又熟悉的女声呼唤自己的名字，他蓦然转身，先是错愕，继而惊呼："是雅丽啊，我怎么会忘记啊，快30年了，你可是一点没变，不，不，是越变越漂亮了。"

那一刻，王姐泪如泉涌。

"唉！"我依稀嗟叹，"王姐，你不该寻找。"

"为什么？"王雅丽惊讶地看着我。

"当你站到另一生活的高端时，最好不要寻找初恋的恋人。"我却有自己的见解，"让他（她）永远定格在这种年轻美好的回忆之中，一旦寻找到了，半生的憧憬和珍藏都会被击成粉末，后悔莫及。"

王雅丽的神情陡然变圣洁，说："我只是想告诉他，我过得很幸福。"

"王姐，不仅仅是这些吧？"我调侃道。

王姐拍了下我的肩，说："就你会瞎琢磨。"

"大家觉得王姐的故事怎么样？"黄杨征询意见。

"通过！"我们齐呼道。

"我也讲讲自己吧！"黄杨也许是被王雅丽这种伤逝的恋情感动了，青藏之旅吉普车里爱情故事会主持人突然变成了一个叙述者，一个真诚而又平静的叙述者。他说，我的故事真的一点也不浪漫，太平常了，太大众化了。他是铁二局一个警察的儿子，从小就跟着父亲修铁路，走南闯北的，轮到下乡的时候，他没有下乡，而是当了一个筑路工人，修枝柳线，开始在队上当通讯员，写广播报道稿之类，先在铁二局的小报上发，偶然也会在地区和省报上发个小豆腐块的。总之，他说自己不是一个很有才气的人，但是刻苦，勤奋。勤能补拙，终于写着写着，在铁二局的通讯员队伍中小有名气。1979年从队上调到了铁二局宣传科，这一年他已经24岁了，一直没有女朋友，筑路郎成天在野外，找女朋友自然很困难。恰好妹妹在单位上是搞团的工作的，就给他出了一个点子，钟表厂的女工多，你们铁二局就与钟表厂搞联谊活动，跳舞认识女子吧，然后再发动攻势。黄杨去了，还带着自己的妹妹黄萝蔓去了。那天晚上，钟表厂有一个叫李英的成都妹子，长得又白又漂亮，一双水灵灵的大眼睛，圆圆的，像秋潭一样清澈，他第一眼就看上了。可是人家开始没有看上他，觉得他相貌平平，又矮又黑，只有一张忠厚老实的脸。黄杨一听，说不公平啊，我还有长处呢，我写了好多文章，登载在局报、市报和省报上呢。他将自己发表文章的合订本通过妹妹找到李英所在厂的团委书记，转给她看，细水长流，一天一篇，最终俘获了李英的芳心。

"太简单了！"我妄加评价，"黄部长的爱情白开水一杯，淡淡的，一点也不独特。"

黄杨说："家庭生活本来平淡才是真啊，哪有这么多离奇的故事。"

"我给你们讲一个真实离奇的故事，自己的故事。"车已经驶入前几天堵车的昆仑山下了，我不知是缺氧，还是被两位大哥大姐的故事感染，竟然撕开自己的灵魂，袒露出属于隐私一角的伤逝的故事。

话说去年11月份，我故弄玄虚地说，在滇南一座小城的军营里，地名保密，我不能说，写完电视连续剧《导弹旅长》的剧本后，借了我同乡战友陈伟旅长的坐骑，一辆三菱吉普跟着我，驶向200多公里的昆明城郭，约着我的战友金德去看我的一位女同学。那天早晨，东边日出西边雨的彩云之南阴霾聚集，天空中飞着细雨。我们吃过早餐后，让旅长的司机一个三级士官驾车送我与我的战友去昆明尚义街买花。我买了两大抱鲜花，洁白的玫瑰，洁白的马蹄莲，洁白的香水百合，心情黯然地钻进车里。

徐主任，我们去哪？旅长的司机小余经常给我出车，彼此非常熟悉，一进车他就问我。

我颇为几分神秘地说，往西山脚下开，去看我的一个同学。

你不事先与你同学联系一下，看人在不在家中，省得白跑一趟。小余长期跟领导，早已经熟悉了一切接待程序。

没有关系，她永远会待在家中等我们的。我平静地说。

天空中飞着冷雨，入秋后的一场淅淅沥沥的冷雨，苍天不知为谁哭泣。三菱吉普驶出昆明城郭，向着西山的睡美人山脚下疾驰而去。我缄默着，陪我的战友金德也在缄默，他似乎知道，此时最好的气氛就是安静，一句话也没有说，以免搅乱一种情调、一种心情。

小余毕竟是一个老兵，眼见三菱吉普驶过西山脚下的村落，不往左拐，却仍然环湖驶去，朝人烟越来越稀少的湖西方向驶去，忍不住地说：徐主任，给你同学打个电话吧，不联系好了，我们白跑一趟就亏了。我说，这个电话打过去，永远响着，却不会有人接。小余惊骇地问，没有人接，那我们到底去看谁？会不会白跑一趟。

不会啊！每天每夜，每时每刻，都会在那个地方静静地等待。决不会走远的，我又感叹地说了一遍。

小余感慨地说，呵呵，没有人接电话，那还会有人在那里死等，世间的事情真是无奇不有啊。

我有些愠怒，说小余就你那么多废话，不会哑巴啊，好好开车吧。

徐主任肯定有秘密。小余诡谲一笑，说，我可是与嫂子有秘密联络渠道，一个卧底暗探，小心上密折一本，参你啊。

这个小子。我无可奈何地对自己的战友金德说，你看这是陈伟调教出来的兵，整个一个老兵油子。

金德仍然是那样憨厚地一笑，他知道我今天去做什么的初衷，因此未置可否。

这是一条通往寂静的环湖公路，迎面驶来的车辆很少，驶过当年云南王龙云的白鱼口别墅，环湖的西山脚下浓荫一片，绿树兀立道侧，野草如茵，可是小雨淅沥的车窗外，仍然一股腥味袭来，五百里滇池早经沦为昆明人的洗脚盆和马桶了，滇池清的日子遥遥无期，可是我不解的是她为何要选择在这个湖边安妥自己。

小余将三菱吉普调到最高档位，踩大油门，朝烟雨迷茫的观音山方向疾驶。汽车已经驶出1个多小时，将近六七十公里，环湖边上的村落越来越稀少，车开始上山了。东拐西斜，坐在吉普车里的我们也不免随车而舞。小余禁不住地问了一句：徐主任，我们究竟要去哪啊？

马上就到了，车子已经驶入了昆明城西远郊看湖的一个风景胜地观音山。快到一个隆起的半坡前，左拐爬坡是继续前行的公路，右边则是一处宽敞的停车场，是观音山公墓。小余正准备打方向往左拐，我说向右拐进停车场。

我们去公墓。小余惊愕地问道。

对！我回答得斩钉截铁。

吉普车在观音山公墓的停车场戛然停下，我接过后座上金德递过来的白色的玫瑰，刚打开车门，突然拥来了几位卖冥纸和香火的乡下妇女，憨厚地笑着恳切地说买点冥纸，买点香吧。

此时小余仍然蒙在鼓里，他也抱了一束雪白的香水百合，俯首嗅了一下，说徐主任，这花真香。你的同学是守墓人吗？

我未置可否，说跟我进去，答案就在里边。

雨停了，天仍然阴着。乌云缠着湖也缠着山。我们三人一个抱着一束洁白的鲜花走进了观音山公墓大门，拾级而上，数万人墓地像伫立在半山的观湖的人，排列成一个巨大的广场军阵，一直涌向山脊，每人都有一个水泥的小屋，只是让人觉得太拥挤了，每块墓碑上烫金被雨蚀的名字，都像一双双眼睛，或燃烧，或清纯，或怅然，或混浊，或坦然，或凄怆，或迷离，远远地俯瞰着滇池波涛，没有沙鸥掠过，亦无青鸟衔枝而落。

已经三年两载未来了，但我沿着远芳相侵的荒径走了过去，翻过一个山脊，竟然准确无误地站在了她的墓碑前。

小余一片愕然，谜底解开，终于明白了我是来看一个亡人。我将手中的白玫瑰放了在她的墓碑前，又将小余递过来的香水百合放下，再将金德递给我的马蹄莲摆在了一起。刚躬身整理几束鲜花时，兜里的手机突然响了。我掏出一看电话号码，一个熟悉的却已经很久没有再打过的电话，心中骇然，长叹了一声，说，天意啊，世间竟然会有如此巧合的事情。然后一下子将手机按到了拒绝接听上了。

徐主任，接电话啊？小余催促我。

我摇了摇头，这个电话我不能接，尤其这时候站在这里不能接。

小余又是疑云一片。他蹲下来细看嵌着碑碣上的玉照，说，这姐好漂亮，蛮有气质啊。

她是大家闺秀，你知道贵州新义有个何氏大家族吗。我喃喃说道。

小余摇头，他的历史知识无法触及这段历史。

我望着远方的滇池说，这个家族曾经出了一个高官，做过国民党政府的军政部长，曾一度当过行政院长，是她的外叔公。她与她妹妹都是我的初、高中同学。

哦哦！小余和金德知趣地站在一边的小径上等我，我默默地伫立在墓碑前，手轻轻地抚摩墓碑，仿佛在轻轻抚摩一个曾经人面桃花的笑脸，仿佛在抚摩一个温柔无比曾经灵动的鲜活的生命，仿佛在抚摩一段早已伤逝却历历在目的初恋……

步履沉重地走出公墓，驱车驰下观音山，离墓地已经很远很远了，我才掏出手机，拨通了刚才未接的手机，一个久违的声音出现了。我说，对不起。我现在在昆明，刚才在看一个人，当时无论如何不能接你的电话。

抑或是一种心灵的感应，电话那边沉默了一会，传来一声叹息，我知道你在看谁，活人永远比不过死人。

我的话音刚落，牛头吉普里突然传来一阵哽噎，坐在后排最左侧的济南铁路局的女摄影家丁姐竟然再也憋不住，抽动着双肩，恸然长哭，我的故事和叙述也许触动到了她最伤感的神经，引发了她对伤逝情感的联想。这可是昆仑山顶上啊，海拔已经骤升到了4700米，我担心她情绪失控出事，连忙转身将车后边的氧气罩一把抓了过来，拧开阀门，让她吸氧。

车中的一幕骚动刚刚静了下来，吉普车已经在昆仑山垭口戛然停下。

在去年的地震过后坍塌为残碑断碣的昆仑石碑前留张合影，再看看一百米之远的索南达杰墓碑上那双纯净却有几分凄迷的眼睛，我们又重新上路了。

刚跨进车里，黄杨便急不可耐地重开故事会，他操着川音说，徐作家，你接着讲，那个埋在观音山的人与你是什么关系，还有那个神秘的电话是谁？

悬念！这是写小说的悬念，是我的一部长篇小说的引子。我诡秘一笑。

讲啊。黄杨、王姐、丁姐，甚至为我们开车的司机都在恳求我继续讲。盛情难却，但我还是虚晃一枪说，等车过唐古拉吧，那里是青藏公路的最高点，海拔5231米，离天堂最近，风卷白雪如瀑，祥云飞渡，佛光横跨天穹，那时我再讲，讲给你们听，讲给自己听，也借满天飞扬颂祷的风马旗传递给天堂里的那个伊人。

她会听到我的倾诉吗？！

牛头吉普朝可可西里、楚玛尔河方向驶去。车里又复归以前的寂静。

黄杨依然沉浸在刚才美丽感伤的故事中，猛然转过头来说，我到青藏铁路两年多来,一直在五道梁和沱沱河一带转悠,听说过这样一个故事,也许对你们作家创作有益。这沿途有一个叫卓玛的藏族姑娘,回到无人区父母的藏包里休假时,在一个风雪迷漫的夜晚,救了一迷路冻僵的汉族工程师。为了将他身子暖和,她先是用白雪擦,最后不顾姑娘的羞涩,解开自己的藏袄,用姑娘的胸部贴身将汉族工程师一点点焐热,最终救了他的一条命。汉族工程师在无人区度过了一个个四季,与卓玛有了风花雪月的故事,有了爱情的结晶,留下了一美丽的藏族女孩。但是汉族工程师的心仍然牵挂着内地的父母,终于有一天,无限乡愁牵着他返回故乡了,一去便再也没有回来。

卓玛在草原等啊等,一年又一年,不见夫君归,于是她就带着女儿来到了青藏公路上,祈盼有一天能在遥远的地平线上,看到那一个熟悉的身影出现。

"你说的这个故事是真的?"我突然对卓玛感兴趣了。

"真的!"黄杨认真地说,"在五道梁,好多汉族、藏族同志向我讲过。"

"好,到了五道梁,我们去寻找卓玛!"我提出了这个唯一的请求。

第二天上午,我们从可可西里十二局指挥部出发,直奔五道梁,到了小镇上,黄杨特意让车子停了下来,带我走到五道梁道班的院子,遇上了一位藏族女同胞,便问:"卓玛在吗?"

"你找哪位卓玛?"那个藏族女同志微笑着说,"我们这里有好几个卓玛。"

"带着一个女孩,一直苦苦等她的汉族丈夫的卓玛。"黄杨说道。

那位藏族妇女怔然,眼神告诉我,她似乎并不知道这件事情。随后补充说:"我们几位卓玛都去修路了,就是你们刚从楚玛尔河方向修路的地方。"

显然我们与卓玛已经匆匆擦肩而过。只好作罢。

寻找卓玛,卓玛却不在。其实每个人的心中都会深藏着一个卓玛,藏族的卓玛,汉族的娇娘。

爱情海拔在无人区飙升

已是 2001 年的初冬了,兰州飞往太原的班机钻出云层,山西省平遥"橡胶大厦"总经理苏建军早就伫立在世纪初年冬日的寒风中,等待妻子张燕从青藏铁路线上下山休假。

昨天晚上,得知妻子随中铁十二集团的大队人马,走出可可西里无人区,走下昆仑山麓，在格尔木登车，转道兰州，独自飞回太原时，他几乎一夜无眠。明知妻子的航班是中午 11 点才起飞，可是一大早，苏建军就驾着自家的现代牌轿车，从平遥古城出发，往太原国际机场疾驶而去。全身有种无法掩饰的亢奋和心动。

仰望云天，苏建军站立在太原机场凛冽的寒风中等了四个小时，飞机的轰鸣声终于从遥远的云层里传了出来，妻子美丽娇小的身影终于从熙来攘往的空港里走了出来。她放下手中行李箱，径直朝着丈夫狂奔而来，在大庭广众之下执袂相看，相拥而泣。

跨进丈夫的轿车，车里突然响起肯尼基那首吹遍世界的萨克斯《回家》，张燕的眼泪簌地流下来了。机场、高楼、高速路、古城，纷纷从车窗外擦肩而过。回家的感觉真好，犹如新婚。

还是在这条平遥通往太原的高速路上，半年前，张燕的心情却一片黯然。

那是 2001 年 6 月的第一个周一，苏建军像往常一样，驾车送妻子回太原中铁十二集团中心医院上班。初夏的三晋大地风和日丽，高速路两旁的旷野里一片墨绿，桃花燃火，梨花落雪。可是张燕却默默坐在车里，一点也快乐不起来，俏丽的脸庞上尽现慵懒之色。一路上，她甚至没有与丈夫多说几句话，车进了太原城，快到自己上班的医院门口，才郑重地对丈夫说："建军，我上青藏线的申请批准了。十天半月之内，说走就走。"

这种话，苏建军听妻子说过不止一次了，他一直以为她在开玩笑，摇了摇头："上什么青藏线，那是超前透支生命。张燕，咱家不愁钱花。我还是那句话，快把工作辞了，回家吧，回来做专职太太，你辛辛苦苦一个月的工资，一顿饭就搓了。"

张燕小嘴一嘟，不再吭声。

小车在中心医院的门前戛然停下。张燕跨下车门，提包转身往住院部走去，丈夫按下电动车窗，大声问道："张燕，周末，是我来接你，还是你自个儿坐火车回家？"

"随便！"张燕头也不回地应了一声。

望着妻子袅娜的背影，苏建军无奈地摇了摇头，开车离去。

中心医院的女同事望着张燕每周上下班车接车送，无不投来艳羡之眸。

的确，这对金童玉女一直是在人们羡慕的目光中，一起长大、上学、相爱、结婚、生女。上苍对他们格外慷慨，社会上该有的，似乎都毫不吝啬地赐予。

然而刚刚起帆的家庭之舟，很快滑入一道古老的车辙，一步步地陷入平庸，甚至沦为一片死水微澜。1997 年 10 月，张燕生下女儿苏宇，做了年轻的母亲。其实，孩子并不要她带，刚休完产假，住在介休市的婆婆就将嗷嗷待哺的孙女接走了。她照样可以像当姑娘时一样地疯，一样地玩，上迪厅，泡酒吧。可她是一个极喜静之人，这些娱乐又引不起多大兴趣。到了周末，或坐火车，或由丈夫来接，往返于太原、介休和平遥三点之间，三处均有豪宅，看了女儿，再去陪丈夫。苏建军也倾其所有，陪妻子吃大餐，疯狂购物，驾车到省内风景名胜观光，或利用长假一起出游，可是吃过、玩过之后，张燕总觉得心里空荡荡的，仍旧怅惘，仍旧神情疲惫，仍旧觉得婚姻里缺点什么，但究竟缺少什么，她也说不上来。苏建军以为妻子在三点之间跑累了，早在三年前就劝她辞职回家做专职太太。可是张燕却一再拒绝。她想有自己的生活，想重新换一种活法。

2001 年 5 月 30 日，佳音从北京铁道部传来。中铁十二局在青藏铁路可可西里楚玛尔河段连中两个标段，投资达 20 多个亿。青藏高原，昆仑女神，神秘的可可西里，精灵般的藏羚羊，狂奔的藏野驴，低旋的灰头雁，神奇的宗教自然景观，一下子吸引了她的目光，她要到可可西里无人区去感受生命历险，她要到迷迷茫茫的青藏路上去寻找婚姻的宗教。未与丈夫商量，张燕便毫不犹豫地报了名。

6 月 9 日是星期六，张燕没有让丈夫来车接，独自坐火车回介休市看女儿。晚上苏建军驾车从平遥回来了，一见面就神采飞扬地对妻子说："张燕，我要给你一个意外的惊喜，猜猜看，是什么？"

张燕苦涩一笑："猜不着。"

"闭上眼睛。"

张燕按丈夫所嘱闭上眼睛。苏建军将一份到国外旅游的合同摊在了妻子面前，激动地说："可以看啦！"

张燕睁眼一看，先是一惊，继而摇头："建军，谢谢你的美意，我真的去不了，我要上青藏铁路。"

"别逗了，上什么青藏线。"苏建军有些扫兴，以为妻子还在开玩笑。

过了一会儿，家里的电话突然响了，苏建军操起电话一接，脸色陡变。中心医院通知张燕明天到西安报到，学习高原病防治，然后直接上青海格尔木市。

丈夫无法接受这个现实："张燕，你真的要上青藏铁路呀？"

"真的，我跟你说过 N 遍了。"妻子有点失望，"你不相信嘛，以为我在开玩笑。"

"这个玩笑可是开大了。"丈夫愤愤不平地问，"张燕，你是不是烦我了？"

张燕使劲摇头，脸憋得通红："我厌烦自己，厌烦这种不死不活的生活。想换个环境，建军，求你啦，成全我，让我到青藏高原上去证实一下自己。"

苏建军突然哽咽道："青藏铁路一修就是三年五载，我们可真的要天上人间，当一回牛郎织女啦。"

"冬天，我会下山来休假的。"张燕安慰丈夫。

丈夫禁不住流泪了："那也是离多聚少啊。"

凝视着丈夫第一次落泪，张燕站起身来，缓缓走到丈夫坐的长沙发前，伸手环抱住他，将头依偎在他的肩上，自己也哭了。

第二天中午，张燕就要从介休市登车前往西安。临行前，她最放心不下的是女儿苏宇，她还才三岁半，一下就与母亲分别一年半载，那绵绵的心痛让张燕无法消解。她特意让丈夫开车到幼儿园来向女儿告别。

在幼儿园门口，张燕一把搂住女儿，在她的额头上落下雨点般的吻，呢喃地说："苏宇，妈妈要走了啦！"

"走就走呗！"女儿噘着小嘴，从小跟奶奶一起生活，早就习惯了妈妈不在的日子。

"妈妈可是要去西藏——"张燕很认真地对女儿说，"一个好远好远的地方。"

女儿小手一挥："去吧，去吧。再远也远不到天上。"

"真的是在天上啊。"看到女儿一点也不留恋自己，张燕的眼眶倏地红了。

昨天晚上，接到单位的电话后，张燕将已跟婆婆睡了的女儿抱到自己房间，想最后陪女儿睡上一晚。可是到了深夜十二点，苏宇突然醒了，一看不在奶奶的房里，而是躺在妈妈的怀里，一轱辘爬了起来，抱着自己的枕头，就往奶奶屋里跑。

张燕跃身下床，挡住女儿的去路："苏宇，回去和妈妈睡。"

小苏宇睡眼惺忪："我不跟妈妈睡，要和奶奶睡。"

"苏宇，妈妈求你啦，别走！"张燕喉咙哽噎。

苏宇摇头："不嘛！"

望着女儿一溜烟地跑进了奶奶的房间，张燕掉了一夜的眼泪。

这时，张燕蹲下身来，脸上仍挂着泪花："苏宇，亲妈妈一下。"

看着妈妈泪水簌簌地流，小苏宇愣怔了，好生奇怪，好好的妈妈为何要哭，连忙伸出小手拭去妈妈眼角上的泪痕，边在张燕额头上亲吻，边说："老师说，好孩子不哭。妈妈是好孩子，妈妈不哭。"

张燕哭得更厉害了。

在西去列车铿锵的旋律中，张燕先到西安参加一周高原病防治学习，然后再度登程，一直往西，往西，故乡那座小城和她深爱着的亲人消失在万家灯火深处，过去那些平常平静平凡平庸的日子和故事化作遥远的烟云。

十天后，张燕跟着中铁十二局的大队人马，抵达昆仑山下的最后一座城市——格尔木。极目四顾，戈壁是透明的，蓝天是透明的，云彩垂得很低，太阳一会亮着一会阴着。千里青藏，将千里的思恋拉成一个长长的影子，撵也撵不走，赶也赶不跑。像所有的青藏铁路人一样，张燕将一家三口的合影照片，从手袋里找了出来，用剪刀铰成一个缩微版本，然后精心贴在自己手机的背面，每天晚上睡觉前，总要拿出手机来瞅上几眼，总要给丈夫打个电话，才能入睡。

上青藏线的头一个月，张燕的任务很重，与院长和医生一起，负责给本集团数千名上山的职工和民工体检，忙碌不堪。白天自然没空给远在千里的丈夫打电话，也无法接苏建军的电话。到了晚上，整个格尔木市呼吸均匀地睡着了，她刻骨的思念才刚刚开始。端着手机与丈夫在茫茫的夜空中，煲起了电话粥，同屋的女友睡了一觉醒来，见张燕还在与苏建军通电话，惊呼道："张燕，你也太奢侈了，拿手机打长途，这样下去，一月的工资就白白扔给中国电信了。再说，你这不等于白上一趟青藏铁路了吗？"

"大姐，实不相瞒，我上青藏铁路，就没有想挣这笔钱。"张燕关了手机，"我太腻味在家里那种不死不活的日子。只想上青藏线来找点刺激，看点新奇，冒冒险，也不枉此生。"

"啥？"女友瞠目结舌，"你们这些年轻人啊，让人越看越看不懂了。都是好日子给……"

"都是好日子惹的祸。"张燕揶揄一笑，"不过，一进了可可西里，手机没信号了，想打也打不通。"

　　每天晚上与丈夫的温馨电话热线，张燕在格尔木的一个月中，几乎天天晚上都打。到了月底，太原那边缴话费的账单出来了，近 3000 元。她一个月的工资才 1800 元，连高原补助搭进去都不够。

　　可是张燕觉得值，在这一个多月夫妻寄寓两地的温馨夜话中，特殊的环境，彻骨的荒凉和落寂，使她娓娓诉说与丈夫生活多年也都没有说过这么多的话，越往深说，彼此越发觉得离不开对方，越发珍惜这份青梅竹马的感情。

　　8 月 4 日，终于可以踏上朝思暮想的昆仑山了。她跟着施工队伍，浩浩荡荡地向可可西里无人区挺进，越纳赤台，过西大滩，从玉珠峰前擦身而过，登上横空出世的莽昆仑。八月飘雪，雪山女神喜迎远客，在迷迷茫茫的风雪中，在飘飘洒洒的冷雨中，她看到一个个虔诚的朝圣客，三步一个长头，跪倒在天路上，一步一步地往世界屋脊磕去。只要在风雪之中不倒下，就会虔敬地磕下去，那一刻，张燕怦然心动，她看到了生命的坚韧，领悟到了精神的执着，也寻找到了自己婚姻的宗教。

　　张燕所在的中铁十二局的标段和指挥部，设在昆仑山与唐古拉山之间的楚玛尔平原上，偌大的可可西里无人区，横亘着不冻泉、五道梁等世界著名的生命禁区，平均海拔在 4700 米以上。一到傍晚，八级大风肆虐吹过，刮在人的脸上，如刀子割一样的疼。下雨的时候，滚地雷一个接一个地从山坡上呼啸而下，就像火霹雳舞一样，密布在楚玛尔河畔，吓得人们个个面如土色。指挥部的外墙之外，不时有一群野狼悠闲地漫步。子夜时分，张燕常头痛睡不着觉，就听到医院外边不远地方，一头头孤独的野狼在长啸，吓得用被子蒙着头。刚上山不久，她便经历了一场生命之劫。

　　2001 年 11 月 14 日下午 5 点 10 分，昆仑山巅一道蓝色的光带掠过，接着便是一阵地动山摇般的狂啸，可可西里发生了里氏 7 级以上的地震，昆仑山垭口的界碑被拦腰折断，一条二三十米宽的地缝横绝莽原之上。地震那一刻，张燕正给一个患者输液，只听一阵噼噼啪啪瓶子倒下碎裂的声响，她心里一阵想吐，晃晃悠悠差点跌倒在地，但她首先想到是病人，连忙扑过去扶住输液瓶子。地壳抖动之后，才得知昆仑山发生了强烈的地震，附近的道班的房子裂了、塌了，而中铁十二局的房子采取路基通风管结构，与冻土层隔开，经受了一场毁灭性的灾难，幸运地逃过一劫。

　　刚经历一场生命的历险，恰好张燕下山洗澡，收拾个人卫生。已经有二十多天，没与丈夫通电话了，车出昆仑山门户，到了南山口，手机有信号了，张燕便与苏建军一路讲下去，一直谈到了车进了格尔木市的十二局宾馆，仍觉得言犹未尽。

其实，张燕最想通话的人莫过于女儿苏宇。自从她走上青藏高原的半年间，每次电话打回家里，女儿都躲着不愿接。无论奶奶怎么喊，怎么劝，她就是执拗着不接妈妈的电话。她觉得妈妈骗了自己，一去青藏，一去天上，就不愿再回人间，让她等了好长好长的时间。8月份，藏羚羊产子后携幼子离开可可西里，中铁十二局专门停工一周，让藏羚羊走出楚玛尔平原预留的通道。那一周，张燕和同事们兀立在荒原上，远眺着那一群群、一片片天使般的小精灵跟着母亲，悠闲地从自己的视野里走过，那一刻，她高兴得手舞足蹈，为女儿拍下了一张张珍贵的照片。

藏羚羊过后，正好张燕下山，一下到南山口，她就拨通了家里的电话，她要将亲眼看到藏羚羊的一幕在电话里描述给女儿听。铃声响过，是婆婆接的电话。张燕指明让女儿接，婆婆在电话中喊道："苏宇，妈妈电话，快点……"

听筒里传来女儿僵持的声音："不，妈妈骗人。去了青藏，去了天上，就不要宇宇了……"

"苏宇，乖，听话。"奶奶哄她，"快拿着电话，妈妈给你讲珍奇小动物藏羚羊的故事……"

"不听！"女儿突然尖叫起来，电话里传来与奶奶对峙的声音，"宇宇不要藏羚羊，宇宇要妈妈，妈妈不去青藏，妈妈回太原……"

张燕又一次失败了，倔强的小苏宇始终不肯接她的电话。

"苏宇！"张燕在昆仑山下的电话中一声撕心裂肺的长啸过后，泪如雨下。

2002年6月初的一天晚上。楚玛尔河畔的十二局指挥部张燕的宿舍里，一个久违的童声，终于在刚接通铁通电话线路不久的莽原上出现了："妈妈，你想不想见我呀？".

"宇宇，是苏宇。"张燕一下子蹦得老高，"我的好宝贝，你终于肯给妈妈打电话了。"

"妈妈，你真的想见我？"女儿又在电话里重复了一句。

"当然想，宝贝，想死妈妈。"张燕说着语调已呜咽了。

"我和爸爸要来青藏铁路看你。"女儿的童声像铜铃一样清脆。

"啥？！苏宇，你说的是真的？"张燕惊诧了，"不是在逗妈妈玩吧？"

"张燕，宇宇说的是真的。"丈夫突然把电话接了过去，"你跟我们开了个大玩笑，然后自己上了青藏铁路，我们也如法炮制，跟你开个玩笑，这也是真的。"

张燕心花怒放："真的定下了要来？"

苏建军口吻坚决地说："已经买好太原飞兰州的机票，后天的。"

"快退掉机票，坐火车来。"张燕命令似地叮嘱丈夫。

"为啥？"

"不为啥，一个一个台阶地习服，慢慢升高，对你和孩子有好处。你们才能适应这里的海拔高程。"张燕告诉丈夫。

"习服是啥意思？"苏建军第一次从妻子口中听到一个新鲜名词。

"就是台阶式地适应海拔升高。"张燕解释青藏铁路上创造的一个流行词。

"噢！懂了。"苏建军搁下电话，自己也兴奋得像喝了醇酒似的，一股热流涌遍全身，他感到有种微醺的感觉。世纪初年的第一个初冬，从太原国际机场接张燕回家时，他就发现，半年多的青藏铁路生活，妻子像变了一个人似的，尽管脸上变得红黑红黑的，过去水灵灵的样子让漠风抽干了，肌肤变得粗糙，可是更漂亮了。眼睛里流溢出来的不再是忧郁，不再是无所事事的茫然，而是一个成熟女人的明眸，折射着对事业和对生活炽热的追求和激情。夜很深了，本来醉氧的她却神采飞扬，高度亢奋，情不自禁地给自己讲可可西里无人区的绝胜之美，工作在楚玛尔荒原生命禁区里筑路大军那些感天动地的故事，说到动情处，讲到悲怆处，眼睛里竟然饱含泪水。这可是过去那个事不关己、高高挂起的小女人从未有过的啊。4个月的休假，她几乎天天陪在女儿身边，似乎要将4年母亲未给予女儿的全部浓缩补回去。母女之间的生疏和隔膜渐渐地风清云淡。

第二年春天，当张燕再次提出要再上青藏铁路时，苏建军毫不犹豫地同意了。送妻子再踏征程的那一刻，他突然萌生了一个念头，尽管自己无缘参与这个世界瞩目的宏伟工程，但是他要上青藏铁路的施工现场，看看妻子在生命禁区里的工作环境，真正体味一下无法承受的生命之重。

苏建军将带女儿上青藏铁路看张燕的想法说给父母和岳父母听，两边的老人一致反对。说苏宇太小，才四岁半，经受不了高寒缺氧，倘若落下一个终身病痛，追悔莫及。

可是小苏宇非常倔强："不嘛，我要跟爸爸上青藏找妈妈，让妈妈带我去看藏羚羊……"

奶奶逗她："那上次妈妈打电话给你讲藏羚羊，你为什么不接电话？"

小苏宇脸一红："我以为妈妈只喜欢藏羚羊，不喜欢宇宇。"

全家人笑了，拗不过这对父女，只好放行。

6月8日，苏建军自费带着女儿上青藏铁路探望妻子。他们登上西行的列车，一路西进，先介休——西安，又西安——兰州，再兰州——格尔木，三千里路云和月，一路风尘，千里迢迢而来。与此同时，张燕也走出楚玛尔荒原，走出可可西里，下山迎接丈夫和女儿。苏建军专程带女儿来看她，让张燕非常感动。到青藏铁路一年多的时光里，夜晚常因高原反应而无法入睡，她得以拉开距离来审视自己的婚姻，得以从天上俯瞰滚滚尘缘。的确，在时下这个泛爱的社会，一个有钱的男人最难坚守的就是贞洁的底线，可是苏建军却心无旁骛，不为诱惑所动，对自己一往情深；在今天这个言情时代，最容易破碎的就是婚姻了，可是自己的婚姻和家庭却坚如磐石，风雨吹打而不沉船。寻遍天下，自己到哪里去找这样的好男人，到哪里去找这份青梅竹马的爱情。蓦然回首，重新激活的爱情海拔，在可可西里无人区里攀升了。

列车缓缓驶进格尔木站了，小苏宇贴着车窗的玻璃频频向妈妈招手，张燕在站台上激动地追着列车奔跑。一家人在昆仑山下空旷的小城里待了两天。每天早晨和晚上，张燕都给父女俩量血压，观察他们的反应。到了第三天早晨，苏建军突然提出要打车上山，到可可西里张燕工作的地方小住几日。

小苏宇也活蹦乱跳地说："妈妈，带我去看藏羚羊。"

张燕被他们鼓动了，马上张罗着打车。消息被中铁十二局指挥部的余绍水指挥长和师加明书记知道了。电话旋即打了过来：建军是我们十二局青藏指挥部的家属，从大后方来劳军，难能可贵，军功章有他的一半，坐出租车上山不安全。指挥部派专车接你们一家人上山。

情系可可西里之恋。6月12日一大早，张燕带着丈夫和女儿坐上单位派的奔驰面包车，开始登上莽昆仑，车过南山口，扑面而来的山峰染上了薄薄的雪色，小苏宇开始很兴奋，但渐渐地说脑袋眩晕，等上了纳赤台，过了三叉河大桥，海拔接近四千时，丈夫倒是感觉正常，女儿却出现剧烈的高山反应，直喊心里难受，一阵阵的恶心呕吐。玉珠峰的绵延雪山对她失去了吸引力，刚上昆仑山时的亢奋顿失。等好不容易爬上昆仑山垭口，驶过清水河，抵达十二局在可可西里无人区的指挥部时，已经是中午 11 点多了。指挥部里第一次来了一位只有 4 岁半的小天使，大家兴奋不已，都争先恐后来看小苏宇。可一看到小姑娘被高原反应折磨得不成样子，心疼了。指挥长余绍水和刘京亮院长叫张燕立即送女儿下山。

苏建军觉得挺遗憾，自己和女儿在张燕工作的地方只待了两个小时。在他的眼中可可西里确实很美，楚玛尔荒原空阔无边，云彩都贴到地平线上，千岭含雪，草原碧绿，雪山温暖，凝眸于那迷人的景色，他感到自己和张燕的人生和婚姻都在瞬间放大了。可惜为了女儿，不能久待，匆匆吃过中饭，夫妇俩便抱着女儿登上返程，路过昆仑山垭口时，夫妻俩在去年地震造成的残碑断碣前拍了一张合影，唯独不敢将平躺在车上吸氧的女儿抱下来，一张二缺一的合影，成了他们最大的遗憾。

6 月 18 日，苏建军带着女儿离开格尔木返乡了。列车缓缓起动时，苏建军突然说："张燕，你在青藏铁路干下去吧，当 2006 年 7 月通车时，我和小苏宇还来格尔木，做你们的第一批乘客。"

已经渐渐恢复过来的苏宇挥着小手："妈妈，对不起，我这次不勇敢。等铁路通车的时候，我一定来坐着火车看藏羚羊。"

张燕笑了。

敬白发高堂，方能爱天下苍生

卢春房挟着昆仑山的风尘，从格尔木赶回北京，参加青藏铁路领导小组会议，会期很短，仅一个上午就结束了。

抬腕看了看表，时间还早，刚过了中午 12 点多。卢春房站起身来，走到副部长孙永福跟前，说："孙部长，我请个假，下午回老家看看父母亲，晚上就回来。"

"去吧，这也是春房的保留节目了。"孙永福道："路上注意安全！"

"谢谢！"卢春房步出铁道部机关大院，仰首望天，这是 2002 年的仲春五月天，京畿大道上绿荫如伞，掩饰那匆匆飞骑而过的人流，惠风和畅，如一双温柔的手，抚摸着皇城里的芸芸众生。

老家并不远，就在河北保定市的蠡县。卢春房借了一辆车，从京西而出，驶入京石高速公路，广袤的燕赵平原从视野里纷纷涌来，阡陌田畴，返绿的小麦在春风中迎风飘荡，飘来一股醇厚的泥土的芳香，一树树一簇簇梧桐花犹如彩蝶一样，掩盖在村落屋檐之上，遮阳挡雨，潜入一缕缕沁人心脾的清馨。他按下吉普车的车窗玻璃，尽情嗅着这块土地浑厚纯朴的气息，有一种微醺的感觉，心里涌动着一种强烈的感恩，他要感谢这片风萧萧易水寒的燕赵大地的抚育，她使他永远保持了泥土一样纯朴的性格，更要感激当过八路军地下工作者的老父亲，以一身正气和堂堂的做人品格影响了他的一生。

父亲叫卢恩勇，生于1916年，横跨了好几个时代，曾经是吕正操将军麾下的一名老八路，1938年在冀中入伍，打过百团大战，血刃青纱帐，后来党组织需要他做地下工作，他便脱下戎装，换上了一身长袍，推着一个小推车，以做生意为掩护，来往于津京保定之间，刺探情报，掩护一批青年学生越过津浦路，到延安投身革命。解放以后，到工厂干了十一年，1961年三年自然灾害饿肚子，许多工厂减员，他响应党的号召，带头回到蠡县乡下，成了一个戴着老党员、老八路头衔的地地道道的老农民。家里五个孩子，四个跟他是一样，根在农村，每天脸朝黄土背朝蓝天，日出而作日落而息，日子过得极为清贫。唯有小儿子卢春房，老爷子最为看重了，觉得他身上的气质、气度吸纳了燕赵之地的精气神，尤其当了几年兵，又考上了西南交通大学之后，成为可造之才的潜能一点一点地凸现出来了。因此，开始从点点滴滴的小事情上开始精心培植和修理，老人家并未意识到，他其实是在为共和国栽培有用之才。

1982年冬天，卢春房从西南交大毕业后，第一次从部队回家探亲。部队给了20天假，而爱人又在县城工作，才住到第15天，老父亲就开始撵他走了，说："春房啊，你是不是该回部队了？"

卢春房一愣，说："父亲，我的假是20天，时间还没有到呢。"

"你年轻轻的，不能贪恋小家。"父亲却是一副老军人的气质，"好男儿不能沉溺于儿女情长，早点回部队去吧。多干点活。"

母亲也在一旁埋怨说，哪有你这样当爹的，春房山高路远的好不容易回来一趟，不让他多待几天，反撵儿子走。

"你不懂！"父亲挥了挥手说'，"这是我们男人间的话！没你老太婆的事。"

母亲笑了，说："孩子他爹，我咋不懂了，别看你当着春房是一副铁石心肠，其实啊那舐犊之情啊，并不比我妇道人家差，瞧瞧，才听说春房要回来，你就在新乡的路口站着等了，一站就是半天一天的，连唤都唤不回来啊。"

"父亲，我走！"卢春房一听，心中一股热流涌动，父爱如山，却将一种不同凡响的罕见的沉默和坚韧展示出来。从那以后，他每次回老家休假，总要提前三两天归队。到了北京工作之后，只要打电话说自己要回来看父亲，老人家依然是走出一公里多远，站在乡村大道的道旁，望着青纱帐尽头，黄土飞扬过后，只待儿子的身影从班车驶过去的后边出现，常常是一站就是半天或几个小时。孙子辈骑车来叫他吃饭，他也不理，说，等着春房回来，我们一块吃。以后，卢春房听说这个情况后，再回家就来突然袭击了，不让父亲知道，悄然出现在家门口，给父亲一个意外的惊喜。

90年代的一天，卢春房已是十一局三处的处长了，出差路过北京，他拨冗抽了半天时间回家去看老父亲，手里提了一些营养品。好长时间不见儿子，猛然看到出现在自己的面前，惊喜过后，看着小儿子手里提的东西，他喜出望外的神色突然僵硬了，问道："春房，这些东西是你出钱买的吗？"

"当然，父亲，孝敬你老人家的，怎么能随便揩公家的油。"卢春房很认真地答道。

父亲将信将疑，说："我现在总听广播，国家经济是发展了，可是腐败现象也触目惊心啊，开杀戒已经动到了省部级干部的头上了，这在过去可是朝廷命官，正一品啊。春房，当着燕赵大地的列祖列宗，天地日月，你能不能回答我一句实话。"

"父亲，你说吧，什么话？"见父亲脸色这等严肃，一直笑着的卢春房也有点噤若寒蝉。

"陈希同这样的大干部都在敛财，你有没有问题？"父亲很认真地问道。

卢春房以无愧对天地、父母的神情回答说："您放心，我没有问题。您从小就教育我们，不能拿人家的东西，不义之财不可得。"

父亲似乎对儿子的回答还算满意，不过也警钟长鸣地敲打道："现在很多人，不让人放心啊，你现在有点权了。有些人，一有点权就开始变坏，你千万不能学他们，不能出问题啊。"

"父亲，我懂，这是做人为官最基本的操守。如果我真出了问题，那就不配做你的儿子。"说着，卢春房将手中的营养品递给了父亲。

"要很多钱吗？"父亲左看右看询问道。

"就百十块钱。"卢春房说，"你老人家就尽管喝，这是儿子用自己的工资孝敬你的，一个不孝的人，不会对国家忠诚，同样也不会对单位忠诚。如果对自己的父母都不忠诚，还奢谈什么对别人忠诚。"

老人点了点头，对小儿子投来了青睐的神色。

1995年，父亲已经80岁了，仍然骑一辆自行车出入村落，但是冬天来了，身体渐渐走下坡了，有严重的肺气肿和哮喘病，但是只要知道小儿子打电话回来，要来看他，仍然穿过秋风乍起的黄土大道，或者已经撒下了积雪的小径，走出一公里远，一如既往地站在风雪中翘盼儿子归来。

卢春房离京赴青藏铁路当总指挥长后，回京的机会少了，眼见父亲年事已高，身体一年不如一年，只要是返京开会或汇报工作，无论多忙，临行前，他都要抽一个下午去看父亲。

越野吉普从保定出口驶下京石高速公路，往春天的旷野上疾驰而去。今年老父亲已经八十有七了，车进村子，看着一朵朵凋谢的梧桐花缤纷落地，卢春房突然想到秋凉时纷纷落下的枯叶，风烛残年的父亲能不能挺过这年的冬季。

庆幸的是五月春暖的时候，父亲的气色反倒有了好起色。让卢春房心中一块石头落了地。陪父亲坐了一个小时之后，他又要匆匆返回北京，晚上还有许多工作等着他处理。临出门前，老父亲一步一步地挪到了门口，说："春房，你在青藏铁路上，可是山高路遥，一定要小心。"

卢春房心里一热，哗地一泓眼泪涌出了眼眶，为了不让父亲看到，他钻进了车子，向站在门槛前的父亲挥手兹别。

车子钻进了夜幕里。次日早晨卢春房便飞回了昆仑山下。

是年九月份，卢春房回到铁道部开会，他又在会议结束时请了半天假去看父亲，此时父亲已经走不动了，躺在床上，脑子还很清楚。卢春房坐在睡榻前陪着父亲坐了两个小时，到了傍晚时分，他看了看表，站起来说："爹，我走了！"

老人点了点头，泪水哗地溢出眼眶，说："我估摸着，我还能活个把月……"

停顿了一会儿，老人问儿子："你说我还能活一个月吗？"

卢春房躬身俯在父亲脸庞前，大声安慰说："您不会有问题，好好养病。我会经常回来看您的。"

这年 11 月份，青藏沿线的施工队伍全撤下山来，卢春房于八九号两天在西宁主持召开青藏铁路公司党委民主生活会，妻子的电话打过来，说，老父亲病危，时日无多了，让他立即赶回去。处理完一切事务后，十号那天他风尘仆仆地赶到了家中。挟着一股初冬的寒风走进家门，只见父亲被放在轮椅之上，他扑了过去，深情地喊道："爹，我回来了！"

远归儿子的第一声呼唤父亲似乎没有听到，他又大声喊了第二声。父亲好费力地撑开了沉重的眼皮，认出是他最器重的小儿子从青藏铁路归来了，嗫嚅说了一句话，声音不大，语调有点模糊，大哥一直不离左右，俯首贴近父亲翕动的嘴唇，说我听到了，爹说了，怎么一个人回来了！

这是老父亲留给他的最后一句话。其实他的妻子和孩子都在赶来的路上。

在以后的四天弥留之际，哥哥、姐姐还有侄子侄女们纷纷要轮班照看老人，卢春房摇了摇头，毫不犹豫地将他们全都赶走了，说："我 18 岁当兵出远门，老父亲一直由你们照料，报效国家，我做到了，但是为子尽孝，我却没有做到，将父亲最后的日子留给我吧。"

哥哥和姐姐含泪答应了他的请求。

父亲坐鹤羽化之前，最后弥留了四天。卢春房就坐在父亲病榻前的沙发上，陪伴了父亲四天四夜，时而紧紧地攥住那双布满了岁月斑点和蚕花老农的手，他时而给父亲喂水，时而给父亲擦身，看着身上的黑斑，遥想老人家漫漫走过的 87 岁的人生，按说父亲已是为共和国打江山的老八路、老地下党了，但是解甲归田之后，便将自己融入了农民兄弟的行列里，年轻时种地抚养几个孩子，壮士暮年，仍然自食其力，到了耄耋之年，才靠孩子们给的一点生活费颐养天年，从未向组织伸过一次手，提出一点额外的要求，却心忧年轻的执政者们会不会在靡风香雨中晕头转向，找不到北，最终打了败仗。他不仅赋予自己对这片厚土和农民兄弟血浓于水的挚爱，更将燕赵大地铮铮风骨和英雄余脉烙印在自己的躯壳之上，卢春房觉得三生有幸，上苍赐予他们一场父子血缘，更感恩父亲是自己最好的良师益友。

11 月 15 日，拂晓将至，一夜西风，凋谢了老槐树上的最后一片落叶。当乡里日子在炊烟中冉冉升起开始新的一天时，父亲坐鹤西去了。飘落的灵魂不是去会他们那些埋尸疆场的战友，就是朝着儿子正在修的青藏铁路，西上昆仑，筑起一道铁壁血魂的兵阵。

当日下午 3 时，出殡的队伍绕出新乡村的房舍，朝着黄土大道，往 2 公里外的卢家祖坟呜咽而行。当最后一抔黄土将父亲掩埋时，卢春房在父亲的新坟前长跪不起，一泓失父之痛的泪水模糊了他的视线。晚上在老屋昏黄的灯下，茫然四顾，父亲的身影已经不在，他挥笔填了一首词，吟道："膝前行孝梦中现，犹记教诲在耳边。"

来年的这一天，是父亲的周年忌，萋萋荒草覆盖了新冢，他本想回到故里再祭拜父亲的，却跟着孙永福出国考察铁路了，然后匆匆赶回了格尔木，组织已建路基的冬查和补墙设计。

不知不觉又到了 2003 年的清明节了，终于有机会回京开会，他才再次重返故里，祭祀老父亲的在天之灵。凝视着一片新绿爬满父亲的泥土般小屋，墓里墓外，唯一能将祈愿寄托给父亲的便是那摞古老的冥纸了，卢春房长跪在老父亲的坟前焚烧，那黑色的灰花像一只只蝴蝶，盘旋在半空，在卢家的祖坟前萦绕不散。

卢家坟地里青烟袅袅，就距这次祭拜仅时隔 2 年之后，卢春房拜相入阁，成了共和国铁道部一位最年轻的副部长，老父亲的在天之灵可以微笑了。

魂枕昆仑听列车长鸣

有好些日子昆仑不曾入梦来。

2004 年 6 月 11 日，我仍在鲁迅文学院全国中青年作家高级研讨班学习，四个半月的学习很快就要落下帷幕，期间，一直与铁道部文联联系再度上青藏铁路采访事宜，却一直无果，唯有等待，与铁老大打交道两载了，已经习惯了这种等待。

那天上午 11 点 30 分，刚下课回到一个人独住的 209 房间，手机突然响了，屏幕显示是 518 开头的，一看就是铁道部的电话，以为联系采访的事情有结果了，按下接听，是我熟悉的铁道文联王雅丽的声音，轻声柔语，问道是徐剑吗？

我说是王姐，该不是上山采访的事情有了着落了吧？她说是昆仑山上的消息，却是一个不幸的噩耗。

噩耗？我有些愕然，问谁不在了？

黄杨昨天晚上 11 点钟走了。王雅丽声音有点哽咽。

我也愣住了，突兀而来的消息让我有点猝不及防。沉默了一会儿，我才问，是什么造成了黄杨英年早逝？

车祸！王雅丽说就在小南川到西大滩之间的一个红柳丛的拐弯处，一辆大货车朝着他坐的吉普车冲了过来。

王姐再没有说下去，我却听到了一个生命碎裂时的颤动和声响。

"一个好人不在了。"我在电话中怅然叹道，"我曾承诺这次上昆仑时给他讲自己爱情故事的，没有想到却让他留着遗憾走了。"

"是啊，都说好人有好报。"王雅丽感慨道，"可是现实里恰恰相反。"

一个自己熟悉的好人不在了。我不知该说什么好，这难道就是天下好人的宿命吗？是该诅咒宿命呢，抑或嗟叹好人时运多舛？

仲秋将至，我才得以重返昆仑山下采访，此时黄杨之魂远行昆仑已经整整百日了，安排我采访行程的青藏总指宣传部长童国强，有天晚上，中铁二十局青藏指挥的丁守全书记宴请我，童国强作陪，无意中提及黄杨殉职的始末，童部长讲得泣不成声，听到黄杨夫人的深明大义，我也泗涕飞溅。也就在那一刻，我记下了黄杨夫人李英的电话号码，执意要去采访她。

见到黄杨的未亡人李英时，第一个感觉是他们太有夫妻相了。圆圆的脸庞、鼻子、额头、下额的轮廓，酷似兄妹，而李英的风韵和楚楚动人处却在那双大眼睛上。知道她是一个钟表收藏迷，曾经在成都市的旧钟表市场上素有"中将"（钟匠的谐音）之衔，是一个对时间精确到了毫秒的女人，提起她的丈夫黄杨，虽然丧夫之痛已经过去一年多了，但是一双迷人的大眼睛顿时湿润了，哽咽地说，6 月 25 日，恰好是黄杨的知天命之年，他答应我和儿子要回成都来过生日的，可是时序全在 6 月 10 日这一天错乱了，黄杨在一个错误的时间错乱的空间留在了昆仑山上，永远也走不到 50 岁这一天了，我们全家老小祈盼的这个日子成一场梦，一个压在心头驱之不散的梦魇。

2004 年的人间四月天，黄杨要三度上青藏铁路了。可离他的 50 岁的生日，仅差两个多月了，家人准备给他提前过生日，时间约好了要 4 月 8 日，待他从北京出差回来，可是飞机晚点了，那天返回成都已是晚上九点多钟了，想改在第二天，妹妹黄萝蔓却又于当天早晨飞深圳出差。他家就兄妹两个，父母都七十好几了，一个缺席就没了团团圆圆的气氛。于是，黄杨背上行囊出门前，对妻子抛下了一个最后的承诺，到了 6 月 25 日，无论再忙，我都回成都来过 50 岁生日。

可是他却最终无法兑现了。

也许冥冥之中有一只上苍的手在拨动生命之钟的停摆，6 月 9 日晚上，黄杨给李英打来电话，说明天要陪两家电视台的记者到沱沱河拍摄现场铺架，一路上手机没有信号，就不给打电话了。妻子说，我掐着指头算时间，你该请假回家过生日了。

黄杨说实在对不起了，太忙了，新闻采访团熙熙攘攘而来，应接不暇。看这趟下山后吧，能不能请准假。

李英说 50 岁算是大寿了，这个生日你不可小觑。我们等你归来。

黄杨说，好嘛，我办完事情就归来。这是他留给妻子的最后一句话，李英没有想到他会化作一缕英魂归来。

翌日早晨，他到图片社把朋友要冲洗的照片洗印好，一一寄了出去。然后又到理发馆理了理发，神差鬼使地把他的银行卡号密码写在小本本上，放在身份证旁边。一切都办妥当了，吃过中午饭，太阳的时光轮盘恰好定格子中天之上，一点钟他们正式出发了，黄杨仍然义不容辞地坐到了副驾驶的座位上，后座上还有两家电视台的摄像记者。那天格尔木万里无风，苍原上一片透亮，天幕蓝得眩目，极目千里，可以看到昆仑主峰上几簇白雪皑皑，直冲云天。牛头吉普风驰电掣往昆仑山岳里穿行，他太熟悉这座矗起山岳的每一个皱褶和生命的晕环了，他有点困乏了，迷迷糊糊的，似梦非梦，似睡非睡，冥冥之中昆仑山道两旁红柳编成的花圈成行列道绽放时，自己的生命怎么会站在这个仅存姓名队伍的影子里行进。真的到了该归去的时候了，该复活的已复活，该出生的已出生，该寂灭的已寂灭，命运之神展开了状如兰花的五指，叩响虚空在莽昆仑上久久回声，他听到了一位朝圣的失道者骤然倒下的声响。

昆仑山上下飞雨啦? 黄杨霍然睁开眼睛，刚才还金箔的阳光碎片撒满沥青路面的青藏公路上，现在却细雨霏霏。他问司机过了三岔河大桥了吗? 司机说快到小南川一号桥了，他朝左边远眺，一簇簇一片片红柳绿玉般点缀着的河谷里，凸现出那条横穿昆仑山腹地的青藏铁路，他向它投去了最后深情的一瞥。

车在爬坡，一道缓缓的斜坡。黄杨似又沉落于一场梦中，大梦昆仑，第一列驶过青藏铁路的旅客列车在昆仑山顶上长鸣。一声巨响在昆仑山里回响，从坡头迎面驶来一辆大挂车占道，飞掣地朝着牛头吉普撞来，如一头巨大的野牦牛撞向了一只轻灵的藏羚羊。一声巨响过后，黄杨躺在了副驾驶的座位上一动不动，一缕殷红的鲜血从头颅上涌下，如高傲雪山上冰川融化一样，汩汩而下，浸润湿了他上衣兜里的通信录、U盘和采访本。

收藏时间的李英这时才最终彻悟，逝水如殇，但是她的幸福与痛苦的时钟就在2004年6月11日下午14点30分钟凝固不动了。

那天的2点30分，车祸过后的黄杨被紧随上来的第二辆车接下来了，立即给他输氧，然后调头而返，直奔格尔木，傍晚五时许，黄杨被送到了格尔木市的262医院，是解放军治疗外科创伤最好的医院，青藏总指的卫生部长亲自指挥抢救，手术方案于傍晚6点钟搞定了，请医院最好的外科大夫主刀，一直到了晚上的22点30分才结束，然后只过了47分钟，黄杨便溘然逝去了。

李英是在第二天早晨接到格尔木打来的电话，说黄杨受了重伤需要你来护理。于是她叫上黄杨的妹妹黄萝蔓坐上了成都飞往西宁的飞机，4个小时后，她在西宁机场降落，刚打开手机，在成都铁道报的男同学的电话就过来了，说李英无论什么情况你都要坚强，这个电话一接，李英隐约地感觉情况可能比她预想的还要严重，但是她从未往死亡上想。当天晚上，她与小姑子踏上开往格尔木的火车，一夜无眠，到了第二天上午11点多钟，终于到了她所熟悉而又陌生的格尔木市了，下榻金轮宾馆，吃过午餐之后，已是下午2点多钟，青藏总指的副指挥长那有玉和才凡来了，来到了她与小姑住的房间。两个男人不知对她们说什么好。

见两个男人缄默了好一会儿，李英觉得情况有点不妙，说："我们想去看黄杨现在怎么样了。"

才凡最先发话了，说："李英啊，你的黄杨看不到了，他已经不在了。"

李英与小姑子的眼睛怔然了，然后便是一阵号啕大哭，哭得撕心裂肺，哭得昆仑也为之动容动情，白雪惟余的昆仑山矗立着，如白色哈达迎风飘荡，献给两个痛失的亲人四川妹子。一直流泪到了傍晚，泪流干了，情绪也平复下来了，才对一直陪在身边的童国强部长说，千里会君终有一别，就让我们去见见黄杨吧。

于是在一个格尔木夏日喋血的黄昏，天幕上的凤凰红云飘逸着美丽的翅膀，似在飞翔似如花溅泪，载着黄杨夫人与妹妹的考斯特在总后兵站部262医院的太平间戛然停下，李英与小姑迈着沉重的步履，走下车来，走向了她们最亲近的亲人身边，当一个巨大冰柜将黄杨载出来的时候，他那恬静平淡的笑容都被昆仑山的冰霜凝固了。

"黄杨，我的爱人啊，你怎么以这样的方式来见我们啊！"李英一下子扑了上去，在丈夫已经僵硬的额头、鼻子、嘴唇上，在一片冷霜相凝处，留下一个人间最后的热吻，带着女人口红的温柔的吻，然后便晕倒在地上。

"哥啊，我的亲哥啊，我来看你了，我带着爸爸妈妈的厚爱来看你了，醒醒，哥哥，你再睁开眼睛看妹妹一眼啊，你的眼睫毛上为何有霜。我的魂留昆仑山上青藏铁路的哥哥啊。"黄萝蔓说完最后一句话时，也像嫂子一样，倒在了太平间的冰柜旁。

房间的温婉终于让两个女人醒来。青藏总指那夏天般的温暖，终于将两个痛失亲人的女人的巨创抚平了。等一切都平复下来时，李英说："妹妹，爸爸虽然只有黄杨一个独子，我知道白发人送黑发人的创痛，但是我们不能瞒老人，还是告诉他们真相吧，是你说还是我说？"

黄萝蔓说："大哥不在了，自古以嫂为母，还是你说吧。"

李英点了点头，立即操起床头柜上的座机，拨通了成都公公家的电话，说："爸爸，我是英子。"八千里路云和月一样遥远的成都，公公的电话传过来了，说："小李啊，黄杨怎么样了，伤得重吗？"

"爸爸！"李英喊出这憋了好久的心声后，痛彻肺腑地告诉公公，说："你的爱子黄杨已经走远了。"

老公公的声音颤抖了，说："小英啊，黄杨到底走到哪里去了。"李英答道："他的英魂远行到昆仑山巅了。永远看着列车从昆仑山隧道里驶出来。"

这时李英在电话中听到了一个年逾七旬的铁二局老公安撕裂心肺的哭喊："黄杨，我的儿啊！"

今夜思君无眠，不眠在昆仑山下。到了凌晨4点钟，李英叫醒了哭了又睡，睡了又哭的小姑子，说："我思念了黄杨一夜。迷糊之中梦到他，他说他英魂会永远地留在了昆仑山顶了，我们就将他的骨灰撒在昆仑天上吧。让他那双善良的眼睛永远注视着列车驶过。"

妹妹说："嫂子的想法，我赞成，明天早晨再向爸爸征询一下意见。"

第二天太阳又冉冉升起，伴着人间的第一缕炊烟，李英给老公公打了电话，说要将黄杨的一半骨灰撒在昆仑山垭口上，公公说好呀，也遂了黄杨之愿。

第三天，黄杨在四川美院雕塑系的儿子黄勰也赶来了，为爸爸送上最后一程。

6月14日中午过后。童国强陪着李英母子和黄萝蔓上莽昆仑上撒黄杨之魂，一路昆仑行一路泪满襟。站在他因公殉职的地方，李英仿佛看到黄杨的背影悄然走远了，随着逝水如斯的时间径自走远了，可是李英的故事却回到了从前。

她庆幸自己与丈夫22年的婚姻生活里不曾留下冷战的败笔，可是有一天搬家的时候，也忽然发现了丈夫的一个秘密，一包捆扎的纸包写上"不得拆开"四个字，李英以为是一包钱呢，就想拆开看看。一看却是一个惊天秘密，记载了在认识自己之前，丈夫与心爱的恋人的故事和秘密。看完之后心里如坠入府南河一样湿淋淋的，但是她没有向丈夫兴师问罪，好几个月她不对丈夫提起这件事情，直到有一天，他从青藏铁路回来了，夫妻两个到离西藏最近的一个古镇丽江休假，双腿泡在玉龙雪山淌过大研古镇的八卦溪里，她才旁敲侧击地提起那段往事，说在这个世界上，谁都有被异性诱惑的可能，她用这句话来点拨丈夫。黄杨乃性情中人，何以不懂妻子用意，他说我将自己的日记放在家中，留作一种美好的回忆，其实是为了今后写书，也是对你的充分信任，我没有什么可瞒你，我是与那个女孩爱过，可是最终无缘，无夫妻之缘，但是我们却有夫妻缘，是四百年前佛陀的莲花座下修的，才有百年共枕眠。那轻轻地一笑，终于化解了夫妻之间的芥蒂。

可是轻轻地一笑，却带着昆仑山的彩云走了。走得好远好高啊。

今天，童国强坐在了第一辆开道车里，他知道李英此时的心情不好受，其实他也不好受，觉得有点愧对黄杨兄弟，有一天黄杨出去洗照片，但是单位却有急事找他，而他却不在，童国强急了，打了他的手机说黄杨你在哪里，跑到什么地方去了，还想干不干，黄杨也急了，在电话中与童部长争了起来。一个温和的男人第一次发怒了，让童国强有点不安。第二天喝酒时，童国强端着一杯烈酒，走到黄杨跟前，说我向你道歉，昨天的事，是我不对，我的性子急了一点。黄杨与童部长碰杯后一饮而尽，两个男人的友谊就在男儿的烈酒之中，化成一片醇香的厚重。

浑厚沉雄的友谊终于在昆仑山的怀里断裂，裂得那样心碎心痛。

下午 2 点多钟，正是黄杨罹难的时刻，壮魂而行的队伍上了昆仑山垭口，下车之后，雪好大，像呜咽的箫声在尖啸，在吹奏一曲挽歌的绝唱，儿子黄飊捧着爸爸的骨灰盒往铁五局的昆仑界碑的铁路垭口走了过去，就在抛撒和放飞黄杨之魂的一刻，童国强代表青藏铁路的所有建设者祭祀自己的副手，未曾开口泪欲先流，然后颤抖地说："黄杨我的兄弟，我知道天下没有不散的筵席，铁路修完了，我们就要散去。可是我没有想到会以今天这样的方式与你道别，你的亲人，你的至爱亲朋，我们一起来送你，雪风为你鸣呼而哭，我们也为你泪如雨下，兄弟我的好兄弟，走好，一路走好。我知道你的灵魂永远徘徊在昆仑之巅，两年之后，当第一列列车驶过昆仑山时，第一声长鸣，那是为你的一缕忠魂而鸣，我们那时会与你的家人一起坐第一趟列车经过，你会以一双深情的眼睛，微笑着看着我们驶过，是吗？别了黄杨，别了我的好兄弟，愿你的在天之灵，好好安息！"

童国强的祭奠引来哭声一片。然后便是黄杨的未亡人李英的祭语，她一边在风中往铁轨上撒下丈夫的一缕忠魂一边饮泣地说道："黄杨我们来了。来接你回家。我知道虽然你坐化的身躯会跟着我们回去，但是你的魂儿却永远留在了昆仑山里，归去来兮，你不会走远，等第一趟列车驶过的时候，我们再来看你。回家吧，黄杨，我与儿子还有萝蔓妹妹一起带你回去。回到我们温馨的天府之国，你的灵魂和躯体不会寒冷，因为有我们不会忘却。"

一缕忠魂在妻子的手中飘荡，那个刚刚 19 岁就痛失父爱的黄飊一边撒骨灰一边吟诵着一夜无眠写给爸爸的诔文。

魂枕昆仑听列车长鸣！

李英母子带着黄杨的一半英魂回去了，回到了川西盆地的故里。走之前，他们没有提出额外的要求，只向青藏总指提了，请将黄杨写的文章和拍的照片结集出版，这一点绵薄的要求谁能拒绝，谁也不会拒绝！

黄杨魂归故里。到了 6 月 25 日，他的 50 岁生日那天，李英与爱子不惜花 7 万元的重金，在都江堰的二王庙的宝山为他购了一块安妥灵魂的栖息之穴，仰卧在青山绿荫丛中，俯瞰河谷，岷江蜿蜒淌过，那是从青海长云暗雪山流来的天上之水，融入岷江，那是黄杨他一生迷恋的天上流云，穿云带雨地落在了二王庙的宝山之上。他可以无忧了，有雪山清澈的流水悠然从脚下流过了。

墓地里站着 200 个亲朋好友。儿子黄飊泣不成声地念着自己撰写的祭文

《永别了，爸爸》：

　　爸爸，亲爱的爸爸，您知道吗，您回家了，回到了这片生您养您，让您深深眷恋的故乡，回到亲人、朋友、同事、战友之中，您看到了吗，有多少人看您了吗？

　　记得吗？2002年，您拎上行囊远赴高原，从此把生命与青藏铁路紧紧地联系的时刻，您对我说："我是幸运的，修青藏铁路是中华民族几代人的夙愿，这是吸引我和众多的建设者走上高原的理由，是我选择了青藏高原，拥抱、亲吻、融入唐古拉山的理由，更是我倾心奋斗的源泉。"您说的每一句话都铭刻在心，可是当铺轨机伸出巨臂，向拉萨和唐古拉方向铺下第一批轨排时，当坚硬闪亮的铁轨与西藏古老高原"亲吻"时刻，您却倒下了，您的身与心与全部留给了这段中国铁路史永远值得纪念的地方！

　　……

　　这一切，已经把您和青藏铁路熔铸在一起，形成了一段永不能割舍的青藏情结。您要等到2006年青藏铁路通车的那一天，把整个格尔木的一小段，青藏历史的一大篇大笔挥写出来，让所有的人都知晓中华女儿是何等伟大，蜿蜒铁路延伸进西藏是何等的壮观！可是您创作的青藏铁路的新闻作品和摄影作品都没有完成，都没有完成啊，您就撒手离开了我们，离开了您为之奋斗的一片热土。我们不答应，青藏铁路的叔叔阿姨们也不答应呀！您怎能不情系青藏，泪洒青藏，魂牵青藏啊！

当铁轨铺下的一瞬间，群众中爆发经久不息的欢呼声，您听见了吗？他们在感激您和那些伟大的青藏筑路人，是你们结束了西藏无一寸铁路的历史呀！

长歌可以当哭，青山可以葬魂。亲爱的爸爸，您与世界屋脊同在！您与皑皑白雪共存！您与茫茫昆仑永驻！您永远活在我们的心中！

爸爸，安息吧！

19岁大学生的祭文，让在场200名叔叔阿姨们悲泪滂沱！

时光不紧不慢地走过，转眼之间，到了爸爸的周年忌日，学雕塑的黄鲲为爸爸雕了一个半身塑像，那是用一片深情融成了的心雕，他想有一天重走青藏路，雕在昆仑山口列车经过的地方，雕成真爱无疆！

第6道岔 绝地孤旅

白色的颂祷旗，

高插在北拉的山头。

我的情人走向那方，

祥风啊，望你也把旗儿吹向那方吧。

——六世达赖喇嘛仓央嘉措情歌

拉萨往事并不如烟

夜已经很深了，拉萨街道的喧嚣刚沉寂下来，我却今夜无眠。

多次上青藏高原，已习惯了长夜耿耿难眠，人却始终高度兴奋的旋转，日复一日。因此每次出京城，总不忘带两样东西，安眠药和书。

我抑制着遐思，极力想让自己静下来，将白天有关六世达赖喇嘛仓央嘉措和黄房子里娇娘统统从脑际格式化掉，不留半点信息的残片，然后美美地睡上一觉。

秋夜静悄悄的，黄房子不再，玛吉阿米不曾入梦来。酒店房间的隔音效果不佳，尽管隔着一间玄关般的小客厅，但是东边客房的电视声音突然增高分贝，先是一对男女调情嬉戏的放荡，继而质量低劣的睡榻咯吱咯吱地颤声抖动。最后竟成了一个娇娘叫床的呻吟，声音很大，穿透夜的坚壁，有点像电视广告中母狼作假的长嗥，覆盖了电视的音效。

　　我闭上眼睛，觉得是一种被亵渎的入侵。不曾再去想仓央嘉措的玛吉阿米，可是娇娘却无处不在，穿过 400 年的历史时空，遍及拉萨的每个角隅。这片人类最后的秘境，真的是滋生神性与魔性的厚土，就连娇娘骄奢淫逸的余韵，也不加删减地复制了下来了。

　　可惜隔壁房间，至多是一个嫖客与妓女的交易，毫无一点美丽与浪漫的浮想。谢天谢地，这持续了很久的噪音终于平静下来了。

　　我以为可以禅定入眠，毕竟走过海拔 5231 米的唐古拉山口，毕竟在海拔 4800 米的安多都能安静入睡，而在海拔 3700 米的拉萨，从未有过失眠的历史纪录。可是今夜不知为何，却辗转睡榻无倦意，心域如一匹天马驰过，留下一片蹄声清脆，风尘，迷失了自己。

　　拧亮台灯，一看床头的表，时针已指向凌晨 2 点了。像这样毫无倦意的失眠，我只有初至昆仑山下的格尔木市有过，未曾想到，到了拉萨还重复这样的故事。

　　孤灯秋夜，我突然想到当年在布达拉宫上六世达赖喇嘛，万卷经书，红尘不了情，终难洗心，于是才演绎了一曲雪域悲歌，成为最具争议的达赖喇嘛，十二位达赖都在布达拉宫留下自己的圆寂的真身法体，唯有他身后只有百首情诗，伴随他的灵魂，在雪域，在中国飞扬了 4 个世纪。他诗中描述的玛吉阿米会是什么样子，在诗中我无法寻找到最完备的描述和诠释。

　　一轱辘翻身下床，从电脑包里找出当年湘西王陈渠珍所著的《艽野尘梦》，叙述烙印着民国初年的痕迹，之乎者也，半文半白，薄薄的一小册，仅有 7 万余字，我也不止读过一遍了，每次上路西藏，总会情不自禁地装入包中。在那些无眠的夜晚，脑际总呈现着这样一幕：大清帝国的最后一位清军管带陈渠珍带着 150 名湖湘子弟，还有自己的叫西原的藏族娇娘，艽野绝地随君东归，横穿万里羌塘，过唐古拉，跨通天河，迷失在可可西里 7 个月有余，菇毛饮血，最终走下莽昆仑，穿越盐湖，走的就是今天的青藏铁路的线路，抵达西宁时，150 人只剩下了 7 个，而藏族娇娘西原则伴其左右，寒凉的旅途，总有一缕爱情的温婉。

　　清军管带陈渠珍第一眼看到西原，就被爱神之眸磁石般地吸引了。

　　那是大清帝国的末季，日落紫禁城，支撑帝国大殿的擎天之柱，爬满了白蚁，蛀空内心，晚风轻轻吹过，白灰哗哗地坠落，倾倒只在一夜之间。可是在遥远的西藏，却有一位叫赵尔丰的边务大臣，指挥麾下五千多名的边军和川军，沿着康区一路推进，没收大明帝国赐予土司手里的官印和铁券文书，改土归流，将设县的边界一直推进到了工布江达，改名太昭，离拉萨只有二百公里。在拉萨以东不远的陈渠珍就是铁血将军最赏识的一个管带。那天，他率领一个营的清兵开进到工布江达以东叫德摩的地方，突然被一片极地美景迷醉了，半山坡之上住着二百多户人家，屋宇错落有致，俯瞰莽原一片，草原上流水潺潺，阡陌相连，野花在风中摇曳，一片风吹草低见牛羊，敕勒歌的想象之美，竟然会在视野中惊现。

"人间还有此等美景！"出身于湘西沱江边上，毕业于长沙军校的陈渠珍，并非一介武夫，却是文韬武略，站在一座大喇嘛寺前的半山坡之上，俯瞰德摩之美，感叹万千。这时，德摩的头人第巴已迎了出来，献上哈达，让姑娘捧来切马，敬过天地神山圣湖之后，引领陈渠珍走进了他的豪宅，那大经堂的奢华让陈渠珍目瞪口呆，全系宝石和纯金所镶，第巴似乎将一生的富有化作宗教的虔诚，敬献给佛陀。

第巴生活在藏东南的林莽中，感情上更接近汉地，却多为藏王不容，因此，对汉官军门的威仪歆羡不已，相处月余，他与陈渠珍却成了莫逆之交。

有一天，陈渠珍与第巴坐在二楼的天台上，喝着酥油茶，远望德摩雪山、莽林、草原、田畴、牛羊，在烟霭中若隐若现，太阳拂照其上，彩虹横跨天穹，如一缕佛光惊现，笼罩在了第巴的宅邸之上，有点如临仙境的感动，说："第巴所在，真是天下绝境啊，比我们故乡的桃花源还美轮美奂！如得一娇妻，就此终老，也不枉人生一场。"

"哈哈！陈管道乐不思蜀了。"第巴笑了说，"我舅家加瓜彭措所在的贡觉，不仅是仙境，更有美女如云，明日不妨一游。"

"好啊！恭敬不如从命。"陈渠珍早已心驰神往。

翌日早晨，太阳冉冉升起，初露的晨曦仰面朝天横卧在草原上空，清亮小溪染上了一缕胭脂，陈渠珍在第巴的引领下，带着营部的职员策马而行，如沉落一个亘古的梦中。一群人马东行10余里，一条小河拦住了去路，却有一叶小舟横舟古渡，长约二丈，宽三尺许，是一个整木剜木而成，人伫立其上，逝水悠悠，一湾清波见底，鱼儿追逐而来，人立江中，江沉梦中，有一种驶向远古的无尽幻觉。

　　弃舟上岸，行二里许，到了贡觉村，营官司彭措夫妇已带领六十余人到村口迎接，其富丽宽敞的巨宅，远比第巴家的有过之而无不及。陈渠珍一行刚落座，醇美的酥油茶便已呈上来了，彭措手向仆人一挥，十几个穿着藏族盛装的年轻姑娘，在悠扬的藏歌声中，跳起了雄浑古朴的锅庄舞。长袖广舞，有一双美丽的眼睛在闪动，朝着陈渠珍妩媚笑，像藏羚羊一样温顺和无邪，如蔚蓝色的天幕一样纯净，不留一粒尘埃，他突然有一种莫名的感动，仅仅是凝眸一瞬，他便觉得一生一世，这双眼睛在自己的灵魂之中，再也挥之不去。

　　锅庄戛然而止，接下来的一幕是赛马，陈渠珍跟着彭措和第巴来到了一处河滩上，绿草似毡，野花在阳光下随风而舞，草原上每隔三四十步，便插了一根竹竿，还是那群跳锅庄女子，此时已卸去盛装，腰束丝带，长袍的藏装袒露左臂，彭措手轻轻一挥，骑在高头骏马上的女子身捷如燕，挥鞭驰马朝前方冲去，法号呜呜而鸣，众多女子躬身低头，伸手拔竿，一圈赛马跑完，最多能拔去一至两根竹竿，唯有一个窈窕的身躯，如天空的神鹰掠过，轻捷身影时而置身马背，时而横跨在马肚上，纤手一扬，虹影跳荡，一圈赛马跑完，手中连拔五根竹竿。

　　"好啊，真奇女子也！"陈渠珍与众部下激动地鼓掌喝彩。

　　彭措也挥手唤仆人："叫小姐过来，本营官今日高兴，要重赏她。"

　　身着绿色绸缎的藏袍，腰间束着红丝带，裸露着左臂的藏族姑娘，疾马冲了过来，到了陈渠珍与彭措、第巴跟前突然勒紧缰绳，枣红马前蹄凌空一跃，作天马遗世而立，睥睨马下的一群男儿，年纪不过 16 岁，而无邪的眼睛此时却是一缕从容不迫的倔强和坚定。

　　"没大没小的，还不下马来见过陈本布（藏语对长官的称谓）。"彭措呵斥道，转身对陈渠珍说，"这是我的侄女，因膝下无子，视为己出，让本布笑话了。"

　　"哪里，哪里，自古英雄不在年高，女辈也多英豪啊。"陈渠珍感叹道。

　　一阵铜铃般的笑声从半空随着身影降落，有点白云落地般的清纯无瑕，躬身行礼："小女子西原拜见陈本布。"

　　"啊啊，真是奇女子也。"陈渠珍感叹道，"如此精湛骑术，我辈军中男儿，也自愧不如。"

　　"本布过奖！"天然如玉的西原将颈下的哈达摘了下来，挂在陈渠珍的脖子上，嫣然一笑，蓦地转身离去。

彭措的管家横着挡住了她，说："老爷有赏！"

侍女端着一顶绿松石的头饰过来了，彭措将其戴在侄女的头上。

"谢谢叔叔！"西原躬身向彭措致谢。

"应该谢陈本布。"彭措指着陈渠珍道，"他对你的夸奖，让叔叔有点心花怒放。"

"好啊，好鞍配好马，这绿松石的头饰戴在西原姑娘身上，宛如林中一只绿狐出世，迷倒我辈武夫啊。"陈渠珍喝过几杯青稞酒，性情中人血气蓦然涌动。

西原朝他含情脉脉一笑，那蓝天流云的凝眸，让陈渠珍有点看呆了。

伫立一旁的第巴打趣道："若陈本布喜欢，就带到军中去，侍候本布榻前，寒冷的时候焐焐衽席。"

"哈哈！好呀。"陈渠珍以为第巴在开玩笑，漫然应道，"若得西原，可是我陈某人在西藏的喇嘛寺里送了高香，心之虔诚的报应啊。三生有幸，三生有幸。"

众人起哄，纷纷双手捧着一碗碗青稞酒而来敬陈管带，交了桃花运，赛马之中得一娇娘。陈渠珍那天喝得酩酊大醉而回。

翌日清晨醒来，陈渠珍早把昨天的醉话忘得一干二净，吃过早餐，便带着马弁，欲进大喇嘛寺去拜谒呼图克图大活佛，请教西藏古代神话故事。途中与第巴相遇，对方笑脸盈盈，说恭喜本布，贺喜本布。

陈渠珍愕然，问第巴，本管带喜从何来。

第巴指了指树上画眉说："树上的画眉在叫，陈管带自然有桃花之运。彭措看到你喜欢西原，欲将她许给你为妻，一会儿就送过来，西原听说能侍候管带鞍前马后、案头床前，自然也高兴万分。管带可不能嫌西原生于蛮荒之野，弃之如屣啊。"

陈渠珍悚然一惊，说昨天都是酒话，仅一句戏言而已。

第巴正色道："自古军中无戏言，管带昨日一席，可是搅动小女芳心啊。"

陈渠珍觉得有点滑稽，一语竟成孽缘，不过他是信佛之人，说还是到大喇嘛庙里找大活佛讨个说法再最后定夺。

"善哉善哉！"呼图克图笑道，"此等佳偶良缘，我愿为管带证婚，再说西原女孩，老僧也见过，身姿矫健，胜似男儿，随君奔走于军中，也不会成为累赘啊。"

陈渠珍感到盛情难却，说："恭敬不如从命了，西原也算是佛陀送给陈某人的一朵雪莲花儿，我会好生珍惜。"

当天晚上，第巴在他的官邸里举行了盛大的婚宴。洞房花烛之夜，凝望着军帐之中的长明灯，依偎在陈渠珍怀里的西原说："本布，你虽是汉人，但是当我在跳锅庄的旋律中，看到你憨直的面孔上有一双骨碌碌的眼睛在转，就知道，你是我命中的注定，今生今世注定要跟你走，不管海角天涯……"

新婚之夜的娇娘之语一言成谶。

陈渠珍在藏东南林莽之中的蜜月还未度完，武昌起义的消息竟然通过英国的《泰晤士报》传到拉萨，西藏清军顿生哗变，赵尔丰边军和川军中哥老会的袍哥们伺机而动，其龙头堂主居然是一群军需火头军，泼皮无赖，仅存一点哥儿豪侠，身上张扬的尽是兵痞匪气，竟将杀戮枪口对准了自己的长官，以西藏参赞大臣取皇室贵戚钟颖代之的统领罗长琦，曾密令麾下的管带处决哥老会龙头、堂主，可秘令尚未到达，下层士兵已纷纷反水，黑夜出逃之中，被哥老会之徒围捕在手，五花大绑，欲将长官用一种酷刑处死，双手用绳子系在马尾之上，一个哥老会骑兵跃身上马，鞭马曳行，进士及第曾以翰林在军机处行走的罗长琦此时已年逾五旬，开始为保性命，尚能奔跑几步，但最终战马越跑越快，终于被绊倒了，俯卧在地，身子和脸庞在砾石树桩和草地沼泽中拖曳数十余里，到大喇嘛寺前，已气绝身亡，其死之惨烈不忍回眸。

听到这一幕，陈渠珍的心在喋血。高原的夜，一片无边无际的黑暗，树林中仍有几只怪鸟的啼鸣，那是死亡将至的尖叫。独坐军帐中，经历了多少死亡的陈渠珍第一次感到后怕，回望故园，帝国江山已经倾倒，遍地狼烟起，一个坚强后方的支撑化为灰烬，黑暗沉沉，让他第一次觉得自己是一群远离故国的孤儿，社稷无主，军心已乱，觊觎境上已久的达赖必伺机而入，这片大清官兵喋血而战的土地将会起另一场兵燹血灾。他最担心的是西原和家人，还有与自己过从甚密的第巴、彭措夫妇，藏王卷土而来时，倾巢之下岂有完卵。他已经让自己的马弁给西原送信，让她在德摩山下等他。那一夜的等待是陈渠珍一生中最漫长的时刻。

拂晓将至，哗变士兵打着火把冲到陈渠珍的帐前，100多名湖湘子弟汉阳造的连枪在握，司书杨兴武是湘西永顺人，领着一班湘军近卫着他，虎视前方，随时准备为乡党长官献身。兵变的首领滚身下马，说罗长琦保皇旧臣阻挠革命，死有余辜。念你参加过同盟会，又是军中干才，大家推举你做军中首领。陈渠珍抱拳相谢，说："我与兄弟们喋血芜野数载，捐躯报国之心已尽，家有老母，该回去尽孝了，一个士兵若不战死疆场，就该回归故乡。谢谢各位的抬爱，恕我难从命了。"

跃身上马，陈渠珍带着亲兵怅然而行六天，终于走到了德摩山下，西原像一只惊弓之鸟，战战兢兢地扑了过来，军队已经瓦解，哥匪横恣，早不把军中纪律当回事了，烧杀抢掠无所不作，西原紧紧将夫君搂在怀里，男儿之泪却已经流尽，遽然有一种国破家亡的凄怆，抱着藏族娇娘痛洒英雄的女儿泪。

当晚住到了西原家中。她对汉军瞬间瓦解茫然不解，陈渠珍告之真相，大清江山已倾，军队哗变，残局无可收拾，藏王之兵很快就要扑来，若自己留下，必然命丧藏刀之下，并殃及西原一家，唯一的出路便是东归故里，携西原回到汉地去。若西原不走，一个军人的血魂也会永远留在高原上，陪伴着自己的藏族娇娘。西原听过后黯然饮泣，其母进来目睹此景，也抱着女儿哭成了一团。陈渠珍则独坐一旁，凝噎不能语。

离泪流干了，仅有16岁的娇娘仰起头来，拭去眼角上的泪痕，说："能追随君纵横军中，乃西原之幸，但是若失君，西原生活的天空就没有阳光白云。随君走天涯，君到何处，西原就追随何处。"

陈渠珍将西原紧紧地揽在怀中，说："西原，谢谢你，你跟我去汉地，回到那座依山傍水的小城凤凰，就等于将我在西藏雪域的所有记忆，全都带回去了。"

彭措说："我已垂垂老矣，走不动了。我向往汉地，却唯有遥望，我知道汉军走后，自己会落个什么样的下场，那就让我死在高原吧，我的灵魂将变成一只林莽中的孔雀，永远盘旋在故乡。"

第二天黎明，满天繁星被高原黑夜凉飕飕的大口吸吮而尽，远处的地平线上燃起一片大火，也许那就是东归前兵燹的预兆。西原的母亲赶来了，噙泪从藏袄里拿出了一尊珊瑚山，递给西原说："你随本布远行汉地，天涯地角，从此母女相见遥遥无期，想家时候，想阿妈拉的夜晚，就看看这座珊瑚吧，睹物如见你母，一定要小心呵护啊！"

"阿妈拉！"西原紧紧抱着母亲哭成了泪人。

骨肉分别痛彻肺腑，一个不会半句汉语的藏族娇娘，要随一个汉族军官去汉地，掠过心中的是一种莫大的感动，陈渠珍何能何德，居然有这样的异族女子舍命相随。但却不知自己是救了西原还是害了西原。

陈渠珍搂着西原的肩膀，将她从母亲的怀里硬拖了出来，扶她上马，朝着晨霭袅袅的林间小径绝尘而去。远处仍然听到山冈上西原妈妈锥心啼血的呼唤："西原，我的女儿……"

蓦然回首，陈渠珍的后边迤逦走来一支孤旅，他带着自己的150名湖南、四川、贵州和云南籍的子弟，一个西原，一个藏娃，汉族父亲藏族母亲生的娃子，踏上了漫漫东归路。

队伍赶到脚木宗时，彭措夫妇和喇嘛寺的呼图克图也策马赶来相送，双双拜于马前。说："彭措已老，不能随本布远行了，此去经年，重会何时。"说着便啜泣不已。

"彭措，也许有一天我们会回来的。"陈渠珍安慰道。

彭措摇了摇头，将手中的藏式佛珠各赠以陈渠珍和西原，说："山高水远，万里迢迢，只要佛珠在，就会保佑你们平安返回汉地。"

"谢谢！"陈渠珍和西原含泪而别，此去经年，后来他惊然发现，凡与自己交往之人，命运都打了一个死结。自己乍看救了西原，却最终也害了西原。相识彭措，最终也连累了彭措一家。他的队伍还没有完全走出大莽林，藏王的军队就开进来了，凡与汉官走得太近的人，统统受到了连坐。彭措夫妇被刽子手以酷刑车磔而亡，一只脚拴在一辆战车上，背道而驰，硬将人活活地撕成了两半，那惨烈的尖叫，连雪狮听了也打寒战。这个消息是陈渠珍后来才知道的，但是彭措死的那天，他正在飞奔逃亡路上，一群神鹰总是恋眷地朝着他的马队上空盘旋而下，原来他们嘴里衔着彭措的灵魂之躯啊，久久不愿离去。

归去来兮，胡不归去。陈渠珍所率的东归队伍抵达江达时，才发现乡关遥遥，自己已无归路。已擢升为四川总督的赵尔丰听说西藏川军已叛乱，立即调了三个营的边军越过金沙江，沿岗托一线布防，凡驻藏川军回返，一律杀无赦。若跟着钟颖再进拉萨，已是一群失去母体的乌合之众，迟早一天会被达赖收拾掉。

唯一一条退道就只有从青海出甘肃，再返内地了，可是横穿青藏高原有三条道路可入内地，一条是东道，就是当年的唐蕃古道，由湟源而过日月山，穿越广袤低洼的沼泽、荒原，渡黄河而至玉树，从玉树过唐古拉山口，进入拉萨，青藏往来多走此道。再一条是西道，沿青海湖经柴达木折南，沿金沙江上源的穆鲁乌苏，逾唐古拉山，是后来清代所辟的一条蒙古入藏大道，约需75天。再一条就是中道，沿青海湖经与柴达木与西道重合，自柴达木过通天河而与唐古拉大道汇成一路，只需40天便可抵达。杨兴武此时年过40，办事历来谨小慎微，人又厚道，力主陈渠珍抄近路而东归，于是他们便选择了荒无人烟的中道，满天冰雪，向导无法辨路，最终陷于绝地，有意思的是陈渠珍当年万里东归之路，恰好与后来慕生忠将军所探的青藏公路有很长一段的重合，冥冥之中成了内地走过青藏铁路的第一人。

烈马长啸，一支孤独的汉军队伍就这样在高原悲风的呼哨中，踏上青藏高原的万里东归之路，一条吞噬了多少英魂的荒芜英雄路，马蹄声咽，马蹄声碎，坚硬的铁蹄踏得尘土飞扬，也踏醒了湮没已久的唐宋冤魂，他们瞪着一双双凄迷的眼睛看着大荒，远眺着一支孤旅沉落于无垠无尽的荒原，沉落于死亡的陷阱。神奇壮烈的青藏高原，此时沦落为一个巨大的坟墓，每个隆起的土丘，最终都可能成为陈渠珍麾下官兵的荒冢。

踏上东归之旅时，归心似箭，每个士兵都未意识到自己踏在死亡之旅上，包括陈渠珍和西原。这是他一生中走的最长的一条路，原以为选了一条回归故里的终南捷径，可以巧妙地躲避开了敌军，岂料却无法避绕得开荒原和宿命。人在它的面前，显得渺小和脆弱。

凝多是告别藏东南热带雨林的最后一宿，陈渠珍回望自己的队伍，麾下有150名清军官兵，多是湘、川、黔、滇一带的子弟，然后是自己与西原，马夫张敏，父亲为汉族，母亲系藏女，藏人称为"采革娃"，再就是波密投降的被杀戮营官贡兆的儿子，又称藏娃，每个人骑着一战马，又有驼牛驮着40天的军粮、帐篷和御寒的衣物。

绝地万里随君东归

第二天早晨由凝多北进，正北方向四至五天路麦地卡，其在嘉黎西边与黑河以东之间，这是一条迤逦的小径，隔着千山万重，此时已是11月份，入冬的第一场冬雪雪落无声，陈渠珍骑的枣骝马打着响鼻，欲踏雪翩然而飞，东归之旅，多亏这匹西藏的易贡龙驹啊。从波密踏上东归之路，枣骝马良驹之雄渐次显山露水，当翻越树枝、央噶、京中等三座大雪山时，其他马走走停停，气喘吁吁，扬鞭横抽，雪阻关山马也不行。没有办法官兵只好推着马屁股艰难而行。唯有这匹枣骝马踏雪无痕，鼓荡双翼，轻蹄飞扬如健行天堂，五岭逶迤似踩泥丸，勒马仍不肯停歇。进入万里羌塘之后，广袤无垠的大草原，一片荒漠空廓，马匹驼牛无水草可食，其余的马都疲惫不堪，每登一座小山，骑者都要下马牵之而行，而唯有枣骝马独上千山，昂首疾行，睥睨青藏之小，似乎觉得这里才是它的天堂和战场，日行百里而不觉累。

此良驹得来之偶然。当时陈渠珍率兵抵达易贡一片大草原，见围栏羁着一群藏马，其中一匹枣骝马御风而立，昂首长啸裂云，奔蹄疾驰，众马皆不敢近身。

"好马！"陈渠珍感叹道，西藏的从军之旅，出入靠战马，因此对于马他有一种特殊的嗜好。

养马的主人说："本布有好眼力，此乃易贡的名马啊，易贡属于滨海，海龙出水与马交，故生龙驹。"陈渠珍笑着揶揄道："沼泽之地，也生龙蛇而育宝马啊。"

或许他太爱这匹枣骝马了，当时他便抛下藏银三百两，作为定金。后因卡拖围剿遁入野人山中的波密叛乱首领白马青翁，耽误了时日，重返易贡时，易贡头目送了枣骝马，说，这是易贡良驹了。

陈渠珍约军中好友来观看他的坐骑，众人哑笑，说："这什么宝马啊，马鬃、马尾太粗，头面雄阔，躯干粗犷，不像，哪点都不像一匹良驹。"

"千里马往往貌不惊人。"陈渠珍自我安慰，然后跃身上马，试骑了一程，也觉得与一般的战马无异，心中升腾起几分失望，隐隐觉得这笔钱花得冤枉。

然而，越过山外寒山连绵，陈渠珍庆幸自己拥有一匹千里马，而他的娇娘西原则骑在一匹大黑骡子上，成了百名雄性世界的唯一点缀。

已经好些天不见人烟了，一支孤旅望着北斗星冉冉升起的地方逶迤而行，极目之处，万里羌塘遥遥不见尽头，地平线之外仍然是浮起的天际，让苦旅行进中的清军官兵有点绝望。终于在一个傍晚，到了一个哈喇乌苏的地方，只见一条河流蜿蜒东去，哈喇乌苏是蒙古语，哈喇，蒙语叫黑水，乌苏，河的意思，陈渠珍孤军所向的哈喇乌苏，就是黑河即今天的那曲地区了。

"陈本布，前方有一个村镇。"藏娃张敏策马走到了最前边，看到了一个有五六户人家的巨镇。

"哦！"陈渠珍的马刺一夹，枣骝马朝着一个山丘冲了过来，果然一轮夕阳如被斩囚犯的脑袋缓缓地朝村落下坠，几缕炊烟冉冉，凝重了许多天的心情如蓝天晚霞，突然灿烂了。

后续的队伍渐渐地上了山冈，陈渠珍手一挥说："下山，晚上就扎营这里，休息几天，补济给养后再往前行。"

队伍开始雀跃了。陈管带骑的枣骝马一马当先，朝黑河古镇疾驰而行。马蹄踏碎残阳一片，黑河镇上最华丽庄严的大喇嘛寺孝登寺就在眼前，当他们渐渐靠近黑河镇时，只见数百名藏兵神情凶煞，持刀夹道而立，有一种御敌于家门之外的森严。陈渠珍觉得一片惊诧，挥手让队伍停止前进，命令翻译前去停调，告知我军仅仅借道而过，并无敌意。许久，翻译带着一名喇嘛来了，似乎毫无商量余地，挥令陈氏孤旅速速离去，不许在黑河停留，否则休怪藏军手下无情。

陈渠珍仰首看天空，斜阳已经快坠落到旷野无边的草地背后了，自己没有带帐篷，反复向喇嘛说明仅仅假道而过，决非鸠点鹊巢。磋商了一个晚上，最后喇嘛才勉强同意暂住一个晚上，给了小屋三间栖息，花重金买了100包糌粑给牛马食。让他感动庆幸的是取水的士兵找到了一位68岁的老喇嘛，他是青海人，9岁在塔尔寺剃度出家，18岁跟着商人入西藏，进了黑河的孝登寺为僧，已经50载，无限的乡愁伴随一生。他愿意作为向导，带领汉军孤旅横穿青藏，回归故乡。

曙色刚至，朝阳还在地平线上与荒原缠绵，艰难地分娩出新的一天。陈渠珍却不敢在黑河镇久留，担心被藏军一锅端了，早早便叫队伍启程远行。刚朝着正北方向走出10余里，只见后边风尘如黄龙卷起，蹄声踏破了荒原的寂静，如惊雷掠过。1000多名藏军的骑兵，分成两翼，紧随左右，陈旅停下，他们就停下来，陈旅疾行，对方也匆匆跟进，其虎视眈眈之状，仿佛随时都要出手将这支孤旅吞没。然藏军却忽略了一个坚硬的现实，这可是一支历经百战的精锐之旅，人并不在多，虽然对面数倍于己，但却拥有当时最现代的火器连枪，一旦露出铁牙利齿，千余的藏军绝对不是他们的对手。

"打吧，陈管带！"官兵纷纷涌了上来向陈渠珍请命。

"不！"陈渠珍摆了摆手，"我一直觉得奇怪，藏军若要吃掉我们，昨天晚上是最好的机会啊。"

"那是他们兵力不够。"陈渠珍麾下有一个最得力的部下、乡党杨兴武，说，"我军猝然而至，藏兵调兵不及，今天早晨已经大量集结，决一死战在所难免。不如乘对方立足未稳，打一个措手不及。"

"好吧！狭路相逢勇者胜。"陈渠珍立即布阵，"兴武带一队攻其前，我带一队攻其左，不可恋战，打了就走。另一队护卫辎重，千万别让人家端了粮草。"

恰好这时，藏军下马到帐篷里休息，陈渠珍手一挥，百名勇士举着火器冲入藏军的队伍里，一齐开火，左右夹击，乱扫乱射，一下子打对方一个猝不及防，300 藏军死伤。而陈旅却无一人受伤，追了 3 公里远，藏军远遁，匆匆鸣金收兵，打扫战场，藏军遗落了许多粮食，驮着就走，一口气跑了将近 40 余里。天色将暮，进了一个小喇嘛寺，问老喇嘛，为何藏兵要追赶他们，老喇嘛说，你们被当成拉萨叛兵了，十三世达赖过黑河时，放了许多宝物，怕你们掳走，意在震慑，未必是要打。

"那为何虎视眈眈紧随我们之后，却迟迟不动手。"陈渠珍依然疑惑。

"藏军武器不好，打仗意在恫吓与慑制，未必要真打。"老喇嘛解释道。

陈渠珍如释重负，问此去多远可到甘肃。老喇嘛告之三日之后就会走进酱通（西康藏人语羌塘）沙漠，那是一片无人区，极少有人走过。

"一个月可以走出来吗？"陈渠珍问。

老喇嘛摇了摇头："绝地无路，非一个月可以走出去啊。"

"是吗？快找向导来！"陈渠珍惊讶不已，挥手叫来随军而行的老喇嘛，说，"你 18 岁进藏时走了几个月？"

"那是夏天，整整走了 2 个月。"老喇嘛小心翼翼地说。

"现在是冬季，我们准备走 3 个月，能够走得出去吗？"陈渠珍将所有的希望系在了向导老喇嘛身上了。

"也许可以……"老喇嘛有点犹豫。

"别说也许，军人最怕模棱两可的情况不明了。"陈渠珍突兀地显出军人决断干脆的血性。

向导老喇嘛摇了摇头说："我不能。"

陈渠珍怅然若失，他命令杨兴武清点了一下糌粑、粮秣，很快报回来了，每人尚有 130 斤，90 天足够了。

"可以支撑3个月了。"眺望羌塘无人区，陈渠珍心中有莫名的骚动和紧张，他并不知道这片人类的最后的秘境，正北方则是横亘唐古拉的当拉山口，越岭过后不远的是通天河，再往前就是空旷无边无际的楚玛尔莽原，过去他一直向往青藏高原无人区的神秘莫测，然而现在却像一个巨大坟墓，在等待着这群大清帝国最后的官兵。

草原上的帐篷越来越少了，已经走了3天了，不见一点炊烟。陈渠珍的记忆里已经没有地理点位的参照坐标，其实按他后来著书所述的在三九族与二十五族之间插过去，恰好是朝今天的聂荣县直插唐古拉的当拉山口，可是茫然四顾一派荒寂。到了日暮时分，终于见到了十几个帐篷，士兵驰马下去，要求暂住一宿，但是藏民不肯，士兵强入，对方持刀扑杀，陈渠珍未来得及制止，手下开枪射击，击毙一人，其余匆匆逃之夭夭。当天晚上住了一夜暂避风雪，这是他们最后一次见到了人烟。

或许因为羌塘荒原上的滥杀之嫌，上苍略施淫威，令这支清军的孤旅陡生敬畏和恐惧。就在他们第二天早晨离开那十几座帐篷不远，风雪仍然下个不停，只见沙碛之中突然风尘遮天蔽日，一股黄龙由远及近，如一艘战舰滚滚而来。官兵一片骇然，停止了前进的步履。唯见远处的尘沙渐行渐近，风尘中似有一群天兽踏云而来，若隐若现。向导老喇嘛显得格外坦然说："说是野牛啊，大的重至八百斤，小的最少也不少于三四百斤，由牛中之王引导，成百上千只，前导牛往东，群牛追随往东，前导牛往西，其余都朝西。带头牛坠崖，所有的野牛都会跟着坠崖而亡。"

孤旅的官兵嗟叹之中，巨大的野牛群从他们身边擦肩而过，踢哒之声将羌塘草原震颤。足足奔驰了十多分钟才过完，吓得陈旅官兵浑身冷汗直流。

野牛驶过，向导喇嘛才从诵经中惊醒，说："谢天谢地，好在是群牛而行，若遇孤牛，我辈的小命就搭上了。"

官兵不解，问这是为何？

老喇嘛说："孤牛体大力猛，角短而螺曲，鼻子长而狭，若不幸与之相遇，趁早躲起来。否则若公牛相斗，它连狮虎都不惧，人若要称狂，只能白白送死。"

众士兵说："我们有枪在手，凭什么害怕野牛？"

"牛皮厚而坚硬，刀枪不入啊。"老喇嘛摇了摇头说，吓得士兵一派悚然。

陈渠珍觉得所率的清军孤旅的厄运，其实是从他心爱的良驹枣骝马远遁开始的。仿佛这是不祥之兆的第一张多米诺骨牌，推倒了第一张，其余皆倒。每天晚上睡觉前，他们照例将每匹战马、驼牛，用毛绳捆住后腿，两足之间只有六七寸的空隙，这样牲口晚上即使吃草，也不会跑得太远。战士皆卧在雪中睡时，人先僵卧地下，用肘压住了衣缘，再转身仰卧，将头蒙在衣中，任凭风吹雪浸。第二天早晨起来时，几尺厚的积雪已将人埋住，仍需转身伏地上，猛然而起，抖擞身上的积雪，相看每个士兵个个蓬头垢面，似如囚徒，而他最心爱的娇娘西原，红润的脸庞早已像花一样枯萎，美丽不再，当年驰骋马上的矫捷之身像纸一样单薄了。幸好他们还有一床薄被，一床皮褥，晚上相拥而眠，靠彼此的体温还能暖一暖风雪青藏的寒凉。

翌日早晨，西原最先从雪梦中醒来，起身一看，平时围在他们身边的除了她那匹大黑骡外，枣骝马早已经跑得无影无踪了。她连忙推醒了陈渠珍，说官人，大事不妙，枣骝马不在了。陈渠珍跃身而起，一望荒原无尽，连一点踪影也不见，他命令士兵骑马分头寻觅，几个方向找了很远的地方，也不见枣骝马的影子，也许良驹宝马的故乡本身就是属于这片大荒原，跟随陈渠珍走，最终也落得一个屠宝马果腹的命运，还不如早点寻一条生路，称雄瀚漠，变成一匹驰向天堂的天马。

痛失千里马，陈渠珍怅然若失。西原将自己的大黑骡子牵了过来，说："夫君无忧，大黑骡虽然赶不上枣骝马，也是好马一匹，可供驰骋。"

"那你骑什么？"

西原指了指一匹驮货的劣马，"它可以代步啊。"

"使不得啊！"陈渠珍一口婉拒，"你是骑手出身，岂可骑此等劣马。"

"夫君！"西原此时凸现出西藏女子的非同凡响，"你是本布，所有兄弟的命运都在你手里，没有好马何以指挥。"

未等陈渠珍同意，西原已将大黑骡的缰绳递到了他手中，自己飞身跃上一匹劣马，跟着队伍朝着天的尽头走去。

骑着大黑骡走了六七天，突然在一片荒原上只见到数百匹藏野骡，枣骝马也徜徉其中，陈渠珍喜出望外，悄然接近，用熟悉的声音呼唤，可是枣骝马心性早已经野了，根本不理会他的主人，野骡见人也不躲避，几个士兵悄然扑上去想抓住枣骝马，还未近身，它凌空一跃，马踏飞雪，朝着远处疾驰，藏野骡也追随而去,士兵举枪,射杀了五头。而枣骝马惊鸿一现,乘御风,含清风,踏飞雪,随着藏野骡而去了。

陈渠珍望良驹消失在大漠上,孤凄一人策骡独行,黯然伤神。

良驹弃主人而去,向导老喇嘛也不时迷路,过了唐古拉的当拉山口之后,偌大的羌塘无人区,几乎都是一目千里的大荒,风雪又大,黑云垂到了地下,四处几乎没有一点参照,辨不清南北西东,老喇嘛登高望远,远眺良久,才刚辨清方向,可是走不了几程,又开始迷路了。士兵恚怒不已,对老向导或大声斥骂,或用枪托痛击,或揪到草地上一阵地拳打脚踢,西原心软痛苦地转过身去,哀求的神情投向丈夫,陈渠珍连忙出面制止,他担心一旦老喇嘛也像枣骝马一样弃主人而去,那可是叫天天不应叫地地不灵了。

晚上到了一处宿营地,他把老向导请了过来,好语相慰,从容地问道:"荒原茫茫,雪地之上路向何方啊,你年轻时经过此地,总应该有山水可作参照物啊。"

老喇嘛沉思良久,说:"再往前走,就是通天河,再行数日,便有一座孤山在大荒原上蓦然崛起,名叫'冈天削',山高不过数10丈,有一条小河绕其前,树木也就多起来了,顺河而下,走10多天,就可以到西宁,而且沿途都有蒙古包星落草原之上。"

在陈渠珍冥冥的地域感觉之中,天冈削显然就是昆仑山口了。心头顿时升起了一缕希望之光,多方安慰喇嘛,也劝自己的部下绝不可再为难老向导。但是令他忧心如焚的事情却最终发生了,杨兴武悄然告诉他,糌粑全部告罄,部队已经断粮了。他连忙让杨兴武查一查人和牲口,除士兵死亡外,还有73人,牛马不时宰杀与夜间遗失后,只剩下50头了,一天需要二头,还可以坚持半个多月。

"轻装吧!"陈渠珍下达了最后一道命令,"带不走的行李,全部焚烧。"

他与西原最终就留下了一床被、一床皮褥,还有西原妈妈送给她的珊瑚山。

以后的日子,几乎是在一种混沌中度过。没有地名,没有纪程,甚至没有山川风物可供记载。走着走着部队又水复地重疑无路,于是,每日午后3时,陈渠珍就命令部队在野地宿营,兵分六组,一组敲冰化水,一组刨开积雪拾牛粪作燃料,一组寻石架灶,一组扒开雪窝作营地,一组猎野兽为食。开始数天,运气还好,打猎者往往满载而归,有时射杀野牛无数,有时狩猎野骡一群。

但是，最让他惊惶失措的事情还是发生了，手中只有20根火柴了。众人皆慌了神，小心翼翼地交给陈渠珍。于是每天的一根火柴点燃生命之火成了最重要的事情，每到点火之前，先将干骡粪揉成粉末，撕下身上的布条，卷成小条，八九个人背风排成两行而立，头并头，肩并肩，衣服将漠风挡得一丝不入，一个钻到中间擦着火柴，点燃布条，挡风的人墙闪开挡风一角，微风徐徐渐入，然后再将布条放到地上，盖上骡粪的碎末，荒火孤烟冉冉而起，成了万里羌塘无人区里唯一的一簇生命的炊烟。然后士兵将拾来的牛粪摞三四尺之高，围着篝火席地而坐，煮冰代茶，烤肉为食，到了晚上火渐渐烧尽，一群人就余烬未完，睡卧其上，既可以去湿，还可以防寒保暖，在风萧萧雪飞扬的大漠上度过一个漫漫的长夜。

坐骑和驮牛一天天被宰杀，走路的士兵越来越多了。当初离开波密时，每个官兵穿的是藏靴，里边有毛袜，可是在荒原上走得久了，藏靴破烂，只能用毛毡裹足而行，行路漫漫，毛毡也破烂，赤脚而沾冰雪之上，开始肿痛，随后溃烂，有的最终连路也不能走了，而他人又各自寻路逃命，无法携战友而行，只能任其僵卧地上，辗转呻吟而死。起初死人之时，陈渠珍还叫人挖坑埋藏了，让头朝正北，远望故土江南，率众官兵致祭，写下家人的姓名和住址，以后好回去报丧。后来减员太多，也只能僵尸卧于莽原，默默嗟叹而已。

陈渠珍也未能幸免，有天过雪沟，稍微不慎，右足沾雪而冻伤，开始跛行，西原眼疾手快，以牛油烘热熨在足上，过了几天竟然奇迹般地好了。可是他的队伍却在不断地减员，从断粮屠杀坐骑开始，短短的10多天内，病死13人，足痛而死17人，随军跛行也有六七人。

又继续往正北方向行走了数日，一个日暮沉沉的血色黄昏，突然惊现一条大河从身边蜿蜒流过，老喇嘛骤然一跪，说："我们终于到了通天河了！"

官兵们脸上的阴霾也随之一去，一个个惊喜万状，掐指数着日子一算，今天晚上恰好是腊月三十，是中土的除夕之夜，明天大年初一。陈渠珍挥手说："明天我们就在通天河过年，休整一日，杀马过年，再捕一点野兽做菜。"

次日早晨起来，晨雾渐渐淡去，通天河沉醉在冬日的阳光里，熠熠发光，如一条白色绸带融入远天。陈渠珍鹄立岸上，只见河宽20多丈，无竹木扎舟筏，幸好冬天河面上已经结冰，队伍可以踏冰而过。登岸后，突然有个士兵惊叫："管带，河岸上有一块石碑。"

"真的？"陈渠珍走过去一看，果然一界碑，足有三尺之高，一尺左右宽，上书写"驻藏办事大臣青海办事大臣划界处"。

老喇嘛站在界碑前俯瞰良久，说："这大漠上无石可取，是从江达用两头驮牛远运而来的。花了数百两藏银，当年路过黑河时，我见过这块界碑。"

民国元年的大年初一，清军最后一支孤旅的40多名官兵，就在通天河边上度过了难忘的第一天。

望着通天河水默默流向远方，流向长江，流向每个士兵家乡的门前，陈渠珍也觉得乡愁无边，转头问老喇嘛："到天冈削还有几天路程？"

"10日吧。"老喇嘛沉吟着，"也许半个月，老僧当年只有18岁，50载岁月轻烟如梦。不太记得了。"

陈渠珍的部下不干了，举起枪口对着老喇嘛，"都是你这个老秃驴害的，说3个月，我们都走了4个月，荒漠茫茫，路在何方。不如先宰了这老秃驴，煮了吃。"

陈渠珍连忙挥手制止。

杨兴武不愧为陈渠珍的左膀右臂，说："陈管带，不管天冈削要走10天还是半月，我看不会太远了，如今牛已杀尽，马也不多了，若再误入歧路，我们就全完了。我挑十个体魄健壮者前去探路，你们在后边打猎，多储野肉，作为粮食。"

陈渠珍点头，约好10天为限。当天晚上，杨兴武将最后一杯糌粑赠给陈渠珍，重不过二两，煮了两锅汤，叫大家分而食之，叫老喇嘛也来吃，怎么喊也不应，官兵也不在意。第二天早晨，让老喇嘛与杨兴武一起走时，才发现他经不住士兵暴戾的殴打和斥责，悄然出走了，茫茫然的大漠，方圆万里无人烟，一个年近七旬的老僧孤身一人，何以走出莽原无疆，最终只能裹饿狼之腹了。

一个红衣喇嘛在大漠中消失了，兴武带走的10个兄弟也在前方的大漠里永远消失了，陈渠珍并不知道，过了通天河之后，吞噬他们的将是神秘广袤的可可西里。

春节后的第10次日出又从通天河上冉冉升起来了，正北方的荒原上不见一个人影。兴武一去不复返，最后一匹大黑骡被枪杀了，杀大黑骡的时候，西原跑得远远的，背过身去，她不忍看到自己心爱的坐骑命丧枪下。官兵们已经两天没有进一粒米了，队伍之中一片缄默，罕有的沉默，陈渠珍率领的暴戾而哗嚣的官兵沉默了，真的，这种沉默远比喧哗更可怕，这是人性不泯的善良最后崩裂时的沉寂。那是一种兽性与疯狂暴发前的寂然。士兵饥火如焚，理性与人伦此时都在荒原中湮没了。

西原的表情在冰雪映照中凸现冷酷，如雪山女神一样浩气凛然，不可侵犯，一下子将失去理性的男人给震慑了。她将自己的连枪一横，说等着，再过一个时辰，我会满载而归。

藏族娇娘的韧性温暖湖湘男儿

莽野上残阳如血，西原消失的那一个瞬间，身上镀了一圈金光，如西藏的白度姆女神一样，御飘融入了斜阳，走进雪野，一下子将士兵震慑了，死去的灵魂救活了，她救赎了大家，也拯救了自己。就在她转身离去时，陈渠珍本能地跃然而起，随她而去。他们斜行二里，入一条山谷，西原走得快，陈渠珍远远地落在后边，只听砰然一声枪响，如一个爆竹在荒原上划过，陈渠珍上前一看，竟然打死了一匹野骡，西原取出藏刀割野骡腿上的肉，陈渠珍连忙制止道："割肉时间太长，那群饥饿的士兵还不知会做出什么事情，卸下两条腿拖回去吧。"

"好主意，还是夫君办法多！"西原莞尔一笑，截下了两条骡腿，用带子系上拖了回去，途中来了几个士兵，陈渠珍连忙吩咐他们赶快进山谷取剩下的，免得被狼饱餐了。

黄昏时分，回到营地，西原早已汗水涔涔。她让丈夫小心看守着，自己又匆匆离去，过了一会，找来一包牛粪，然后操刀割成无数的小方块，用通条穿在其上，俯身点燃牛粪，将肉放在火上烧烤，将近3天没有吃过饭的士兵饱餐了一顿，第二天又猎取了一批野骡、野羊、野牛，士兵们照西原的烤肉办法如法炮制，统统烤成干肉，攒足了可供十日行程的食物。

在面对苦难的坚韧性上，男人是最脆弱而不堪一击的。抑或从那天起，西原就用微笑，用女性的温馨影响和改变这个日益酷烈和躁动的雄性的土地和大清帝国的最后一支孤旅。将近五个月的荒原之旅，已经将西原矫健的身体折磨得香消玉殒。

身体日渐虚弱，如纸一样单薄。格桑花灿烂的脸颊又瘦又黄，一天天枯萎下去了，可是她的脸上永远洋溢着微笑。在那一个寂寞的长夜，雪风从身边掠过，天穹深邃黢黑，偶然有几颗寒星闪烁，像秋潭里的水草一样在天边摇曳，西原依偎在陈渠珍的怀里，讲她在波密莽林中的游牧岁月，讲她相依为命的母亲，讲他的伯父彭措夫妇，但是他们并不知道此时的彭措之魂早在天堂冥界前俯瞰他们。她让陈渠珍在迷途之中还有一缕温婉和浪漫的眷顾。每天晚上睡觉前，她总是将厚厚积雪拂去，露出枯黄的野草后，再将皮褥铺开，随后自己俯卧而下，将长袍的每个袖口边缝压住，再转身过来，将彻骨寒凉的青藏高原当作了他们的婚榻，整整8个多月，200多个夜晚啊。她说话的时候，呵出的热气吹到了陈渠珍的脸上、脖子上，让他瞬间感到温暖了。寒凉的长夜也变得温婉了。

离开通天河，老喇嘛说的冈天削（即昆仑山口）像灵山一样在梦幻中诱惑着清军最后的孤旅。杨兴武十个兄弟半个多月没有消息，生死难卜，陈渠珍与西原上山路第三天，也差点遭遇了一场生死之劫。那一早晨出发前，陈渠珍叫麾下剩余的那二三十个士兵先行，自己有点事情，与西原随后跟进，开始还见行军的队伍逶迤于隆起的小山丘之上，紧随其后的陈渠珍还可以隐约遥望，但是走了十几里之后，队伍便消失在大漠里了，就连开始与他们一起同行，后来赶上去追赶队伍的马夫张敏和藏娃也不见了踪影。他只有挽着西原踉跄独行，两行脚印留在了空阔的大漠之上了。气喘吁吁地再走了七八里，天色黯然下来了，地平线上的黑暗正以氤氲之势，挟着昏暝，冉冉上升，与天边悬着燃烧的帐幕渐次接近、拥抱、缠绵，天与地接壤处的界线如此混沌，一片火烧云像刚从地壳里奔凸而出的岩浆，漫漶无际，渐渐地冷却为黑炭，显然这是远天黑夜垂死挣扎的前驱，那苍郁连绵的大荒上的圆阜，以十二万分的激情，袅袅升起一缕缕暝昧，起身迎接即将落下的沉沉暮霭。可可西里沉默着，已经沉寂了一个又一个世纪，蓦然之间醒来，悄然地等待，静静地谛听，等待一场喋血青藏、金戈铁马武士躯体倒地时的轰然声响，等待一个万劫不复的末日。

晚风呼啸着掠过雪野，一览无余地凸现靠近暮色时的死寂。一群恶狼围上来了，离他不过丈余远，狂噑的尖啸似乎要啃噬一对孤立无援的伉俪。西原从未见过群狼扑噬而上的场面，吓得浑身战栗着哽咽欲哭，躲在陈渠珍的身后，欲寻找到一个坚强的靠山，一个男人的坚强的臂膀，并请丈夫赶快逃避。

陈渠珍摇了摇头安慰道："黑天地暗，道路迷茫茫而不可分清东西南北，何况只要我们一动，苍狼见了人影，就会扑上来噬咬，死亡就近在眼前了，不如我们选一山沟，静坐在那里，与狼对峙。天亮了狼就会远去。"

于是陈渠珍与西原借着夜暗，选了一个低洼山沟，他将皮褥铺在地上，与西原并肩而坐，盖上被子，西原连枪在握，他则以短刀相持。对妻子说："狼不到十步，切不可开枪。"

"有君在，我不怕。"西原深情地说，"纵使今天晚上真的喂狼而死，灵魂与郎君一起飞升天堂，也是西原之幸。"

"别说傻话，狼也怕人。只要我们不睡熟，群狼也奈何不得。"陈渠珍安慰妻子道。

话刚潜入荒原，夜风也掠过苍狼的狂嗥，凄厉尖啸撕破夜空，随后十几只群狼旋风而至，站在十几米的地方，眨着绿光，如萤火虫一样在夜幕中闪烁。西原浑身一颤，紧紧地依偎着夫君。

人与苍狼就在荒原中对峙着，比试谁坚持到最后。但最终狼熬不过人的韧性，到了凌晨时分，悻悻然地往沟里走了，陈渠珍与西原如释重负，神经突然松弛下来了。这时他们已经疲惫不堪，不知什么时候竟然同入寒梦里，一枕荒原无边。陈渠珍此时经梦到自己凤凰的沱江里去了，燠热的夏季，男女老少一条长河中共浴，一丝不挂，裸现着人类童年的灵性。

"夫君醒醒！"有一个女声在呼唤自己，不是乡音，却有几分高亢的磁性。

陈渠珍睁开睡眼，也是拂晓将至，他惊呼道："好险啊，我们都睡去了。"

西原点头，说："我刚才做了一梦，回到家乡的后山，被狼所追。脚已折了，是母亲背着我跑，突然吓醒了，发现夫君也睡着了。"

"吉人天相啊！一群苍狼围了半夜，我们睡着了居然不扑上来。"陈渠珍感叹道，"看来天不会亡我与爱妻啊！"

第二天早晨天亮了，他们收拾一下行李，循路而去，可是前路茫茫而毫无脚印，走来走去，却不知前方在何处。陈渠珍心中默默暗念："兴武一去不复返了，我与西原又与官兵失去联系，只有与西原朝前方走去，手中只有一支连枪和一把短刀，幸而再未遇到野兽，但是却一点食物也没有了。死期将近了。"

陈渠珍与西原断食已经两天了，两个人坐在山头似乎在等待死亡。西原从胸中掏出了一小块肉，递给夫君，陈渠珍咽下一小半，突然又咬出一半，递给了西原。她坚决不肯要，陈渠珍再强行喂她，西原饮泣道："女人的耐力是无限的，可以几天不进食，仍然能活下去。可是夫君却不能一日不吃，而且万里跟君行，可以没有西原，却不可没有夫君。夫君如果饿死，西原活着也就没有意义了。"

"好西原。"陈渠珍泪涕潸然，说，"渠珍三生有幸，能遇西原。"

第三天，陈渠珍与西原朝着正北方向趔趄而行。忽然见到道旁有一颗子弹，已经沾了泥土了，陈渠珍俯首拾起来一看，对西原说："这是杨兴武留下来的，否则不会留下子弹啊。"

西原惊喜万状说："我们有救了！现在是春天了，我们的苦日子快到尽头了。"

又走了数余里之后，西原频频回顾，忽然见到有人来了，大声惊呼道："夫君有人来了。"

陈渠珍与西原伫立原地，极目远眺，果然远处的地平线上有两个人的人影渐行渐近。原来是他的马夫与藏娃。

张敏跑了过来了，手中提着一个布袋，看到陈渠珍，抱头痛哭说："管带，我们在途中遭遇骡子一百多头，赶到山沟里，枪毙无数了。我们煮好了肉，派来好几路人马，却不见管带。今天早晨我与藏娃寻找而来了。"

陈渠珍听了，也泣不成声。张敏从口袋中捧出一块热肉，有二三斤，叫西原与陈渠珍吃了。

"西原吃啊！"陈渠珍与西原狼吞虎咽吃下三斤骡肉，才问："那些弟兄到哪里去了？"

"就在前方！"张敏指着左翼的山谷里，炊烟袅袅，薄云似的横空而出。

陈渠珍仔细观之，离自己不过三里地而已。士兵再度与长官相聚。

凭着每人十斤干肉，他们一连走了七天，蓦然见一山峦崛起，下有清泉，傍山有流，水边有小树丛生，高有尺许，叶细干粗，陈渠珍惊呼："天冈削，天冈削（昆仑山）！"

众人俯卧水边，拥抱着这块春醒过后的冻土，嗅着青草的芳香，突然有了醉的感觉。但是陈渠珍环顾良久，觉得不像老喇嘛所说的昆仑山口，但他深信昆仑山口已不远了。蓦然回首，万里白雪，一片黄沙砾石的羌塘草原早已经在身边渐行渐远，他们已经走出可可西里，离莽昆仑不远了。

也许还有最后的磨难，继续朝北走了五天，又断粮了，身边的士兵只剩下

17个人，一天全都出去狩猎，独剩陈渠珍与西原看守行李。他掐指一算，已经走了五个多月了，仍然长安路远，玉门关遥，悲从心中起，一个血性男儿也不禁黯然流泪。西原走到夫君跟前，从后背一把抱着他说："如今已是春天，天气也渐渐暖和了，虽然你的弟兄一个个倒在了大漠之中，但是大漠不吞没我们，说明这是天意，夫君，就剩最后一步了，你可要挺住啊。"

陈渠珍听了深觉惭愧，自己一个大男人，尚且不如一弱女子。顿时觉得胸开气朗，在春天野兽渐少的时候，他们找到了在荒原上挺立了千年的大野牛风干之躯，火烤三天，割下千年风干之肉，解一顿之饥。随后与七个从拉萨来的蒙古喇嘛相遇，赠他们两顶帐篷，两头骆驼和几袋糌粑。相伴三日路程分手，并告诉他们再走月余可到盐海，那里有蒙古包了，再行七八天，可到柴达木，是一个巨镇。

千里东归，历经了九九八一难，离别蒙古喇嘛后，又行七八日，沿途皆草地，不时可捕野羊充饥，火柴皆无，只能趁屠宰之时吃生肉，最后剩下的十几个人重又回到了人类史前时代。有一天什么东西都没有了，饿了两天的陈渠珍有点支撑不住了，西原突然将前两天捕杀的野山羊下水从怀中掏了出来，洗去污秽，递给夫君，陈渠珍放到口中咀嚼，觉得清脆可口，两个人几口就吃尽，剩下一部分到了晚上饥饿时再找出来吃时，嚼着嚼着，觉得满口黏滞起来，横手一抹，原来是野羊下水的粪便未洗尽。随后又朝北方走了10多天，最后不得不宰杀喇嘛所赠的骆驼，晚间看守不紧，被野狼衔走双腿，第二天士兵起来欲哭无泪了。

一支孤旅执着地东归，在群狼的围追堵截中往东北方走去，有一天陈渠珍突然发现地下牛蹄马印甚多，行了七八里，发现一个小坪野草茵茵，野花在春风中摇曳，山前有一湾流水，淙淙流淌，对岸有矮树，差不多有一人高。陈渠珍知道他们快走到有人烟的地方了。当天晚上宿于此地，并打了两只黄羊。可是到了日落时分，他最赏识的一个士兵胡玉林未至，倒让陈渠珍怅然不已，苦难将尽，又损一名兄弟。第二天早晨，他想玉林未必会死，派人分头去找，他不想东归将在尽头，长安城里已遥遥可望的时候，再扔了最后生死与共的兄弟。派人到山头向东南西北方向鸣枪，十几分钟后，只见一匹快马驰骋而来，一个藏民骑在马上，胡玉林紧紧抱着他的腰，跳下马来，最后的7个士兵欢呼雀跃，他们已经走到了有人烟的地方了。

陈渠珍与他最后的 7 名官兵，向身后的大漠，向永远倒下的 143 名的大清帝国的雄魂行了最后一个军礼，在猎人的率领下，穿越盐湖，行了 16 天后，到达柴达木，然后跟一个内地商人一起往日月山走过，6 月 21 日抵达丹噶尔厅，今天的湟源县城，在一望无际的青藏高原上走了 223 天，万里东归回故园，其传奇的经历轰动整个大西北。作为汉人，以 143 名官兵抛尸青藏的沉重，成了第一支穿越今天青藏铁路和沿线的最后一批大清帝国的官兵。

仰望长安冷月哭红颜

陈渠珍和西原走进长安城时，已经过了中秋节了。万里悲秋作客长安，从朱雀大道上匆匆走过，秦月汉关，城郭烟火，是那样的陌生又是那般的熟悉。一阵秋风乍起，秋霜染黄的落叶裹挟着黄尘纷纷落下，像殉情的彩蝶撞地而亡。陈渠珍茫然四顾，有点茕茕孑立的自怜自艾，麾下的那群兵和马夫张敏、藏娃，都鸟兽般地四散了，唯有自己与爱妻西原仍在旅程上漂泊。

陈渠珍一行在昆仑上附近巧遇猎人后，死亡的威胁退避其次了。因为身上还有藏银，便可以雇骆驼、牦牛代步，再不用为吃饭发愁了，心情已像初夏草原的蓝天白云一样透亮了。并在过盐湖的时候，巧遇一位汉地来的商人，并肩而行，迷失荒原无路可走的事情成了不堪回首的昨天。但是，越过大柴丹，走向青海湖时，只见村郭迎面扑来，炊烟袅袅，他的手下却一个个渐渐与他别离了。

先是马夫张敏与藏娃不告而别，那天晚上，他们刚刚到青海湖南的一个集镇上，明天就要过日月山了。在客栈住下来的时候，张敏和藏娃去了喇嘛寺，与主持谈了很久，一夜未归。第二天启程时，已经走了 10 多里路，还不见他们两个追上来，陈渠珍有些焦急，询问何故，士兵告诉他，张敏和藏娃留在喇嘛寺出家为僧了。陈渠珍一听，心中涌动着一股酸楚，不觉潸然泪下，两个流动着藏民族血液的青年人，跟着自己东归华夏，历经劫难，九死一生，距汉地只有一步之遥时，却留在了青海湖边，在长明灯辉煌如昼的诵经声中度过余生，也许这是他们最好的归宿了。

离开喇嘛寺前行 30 里路，就是日月山了，唐称赤岭，也是唐蕃划界之处。陈渠珍登上这高不过三四丈的红土岭，蓦然南眺，仍然觉得自己将马夫张敏与藏娃扔在了藏区，自己或许是最后的残忍，毕竟一座日月山可是汉藏地理、气候、文化与血脉最后一道分水岭了。藏人说"过了日月山，又是一重天"。果然，陈渠珍站在山顶遥望汉地，已听到了鸡鸣桑树上，犬吠闻巷中了。走下日月山，就有人间的地气涌来，黄土大道上熙来攘往穿着宽袍大袖、戴着斗笠、骑着黑驴的同胞，俨然是故张武陵园那世外桃源的遗风。

再往西宁方向行了两日，6月24日到了丹噶尔厅，即今天的湟源县城。陈渠珍掐指数来，清军最后的孤旅始出江达为1911年的冬月11日，恰好223天，物是人非，客死大荒，青藏高原上仅7个多月，人间却已改朝换代，他们效命的大清王朝寿终正寝了，一支孤旅却在芜野尘梦中演出大清帝国的最后绝响。

徜徉在丹噶尔厅的古城，清军管带陈渠珍和他的藏族妻子西原，还有最后7个士兵成了西部一道酷烈的风景，一群南方人，却从青藏无人区万里东归，穿着7个半月不曾洗过的藏袄，长发打成了结，引得惊叹无数。妇女纷纷拥出门观看，商贾肃然起敬，似乎当年的张骞归来，进到商铺酒家布店，主人纷纷起立致敬，酒菜管饱，扯布也白送，甚至让陈渠珍和7个士兵爬到烟床上，吸上几口阿芙蓉。西原伫立一隅掩口窃笑，突然有了一种做汉家媳妇的自尊和荣耀。可是她却不敢照镜子，不知晓在汉族妇女的眼中，她是一个什么样的女人。

有一天突然发现布店的铺子里有一柄铜镜，大唐文成公主带过来的日月宝镜，西原凭着女人的直觉一步步往铜镜靠拢，犹豫了半天，才伸出手去拿那镂刻精美的铜镜，抚摸良久，她却不敢将磨得光亮的镜面对准自己。陈渠珍伫立一旁，微笑着鼓励自己的妻子。200多天与世隔绝，不曾洗漱，高原漠风将一个人面桃花的西藏美女变成了山鬼。

斜阳从纸糊的窗格里泻了进来，暖暖的，照在西原的脸和手上，似母亲那双温柔的大手在抚摩，轻轻地触摸女儿粗粝的脸庞，西原终于举起了日月宝镜，一晃之中看清了自己的脸庞，那是一张陌生的脸，一个她根本不认识的女人，比狰狞还恐怖瘆人。西原哭了，为自己的美丽痛失而锥心喋血地痛哭，那哭声犹如鹰的利爪一样撕裂了陈渠珍的心。

"西原不哭！二百二十三天的大漠上，那么苦，我都未见你掉过一滴泪。"陈渠珍上前拍了拍妻子的肩膀，安慰地说。

"那是我不知自己变成这样一个女鬼啊。"西原啜泣道，"不男不女的，女人的妩媚都让阳光晒枯萎了。"

"没有事的。"陈渠珍安慰道,"我们故乡凤凰沱江的水,碧绿清澈,是一湾仙泉啊,女人一洗就会变成凤凰,你还会恢复像在西藏一样的。"

"真的?"西原止住了哭泣。

陈渠珍点了点头。西原破涕为笑。

大清臣民的辫子没有了。陈渠珍和7个士兵的长辫早已打了结,泡都泡不开,请剃头的师傅一刀剪去,留了一个寸发,就算归顺"中华民国"了。换下那件200多天不曾脱下的赭黑的藏袄,从此变成一个地地道道的汉人。携着新媳回乡,而西宁,而兰州,而汾州,将跟随自己万里逃命出来的滕学清、赵廷芳推荐给西宁城防营管带,将兰州赵总督赠自己的50两黄金,作为纪秉钺等5人返乡的遗资,独与自己的西藏红颜直奔长安而去,不再恋栈行伍,不再恋栈权势,也不再想青藏岁月的往事。

那天坐着马车驶入甘肃境内的汾州,恰好是旧历八月十五日的中秋节,陈渠珍特意休息了一天,带西原走进了一个酒家,两个人点了一桌菜,一壶浊酒,半盏红烛,一个杏黄的圆月从天庭上飘了过来,比唐古拉、通天河、可可西里、昆仑山的要高要小,却是故乡的明月。在很多个高原明月照我还的夜晚,他们曾经依偎着,祈盼有一天能吃得到中土的美味佳肴,满汉全席。这回却是西原到汉地后过的第一个中秋节,就像仙女降落人间,月光下的烛影中,穿着汉装的西原重又飞扬着女人的温柔,眼神迷离,俨然一个汉家媳妇,一个在凤凰城的石板路上提着菜篮走过的苗家姑娘。陈渠珍酒杯举了起来,说:"西原,这是你到了汉地后过的第一中秋节,月圆了,家才会圆,湖南凤凰沱江边上的吊脚楼在等待着我们,能跟我瀚漠走出来不死,这是上苍赋予的奇缘啊,我们不会再分开。"

陈渠珍一饮而尽。他并不知道自己是在透支幸福,属于他那短命的幸福。

西原却不无忧虑地说:"夫君,盘缠就要用尽了,老家又离得那么遥远,如此的破费,如何顺利返乡啊。"

"吃吃!西原,这是良宵佳节,不提这些伤感的话。"陈渠珍给西原夹了一些菜,"钱算什么,你就是我的最大财富,渠珍今生有幸得你,千金散尽又何妨,到了长安城里,我就给家里写信,待款到了我们再走。"

西原的眼神在中秋的烛光中明亮起来了,红烛映红了那娇羞的脸庞,说:"能得到夫君的宠幸,可是西原到喇嘛庙给长明灯添的酥油,修来的功德啊。"

"呵呵！"陈渠珍笑了。月满西楼，西原喝过酒后红润的玉面，像一只波密丛林中的红狐一样飞扬，醉眼迷离，依偎在陈渠珍肩上，倚窗望月，是西藏莽林中的那轮离天堂最近的冷月，还是故乡沱江上那一轮在水中漂泊的圆月，赏月的人来去匆匆，而千年的明月却只有一个，陈渠珍携着西原回到客栈，没有想过，这是他与西原到汉地的第一个中秋节，也是最后一个。

进了长安城，陈渠珍手执跟自己东归葬身于瀚海的王瑞林胞兄的信札，住进洪铺街一位乡党的豪宅，三进身的大宅院，主人远行，只有一个看门人住在外边，陈渠珍与西原选了最后一栋，尘封已久，两个人动手清扫，买来油盐酱醋柴，自己生火做饭。那段日子是陈渠珍一生军旅中最悠闲的时候，一段没有了雄心和杀戮的平静岁月，就像沅江里放筏的木排，经过激流险滩后，突然驶入了一个波澜不惊的深潭，再没有出操的哨声，每天冬阳照到了炕上才起床，然后吃过西原做的早餐，倚窗看着四合院的冬阳撒成一地碎金，一点一点地西斜，最后顺着东边的泥墙一点点爬高，最后悄然远逝。

每天的日子就在四合院里晒晒太阳、透亮心情中流逝。也许因为是乱世，家里的钱两个月之内汇不到了，陈渠珍就坐下来静等，却有点坐吃山空了。转眼到了冬天，该添置御寒的冬衣了，可是兜里的碎银一点点用完了，最终没有了买米和炭的钱了。西原决定将母亲送给她的珊瑚山卖掉，陈渠珍说不行，这是你母亲留给你的珍品，是一片悠悠慈母心啊，人在物在，不能随便卖。西原摇了摇头，只要夫君不挨饿受冻，母亲就是知道卖了她的珍品，也不会责怪小女的。

陈渠珍无法说动西原，只好带到集市上出卖，可是由于万里东归，珊瑚山在遥途中多处被折断，在集市上站了两天无人问津，第三天拿到一家古董店，卖得 12 两银子而归。西原接过银子，俨然一家妇，喜极而泣："我说不会让君挨饿受冻了。"

日子就这样不紧不慢地走着。不知不觉到了冬月初了，家里的钱也许就在路上，也许就根本没有寄出，12 两银子很快就花光了，陈渠珍伸手进囊中，找出一个望远镜，那是染满西藏兵燹硝烟的望远镜，卖得 6 两银子，那是他们的最后的一笔钱了。

湘西遥遥而不及，写去的家书杳如黄鹤，陈渠珍忧心如焚，不能坐以待毙，频频拜访湖南同乡，希望能得到一点捐赠，以度冬荒。他与西原住在最后一栋房子里，每天出门时，西原都要送到偏门，一天到晚坐在那里守着直到晚上夫君归来。但是等来的不是希望，却是病魔的入侵。那天晚上，陈渠珍风雪夜归人，只见开门的西原脸颊赤红，像点燃的篝火在燃烧。陈渠珍惊问道："西原你怎么了？"西原说："自早晨夫君出门，我就浑身发热，头痛不止，又担心你归来，就坐在偏门这里等你啊。"陈渠珍摸了摸西原的额头，果然烫得吓人。当天晚上西原躺在睡榻就起不来了。第二天也不思饭食，陈渠珍坐守床头，问她想吃点什么，她说，家乡的牛奶。

陈渠珍匆匆跑到了集市上，购回了新鲜牛奶，倚起身来喂她，可是刚喝了两口，她又摇摇头不吃了。

"西原，你怎么了？"历经多少死亡已经没有泪水的陈渠珍泪如泉涌，说："西原，为我，为你，你可要挺住啊！我去请医生。"

一个郎中请来了，说无妨，无妨。此乃阴寒内伏，一副解药便可驱之。可是一副药还未喝完，西原的浑身突然惊现天花，陈渠珍一看，心中一阵骇然，觉得西原这一劫从她跟着自己走下青藏高原时便注定了，当年陈渠珍在成都跟赵尔丰入藏，就听人说过，所有跟着来内地的西藏女子都难逃天花一劫，因为西藏女子生于青藏高原，日光和海拔使细菌无法生存，故免疫力全失，一到内地，凡得水痘者必死无疑，无一人可活。陈渠珍跑去问郎中，说明情况，那杏林妙手也是浪得虚名，还说先生不足以虑，我再下一药，必药到病祛。但是所有的药汤喝下去了，不见一点起色，病情却越来越重了。直到有一天早晨，西原从昏睡中醒来，紧紧攥住陈渠珍的手，泪水盈盈地说："夫君，西原的日子不多了。"陈渠珍连忙用手堵住她的口，说你昏睡多日，大概是烧昏了，不许胡说，渠珍不能没有西原，西原也不能离开渠珍。西原摇了摇头说："我昨天晚上做一个梦，梦见自己回到了家中，母亲用糖水喂我，按照我们西藏的习俗，夜里有此梦，必死无疑啊。"说完了西原又哭开了。陈渠珍坐卧床头，好言相慰，他们经历了那么多的苦难，他在等待着奇迹发生。

到了夜里，西原身上脸上的天花忽然下陷，由红变黑，陈渠珍知道爱妻无救了，将自己的脸紧贴在西原的脸上，感受她最后一缕温馨，到了凌晨时分，西原突然回光返照，精神出奇地好，将已经睡着的陈渠珍叫醒，哽咽着说："夫君，我有话要说。"

陈渠珍连忙将其搂在怀中，深情地注视着她。轻轻地抚摩她渐次变黑的脸庞。西原拭去了泪水，凸现出灿烂的微笑，说："万里随君东归，指望与君回归故里，相守一生，白头偕老，谁料天不假年，病入膏肓，半路上与君永诀，西原好遗憾啊。然而我深信夫君一定会获得接济，顺利返家，这样我死也可以瞑目了。家书和路费早晚会到的，你一人踏上归程，孤零零地，一定要珍重啊。"

说完此话，西原一声长吁，便永远地闭上了眼睛，再不会纯净笑着看自己的丈夫一眼了。

陈渠珍顿时觉得天塌地陷，感情的天地从此黑暗了，他抱着西原尚有余温的身体号啕大哭，痛彻心扉的长啸撕裂了长安城的夜空，整个长安城似乎都被他的哭声震颤。后来哭累了，放下西原的遗骸，打开抽屉一看，仅有 1500 文小钱，他连给西原买一口棺木的钱都没有了。思来想去，只有求一个叫董禹麓的同乡，这个人平时比较慷慨。守着西原的尸体等了一个长夜，以为东方既白了，开门想去找董君，可是一看天仍然未见晓色，转身进屋，见西原仍然瞑然长睡的脸庞，像一个孩子一样纯真。又抱着遗体痛哭一个长夜，那锥心喋血的哭泣，令上苍也为之感动，露出了一缕曙色。连忙去敲董禹麓的门，说明原委，董君沉思片刻，进屋拿出一包银，有二三十金。陈渠珍也未及言谢匆匆而去，为西原购买殓衣和棺木，雇人洗身入殓，其实这包重金不是董君的，而是他的族弟寄存于此，危难之时方显义薄云天。中午抬到城外的雁塔寺，想着一个藏族姑娘的身世，跳锅庄时迷人一笑，马背取竹竿时身手不凡，嫁给自己后毅然从夫东归，结果身死异乡，一个人孤零零地留在长安城外的大雁塔寺下，西原的灵魂还能像一只孤独的北雁一样跟着回到湘西，飞回西藏吗？！陈渠珍不由得抚棺号啕哭泣，痛不欲生。

回到洪铺街空荡荡的宅院里，西原的铜铃般的笑声与温馨不再，伊人远去，唯有室冷帏空，陈渠珍禁不住仰天长号，泪尽声嘶，一个爱情的绝笔在三秦划下了一个黑色的句号。

以后他回到了湘西，成了一代湘西王，共和国的一位大元帅贺龙和大文学家沈从文都曾是他麾下的一名小小的军官和文书。

1934 年下军中要职，退隐长沙做寓公的陈渠珍，写下这部半文半白的小册子《艽野尘梦》，划下最后一个句号时，仍然肝肠寸断，泪湿稿纸。此时，西原已在大雁塔里静静地睡了 22 年了。

2002 年的 10 月初，我在拉萨城宾馆里读这本薄薄的小册子，从晚上 9 时一直读到凌晨 4 时，当读到最后一行时，一行热泪顺着我的眼眶滚下，浸湿了枕头。此时，西原已经在大雁塔下睡了整整 90 年了。

2005 年 7 月 12 日凌晨一时，当我在一场病痛过后，写下这段文字时，仍然泪水盈动，哽噎不已。

陈渠珍、西原，还有那 143 名葬身青藏高原的大清王朝官兵，注定让我经历一场痛苦的精神与躯壳的炼狱和疼痛之后，才让我写他们，这是一路前尘的缘定，西藏的注定。

第七站　穿越莽苍

中间的弥卢山王，

请牢稳地站着不动。

日月旋转的方向，

并没有想要走错。

——六世达赖喇嘛仓央嘉措情歌

无人区里的天地男儿

李金城并不知道150名大清帝国的官兵，穿越苍茫，走的就是今天的铁道横穿莽原的线路，只是天穹下那一个个隆起的土丘，像一座座荒冢野丘，埋葬了忠魂，却有一双双眺望中原故土的眼睛在如火燃烧。

旷野无边，雪风之中似有鬼魂在哭泣。青藏铁路线路总师李金城面临着最艰难的一仗。万里羌塘无人区横亘在他的视野里，冥冥之中，他似乎觉得将近一个世纪前，必有一群汉地英魂游荡在那片莽苍之上。只是学铁路出身的李金城并没有读过陈渠珍著的《艽野尘梦》，唯有一种心灵的感应，李金城觉得身后一群绝地孤旅，遗落在无人区的汉地英魂会保佑自己穿越无边莽原。

2000年9月10日，李金城组成一个突击队，自己亲任队长，穿越唐古拉越岭地段到土门无人区，完成定测，如果这40公里的绝地定测和物理勘探不做完，就会影响下一步图纸设计工作。

那些日子，他们住在唐古拉兵站，海拔接近5000米的地方。9月11日早晨六点，匆匆吃过早餐之后，他们便开始登车而行，顶着唐古拉飞雪如瀑的狂舞，踏雪而行，朝着无人区走近，也朝着死亡地带一步步走近。汽车艰难行进到了中午11点，整整5个小时，才走到了步行出发点。

下车伊始，几辆小车纷纷陷进去了。李金城叫三桥车在那里相救，然后对三队和物探组成的40人的队伍说："我们要从这里测自土门的出口，眼前有40公里的莽原，必须一个白天和晚上定测通过。现在大家对表，我们就从北往南边突击，三桥车和小车绕道在南口等我们。"

站在一片隆起的土丘上，李金城的前方是一片泥泽无人区，茫茫无际，车不通行，亘古以来就很少有人从上边趟过。

冥冥之中，也许只有大清王朝最后东归士兵的孤魂野鬼仍然在风中长啸。勘测队的行李和帐篷原来驮在牦牛身上，可是牦牛却不愿驮，乱颠乱跑地摔掉背上的行李，跑到河里打滚，将驮着的东西摔得满山遍野。

"我们背着徒步而行吧。"李金城望牛兴叹，"只有一个白天和晚上穿越这40公里，土门公路入口处见。"

于是，一支孤旅像一个世纪前最后的清军官兵一样，朝岭南而行，每个负重十三四公斤朝着无人区挺进，一个组一公里，在沼泽地，踩着草墩子跳跃而行，有点像青蛙的凌空一跃，稍微不慎踩塌了，就会沉入泥泽之中，深陷其中，便有生命灭顶之虞。

李金城叫人打开卫星电话，仍然是一片盲区，如果出现意外，就会一筹莫展，呼天天不应叫地地不灵了，于是，他硬性规定，每个小组只选一段，距离不能太远，如果出现意外，也好相互照应。到了下午5点多钟才走到了测量点上，大家纵线排开，前边丈量，中间打桩，后边紧跟着查定组和抄平组。无人区雪风很大，一天四季，一会儿日出，一会儿暴雨如注，一会儿万里无云，一会儿狂雪连天涌，冰雹下来的时候，如玻璃珠一样的大小，将头都打肿了，后来大家有了经验，一见冰雹如弹丸而泻，便躬下身子，抱着头让其砸背上，就这样一步一步地往唐古拉以南的羌塘推进。

目睹此时此景，李金城吁嘻感叹，整整一个多月，兰州分院十二队和三队就在137公里的望唐到安多的无人区里，历尽千辛万苦，与死神一次次擦肩而过。他清晰地记得，有一天物探队的经理梁颜忠率领38人在唐古拉越岭地带勘探，课题是进行地质和地球物理的大面积的钻探，最深的钻孔有一公里，最浅的钻孔也在50至200米之间，用炸药激发地震波传导出来了，掌握地震异常的状况。他们只带了一顶小帐篷上来，只有三四米长宽度，到了天黑之时，才找到了一块干燥的地方搭起了帐篷，一下子挤进了38人，牧民放牧的小土墙边上，挤了8个人，一个挤一个，侧身而卧，如插筷子一般紧巴。如果有谁起身上厕所了，再回去时，原来的位置就没有了，只好换着睡觉。那天晚上，既没有吃的，也没有取暖，帐篷外边雨雪交加，棕垫积了水，只好铺上彩条布，入睡在了彩条布上，身下却是一汪汪的水。

最痛苦的莫过于吃饭，开始几天，他们带着方便面和压缩饼干进入无人区，水烧到了60度就开了，泡方便面时，外边已经糊了，面心却是硬的，等泡好了再吃，方便面心未泡开，面汤已经结冰了，凑合吃一天两天还可以，可是到了第四天的时候，大家见了方便面就想呕吐，吃饭成了无人区里最难受的事情。直到有一天高压锅带上来了，将面条与罐头混在一起煮，竟有如过年一样的感觉了。

而拉通越岭地带的40公里，是李金城率队必须打的一场硬仗。

一场暴雨过后，天放晴了，突击队乘亮往前推进，进展顺利，可是到了傍晚八九点钟，天渐渐黑下来了，乌云压得很低，几簇秋夜的寒星似乎伸手可摘。风中传来了一阵阵苍狼的狂嗥，棕熊也一步一步地向他们靠近。夜的荒原上伸手不见五指，唯见苍狼闪着绿光。五节电筒射光在测量仪的棱镜上，如散乡秋夜的萤火虫，时隐时现，到了上半夜许多电筒只干了3个小时就没有电了，平时的通视距离是500米，可是在越岭地带的夜幕中，200米打一个点，棱镜靠光束连通抄平，不发射的时候就停下来，前点的手电给镜子一个信号，天又下着雨，通过步话机联系，四周一片黝黑，满山遍野就几支手电在晃动，最后没有电池了，只剩下线路总师李金城的干电池还有电，他便持着电筒前后跑，跑着跑着他的手电也没有电了。负责警卫的警官蔡建武鸣枪喊大家聚集一起，鸣了两次枪，16个人聚集在一起。也许因为体力消耗太大，也许是因为没有带上足够的药物，跑着跑着，李金城突然瘫软在枯黄的草地上了。

"李总，你怎么了？"物探队的经理梁颜忠扑了过来。

李金城此时气喘吁吁，说："我的缺钾症老毛病又犯了。"

"药呢？药放在什么地方？"梁颜忠与三队队长一齐围了上来。

李金城长叹一声，说："也许是羌塘亡我呀，早晨我从唐古拉出来的时候，好像记得带了钾片的，可是现在却没有了，是丢了，还是我真的忘了带了。"

"李总放心，有我们在就有你在。我们轮流背你出去。"梁颜忠说道。

"老梁，你最重要的是照顾好自己！"李金城知道梁颜忠进了无人区后血压飙升到了180/140，20天吃了一百多片去痛片，比自己的状态并不好多少。他摇了摇头，说："那怎么成，我一百六七十斤的，谁能背得动啊，还是扶着我走吧。"

铁一院公安段的警官蔡建武过来了，说："李院长，我来扶你！"

可是刚走几步，李金城的身体便浑身发软了。走几步一个跟头，却仍然边干边摔跟头，边摔边往前走。到了第二天凌晨三点多钟，终于走到一个人去房空的藏包跟前，他一步也迈不动了，对大伙说："我不能拖累大家了，建武，你们先出去吧，留一支枪给我，以防苍狼，你们找到出口再来接我。"

"不！我们绝不能扔下你！"蔡建武摇头说，所有的人都投了反对票，说要死就大家死在一起，我们绝不能扔下李总体不管。

李金城坦然地说："我这个人已经死过一回了，大难不死，必有后福，决不会出意外的。"

那是1996年的事情了，已擢升为铁二院兰州分院副院长的李金城在尼日利亚960公里的线路上担任总体，参与尼国铁路的恢复与改造，那时他30岁刚出头，少年得志，俨然一个横刀立马非洲的少帅。5月3日那天，前边是丈量，他在省城办了一点事情，然而叫了一辆汽车送自己到了点位上，包里背着木桩，负责埋点，后边紧随抄平组，各组之间相距不到五六公里。下午3时，他朝着与齐人高的北方灌木林独行，到了一个岔路口时，按照预先的约定，丈量组要给埋点的人留下一张纸条，指示沿此道向距离铁路10公里的公路撤离，可是李金城走到那里，什么也没有发现。尼日利亚是一个军政府的国家，社会动荡不安，中国铁路工程师执行援外工程时，须雇请当地警察持枪护卫。而且当地天气不分四季，一年只有雨季和旱季，五月份恰好是那里的旱季，气温高达45℃。尽管离公路只有10公里远，但是一块偌大的沙原，极目眺望，四周都是长满了一人多高的灌木林，视线极差，他沿着一条羊肠小道穿过林莽，走到了下午五点多钟，又返回了铁路沿线，显然他已经迷路了，而这时汗水将衣服都浸透成了一片盐碱，随身携带的水早在下午3点钟就喝干了，拧开壶盖，里边一滴水也没有了，只好往一条沟里钻了出去，开始觉得大方向不会错，但是一会儿便消失在密不透风的非洲热带雨林里。

暮霭沉沉，林莽里一丝风也没有了，西天的幕布上仍然有一缕缕火烧云团。宛如展翅的火凤凰。会将自己驮回故国吗？李金城有些惊惶，他将自己的包与水壶，都挂到了树梢上，期待着寻找自己的人能看到遗物，循迹而来。

天色渐次黑下来了。一颗异国的星星在李金城乡愁天空眨了一下诡眼，旋即坠入乌云，非洲的丛林唯有怪鸟的惊叫，凄凉一声胜似一声。在无边的寂静中让人胆战心惊，夜色好似这群怪鸟。向天空飞掠而去，于是黑暗，无尽的黑暗将它湿漉漉的暮霭披到了李金城的身上。气温并未随着夜幕的降临而降低。李金城此时虽然不辨东西南北，但凭着一个野外工作者多年的经历，他觉得顺着沟是可以走到公路旁边的。到了公路上他就会有救了。

一个独行侠在非洲的丛林中穿行，一直走向夜的阑珊。一天没有吃饭的李金城又累又渴又饿，在死亡坟墓般的重压之下，趔趄不前，最终昏倒在地上。也不知什么时候醒过来了，继续往前爬，终于发现一间非洲部落的茅屋了，房子里有灯光，可是他不会豪萨语，无法与人家交流，看见茅屋的旁边有一缸水，他不管是做什么用的，端起来就喝，把人家的一缸水都喝完了，然后才踉踉跄跄地往公路方向爬行，曙色将明时，他已经爬到了公路边上。

这时，当地的警察和中国铁路的职工正对李金城进行拉网式的搜索，却一无所获。

林莽中起风了，被晓风吹醒的李金城突然听到了汽车的轰鸣声，车灯从远及近地射了过来，他艰难地站了起来，身子摇摇晃晃，又倒下了。原来寻找他的车子在公路上已经跑过两三趟，却未发现躺在公路边上的李金城。

车灯近了，当李金城最后一次竭尽全力地站在晓风中时，车上的人发现了他。

送到医院整整躺了3天，他才从极度的疲惫和惊惶中平复下来。

然而，冥冥之中，他那硬朗的躯壳里已经潜伏着一个病魔。

1997年回国后，有一天兰州分院举办党员活动，组织爬玉泉山。登顶之后，大家在一起喝啤酒打扑克，李金城中途去了洗手间便再站不起来了，送到兰州军区陆军总院，病因很快查出来了，缺钾导致下肢失去知觉，医生建议力戒疲劳戒烟戒酒。

　　而恰恰这三戒，对于烟王酒鬼的李金城更是难于上唐古拉了，在青藏铁路勘线上一点也行不通。酒可以御寒，而烟则增大肺活量，否则疲劳随时陪伴着他。

　　躺在藏民放牧土墙里的李金城被扶了起来，却一步也迈不动了，刚走两步便哗地瘫软在地上，他挥了挥手说："我不能连累大家，我就躺在这里，你们找到出口后，再来接我，这是命令。"

　　梁颜忠摇了摇头，说："在这个事情上，你得听大家的，我们不能扔下你，莽苍羌塘，方圆几百里无人烟，扔下就是死亡。"

　　"你们过来！"梁颜忠叫过两个体壮个高的职工，命令道，"就是拖也要将李总体拖出无人区。"

　　两个职工连拉带拽，把他扶了出来，走到一处藏民放牧遗落的围栏前，找来牛粪生火取暖，这时天已经麻麻亮了。躺在荒草上的李金城问，还有多少公里没有贯通。

　　"李院长，还有7公里。"梁颜忠说。

　　李金城沉思片刻说："如果出去找出口，再返回来，又是将近14公里，杨红卫你带着六个人打通最后7公里，把这段任务完成了。"

　　在场的人纷纷将干粮和食物给了杨红卫等7个人。

　　天一亮，杨红卫率7个人便悲壮地出发了，找到了间断点，将最后7公里贯通时，却已是傍晚了。

　　公安段长一大早就带车停在土门公路的路口等待了，原定是早晨会合的，离约定的时间早已经过几个小时，远望着雨中的莽苍，始终不见一个人影，他忧心如焚地伫立在荒原上眺望，冥冥之中，预感到是出什么事情了，公安段长当机立断，派两个人离开汽车，爬到东西两侧的山峦，隔半个小时鸣一次枪，以枪声召唤李金城院长他们回来。

　　左顾右盼，不见突击队归来。他们在无人区里整整干了30个小时，终于将40公里的地段全部测通了，他们搀扶着李金城，像一群从战场上归来的勇士一样，朝着约定的地点趔趄而行。这时已经是第二天晚上七八点钟了。

　　"李院长，汽车，我看到汽车了。"走到前边的铁一院的警官蔡建武激动地喊道。

　　九死一生的人们都朝前方看去，只见雨幕中一排汽车停在了暮霭之中。所有的人都哭了。

"我们得救了！"李金城蓦然回首，突然发现这片隆起的山丘像一个巨大的坟墓，只是他们幸运地又逃过了一劫。避免了清军最后一支孤旅魂殒莽荒的劫难。

三根火柴点燃生命篝火

张鲁新回到山东故里已经 2 年有余了。

泉城清澈甘洌的故乡水，洗濯了他粗裂脸颊上的最后一抹高原红，生活开始滋润起来，灵魂却像醉氧般的沉睡不醒，夜夜梦回青藏，每次梦的痕迹总是在冰天雪地的冻土地带上留下一行生命的轨迹。

1988 年 12 月，山东济南国际机场破土动工，机场跑道就建在离黄河岸边的滩涂之上，掘开黄土之后惊现了一道罕见的技术难题，跑道的地质结构是一层软土。与青藏高原上的冻土有些许类似之处。省里问尽全国从事这个领域研究的工程技术人员，在国内冻土学里饶有名气的张鲁新的名字被摊到了决策层的桌面上。

对于这个齐鲁才子，泉城的父老乡亲仍然记忆犹新。当年他在济南一中读书时，教育部门曾用莫斯科大学的物理学高考试卷考学生，他夺走了济南第一名，一时轰动泉城。可是这颗星很快便在齐鲁天空悄然消失，最终却崛起青藏。

张鲁新被调到济南国际机场工程指挥部，任专家组组长，主持了"真空预压法加固机场跑道软土地基试验工程"，为最终解决机场的技术难题拔了头筹。鉴于他在地质学和冻土研究领域里的学术地位与贡献，山东方面准备挽留这个难得的人才，欲任命他担任山东地矿局副局长兼总工程师，并紧锣密鼓地将他的夫人调至济南，甚至连孩子上学都联系妥当了。

毋庸说，这对任何一个人都是无法拒绝的诱惑。但是命中注定，张鲁新属于青藏，而不是故乡。

那天傍晚，山东省和济南市的有关领导出席一个庆功晚宴，恰好电视上在播出一部在 80 年代末期颇有影响的电视片《西藏的诱惑》，从宗教、风情和民俗上展示那片人类最后的秘境。高亢悠扬的藏歌刚一响起，张鲁新手中的筷子便放下了。一根火柴点亮一盏长明灯，然后便是一条辉煌如长河的长明灯在闪烁，遥远的青藏路上，一个个朝圣的圣徒磕着长头，一步一步朝着圣城布达拉宫走近，身后却是广袤无边的羌塘草原。

青藏未曾入梦来，天路却在视野中惊现，张鲁新的泪水哗地涌出来了，朝圣者一步一步走过高原，为的是一种虔诚的坚贞，他也一步步横穿过青藏，走遍五百多公里的冻土地带，为的是一个煌煌的铁路大梦。

那天晚上身躯虽然浸润在故乡的温婉里，可灵魂的风马旗却在青藏高原的天风中狂奔，他总忘不了1976年那个寒春三月天，他横穿莽苍时，几乎九死一生。是三根火柴燃起的一簇生命的篝火，重又燃亮了他命运的历程。

那年是由后来跻身院士之列的程国栋当冻土队长，探测唐古拉山以北雁石坪经沱沱到五道梁可可西里的永冻土地带，穿越偌大的楚玛尔平原。

在距尺曲河不远的地方，有一天上午，程国栋队长派张鲁新、大胡子陈济清和李烈三个人一组，去测10公里远的一处冻土地带，取回科研数据。离出发前，程国栋给了他们一张大比例的军事地图，炊事员为他们三个准备了一份中餐，三个人一听午餐肉，每人两个冻馒头，一壶凉开水。

走出帐篷前，平时爱吃糖的张鲁新特意在自己的包里装了五颗大白兔奶糖。按照正常的行程，他们上午8点出发，下午4点就能返回营地。

那是一个大晴天，旷荡的莽原上天空如海水洗过，不见一丝云彩，罡风从天堂里吹来，在那片千里枯黄的草原，卷起万顷金波，浩浩荡荡地朝着张鲁新他们涌来。张鲁新手执着一张航拍的大比例军事地图，在寻找一条河，一条横过圹银之野无名的季节河，按时间应该是在中午1点左右抵达河边，取得所有的数据，然后按时返回营地。

可是在草原上吃过午餐后，初春的太阳悬在空中，已经习惯了高原气候多变的张鲁新一行三人却享受不了这阳光灿烂、万里无云的晴空，祈盼的心灵在等待，却不急不慢等来了一场劫难。

走到了下午3点多钟，也未见到那条河流。是3个人走迷路了，还是大比例的军事航拍图出了偏差？谁也未多想，只想找到那条河，到了那里就可以返程了。一直到了下午5点多钟，天上的云朵开始聚集了，那是一场大雨大雪将至的预兆，可是他们仍然找不到那条河。

"鲁新，我们不能再走了。"大胡子陈济清提醒张鲁新说，"再走下去，可能就会将小命搭上了。"

"那就回撤吧！"张鲁新最终放弃找到那条河的念头，凭着记忆，开始朝回走路。

翘首望天，空旷莽原上的云散云集，此时云层已经聚合成了一艘巨大的军舰，浩浩荡荡，从他们的头顶上驶过，天空开始黯淡，刚才还透明的天地一片混沌。天开始飞雪了，雪狼迈着从容的步子，不紧不慢、不急不躁地朝着他们走来，摇晃着巨大的头颅，像一个高贵的绅士在向突然闯入它的生活领地的三位男人示威，看谁的意志和忍耐在最后一瞬间坍塌。张鲁新已不止一次有荒原上遇苍狼的经历了，他知道狼并非是人类的天敌，它们的紧张和奋起攻击恰恰是因为人的侵入而令其惶惑所致，与狼的对峙最好是一种陌生绅士见面时的礼仪，高傲地微微一笑，然后井水不犯河水，视而不见，各走各的通天大道。

雪风长驱。就这样与雪狼擦身而过。走着走着，天已完全黑下来了，风雪迷漫，不知何处夜归人。走到半夜一点多钟，莽原上早已经伸手不见五指，三个人不知道被命运之神抛于何处，荒草连天涌白雪，季风直往衣服里钻，已经连续十几个小时未吃过一点东西了，又累又困，找了一个避风的山坳躺了下来，陈大胡子是一个烟鬼，摸出了一支烟，衔在嘴上，想划火柴点燃。张鲁新连忙说："济清且慢，暂时不要点烟，告诉我还有多少火柴？"

陈济清数了数，说还剩下最后3根。

"不能再动了，那可是照亮我们生命之荒火啊，留着吧，万一我们一时走不出去，可以生火取暖。"张鲁新已经作了最坏的打算。

有烟不能吸，陈济清开始哈欠连天了。

张鲁新摸摸身上还有什么可吃的，突然摸到了5颗大白兔奶糖，惊呼道："天不亡我辈啊！"

陈济清苦笑道："张工，你还这么乐观，难说今天晚上，我们就会葬身风雪之中，有来无回，做苍狼的晚餐了。"

张鲁新很认真地说："我说的是真的，我请两位吃糖！"

张鲁新先摸出3颗，每人递了1颗过去。

"是做梦啊！"陈济清感慨道。

"不是梦，是真的！"张鲁新又将最后2粒大白兔咬成了6节，分给每人2节。

"这可是救命糖丸！"陈济清和李烈接过来了，咀嚼起来。

细细舔尽了最后一小粒奶糖，身上突然有了力气。这时暴风雪渐渐地小了，厚厚的云彩仍然笼罩在头顶之上，云罅裂开了一道巨大的雪沟，被暴风雪湿润熄灭了的星星重又在天穹上闪烁了，好似格萨尔王金鞍上的宝石，在夜空中游浮。雪晴后的高原静得慑人，唯有风的呼哨如长安城下的埙在尖啸。张鲁新在寥寥空宇下的无人区行走了三四年了，他有户外旷野中辨别方向的经验，尽管四处无参照物，但是冥冥之中，他觉得他们三个走的方位并未错，并未离大本营太远，但是横无际涯的大荒也在考验着他们的最后意志。

陈济清说："张工，我们不能再走了，就在这个山坳里等待救援吧。"

"也许这是最好的办法！"张鲁新点了点头。

三个人蜷缩在一起，似乎在等待楚玛尔荒原上的最后的时刻，等待着一场命运的劫难抑或吉人天相蹒跚来临。

冻土的大本营里，程国栋队长在帐篷里等待着张鲁新三人归来，等到了落日时分，苍莽的荒原上不见人影，等到满天飞雪，仍不见风雪夜归人。他预感到张鲁新他们迷路了出不来了，先派一支人马出去寻找，暮色时分回来了，没有消息。已经离回来的时间超过了5个多小时了，程国栋队长急得流泪了，在荒原上作业多年了，第一次发生人员彻夜不归的事情，便将20多人的队伍集合起来，兵分三路从东南北三个方向出动寻找，点燃火把，给陷落于黑夜中的张鲁新以生命的希望。三支队伍朝三个山头相向而行，在广漠的荒原上向着遥远的地平线上喊着张鲁新的名字。

楚玛尔荒原寥落天涯，太遥远了，没有大山的回声。战友齐声呼唤的声音，在夜风中显得那么声嘶力竭。喊声最后变成了一阵阵牵挂生命安危的哭声，面对荒原无助的哭声。

有火来救我们了。李烈跃身而起，说，"我好像隐约听到山包上有人喊张工的哭声。"

"我看到火光了！"陈济清翻过身，趴在雪山之上，他已经没有力气呼唤了。

"怎么办，我们总不能坐以待毙吧？"李烈问张鲁新。

陈济清从兜里摸出了火柴，说："我有办法了！点火，向他们发出火光的信号。"

张鲁新点了点头，说："好，但是不能烧冻土的数据资料，那是我们用命换来的。"

三个人不约而同地点了点头。

陈济清将烟盒撕开了，双手颤抖着，点第一根的时候，突然被一涌而来的雪风吹灭了。

"快点。三个人围成一团，挡住雪风。"紧要关头，张鲁新几乎命令自己的两个同事了。

三个人迅速围成一堵墙壁，将周遭的雪风挡在了身外，陈济清的手不颤抖了，心却怦然而跳，重重地划下了第二根火柴，划燃了，张鲁新立即将卷好的烟壳纸凑了上去，点燃了，第二根火柴点燃了生命希望的篝火。举着伸向天空，向山头上张扬、晃动和闪耀。

或者只在瞬间，手中的烟盒纸就燃尽了。张鲁新回头对李烈说："将冻土资料的天头地角的空白处撕下来，卷起小纸筒，不要伤及其数据。"

李烈迅速将几个小纸筒做好递了过来。

三个人再次围成一团，划着第三根火柴，点燃那簇微弱的生命篝火，只在鸿蒙初辟的大荒上燃烧了3分钟，人的生命最漫长也最紧要的3分钟。

沉沉黑夜中的生命之光，终于被伫立在山顶上寻找他们的程国栋教授发现了。寻找的队伍呈扇形包抄过来了，终于在一片洼地的雪窝里找到了张鲁新他们三人，一场生命的历险让同事相拥而泣，热泪滂沱荒原。

也许因为在冻土地带里大难不死的生命体验，将张鲁新理想、热血、志向和学术方向，全都融入了这片莽苍青藏，这片冻土的大荒。

1978年青藏铁路再度下马之后，冻土队伍在不断地减员，特别是随着第一代新中国的冻土学家也是自己的恩师童伯良、周幼吾、吴紫汪等前辈退居二线之后，一直蛰伏青藏高原十多载的张鲁新异军突起了，与程国栋教授一道，成为冻土学界的领军人物。从1978年3月开始，他就担任了铁科院西北所的冻土路基专业组、冻土力学专业组副组长，主持了许多重要的研究课题。

但是，青藏铁路上马遥遥无期，风火山的观察站和实验路基风中悚然而泣。也就在那个最寂寞的日子里，张鲁新选择离去了，回到故乡泉城，回到那片生于斯长于斯的土地，以为青藏寒梦从此会在温柔乡化作一泓逝水，以为祈求一世的青藏铁路的大梦从此会与自己无缘了。但是一部20多分钟的电视专题片《西藏的诱惑》，竟然如此强烈地撞击着他关闭已久的情感的闸门，令他相思之泪潜然涕下。

那一刻，省市领导突然发现，故乡热情的臂膀仍然挽不住游子的远行。

那一刻，张鲁新也强烈地意识到自己将抚钵出齐鲁，再归青藏。

第二天早晨，在一个雪落黄河的早晨，他从故乡的人事局拿走了自己的档案，向着黄河的源头独上高原。

等待，又是一个漫漫十载等待，张鲁新在等待青藏铁路，而横穿莽苍的铁路也在等待首席冻土学家。

寒山黄河拴在马背院士的鞍上

吴天一策马走遍青藏高原。

黄河寒山千重，塔吉克族出身的人民军医吴天一手执听诊器跃身上马，从少年到壮年，年复一年，他骑着一匹青海玉树产的藏马，叮咚的马铃声散落在唐蕃古道上，撒满入藏东道、中道和西道之上，藏马步态安适。吴天一蓦然回首，漫漫 40 年间，挟一路风尘，挟着昆仑月、风火山的雷火，唐古拉的千年积雪，还有巴颜喀拉山的风尘和阿尼玛卿山的冰川，走遍了青海藏族居住的每个角隅，走进了寂灭与永生的灵地，登上了生命禁区的极限，也从容登上了世界高原病学的学术巅峰。

而第一步却是从青藏高原开步，似乎都在等待青藏铁路跨越世界屋脊这一天。

上个世纪 50 年代末期，吴天一从中国医科大学六年制的军医班毕业，登上了西行的列车，一列驶往中国西部的激情列车，到解放军 516 医院做了一名军医，一个独立师的军医。此时，青海长云暗雪山，再也没有乡愁一片，父母弟妹沉落在海天云雾里，不知家在何处，生死未卜，他成了一个游子，失去了所有亲人的游子，相伴在身边的只有辽阔的荒原，还有命运一样追随他的一份温婉的江南烟雨的爱情。

蛰伏在高原之上，举目是千里的枯黄和焦灼，雪风长驱的尖啸，数百里之内没有一点人间的烟火，但是从未让他绝望，相反，他却以一个医学家的睿眸，独特地发现了一片学术的厚土和高地。

第一个惊天发现是"大跃进"年代，为了填补青海长云寥廓无人烟，政府从河南西迁了不少农民填青海，结果到了冬季老人孩子纷纷罹患感冒，最终不治而亡，剩下的壮年人闻风丧胆，胜利大逃亡，仓皇出逃回归中原故里。

这究竟为什么？一个巨大的问号掠过年轻军医吴天一的脑际，也拉直了一个个写在蔚蓝色穹昊的天问。

1962年10月中印边境自卫反击作战，驻西宁的陆军第55师奉命参战，兵车西行，吴天一的多位大学同学也披上戎装出征，过昆仑，越唐古拉，掠过拉萨，往错那方向的喜马拉雅山南坡推进，参与第二战役，收复老国界遗落在印军手里的领土，部队一分为二，一个团过达旺河，进攻印军死守的西山口，一个团则随老十八军的王牌419部队穿插大莽林。有的同学捐躯疆场，也有的同学挥师凯旋后，告诉了另一个惊天的消息，有的战士在发起进攻的冲锋时突然猝死，还有的仅仅患了感冒病，却也死了人。

还有随后从山东迁徙而来的青岛知青，最终留下来的也所剩无几。又是高原感冒，又是高原性的猝死，内地汉人在雪域高原惊人相似的死亡，令吴天一一跃而起。于是，1963年的《军事医学参考资料》上第一次出现了吴天一的名字，他写了一篇高原肺水肿的综述的论文，并提及了高原肺炎、肺充血症。

这是他迈向高原病学的第一个台阶。

1965年，在《中华内科》杂志上，他在全国第一个报道了"高原性心脏病"。

此时，他已经是一个在高原病学颇有造诣的心脏病专家了。挟着这些成果，70年代，吴天一告别了16年的军旅岁月，转业到了青海省人民医院，当了一名住院大夫。似乎会像众多的大夫一样，默默无闻，至多做一个当地名医终老杏林，妙手还春普救苍生了。

但是早已在高原心脏病学领域里准备好的吴天一，在等待着机会。

命运之神终于来敲门了。结束十年动乱之后，红军将领出身的老资格的省委书记谭启龙外放大西北，担任青海省委第一书记，踏遍黄河青山，在兰州翻车，导致心脏病犯了，省卫生厅紧急召见北京阜外医院下放在海西的专家和吴天一一起参与抢救，北京心脏病专家列了一大堆进口药，都被吴天一否定了，他从高原心脏病的角度优化治疗方案，不仅保住了省委第一书记的性命，而且还给老红军留下了深刻印象，从此将他邀为保健医生，跟随左右。

因为经常出入省委大院，得以口无禁忌地向省委领导建言，吴天一向谭启龙书记献策，说过去、现在乃至将来，都会有大批的汉族干部到青藏两省区工作，过去高山缺氧引起的疾病和死亡一直被忽略了，其实发病率很高的，应该专门成立一个高原病学机构来加以研究。而青海省更是义不容辞。

谭启龙听了后笑着说："好啊，这是为老百姓办实事啊，省里一路绿灯，要人给人，要钱批钱。"

"谭书记，首先要一块牌子。"吴天一幽默地说，"国家卫生部认可的牌子。"

"这好办，我来协调。"谭启龙作为一位在内蒙古青海工作过的封疆大吏，凭他的影响力，很快报国家卫生部审批，国务院备案的"青海省高原医学科学研究所"便批下来了，吴天一是其中的几位元老之一，1978年先任脑内科主任，1983年任副所长，后任所长，最终成为中国第一位高原病学院士，也是青海省内唯一的一名院士。

但是院士的成功，却是从最初的高原病大普查开始的，从1979年至1985年，吴天一主持了历时6年之久、覆盖5万人之众的急慢性高原病大调查。一匹藏马，一双铁鞋，踏遍长河冷山千重，足迹遍及青海省境内的所有藏区和县份，对象则是对生活在海拔4000米以上的生命禁区的藏族和汉族进行调查，长期待在藏族居住最多的果洛、玉树、唐古拉进行观察。1981年的元旦钟声敲响的时候，吴天一就在昆仑山下的西大滩度过的，先后治疗了2万多例，获取了大量的数据。1979年，他又在国内率先提出了第一例红细胞增多症。

藏民族为何能雄居世界屋脊，千年不衰，他们的身体生理和生存方式，引起了吴天一的极大兴趣，他特别针对藏民族能在海拔4000至5000多米的地方生存下来，从病理、生理和红细胞的携氧量等方面作了大量的科学的调查和研究。

1980年的一天，吴天一根据他对藏族在青藏高原多年的潜心研究，写了一篇有关医学科普常识的文章《高原适应的强者》，刊在了《光明日报》上，他带着几分欣赏地昭示世人，藏族能蛰居生命的禁区而不衰落，生生息息地繁衍下来，那是一个种族千万年残酷淘汰的结果，染有劣势基因部族和群体纷纷在酷烈的自然环境优胜劣汰中洗牌出局了，一个又一个古老的部落在青藏荒原上消失，或者渐进走向了汉地，被偌大的汉民族的文化和血缘羊水淹没了，唯有这个坚韧的强者在青藏高原生存下来，可以说他们才是青藏高原真正的居民，其他任何一个民族都无法与其比肩，他通过分析细胞携氧量得出一个最后的结论，藏族在青藏高原的细胞携氧量，恰好是汉族的数倍乃至几十倍。因此青藏高原永远只能属于藏族，而不是别的民族，援藏的汉族同胞欲在那块生命的秘境生存下来，须迈过一道道生理和病理的雄关。

这无疑是一篇对藏民族的研究最具学术慧眼之说。可是在当时刚向世界洞开厚厚的大红门的中国，纷至沓来的各种思潮，淹没了人们对它的注意，然而在美国的联合国大厦，却有一个人读到了这篇文章。

那天，联合国教科文组织大楼里，华裔雇员吴若兰照例打开从北京邮来的《光明日报》，这是她每天的工作之一，也是借着了解故国的一扇窗口。从六七岁跟着父母从金陵城下逃往孤岛后，祖国留给一个少女的童年眸子的最后一瞬，竟是一片风雨飘摇的江山和匆匆收拾一箱细软渡过一湾浅浅的海峡的逃难队伍，还有再后来便是安东尼奥尼镜头中褐色的毛式制服和晃来晃去的胡同。中国，青史煌煌如大吕的大汉盛唐的中国，在她的记忆中全都化作了江南泪雨烽火硝烟载不动的乡愁，沉落在了雾迷津渡的扬子江的码头上，沉落在了金陵城里条石砌成的乌衣巷里，也沉落在了哥哥那瘦削远去的背影里。唯有这一行行的方块字，虽然寒山一样坚硬，却在一股红色的狂飙之中，化解和剪却她的无尽的乡思与乡愁。

吴家兄妹跟着父母逃到美丽岛上不久，便从台湾移居美国了。唯一失去联络的却是大哥吴天一。爸爸让几个兄妹牢记住了哥哥的名字，想尽办法也要找到他，可是偌大的中国，哥哥身居何处，吴若兰托了多少国内国外的朋友，却始终无果。

读中国大陆的报纸，既是吴若兰的工作，更是在古汉字方阵中寻找她梦中的江南烟雨，唐诗宋词中的江南。匆匆浏览过一版的要闻，继而翻阅二版，她的眼睛遽然一亮，《高原适应的强者》的标题下，突然出现一个"吴天一"的名字，一笔一画，与哥哥名字一模一样，是大哥吗，真的是大哥写的，那种血浓于水的感应，纵然隔着千山万水，也会在心中荡起回声和共鸣。吴若兰眼泪哗地涌了出来，冥冥之中，她觉得这个作者便是哥哥无疑了。她从高背椅上一跃而起，操起桌上的电话拨通了家中，对父母说，我在大陆的《光明日报》上看到了一篇文章，作者的名字与留在大陆的大哥一样，想必是大哥无疑了。父母在电话那头说道，快问大陆政府，帮助寻找，你哥哥究竟身在何方，帮我们找回来啊！

一封寻找亲人的信件投到了纽约中国领事馆，很快转到了文化部和外交部，作者的地址轻而易举地找到了。那天，吴天一刚从乡下普查回来，所长告诉他，你爸爸妈妈从美国找你来了。吴天一怔然了，就像在辽阔的楚玛尔平原上第一次看到滚地雷一样，一片骇然，嘴唇都有点颤抖。已经陌生和久违了的亲情像黄河青山一样突兀而来了。他匆匆地赶到了省委大院，国家文化部的一位副部长等在电话机旁。海外华人寻子心切，一定要得到了一个确切的答案，但是毕竟是20多年的分离，少年吴天一早已经人到中年，是不是吴家真正的大儿子呢。吴天一说了自己童年时的特征，住过的地方，甚至就连身上隐秘的胎记，也毫不讳忌地告诉了对方，一切都对上了，越洋电话那头传来了父亲的啜泣之声："天一，我的儿啊，我们终于找到你了！"

站在电话机旁的吴天一也悄然饮泣。

纵使亲人已在海外，但他仍是一颗青藏高原心，吴天一却从未想过要离开这片神奇的土地。他仍旧纵马藏区，将寒山黄河拴到了自己的马鞍之上。一步一步地横穿青藏，穿越世界屋脊，走向世界高原病学的另一片山峰。

最精彩一幕是在极地高原青海藏区的阿尼玛卿山，吴天一携着藏地风，与大和民族进行了一场高原适应性的躯体与灵魂的对决与较量，赢得非常漂亮。

那是1990年夏天，国际高原医学会确定了一个世界级的选题，在一个生活在海平面的民族与生活在青藏高原民族进行一项庞大的人体对高原适应的综合性研究，筛选了中国人与日本人进行对照，两个队各十名队员，日方队长是日本松本市信州大学校长、高原病学专家酒井秋郎，中方队长则是马背上成长起来的高原病专家、青海省高原医学科学研究所所长吴天一，前者从海平面出发，从樱花之国而来，后者则从海拔3700米的果洛起步，大本营设在阿尼玛卿山4666米的营地。酒井先生似乎志在必得，从1985年他就带队来到了阿尼玛卿山，在当年美国人援华抗日驼峰线下4000米的地方，建立了高山实验营地。坚持了5年的实验，最终就是要登顶6282米的神山主峰，用详尽的生理、病理和内分泌取样，来佐证大和民族身体适应能力比中华民族强。但是谁坚持到最后，谁才笑得最美。

阿尼玛卿山矗立在前方，雪峰沉落在斜阳里，美如处子。每年藏民转湖之后，就围绕着神山转，将大把大把的金钱慷慨虔诚地奉献给它，只祈求肉身被神鹰衔去，升入天国时是一片恬静和憬然。许多人都想征服这座神山，可纷纷折戟阿尼玛卿，美国退役空军上校陈纳德的飞虎队曾经有一架飞机坠毁在峡谷里，遗落下飞机的残骸与飞行员的遗骨，永伴青山。当年世界著名的圆珠笔大王雷诺借着西北王马步芳的支持，亦想测得它的高度，差点被一场雪崩淹没。

这年夏天，中日两家的高原病专家队伍开始从 4666 米的大本营出发，大家携带着世界上最先进的脉率仪，海拔每上升 50 米，就对人的心跳、脉率、呼吸、细胞对氧气的利用率等，进行一次全系统的测量，一步一步地朝着阿尼玛卿山走近，可是到了 5000 米的营地时，还未向主峰发起冲击，酒井秋郎的队伍已经一败涂地，10 个人中间，全部得了高山病，3 个送下山去抢救，另外 6 个呼吸困难，出现了肺水肿，而且前方不断有雪崩发生。

酒井缓步走过来向中方队长吴天一很绅士地告别，说："很遗憾，吴教授，我不能与你一起冲击顶峰。"

"为什么啊，五载准备，功亏一篑，美丽的神山就在眼前，望而却步，酒井先生不觉得遗憾吗？"吴天一揶揄道。

酒井笑道："雪山虽美，但我们只能望山兴叹了。吴教授祝你成功。"

"我会成功的。"吴天一淡然说，"酒井先生，你身体不错，可以与我们一起冲顶啊，为什么不上去？"

酒井摇了摇头，说："不！我们想活着回到日本。"

日本人在中国的神山面前大败而归。

吴天一带着中方的队伍朝着阿尼玛卿山顶峰冲击，但是这座神山真的太灵验了，只要有些许的声颤，便怒发冲冠，雪崩瞬间而下，惊天动地，卷起万堆雪浪和雾霭，蔚然壮观，却也让人脸色陡变。身边的队员开始躺倒了，首先中方队员中的党支部书记倒下了，立即进行抢救，往山下送去救治。吴天一毕竟是年过五旬的人，也觉得自己的心提到了嗓子眼上了，心跳到了 180 次，似乎已经到了生理的极限了。

登顶无望，却也登上海拔 5620 米的地方，建立了营地，对生理与病理、睡眠、神经等所有的数据进行了测试检验后，他决定下山，此时阿尼玛卿山主峰只有 400 多米了。但是下山之后测的所有数据却佐证了一个惊天大秘密，在人类所有的民族之中，细胞对氧的利用最好，藏民族堪称天下第一。

翌年，挟着阿尼玛卿山的海拔高度，还有 1494 名的高原病治疗的病案，吴天一登上了世界高原医学的讲坛，突然有了一种在青藏高原上雄睨寰宇的高度和傲然。

也就在这一年，世界高原医学协会将"国际高原医学贡献奖"颁给了吴天一。

1996年，吴天一到美国科罗拉多州著名心肺血管研究所做访问学者，所长约翰·里福斯是国际享有盛名的高原病学专家，交手几个回合，便被吴天一的宽阔的高原病学术背景和视野吸引了，欲与他联袂攻关，学者访问日期临近时，约翰·里福斯先生十分郑重地找吴天一谈了一次，挽留地说："吴先生，你是我见过的最杰出的高原病专家，留在科罗拉多州研究所吧，做我的副手吧。"

吴天一摇了摇头说："不！"

"为什么？"约翰·里福斯惊讶地张大了嘴，不解地说，"在第三世界国家里，你这是第一个拒绝我的人，你的父亲弟妹都在美国，留在这里会很有前途的。"

吴天一笑了："我留在这里永远只是一个高级打工仔。约翰·里福斯先生，你也非常清楚世界高原病的聚焦点应该在哪。"

约翰·里福斯也笑了，说："东方吗，是你的祖国？"

吴天一自豪地点了点头，说："对了，中国的青藏高原，那里有最广阔的土地，也有最多的居住在高原的人群，是人类高原病学的一块富矿。"

"我不否认！"约翰·里福斯紧紧地握住吴天一的手说，"吴，祝你好运！"

黄河青山千重，唯我独行。携着这些累累成果，吴天一教授从容走进了中国工程院院士方阵，成了中国唯一的高原病院士，也是青海省唯一的一名院士。这是青藏高原对他的最大的奖赏。

可是吴天一却笑着对我说，真正对他最大的奖赏却是青藏铁路高原病的零死亡率。

第7道岔　风火山的日子

自从看见你，

我睡不着，昏昏沉沉地度过一宵。

白天找不到路通向你身边，

晚上，又不能把你忘了。

——六世达赖喇嘛仓央嘉措情歌

一位老人与一座冷山

80 岁的周怀珍老人坐在我的对面。

金城的秋阳斜了进来，映在他红润的脸庞上，他恬淡地笑着，说："我只是风火山上的一个守山人，没有什么好谈的，你们应该采访西北院的冻土专家和科技人员。"仅仅一句话，我便觉得前面兀立着一座山，一座躯壳温婉内心却蕴含着冰土和烈焰的冷山。

"抽烟吗？"老人非常礼貌地询问我。

我摇了摇头，笑着婉谢。

他双手划火柴点烟，手却有点笨拙。

我循着划火柴的地方望去，只见双手指第一关节已经突兀，似已残疾。

"周老，您的手指？"我好奇地问道。

周怀珍淡然一笑，说当年在风火山取冻土数据时，不小心掉入雪坑里，一时爬不上来，就冻坏了指关节了。

轻描淡写的一句话，便让我有肃然起敬之感。

"那您就从手谈起吧。"我说。

"这些都是一堆陈芝麻烂谷子，你也感兴趣？"周怀珍反问道。

我点了点头。

"那年风火山的雪真大啊！"周怀珍老人的思绪沉浸于了那一片冷山无边的风雪之中。

雪落青藏，千山一片寂静，楚玛尔平原上只有雪风的长驱。平时在中铁西北院风火山观察站门口转悠的雪狼也不知蜷曲到哪里去了，少了它们夜色中的长嗥，风的尖啸缺乏伴奏的和声，日子就显得枯燥而又单调。又到了每天"828"观测和取样的雷打不动的时候了，早晨8点，中午2点，晚上8点，44年间风火山的观测站的几代守山人，从未缺失过一个观察数据。

那天已是风雪黄昏，飞了一天一夜的狂雪仍不肯停歇，风火山静默在一片混沌之中，夜的黑帐正在从遥远的楚玛尔平原落下，周怀珍穿上皮大衣准备出门，新分来的徒弟孙建民说："师傅，雪这么大，还是等明天雪停了再去吧。"

周怀珍摇了摇头，说："这是风火山观测站第一代人定下的一条铁律，我当时举过手，发过誓，'828'雷打不动，纵是下刀子也得去。"

孙建民说："我陪师傅去。"

周怀珍说："外边太冷，你初来乍到，还是我一个人去吧，路熟一会儿就回来了。"

掀开厚厚的棉帘子，周怀珍的身影钻入了风雪漫天的绝地里，数据观测点最远的在一公里多远的对面半山坡的路基上，要穿过河谷，再爬上一片山坡，四野茫茫，长驱的漠风吹起雪雾弥漫，他惊叹这天的落雪，将风火山的沟沟壑壑、山山岭岭化成了一片如蒸在笼屉里的白馍。周怀珍朝着莽原走去。一步一步地走入旷野之中，终于找到了几个数据点，照表格所需，抄下了一行行数据，转身再往回走时，天已经完全黑下来了，高一脚浅一脚，四处是雪，不知何处是坑哪里有沟，正往山下走的时候，突然一个跟头，摔进了雪窝里。一下子被雪埋到了胸部，一点也动弹不得。他想喊，可是这里离观测站房子还有几百米远，雪风又大，谁也不会听见的。远眺着夜像一只棕熊张开饕餮的大口，欲将风火山吞噬而下，一个命运的长夜悄然降临。

守望风火山 20 载了，自己最终也会凝固和葬身在风火山的冰雪之中吗?

回望自己留在风火山雪野上的足迹，周怀珍的一生，似乎都是与冻土连在一起的。

这个出生于甘肃天水的汉子，是 50 年代中期招入当时的西北干线工程局的一个处（即铁一院的前身）当了一名普通的测量工，所从事的工作就是扛着棱镜拉链子，摆镜子，让一条条开往西部的铁路从自己的脚下走过。随后参加了德令哈到海堰专线的定测。1958 年青藏铁路第一次定测，就跟着苏联专家搞地质普查，首次发现了在冰层之下存在着一个永冻层，但是范围有多大，永冻层究竟有多深，谁也不知道，只知道冰层以下三四米就是冻土层。于是他们就在风火山钻孔了，钻了 70 多米，仍然是千年冻土层，第四普查队则在唐古拉打了一个 200 米深的孔。苏联专家早晨开车上山，晚上再回格尔木，一看从孔中取出来的冰块，惊叹道，:"你们这个冻土，我们俄罗斯大地没有，西伯利亚的冻土是高纬度的，只是季节性，而中国却是高海拔低纬度的。永远的冻土，全世界绝无仅有。"

苏联专家走了，中国人研究冻土的观测站却在风火山上矗立而起。周怀珍刚从铁一院调到铁科院西北研究所，就上了风火山观测站。

周怀珍与王建国、李建才坐在一辆苏式卡车上，从兰州出发，颠颠簸簸地沿着在慕生忠将军开拓的青藏公路，有路无路的荒漠上走了四天三夜，从梦幻般的青海湖一掠而过，越大柴旦，过盐湖，抵达昆仑山下的最后一座城市，像一个小镇的格尔木市，然后朝着天路上昆仑，往格尔木以南三百公里外的风火山缓缓驶去，从拂晓时分一直走到了夜晚，头痛欲裂，胸闷呕吐，凡此种种下地狱的感觉都经历了，几顶棉帐篷，就开始了风火山守望的日子。第一任是一个叫宋锐的工程师，他一般是开春之后的五月份上来，到了十月份就下去了，将风火山一个漫漫冬季寂寞的日子留给了周怀珍和他的两个同事。

可是沉默的风火山似乎不再寂然，对于突如其来的闯入者，并不欢迎，突兀地做出了过激的反应。有一天，住在棉帐篷里的周怀珍下午去测试点观察取样，只见荒原上，斜阳正在天边作着无数次重复的滑翔，恋恋不舍地朝着荒原的尽头坠落，晚风吹过，飘来一团云簇，似是被太阳烧成了瓦灰色，飘荡到了风火山顶上，却不见下雨，厚厚的云团之中，蓦地撕裂一道云罅，先是一道蓝色的弧光划破荒原，继而，一个闷雷轰隆一声，从穹窿上抛了下来，抛下一团团霹雳火，粉红色的，像燃烧的铁环滚动一样，一个接一个从风火山滚了下来，一下子将周怀珍吓得趴倒了，喊道："妈啊，这不是二郎神踩着火球从天上下来了吗！"

滚地雷从风火山顶上一个接一个滚了下来，焦灼了青草一片片，如一条黑色的绶带挂在风火山的山坡之上。

周怀珍觉得这是一种楚玛尔荒原上的奇异之兆，询问过无数的气象地质学家，却没有人给他一个满意的答复。

住了六年帐篷，到了1966年风火山的房子盖起来了，终于可以有砖砌的房子住了。过了一个冬季，到了夏天，房子靠灶的一角，突然陷了一个大坑，而另一边则胀了起来，此消彼长，冰锥几将房间给顶翻了，其实屋子也发生了大面积的裂罅，直到1974年改为通风管道作地基，所有的房子都是盖在了一排排空心的通风管道之上，才使风火山上的房子一劳永逸地固定了下来。任凭地震、滚地雷、冻土热融、冰胀，都对其无可奈何了。

冬季来到了风火山，日子漫长而又寂寞。风火山观测站两边道班三分之二的人员都轮换下山了，唯有周怀珍他们三个则要守着风火山。从这年的十月一直到来年五月份，不会有人上来，此时的青藏公路上，来往的车辆也就稀少了，除了一两周可以看到总后兵站部的兵车南行外，整个冬天几乎看不到人影。青菜运上来要吃过一个冬天，几天之内就烂完了，吃不到一点青菜，每天就是萝卜干泡饭。有一年冬季，煤烧完了，向道班上去借，道班上的煤也耗尽了，只好扒开积雪，拾牛粪来取暖。而此时风火山的地表温度下降到零下30度，区区一小堆牛粪，只能给屋里带来一丝丝暖意。

煤没有了，袅袅炊烟不再，雪狼却悄然而至。那个冬天，道班上的工人狩猎时，打了一匹野马，将吃不完的野马肉挂在房子的梁上，血腥的味儿随着季风飘散，雪狼闻血而来，而风火山观察站和道班院子的土围子都没有门，夜间，风火山死一样的寂静，七匹雪狼大摇大摆地走进院子，闪烁的绿光，如鬼的灵火一样在夜色中跳荡，飘来飘去，饿狼的长嗥凄厉尖啸，声波传了过来，似在啃啮着房子的门窗，让屋里的人在战栗。而夜间上厕所则要走出房子，穿过院子前庭，走一百多米，显然要横穿狼群而过，周怀珍叮嘱两位同事，出去上厕所时，要一起挺身而出，两个人手持枪杆，赶着狼，另外一个才敢进茅厕方便。那群恶狼在道班和风火山观测站的院子围了四天，白天蛰伏在院子外边的山上，晚上悠然地走了进来，一直围了四天四夜，野马肉的飘香令其垂涎欲滴，直到飘香散尽，连一碗残羹也未得到，才悻悻然离去了。

　　苍狼似乎走远了，其实只是潜伏在离风火山不远的地方，伺机寻找机会。有一个日暮黄昏，周怀珍与王建国一起去一个钻孔里取试验数据，也许太专注了，他们并未发现观测的钻孔旁边伫立着两只雪狼，虎视眈眈地注视着他们，随时等对方露出破绽，然后扑上来，捕获最大的猎物。但是雪狼也有恐惧感，毕竟从未与人类有过真正的绅士般的决斗，对方手中的利器，让其有点噤若寒蝉，不敢贸然出手。而今天两人手中却无枪口黑洞洞的家伙，周怀珍还未抬起头，王建国已经惊叫了，喊道："周师傅，狼，狼，狼……"

　　"狼在哪里？"周怀珍抬起头来，离钻孔只有3米远的地方，鹄立着两只苍狼，人与狼对峙着，一比一，狼有利齿，而周怀珍他们手中却只有一支笔一张纸，环顾四周，连个防卫的土块都找不着。一场勇气与毅力的搏弈已悄然展开，看谁最惶惑，露出破绽，给对方以可乘之机。

　　"吼！"周怀珍拉着声音吆喝着，驱赶着，那色厉内荏的夸张神情，最终还是将苍狼吓住了，怏怏而去。

　　周怀珍与王建国虚惊了一场。回到风火山观测站时，背脊心的汗水都渗出来了。

　　黄昏将逝。而今天掉入雪窝时周怀珍却孤立无援了。他有点后悔，当时应该叫徒弟孙建民跟着自己一块上来的。现在茫茫雪原，孑然一身，如果像那天与王建国在一起时一样碰上雪狼，那真的就葬身狼腹了。

　　周怀珍觉得意识在一点点地流失，谢天谢地雪风将他冻醒了，唯有自救，方可活命。他摘下了手套，将身边的雪一点一点地扒开，为自己挪开身子开出一条雪道，可是此时的风火山气温已经骤降至了零下30℃了，赤手扒雪，不啻是将手让锋利的锐器割下，开始手冻得发红，发胀，后来则麻木了，等半个小时后，周怀珍为自己扒出一条生之路时，他双手的指关节，全都冻僵了。回到宿舍，没用任何医疗设施，等过了几天到沱沱河兵站要药时。指头已畸形，恢复无望了。

　　春天来了。灰头雁在天空中掠过，一片片羽毛翩翩然而下，是带来家乡的消息吧。来年的5月，铁科院西北研究所的科技人员上来了，这时周怀珍他们3个人可以轮流换下去休几天假，到兰州的家里处理点事情。

妻子是一个能干的女人,看到守山的丈夫回来了,像一个野人,连说话都不利落了,冻掉了第一骨指的秃手,泪水哗地出来。做了满满一桌菜,到街上买了老白干,要给丈夫接风。这时在风火山从不流泪的周怀珍热泪纵横,抱愧地说:"对不起啊,嫁我这个守山郎,真的做了牛郎织女了,孩子你拉扯着,就连买米买煤的事情,我都帮不上啊。"

一看丈夫落泪了,周怀珍的老伴倒不哭了,她给自己斟满了一杯酒,说:"孩子他爹,我不知道你在风火山上做什么,但是能在那荒无人烟的地方守着20多年,你是个真男人。我这辈子嫁给你,无愧也无怨。"

"谢谢!"一个普通家庭妇女的话,却让周怀珍动情动容。在家小住了几天。他又上山,此去又是经年才返。

孙建民是1978年被师傅周怀珍带上山的,那年他刚好23岁,跟着师傅守了8年的寒山,当了8年的光棍,他真的有点受不了那份慑人的寂然和孤独,1986年的一天,他实在忍受不住了,觉得自己再待下去,就会疯了,悄悄地瞒着师傅,截了一辆车就逃回兰州去了。

春天蹒跚而来。3个月后,师傅突然找到兰州来了,一见面便是道歉,说你当了风火山的逃兵,不是你的错,而是我周怀珍的错,我对你关心不够。

师傅这么一说,孙建民反而感到不好意思了,脸色一片赧然。说:"对不起师傅,我辜负了你的厚爱。"

周怀珍摇了摇头说:"是师傅做得不好,师傅对不起你和你的家人。不过,我观察了西北所那么多年轻人,能从我肩上接过风火山站长资格的,只有你。"

孙建民惊讶地说:"师傅,我可是风火山的逃兵啊,你还未将我逐出师门?"

"年轻呀,谁不会犯个小错,动摇一下。再说你在风火山已经过一个8年抗战了,已经了不起了。"

"可师傅你守了22年,从壮年守到了老年啊,我8年算什么。"

"建民啊,守山并没有什么意义,而在那些平淡的日子里我们留下的100多万个风火山的冻土数据,才是最有价值的,等有一天列车从风火山穿越而过的时候,你才会觉得我们今生今世没有白活。师傅一辈子守山的价值。"

"师傅,我错了,我跟你上山。"孙建民热泪纵横地说道。

一个老人与一座寒山。周怀珍守到60岁的时候下山了,前后加在一起,他在风火山上守了22年,而他的徒弟孙建民则守了26年。

2001 年，当青藏铁路开工之际，78 岁的老人周怀珍被中央电视台请到了风火山，当擅长煽情的主持人倪萍问老人有何感受时，周怀珍激动得泣不成声，说："青藏铁路终于上……马……了，我有幸活着看到了这一天，可是我们许多兄弟却没有看……到……啊！"

父子两代人的风火山

父亲王占基罹患癌症死的时候，王耀欣才十几岁。

少年丧父，本是人世间十分心痛的事情，可是王耀欣却没有痛彻肺腑之感，从记事那天起，父亲就是一个遥远模糊的记忆，遥远得就像他守望着的风火山一样，表情冷漠，冷漠得近似陌生，近似无情，好像就连灵魂的壳胆里也都是永冻层了。

父亲虽然是铁科院西北所冻土室的党支部书记，后来又做了副所长，可是在儿子的印象中，父亲心中只有两个字：冻土。而没有婚姻、家庭、妻子、孩子，这些连接成血水相依的亲情，都被他身上从风火山挟来的漠风寒雪冻土给凝固了。他像一只候鸟似的，春天一缕暖风刚化融黄河上的冻冰，凌汛排山倒海奔涌大河，他便像嗅到春讯一样，独上昆仑冷山行，一直待在风火山上，直到来年春节鞭炮声在兰州城里响起，才会风雪之夜除夕归。家里的事情什么也指望不上，全靠从北京城里远嫁边域的母亲素手张罗。所以孩子的读书、工作，统统都给耽误了。

王耀欣毫不掩饰对父亲感情的疏离。他觉得父辈这代人真可笑，一代虔诚的理想主义者，在风火山守望了 20 载还嫌不够，1980 年病入膏肓，癌细胞从胰腺上转移全身，恶魔般地啃噬着他的骨骼，疼得脸色苍白，冷汗簌簌地往下流，所里的领导来看他时，不交代家里的后事，不询问自己如果考不上大学如何生存和工作，居然关心的是风火山周怀珍他们还有什么困难，还乐观地说 1978 年青藏铁路下马只是暂时，总有开工的一天，可惜他看不到了，最后请求单位的领导，等他死了以后，将他的骨灰葬在风火山之上。生看不到列车驶过风火山，死也要听到列车穿越时的长鸣。

葬我于冷山之上，竟然是父亲留给这个世界的最后遗言。送别父亲的时候，王耀欣一点离泪也没有了。母亲好伤感，说："你这个小子，真是一只白眼狼，父亲养育了你，你怎么一点感情也没有了。"

王耀欣说："我哭不出来。我说这句话，也许妈妈会痛断肝肠，其实父亲是一个不负责任的男人，是的，我承认他对得起那片冻土，无愧风火山的兄弟们，但是他不是一个称职的丈夫，也不是一个合格的父亲，我绝不会再走他的路。或者面对他的魂灵，我欲哭无泪，真的哭不出来了。"

母亲听了以后，不啻是一场青藏高原造山运动般的摧毁。

这场摧毁似的疼痛一直疼了 20 载。2001 年的夏天，就在青藏铁路正式上马时，中国铁道建设报的总编辑朱海燕叩响了王占基的门，只听屋里传来了一个苍老的声音："谁啊！"

朱海燕说："是我，一个从北京来你们家采访的记者。"

"哦！北京老乡来了，请稍等。"屋里的京腔圆润，可是等了一刻钟，那漫长的等待中，他感到了蹒跚的步履好艰难，终于迈到门口了，门咯吱地开了，一个面色苍白、像麻秆一样瘦削的老太太站在朱海燕跟前。

"您就是王占基的夫人？"

"是啊，有什么不对啊？"

"没有，我还以为找错了。"

"没错，我那冤家已经走了 20 年了，留下我这个孤老婆子，空守岁月。"

"那好，我专程从北京为王占基而来，可以跟你谈谈吗？"

"当然，请进！"

朱海燕跟着老太太进去了，望着她的纸一样薄的身躯，蓦地觉得一阵风就可以将她吹倒。

刚落座不久，突然有了旋转钥匙的声响。

王耀欣匆匆地回家了。见家里多了一个中年男人，感到几分突兀。母亲说这是北京来的朱记者，专门来采访你爸爸的。

"我爸爸不要记者，不要宣传。人都死了 20 年了，宣传什么？这样的世道，宣传有何用，我早就看淡了。"王耀欣流露出不屑一顾的玩世不恭。

朱海燕说："耀欣，你应该感到骄傲，你有一个了不起的爸爸。"

"我爸爸，再别提他，我恨他。"王耀欣冷漠地说。

朱海燕一头雾水，不解地问："为何恨你爸爸？"

王耀欣吸了一口烟，说："作为一个爸爸，对我们一点责任都没有尽到。其实最伟大的却是我的妈妈。"

"哦！"朱海燕悚然一惊，说，"你妈妈如何伟大？"

王耀欣说："我妈妈不仅把她的丈夫送上了高原，也要让我上高原。知道吗，我马上就要到风火山上的中铁二十局当质量监理了。"

朱海燕问："你愿意去吗？"

"咋说呢，如果从挣钱的角度，我想去。"王耀欣犹豫了片刻，说，"假如从生命质量的角度，我不想去，不想重复父亲英年早逝的悲剧。"

朱海燕的心灵被震颤了，这样的一个家，这样的父子之间竟然迥然不同，然后笑着说："我只是为一个葬身在风火山的英魂而来，不仅为王占基，因为他是 40 年间中铁西北研究院的一面旗子，一缕忠魂，至今仍在风火山上飘扬。"

"那你与我老妈谈吧，我对父亲的故事和风火山的话题不感兴趣。"王耀欣站起身来拂袖而去。

于是，朱海燕就面对着王占基的未亡人，他在等着北京城里远嫁兰州的姑娘吴文英，一个垂垂老矣的老妪，如何评价她的丈夫。

"我最恨他！"吴文英第一句话便让朱海燕怔然了。眼睛瞪得大大。

"你不要惊讶！"吴文英平静地说，"我们结婚生孩子，他没有管过我，身边就是 5 元钱，我家是北京的。有钱，他支援灾区，支援风火山的工人，后来，我跟着上了兰州，1980 年他死的时候，我才 44 岁，他却弃我而去。我恨死他了，在风火山上，狼吃了他我也不去。我不是为他不会落下这身病，还有关节炎，刚才我为何那么慢给你开门，我是关节炎，刚才是跪着爬过来，给你开门的，你别见笑啊。"

朱海燕一听泪水刷地流出来了。

一座风火冷山上亲人流尽的泪水可以成冰，可是却在青藏铁路开工后的那个秋天，渐次融化了，融成一片亲情恩爱的热山。

王耀欣是这年的夏天从兰州到风火山上当质量监理的，那完全是母亲的意思，年轻时既然可以将丈夫送上山，晚年为何不让儿子去。恩爱情怨皆为了一座山。也许是鬼使神差，上山那天，他去文具商店里买了一台望远镜，别人问他为何带一台望远镜上山，他说是准备远望藏羚羊和楚玛尔平原上的苍狼。

监理点住的地方，可以远远地看到中铁西北院守候的风火山，每天傍晚下班后或者早晨未上班之前，他总要打开望远镜的镜头，远眺风火山的主峰，欲在那山坡上寻找什么，一直很失望，两三个月，拉到眼前的镜头里总也没有一个隆起的土丘。每天的遥望却一直找不到他想要的东西，一份亲情，一份血浓于水的父子之情。然后他仍然执着，一下班就打开望远镜镜头盖，又接着寻找下去。有一个日暮黄昏，他换了一个角度，在寒山落照中，一抹彩虹过后，突然彩虹的尽头却是一个荒冢，那一刻，他的心都快要蹦出来了，是它，是老爸的坟，确凿无疑了。

但是远望爸爸冻土相掩的小屋，王耀欣却望而却步。

他要走近风火山，走近已经葬身冻土 20 年的爸爸。究竟他以怎样的魅力和人格被人记起。最让风火山人难忘的是 1967 年，十年动乱的凄风苦雨风涌神州大地，因为派性斗争，所里似乎将风火山上的周怀珍、黄小铭他们忘却了，已经四个月不送补给了。菜早就没有了，只剩下少量的面，从纳赤台拉来的水已经告罄，只好吃冰化的积雪之水，人的身体受到了极大的伤害。王占基听到后拍案而起，不顾造反派的反对，毅然带着车队，将粮食蔬菜和饮用水送到了风火山上，拯救了四条濒临危亡的生命。他在山上干了 5 个月，直到 10 月飞雪，将所有的资料都拿到手了，然后拉回兰州封存，将风火山珍贵的冻土研究资料保存下来了。

春天来了，王占基早已经厌倦了"文革"年代的造反和内斗，唯有上青藏高原才有心灵的安静，唯有风火山的冻土才能化尽一个狂热年代心灵的躁动，打钻孔，炸冻土坑，他亲自插雷管，放山炮，为抢救和保护风火山七年来的资料而尽自己的绵薄之力。

也许是因为在风火山住得太久，一住就是 20 载的时光，年年岁岁，他一住就是八九个月才下山。常年的风雪之寒，使他的身体已经耗尽了最后一点残灯膏血。1980 年，当改革开放的一个新时代向他走来时，他已身染沉疴，时日无多了。弥留之际，他对来看他的院领导说："我一生最遗憾的事情，就是活着看不到青藏铁路穿越风火山的那一天，我死后，请将我的骨灰埋在风火山的主峰，我要看着列车从我的脚下通过。"

1980 年 11 月，年仅 51 岁的他罹患胰腺癌，溘然长逝。按照最后的遗愿，铁科院西北所的领导将他的骨灰一半埋在了风火山之巅，另一半却安葬在了兰州的公墓里了。

也许因为在风火山当监理的缘故，经历了缺氧胸闷和高山反应的王耀欣才渐次读懂了爸爸那一代人的不易，他们没有氧气，没有从格尔木拉来的半成品副食品和拣净的素菜，更不敢奢望在风火山设有高压氧仓，完全是用生命之躯与恶劣的自然环境相搏，最后赢得了自然，融入了自然，对于这代人的理想主义情结，他由衷陡生了一种敬意，一种英雄主义的高山仰止。

一步步地走近风火山，也一步步地走近父亲，心里的距离突然在望远镜的聚焦中一点点缩小，最后归零于感情与亲情的刻度。

那个星期天，轮班休息的王耀欣趟过没有路的荒原，朝着这座寒风渐渐蚀食的冷山走去，终于站在了那堆土丘前，隔着一个寒凉的世界，他在父亲的坟前骤然长跪不起，未语泪已先流。说："爸爸，从少年时代起，我就想走近你，可是你却拒人千里之外，在千里之外的风火山，心中除了这座寒山，再没有妈妈和我们兄弟姐妹。我那时感觉你像风火山的冻土一样坚硬冰冷，我一直恨你，拒绝你。可是当我在风火山上生存了两年时，我终于真正读懂你了，我好悔啊，风火山并不远，也不高，可是走向你的路，我却走了整整20年了，才走到你的跟前，对不起爸爸。原谅我是一个不孝的儿子。"

王耀欣与风火山观测站人员掘开了那个荒冢，果然是爸爸的骨灰盒深埋在了冻土之中20载了。

2002年8月8日，就在世界上第一高隧风火山隧道即将贯通之际，王耀欣根据母亲的提议，从风火山返回兰州城，将爸爸另一半骨灰背了回来，与风火山的一半合在一起，一起安葬，让一个完整的灵魂，永远雄卧在冷山之巅，看着火车从自己的脚下驶过。

中铁二十局青藏指挥部指挥长况成明听说王耀欣要为爸爸重新刻一块墓碑，说："王所长是风火山上的功臣，这块墓碑，就由二十局为他掏钱制作吧。一定做得气派高巍，体现我们后代对老前辈的尊敬。"

王耀欣没有拒绝。

立碑安葬那天，风火山风和日丽，苍穹一片蔚蓝，一簇簇白云染着斜阳，化作一片七彩的云霞掠过天空，只为一缕忠魂而舞。王占基的两处骨灰合在了一个新的骨灰盒里，中铁建青藏铁路指挥部、中铁西北科学研究院和中铁二十局青藏铁路指挥部等众多单位参与了这一隆重的仪式，坟前祭烧的冥纸化作一只只黑色的蝴蝶，萦绕于坟前不散。

王占基不幸，死于壮年。

王占基有幸，父子两代人都在风火山留下了自己的一段历史。一段等待列车越过山岭而来的历史。

风火山风冻的情感炽烈如焰

在兰州城里别过周怀珍老人，迤逦而上青藏高原，我最想见的一个人便是他的徒弟孙建民了。

一个人守着一座冷山，身后默默地跟着一条黑狗，蛰居在风火山上，远眺日出日落，风起风静，雪落雪晴，日复一日抄着各种观测数据，数着自己每天的日子，一数就是27载，比他的师傅周怀珍还多待了5年，人生已近知天命之年，大半辈子的岁月，都埋在了风火山的冻土里边去了，有关一个男子的青春期的躁动、情感、婚姻、家庭，乃至性，是如何在冷山之上从容应对的，不能不引起我无尽的遐想。

见到孙建民时，黄昏将至，风火山乌云笼罩，天空好像要飞雪了。我说在兰州见过他的师傅周怀珍了，周师傅要我代他向弟子和风火山的坚守者问好时，孙建民眼眶有点红润了。是不是人到了高海拔的生命禁区，情绪容易激动，还是千里捎来问候之语，却有亲情无边，触摸到了孙建民情感最脆弱的一隅了。

"看看你和职工住的地方？"我突兀提出了一个要求。

孙建民苦涩一笑，说："我可是27年没有在风火山洗过澡，那味道你受不了。"

"男人嘛，味道就该特殊一点，才与众不同，那才叫男人。"我揶揄道。

"哦！"孙建民转身回望了我一眼，有点讶然。

不过，走进孙建民的房间，我所有心理准备都在一瞬间坍塌，一股难以抑制想呕的异味迎面扑来，既有刚进藏包时浓烈的膻味，还有很久不通风房间腐蚀味混杂其间，再加上身上衣服久不洗濯的油腻，一个刚踏进去的人，哪怕多待几分钟都会被窒息。

偌大房间空空如也，有个氧气瓶摆在床前，房间里除了睡觉的床，几乎没有别的东西，桌子、床头柜、沙发、衣柜等等，统统与家的温馨有关的东西，似乎都与风火山无缘，可是孙建民却将观测站视为家，在这里待了27年。

退出他的房间，我们找了一个小会议室坐了下来。我单刀直入进入采访，询问，我第一个问题让他有点突然，当初为何当了风火山的逃兵，跑回兰州待了三个月，并不想再来了。

孙建民愣了一下，回答却大出我所料："想女人！"

看着我惊讶的神情，他突然有点痛快的感觉，然后话题委婉一转，说："作家，决非我故弄玄虚。我说的是大实话，那年我都快30了，在风火山上守了8年了，一个8年抗战啊，还光棍一条。再待下去，恐怕要在风火山上做和尚了，所以我不告而别，搭着青藏兵站部的军车，先逃到格尔木，然后再逃往兰州，我当时连头都不回一下，发誓不想回风火山，对得起自己的良心了，毕竟我将一个男人最美好的青春都掷在这座山上了。"

"后来怎么又上来了？"我反问道。

"感动！"

"为何感动？"

过了一些日子，周怀珍师傅从风火山上找来了。见面就向我道歉，说："对不起啊建民，我这个师傅不合格，只会将你当作风火山的一头牦牛使，对你的个人问题关心不够。找对象的事情，我发动大家都来给你做红娘。"孙建民似乎沉落到了一段早已经褪色的往事，说道。

我禁不住捧腹笑道："周师傅也够直爽的了。"

孙建民感激地说："他那个热情劲，整个就是我们西北人的古道热肠，恨不得将自己的心都掏给你，还嫌不够。把单位上的老老少少都发动起来了，只一句，帮我的徒弟找对象。"

"对象找到了吗？"我好奇地问道。

"找对象又不是到市场上买东西，看中了就能成交的。"孙建民的目光投向了风火山的窗外。

"那你为何还是跟着师傅上山了？"急于想得到一种答案。

"师傅带我去看了两个人。"孙建民已经平静得多了，说，"那两个人的事情，让我最懂得了什么是风火山人。"

"请你详尽谈谈！"我觉得掘到了一口风火山的深井。像情感的冻土一样，掘到底可就是青藏高原地心里的烈焰。

孙建民点了头，思绪重又回到了当年。

那个夏天兰州城的血色黄昏，师傅带着徒弟相了一个又一个对象，一看小伙子一表人才，工作又是铁路上的，但再问常年在风火山上守山，对方的家庭和女子就不干了，悻悻而归。两个人从外边走到了铁科院西北研究所的大门口，师傅指了指蹲在门口修自行车的一个人，问："孙建民，你知道他是谁吗？"

孙建民摇了摇头。说："不知道，我只听别人说他是哑巴。"

师傅的语气很平静："他是我们风火山上张子安的儿子，老张与我在风火山守山观测冻土有好几十年了。"

"师傅，你说修自行车的哑巴是张子安的儿子？"孙建民反倒惊诧万状了。

"是啊，"师傅说得非常肯定，"你听别人讲过他儿子是如何哑巴的吗？"

孙建民摇了摇头，说："我一参加工作就跟着师傅上山了，与张老铁人在一起，他从不摆家里的龙门阵。"

一说起门口这个哑巴，师傅的心情一点也轻松不起来了。他说："那是一个很遥远的故事，当年我与张子安，就是被称为张铁人的在风火山收集观测数据，大伙最盼望的事就是送东西的车子上来了，四五个月来一趟，不但有米有菜有肉，最重要的是每个男人心情快要崩溃时，有一封家书，一封慰藉心灵的家书。张子安老家在四川，媳妇是乡下的，他先收到的是一封信上说一岁的儿子病得好厉害，身子烧得像个火球一样，哪样办法都想尽了，就退不下烧来，让他请假早点回来，带到县城或者地区的医院看看。信很短，尽是错别字，猜着读。意思明白了，再后则是两封十万火急的电报，一封说儿子病情危险，命在旦夕。再一封说儿子死了。老张读着读着便坐倒在地上，眼泪就落下来了，伤心欲绝，男儿有泪不轻弹，一旦伤心，就像风火山的棕熊失去爱子一样地悲号。未接到家书的人开始好失落，一看张铁人这样，庆幸自己没有收到信。

"到了夏天，勘测和科研的大队伍上山了，张子安有个把月的假，回老家去看看妻子和爹娘，刚跨进家门，只见一个咿咿哑哑的孩子在叫，妻子出来了，他问这是谁家的孩子，妻子说我们的儿子啊，张铁人问我们的儿子不是死了吗，怎么变出一个小哑巴了。妻子抹着眼泪说：'子安啊，你咋搞的，给你写信拍电报，就没有一点音信，孩子在我怀里死了，我就找来了一个木盆，把他放了进去，抬到家门前的这条江里了，他爸爸就守在江的源头，喝的都是同一条江水，生不能父子相聚，魂总可以顺江而上吧，找他的父亲去吧。刚顺水飘出不远，婆婆于心不忍，扑到江水中一把抓回来了木盆，将小孙子抱回去，放在竹床上，也许命不该绝，第二天早晨居然活过来了，但却成了一个哑巴。'

"'儿子！爸爸对不住你。'张子安将儿子搂在怀里，亲了一个遍，吓得小哑巴哇哇乱叫。哑巴没有上过学，长成少年时，张子安将他们母子接到了兰州，让他跟着修自行车的老板当伙计，干了许多年，现在自己谋生讨口饭吃。

"你知道吗，有一年大雪将风火山的门口冻住了，怎么也推不开，快到了八点钟正式观测时间，张子安抱着仪器，穿着棉大衣从窗子里滚了出来，他说，哪怕天上下刀子都要观测啊。"

张子安离自己那么近，孙建民没有想到他的故事居然绕过风火山的高天流云长江大河一样，让他震撼不已。

走进了西北研究所的家属院，周师傅说："建民啊，我还想再带你去看一个人，一个小女孩。"

谁家的小女儿？孙建民茫然不解，师傅真是与众不同，像翻阅一本风火山的历史话本一样，带着他一页一页地走进人的情感世界。

周怀珍告诉他是风火山上的第三任站长朱良恩的女儿啊，人家老朱可是文化人啊，南京的大学毕业后，从江南支边到了大西北，后来当上风火山第三任观测站站长。有个春节就在山上与我们一起过的，把一患有精神分裂症的妻子和六七岁的小女孩扔到了家里，那小姑娘啊，又照顾母亲，收拾家务，做饭给妈妈吃，还得去上学。到了春节的时候，妻子的病犯了，女儿实在没有办法，写了一封信，恳求爸爸下山来帮帮她，她实在应付不了母亲的病情。

信捎到了风火山，朱良恩一句话不说，低头抽了一个晚上的闷烟。第二天照样主持和分配工作。

到了夏天，朱良恩临时回去开会，到学校去接女儿，给女儿买了好多好吃的。女儿把东西扔在马路上，背过身去朝着大路往前走，不理爸爸。朱良恩追了上去，一个劲向女儿道歉。女儿哭了，说爸爸："我和妈妈最需要你的时候，你在哪里？"

"我在风火山上啊！"朱良恩回答说。

"那你为什么不下来呀？"女儿不解地问道。

朱良恩回答说："我带班，怎么能下来啊！"

妻子的病时而好时而坏，时而清醒时而错乱。朱良恩回到兰州时，恰好她的病相对稳定了，她指着丈夫对女儿说："我写信，你爸爸不下来，女儿自己写，恳求你爸爸，他也没有下来啊，风火山的男人都这样，生活在魔山上，都成了六亲不认的风火魔王了。"

朱良恩只有苦笑，他无法给妻子与女儿做出解释……

"我怎么在山上没有听过这些故事啊？"孙建民遽然问道。

"风火山的男人啊，都是一群爷们，爷们自然有爷们的侠骨柔情，谁会说这些婆婆妈妈的事情。你没有看过朱良恩凡在办公室里提起这段事情，就一句不吭啊。那是一种男人的心痛，痛彻肺腑啊。"周师傅一句话将男人的情感世界托了出来。

暮色中的兰州城万家灯火渐渐亮了起来，孙建民望着家属楼前而却步，说："师傅我不上去了，我回去收拾一下东西，明天就跟你上风火山去。"

"你相对象的事情还没有着落啊。"周怀珍感叹地说。

"以后再说吧！"孙建民觉得与张子安、朱良恩比，他那点儿女情长终身大事，实在不值得一提。

孙建民跟着周怀珍上山了，从此再没有下来了，一守就是21年。

那个夏天，孙建民第一次领略了风火山的滚地雷滚到了自己住的房屋前，就在王占基墓地的那座山上，滚地雷从风火山的顶上咔嚓而下，一个粉红色团团火球，朝着他们住的房子滚了下来，突然钻到伙房的烟囱里边去了，竟然奇迹般地钻了出来，也未引起爆炸，却让人有点胆战心惊。而冰雹砸下来的时候，居然有鸡蛋那样大，人若躲闪不及，便会砸一个鼻青脸肿。

有一天他跟着师傅观测回来，只见一只狼就在院子里坐着，仿佛就在自己的家里，丝毫没有闯入别人庭院的担忧和害怕，瞅着他们一动不动，好在两人手里都拿着枪，周怀珍已经见怪不怪了，朝着孤狼大声吆喝，将狼赶出了院子，自己和徒弟才返回屋里。

过了一些日子，风火山的一头棕熊将小熊丢了，老棕熊天天来山下转了一周时间，才悻悻而去，那些日子，孙建民仍然跟着师傅上山，只是手里的枪一时也离不开手了。

坚守到第二年大队伍上山来了，可以暂时替换周怀珍几个下山了。周师傅带着孙建民他们下山回兰州休假，到格尔木城里要住旅社，由于将近10个月没有洗过一次澡，头发披在肩上，长长的，浑身一股难闻的膻味，熏得人都有点待不住了。他们三个人在山上，一年就是四立方水，从纳赤台拉过来，200多公里的路程，水比油还金贵，根本舍不得用来洗澡，服务员一看他们的打扮，便将工作证扔出来了，说不给你们住。

"为啥？"周怀珍有点茫然不解。

"你们像座山雕，不能住我们这里。"

周怀珍苦涩一笑，连忙将旅社的经理找来了，说明情况之后，得到老板允诺，才找到了暂时栖身之处。

"那年下山，你的婚姻大事终于瓜熟蒂落了。"我仍然关心的是孙建民的婚姻。

他摇了摇头，说："连旅馆里的服务员都将我们看作座山雕，哪个姑娘会嫁我。"

我沉默，不知该问什么好，但是我仍然想知道孙建民的婚姻大事。

或许他早已经窥透了我的心思，说，他的第一次婚姻很失败。一直到了 31 岁时才结婚，那段婚姻对他来说既是一种幸福更是一种痛楚，有点不堪回首。他从未对前妻说过一个不，毕竟婚前婚后，两个人待在一起的时间屈指可数，反倒感激两个人在一起的时候，前妻所给予他的幸福时光，但是分多聚少，尤其是有了家有了孩子之后，全部的家务都压在一个女人身上，一年在一起的时间不到一个月，换成哪个女人都难以坚守得住的。因此，当妻子向他提出离婚的时候，他一点也不觉得突然了。

心痛了好久时间之后，孙建民才有了自己的第二次婚姻。

"你的第二次婚姻幸福吗？"

"幸福这个词多奢侈。记得你们有位作家说过婚姻就像穿鞋子，合不合适，夹不夹脚，个中滋味，只有自己知道。"孙建民的回答一下子变得像个风火山上的哲学家和诗人。

我已经明白了孙建民的意思了。

2000 年 6 月，孙永福副部长上山来到风火山视察，看了风火山观测站 40 年间留下来的 1200 万冻土数据，感叹地说："风火山观测站对青藏铁路功不可没！"

第八站　哀兵必胜

黑字写的明誓，

雨水一湿就熄灭了。

没有写出的心中情意，

谁也擦它不掉。

————六世达赖喇嘛仓央嘉措情歌

血书赢得一座寒山

冷山热雪。

一座寒山连着一群守山人与一支部队的命运。

青藏铁路第一轮竞标时，中铁二十局拿下风火山标段的胜算其实并不大。可是他们只能成功不许失败，否则就无颜面对躺在青藏一期千重冷山上的先辈们。

红土岭一样的风火山，连同它垭口飞扬的经幡，一如奔突流淌的血魂，悄然地蛰伏在这支当年铁道兵10师后代的血脉里。

铁道兵老兵出身的董事长余文忠，伫立在当年饮马青藏的地图前，血也开始热起来了。中铁二十局似乎与青藏铁路有一种冥冥之中的命运相约，此前，他们已经三上三下青藏线了，那时余文忠只是一个兵。

第一次上青藏线是1959年秋天，昆仑山上已经开始飞雪了，时为铁道兵10

师的 47、48 团官兵和 49 团的一个营，刚从酒泉到柳园和清水的中国第一个航天城的铁道支线上撤了下来，就进入了青藏一期西铁山到格尔木一线的隧道群，但只进到格尔木，雪水河下边的乃吉里尚未全线开工，仅仅干了一年半，到 1960 年 12 月，天灾连连，新中国的第一次青藏大梦魂断昆仑。部队移防到了河北易县，执行一次国防工程任务。

第二次上青藏是 1963 年，修的是兰青线的一条延长线，西宁到哈尔盖，海晏到克土的 211 厂的铁路专线，那是中国第一朵蘑菇云横空出世的地方，可惜今天除了一座高耸入云端的原子弹制造基地纪念碑外，便是一片工厂废墟的残垣断壁了。但是当年 46 团、48 团在那里一直干到一声东方巨响颤动万里戈壁，震撼了世界，才撤至成昆铁路，会战大西南。

时隔 10 年，青藏之梦又重现在铁兵 10 师的五更寒里。1973 年 3 月，时任铁 10 师副师长的姜培敏率领打前站的队伍进至青海乌兰，修建青藏铁路一期哈尔盖至格尔木 862 公里的路段，铁道兵上来的是铁 7 师和铁 10 师，10 师担任了最艰难的 396 公里，天进县东面的久角隧道横亘在垭口 4200 米的山上，此前西宁铁路局工程四队已经在进口打了一公里，出口切进了几十公尺，困难时期封闭隧道口下山了，47 团上去了，打开封口，在那里干了 4 年，留下了 56 名英魂，永远游弋在关角的山上，俯瞰着列车从脚下缓缓驶过；而铁 10 师在青藏一期线则留下两座烈士陵园，128 名官兵魂归冷山，一枕青藏风雪，远眺着温柔的烟雨江南和秋高气爽的北方。

铁 10 师最浓墨重彩的一笔，是 70 年代中期，铁 13 连在风火山留下了一条永远不通火车的半公里长的铁道路基。往事已被青藏的漠风吹散了，却在中铁二十局的后代心中留下了不可磨灭的青藏情结。四上青藏高原，拿下风火山标段，完成了梦寐以求的皇皇铁路大梦。

但是，觊觎风火山的岂止是一个中铁二十局啊，世界第一高隧毕竟集政治、经济乃至地理文化效应于一身，谁拿下了这个项目，将受益无穷，十九个参加青藏铁路竞标的工程局跃跃欲试，竞争激烈。因此，风火山标段最终花落谁家，能不能握在中铁二十局的手中，余文忠心里也没有一点底，不过他终究是老军人出身，深谙中国大型工程的竞标，不仅比的是硬实力，软实力也是一个不可或缺的筹码。

余文忠转过身来，坐到了高靠背的大班椅上，抓起了写字台上的电话，拨通了集团公司各个处党委书记的电话，建议在全局 13000 多名职工中开展我为投标做贡献的活动，让铁道部和竞标委员会知道中铁二十局全体职工心系青藏铁路的夙愿和未了情。

夏军民听到这个消息后，就琢磨着做一件一鸣惊人的事情。他是建工处的团委书记，曾经有过 18 岁当兵的历史，父母是 60 年代中期从江苏支援新疆的知青，他从小在新疆建设兵团里长大，1989 年到了新疆奎屯的高炮团当兵，复员时分到了中铁二十局，可心里一直对大西北情有独钟，祈盼着有一天能够重上青藏高原，一展当年铁兵后代的风采。

"我要换一种新颖的方式来表达自己上青藏的决心！"夏军民对处里的人说。

"什么新意？"同事们不知道他要玩什么名堂。

夏军民说写血书。

"傻帽！"有的神情袒露出一脸的不屑，"都什么年代了，还写血书，又不是上战场。"

夏军民说上青藏铁路，对一支铁兵的后代来说，就是上战场啊。

那天他到商店扯了一块二尺多的白布，到了单位的卫生所，将自己的手伸了出去，说请帮我抽两管血。

女护士不解地问："你要献血？"

夏军民摇摇头说："我要写血书。"

女护士愕然，说："你有什么血海冤仇要申，可找领导谈谈，何必采取这种极端方式。"

夏军民痛苦地闭上了眼睛，说："我不是要申冤，而是要为上青藏铁路写血书，表决心。"

夏军民伸出胳膊，从静脉里抽了两管血，带回办公室，展开白布，挥笔写了一首诗："昔日高原铸辉煌，今日请战上青藏。甘洒热血写春秋，誓与青藏共存亡。"然后拍了照片，折叠起来，找了一个信封，写上北京铁道部傅志寰部长收，便骑上自己的摩托车，跑到了邮电局，以特快专递的形式寄往首都北京。然后独自去了渭南，参加青年团员集训班学习。

世间的事情也就这样凑巧。就在开标前的头一天，中铁二十局局长余文忠与郝副局长一起到铁道部拜会傅志寰部长，想作最后的努力，请铁道部领导看在当年铁 10 师喋血关角，魂系青藏高原的历史上，将第一轮投标的标地倾斜给中铁二十局。刚在傅部长的办公室落座，秘书拿着特快专递进来了，递给了傅部长。

"什么东西？"傅志寰问秘书。

秘书摇头道："不知道，是从咸阳寄来的，指名寄给你的。"

傅志寰摆了摆手："拆开看看是什么名堂。"

秘书撕开了特快专递，掏出来一看，一块白布上写着一封血书，脸色陡变，说："部长，是血书。"

傅部长顿时也惊讶道："上边写着什么内容？"

"昔日高原铸辉煌，今日请战上青藏。甘洒热血写春秋，誓与青藏共存亡。"秘书念道。余文忠局长与郝副局长也面露惊奇之色。

"呵呵！"傅志寰部长笑叹道，"老余啊，你们这思想工作已经做到我头上来了，真是及时雨啦。"

余文忠也一头雾水，说："傅部长，纯属偶然，我们也不知来拜访您的时候会看到中铁二十局普通职工请战的血书，真是天意啊。"

"不是天意，是好事啊！"傅志寰感慨地说，"这样的单位不让它中标，还让谁中标，这样的同志不让他上青藏线，还让谁上？"

余文忠忐忑不安的心情顿时轻松了不少，他突然觉得关键的时候一封关键血书，终于让中铁二十局在共和国内阁部长心中留下一个重重的情感砝码。

傅志寰对秘书说："马上将这份血书拍照，彩印几份存档，血书感人，下不为例。电告各工程局，一律不准写血书，其他局就是写了血书，也不能申标。"

一位曾经是军人的热血之书，却在最后的时分赢得了一座冷山。2001 年 6 月 1 日青藏铁路开标时，中铁二十局如愿以偿地得到了风火山。

6 月 3 日，中铁二十局的人还沉浸在中标的喜悦之中。这天集团公司人事处的一个叫李向阳的干事，突然通知建工处人事科，说让夏军民来局里。局长要见他。

夏军民跃上自己那辆带电动加力的自行车，心里忐忑不安。集团公司的董事长召见自己这样一个名不见经传的小人物，是不是自己犯了什么错误了，思来想去，觉得自己并没有犯什么错误啊，也从未与局长打过交道。他小心翼翼地骑车到了中铁二十局的大楼前，将车停好，步履轻轻地掠过大堂，乘电梯上了人事处，向通知他的李干事报到，然后怯生生地迈进了余文忠的办公室。

"你就是夏军民？"余局长有点意外，这个年轻人身体干瘦干瘦的，却有男人的清秀之色。

夏军民站在局长面前有点手足无措，立即像当年当兵时见连长一样，啪地一个立正说："报告局长，我是夏军民。"

"坐坐！"余文忠走了过来，拍了拍夏军民的肩膀说，"你可是为二十局立了一功啊！"

"局长，这话从何谈起？"夏军民受宠若惊。

"就是你的那封血书啊！"余文忠感叹道，"最后一天，我们忙着拜会各位菩萨，请人家高抬贵手，给中铁二十局一份活干，最后见傅部长时，竟然看到了你写的血书。血情可鉴青藏，这真是天意啊！"

余文忠仍然沉浸在激动之中，向自己麾下一个无名之辈的年轻人详尽地描述了那天在傅志寰部长办公室里的所见所闻。末了，他站起身来，说："年轻人，我为你倒一杯茶，位卑不忘局忧，你们可是二十局的希望和未来。"

"局长！"夏军民呷了一口局长给自己泡的茶，恳切地说道，"作为六处的年轻人，我斗胆进言几句。"

"你可以随便说，不要自谦。"余文忠鼓励这个年轻人。

"我们六处过去在青藏一期时，当时编制是 50 团，搞的是青藏线的运输，"夏军民喃喃说道，"这次上山后，能不能多给我们六处一点活。"

余文忠没有想到这个年轻人给自己提的唯一要求，竟然是为处里的几千号人的命运和生存着想，说："我考虑一下。"

"谢谢！"夏军民已经感激涕零了。

"年轻人，上风火山上好好干吧！"余文忠欣赏地看着这个瘦削的年轻人。

夏军民骑着他的电动自行车回到了处里，也许因为抽血之故，他查出了轻微的肺结核，住了 15 天院，六处的书记黄锦波专程来看望他，征求他的意见，任命他为六处机械一队党支部书记了，职务正科级。

我在中铁二十局风火山指挥部宣传办公室里单独采访夏军民的时候，记下了他的故事，1 个多小时的采访，我数度缺氧，也数度跑出去吸氧，一位出身于外地的小同乡，二十局的才子唐相彦一直陪在我左右。采访接近尾声时，我突然向夏军民发问："你写血书的真正动机是什么，真的如一些报道里说的那么崇高吗？"

"徐作家，你也是军人，实不相瞒，当时根本没有想那么多，纯粹就是一闪念。"夏军民仍然有军人的豪爽。

"我欣赏你的真实，属于军人的真实。"我站起身来，与这个瘦瘦的年轻人握手告别。

置之死地而后生

节令刚蹒跚进入初冬，风火山便下了一场茫茫大雪。别的施工队伍都下昆仑山冬休了，唯有况成明指挥的二十局风火隧道队还蜷曲在山上。天寒地冻，风雪弥漫之中，他蓦然觉得，自己的命运方舟，正驶向了一条冰河。

那天他驱车下到格尔木，给家里打电话时，却听到了妻子的嘤嘤饮泣。是年之夏，他刚将妻子和儿子从安徽老家淮北接了过来，在咸阳古城安了一个家，将一座古城和一片陌生抛给了妻儿，没有为他们撑起一片湛蓝的天空，便远行青藏高原。

携子在咸阳栖息的妻子最近惴惴不安，不知是丈夫在山上清退了一些民工包工队，断了别人的财路，还是其他什么原因，最近孩子上学时总有憧憧黑影掠过少年的星空，有时莫名其妙的电话也会打进家来，让妻子有些胆战心惊。多么希望冬天到了，丈夫可以回到咸阳桥边，为自己遮风挡雨，可现在却回不来了，又继续留在风火山坚守。

搁下妻子的电话，况成明眼眶湿润了，心里涌动着一股巨大的酸楚。从自己当上中铁二十局指挥长那天起，身后便褒贬不已，飞来的唾沫星都快冻结成一条河了。自己何苦啊，拼死拼活地守望在风火山上，几乎没有落到一句温婉相慰的好话，而家庭的后院却有一个风火山的滚地雷直奔而去，让他无法释怀。

血书赢得了一座冷山，但是走上风火山的中铁二十局并未旗开得胜。

余文忠董事长慧眼相中了况成明，让他当中铁二十局青藏铁路的指挥长，就看重他的敬业、坚韧、果断和聪明，却忽略了一个坚硬的现实，毕竟况成明缺乏当大指挥长的历练，此前他只是局里一位安置科长，后来在神木至延安的神延线上当过局指的副总工程师，跨入新世纪之后，在宝天线上当过常务副指挥长，还未打过真正意义上的大战。而这回在风火山单打独斗挑大梁，确实是要令他苦心智劳筋骨，才能修成正果，大器晚成。

然而，况成明觉得自己的头三脚踢得似乎并不漂亮，有许多可圈可点之处。

首先是安营扎寨的第一次过招，小临帐舍建造便让中铁十二局的余绍水抢尽了风头，中铁十二局建在清水河的通风管上的院宅式建筑，投入大，自成一格，自然也成了青藏线上的一道风景，参观者络绎不绝，领导更是称赞有加，偏偏中铁二十局的却不尽如人意，大会小会批，况成明有一肚子的苦水，却与何人说？风火山离格尔木300多公里，海拔4905多米，一块砖运到风火山就八角钱，一斤沙子也值五角钱，他觉得在这上边投入太多必然影响整体效益，因此，建在风火山上的局指建筑档次不高，而各个施工队，大多住的是棉篷，烧的又是煤炉，而青藏铁路上的以人为本已经提到了一个很高的层次，领导担心煤气中毒，或燃烧缺氧窒息，凡来风火山铁道部的领导和青藏总指，总是将中铁十二局的小临作为一个参照的坐标，风火山的帐舍就显得蓬头垢面了。

世界第一个高隧的掘进算是第二脚，可况成明又踢到了风火山的冻土上了。青藏总指要求在2001年下山之前，风火山隧道出入口掘进要突破200米大关，完成投资3000万，客观的原因是图纸来得太晚了，到了10月16日，铁一院的施工图纸才送到了中铁二十局的手里，眼见离下山时间不到两个月。事先考虑得不周，调上来的各种运输车辆和钻机几乎都是清一色的内地干活时租赁，在青藏高原施工不是频频趴窝，就是马力不足，像辆老爷车一样吭哧吭哧，严重地影响了施工进展。青藏总指的领导三天两头来，眼见进度甚缓，也不顾石家庄铁道兵学院的学兄学弟之谊，劈头盖脸就是一顿修理，最后赖得修理了，车过风火山，连停都不在中铁二十局停了。弄得况成明如履薄冰，战战兢兢，不知如何是好，最后确定冬季队伍也不下山冬休了，漫漫一个严冬就守在风火山施工，到了年关，完成150米。

第三脚施工管理踢得也很沉重，中铁二十局青藏铁路上唯一实行一级管理的指挥部，管理方法与体制独树一帜，指挥部直接管理到了施工队，中间没有项目经理这个层次，一有问题就直接捅到了局指，牵扯了领导许多精力，却进展甚缓。

一时间，身为指挥长的况成明开始在各级领导心中的形象动摇了，在他的身后，嘈杂声四起，有说换指挥长的，有说将二十局风火山洞口分一半给别的局的。

况成明一时陷入了命运的绝境，如同他每天直面的风火山极地绝域一样，趟不过这道山岭，便意味着人生的彻底失败。

一个人在最关键几步的时候，需要有人扶掖，有人矫正，甚至有人鼎力相助。在况成明命运最黯然的那个冬季，有一个人对他的看法却始终不渝，那就是中铁二十局的局长余文忠，他亲自为况成明作后盾。

"成明，我觉得你行！"余文忠睿眸投向了况成明，给了他鼓励，更给了他自信。

"局长，我的第一仗打得不漂亮，给局里丢脸了。"况成明的心中很难过。

余文忠摇了摇头，说："队伍没有从风火山溃败，就算站住了，立住了。我相信你会知耻而后勇，哀兵必胜，在风火山上打出铁10师当年的风采来。"

"谢谢局长，我给领导添乱了。"况成明显得十分内疚。

"谢什么，领导就得给自己的部下撑一把红伞，为他们遮风挡雨。"余文忠感慨地说，"不过，要痛下决心背水一战，让风火山作证，为中铁二十局青藏之魂，也为你自己。"

"我会的！"况成明隐忍地吐出了三个字。

随后，余文忠又找北京铁道部和青藏总指的领导，真挚地做出解释，承担领导责任，并一再恳求，假以时日，况成明将会成为一个出色的指挥长。因此，换指挥长的说法，可要暂且搁一搁，再给他一次机会，也给我们二十局一个机会。如果到了明年六月，情况仍不好转，中铁二十局青藏指挥长再换人也为时不晚啊。

青藏铁路指挥部尊重了中铁二十局的意见。

手中只有最后一次出牌的机会了，况成明不能输，只能赢，他执意要在风火山上证实自己，证实自己也是一个血性的汉子。

在全体机关职工干部大会上，况成明神色凝重地表态说："我们已经没有退路，如果到了6月份，风火山的局面得不到根本扭转，我就自动辞职，卷着铺盖走人。"

他没有给自己留后路，其实已经没有退路。唯有在风火山上背水一战了。

春天还挂在灰头雁的翅膀上，朝着青藏高原南回归巢。况成明蛰伏在风火山上干了一个漫长的冬季，青藏沿线的施工队伍还未上山，他就大刀阔斧地更换了自己施工队伍中的硬件设施，将不适应青藏铁路施工的平原机械设备统统淘汰下山了，斥资一个多亿，以每辆70万的价格，一下子进了55台北方大奔驰，作为运载的一个重要工具。以800多万一台，购进了四台德国"宝尔"旋挖钻机，发电机、空压机都统统换成了国际名牌沃尔沃的，一下子便将施工机械的现代化程度提到国际高科技前沿地带。

管理一直是风火山的一个弱项。况成明要转动手中的指挥棒，在风火山上叫响"能者上，平者让，庸者下，青藏线上不用闲人"的口号，让每一个中铁二十局参加修建青藏铁路的人员心里清清楚楚，今天工作不努力，明天努力找工作，不爱岗就下岗，不敬业就失业的道理。大凡身体不适合的，从指挥部领导到普通的职工，劝其下山。仅局指挥部就下去了四名副指挥，换人之频，为所有的施工单位力度最大。第一高隧刚开始由两个处负责施工，随后改为出口收归局指挥部直接管理，对执行一级管理不力的队长、书记，况成明频频换将，然而每个上山的队长书记身后都有一定背景，动错了神经，可能最终颠覆了自己，可是况成明颇有点我不下地狱谁下地狱的气魄，陆桥队、机械一队和隧道队第一任队长不力，工程进展甚缓，于是换了第二任，仍不见起色，忍痛换了第三任，人不错，可是能力却大打问号，施工管理总是慢三拍，最后痛下决断，对不起走人。迅速搬走这块石头，换成了第四任队长，才渐成佳境。

中国自有请神容易送神难的说法，况成明一而再，再而三地端了别人的饭碗，甚至将一些分包的工程也一锅端了，无疑将自己置于风火山的冰雪风暴之中。

2001年11月份，况成明还蛰伏在风火山上，望着风火山寒雪一片，挟风狂舞。这时一封封告状信已经进了北京城，飞到中国铁道建筑总公司的领导的办公桌上，点名道姓地告况成明对职工生活漠不关心，白天上山，晚上下山，有亲戚在包工队，诸如此类，一直列了十大罪状。总公司纪委的李处长千里迢迢地来了，在青藏线上一一找人谈话，结果风火山上的现实可是与告状信出入很大啊，谁说况成明不关心职工生活了，青藏沿线第一座大型的制氧站就是在他的主导下完成的，可以往坑道里弥散似地供氧，隧道里还设置了氧吧间，干活体力消耗大，供氧不足时，可以坐到氧吧间里吸一会儿氧气，体力就很快得到恢复了。况成明患有眼疾和休克性低血压，下了山，血压是100/70，还算正常，但是一上山，血压只有80/60，每一次晕倒时，丁守全院长都催促着送他下山。他说："老丁，我们都是老兵出身，轻伤不下火线，可是军队留给我们的光荣传统，在这条青藏铁路沿线，谁没有一点小伤小病，你不能送我下去，求你了。"

丁守全说："指挥长，这可是我的责任啊。你已经多次出现休克性低血压了，千万不可掉以轻心，如果再不重视，我就要强行送你下去。"

况成明苦涩一笑，说："丁院长，我这是破釜沉舟，纵是拼上这条命，也得将风火山的工程搞上去。否则无颜见江东父老。"

丁守全无可奈何地摇了摇头。

李处长在中铁二十局青藏指挥部谈了一个遍，扼腕长叹，说真金不怕火炼，举报虽说是件坏事，但是我们却查出了一个好干部。

但是况成明却欲哭无泪，组织上还了自己一个清白，却掩不住内心的锥心喋血之痛。妻子来电话时哭哭啼啼，娘俩在那座陌生的城市里，一个黑色的梦魔惊现在儿子心灵湛蓝的天空，妻子提心吊胆，一天到晚地守着，快有点支撑不住了，祈盼着丈夫早一点归来。

春节将至，况成明从风火山上下去，回局里汇报工作。咸阳桥头，风雪夜归人，妻子朱玲华带着儿子早早地站在了机场进港接人的地方。仅仅半年多未见，只见丈夫脸庞上白皙肤色变成一脸鳌黑，人瘦了一大截，两个颧骨突兀出来，面黄肌瘦，相拥的一刹那间，夫妻俩也不禁哽咽饮泣，泪飞如雨。

大年十五尚未过完，况成明就急不可耐地要上山了。妻子劝道："成明，咱不要再去了，上青藏铁路身体遭罪不说，心里还在承受那么多委屈，老婆孩子也跟着担惊受怕。"

况成明摇了摇头，说："不，这是我的第一次，也是最后一次机会，如果我真的把事办砸了，那么这辈子就是咸鱼再也翻不过身来了。"

妻子看看丈夫，有点不认得了，恳求道："过完元宵节再走。"

况成明说："不行，山上还有那么多弟兄在等着我。"

告别了妻子和儿子，况成明朝着风火山千里而行，二月桃红春讯，倒是一个好兆头，他要为自己，为二十局的命运和荣誉，进行最后一战。

羞涩的勇士

隧道队队长已经换了好几个了，却一直未寻找到理想的人选，况成明忧心忡忡。

那天，局指副指挥长兼总工任少强对况成明说："况指挥，我给你推荐一个人选。"

"是谁？"况成明已经让任少强接过风火山出口施工队队长的职务，选副手当然要尊重任总的意见。

任少强说："罗宗帆，你认识的，过去都是47团的老兵。"

况成明在搜索记忆，说："想起来了，是1981年入伍那批四川兵，当年他们入伍到关角隧道时，已经贯通了。"

任少强说："对啊，可惜那年代我还在读书呢，自然没有这种幸运了。"

况成明说："在我的印象中，罗宗帆是搞机械出身的，对架桥很在行，打隧道恐怕并非他所长吧。"

"一点问题都没有，他曾经在好几个项目上给我做过副手，如今是西安绕城高速公路项目部的副经理，打隧道架桥都是一把好手。"任少强掩饰不住对罗宗帆的欣赏。

况成明点了点头："既然任总如此看重，我没有意见。你是风火山出口的施工队队长，副队长的人选，你说了算。"

"好！就这么说定了。"

2001年2月4日，罗宗帆正在西安绕城公路项目部主管产河特大桥的调装，全长11.5公里，调40米长的厢梁。兜中的手机突然响了，是任少强打过来了，说："宗帆，风火山隧道，你上不上？"

罗宗帆打了一个激灵，一点犹豫都没有，立即答道："行！"

那天从架桥的工地上走下来时，罗宗帆早已心驰神往，梦回青藏，步履迈得好大，恨不得一步跨越昆仑，跨上风火山。遥远的青藏铁路之梦原以为离自己越来越遥远了，却想不到一念之间竟然会这么近。16岁当兵的岁月，他去的就是青藏第一期，成了主攻关角隧道的铁10师47团的二营四连的一个兵，可惜当时关角已经全线贯通，他因长相腼腆，岁数又小，说话时羞涩一笑像个姑娘，被连长选去当了通信员，可是从老连长的口中他听说了许多关于关角隧道的传奇，其中遇上了大塌方，115名官兵全埋在了坑道里，师长姜培敏亲自组织指挥抢救，竟然无一人伤亡。自从1984年离开关角下山之后，人虽然不在高原，却总是冰雪千重昆仑入梦，挥之不去的青藏情结折磨了他好多年了。

匆匆收拾了一下东西，他就赶回咸阳去，与妻子雷惠芳和两岁的女儿告别。

妻子一听他此去青藏铁路，挡着不让走，说大小子刚去世不久，小女儿才两岁，青藏成阳隔着千山万水，此去经年何时才能归啊。

罗宗帆给妻子做了一个晚上工作，筑路人的妻子从来都是深明大义的，晚上抹着泪不让丈夫走，但是到了第二天别离时，没有一个人会拖后腿。

2月24日，罗宗帆从咸阳启程，直奔格尔木，坐着列车驶过自己当年修的关角隧道，恰好是傍晚时分，他倚在窗前，感慨万千，关角两边的山峦被缓缓驶过的列车抛在身后，斜阳温暖冷山，英魂之火不灭，他默默地举起手来，向这片冻土上埋葬的忠魂，行了一个曾经当过铁兵的老兵的军礼。26日晚上一点多钟抵达了昆仑山下的指挥部，在山下边习服了三天，便搭车上了工地，风火山迎接他的是一场狂雪飞舞的苍茫，凛冽的寒风卷着雪花直往衣服里窜，罗宗帆从队部往坑道口上坡走了10多米，脚便飘起来了，身体也虚空了，这时风火山第一高隧，进口只掘进了100米，出口才掘起了80米，直觉告诉他，风火山之战，将是他人生中最难的一场生命之战。

任命很快下来了，罗宗帆为出口施工队的副队长，队长则为指挥部副指挥兼总工任少强，但是一线具体施工组织，非罗宗帆莫属了。整整一周时间，罗宗帆一句也没有说，就在风火山工地转来转去，别人跟他说话，他只是羞涩地一笑，本来就黧黑的肌肤，俨然一个藏族同胞，只是那英俊的脸庞强烈地辐射巴蜀之地的印痕，使人顿生怀疑，这个一脸恬静的男人是否拿得下风火山工程。罗宗帆毫不理会背后投来的怀疑目光，奔突在血脉之中的是大巴山人的坚韧和纯厚，足以让他在风火山上横刀立马。或许因为自己也是农家出身，走进民工的帐舍时，他突然有了一种亲近感，队里400多号人，除了30多名正式的干部和职工外，其余都是民工，蓦然之间，他觉得这群纯朴的西部汉子是最终依靠的兄弟。

一周时间刚过，罗宗帆就出手了。他将铺盖行李一卷，从队部搬到出口的工地值班室。工程部长和总工不解，说："罗队长，队部的条件好一些啊，你不必搬到值班室去。何况队部离工地只有十几米。"

罗宗帆摇了摇头说："我必须住到洞口去。再说这十几米的坡度，爬得气喘吁吁，半天缓不过劲来，我得将体力留到隧道里用。"

住到风火山洞口督战的罗宗帆出手不凡。任少强来了，听过他的汇报后，颇为满意地说："我相信罗宗帆会不负众望，只忠告你一句话，要注意安全、质量、后勤和民工的吃住。"

罗宗帆点头道:"任总放心,我不会让局指领导失望的。"

整整准备了一个阳春三月天,四月的冰雪尚未化尽,罗宗帆就甩开膀子大干了,这时进口的施工队队长任文侠向出口下了挑战书,看谁的进度快,谁最先完成任务。

罗宗帆淡然一笑,不想回应,觉得现在说什么都为时过早,看结果才是最重要的。

任少强说:"你写迎战书,有来无往非礼也。"

罗宗帆说:"写就写,我保证出口队能笑到最后,笑得最好。"

"好!就要你这句话。"任少强紧紧地握着罗宗帆的手,似将风火山一样的重担压在了他的肩上。

罗宗帆果然不负重望,过去架桥是他的长项,隧道干得很少,他就一天24小时盯在工地,困了,一天至多睡4个小时,打风钻、装药、放炮,他都亲自过目,一排山炮放过,排完烟尘后,他便第一个排险,然后施工队进去,最紧张的时候,三天三夜不睡觉。果然隧道队进出口劳动竞赛,罗宗帆的出口队得了第一名。

况成明拿着红包来到了风火山出口,对罗宗帆说:"你干得不错,我要重奖你和你的队员。"

随后,出口队的每个干部职工第一次得到了二三千元的奖金。

可是罗宗帆心里却掠过一丝的不安,他觉得在第一线的民工才是风火山真正的脊梁,他要尽自己所能,给民工以极大的关爱,将浓烈的中国农民情结施惠在他们身上。

2002年8月的一天下午3点多钟,风火山垭口的北方踉踉跄跄走来两个青海土族汉子,衣衫褴褛,蓬头垢面,走到风火山隧道的出口地方时,已经两天没有吃饭了,坐下去就爬不起来了。身边围了一批民工,罗宗帆闻讯从值班室走了出来。拨开人群,走到跟前,问道:"你们从哪里来的?"

"青海互助县!"两个民工仰首看了看站在他们跟前一个皮肤黝黑的南方汉子,倏地觉得希望降临了。

"叫什么名字?"

"马进元!"

"张海涛！"

罗宗帆点点头，扭头吩咐，马上让炊事班做饭，先让两位老乡吃饭。

马进元仰起头来说："领导，一顿饭只能解决一时的温饱，还是给我们一个活干吧，一家人的嘴都扛在我们肩上了。你是好人，我们沿途找了好些单位了，没有人理我们。"

"先安排吃饭！不要吃得太饱。"罗宗帆对队里的工作人员说，"让杜医生和何护士来看看，检查一下身体有什么问题。"

"谢谢！我们真的遇上活菩萨了。"张海涛喃喃说道。

"先别谢，吃过饭后到帐篷里躺一会儿，好好休息。"罗宗帆安慰道，"今天晚上别找我，我在洞里边忙得很，明天十点钟再来。"

罗宗帆善待的是两个素昧平生的民工，但是却温暖了站在旁边的一群民工。

第二天上午，马进元和张海涛真的找来了，见了罗宗帆便深深地鞠了一躬，说："罗队长，谢谢你的救命之恩，请收下我们兄弟两个吧。我们会卖命干的。"

"我相信！"罗宗帆二话不说，接过他们的身份证看了看，作了详尽的登记，便安排两个人到了搅拌站，他要考验一段，确定两个民工仅为打工而来时，再让他们进洞作业。

罗宗帆的义举，让风火山出口施工队的300多个民工嘘嘘感叹，说："跟罗队长干，纵使拼上一条命也无怨无悔。"

其实，真正的拼命三郎仍旧是罗宗帆。蛰伏在风火山上半年多了，最痛苦的不是高海拔缺氧，而是折磨了他许多年的痔疮，工作一累就脱肛而出，让他坐卧不安。到局指医院开了无数次药，也未见好转。在风火山攻坚最紧张的日子里，罗宗帆觉得长痛不如短痛，执意要自己做手术，切除外痔，从此了断病根。

那天晚上，他找了一片剃须刀片，拿来一瓶烈酒，事先将自己的外痔清除干净，然后将剃须刀片在火上烧红消毒，然后躬下身去，伸出左手捏住外痔的脱落部位，牙齿咬住一块干毛巾，伸出右手，拇指和食指捏渐渐冷却的刀片，朝着外痔部分哗地一掠而过，只见下肢一阵强烈的颤动，焦灼的痛觉遍及全身，冷汗簌簌流下。外痔被割下来了，冷汗如雨，血滴哗哗地在流，他迅速将一瓶烈酒往自己的肛门处浇了下去，然后抓了一把盐敷了上去，血未止住，罗宗帆就蹲在一个洗脚盆上，任鲜血泉涌般地流淌，一个晚上流了大半盆。疼痛难忍，有好几次，他的手都触摸到了电话机的听筒，他完全可以拨通卫生所杜医生的电话，让他们来帮助自己，可是最终他还是放弃了，他觉得自己命不该绝，一定能挺过这一关。到了破晓时分，血止住了，流血的地方结痂了，三天之后，竟然奇迹般地愈合了。

罗宗帆愕然。后来我听到这个故事也觉得愕然。

离风火山世界第一高隧全线贯通的日子越来越近了。8 月 14 日那天凌晨一点多钟，一块危石从空中坠落而下，砸在了小松牌挖掘机的油管上，掘进工程顿时停顿下来了，掘进班找到了罗宗帆，寻遍风火山，却没有一个油管配件，罗宗帆只好跑到局指，连夜敲开了任少强总工的门，他想了片刻，说离指挥部 30 公里的五道梁 302 石场有一台小松挖掘机，现在唯一的办法就是拆那台机器上的油管来临时替代。罗宗帆不由分说驾着沙漠王皮卡就要往那里奔驰而去，任总说，深更半夜，我跟你去。恰好这时一直待在风火山拍摄的东方时空的记者也自告奋勇，紧随着他们一起往五道梁方向疾驶而去，他们从沙石堆里冲了过去，找到了采石场的李场长，此时已是子夜两点多钟了，野外的气温骤降至零下十多度，他不由分说，钻到了覆带底下开始拆油管，天寒地冻，呼啸的寒风从荒原上掠过，一会儿手便冻僵了，但是如果油管卸不下来，风大山隧道按时贯通的时间节点就会受到影响，罗宗帆就躺在冰冷冻土上，整整干了两个半小时，才将油管拆了下来，返回到二十局指挥部时，已经是早晨 5 点多钟，东方时空的记者受不了一夜的折腾，回房间休息。罗宗帆对任少强总工说："你回屋休息吧，我装上，就可以接着挖掘了。"

任少强说："宗帆你辛苦一夜了，我陪着你，说明你并不孤单，看着你装上，挖掘机轰鸣声响了，我也就放心了。"

早晨七点半钟，终于将挖掘机修好了。刚出了 2 个小时的碴，发电机又突然坏了，洞里全黑了，挖掘机又停了下来。罗宗帆此时刚躺下，一听说洞里停电了，一跃而起，又将另一台发电机拆了，等安装好最后一个零件，隧道重新灯火辉煌时，他连拿扳手的力气都没有了。

东方时空的记者拍下了罗宗帆在风火山和楚玛尔平原上的一个不眠之夜。

2002 年 10 月 19 日，世界第一高隧风火山隧道的进出口贯通只剩最后七米，最后一炮让谁来放，中铁二十局指挥部原想给进口，陈文珍副指挥长从不喝酒，那天将一瓶珍藏已久的醇酒都准备好了，况成明指挥长和任总工都上来了。

领导的意图欲将这最后的辉煌留给进口，可是时运不济，他们的钻杆只有4.5米，一炮却不能炸通。

"天助我也！"罗宗帆出口的钻杆是5.5米，他挥手道，"把钻杆加长到6米。"

果然，进口打不成了。罗宗帆的出口队加长的钻杆打到了6米，罗宗帆点完了最后一炮，只听轰的一声巨响，震荡了亘古的莽原，长度1338米，轨道水平海拔4905米的风火山隧道全线贯通了。

罗宗帆点燃了鞭炮，集团公司副总兼青藏铁路指挥部党委书记陈文珍在中间插了一个小旗，巧妙地将进出口各分成一半。

那天晚上，况成明专门摆了酒宴，犒劳风火山的英雄。他举着酒杯，来到罗宗帆跟前时说："宗帆，人都说你说话像大姑娘，可我却认为你才是风火山上真正的勇士。"

罗宗帆并非只是架桥掘隧的一介武夫，而内心却有无尽的浪漫。也许因为家在咸阳，隔着千山万重，他最喜欢远眺风火山的落日，红红的，悬在天穹之上，像小时候家乡那盏菜籽油灯，奄奄一息地吐着粉红色的火苗，萦绕在遥远的地平线上，像远方故乡村子里飘来的炊烟，勾引起孤身在风火山的他无限的乡愁，因此，休息时，他尤其喜欢晚上8点钟之后，独自一人爬到风火山出口的隧道上方看落日，仿佛那喋血天幕的地平线有诗情画意般的乡愁和思念，那一刻他坐在山坡上，躺在斜阳温暖的雪野里，什么也不想，只想让自己的心情在一种不急不慢走来的辉煌中融化，落日光环是仿佛妻子和两岁的女儿在倚门等着他归去。

那个血色黄昏，余晖未曾退尽，穿着红色羽绒服坐在洪荒里遥望夕阳的罗宗帆被天幕上的彩云晚霞迷眩，不知世界有何物。忽然，一阵苍狼的长嗥，将他从沉醉中惊醒，他的视线从斜阳落到了半山坡上，五只狼渐渐朝他靠近，相距不到40米，顿时惊出一身冷汗，跃然而起，朝着山下就跑，五只狼穷追不舍，离他不到20米，值班室的调度恰好出门看到了，惊呼不好了，罗队长被狼围住了。

话音刚落，在帐篷里休息的40位民工全部出来了，手握着铁锹，朝着罗宗帆跑的方向迎了上去，要为自己的队长堵起一道铁墙，严防豺狼的奇袭，这时罗宗帆已经被苍狼追至一个深坑里边了，如果不是民工及时赶到，拿着锹齐声撵走了野狼，那天晚上，罗宗帆便会凶多吉少。

"谢谢！"罗宗帆抱拳鞠躬向民工们致谢，"救命之恩当没齿难忘。"

"不用谢，罗队长，应该谢的是我们！"马进元、张海涛也在其中，说，"是你不嫌弃少数民族，给了我们挣钱致富的机会啊。"

此时罗宗帆感到自己的真心付出，得到了民工兄弟的真情回报。

2002年11月1日，风火山的民工全部下山回家冬休了，罗宗帆一时走不开，一直在风火山隧道口，待到月底才匆匆下到了格尔木，刚走进中铁二十局青藏指挥部的院子，马进元和张海涛就扑过来，抱着他的腿哭。罗宗帆悚然一惊，问道："进元、海涛兄弟，为何而哭，是谁欺负你们了，是不是没有拿到钱？"

"拿到了，拿到了。"两人抹去欢喜的泪水说，"一个月拿到2800，将近2万元的收入，这是我们这辈子挣得最多的，孩子念书的钱全有了。"

"那为何而哭？"罗宗帆不解地问道。

"我们高兴啊！一直在山下等着恩人啊。"两位纯朴的土族汉子说，"等了20多天，终于将罗队长等到了。"

罗宗帆的眼泪唰地流出来了，说："兄弟，等我干啥，你们两个应该快回去看家人啊。"

"我们只想表示一点心意。"马进元、王海涛将两袋水果和一袋散装的水果糖递了过来。

罗宗帆大为感动，说带回去给你们的孩子吃吧。

"罗队长，若不收下，我们就不走。"两位土族汉子执拗地说。

"好，好！"罗宗帆真挚地回答，"你们等我20几天的情谊，我收下，这水果，我就拿你们一个，剩余的带回家里去。"

两个汉子点头同意了，最后怯生生地说："罗队长，能不能将你家的电话号码留给我们？"

罗宗帆很干脆地说："没问题，我现在就留给你们。"

与土族兄弟依依作别过后，他让司机驾着的皮卡机将他们俩送到了格尔木火车站，列车缓缓开动之时，罗宗帆抛给土族兄弟最后一句话："将来有工程，我们再上青藏高原。"

一位医院院长的人格魅力

大年初一的风火山死一样寂静。

一场大雪过后，冬阳从遥远的地平线上冉冉升起，半勾浅浅的银月，在胭红的碎霞中燃烧，死寂，楚玛尔荒原的死寂，如半空中盘旋的黑鸦翅膀。掠过冬休下山后空空如许的中铁二十局指挥部驻地。

刚提升为中铁二十局指挥部党委副书记的医院院长丁守全，带着几名职工坚守着一座冷山和一片营房。

这是 2003 年的大年初二，起床吃饺子前，丁守全让跟自己执守的几位职工，点燃格尔木带上来的鞭炮，以驱散这片荒原的空寂，还有那一群在风火山二十局指挥部营盘前徜徉的苍狼。

一阵汽车的长鸣，在局指门口响了起来。丁守全有些纳闷，青藏公路已经好些天未见车子驶过了，是哪里来人了？掀开窗帘一看，青海省唐古拉乡藏民村的村主任萨达坐在布巴力开的那辆老式的巡洋舰里，穿着过节的藏族盛装，身上缀满了珠宝玉石，见了丁守全便大声喊道："丁书记，过年好，扎西德勒！"

丁守全连忙出门与萨达紧紧握手，说："萨达村主任，你可是我今年见的第一批贵客啊。请屋里坐。"

萨达摇摇头说："丁书记，今天是中华民族的传统节日，大年初二，你们远离家乡，远离亲人，来为我们修吉祥的天路和幸福路，我们应尽地主之谊，请到我们藏民村做客吧。"

盛情难却，丁守全留下值班的同志，便驱车前往离指挥部驻地 10 公里的治多县唐古拉乡第二合作社的藏民村过年。

丁守全已经不止一次来这里巡诊了。但是与藏族同胞一起过藏历年春节还是第一次，只见村主任萨达家里挂着锦织的马恩列斯毛的画像，青稞酒、啤酒、酥油茶、水果糖、奶渣摆了一桌子，一首首敬酒歌，一杯杯青稞酒。在扎西德勒的祝祷声中，将亲情融融的内地春节情绪推至了高潮。

酒酣之际，原唐古拉乡党委书记、老村长芮藏出面了，这个当年青海玉树治多县头人家的牧童，将一杯青稞酒敬过了丁守全，说："丁书记，你们为我们藏民村看病，培养布巴力的女儿学西医，还将医疗器械送给我们，这些都让藏族同胞没齿难忘，感受汉族老大哥处处为我们着想。不过，有件事情，好多次想说，又不好意思张口，现在还是由我们这个老党员说吧，不知当讲不当讲？"

"老村长，我们都是一家人，有什么不好说的。"丁守全笑着说。

芮藏说："没有修铁路前，我们村里的牛羊可以从村子的西头，赶到东边的后山去放牧，如今这铁路一修，东西厢之间只留了几个涵道。牛羊过不去，怎么赶牛羊都不过去，村子西边的草场不能吃啊，往铁路上横穿吧，又怕踩坏了路基，村里的人愁死了。"

丁守全紧蹙的眉头突然松弛了，说："老村长放心。我们修铁路就是为藏族同胞办好事的，既然铁路挡了村民放牧的通道，我一定向青藏总指的领导反映。"

"吐吉其！"芮藏、萨达、布巴力脸上绽开了纯真的笑容，一杯又一杯的青稞酒献给了丁守全与他的同事。

日暮黄昏，有点微醺的丁守全带着藏族人民节日的祝福回到了风火山。

翌日大年初三，恰好青藏总指冬季值班的康平处长上来慰问，丁守全连忙将昨天在藏族村过年时，藏民反映的放牧通道不畅的事情告诉康处长。康平回去后，马上报告给了青藏铁路总指挥长卢春房，改变设计的方案旋即报到了孙永福副部长那里。孙部长拍案叫好，说："我们修青藏铁路，就是为了造福青海两省人民，不能因为修铁路，反给他们造成不便，告诉设计院，马上修改设计。"

最终的结果是将已经建成的涵道炸了，改成七孔桥，让藏民村的牛羊从桥下通过，仅仅这一项，就多增加投入达 400 万元。

藏民村和牛羊又可以穿铁道桥，爬上东边的山冈去了。那天老村长芮藏、新村长萨达和布巴力又驾着老式巡洋舰来到中铁二十局风火山营地，给丁守全书记献上了哈达和青稞酒。

接过手中的青稞酒畅饮而下，丁守全说："老村长，别谢我，要谢就谢铁道部孙部长和青藏总指的领导。"

见人便是一种春风大雅的微笑，千里青藏路，丁守全一路巡诊走来，对外对内，都留下了一片好名声。

中铁二十局青藏指挥部的人知道，二十局风火山哀兵必胜，丁守全功不可没。

　　上风火山之前，丁守全是二十局医院的工会主席，从铁道兵 10 师的一名普通的卫生员一步一步成长起来的大夫。他所在的医院在全路大名鼎鼎，治疗脑血栓独树一帜，也许因为岳父曾经是铁兵 10 师 48 团副团长的缘故，给他讲当年喋血关角的故事，使他对青藏高原的医疗卫生保障有了清醒的认识。风火山中标之际，当中铁二十局总工程师余亮找他出任医院院长之职时，他对医生和护士划了一个选人的硬标准，政治素质第一位，吃得苦才能上风火山。

　　果然，施工队伍初上风火山时，几乎所有人都躺倒了，炊事员做的饭无人问津，况成明指挥长一筹莫展，唯有丁守全带着的医生护士不能躺下，其实他们身体适应性并不比别人强多少，一样的头痛欲裂，一样的胸闷唇紫，一样的头重脚轻，但是每天晚上和早晨，丁守全和侯安钢、贾建厚分别带着医生、护士一个帐篷一个帐篷地检查，不仅发现高原病症，还从心理上解除大家的恐惧心理。

　　上山之前，丁守全与他的医疗团队在高原病防护上早已有备而来。

　　车至西宁，他就带着副院长贾建厚、侯安钢和防疫站站长王沧州去西宁高原病研究所参观见习，拜访中国唯一的高原病院士吴天一，详尽了解和学习高原病知识，与吴教授一见如故，吴天一忠告他们，风火山隧道通过海拔 4905 米，从人的生命禁区开始，每升高 1000 米，劳动能力就下降半个劳动等级，在海拔 4000 米地方行走，就相当于扛着一袋 25 公斤重的面粉。而高原病主要是缺氧引起的，多数专家认为不能吸氧，担心有依赖性。于是治疗方法是头痛吃"去痛片"，呕吐服"消呕宁"，但那仅仅是治表的，因为汉族在高原地区的红细胞携带氧量永远无法与藏民族相媲美，真正的治本方法是在高压氧仓里将海拔降至海平面，大量吸氧。

　　到了格尔木，他又专门请解放军医学科学院的谢印芝教授、解放军第 22 医院副院长杜智敏等高原病专家来给医护人员办高原病讲座，对高原病防护和治疗进行全方位的学习和理解。

　　丁守全顿时茅塞顿开。到了风火山上，他们在参战的建设大军中，第一家编印了《风火山职工生活手册》和高原病《医疗手册》，每位医护人员和风火山上人手一册，防患于未然。

　　也许因为对高原病知识较为全面系统了解，2001 年 9 月，丁守全在沿线最早配备了高压氧仓，两个月后，第一家在风火山建成了大型高原制氧站，在隧道里设立氧吧和弥散式供氧，购买了两台奔驰救护车，第二十局青藏指挥部医院在风火山上声名鹊起。

来年春天，青藏沿线唐北唐南工程全线开通，格尔木市的氧气瓶价格陡涨，40升的涨到900元一个，仍然造成断货，最后也落到了400元一个，而一瓶氧气要58元，而风火山大型制氧站一瓶氧气的成本刚好3元钱。

丁守全为中铁二十局横刀立马风火山拔得了头筹。但是更棘手的事情还在等候着他呢。

风火山是全国九个重点鼠疫区，偌大的风火山地区旱獭横行，晚间一跳一纵，如黑雨而下。莽原上传来一片簌簌之声。有一个从河北来的民工队，上风火山之前未经过培训，不知旱獭是鼠疫最主要的传播者，抓了一只旱獭，觉得挺好看，拴在钢钎之上，放在车子里当宠物玩，被青海省鼠防队的队员碰上了，勃然大怒，开了罚单，让风火山所有二十局的员工都停工隔离。

中铁二十局防疫站的同志去找过人家，对方是一位刚从乌兰县调过来的，人脉不清，不予理睬，说马上停工隔离，当头给了二十局一棒。

余亮指挥长找到丁守全，说一个企业的安危系在你的身上，如果此事摆不平，风火山一停工，企业损失不说，也是一个捅天大事故。

丁守全默默地点了头，带上副院长侯安钢去了，找到了防鼠队的马队长，说民工队新来乍到，还未及培训和搞好教育，责任在于我们。玩旱獭的人已经被隔离，公安看守着，与他接触过的人都在服药，请先别往上报。看看旱獭是否染了鼠疫。一个企业也不容易，咔嚓一封，几千人就得到风火山上晒太阳了。

马队长摊了摊手，说："丁院长，我想帮你的忙，可是下边在顶牛，爱莫能助啊。不过防鼠队少数民族兄弟，杯酒释前嫌啊。"

"懂了。杯酒建感情！"丁守全笑了。第二天，他与侯安钢副院长驱车来到了二道沟的青海省鼠防队驻地，开始人家并不理他们。队员多为蒙、藏、回、汉多民族的兄弟，丁守全一一赠送青藏铁路的纪念品，然后请他们喝酒，说："藏汉回蒙本是中华民族的五族之一，都是兄弟。我们今天只喝兄弟酒，不谈别的。"

交觥流觞。一杯杯青稞酒豪饮而下。防鼠队的队员看丁院长什么都吃，一点也不嫌弃他们是山野之人，喝酒也很痛快。侯副院长喝得躺到了煤堆上还在畅饮，而丁守全也喝了一斤多白酒，酣然之中，所有的对立情绪都化作烟云，那位从乌兰调来的鼠防队员一脸的冰霜也被烈酒融化了，举起酒杯与丁院长碰杯说："说吧丁院长，我能帮你做什么？"

"兄弟就一句话，等旱獭的化验结果出来后，你再下停工封闭令。"丁守全恳求道。

"好！就按丁院长说的办！"停工隔离的黄牌解除了。

时隔数日之后，化验的结果带来了，那只旱獭不带有任何鼠疫细菌。

一场虚惊过后，余亮指挥长听过泪涕横流，紧紧地握着丁守全的手："守全。你又为中铁二十局立了一功。"

丁守全为青藏铁路员工做的一件功德无量的事情，就是参与了全国职业病标准的审定会。会上，院士、专家和教授云集，每个人的名字都如雷贯耳，唯有他与段晋庆来自青藏铁路一线，说话却掷地有声，过去的高原病几乎都是青海标准，如高原高血压、高原心脏病、高原红细胞增多症，而他却结合当年铁道兵 10 师留下的后遗症，提出了高原生活对于肝脏、肾脏、蛋白尿等问题，建议降低职业病的门槛，不能统以海拔 3000 米画线，潜伏期延长十五至二十年。会议欣然接纳了这两个来自一线白衣天使的意见。

祥风从青藏吹来，祥风也从风火山吹来，巡弋在风火山之上数十载的铁兵白衣天使之魂，在海拔 5010 米风火山垭口上铸起了一道生命安全的屏障。不知是地势磁场的原因，还是海拔过高，容易造成司机缺氧，脑子不清醒，车到风火山大拐弯处，经常出现翻车事故，每月在这里不下十起，丁守全在这里抢救了一批批遭遇车祸的伤员和过风火山的妇孺童叟。光欠的治疗费，就达十几万之多。

可是令丁守全痛心的是他救了许多车祸司机的命，而当他罹患车祸时，却看不到一双相援的手。

2004 年的四月天，丁守全要到北京参加一个重要会议，格尔木已经订好车票了。中午 12 点从风火山出发时，天已经阴了，北边的楚玛尔平原黑云滚滚，天快下雪了。丁守全坐着丰田救护车往五道梁、可可西里和昆仑山方向驶去，下到雪水河，雪越来越大了，能见度不到 100 米，下雪天在青藏路上救护车的自重太轻，下一个大坡时，车在冰雪路上滑行越跑越快，司机轻轻踩了一下刹车，丰田救护车便来了 360 度的大旋转，骑到了马路牙子上了，丁守全与司机跳下车来，看着一辆辆车子擦身而过，他伫立在路边挥手截车，可是对这辆曾经救过多少受伤司机的救护车，却没有一辆大车愿意停下来帮他们一把，天下着大雪，丁守全与司机用起子，担架垫了两个多小时，救护车仍然斜在马路边上，两人只好望着一望无际的皑皑白雪怅然不已。

就在丁守全常救人的风火山大垭口处，他也同样遭遇了一场生命的历险。那是 2003 年的 8 月份，他与侯副院长等 7 个医生护士到风火山进口巡诊。傍晚出去的时候，天刚下了小雪，等到每个帐篷看完回来时，已是夜里 10 点多钟了，巡诊的车接近藏民村的时候。狂雪将夜幕覆盖成一个白色的帷幕，车灯射了过去，在公路上犁不进三四米远，拐弯的时候滚到路边沟中，四轮朝天，丁守全从后边爬了出来，把司机和侯副院长抱了出来，生死只在一步之间。他步行到了藏民村，找到了布巴力，他刚从格尔木回来，听说二十局医院的同志出了车祸，布巴力穿着凉鞋，开着他那辆老式的巡洋舰，拉着他们三个受伤的人员，冒着飞舞的大雪，十公里走了两个小时，将他们送到了中铁二十局医院。

刚进医院，顾不上包扎伤口，丁守全就给妻子打电话，因为这已经是他在青藏线上遭遇第三次车祸了。他知道只要风火山一有风吹草动。咸阳基地马上就知道了，他翻车的消息早已经传到后方了，为了让妻子知道自己还活着，他必须亲目告诉爱妻和女儿，免得他们为自己担惊受怕。

但是打电话那一瞬间，丁守全的眼泪哗地流出来了。生活和生命多美好，他又一次从死神黑色的羽翼下大难不死。

在生与死祝祷旗狂舞之中，丁守全一步一步地走向了世界高原病医学的最高殿堂，2004 年 8 月，世界第六届高原病医学大会在青海西宁和西藏拉萨举行，第一个走上大会发言的就是丁守全，他介绍了风火山在海拔 4905 米的地方如何解决人的缺氧问题，而使高原病的死亡为零纪录，引起世界高原医学专家连声称赞，中国的世界第一高隧医疗卫生保障系统 OK。

院长的生涯在风火山划下了一个句号，丁守全携着党代表的头衔到一个新的单位又履新职，令他最大安慰的是中铁二十局一条新的铁道线路开工，他在所有应聘党委书记的投票中，得分第一。

这是群众对一个医院院长的最大褒奖。

况成明终成正果

况成明的否极泰来是从傅志寰部长到风火山视察开始的。

2002 年 8 月份，世界最高隧风火山激战犹酣，出口频频换将，最终调罗宗帆上山当了副队长，施工才开始渐入佳境，掘进的速度和质量开始让人刮目相看了，但是况成明要洗刷当初的哀兵之耻还有待时日。

又是一个一岁一枯荣的轮回，当楚玛尔平原的萋萋芳草枯黄风火山时，况成明和中铁二十局青藏铁路指挥部被重新认识的一天姗姗来临了。

那是 2002 年的秋天，一个收获的季节，况成明接到了青藏总指的电话，说铁道部傅志寰部长要来风火山隧道视察。部长的行程很紧，以看风火山隧道为主，在中铁二十局指挥部只呆 20 分钟，简要听一听情况汇报。

况成明立即将傅部长前来巡视的消息报告了咸阳大本营，中铁建总公司李国端书记和二十局余文忠局长、局党委周玉成书记决定上山来陪傅志寰视察。

搁下电话，况成明突然有了一种如释重负的感觉，因为风火山的一切均已经走上正轨，形成一个良性循环的趋势，风火山可以为自己作证的时刻不紧不慢地走来了。

傅志寰部长是上午 11 点钟走近风火山世界第一高隧的，孙永福副部长和青藏铁路总指挥卢春房也陪着走了进来，此时风火山 1338 米的隧道，离最终贯通仅有一二百米了，圆满竣工指日可待。

傅志寰部长是搞科研出身的，况成明展示中铁二十局风采，便是在世界高原病历史占有一席之地的卫生保障系统，青藏铁路上的第一座高原制氧站，直通到了风火山隧道掌子面上，弥散式供氧，在隧道氧吧里，傅志寰接过吸氧面罩，深深地吸了几口，刚才有点昏沉的脑袋渐渐清醒了，放眼看去，掌子面上的钻眼和扒碴有条不紊地进行，未见疲惫和痛苦之感。接下来看的隧道施工，更撞共和国部长的眼球，一流的施工和工程质量，已被覆的隧道表面光滑如墙，虽然经过冻土膨胀冻冰地带，却不见渗水等现象。傅部长大加称赞说："过去在修青藏路与川藏路时，因为缺氧，几乎是一公里一个英魂的惨烈牺牲，换来了一条天路通向天堂。而青藏铁路上马一年多了，高原病一直保持了死亡零纪录，青藏总指功不可没，风火山的中铁二十局大型制氧站也立了头功。"

一言功垂风火山，傅部长的赞誉，让上上下下开始重新认识中铁二十局青藏铁路指挥部了。风火山作证，将世界第一高隧交给中铁二十局是成功的。

傅志寰说："风火山上实施的弥散式供氧，世界上独一无二，你们可以申报铁道部科技进步奖。"

"谢谢部长的关爱！"蒙受了许多委屈和不快的况成明心中一阵酸楚，一泓泪水湿了眼帘。

仅仅因为有了傅部长的这句话，况成明立即张罗着申报铁道部科技进步奖的事宜，果然这项成果得到了铁道部科技司的肯定，经过专家审评鉴定，风火山隧道弥散式供氧，具有国际先进水平，荣膺铁道部科技进步二等奖，并列入了2002年全路高技术十大科技进展之一。

捧着这个沉甸甸的奖牌，况成明将目光投向了极地之巅，他感到世界第一高隧的工程质量，也有望竞逐鲁班奖。

从刚刚切口那一天，他似乎就有点志在必得。

第九站　越岭之战

光明的太阳，

你是我的爱人。

什么乐土我也曾经到过，

如今才遇到你这个博爱之神呢。

——六世达赖喇嘛仓央嘉措情歌

梦回唐古拉

掐指算来，十五载之间，我曾经四度越过唐古拉，可是加在一起的时间不过30分钟。

遥远青藏，梦回唐古拉，神牵梦绕，唯有极顶的唐古拉，让我梦回几度，却在寒梦中。四次越岭，四度地点依旧，可是四度风景迥然。留下的回忆和感慨，却像唐古拉的风景一样，每天、每月、每季、每年各不相同。

第一次过唐古拉却在而立之时，人生刚从一个黑色的旋涡里浮了出来，走向青藏，走向唐古拉，祈求的是神山垭口上的经幡，极顶之上的佛光，雪风之中掠过的吉祥哈达，洗却我尘缘之中的烦恼和劫数。所以，神谕佛指，引领着我一步一步地梦回唐古拉。

那年，我刚过而立之年，跟着阴法唐将军第一次入青藏。早晨格尔木还沉睡在夏夜寂然中，我们便出发了，到了昆仑山巅，天刚露出一抹晓色，铁骑奔驰，陆地巡洋舰穿过浩瀚的楚玛尔平原，跨越楚玛尔河，过五道梁，我已经感到头痛欲裂，车过了风火山，却是晴天，慕生忠将军跟我描述的滚地雷却不曾入梦来。车未停下，我们直下沱沱河，在万里长江第一桥上留下了我住长江头，君住长江尾的第一张照片后，又继续前行。过开心岭，越雁石坪，起初天上仍然阳光如炽，一抹抹霞光犁开云鳞，直射了下来，抚摩着在唐古拉山脚下悠然信步的藏野驴和藏棕熊，窗外的动物天国在车窗外一掠而过，驶过唐古拉镇时，苍穹上突然流动着一片片黑云，如北冰洋海面上漂流的。

浮冰，朝着唐古拉山绝顶上巡弋而去。前方一片阳光从云缝中直射下来，如大地一个金色的斑点，人体的红痣，突兀在万里羌塘之上，车身后边则是狂飙突起，一阵阵龙卷风挟着黑雨，如一群咆哮的野马，追逐着我们的车队而来，我被唐古拉山岭下的奇异风景惊呆了，尽情地融入这大自然的诡谲之中。

梦回唐古拉，唐古拉已经不再是梦，阴法唐将军指了指前方矗立于千重万岭之中的雪峰，对我说："那就是唐古拉的主峰了。"

"我们越岭的地方，还有多远？"我好奇地问道。

"20公里左右吧。"阴法唐将军答道。

走向一座山峰，居然还有20公里，我愈加惊讶。

前方从流云中泻下来的阳光突然消失了，左侧的雪峰拔地而起，如格萨尔王遗落在唐古拉山的一名武士，坚守着唐古拉的门户。一守就是千年，唯有悠悠的白云做伴，还有那群生活在它脚下的藏野驴了。我们只是一个膜拜者，如天路上虔诚的朝圣客一样，只是匆匆地从它们身边一掠而过。

陆地巡洋舰从雪峰的右侧掠过，将一缕阳光普照下的雪峰守门壮士，渐渐地抛在了身后。

转身离去，走近唐古拉，走进的却是一片风雪迷茫。

我眺望着远方，心似乎早飞上了唐古拉顶上了。

一条缓缓的坡道，蜿蜒地伸向远方，伸入了唐古拉的极顶之上。大约是在下午2时许，我们终于登上了唐古拉顶上，车戛然停下，我艰难地下车，与我一起而来的老摄影家张巨成甚是激动，梦回唐古拉，终于踏上了唐古拉的垭口之上，他穿着一件长风衣，看到阴法唐副政委、曾任铁道游击队政委的郑惕也走下车来，便跑了过来给两位首长抢拍照片。郑惕的秘书张学举也跟着老张奔跑了20米，跑过来给首长拍照片。仅仅是唐古拉上的20米，却像暗藏的杀机一样，也机关般地嵌入了他们的身体之内，走下唐古拉山就会发作。

我走到唐古拉山的垭口的界碑前，碑石立在入藏的天路北侧，路的南边是高巍的唐古拉雪峰耸入云间，雪坡上白茫茫一片，与昏溟的天色融为一体，左侧是一条深壑，远处几座雪峰遗世独立，远远地注视着唐古拉山关隘上匆匆而来、匆匆而去的过客。我俯首而视，碑碣镌刻着一行字：唐古拉山海拔5231米，这一个高度是对生命和灵魂的生死考验，并非每个人都可以逾越。

当时，我也认为这是第一次，也许是最后一次越岭唐古拉了。

天空阴晦，虽然已是八月，雪风很冷，我们仅仅在唐古拉停留了几分钟，便匆忙下山往唐南的安多方向驶去。我觉得头胀欲裂，心跳的声音如同跳荡的脉管一样，可以看到自己的手腕上的脉动。

车队驶下唐古拉主峰，从连绵的雪峰上盘旋而过，刚走出十多公里，只见西藏那曲地区五大班子和安多县里的领导驱车二三百公里，来到了唐古拉山南麓的半山坡上，接他们的老书记阴法唐中将。我跟着下车接受哈达的祝福之际，发现老摄影家张巨成和郑惕将军的秘书张学举面黄如蜡，上吐下泻，生不如死。

唐古拉越岭地带的20米，竟然如此改变了一个人对一座山的认识。唐古拉在我的眼里，除了雄奇与神秘之外，还有那貌似平坦之下暗藏的重重杀机。因此，我对唐古拉也变得格外小心翼翼。

然而，时隔13年后，前来徐郎今又来，我们青藏铁路采风团一行，三越昆仑不过后，终于第四次逾越莽昆仑。在可可西里清水河的中铁十二局指挥部住了一夜，次日过风火山，走了半夜的风雪路，于是晚上10点半钟，抵达了长江源的沱沱河，下榻青藏铁路指挥部的招待所里，第三天，在中铁三局、中铁四局作了采访之后，吃过中饭，接着与中铁四局医院的女护士丁太环谈了两个多小时，然后朝着雁石坪方向的中铁十六局挺进。一路阳光明媚，苍昊上，灰头雁总是追逐着我们的车辆而行，与位于越岭之下的中铁十六局指挥部的指挥长座谈后，我们便向他们取土场和养草坪的地方驶去，只见取土场的远处，一群藏野驴在旷野中闲庭信步，对于悄然走近他们家园的我们似乎也没有危机感，伸展着他们的绝美的身姿给我们照相。我感叹相机镜头太短，且不专业，那数百米之远的藏野驴在我取得的视窗中只是一个飘逸的幻影。

走出中铁十六局刚筑起的路基，我们不过青藏铁路的越岭便道，因为道路尚未开通，仍然直接从公路垭口翻越唐古拉山。那天下午的天气仍然是唐古拉的性格，时阴时晴，天空中飘荡着的浮云，一会儿暴雨随黑风而下，一会儿却走近阳光泻下来的地带，云彩追逐我们而行，仍然是过去熟悉的山峦，仍然是当年熟悉的风景，车队左边的雪山几簇白云袅袅，如一缕缕炊烟轻飘九霄，又似一条雪白哈达抛向空中，雪山女神在阳光下毫无羞涩地袒露自己的美丽的玉体，一副美轮美奂的绝地之景。

4700牛头吉普驶向前方，枯黄的草场从我们车后一幅幅地驶过，我曾经答应过坐在车中的青藏铁路总指挥部宣传部副部长黄杨和铁道部的王姐和丁姐，车至唐古拉山时，就给他们讲我在昆仑山口未讲完的故事，天堂里的伊人是谁，神秘的电话从何而来。可是唐古拉绝美之景，早已经分散他们的注意力，摄影家的眼睛正在捕捉极地风光，陶醉其中，已顾不上我曾经在昆仑山顶许下过的承诺。不过，当后来得知黄杨殉职昆仑山后，我一直为未给他讲自己的故事而后悔不迭。

斜阳西下，橙黄色的晚霞在燃烧，染在了雪峰之上，倒映在青青的湖水之中。我们的车沿着那条漫漫的山道向着唐古拉山垭口缓缓而上，遥想当年，我跟随阴法唐将军越岭唐古拉之时，后座上只有一小瓶手提的医用氧气，而这次，我们的车后却有一大罐氧气，足够全车人吸氧。而13年前，我们上唐古拉山时，涩雪飞舞，今天傍晚却是夕阳如火鸟一样，飞翔在半边的天际，行将逝去的黄昏用忧伤紫红的暮霭团团缠绵在白雪皑皑的唐古拉极顶。

现实的唐古拉，远远比梦中还美。

我们驱车往唐古拉山顶而去，一辆辆大卡车迎面驶来。途中还有抛锚者掉链子于道旁。

约十几分钟，牛头吉普缓缓驶入了唐古拉山垭口，13年后君再来，此时恰好是傍晚，我跨出车门，旋即被唐古拉山的绝美的风光所倾倒，左边的界碑依然还是我13年前看到的界碑，匆匆过客依然是匆匆的我，碑却在景已非，被一个个朝圣的香客，在其北侧搭起了一个巨大的经幡，白色、红色、黄色的祈祷旗，上边印着经文，灵旗迎着雪风招展，将亿万次虔诚的颂词和祈求，连成一个通向天堂的美丽的光带，一个接一个地飘向天国。

朝路南的雪峰脚下原来的一片空地，已辟出一块空阔的场地，青海省为当年筑路的慕生忠将军等一代代军人，雕塑了一座红色花岗岩士兵的雕像，矗立在唐古拉的垭口上，堪与高巍的雪峰媲美。我鹄立在士兵雕像前仰望，唐古拉神山雄奇瞬间将我折服了，恨不能骤然下跪，向其顶礼膜拜。士兵的雕像坐南朝北，其身后雪峰相衬，一片白雪茫茫，折射着夕阳的余晖，雪坡缓缓而上，直抵天际，狂风拂过，风吹雪起，一层层，一片片，一簇簇，一粒粒雪埃，从峰峦一泻而下，雪雾氤氲，扑朔迷离，在斜阳中如瀑布落入人间。而此时的雪峰顶上，一缕佛光冉冉而起，如天安门城楼前的华表一样染着煌煌的金色，屹立在唐古拉极顶之上，让人惊叹不已，我与越岭而过的作家、摄影家都被诡奇的风光震撼了。就在我们咔嚓按下照相机快门的时候，一簇乌云被雪风挟持而来，笼罩在了唐古拉上的半坡上，犹如一只黑色的神鹰伸展着双翅，跃跃欲飞。唐古拉的夕阳顿时化为一片昏黄，铜汁一般印在界碑之上，却不见一丝的暖意，天色渐次黯然下来。

"快走，这里海拔太高，不能太久停留！"本来嗜好摄影的黄杨过来催我们下山。

大家恋恋不舍地登车而去，此时，我们在唐古拉山顶上停留也不足十分钟。

车驶过唐古拉山公路垭口，唐南是为西藏所辖之地，河谷里枯黄的草地和河流，在西南边天际的燃烧的云层中，辉映成一片片闪光的河流、湖泊，一江秋水，逶迤东去，坐在车上俯瞰，俨然是一片人间奇异的天堂。

那天傍晚，作家摄影家都被唐古拉山南麓的旖旎风光迷住了，一路拍照一路南行，驱车到了西藏万里羌塘的第一县安多时，已经是晚上10点钟了，原想在中铁十八局的指挥部住宿，可惜当时十八局提前下去了，其实狭窄的指挥部无法容上采访团一行，只好安排我们住到安多县宾馆了。

我第三次过唐古拉，是由青藏指挥部宣传部的陈鑫干事陪我走的。那天我们一路上昆仑山，开道的车是中铁二十局的丁守全副书记，随后是我的老部队一位工兵团副团长李青山，他是跟着到世界最高隧风火山隧道取经的。他当时患有高血压，但是为了取得在雪域上施工的经验，他跟着上山了。在风火山吃过中饭后，他们执意要送我们到沱沱河长江源头第一桥。到了长江源头第一桥匆匆分手后，我们到了铁三局，采访了医院院长段晋庆。

再度上路已经是下午3点多钟了，青藏宣传部的陈干事对我说，一定要在当天晚上过唐古拉，赶到安多住宿。客随主便，但是我提出来一定要找越岭之仗的中铁十七局的筑路大军谈谈，我们朝着开心岭、雁石坪一路走去，傍晚6时许，车至唐古拉兵站，缓缓驶入了中铁十七局青藏指挥部的院子，此时海拔已经是 5000 米，我艰难地跨出车门，从牛头吉普里下来，由青藏铁路总指宣传部的陈干事带我去寻找指挥长，看到常务指挥长的标识，我们敲门而入，只见沙发上坐着一个输液的人，旁边的人在汇报工作。陈干事说请问谁是指挥长。

"我就是啊！"一个脸庞宽硕，肌肤红润，留了一点小胡子的男人抬起头来，答道。

"请问贵姓。"陈干事问道。

"免贵徐，徐州的徐，名东，东方红的东。"他很幽默地答道。

陈干事呵呵一笑，说："巧了，一笔写不出两个徐字，老徐家的人在唐古拉山相会了。徐指挥长向你介绍一下，这是从北京来的中国作协派出的作家徐剑，是采访青藏铁路的。"

我连忙递上名片。

徐东一看，说："哦，是我们老徐家的呀！现在谈吗？"

"不，不！"陈干事解释道，"唐古拉太高，我们今天晚上赶到安多，还是先留个号码，等你冬休回到太原时，让徐作家再来谈。"

一句话堵死了，我已经没有回旋的余地。

于是，我让徐东插着吊针的手，艰难地为我留下了他的联系方式。

就这样，我们告别中铁十七局指挥部，走到院子再度登车，跨上牛头吉普后座的一刹那，我气喘吁吁，使了两次劲，才登进车里。

越野吉普在秋阳黄昏之中，朝着唐古拉公路垭口驶去。大概在傍晚七时许，我乘车第三次登上了唐古拉山垭口，经幡依然祷告，5231 米的海拔纪念碑犹在，雪山脚上那一座红色的花冈岩雕像依然兀立雪风之中，可是唐古拉的雪景不在，半边的雪坡上黑压压的一片，显然积雪已经被雪风吹过，太阳融尽。我好生失望，二度越过唐古拉的美景已经远遁，我长叹一声，再度摩挲着唐古拉公路垭口寒凉的碑碣，留下了三过唐古拉的最后一张留影。

四过唐古拉，我兑现了在人民大学讲座时的承诺，若第四次过青藏线。翻越唐古拉，只陪我的妻子和女儿而来。这年 10 月 3 日中午 12 点，我们一家在唐古拉兵站的中铁十七局指挥部吃了一顿中饭，在海拔 5000 米的地方，妻子和女儿居然毫无反应，神色依然，令我大为惊讶。那天，我们在唐古拉也仅仅是待了不到一个小时。

路经唐古拉公路垭口时，边照相拍 DV，家人也不过就在山顶上多待了一刻钟。

四上唐古拉，我匆匆待的时间不过四个五分钟，或者三个十分钟，而在越岭之上的十七局筑路人又如何度过唐岭之上的 3 年和 6 年呢？

我问唐古拉，唐岭不曾作答。

救火队长段东明

中铁十七局董事长在办公室里踱步。

俯瞰着刚从非典的惊惶中平静下来的太原城，他突然发现中铁十七局的梦魇日子也开始了。

刚搁下电话，青藏铁路总指一位常务指挥长的话犹在耳边，几乎是最后通牒：如果 2003 年 8 月 31 日，十七局青藏指挥部还修不通唐古拉便道，就给我撤队伍，让别人来干。

"董献付啊董献付，这是咋搞的！"董事长拍着桌子自叹道，"十七局的唐古拉工程来之不易，你咋给我掉链子？"

寒山冰雪入梦来。中铁十七局对青藏高原，可是有一种未了情啊，但想不到重上青藏铁路时，却一波三折，起了个大早，却赶了个晚集。

还在 2000 年秋天，一听到青藏铁路即将上马，董事长断然拍板，先遣组马上近抵昆仑山，租下了格尔木机务段的一栋楼，重新装修，购买了两台三菱越野车，作为攻克青藏铁路的前方基地，他们的目光早已投向了可可西里。

在中铁十七局人的眼里，自己是最有资格上青藏铁路的。他们的前身铁 7 师当年修青藏一期，干的就是德令哈到格尔木 400 公里，当年参战的许多老兵仍在筑路的队伍中，西格段铁路沿线的山冈和青青的牧场上，就埋葬着铁 7 师遗留的一个个英魂，因此局指霍世禄书记带着先遣组到了格尔木做的第一件事情，就是将沿线的一个个英烈重新集合，把当年在青藏一期西宁——格尔木段牺牲的 108 名官兵的遗骸迁到了格尔木烈士陵园，重新入土为安，树起了一个巨大的碑碣，刻上了 108 名官兵的名字，雪风浩荡，英魂永存。

随后，他们就瞄准清水河的第六标段，摆出志在必得的决战之状。当年他们已经在这里做过桥涵实验，对于修好青藏铁路经验颇丰。尽管如此，董事长仍然不敢掉以轻心，派局里总工程师段东明上山探路，住在五道梁兵站，自己也到了昆仑山下督战。段东明带着队伍，冒着高寒缺氧，在海拔4700米的生命禁区，几乎是一步一步走过了30多公里的标段，看的时间很久，探得也非常细致，等所有的技术参数拿到手时，已经是五一长假了。而局里则分成宣传鼓动、后勤保障、资料整理和卫生保障四大板块，紧锣密鼓地展开竞标工作，将当年所有干青藏铁路的技术资料都调出来了，卫生保障手册印刷到人手一册，万事俱备，只待标落十七局。

2001年6月1日在北京竞标，在竞逐清水河的第六标段时，有中铁十七局、大桥局、铁三局和中铁十二局，谁都认为中铁十七局稳操胜券，最终却败给最后一匹黑马——十二局，输在报价仅比人家多了一百万上，仅以0.1微小的分值落败，同住在一座太原城里，同是当年铁兵的后代，同在朝鲜雪野筑起一条炸不烂打不垮的钢铁运输线，但是十七局却觉得是一场惨败，落标的消息传来，他们甚至觉得连太原城里的阳光也黯然了。

六一儿童节，是每个孩子欢乐的日子，可是却成了中铁十七局一个黑色的忌日。每个做父母的都笑不起来，许多人还当场哭了，呜咽成一片，半年多的心血付之东流。董事长一连好几天吃不下饭。

第一期投标败北，痛失可可西里，中铁十七局唯有瞄准唐古拉越岭最后一战了。

倘若第二度投标再失败，就会愧对当年在莲湖至格尔木的铁路官兵了。瞿观鄞最终确定以青藏铁路最艰巨的唐古拉标段作为竞标目标，不管经济效益如何，政治效应却是巨大的，以后可以凭借着唐古拉的品牌效应，承揽更多的工程。因此，十七局总工程师段东明再度率众上山，一步一步地趟过唐古拉之岭，横穿无人区，走完他们要投的地段，很快拿出了一份适应于越岭之战的标书，终于如愿以偿，唐古拉越岭地段花落十七局，同时一百多公里的便道，也额外奖给了他们。

2002年3月，满山遍野的杏花漫漶太原城，在最后出征的动员会上，中铁十七局董事长将中铁十七局青藏铁路指挥部的旗子授给了局副总工程师董献付，任命他为指挥长，带着一、二、三、四处的队伍上山，在唐古拉极顶上留下十七局筑路人的痕迹。

第一仗是便道施工，全长137多公里，青藏总指决定，既是施工的便道，也作为今后维护铁路的便道，须达到等级公路的标准。十七局按照四处、一处、二处和三处的布局，一路越岭排开，迤逦成一线，但是有很长一段时间，却空守帐篷望野岭，一筹莫展，因为便道的图纸姗姗来迟，到了 9 月 10 日，才开始交付，施工的黄金季节已接近尾声。9 月 25 日展开便道施工时，唐古拉的天气骤变，一片黑云一片雨，一阵狂风一场雪，冰暴挟着冷雨嗖嗖而来，气候一天十八变，刚刚填好的便道路基，一阵狂风暴雨过后，成了一片稀泥和沼泽，只好挖掘搬走重来，便道进展甚微。干到 11 月 22 日时，唐古拉的气温降至零下42 度，冻土比岩石还坚硬，挖掘机铲了下去，只留下一个白色印痕，队伍被迫下山冬休，以期明年再战。

青铁总指要求来年夏天修通 137 公里的便道，可是非典过后，便道仍然遥遥无期。紧邻十七局标段的十八局频频反映，便道不通，车进不去，影响了其施工进度，青藏总指对十七局青藏指挥部下了最后通牒，如果在八月底之前，还修通不了唐古拉越岭便道，那就卷着铺盖走人。

"这个董献付啊！"董事长对贻误战机的麾下战将多少有些失望，只有另择良将了。

"东明吗？"董事长拨通了十七局总工程师段东明的电话，他知道此时段东明正在乌韶岭隧道救火，那里的施工也出了一些问题，但唐古拉越岭之战，非这位干将去不可了。

"是我，董事长。"段东明的声音已经在电话里显现了。

董事长不说唐古拉，却问乌韶岭："东明，情况怎样？"

"董事长放心，施工都理顺了。"段东明在电话中兴奋地说，"施工进程和质量都赶上去了。"

"好！"董事长喟然叹道，"东明真是一个好救火队长啊，不过现在的燃眉之火可是烧在唐古拉啊。"

"唐古拉？"段东明在电话里惊讶问道，"董副总不是干得挺好的吗？"

"董献付在唐古拉是吃了不少苦头，但干得并不漂亮！"董事长在电话中感叹道，"青藏总指已经最后通牒，八月下旬唐古拉便道不开通，就撤队伍。"

"哦！"段东明此时才知道唐古拉情势不妙了。

"你马上过去组织'831'攻坚仗，这是便道通车的最后时间节点。"董事长在电话中命令道，"我交代完工作就赶过来，这可是十七局的背水一仗了。"

"董事长，你就在家坐镇指挥吧。"段东明深切地说，"唐古拉海拔太高，就交给我吧……"

"坐镇指挥！东明啊，我早已经坐卧不安了。"瞿观鄞显示了自己的决心，"你先去，我随后就来唐古拉坐镇督战。"

8月1日，段东明从乌韶岭回师兰州，坐上西去格尔木的列车，三上青藏，稍事"习服"后，便朝着唐古拉赶了过去，对于中铁十七局来说，绝地之战，仅剩下最后30天了。他到工地转了一圈后回到唐古拉兵站的指挥部，发现问题颇多，局指在上承下达上考虑欠周，上与青藏总指沟通不够，下与项目经理部联系不畅，40多公里的地段没有电话，全靠汽车两头跑，出了问题，对项目经理部斥责过多，竟然不知他们后勤补济不善，有时仅靠吃方便面度日，管理渠道也比较混乱。

弄清了便道剩余的工作量，段东明开始重排工期，他从8月31日开始倒计时往后排，每天干什么，完成多少土石方量，桥涵建到什么程度，一切责任到人，谁完不成任务，就打谁的板子，确保"831"便道按时竣工，确保十七局的信誉不再受损。

"先将铁路工程全面停下来，全力突击便道！"段东明到了唐古拉的第一个举措就是一切为便道让路，"再调800人上山，充实力量，全线铺开抢一条路。"

力挽狂澜唐古拉，段东明上山数天之后，中铁十七局的便道施工终于进入了一个正常有序的轨道。

8月15日，中铁十七局局长董事长上到了唐古拉兵站，坐镇指挥抢通便道。段东明看到董事长已经年逾五旬，住在海拔近5000公尺的唐古拉兵站，呼吸都很困难，劝他下山："董事长，这里有我和局指的其他同志，你就下山吧。"

董事长摇了摇头，说："东明，哪天便道开通，我哪天下山。"

"唐古拉海拔太高了，你的身体……"段东明善意地劝道。

"没事的。我哪怕就是成天躺在唐古拉兵站里，也是对全线职工一个鼓舞啊。"董事长苦涩一笑道，"何况，带着氧气瓶，我也可以上山啊。"

段东明说服不了局长，只好与十七局局指的负责人各把一段，确保"831"那天正式开通。

八月的唐古拉天空虽不时地飞过一群群灰头雁，却已经进入了一个多雪多雨的季节。一片云就是一场雨，一阵风掠过一场雪。

最悲壮的一幕是一处所在的唐岭上，在安多图二九下坡的地方，海拔逾

4950 米，有一段三公里多长的便道，一天下了 24 场暴雨，推土机推来的泥土，全部化作了泥浆，公路不能成型，只好将其铲走，重新从十八局的石料场运来石头。用钢筋拢编成路基，将石头填进去，再覆盖上泥土，用压路机碾压，可是雨仍然在下，暴风雪也不时涌来，偶尔太阳也会从云缝中挤了出来，情急之下，一处的项目经理部经理派人从安多县城买来了 3 万平方米的彩包布，一卷 30 多米，铺开了连接在一起，足足有 3 公里多长，将垫上泥土的路基全都铺盖上彩条布，防雨防雪防雨水往下渗透，等太阳出来的时候，就揭开彩条布，让太阳暴晒。有一天晚上 11 点多钟，突然狂风大作，电闪雷鸣，一道道曳着蓝色弧光的闪电，如金蛇狂舞般地撕开黑幕，飓风将小石头压着的彩条布吹了起来。眼看着一周心血重新碾压的便道路基最终又要泡汤，一处 100 多名筑路人全都上去，就连甘肃山丹招来的 10 名女民工，也都跟着爬上了路基，从 200 米远的地方搬石头压彩包布，天太黑，雨又大，温度已经骤然降至了零下，许多工人和民工的衣服都给寒雨淋湿了，冻得瑟瑟发抖。项目经理一看抬石头的人群，天黑路滑，行动太慢，彩包布仍在暴风雨中飘荡，如注的雨水在往路基上渗透，连忙下令用人的身体压住彩包布，不让雨水下渗。

于是，黑夜唐岭之上浮现惊心动魄的一幕，100 多名筑路工人和民工，30 米一个，一路排开，坐如青松地矗立在彩条布覆盖的公路之上，或坐，或爬，或躺，或卧，用身子压住了彩包布，不让随风飞扬。风雨中的唐古拉之上，风仍然在刮，雷仍在轰鸣，闪电白昼般地瞬间照亮莽原，雨水顺着人的衣领往身子里钻，没有一个人退缩，就是那 10 名普通的女民工，也背靠背地坐在了彩条布上。一个 100 名普通人组成的英雄群雕震撼了山神。

这时，夜幕中突然有四五只狐狸和棕熊不紧不慢地溜过来了，也许人们太关注自己身下的彩包布了，没有一人注意到狐狸和棕熊就在身边巡弋，而唐古拉山上的精灵似乎也被人类这种罕有的壮举震慑了，不敢贸然侵入人类的领地，只有几双萤火虫一样的眼睛在悄然闪烁。

寒夜五更长，在唐古拉之上，每一分一秒都是那样的漫长，100 多人一直枯坐到凌晨四点多钟，风才停了，雨不下了，一项目部经理才唤人回撤。当时已经有不少人冻僵了，连站起来的力气都没有了，大家搀扶着，手挽着手，回忆刚才经历的一幕，禁不住热泪盈眶，相拥而泣。

雨过天晴，公路保住了。段东明看"831"完成主体没有一点问题，便对董事长说："瞿总，我们该下山去向青藏总指汇报了。"

董事长点了点头，说："这项工作应该做，但时间是不是非得安排在现在？"

段东明看到董事长已经在唐古拉山蹲了十多天了，怕他的身体承受不了，有意让他下山舒缓几天，于是变着戏法动员老板下山。

董事长被他说动了。于是一同驱车下到了格尔木，先向青藏总指常务指挥长王志坚，后又向青藏公司党委书记兼指挥长卢春房汇报。当时对于十七局耽误便道施工的战机，下边曾经盛传三条路选择，第一是撤队伍，第二是限制半年不许铁路投标，第三是换指挥长。董事长与段东明商量，准备了后两条作为接受惩罚的方案。

但是听说8月31日能够完成工程主体，9月6日保证时任铁道部负责人的专车通过便道，仍然有着军人血性的卢春房对这支哀兵唐古拉之役的绝境逢生，尤为满意，何况中铁十七局所在之处是世界海拔最高的地方，纵使躺着也是一种奉献啊。

青藏铁路总指挥越宽容，中铁十七局局长越觉得心里有愧，说："我们还是选择换指挥长这条最轻的处罚吧。"

"好啊！"卢春房宽宏大量地笑了，说："我们尊重中铁十七局意见，原本是准备打重板的，既然你们已经考虑提出了方案，我非常赞成，我们不发通报了。按你们的安排办。"

"谢谢！"董事长紧紧地握住卢春房的手，说："感谢卢总给了十七局最后的机会。"

"不！"卢春房摇了摇头说，"是最后的时刻，十七局在唐古拉山上自己拯救了自己，也证明了自己。"

驱车驶离青藏总指，董事长问段东明说："你看换下董献付去，谁能做第一指挥长？"

段东明摇了摇头，说："不好说，掐着指头算了算，似乎没有太合适的。"

董事长说："我倒有一个热门的人选，就是不知人家愿不愿去。"

"是谁呀！"段东明急不可耐地询问。

"远在天边，近在眼前。"董事长揄揶一笑。

"你是指我？"段东明惊讶地问道。

"对，就是你，怎么样东明？"董事长充满信任地对段东明说，"我已经与薛总通过电话了，将你留下来渡难关。"

"哦！"段东明没有一丝的犹豫说，"在山上我倒没有什么反应，请领导定吧！"

"好，那青藏铁路中铁十七局的第一指挥长就非段东明莫属了。"董事长感慨系之。

8月30日，唐古拉山上137公里的越岭便道主体全线铺通，除个别桥梁护栏未装完之外，已不影响行车，中铁十七局在唐古拉山召开了表彰大会，董事长当众宣布，十七局总工程师段东明为第一指挥长。

段东明从"救火队长"摇身一变成了青藏铁路十七局领军之帅。

9月5日，段东明陪着董事长驱车从137公里的唐古拉便道驶过，沿途检查了一遍，董事长转了一圈，八瓶氧气都耗光了，直抵安多县城。这是他在唐古拉山上的第二十天。翌日，铁道部长在中铁建总公司党组书记李国瑞的陪同下，从便道穿越唐古拉山，直奔拉萨。

唐古拉作证，十七局人在最后的时刻证明了自己。

香巢筑在唐岭最高处

阎卓秀伫立在海拔最高的帐篷前，眼帘中泪水簌地流了下来，碎裂的泪珠里掺和着百感交集。

那咸咸的泪水，先是耻辱之泪，中铁十七局曾经折翅唐古拉，137公里的便道令他们差点仰不起高傲的头颅，继而则是欣慰的泪，"831"的最后突击之月，终于让唐古拉山上的十七局越岭人一洗耻辱。

欣喜的泪水化作一阵破涕为笑。阎卓秀上唐古拉的那天就是笑着偷着跑来的。

青藏铁路报名时，她与丈夫曹春笋都写了申请，要求上唐古拉山，可是却未被真正的批准。他们只能望唐兴叹，以为此生将与青藏铁路无缘了。可是有一天机会却来了。

机会来得突兀，当时唐古拉山上第三项目部已有一个姓周的项目指挥长，出自唯楚有材的三湘四水，三处进了1000多万的机械设备，让他来主管，可是才到格尔木，他那肥胖的身体就开始报警了，上了唐古拉，血压水银柱一个劲地飙升，一想要在唐古拉的越岭地段呆四年五载，男人的雄胆崩溃了，也不告别便匆匆走了，局指只好让高泽辉上去顶替那个周姓的项目经理。高泽辉上到唐古拉后，望着自己1000多万的设备，觉得应该选一个称职的机械队长。曹春笋自然成了最理想的人选。

"春笋！我有事相托。"跑到格尔木才打通信号的高泽辉拨通了曹春笋的手机。

话还未说完，曹春笋已经在电话那头急不可耐说我知道高总要托我什么了。

"托什么？"高泽辉反诘道。

曹春笋在电话那头诡秘一笑，说："托我上唐古拉当机械队长。"

"呵呵！"高泽辉笑了，"知我者。春笋也，怎么样，你对这个差事满意吗？"

"我已经期盼已久了。"曹春笋如是说。

"好！"高泽辉高兴地跃了起来，"春笋，马上就上山来。"

2002年7月份，曹春笋只给妻子阎卓秀打了一个电话，便风尘仆仆地往唐古拉赶去了。

丈夫远行唐岭，妻子也牵挂着高原，阎卓秀在青藏铁路选人时就写过申请，苦于领导不准，只好作罢。如今在西安至安康线上的她已经坐卧不安了，她向处里的领导申请，欲追随丈夫上山，可是领导仍然摇了摇头，说："你已经搞了10多年的地质化验了，是台柱子，不能走啊。"

阎卓秀好生失望，便给高泽辉项目经理打电话，说："高总，我也要上山。"

高泽辉起初不解，说："你们家春笋已经上来了，再让你也来，我于心不忍，再说我这里是要干活的人，不养闲人。"

阎卓秀急了，说："高总，此话差矣，我可不是闲人，我有十几年的化验经历啊。"

高泽辉一听乐了，说："我缺这样一个人，真是得来全不费功夫啊。"

于是，阎卓秀来了一个不告而别，从西安坐上火车，直驱兰州，然后换车格尔木，到了高泽辉的麾下，此前十七局一个女士也没有上来，她成了千百男人之中的唯一的唐古拉的雪莲。

融入了唐古拉怀抱，海拔高得惊人，5072米，却不能与丈夫在一起同住。因为唐岭之上的帐篷太紧张，不能给阎卓秀单独安排一个帐篷，于是她便与三项目经理部工程部实验室主任何新阶、袁复安、黄海涛、吴传模等一群男同志住在一个 30 多平方米的帐篷里，只在帐篷的一隅，挂一块彩条布，就算是一堵墙了，隔开了一个女人与一群男人的疆界，每天晚上，他们坐在一起打扑克，一直玩到天色太晚了，才各自回到自己的床上休息。两个多月的时间，阎卓秀与几位男人同住一个帐篷，听着男人的鼾声度过一个个难眠之夜。

因为唐古拉山只有一个女人，所以没有为阎卓秀设立女厕所，每次方便时，她就带上一个小纸牌，上边写着"有女同志在"，男同志见了连忙退了回去，但是蹲在厕所里方便的阎卓秀也心惊胆战，既怕男同志突兀而入，更怕一只雪狼长驱直入，因为山坡上总有一只只苍狼徜徉周遭，毫不顾忌闯入他们住的地方。因此晚上就不敢上厕所，只能尽量少喝水。最令她惊讶的是晚上睡觉时，要生炉子，可是到了第二天早晨起来，睁开眼睛一看，吓了一大跳，炉子下沉了一半，帐篷中间都是一片水泥了。外边的雪风却呼啸而入，帐篷的温度早已降到了零下 10 度，就连氧气瓶也冻成了冰瓶，根本无法吸氧。

阎卓秀与 4 个男人住了 2 个多月后，终于可以与丈夫曹春笋住到一起了。在海拔逾 5000 多米的唐古拉无人区时，他们筑起一个小小的香巢，一个棉帐篷搭起来的小屋，但是欢乐在唐古拉山却冻成了冰点。

刚开始上山的时候，阎卓秀的高山反应并不强烈，可是到了 11 月份，满天的飞雪落在唐岭之上，一天几十场的暴雨、冰雹，空气稀薄到了无法生存的地步。一到晚上，阎卓秀就觉得肚子胀，连饭也吃不进去，一天勉强吃一顿饭，却不知饥饿的滋味，最难熬的日子却是晚上，胸口憋得慌，竟然扯到了背部，疼痛难忍，痛得实在受不了，便伏在床上嘤嘤哭泣，可丈夫却照顾不上她，每天晚上将近 11 点钟才能回到帐篷里，见妻子泪流满面，痛不欲生，便说："卓秀，你回去吧，反正你上山，也是没有经过处里允许的，没有人会说你。"

阎卓秀摇了摇头说："不，将你一个人放在这高寒缺氧的地方，我不放心。我要陪着你，哪怕成天躺在帐篷里，也在所不辞。"

"卓秀！"曹春笋的心中涌动一股暖流，将妻子揽在怀里，轻轻地抱了抱，然后又放开了，这是他们在唐古拉山上唯一的表达夫妻亲近的方式。

"过几天，我陪你下格尔木去待几天。"曹春笋说道。

按照中铁十七局青藏指挥部的规定，夫妻都在唐古拉的，干 2 个月可以到格尔木的招待所里休息十几天，洗洗澡，休整一下，也借机过一下夫妻生活，但是曹春笋上山来后，就没有时间，阎卓秀又一个人承担十几项化验。

阎卓秀苦笑了一下，说："你那么忙，哪里会走得开。还是等冬休下山回太原再说吧。"

"你趴下，我给你搓后背。"见妻子憋得泪水汪汪，已经很疲惫的曹春笋俯下身来，伸出双手，给爱妻搓背，一直搓得她不再憋气了，静静地睡熟之时，曹春笋抬腕一看，已经凌晨两三点了。

阎卓秀似睡非睡，人在唐古拉之上，情思却飞到了平遥古城，她与曹春笋的相识相爱，多少有点现代年轻人穷追不舍的浪漫。

阎卓秀在大同机车厂一个铁道职工家庭长大，1993年从石家庄铁道学院毕业后，分到了中铁十七局的大京九线上，家里就她一个宝贝女儿，父母并不希望她常身跑野外，只想周转一下，然后调回大同。可是到平遥三公司报到时，从郑州机械学院毕业的曹春笋从名单中一眼看到了阎卓秀的名字，便异想天开地认定，此人将来可成为我妻。人未见面，八字还没一撇，回到家里竟大言不惭地告诉在太原农牧场当养鸡工人的母亲："大同有个女的叫阎卓秀，说不定我们能成。"

这一切，阎卓秀都惘然不知。

坐着大轿车到了太原十七局机关大楼，稍事休息就登车前往大京九，阎卓秀刚下车，曹春笋就迎着走过来了，问："你叫什么名字？"

阎卓秀一愣说："阎卓秀。"

曹春笋诡谲一笑，说："我认识你。"

阎卓秀摇了摇头，觉得眼前这个男人白白净净的，长得倒也帅气，可一点印象也没有。登上南去列车，她才知道他叫曹春笋，可接下来的主动进攻方式，让她顿生反感。当时一路同行的是三女七男十名大中专学生，曹春笋是个见人熟，一上列车俨然一副阎卓秀男朋友的派头，又是帮着背包，又是提东西，大家坐的硬座，阎坐在里边，他就坐到外边，不让别人染指。车过一个小站，曹春笋一纵跳下车去，大兜小兜买来了许多吃的，全都堆在阎卓秀的跟前，她不闻不问，不理不睬，一点也没有动，曹春笋见阎卓秀不吃，便全都扔到窗子外边去了。

到了大京九的线路上，阎卓秀留在了项目部实验室，曹春笋分到了十队，两个人隔着一条赣江，阎卓秀觉得这回可以躲避开曹春笋了。一江相隔，却隔不住一个痴情男人的爱情宣示，每天过江上了工地，曹春笋情不自禁要跑到化验室或宿舍里问候几句，作大胆的爱情表达。面对一个有点近似死皮赖脸的追求者，阎卓秀多少有点拒绝和反感，她毕竟是刚来的大学生，一参加工作就谈恋爱，怕别人说闲话，再则曹春笋只是一个中专生，而自己是一个大学生，从门当户对的角度，阎卓秀也未将他作为情定终身的一个目标。可是曹春笋依然我行我素，给众人形成一种印象，阎卓秀就是他的女朋友。这种纠缠终于让她有点后怕了，春节将至，她便回家了，告知母亲自己身后的痴情追求者，母亲一听马上就投了反对票，说我们就你一个独生女，不能在工程单位，调回来吧，母亲马上着手办调动的事情，机车厂答应三四月份就办理。父亲听了倒觉得无所谓，说难得天底下还有这样的男孩狂热地追求自己的女儿，只是觉得行为古怪了一点。

　　春天来了。南雁北回，阎卓秀这只北雁又朝着大京九飞去了，回到赣江边上，等待着一纸调令回故乡。曹春笋仍然如故，每天都来看阎卓秀，风雨无阻，早晚不误，仿佛一日不见如隔三秋。有一天，阎卓秀听说离井冈山不远的地方有座千年古刹，香火很灵验的，想去抽支签，烧炷香，预测一下自己与曹春笋今生来世的因果前尘。一大早便搭上八队的一辆车去了，路程很远，中午时分，曹春笋从赣江那边过来了，不见伊人归，坐卧不安，几次站到高处遥遥眺望，却不见阎卓秀坐的车子回来，他只好悻悻然回去了。傍晚时分，刚下班他又从江那边赶过来了，坐在院子里苦等，天黑时终于见到车驶进了院子，曹春笋疯狂地跑了过来，看到阎卓秀时，脸上那副焦急等待神色，胜于关心自己的亲人，那一刻，阎卓秀被感动了，细节决定成败，从那一刻起，阎卓秀开始接受这个对自己呵护备至的男人了。

　　于是，当母亲厂里的调令和曹春笋期盼的目光凝视着自己时，阎卓秀选择了一生可以依偎的一个坚实的臂膀。

　　1994年11月，他们在三峡工地的一条专用公路的工地结婚时，曹春笋和他的工友们将一幢三层的职工楼里里外外都披上了红，红色的大幅披挂，从屋顶垂到了地下，窗上门上贴满了红喜字，就连屋顶上也是红旗飘飘，等穿着红色新娘嫁衣的阎卓秀跨进自己成为一个真正女人的门槛时，望着四周红红火火的热烈，她醉了！

　　情醉唐古拉。阎卓秀夫妇将自己的香巢安置在唐古拉山越岭地段的最高处。

高泽辉经理见阎卓秀高山反应大，立即让曹春笋陪她下山，休整习服几天。从此他专门做出了硬性的规定，在山上2个月的都必须下到格尔木去休息十几天，再上山来工作。下山之前，医生来体检时，阎卓秀有发烧的症状，可是也十分奇怪，车至五道梁时，海拔则下降300多公尺，她便有到了苏杭的感觉，而车至可可西里，居然不发烧了。

在格尔木休息几天后，阎卓秀又跟着丈夫上来了。整个2002年至2003年，他们是唯一一对在唐岭之上的夫妻。

工程部实验室的工作实在忙，每天晚上几台电脑同时开机，将一天要化验的数据整理出来时，已经是凌晨三四点钟，阎卓秀回到自己住的帐篷时，发现曹春笋还未回来，便道的施工，让十七局一时陷入窘迫之境。自己加班回来了，丈夫仍然在搅拌工地蹲着督导。最害怕的是一个人躺在床上时，帐篷漏风，空荡荡的，外边总有犬吠和狼啸的声音四起，因为食堂的垃圾场就在附近，总有苍狼光顾，藏民的狗也加盟其中，那尖啸的长嗥不知是狗还是狼，但是阎卓秀宁愿相信是狼。雪风掠过天际，雪风吹进帐篷，雪花吹到床上，呜呜的风中有狼的长啸，帐篷有口子，她担心狼会钻进来了，只好把菜刀藏在自己枕头底下。睁着眼睛看着帐篷的口子，随时准备与闯入的雪狼一拼，一直等到丈夫回来时，她才如释重负地松了一口气。

到了唐古拉山上，曹春笋太忙了，时序逆转，不再是他为妻子操心，更多时候，却是阎卓秀将一颗心悬在唐古拉之上，令她彻夜不眠。

有一天晚上，已经过了12点了，还不见曹春笋回来。工友们说11点开完会他就驾车朝着安多县方向走了，去接一个机械队的工班班长，下午4点多钟，曹春笋上工地时，只见一辆到拉萨串亲戚的藏民的卡车坏了。以前无论是在青藏公路的大道上，还是唐古拉的越岭便道上，抑或是从未有路的无人区，只要遇上藏族同胞的汽车抛锚在路上，曹春笋都会情不自禁地下车，帮着修理，那一天藏民的卡车坏在没有道路的无人区，曹春笋发现后，钻到车里修理了半个时辰，仍然不见好转，茫然四顾，荒原上没有路可行，便派工班班长送藏民一家人到安多。晚上11点多钟，曹春笋开完会后，仍然不见工班班长回来，他既怕车熄火，更怕工班班长迷路身陷无人区，四处都是冰湖，夜间的气候已降至零下40多度，如果夜间车陷冰湖，就会被冻死，或者遭遇野兽围攻，他也没来得及向领导请示，便独自驾车去找工班班长了。终于在一个冰融的冰湖找到了工班班长，发现车已经身陷湖中，他设法去救，可惜由于夜暗天黑，自己的车也深陷湖中，两台车都不敢动弹了，不然冻冰一化，就会车沉湖底。好在离十七局五公司工地比较近，曹春笋朝山冈一看，野狼眨着一只只绿眼。他往五公司的驻地走去，带来了吃的东西，找来拖车的钢绳，只是因为夜晚太黑，只好待到早晨天亮再说。

起初阎卓秀以为丈夫加班了，突击越岭便道的时候，加班是寻常之事，如今越岭铁路标段已展开全面攻关，机械队长自然是一线领军人物，他们已经习惯了两个人见不到面的日子，但是那天妻子的心却一片惊惶不安，到了4点钟，有人回来了，外边叫叫嚷嚷的，她想可能是出事了，但没有往丈夫身上想。迷迷糊糊睡到了天亮，她一起床，就去问出了什么事情了，知道不知道都在摇头，后来不知是谁冒了一句，说深更半夜的到哪里去找，怕是没有遇上老藏民，天又冷，不冻成冰雕，也说不定成了群狼盘中餐了。

曹春笋一夜不归，阎卓秀心忧如焚，虽然孤坐工程实验室里，但是她此时已经是心绪茫茫连浩宇了，无尽无人区，牵走了她的心魂。而且流言蜚语也不时传来，有的说曹春笋送藏民喝醉了，有的则说是进了安多县城潇洒去了。然后等天亮过后，高泽辉经理找到陷入冰融湖里的曹春笋时，从不流泪的高经理，抱着自己的弟兄哭了。

一场生死劫后，中午见到了丈夫，阎卓秀悬在唐岭的心终于落到了雪地上了。在众目睽睽之下，她将丈夫搂在怀里，留下了雨点般的吻。然后泫然涕泪！

轮椅上的父爱重如唐古拉

2002年之初夏，康文玉被批准上唐古拉山时，已年近五旬，成了中铁十七局越岭地段岁数最大的一位职工。

被任命为一项目部办公室主任那天傍晚，康文玉很高兴，但事先并没敢告诉家人，而只让妻子包了一顿水饺，拿出了一战友送给他的一瓶杏花村酒，破例喝了几口，已经有好些日子没有喝酒了。

"文玉！这么多年来，我还是第一次见你笑。"抱病在家的妻子康香莲苦涩一笑，说，"遇上什么喜事了？"

"岂止是喜事，是双喜临门。"康文玉抿了一口酒说，笑得很灿烂，小眼睛眯成一条缝。

"双喜临门？"妻子有些不解。

康文玉故作深沉地说："咱们的儿子一楠考上北方交大，算不算一喜？"

"当然算了！"妻子点了点头，说，"这倒不牵强，应该算我康家今年第一件大喜事，还有一喜呢？"

"从唐古拉而来啊！"康文玉将上青藏铁路的通知书摆到了妻子和女儿跟前。

"你要上唐古拉？"妻子的神色一片惊讶。

"不行吗？"康文玉反诘道。

"你都50开外的人啦，真要把这把骨头扔在唐古拉山上？"妻子的眼泪唰地出来了。

"香莲，没有这么恐怖！"康文玉安慰道，"当年青藏第一期，我们的蜜月就是在格尔木度过的，蕾蕾就在那里怀上的。"

"别给我提格尔木！"妻子的神情突然严峻起来，"如果不是格尔木，蕾蕾也不会这样。"

"扯到哪里去了！"康文玉望着瘫坐在床上，除了右手和脑袋，双腿和左手都残了的爱女康蕾蕾，心中有一种挥之不去的隐痛，其实，妻子说的未必是实情。蕾蕾患格林巴利症，与当时怀孕在青藏高原的关系并不大，而是在乡下错过了服免疫药的机会。但他不便再勾起妻子永远的痛，换了一种口吻说："香莲，上青藏线对咱家绝对是一个好的机会。"

"我知道是个机会！但你50挂零了，你这把岁数的人还有谁上去？"妻子原是村里的民办教师，买了户口进城后，起初还开了两个服装门市，生意很红火，可是自从如花似玉的女儿罹患格林巴利症，突然瘫了半边身子。心情颓然，无心恋战商场，带着女儿看遍全国的名医，医了一个倾家荡产，自己也恍恍惚惚得了精神抑郁症。家徒四壁，就连两个孩子读书的写字台。都是捡来的，沙发坐的都陷成一个洞了，全家人的衣物就装在几个编织袋里，无一件值钱的东西，丈夫一上青藏线，家里几乎就失去了顶梁柱啊。

"没有事的，我人瘦，上唐古拉能适应。"康文玉笑呵呵地说。

可是那年上唐古拉前，日子过得一直拮据的康文玉，突然变得阔绰起来，令妻子和女儿有点不认识了，一下子向朋友借了 2 万元，给女儿买了一台电脑和打印机，为妻子买了一台大彩电。

康文玉就在妻子、女儿期盼和眷恋中，走向了青藏高原，走向与西藏只有一岭之隔的唐古拉岭山，一到了山上，父亲与女儿的联系中断了。但是在山岭上生活两个多月。总有下山的时候，到了格尔木的基地大本营休息时，他就上街给家里打电话，女儿喜欢文学，在埋头写散文和小说，缠住爸爸就不放电话，问爸爸的身体，问西藏的蓝天白云，雪峰草地，还有那一个个筑路人惊天动地的故事。

"蕾蕾，爸爸这是长途电话。"康文玉舍不得将唐古拉辛辛苦苦挣来的钱，都扔给了中国电信，说，"等我回来，给你讲一个三天三夜。"

"三天三夜不够，青藏铁路人的故事够讲一千零一夜。"蕾蕾在电话那头说着。

"好！我给你讲唐古拉山下一千零一夜的故事。"爸爸答应了。

2002 年的冬天，康文玉下山，回到太原城里，那个简陋的小室，醉氧的感觉尚未消失，却有一室温馨和亲情相拥，妻子从 10 年前女儿患病的精神刺激中渐次平复下来，女儿就缠着自己讲故事，关于西藏，关于青藏铁路筑路人的故事。

康文玉在醉氧，说着说着就睡迷糊过去了，醒了再接着讲，迷迷瞪瞪地给女儿讲了许多有关唐古拉那座神山之上，今生来世，朝圣者游客与筑路人的故事。那片神奇的土地，那些雪山胜景，在女儿的心中描述了一片天国美丽，短短的数日，康蕾蕾一篇篇关于西藏的奇幻神秘和深情的文章，在她那只唯一灵便的右手里一挥而就，发到了博客网上，引起了一片共鸣。

"蕾蕾真棒！"康文玉夸耀的笑声中，总有一种苦涩的沉重。

康文玉与妻子香莲是山西应县木塔下长大的，"文革"期间，康文玉本是县城一中数一数二的高才生，1977 年入伍到铁道兵 7 师，"文革"结束后第一次恢复高考，他曾经考进师里前三甲，可惜时不济运，在最后考试那天，他居然得急性肝炎，等出院时，震撼莘莘学子的高考已经落幕，他只能望着军校大门兴叹了。不取功名唯有成家了。1980 年第一次回山西应县探亲，乘着自己还穿着军装，连忙将对象订了，别人介绍了一位当民办教师的康香莲，仅仅认识了七天，给了人家 500 元钱，便"交易成功"，纯粹是一场先结婚后恋爱的经典翻版，然后带着新娘远去格尔木的青藏一期工地，播下爱情的果实——蓓蕾，康家从此与昆仑山结下了不解之缘。

翌年女儿呱呱落地，取名康蕾蕾。

女儿在一天天长大，活泼聪颖，人见人爱，上小学后，成绩一直在班里年级名列第一。但是10岁那年，一天起床上学的康蕾蕾突然一声惊叫："妈妈，我站不起来了！"

那一声惊叫，将母亲的心叫碎了，也将一个小家的欢乐和温馨震裂了。

妻子盘了自己经营的两个服装门市，带着女儿到处看病，大同、太原、北京走了一圈，又一圈，上海、广州跑了一趟又一趟，专家诊断是格林巴利综合征，预言可能要永远躺在床上，蕾蕾背弯了，身高永远在1.3米凝固了。从此辍学在家。只能跟着弟弟一楠学日语和英语，后来读到高中的弟弟忙于高考，康蕾蕾就靠听广播学英语。

收获的季节姗姗来临。那年12月6日，康文玉刚从唐古拉山上下来。女儿突然说："爸爸，你回来就好，送我到太原城里考英语四级。"

"好啊！"康文玉从破旧的沙发上一跃而起，那是女儿第一次与在校的大学生一起同试，他抑制不住心中的激动，说："我们坐什么车去？"

"当然是像春天郊游一样，用三轮车驮着我去。"女儿幸福地说，"可是一楠弟弟到北京念大学了，没有人蹬三轮。"

"爸爸就可以蹬三轮啊！"康文玉感慨地说，"不过，这回得坐出租车，到城里有十几里路，蹬三轮，去晚了会耽误考试。"

康蕾蕾兴奋地点了点头。长了22岁了，有生以来第一次能坐出租车，她能不高兴吗。

第二天早晨，天刚刚亮，位于城郊的街道行人稀少，冰雪将路面冻起了一层冰，碎霞撒在路面，光亮光亮的。康文玉早早地起床了，站在凛冽晨风之中，等了很久时间，终于等到了一辆出租车，将女儿从楼上背了下来，抱进轮椅上，然后与妻子一起推到路边，再将蕾蕾抱进车中，轮椅放在车的后备厢中。穿过清风，从太原城的大街疾驰驶过，第一场冬雪后的太原城清冷的街道开始在晨风中热闹起来了，蜷曲在出租车后座上的康蕾蕾像一个好奇的女孩，俯瞰着车窗后边的人河匆匆擦肩而过，她突然有一种穿过命运隧道的感觉。

在车上出租车司机听说这个残疾的女青年只上过小学三年级，硬凭着顽强的意志，念完了大学英语的全部课程，与在校大学生一起竞逐四级考试，心中顿生敬意，而且听说是平生第一次坐出租车时，一种莫名的悲悯和酸楚油然而生。

出租汽车在考试的大礼堂前戛然停下，康文玉递过来车费。司机摆了摆手，说不用了，就当我为慈善事业献一次爱心。

言毕，司机一步跨出车门。帮着抬轮椅。当看着康文玉推着女儿融入冬阳，身上披上彩霞时，突然在后边抛下了一句话："老哥，你养了一个好闺女。"

那天早晨，一个残疾姑娘，一个轮椅，后边伫立着身材单薄的老父亲，当他们一起走进偌大的英语四级考试教室时，700多考生不禁肃然起敬，一个与他们并不站在一条地平线上的人，终于在同一条跑道上起跑了。

康蕾蕾不负厚爱，待第二年父亲再度上山前，她的四级考试通知来了，成绩合格，予以通过。

三上唐古拉了，康文玉那天出门前，女儿突然仰起头来说："爸爸，我也随你去格尔木。"

"蕾蕾，在说傻话。"康文玉摇了摇头说，"格尔木海拔将近3000，你的身体适应不了。"

"不会的，我在妈妈肚子里踢打时，就适应那里了。"康蕾蕾幽默地说，"再则，我喜欢文学，如果能到青藏高原那块神奇厚土上，寻找到青藏铁路筑路人的素材和故事，对我一生的写作都会有影响。"

"不行蕾蕾，听爸爸的话。"康文玉郑重其事地说，"趁早打消这个念头。"

康蕾蕾跟爸爸一起走的念头暂时打消了，但是那埋藏在心中的青藏情结却飞扬起来。

到了春天。温婉的春风刚将中国北方变绿时，康蕾蕾就与妈妈上路了，当年爸爸妈妈在青藏铁路一期的西格段德令哈到格尔木的神奇土地上，孕育了自己，而今天她要紧随爸爸的脚步而去，去探寻青藏铁路筑路人的辉煌步履。

于是，在西行的列车上，便出现了凄怆的一幕，一位青丝已染白霜的中年妇女，推着自己的女儿出太原城，转道西安，入兰州，然后一直往西。走的是当年文成公主远嫁的路。朝着城垣一样崛起的莽昆仑南方。朝青海境内的最后一座城市格尔木走去，就像她当年千里寻夫一样，远行昆仑山下，搭建一个寒山冻土上的香巢，寻找一份爱情的归宿。而今，命运竟然这样残酷，却让推着自己坐卧轮椅的残女，再寻夫上唐古拉，追寻一种青藏铁路人的博大和沉雄。

但是在唐古拉山极顶的康文玉并不知道妻子和女儿来了。

当山下的电话打到了唐古拉兵站时，指挥部通知康文玉，妻子康香莲携残女千里寻夫到昆仑山下时，康文玉悚然一惊，自言自语道："我们这个丫头和孩子他娘，就是与众不同。"

一项部经理得知此事，立即派车将康文玉送下山去。又是百日不见了，凝视着刚从唐岭下来的丈夫又黑又瘦，康香莲哭了，康蕾蕾却与父亲喜极而泣。

"先住下吧！"康文玉拍了拍妻子和女儿的肩膀，"如果身体适应，就在昆仑山下住下。"

康文玉连忙张罗着找房子，向外包队的包工头租下了一间小平房，一个火炉子，一张大床，就将一对寻夫寻父的母女安妥在了昆仑山下。

"爸爸，这真是宗教圣地，太美了！天这样的蓝，云那样的低，简直就在梦中。"坐在轮椅上的康蕾蕾远眺着窗外的昆仑雪峰。蓝蓝的苍穹，低垂的白云，将她迷醉了，开始构造自己梦幻的文学世界。

凝视着女儿清纯眸子泛起的感动，康文玉蓦然觉得，青藏高原的这片天空，这条铁路，与康家有一种难分难解的情缘血缘了。

然而，下山陪妻子女儿的时间毕竟很短暂。每两个月，康文玉能到山下来一次休息几天，住到了妻子与女儿那间小平房，那些日子他突然感到生命也安详起来了。太阳刚从昆仑山腹地跃了起来，挂在高高的杨树之上，他就推着女儿出门了，看东边的雪峰，天上云卷云舒，朝阳如火，点燃了雪峰点燃云团，在湛蓝色的天幕上时而如玫瑰喋血，时而似牡丹怒放，时而如枣红马奔驰，时而如金凤凰浴火，看天看云看山看戈壁，坐在轮椅上的女儿突然觉得戈壁小了，人生胸襟大了，昆仑矮了，女孩的心志高了，到了夜静的时候，一家三口人谁也睡不着，蕾蕾就缠着爸爸讲唐古拉山青藏铁路筑路人的故事，爸爸自己的故事。

当康文玉讲唐古拉一天24小时，24场雨，一公司的三公里长的便道总是不能成型，有一个晚上，暴雨滂沱，狂风四起，将彩条布吹起来了，一公司所有的人都冲到便道上去了，就连民工队里的女人也加盟其中，康文玉与一个姓孙的职工一起搬石头，从200多米的山坡上往下搬，风高夜黑雨大，人绊倒了，爬起来继续干，最后所有人的衣服都淋湿了，精疲力竭，抬不动石头，庞尔林经理命令大家原地坐下，用身体压住彩条布，数百人就像一个个武僧一样，盘地而坐，在零下10度的夜幕中坐到了凌晨4点，雨住风停之时，唐古拉山上的风雨群雕终于将一条路保住了。父亲讲得很平静，女儿的眼眶里却泪花滚滚……

最惊心动魄的一幕是2002年10月的一天，当时便道的图纸刚到，测绘班长黄运河带着四个人到远离工地20多公里的地方去测道，天早已经黑了，人仍未回来，康文玉叫上皮卡司机黄剑峰去接他们。只见五个人分在五个点上，他们专注地测着便道的走向，半山坡尾追着五只狼，离他们只有十五六米远，却浑然不知。坐在皮卡上的康文玉和司机发现不好。不敢告诉他们，怕引起惊惶，人跑散了，引来群狼攻击，便喊道："运河，快叫兄弟们上车。"

"康主任，我们就剩最后一点了，干完再走。"黄运河从夜幕中传来了回声，却不知危机四伏。

康文玉发火了："运河，少给我废话，快上车，明天再来吧，活有的是给你干的。"

黄运河带着兄弟们悻然上了车，嘴里仍然嘀咕着埋怨之词。

"剑峰，打开车灯！"康文玉吩咐道，"让运河他们瞧瞧！"

皮卡车发动了起来，远灯一射，半山坡的一群狼依稀可见，闪烁着绿眼，已经围到他们皮卡周围了。

黄运河等四个人顿时吓出了一身冷汗，司机脚踩油门，绝尘而去。

康蕾蕾听到这一幕，眼睛里跳荡着一种奇谲的神色，这种儿时的天方夜谭，离父亲，离自己却是这样的近。

过了几天，父亲要上唐古拉了。康蕾蕾艰难地站了起来，要送爸爸出门。

"蕾蕾留步！"康文玉关爱地叮嘱。

可是当妈妈起身送爸爸走出小院时，康蕾蕾终于站起来，艰难地挪了出去，10米，20米，每迈一步，仿佛是一次生命灿烂的逾越，望着父亲的背影融进昆仑，融进了唐古拉，她觉得轮椅上的父爱重如昆仑，重如唐岭。

康蕾蕾10岁那年，格林巴利综合征发作，麻痹到自己的肺部，躺在床上再也站不起来了，瘫软如泥，只有右手和右脑可以动弹。父亲不能接受这个残酷的现实，他觉得凭着父爱强大的魅力，能让女儿站起来了。于是，每天清晨六点，他便将女儿抱了起来，双腿分别捆绑在自己的腿上，自己迈一步，让女儿跟着自己朝前迈一步,一步,一天,一月,一季,一年,日复一日,年复一年,风雨无阻,冰雪无阻,清风中永远只有这对父女在艰难地挪动。

有一天,女儿突然说:"爸爸,我可以迈步了。"

那一刻女儿哭了,爸爸流泪了。

随后,康文玉朝着整个院子大喊,朝着自己家的门窗大喊:我女儿能走了。

人们听到了一个大男人锥心喋血的哭声。

唐古拉上的无名雕像

2005 年春节的初四,中国北方纷纷扬扬下了第一场春雪。

我恰好就是这个雪花飘落的时刻,闯进太原城采访的。春节长假还没有过完,中铁十七局大楼里冷冷清清的,连暖气也没有开,显然过年的人还未上班。好在去年 10 月车过唐古拉兵站时,留下了指挥长徐东的电话,很快便联系到他了,于是我的整个太原采访行程,都由他和局里的宣传部长秦峰陪同。

因为都是一群当过兵的人,三盅两杯烈酒,便可找到军人的话语和故乡,初次见面的陌生感,都在军语的刚烈和豪迈中化作一片烟云。

接下来的几天采访,徐东总是源源不断地给我输送采访对象,找了一个又一个,套间的小客厅里总是坐得满满的。

终于有一次,小客厅的人突然稀落下来,就剩下我和他。我说:"徐总,谈谈你吧!说说你在唐古拉的故事。"

"谈我!"徐东摇了摇头,说,"徐作家,我哪够资格进入你的书啊,还是继续采访我的兄弟吧,他们真的辛苦。还不失铁兵的风采。"

"现在不是没有人吗,轮到你啦。"我恳切地说。

徐东摇了摇头,说:"我真的没有什么好说,给你讲几个我们项目经理的故事吧。"

二项目部是整个十七局五个处最高的地方,海拔高达 5200 米。刘新福原来是局指工程部部长,2003 年下到二公司当项目经理,那年他刚好 32 岁,毕业于石家庄铁道学院。刚上山的时候,体重有 140 斤,可是到了二项目那地方,海拔太高,缺氧,再好的东西也吃不下去,还整夜整夜地失眠,一年下来体重减了 30 多斤,只剩 105 斤,又黑又瘦。那一年冬休回到晋城,敲开家里的门,爱人见是一个陌生人站在门口，吓了一跳，说你敲错门了，啪地将门关了。刘新福伫立在门前，按着门铃，大声喊道，开门啊，我是新福。已经走进客厅的夫人一听。声音是丈夫的，人却不是。趔身转了回来，打开门仔细一看，是她的新福啊，眼泪哗地流出来了，哽噎着哭道："新福，是你啊，你咋变成这样啊！"夫妻相拥而泣。

2004年春天来了。刘新福又该上唐古拉了，在晋城上班的妻子小袁说："新福。我要陪你上去。"刘新福愣了，说："那怎么行，孩子怎么办，再说那里海拔太高了，你住着受不了的。"媳妇说："你甭管，受不了我也去。"刘新福摇了摇头。说："你去做什么？"他媳妇说："洗衣做饭。"刘新福笑了，说："我们那里的饭是食堂专门做的。""那我就专门侍候你。"女人爱一个男人真是不顾一切地，她利利落落地办妥了停薪留职，把四五岁的孩子扔给了老人，跟着刘新福就上山来了，住在唐古拉山海拔最高的一个点上，一间帐篷，一对夫妻，成天守着空山，就为了给丈夫洗洗衣服，按时叫他吃药。他累的时候给他捶捶背，按按头。

小袁在唐古拉山上一住就是8个多月。千里追夫上唐古拉，中国就有这样一群铁嫂。

这个故事不错。我点了点头，说下一步可以安排采访刘新福。

刘新福现在是二公司的副经理兼总工了，住在石家庄。

我记下了刘新福的联系电话。仰起头来问徐东："继续啊，还有精彩的吗？"

"当然有啊！"徐东说，"唐古拉山是离天国最近的地方，我们讲一千零一夜的故事。"

我点了点头："请不妨讲来。"

徐东沉吟了片刻说：一公司经理庞尔林上唐古拉之时，体重为140斤，当2003年8月31日便道突击通车后，锐减到了105斤，瘦得不成样子，他的妻子温春梅是大同铁路一公司的技术员，9月份她准备上唐古拉去探望丈夫，将12岁的孩子扔给了父母，只身坐飞机去拉萨，父亲温喜不放心，特意将她送到了太原机场。在成都转机飞往拉萨。机翼之下，横断山脉的皑皑雪峰令她醉迷青藏，恨不得马上就飞到丈夫身旁。飞机缓缓下降，朝着贡嘎机场，近地俯冲而下，降落在雅鲁藏布江河谷。突然空降在海拔4200米的地方，血往上涌，脚踏轻羽，提着东西走下舷梯，艰难地步出港厅，她便给丈夫打电话，其实此时丈夫就站在离她几米远的地方，早已认出了她，可是她认不出丈夫来了。春天离家时丈夫还是一个大腹便便的人，而现在早已经瘦得脱了形骸，骨瘦如柴。当丈夫伫立在她跟前，挡住了她的去路，她却没有认出来，夺路而四处张望，寻找丈夫。庞尔林从后边追了上去，大声喊道："春梅，我是尔林，你不认得我了吗？"

温春梅蓦然回首，只见后边站着一个又瘦又黑的男人，酷似丈夫年轻时候的轮廓，但她又不敢相认。

"春梅，怎么不认识了，我是尔林啊。"庞尔林笑着说道。

温春梅一愣，丈夫的声音一点也不假，但是人已经瘦得脱形了。她哇地一声哭了出来，说："尔林，真的是你吗，瘦成这样，我一点也认不出来啦！"

"春梅，不是我是谁啊。"庞尔林调侃道。

小车往拉萨方向驶去，温春梅一边走一边默默流泪，她没有想到仅仅6个月不见，丈夫便瘦成这样。在拉萨习服了几天，便跟着庞尔林上了唐古拉山上，住了一个月。开始10天尚能勉强坚持，到了后20天，躺在床上，全靠输液度日。丈夫成天在工地上，晚上则在他们住的帐篷外边开会，她躺在里边看电视，一点心情都没有。丈夫白天上班了。她一个人在炉子旁煮大烩菜，白菜、豆腐、土豆一锅烩，煮一个上午，中午丈夫回来时，他们仅以饮料碰杯表示一下。在唐古拉山生活了一个月，温春梅的体重由140斤，骤降到130斤，夫妻之间的欲望降至了零点，被冰雪凝固了，没有一点表示夫妻心情的感觉和冲动。

我低头记录时，心里涌动着一股热潮，敬意油然而生。

沉默了一会儿，我仰起头问徐东："两个经理的故事固然感动人，但仍然有重复意象，能不能讲一个独特一点的？"

"可以！"徐东有关唐古拉的天方夜谭，如秋夜的繁星一样，数不胜数。

"就说说帮我看房子的藏族保安吧。"徐东接着说：2002年的冬天，唐古拉山上的施工队伍都下山冬休了，二公司将他们的六栋房子和机械交给了从安多县雇来的贡嘎等四位藏族保安看守。有一天夜晚，唐古拉山狂风肆虐，昏天地暗地刮了一天一夜，将三栋房子的顶盖掀了个底朝天，滚到山谷里去了，四名保安被唐岭上咆哮的山风赶到一隅，听着划过夜幕的巨响，却束手无策。第二天风停了，工地上的三栋房子已惨不忍睹，一片残垣断壁。贡嘎觉得自己很失职，没有保住工地上的建筑。决定将这个消息通知二公司冬休的负责人。

而这时他们是住在唐古拉的无人区里，距青藏公路的唐古拉山口有 100 多公里路，当过小学教师的贡嘎决定走出去，穿越无人区，将消息通知山下的人们。他揣了一包风干牛肉，便上路了。旷野茫荡，一望无际的雪原，不辨东西南北，贡嘎凭着多年的生活经验，朝着安多方向走去，空阔的大莽原上留下了一行脚印，晚上就睡在雪窝里，狼的嗥叫划破寂静，贡嘎不怕狼，他还没有听说过狼伤人的故事，可是他却怕棕熊，如果遇上唐古拉山上的棕熊，自己必死无疑。因此晚上睡觉时，他搭了一个雪窝子，扒开积雪，下边埋着干草，趴在地下，用雪将自己埋起来，手中紧握着一把藏刀，准备随时与朝他扑来的棕熊和雪狼搏斗。饿了就啃几口牛肉干，一个人在莽原上踽踽独行，整整走了三天三夜，走到了安多县城，挂通了太原城二公司负责人的电话，告诉他们唐古拉山的房顶被风卷走了。

这传奇悲壮的一幕，感动中铁十七局的许多筑路人。

当我请徐东叙述着唐古拉山上的传奇故事时，中铁十七局的宣传部长秦峰进来了，他指着徐东说："徐作家，坐在你面前的这个人就是一个传奇人物。"

我有点惘然："传奇，徐指挥奇在什么地方？"

"他当年在铁兵当警卫班长时，曾与一个穷凶极恶的罪犯狭路相逢，当人家的冲锋枪对着他时，在两米之内，他一枪击毙罪犯。"秦部长娓娓道来。

"还有这回事？"我有几分惊讶。

"都是一些陈芝麻烂谷子的事情了，好汉不提当年勇，20 多年了，就不提它了。"徐东谦逊地说。

"还是说说吧！"我仔细地打量，也许应验了一个俗话，真人不露相。徐东不苟言笑，刚毅的脸庞上，本身就蕴含着一部传奇。

徐东终究没有讲自己。他觉得这与青藏铁路无关，再说那是一件已被昆仑山的风尘掩埋了的故事。

但引起我兴趣的恰好就因为它在莽昆仑之下，而且也想诠释一个徐东这个公安处治安科长出身的办公室主任，会当上十七局青藏指挥部的指挥长的原因。

当年青藏一期的一些经历者，清晰勾勒了徐东当年的英雄传奇。

那是 80 年代第一个元宵节，给铁七师师长当警卫员的警卫排一班长徐东，与警卫排长任作振和两个班长吹牛，消磨远离亲人的元宵节的时光。此前，他们已经得到通报，说有一名罪犯，抢了两支冲锋枪，枪杀了数人后。在格尔木一个防空洞里被围住后，又突围出来，流窜在格尔木城，弄得全城人心惶惶。但是他们没有想到这个罪犯会闯进了铁七师的大院，与流动岗哨不期而遇。流动哨叫他站住不听，便向空中鸣枪，徐东与排长听到一声枪响，知道有情况，操着家伙冲了出来，警卫排六个人将他团团围住，询问对方干什么的，那个罪犯就是不吭声，军大衣里挂着两支冲锋枪和几枚手榴弹，排长一再查询他时，罪犯突然将一支冲锋枪举了起来，刹那间，六个人一跃散开，徐东滚到道路旁的排水沟里，一梭冲锋枪子弹从他的棉帽上穿了过去，徐东哗地拔出手枪，朝着罪犯连开八枪，将其击毙。一时名声大振，荣立了二等功，被破格提拔为排长。

1985年兵改工。他到了公安处当了一个普通的警察，最终干到了治安科长，青藏铁路上马时被任命为办公室主任。2003年5月擢升为指挥长。

徐东当上了指挥长。可是那种关键时刻冲在前的性格，仍然秉性不改。

上任伊始，唐岭便道突击开始了。中铁十七局董事长看到二处的三座桥一时通不了，立即派董献付坐镇8号桥，党工委书记霍世禄派到9号桥。转头对刚上任两个月的指挥长徐东说："徐总，你去6号桥。"

徐东到了6号桥一看，桥身长100多米，桥梁还八字没有一撇，仍睡在安多桥梁基地里，他带了13台大奔驰车越岭而去，穿梭无人区，运载桥梁，要走130多公里，每辆车拉三根梁，重达70多吨，一根梁价值15万，三根便是45万，因为车宽路窄，吨位又重，车子行驶很慢，徐东驾一辆牛头吉普警车在前开道，从早晨八点出发，一直走到晚上九点钟，因为连着一周都在运载，驶到海拔5000米的地方，司机严重缺氧，脑子反应迟钝，走着走着，有的司机在行驶途中便瞌睡了。有一天车队行驶到了安轮公司的门口，他看到一辆大奔卡车在走S路，觉得有些不对劲，连忙下车站在路的左边观察，一看势头不好，连忙叫自己的司机按喇叭，大卡车司机幡然猛醒，踩了一脚刹车，避免了一场灾难。他将司机一把拉了下来，问到底怎么回事，司机说瞌睡了。徐东脸都气紫了，说："你知道吗，这一根梁是15万啊。三根就是45万，千万不可儿戏啊。"

尽管徐东处处提醒，但是高山缺氧导致司机反应迟钝是无法避免的。有一辆车还是滑到路边上去了，他叫来一辆重车，将其拖了出来，然后往安多方向走，到了第二天晚上十一点多钟才将梁拖到了唐古拉，保证了桥梁按时吊装。

也许因为少时投身军旅，脱下军装20年了，徐东的身上仍然流淌着铁兵的血性，疾恶如仇，眼睛容不下半粒沙子。2004 年 8 月的一天晚上，三项目部有一个民工患了轻微的肺水肿，送到了中铁十七局局指医院，医生熊志新作了处理，需要下送格尔木。敲开徐东的门，说："徐指挥，三公司来了一个民工，需要下送，请问领导如何安排？"

徐东绝不因为病号是一个民工便掉以轻心，说叫你们副院长派车。

熊志新大夫点头出去了，第一趟未找着，又楼上楼下地找了几趟。只好又找到了徐东的屋里，说，未找着，却神秘地做了一个手势，指了指隔壁的房间。

徐东明白了，张副院长他们在打扑克，将门反锁了。他一跃而起，穿着毛裤和毛衣，趿着拖鞋便冲了过去，敲了敲门，不开，里边却有动静。便飞起一脚，将门踢开了，只见几个正在打扑克，徐东火了，脸一横，说："副院长，怎么回事，找了半天，人命关天呀！"

另外一个人说："不是安排好了吗！"

"安排个球！"徐东将茶几掀了一个四脚朝天，副院长红着脸出去了，连忙赶去派车送病号。

徐东愤愤不平地往自己的屋里走，觉得脚冻得慌，才发现自己赤着脚，拖鞋也不知飞到什么地方了。

2005 年元旦，徐东才从唐古拉山上回到了太原城，晚上他想出去找山上的弟兄们喝酒，被夫人吴桂珍堵住了，吴桂珍过去从不沾酒，见丈夫要出门，说："且慢，徐东，我来陪你喝！"

徐东怔然，说："你哪会喝酒。"

妻子幽默地笑着说："徐东，别小看人啊，士别三日，当刮目相看。"

妻子系上围裙，走进厨房，顷刻之间便做了一桌菜，拧开一瓶汾酒，夫妻俩你一杯，我一杯，徐东醉了，从不喝酒的妻子也有点微醺，却笑着说："徐东，三年唐古拉山上，你吃了多少苦，只有我这个妻子的明白，喝吧，一年之中难得醉一回，醉了，心里也痛快！"

"为唐古拉岁月干杯！"徐东将酒杯举了起来。

第十站　走向巅峰

白色睡莲的光辉，
照亮整个世界；
格萨尔莲花，
果实却悄悄成熟。
只有我鹦鹉哥哥，
做伴来到你的身旁。
——六世达赖喇嘛仓央嘉措情歌

唐古拉之南空降 101

卢春房在下一着险棋。

日子在一天天流逝，望着青藏铁路修通的时间即将过半，铺轨架桥的铁轨刚越过楚玛尔荒原，向着沱沱河挺进，他以为等中铁一局铺架到了安多，再让中铁十一局的铺架队伍乘坐临管的列车上去，接着往拉萨方向铺架，为时已晚，2006 年底基本铺通的计划就有点悬了。

那些日子，住在昆仑山下，晚上总睡不着觉，躺在床上思考着明天的工作，脑子飞速地旋转，偶然打开电视，尽是美军对伊拉克城郭的狂轰滥炸，硝烟滚滚，空投 101 师的场面铺天盖地，给了他很大的触动和震撼，指挥一条铁路的建设，如同指挥一场大战，善出险招者，方能出奇制胜。

一个大胆的计划在他脑子里孕育，按青藏铁路的施工流程图，安多铺架基地要等铁路铺过唐古拉后，才能将铺架大型设备运过去。现在能不能提前进入角色，在铁路列车尚未开通之时，从陆路将中铁十一局和中铁一局一部投过去，这样中铁一局一部分从安多往唐北方向铺架，与从昆仑山方向铺架过来的队伍汇合，而中铁十一局则从安多往拉萨方向铺架。由中间朝着唐古拉山南北相向而进，加快铺架步伐。

卢春房掂量已久，觉得走的虽然是一步险棋，但胜算很大。从2001年年底整合两支队伍，将青藏铁路公司和青藏铁路建设指挥部党委书记、总经理和总指挥部指挥长的重任一肩挑之后，就像过去在每条线路上担任指挥长一样，他最看重的就是施工组织设计。上任伊始，他对青藏铁路的工期安排、投资安排、质量措施和技术方案花得心血最多，理得清清楚楚，而技术方案更是潜心研究的，千里青藏铁线，哪些是重点，哪些是控制，早已成竹在胸。在昆仑山、三叉河、清水河大桥、风火山隧道和长江源大桥等项目上，确定了32个重点，几乎每一次汇报，每一次到工地检查，他都要亲自过问进展和落实情况。而控制的重点则是工期，如今青藏铁路的路基工程接近尾声，铺轨架桥成了重中之重，冻土地带有80公里改变设计，以桥代路，这样无形之中增加了80多公里的桥梁，若等通过铁道运上去，再进行铺架，架100米的桥，等于铺三公里的轨道，一天架100米，80公里的桥，就等于要增加800天的工期，而青藏铁路冬季又不能施工，对按时竣工无形中增加了巨大的压力。

启动安多铺架基地已刻不容缓，但是空降中铁十一局过去，就意味着要将架桥机和火车头大卸八块，从公路运输，翻越唐古拉山风险系数很大。青藏公路的桥梁能不能承重，会不会因为超宽影响运输，这一系列的问题，卢春房事先都考虑过了。2003年上半年，全国仍笼罩在一片非典的阴云之中，他的空降方案便开始酝酿了，让青藏铁路总指的副指挥长那有玉和青藏公司的张克敬进行调查，咨询西藏交通厅的有关部门，拿到青藏公路每座桥涵的承重数据，这时，中铁一局和十一局的工程师也参与计算，很快算出了数据。

卢春房摇了摇头说："你们算的只能供参考，我要青藏公路建设管理局的数据。"

在等待的日子里，他叮嘱那有玉和张克敬："到西安、武汉和兰州咨询调研，大件运输的车体的重量、轮重、行走时速及承重，将这些综合的因素，都要考虑进去，计算道路和桥隧的承重量，看哪家运输公司能够做大件运输。"

高效率的运作，短短的时间里，所有的数据都出来，青藏公路的桥涵可以承重超大件运输。

"好！"平时温文尔雅的卢春房抑制不住内心的激动，说，"我向孙副部长等部领导报告。"

孙永福副部长听了卢春房的方案后，点头赞同。

可是方案一出，当时在铁道部机关争论却很大，毕竟在铁道建筑史上前所未有的，担心自然也就多，铺架机可是几百吨重的庞然大物，再说让汽车背着火车头过唐古拉山，是不是风险太大了。建设司副司长张梅与卢春房共过事，了解他的性格和能力，对机关有的部门说："别再讨论可行性了，卢春房干这个事比我们内行，他早就论证好了，万无一失。"

果然，几天之后，铁道部领导派了运输局装备部长到了现场，进行具体指导。

2004 年的阳春三月，内地早已寒山春暖，杜鹃啼血，而青藏高原上仍然千岭披雪，一片死寂。但是中铁一局已经将一个个机车头和铺架机从已经铺好的铁路上转运到了秀水河，在一片露天工地，大型龙门吊矗立在了千古莽原之上。

3 月 1 日，中铁一局铺架队队长王保卫和书记张树广带着队伍，上到了海拔 4580 米的秀水河工地，搭起帐篷，专门对总重 130 吨的东风四型机车头进行解体。

队伍刚在秀水河扎下营盘，卢春房就带着青藏总指副指挥长那有玉赶来了。他对那有玉说："你给我盯着，看着铺架机和机车解体，运过唐古拉，每个步骤都要考虑周全，绝不能出一点差错。"

"卢总放心！"那有玉点了点头，他知道卢总的领导风格，大事情上登高望远，一览众山之小，可是到了抓落实时，又非常注重细节。

卢春房对那有玉的表态颇为满意，转身对中铁一局指挥长马新安、十一局三处项目经理李阳叮嘱道："架桥机分成几件解体，解体过后尤其要注意大臂弯曲变形。运输过程中，一定要及时给司机供氧，准备好干粮和水，行车的速度控制在一个小时 15 公里，跑两天时间，第一天秀水河到沱沱河，第二天沱沱河到安多，选天气好的时候翻越唐古拉山。"

张树广带着人在秀水河解体第一辆机车，当时中铁一局有 5 台机车要解体运至唐古拉，中铁十一局则有28个机头解体，经试验后，他们要以一天两台的速度，将列车机头大卸五块，分解成车体、柴油机、油箱等五个部分，即使这样，最重的车体仍然有78吨之重。他们蛰伏在秀水河的荒原上对一个庞然大物动刀，白天的温度达到了零下20度，七级大风遮天蔽日，将楚玛尔平原吹得天昏地暗，张树广带着弟兄们早晨八点钟起来干活，中午吃过饭后也不休息，北风掠过，吹在肌肤上如刀割一样疼痛，暮色时分，狂风刚停歇下来，狼却悄然而至，有一天司机叫他们回去吃晚饭，刚跨进车里，车灯一亮，发现有只狼离他们只有十几米远了，蓦然回首，令他们悚然一片。晚上回到帐篷里才吸点氧气，舒缓一天的疲惫。

在狂风中整整干了十天，10号那天装车成功，第一辆大型运输车将东风四型机车头正式运往了安多基地，一天两台机车，源源不断翻越唐古拉而去。3月18日，第一台机车在安多中铁十一局铺架基地安装试车成功。

从3月1日至6月15日，在105天的时间里，全部机车头和铺架机解体运到了安多铺架基地，160节平板，也都如数运到，真正做到了人不碰皮，车不碰漆。从2004年6月份起，中铁十一局向拉萨方向铺架，中铁一局则向唐古拉山北麓挺进，到了年底，安多向拉萨方向铺了200公里，向唐古拉方向铺了40多公里。

然而，卢春房并没有沉醉空降101的喜悦之中，青藏铁路的路基建设已近尾声，铺轨架桥已逾一半，此时他考虑最多的却是青藏铁路的运营问题。

浏览卢春房的人生阅历，乍一看，他给人第一印象似乎是一个铁路建设专家，其实不然，在他的经历中，曾与铁路运营生产打了很长的交道。还在中铁十一局当副处长、处长时，他就管过宝鸡至中卫，京九线上赣州至吉安等监管线上的运输生产，因此对运营一点也不算是外行。出任青藏铁路公司筹备组组长的第一天，对运营的管理模式、机构设置、人员编制就一直在他脑海中酝酿。有很长一段时间，他吩咐西宁分局和青藏公司拿方案，但一次次研究，仍然没能走开传统路子，对青藏线高寒缺氧的特殊性认识不足，依旧是这个点设段，那个地方派人，车（车务）机（机车）工（工务）电（电话）车（车辆），五脏俱全，站上要盖很多房。翻阅这些运营方案，卢春房摇了摇头，将有关同志找来，给了他们一个原则，说："宁可在山下多盖房，不要在山上多设站；宁可在山下多住人，不要在山上放人；上边条件艰苦，不适合住人。"

然而方案出来后却引起一场轩然大波，一些生产单位考虑要在沱沱河设行车公寓，卢春房坚持不干。说："宁愿挂着一个车厢，跟着车走，也不能将列车员中途放在沱沱河，那里海拔超过了4500米，已经是生命的禁区，车厢里有氧，这对人也是一种关怀与爱护。"

铁道部的一位机务老专家却认为生产单位的意见是合理的。

卢春房说不行。

那位老专家坚持己见。

卢春房反问道："你到沱沱河住过吗？"

老专家摇了摇头说："没有。"

"好！你认为那里好，你住几天试试。"素来与人为善的卢春房针锋相对，不是为自己的尊严面子，而是为了普通乘务员的生命健康。

第一个大的运营方案出来，张克敬拿着给卢春房汇报，卢春房首先问编制多少人？

张克敬说："按照铁一院设计编制9000人，我们根据卢总定下的原则，减到了5000人。"

2005年1月初的一个傍晚，卢春房在青藏铁路驻北京办事处的办公室接受了我的又一次采访，向我描绘了青藏铁路运营的图景，他说："青藏铁路将来只在几个主要的站点上派人管理。一些小站安装世界最先进的控制仪器，采取远程监控无人管理，列车路过某些站点时，专门在站台上设有观景台，让游客拍照片，中途不下人，车厢里实行弥散式的供氧，游客坐在车厢里，不再会有高山缺氧的恐惧和窒息感了。"

我被卢春房勾画的图景所陶醉，开玩笑地说："2007年正式开通时，我能成为你们的第一批旅客吗？"

"欢迎啊！"卢春房笑着说，"你在为我们青藏铁路写一部煌煌大书，理所当然要成为我们的第一批客人。"

首席冻土科学家与十二名指挥长博士生

张鲁新是幸运的。

幸运是在他的生命之旅已步入壮年，被任命为青藏铁路专家组组长，首席科学家，可以一展数十载冻土研究的学术成果。

2001 年青藏铁路上马时，孙永福副部长决定在青藏铁路总指成立专家咨询组，谁来当组长，他问铁道部工管中心主任施德良，可否有合适人选。

"有啊！"施德良笑了笑说，"孙部长，我这回可是要举贤不避亲啊。"

孙永福儒雅一笑，问道："你举贤的是你什么人？"

"我的老同学张鲁新！"施德良坦荡地答道。

"有印象！"孙永福点了点头说，"我在几次论证会上，听过他的发言，对冻土很了解，很有见地！"

"那我们就报了！"施德良趁热打铁地说道。

孙永福点头同意了。

2001 年 6 月 29 日，张鲁新正式被邀为青藏铁路总指挥部专家组组长，负责重大技术问题的咨询与决策。

也就在这天下午，在他一生中出入了多少次的昆仑山下的南山口，朱镕基总理站在青藏铁路的新线的零公里处正式宣布，青藏铁路正式开工时，本是性情中人的张鲁新泫然泪下，煌煌青藏铁路大梦，终于在自己人生壮年之时梦想成真，多少代科学家都没有等到这一天，唯有蛰伏在青藏高原二十多载的张鲁新等到了，从此，他的人生也翻开了新的一页。

最辉煌的一页莫过于，作为青藏铁路的首席冻土专家，他又是中国科学院、兰州大学、北方交大和中国铁道科学院的博士生导师，未曾想到，漫漫青藏铁路，竟然有 12 名年轻的指挥长和总工程师，报考他的冻土专业的博士研究生，这些人并非浪得虚名，个个都是铁道工程的干将。回顾中国的学界，有哪一位博导像张鲁新奢侈和幸运，能将自己一生研究的冻土理论变成一个巨大的旷野实践工程，将青藏高原变成了一个偌大的实验室。

张鲁新翻阅报考自己博士生的名单，几乎囊括了中国铁路界年轻一代的精英，有青藏铁路总指的总工程师赵世运、中铁十二局青藏铁路指挥长余绍水、中铁三局指挥长刘登科、中铁十六局青藏铁路指挥长程红彬、中铁十七局指挥长段东明、中铁十八局指挥长韩黎明、中铁二十局指挥长况成明，他们都奔着一个世界级的课题而来，青藏铁路 550 公里的冻土地段，彻底地解决中外铁路史的一个顶尖的难题，建成一流的世界高原铁路，中国人便站在了世界冻土学的巅峰了。那是含金量很高的冻土工程学博士啊。

第一篇镌刻在可可西里的"博士论文"，便是张鲁新门下的三个弟子余绍水、刘登科和况成明完成的。2001年开工之后，三个指挥长按照铁一院的设计，将张鲁新等一代代冻土学家的理论变成了一个巨大的工程模型，在清水河、北麓河、风火山等五大实验段展开了片石通风路基、通风管、遮阳板和热棒等三十九项施工实验，把张鲁新和程国栋院士等导师孜孜追求了几十年的冻土学理论变成了一个巨大户外实验项目，取得第一手的数据经验，其中片石通风路基和通风管道的技术，就是程国栋等一大批中国冻土学家的学术成果的工程运用，而热棒技术，则是将美国的输油管道吸纳降温技术洋为中用的。这完全是崭新的技术、新工艺和新材料在青藏铁路冻土地段的具体运用。但是这些技术在五大实验段必须经过一岁一枯荣的检验。

温暖的夏季被漠风吹散了，青藏高原的冬天挟着狂雪而至。山上的施工队伍陆续回内地冬休去了，以待明年春天再度上山而战。楚玛尔平原一片寂然，雪落无痕，只有风的尖啸。而张鲁新从2001年至2003年冬季都守望在了昆仑山上，按照铁道部孙永福副部长的要求，进行冬季调查，他与赵世运、李金城、包黎明、李林等，几乎是一步一步地走过冻土地带已筑的路基，足迹留在了冻土北界到唐古拉山的南麓。经历了一个夏季和冬季，尤其2002年是一个暖季，雨水大，在冻土地段筑起来的铁路路基开裂、沉降比较明显，他担纲完成了冻土区路基变形检测及其数据分据工作，对反思设计、改变设计、补强补墙设计提出了一些非常有益的建议。

2003年新年的钟声敲响，而此时张鲁新仍然待在格尔木，那是青藏高原上最寒冷的日子，北风呼啸，野草凋零，莽昆仑山上风雪凄迷。1月7日那天，他与铁一院青藏铁路总体李金城登上昆仑山，莽原上的气温骤降至零下30度，寒雪飘飘，朔风四起，如迷雾般地席卷旷野。张鲁新迈着沉重的步履走向清水河的冻土工地时，觉得气短胸闷，头痛欲裂，每走一步都十分艰难，李金城劝他坐到车子里边去，可张鲁新摇头拒绝了，坚持与小字辈的铁一院的设计人员走完了全程，把已建路基的病害摸了一个清清楚楚，拿到了第一手的数据，写出了《冻土区路基变形检测和裂缝的调查数据分析》等八篇学术论文。

两个冬季的调查，带队的是张鲁新的博士生、青藏铁路总工程师赵世运。他们分成了11月至12月，翌年的3至4月份两次进行，设计、施工和监理等三方派人参加，一路迤逦走来，看到路基经过两个冬夏之后，建在冻土界的路基有的开裂、变形沉降、冻涨，不少地段路基下沉坍塌，冻涨丘、冰锥、冰漫此起彼伏，涵洞大量开裂下降。

冻土地段的路基变形病害向张鲁新和他的学生赵世运敲响了警钟，两个人都没有下山，在办公室猫了一个冬天，分析和消化这些数据资料。这时，张鲁新和离他办公室最近的大弟子赵世运开始对过去积累的一些资料进行梳理，开始对治理的方法进行了全面的思索。

"张教授，我们需要一张全方位透视青藏高原的地质图，要从整体上来治理冻土了。"身为总工的赵世运向博导提出了想法。

张鲁新点了点头，说："过去得到的冻土数据，是几十年间积累起来的，但青藏高原的气候环境毕竟发生了很大变化，要有新的思考。"

赵世运说："这件事情，我们请铁一院来做。"

很快，接到通知的铁一院院长林兰生迅速找到国土资源部的有关部门，购进了法国卫星拍摄青藏高原的地质图片，这份三米多长的卫星照片，对青藏高原的地貌一览无余，雪峰、湖泊、冰川、河流、沼泽、河谷、低洼积水处，在卫星图片上清晰裸现。而铁一院多年在冻土地界上收集的数据已相当完备。

2003年3月份，赵世运独坐在会议室，看着那张卫星图片沉思了20天。在会议室相邻的专家组组长办公室墙壁上，也挂着一张一模一样的青藏高原卫星照片，张鲁新也伫立在图前凝眉沉思。每天不是赵世运走进导师的办公室，就是张鲁新主动过来与赵总工讨论，渐渐地两人对铁路路基穿越冻土区时发生新的变化形成了一个共识。那就是冻土区的工程不仅仅是路基高度就能解决的，路基出现不良现象，水是冻土的最大天敌，铁路的建筑改变了冻土环境的地面地表水文条件、水纹走向，而从纵向看，青藏高原的地形、地貌、地质分布，气温变化大，冻土地界的情况错综复杂，因此他们在考虑550公里的冻土界路基施工时，将自然变化的因素纳入其中。

一篇对青藏高原冻土有全新认识的"博士论文"似乎在这20多天的炼狱中孕育而生了。师生俩达到的共识却是大系统理论的。

第一，从气温的变化，蓦然发现从昆仑山至唐古拉气候是逐渐变化的转暖的过程，550公里的冻土地界，沿线气温分布不同，冻土特征也不同，这样对冻土便形成了常年与季节、稳定与不稳定之分，550公里的冻土段因多年冻土地温不同分为四类，气温构成了四大温分区，$0℃ \geq TCP \geq -0.5℃$ 为高温极不稳定冻土区；-0.5℃ ≥ TCP ≥ -1℃，为高温不稳定冻土区；-1℃ ≥ TCP ≥ -2℃，为低温基本稳定冻土区；TCP ≤ -2℃，则为低温稳定冻土区。而根据冻土的含冰量，又将多年性的冻土分成了低含冰量冻土（少冰、多冰）和高含冰量冻土（富冰、饱冰、含土冰层、厚层地下冰）。

第二，海拔成了一个关注的重点，青藏高原的海拔每升高一百米，气温就会下降1℃，但即使是在同一个海拔高度，山区和低洼地方，地温的分区也是有差异的。

第三，理清冻土地带的水的水纹走向。水往低处流，低洼地段，河流纵横交错，水的热浸湿对冻土的威胁最大，但是地湿带又是零乱的，有的是融区，有的是高融区，有的山峰是高温高寒暖区，地质支离破碎，含冰量与地暖分区交织，大量地病害出在这些地方。

第四，青藏高原是喜马拉雅造山运动隆起的一座年轻的高原，地震断裂带比较多，断裂带下有泉水出入，冰漫、冰锥突兀，横亘在铁路线路之上。

第五，雪山与洼地，斜坡地带，容易滑塌。

第六，青藏高原虽然高寒，却是强辐射的，白天太阳辐射是正温，晚上则是负温，反复冻融，对路基的结构有巨大的影响，呈现在路基上，阳面会导致融沉变形，阴面则冻胀，路基纵向开裂。

然而，对他们启发最大的是中国科学院寒旱所关于全球变暖的报告，程国栋院士和他的学生马巍等年轻一代冻土学家，从全球气候变暖的视角上探讨青藏高原的冻土退化，一个惊人的现实凸现在面前。从20世纪70年代至90年代，青藏高原的年平均气温在0-0.5℃之间，冰川在退化，多年冻土在逐渐变薄和变暖，青藏铁路冻土的起点西大滩一带的气温上升了0.2-0.3℃。惊仙谷多年的冻土下限20年间上升了15米，年平均地温升高了0.5-0.8℃。550公里的冻土地段，在自然改善状况下，昆仑山西大滩的冻土北界向南退化了0.5-1公里，而万里羌塘无人区的南界则向唐古拉山方向退化了1-2公里。

张鲁新和赵世运从青藏高原冻土地带，不同含冰量的地貌、地质、冰量、地温、地湿各种组合上，一一揭示出来哪种组合对路基的侵蚀最厉害，哪种组合对冻土的改变危险性最多，分别列出了重点，并研究出几份有分量的冬查后青藏铁路路基变形分析数据和对策报告。并对冻土路基通过冻土之上提出了新的设计理念，对冻土措施由被动降温转变到主动降温，设计由静态转变为动态设计，治理由单一措施向科学综合措施解决转变。从认识冻土的理念、设计思想、施工手段和技术，都是一次跨越式的提升。

春天姗姗来临了。2003年的3月，孙永福副部长上山来了，面对青藏铁路沿线巨大的沙盘，青藏铁路指挥部总指挥卢春房亲自主持了汇报，张鲁新和赵世运将一个漫漫冬季写就的"大地"冻土博士论文向孙永福和卢春房作了一个多小时的汇报，铁一院院长林兰生和副院长李宁也在现场。张鲁新和赵世运讲得非常仔细，核心只有一个意思，对于550公里的冻土地段，要对症下药，什么地段采用什么样成熟的技术。对地质复杂低洼汇水的地段，应该采用以桥代路的方式，而对于冻土相对稳定的地段，则应该采取科学的综合措施，如块石路基、碎石护坡、通风管、热棒和保温板、保湿板组合等。

孙永福颔首称道，欣然接受了他们的观点，高度评价两个冬季路基冬查收获颇丰，认为青藏铁路总指挥部总工赵世运和他的博士导师张鲁新提出的设计改进方案，更贴近550公里冻土的实际情况。于是，他要求铁一院要紧紧围绕建设一条安全可靠的世界一流高原铁路，转变设计和建设理念，吸引冻土专家的最新研究成果，对原有的设计进行反思和修改。

随后，孙永福让张鲁新和赵世运陪着，又多次到兰州铁一院进行巡视，给大家打气和动员。

新的一轮设计开始了，在低洼汇水的地质复杂冻土极不稳定的清水河、五道梁、沱沱河、通天河盆地，采取了以桥代路，由此整个青藏铁路桥的公里，由过去的127公里，又增加了50多公里，接近180公里，尤其数张鲁新的博士研究生、中铁十二局指挥长余绍水指挥的第六、第十一标段增加最多。

而在其他冻土地段则采用了综合治理措施，由过去的被动降温变成主动降温，块石路基、通风管、碎石护坡和热棒、隔热板组合。块石路基、通风管碎石护坡其设计的主旨就是不堵死冷空气渗入地下的通管，继续保持地下温度的不变。而热棒则是受国外工程实践的启发使用的一项无源制冷技术，从美国引进的一项高科技，热管里装置着不定液态胺，当路基周遭的冻土温度升高时，气体会变成液体，冷却地下的冻土，形成一种巨大的冰箱效应。

张鲁新引以为豪的是，他的冻土研究的成果，正是因为有了青藏铁路沿线的余绍水、刘登科、况成明、段东明和赵世运等12名指挥长和总工博士生具体实施，终于在青藏高原写就了一部厚重的博士论文。

2003年7月，中国科学院领导带着一批中科院院士来视察青藏铁路冻土区工程，欲从科学家的视角来判定这个世界级的科学难题。恰好这时，张鲁新身染沉疴，卧床多日输液，一听到这个消息，他将手上的输液针头一拔，就像当年驱车百里风火山上等内阁部长一样，毫不犹豫地陪着中科院的领导和院士们上昆仑，穿越可可西里，再上风火山，考察青藏铁路冻土施工工程和技术。随后，他有备而来，将自己的看法和一生所学，都浸透在了一篇《青藏铁路建设设计和施工过程对冻土问题的认识、回顾与思考》的汇报里，以极高的学术分量和见地，得到了中科院院士们认可，称其是一篇"科学性很强的报告"。

如今，青藏铁路的冻土主体施工已落下帷幕，余绍水等不只通过了博士论文答辩，还和自己的导师张鲁新教授一起，和他的12名弟子，在苍茫青藏的冻土界上交上了一份合格的博士论文。

青藏铁路高原病零死亡

行将逝去的黄昏，将青海长云燃烧成一片橙黄色的海。

也许因为生命之旅已步入暮年，吴天一院士时常喜欢在夕阳西斜的傍晚，独自鹄立于六楼的阳台上，远眺西天。落霞缠绕着雪山，渐渐地将一座边城的喧嚣融化成一片波澜不惊的青海湖，半个月亮从戈壁上冉冉升起，宛如格萨尔王耳垂上的金色耳环，挂在西宁城郭之上，一颗颗怯弱的星星，渐次勾勒出深邃银河的边缘，飞流直下，与人间骤然点着的万家灯火连成一片。

吴天一喜欢碎霞渐渐消失时的壮烈，喜欢边城灯火点燃时的温馨。

挟着这种愉悦，他趑回入书房，显得有点急不可耐，打开电脑页面，用流利的英语，娴熟地敲下了一行字：致美国加州大学圣地亚哥医学院约翰·威斯特教授。刚才伫立在阳台上远眺黄昏，一篇关于青藏铁路高原病零死亡纪录的医学论文已酝酿成熟，他要给坐世界高原病学的第一交椅约翰·威斯特教授写信，推荐给他主编的世界《高原医学与生物学》杂志，告诉他，世界高原病学最大的宝库在青藏高原，告诉世界，中国人在青藏铁路创造了一个人类奇迹——高原病死亡零纪录。

借着这个奇迹，他觉得第六届世界高原医学会学术会议主办权应该属于中国，应该在中国的青海和西藏两地召开。

他要用这篇论文说服约翰·威斯特教授，还有本届年会的主席，曾经攀登过珠穆朗玛峰的美国科罗拉多州的著名高原病专家皮特·哈卡特教授等世界同行。

迄今为止，世界高原医学会学术会议已召开五届了。

第一届，1994 年在南美波尼维亚的拉巴斯召开，海拔仅为 3600—4200 米。可是站在世界屋脊上的中国人缺席。

第二届，1996 年在南美秘鲁的古城库斯特召开，海拔仍然没有逾越人类生存的禁区。有着五百多万人口生存在高海拔低纬度的青藏高原的中国人仍然缺席。

第三届，1998 年在日本长野的松本县举行，只有一个中国人与会，就是吴天一。在中国仅提交大会的两篇学术论文中，吴天一教授第一个作大会发言，讲的是藏民族在青藏高原的适应性，他们已经在那里生活了五万多年了，优胜劣汰的结果，强者留下来了，成了最适应高原生存的一个群族，与汉族相对照，他们的细胞携氧量是世界上最好的，那就是一个生物学的模型。在大会上引起了极大轰动，中国的留学生听了后很激动，认为吴教授为中国人在世界高原医学会上赢得了一席之地。

第四届，2000 年在南美智利的海滨城市阿来卡举行，原因在于紧邻智利海拔较高的矿区。

第五届，2002 年在西班牙的巴塞罗那举行，就因为沾了阿尔卑斯山的光。

风水轮流转，这回该轮到了中国了。吴天一教授手里有充足的理由佐证，高原病的喜马拉雅在中国。全世界生活在海拔 3000 米以上的人群中，患慢性高山病、高原心脏病、高原红细胞增多、眼睛充血的有 4%，在中国仅汉族患这种病的就有 25 万人之多。而在青藏铁路上，却创造了一个历史性的神话，高原病死亡零纪录，这是最能体现中国政府的人文关怀和人道主义精神的。

吴天一是世界《高原病学与生物学》杂志的编委，第六届世界高原病学术会议开幕前夕，要专门特邀嘉宾撰写有分量的学术论文，约翰·威斯特教授特意发邮件给吴天一，请他撰写学术文章。

就以青藏铁路高原病零死亡作为选题，吴天一在转瞬之间便将论文的方向确定下来了。青藏铁路开工前夕，铁道部孙永福副部长亲自造访，青藏总指党委书记、总指挥卢春房也经常来看望，而青藏铁路指挥部的医院院长丁守全、段晋庆以及他们的指挥长，凡出差路过西宁，总不时地前来拜访，向吴天一请教，甚至就连那些患了高原病，下山回到内地的普通工人，也不时打电话到他家咨询治疗方案，吴天一义不容辞地当上了青藏铁路高原病的医学顾问，在青藏铁路的卫生保障、高原病预防和治疗方面提供了许多非常有价值的建议和意见，不少举措为青藏铁路高原病死亡零纪录立下大功。

吴天一提交给世界高原医学大会的论文，题目定为《急性缺氧对人体的损坏》。他简要地描述了世界屋脊的环境地貌和生态状态，阐释了缺氧对人的影响，引证青藏铁路自 2001 年 6 月 29 日开工以来，四年之间，在 1149 公里的铁路沿线，从昆仑山至唐古拉山上，海拔四千米以上的生命禁区占全线 80%，有 10 万人次在上边施工，因为卫生保障措施得当，三级医疗体系健全，抢救设备都是针对高原病采购的世界的一流先进医疗设备，虽然屡有高原病发生，却无一人死亡，堪称中国人创造的一大人类奇迹。

写到这里，吴教授也不禁喟然感叹，英文写就的医学论文是不允许有感情色彩，但是目光一投向青藏铁路，那些默默战斗在高原一线的普通医务工作者的形象，便在他的脑际浮现，尽管从年龄上，他们是晚辈，却是自己的莫逆之交，丁守全、段晋庆、丁太环、刘京亮、董维亚、徐英等一批年轻医院院长和医护人员，在他的心中都是一群英雄的白衣天使。

他忘不了那个长相敦厚谦和的中铁二十局医院院长丁守全，一个与自己一样有过从军经历，从铁道兵的卫生员成长起来的医院工作者，参加过青藏一期最艰难的关角隧道施工，目睹过 55 名战友因为高原病和塌方永远躺在了关角隧道的冷山之上。记不得他有多少次来自己的家里请教，也数不清他给自己打过多少电话，咨询高原病医学知识和学术问题，尤其他们在风火山的隧道里搞的高原综合卫生保障措施，编写了《火风山职工生活手册》，与北京科技大学刘应书教授联袂，建起了青藏铁路上第一座大型高原制氧站，在风火山隧道里实行弥漫式供氧，并建有洞内氧吧，在隧道里施工的人员随时都可以吸氧，这在当年青藏公路和川藏公路简直就是一个不可实现的梦想。吴天一觉得倘若世界高原医学会在中国召开，丁守全应该第一个走上世界讲坛介绍青藏铁路风火山的卫生保障措施。

在吴天一教授心中，再一个印象深的人要数中铁三局医院的院长段晋庆了。一个受过很好的医学专业训练和学历教育的年轻人，很有高原病的专业眼光，中铁三局医院是青藏铁路第一家装备了高压氧舱的医院，也是 1000 多公里青藏沿线的一个三级医疗点。能在两个多小时内，将肺水肿、脑水肿病人从海拔 4000 多米的地方降至海平面上，这可谓是抢救高原病的诺亚方舟。青藏铁路的零死亡纪录的创造，除他们各个医疗点按时巡诊，及时发现病人，下送之外，高压氧舱的全线装备，则是拔了头筹。

从与段晋庆的交谈中，吴天一院士早已风闻，段晋庆的夫人是太原理工大学的研究生，跨洋过海，拿到澳大利亚悉尼大学和新南威尔大学的双份奖学金，早已经为丈夫到海外求学和镀金安排好了广阔灿烂的前景。可是当中铁三局让段晋庆上青藏高原沱沱河当院长时，他的女儿正在要中考，他没有摆一点个人的困难，毅然上山来，发挥自己的专业学术水平，很快将一个普通的指挥部医院建设成了三级医疗点，并成了中央首长和铁道部领导上青藏线视察时特派的保健医生。2002 年的冬休，他带着女儿到了澳洲住了三个多月，一家三口在海外其乐融融，大多数人都预见段晋庆不会回来了，但是春天将至的时候，他还是毅然归国了，他是一个有责任感的男人，他不能放着沱沱河的几千弟兄不管。离开悉尼国际机场的时候，段晋庆一直与妻子说话，企图分散她的注意力，可是妻子就在他进港隔离一瞬间，泪流满面。他在沱沱河待了三年，救过高原病患者无数，完全有资格在世界高原病学的讲坛发言。

还有那个再普通不过，被人家称为老大姐的女护士丁太环，一个初期上去时与男同胞们住一个帐篷的白衣天使，正是他们撑起了青藏铁路的一片天空。

吴天一的键盘敲过，留下一段历史一个奇迹的浓缩。

在论文的后边，他谈及了藏医藏药对于高原病的防治，谈到了青藏高原的土生物链条，牦牛、藏羚羊、高原鼠兔随着青藏高原的隆起，它们就开始适应了，其历史与藏民族的生存生活一样悠久。

子夜时分，吴天一教授敲下最后一行英语字母时，自己难以抑制内心的激动。邮件很快发到大洋彼岸，在世界高原医学界引起极大震动，身处美国内加罗弗吉尼亚州的州大学医学院的约翰·威斯特教授也受到了强烈的冲击，看完论文，他马上给吴天一教授回邮说，太棒了，这是中国的奇迹，更是人类铁路史上的奇迹。随后，他立即写了一个编者按和论文提示，格尔木——拉萨铁路建设对高原医学的巨大挑战，提示称：吴教授提出的青藏铁路这么高的海拔、路段，在世界铁路建设史上实属罕见，这样的环境，有三分之二的里程在海拔

4000 公尺之上，工人缺氧的问题如何解决，另外火车运行的缺氧问题，建站以后如何管理，中国人做出了有益的探索，是近年来高原医学领域里的一个重大突破。

吴天一的论文和约翰·威斯特教授的提要发表在《高原医学与生物学》重要位置上，这是一本高原国际病学的核心期刊，中国在青藏铁路的高原病零死亡的纪录，在国际上引起了一片轰动。世界高质网站纷纷下载，点击率非常之高，全球的高原病学专家纷纷向世界高原病学学会发函，千载难逢的机会，世界高原医学学会决不能与中国的青藏铁路失之交臂，一致同意，第六届世界高原医学学术会议在中国召开，重点就介绍中国筑路工人在世界屋脊上卫生保障和高原病的预防和治疗。唯一的要求是，要看实际的，要到青藏铁路的现场看看。这下子让吴天一教授为难了，青藏铁路毕竟涉及国家的经济、政治、军事、战略，不是随便能让外国人进入的。

带着这种疑虑，吴天一教授给孙永福副部长打了电话，陈述了情况。

"让他们看！这是向世界展示中国的最好机会！"孙永福一锤定音，说，"没有什么不可以看的，青藏铁路当雄路段可以向外国人开放。"

但这毕竟涉及 100 多名的外国人，铁道部也不能全说了算，吴天一教授怀着忐忑不安的心情等着外交部的批件，不日，外交部的批件很快到了，说这是宣传青藏铁路卫生保障的绝好机会，也是向世界展示中国人道主义和人文关怀的一个窗口。

吴天一激动不已，由衷感受到了融入世界潮流的中国的从容和自信。

2004 年 8 月 12 日至 19 日，第六届世界高原医学学术会议在中国青海、西藏两省区召开，会议分成两截，前四天在青海西宁，后四天在西藏拉萨。全世界 21 个国家和地区的 136 名高原病学专家与会，中国这次派出了强大的阵容，有 200 名代表参加，提交了 258 篇学术论文，占会议论文的 72%。美国科罗拉多州高原研究所著名高原病学家、世界上只有四名攀登过喜马拉雅山的医生之一皮特·哈卡特任大会主席，吴天一与约翰·威斯特为大会主持人。

第一天的主持人与执行人是吴天一，重头戏是高山病在中国的报告，他用流利的英语在陈述。第二天下午是专题会，由约翰·威斯特教授主持，内容是青藏铁路的环境和卫生保障，由丁守全介绍风火山卫生保障的奇迹，同步翻译是专程从美国纽约请来的译员，丁守全娓娓道来，谈及二十局医院在海拔 4905

米的风火山世界第一高隧道施工中，怎么认识和解决缺氧的最大课题，最主要的办法就是与北京科技大学合作，研制了大型高原制氧站，将氧气管引入隧道，在掌子面上弥漫式供氧，下边则设有氧吧，施工的工人随时可以吸氧，有效地解决了高原病的发生。

接下来是铁道部劳卫司作了全面介绍，一系列的劳动卫生保障措施非常到位，仅高原病的预防和治疗，青藏铁路各指挥所的医疗设备的投入将近一个亿，使高原病的死亡率始终控制在零，获得了国际高原病学专家的好评。

8月16日会议由青海西宁移师拉萨。头两天谈的是藏医藏药对高原病的防治和世界屋脊上最适应高原的土生动物。第三天安排参观当雄草原的中铁十三局的工地，12辆大轿车穿过堆龙德庆，浩浩荡荡越过羊八井，往当雄草原驶去，沿途的青藏铁路正在施工，却预留了三千多个动物通道，青青的牧场也并未受到破坏。到了中铁十三局的驻处，虽然天空中飞扬着毛毛细雨，但是中英对照的展板仍然引起了国际高原病学专家的强烈兴趣。吴天一教授最关心的是有没有高压氧舱，走进指挥部医院他便询问。

"有啊！"指挥长热情地介绍说，"我们一上来就购买了高压氧舱。"

"一次进多少人！"吴天一教授问道。

"8个人！"

"好！"吴天一点了点头，说，"我们高原病所能进去20人，需要200万元，8人舱至少也得投入五六十万了。"

有不少外国专家第一次见到高压氧舱，不知其用途，吴天一教授一一解释介绍，就像飞机在高空中飞行一样，高压氧舱能将大气压力增至海平面，如果遇上肺水肿、脑水肿病人，只要将海拔下降至2000米，危重的病情就缓解了。现在当地海拔只有4300米，配置了高压氧舱，对高原病人就是一个保护神。听说在青藏铁路上的每个指挥部医院都有一个高压氧舱时，老外非常惊讶，有的未见过，亲自走进去戴着氧气面罩吸了一会儿，连声称了不起，当看到十三局的医院还配备有世界上最先进的多普勒超级心电图时，佩服之至。

随后，他们专门调阅了十三局医院的病人档案，参观了整洁的食堂，看到几公里外仍然有野生动物悠然走过时，伸出大拇指说：中国OK！青藏铁路OK！

年轻少帅为青藏铁路画下历史句号

2004 年 5 月。青藏铁路的路基主体渐入尾声。

铁道部党组决定让青藏铁路有限公司党委书记、青藏铁路总指挥长卢春房参加铁道部与清华大学联袂举办的硕士班，脱产学习一年，以备重用。

当时的铁道部负责人给卢春房打电话说："老卢，这几年青藏铁路把你累坏了，下山来吧，到清华园里充充电，将来必有用武之地。"

"谢谢部长！"卢春房答道。

"既然去学习嘛，就要给你减减负。"当时的铁道部负责人关怀地说，"青藏铁路总指挥部指挥长的担子卸下来，你看谁接最是合适啊？"

"黄弟福！"卢春房毫不犹豫地脱口而出。

"哈哈！"当时的铁道部负责人笑了，"看来春房早就把接班人培养好了。"

"不是我培养，而是黄弟福早已脱颖而出，论才干、魄力和人品，他完全能够胜任。"卢春房鼎力向铁道部部长推荐自己的部下。

"好！我相信卢春房的眼光。"当时的铁道部负责人说，"部党组会考虑你的意见。"

5 月 20 日，铁道部党组正式宣布，黄弟福正式接替自己，出任青藏铁路总指挥长。这时黄弟福年仅 42 岁，比自己 2001 年擢升为正局还年轻三岁，真可谓有志不在年高啊。然而，当卢春房西辞昆仑，班师京城，将一副沉甸甸的担子压在这位刚过不惑之年少帅肩上时，他知道黄弟福会为青藏铁路划下一个历史性的句号。

血脉中奔突着楚天星空里一代代湘人名流罕见的坚韧和执着，每当命运之神来敲门时，黄弟福总会抓住上苍、时代赐予的每一次机会，轰轰烈烈地干出一番事业来，让命运、同事和领导刮目相看。

1979 年，年仅 17 岁的黄弟福从故乡常德五中考入长沙铁道学院，学铁道工程专业，这意味着他的一生，将与逶迤神州的新铁路干线结下不解之缘。1983年毕业后分到了铁五局的二处，正好赶上当年铁道部南攻衡广，干了两年后，仅凭着二处几个上海籍职工提供的一点信息，他们便开始进军大上海，最早开拓地方市场，参与当年江泽民任书记、朱镕基任市长主导的黄浦江引水工程，一下子拿了 8.6 公里一个多亿的项目。当时年仅 23 岁的黄弟福是一个助理工程师，那时，十年"文革"造成高等教育断代，工程技术人才奇缺，作为"文革"后毕业的年轻新一代大学生，在一线施工单位更是凤毛麟角，领导非常器重，放手让他干。黄弟福也是初生牛犊不怕虎，精力旺盛，虽然学的是铁道工程，但是在施工队眼中，这个年轻人仿佛什么都懂，土建、机械、设备安装，遇到问题就找他请教。其实对于这个年轻学子来说，也是新问题。他只能说一句，让我考虑考虑，明天答复你，然后便跑到上海书店里去买书，当天晚上看上一夜，弄通了，第二天现炒现卖，回答问题有板有眼，让人不得不佩服他的负责和钻研精神。

黄浦江引水落下帷幕，黄弟福所在的项目部因为干得出色，时任上海市委书记的江泽民同志专门接见中铁五局二处的代表，年轻的大学生位列其中。

进军大上海的第一个工程让中铁五局名声大噪，随后他们又轻而易举地拿下了 30 万吨乙烯工程、污水处理厂和星火开发区市政工程，26 岁的黄弟福被提为副分处长兼项目负责人。翌年，当上了分处长，做了项目指挥长，独当一面，率领的四五千名职工，拿下了浦东开发、地铁、星火开发区、桃浦开发区立交桥、陈桥污水处理厂等五大项目，为中铁五局二处每年创利税逾千万。更重要的是他率领的队伍一流施工质量和速度，为中铁五局在大上海打出了品牌，颇得上海市建委和公用事业局的青睐。

大上海地下工程水网纵横，地铁施工地下水很大，排水问题成了许多工程队一块心病，面对纷纷涌上的水柱手足无措。中铁五局二处竞标拿下了地铁东段工程，两公里多长，218 米涵道，跨度又大，横亘在一个水网之上。面对不断汹涌的地下水，黄弟福灵机一动，采取两级降水，中间一部分用钢板托，从四周往下挖，水都降到别的地方去了，施工的地基里穿着胶鞋可以随便走。上海建委的领导十分惊讶，让设计院的同志都到黄弟福的工地上参观见习，按照他们的标准确定施工工艺。

指挥地铁沉井施工更是黄弟福一绝活。当时上海地铁搞了十多口沉井。但是对于不少施工单位来说，展开沉井施工如履薄冰，有时几个月沉不下去，令人一筹莫展，有的沉下去了却超了标，设计单位给施工队的标准是，沉井的误差不能超过十公分。黄弟福精确计算，精心指挥，结果只在三四公分的误差之内停住了。公用事业局的领导觉得简直不可思议，带着技术人员来参观，问黄弟福，你怎么控制得这么好？

黄弟福谦逊一笑，说："我们从来不打无准备之仗。受领工程任务后，对于施工中的各个技术环节和可能出现的问题早就预见到了，并有一系列的处置措施。"

大上海的垂青之眸投向这个年轻人。以后，凡建委和公用事业局在施工中遇到什么难题，便来找他去解决。他去了，很快就拿出方案，按他制定的方案办，往往非常灵便。

上海建委一度动了心思，要挖走这个工程奇才，黄弟福摇了摇头说："我的志向就是修铁路，中国的铁路人均公里数太少了。"

或许正是凭着在大上海的业绩，1992年，刚至而立之年的黄弟福被提升为二处副处长，上大京九，到湖北麻城段的中铁五局22公里的标段当指挥长，并拿下了麻城火车站和36公里联络线工程。第一次当上一条大的铁路动脉线上的指挥长。

干完大京九线上的工程，已经是1993年的秋天了。这时他作为优秀的年轻干部，进了铁道部在西南交通大学的第一期综合管理研究生班学习，本来第一届黄弟福就考上了，通知书却被处长扣住了，这回西南交大连发三个电报，局里三令五申，处长压不住了，不得不放人。而等到他去报到时，同期的同学已经上了一个月课了。

1995年夏天，黄弟福学成归来，仍然当副处长，分管经营。此时石门长沙铁路的中铁五局二处工程告急，质量和工期被甲方亮了黄牌，人家给在贵阳的五局领导发电报，要五局从石长铁路中退出去。处长不知是要有意磨砺一下这位年轻气盛的少壮派，还是要看他的笑话，对局里的领导推荐说，都说黄弟福很能干，就叫他去收拾石长铁路的山河去。黄弟福去了，受命于危难之时。其实这时的他早已羽翼丰满，一线的施工磨炼，加上铁道部高级管理班两年的学习，早已如虎添翼。果然，1995年7月上了石长线的资水大桥，半年之内工程质量和工期就大大改观，翌年4月份搞完了主体，被评为石长线的优秀指挥长，也让中铁五局再次认识了黄弟福，良将难得，一将难求。这年底工程一结束，就提他当了二处书记。1997年提为中铁五局党委副书记，时年35岁，成为整个铁道系统最年轻的局级干部。

刚当上局党委副书记的黄弟福，甚至连办公室门还不认得，就去了内昆铁路，出任中铁五局内昆线指挥长，负责昭通地区越岭地段的40多公里的工程。

都是一些灯泡状的地形，地质异常复杂，他指挥的工程却干得漂漂亮亮，给时为中国铁道建筑总公司副总经理兼内昆线指挥长的卢春房留下了深刻印象。一条穿越大西南的铁路第一次将黄弟福与卢春房捆在一起了，也让他领略了卢总遇到难题时的从容不迫和专业精湛。

所有准备，似乎都是为了等待青藏铁路大显身手的这一天。

2001年8月份，内昆铁路总体完工，黄弟福回到了贵阳的局指机关，参加部党校在职学习班。回到贵阳时，恰好铁道部工管中心主任施德良来检查内昆铁道的项目，局里派黄弟福陪同前往工地。此时，青藏铁道已经开工，暂时由工管中心代管。施主任到处物色人才，而像黄弟福这样的青年才俊更是他锁定的目标。

在去内昆铁路的途中，施德良说："弟福啊，像你这样的干将，再窝在贵阳这个地无三尺平的地方，水太浅了。"

黄弟福半是揶揄半是认真地说："施主任是不是给我物色了好地方啊。"

"当然，一个人啊志当存高远，古话说得好，海阔任鱼跃，天高任鸟飞啊。我觉得现在中国铁路的最大战场应该在昆仑山上，那才是中国铁路的昆仑啊。"

"你说的青藏铁路吧，不是已经开工了吗？"

"人才匮乏啊，正在招兵买马，那是一个世界级的工程，世界级的难题，工程一结束必然有一批青年俊彦脱颖而出。弟福啊，就缺你这样的人才啊。"

黄弟福怅然，说："我大学毕业一直在南方施工，从未去过大西北，青藏高原高寒缺氧，怕适应不了。"

"工管中心项目多，两年一轮换。"

"这倒可以考虑，不过要征求一下家里的意见。"

"那就说定了。弟福，欢迎你加盟我们工管中心，我到北京等着你的好消息。"

黄弟福点点头。从昆明送走施德良主任，返回贵阳，他征求妻子的意见。当过人事科长、现在在中铁五局做人事工作的夫人只说了四个字："一切随你。"

黄弟福立刻给施德良打电话说："路上说过的话算数。"

"好！"施德良说："我为工管中心又选了一位干将。"

黄弟福就这样朝着昆仑山，朝着唐古拉走去，此前苍茫青藏，对于他来说永远只是一个遥远的梦幻。

2001 年 9 月 2 日，黄弟福来到了青藏铁路总指挥部，出任副指挥长兼党工委书记，负责队伍的管理，职工的思想政治工作，民工队伍的生活管理和对外宣传。当时，整个青藏铁路只有唐北开工，青藏两省的民工，后来都纷纷上来了，最多的时候达到 1 万多名，身体、生命安全是他思考最多的事情。"青藏无小事，事事讲政治。"黄弟福奔波于青藏两省区之间，做了大量的协调工作。然而，他始终扭住不放仍然是技术培训，先后在格尔木搞了好几期指挥长、总工学习班，专门对冻土施工技术培训，一期一百多人，请铁一院的设计人员和张鲁新教授讲课，他也结合自己当指挥长的经历，提要求，传帮带，组织到现场实地见习，为建设一条世界一流的高原铁路培养了一大批急需的工程人才。

或许因为每负责一个方面的工作，事情都做得漂漂亮亮、利利索索，颇得卢春房总指挥的青睐。2003 年唐古拉山以南全线开工，卢总将黄弟福叫到自己的办公室，吩咐道："弟福，现在唐南是重点，全线开花，你坐镇拉萨，担任拉萨指挥部指挥长。工程上的事情，我不担心，只嘱托你一句话，那里是人烟密集，民族、宗教、环保，哪一件事情都不是小事。"

"卢总放心，我会做好的。"黄弟福非常干练地回答。

阳春三月，黄弟福便将自己指挥重心挪到了拉萨。果如卢总所言，唐古拉山以南地方，铁路横穿羌塘，从错那湖侧身而过，进入安多，然后直下藏北重镇那曲，再沿念青唐古拉山而下，展现出雪域上最美丽的当雄草原，人口众多，牛羊如云，眺望着清清的牧场，蓝蓝的湖水，白白的云彩，对环境、湿地的保护在他心中升腾，如何让当地的藏族同胞参与进来，把青藏铁路当成是为他们造福的吉祥路，得到他们的支持和理解，更是黄弟福亟待要做的事情。

黄弟福到拉萨不久，便发生了一件事情。那曲地区扎仁镇的一个镇长和书记，有一天中午喝了一瓶青稞酒，血涌脑门，脾气也大了，说中铁十九局就在我们地盘上修铁路，应该让他们安排活。镇长很横，在十九局车辆驶过的便道上一横，不让车过，十九局的司机很气愤，打了那个镇长，此事非同小可，一下子捅到了自治区和拉萨指挥部来了。黄弟福很重视，一方面要十九局弄清情况，并亲自带肇事的人向藏族同胞道歉，请西藏自治区扶贫办帮助做工作，平息一场大火。随后他从扶贫的角度，从安多、那曲、日喀则、山南招来了一批批藏族民工，每月工资保证 2000 元，一天补助 50 元生活费，令西藏自治区领导和藏族同胞大为感动。

理顺了与地方的关系，唐南的路基工程几乎一路朝前挺进。到了 2003 年冬天将临时，从安多到拉萨的铁路主体已尘埃落定。黄弟福干练、卓越的组织协调才干镌刻在无边的羌塘草原上，也给青藏铁路总指挥部卢春房指挥长留下了深刻的印象。

然而四载寒山万里，一年数十次翻越唐古拉，往返于格尔木和拉萨之间，使本来身体很好的黄弟福也形销骨立，第一年下山体检，他身体的五项指数超标。第二年到南京体检，七项超标。未上青藏线时血压均在 60/115 之间，而现在却在 90/130 之间高居不下。刚到格尔木时，十几天睡不着觉，第一次住沱沱河时，一夜无眠，第二天晚上至多睡上两个小时。有一次他刚从外地回来，一位常务副指挥长没有通知他第二天上唐古拉，毫无准备，第二天早晨就说上山，而且直奔唐古拉。到了唐古拉兵站时，头痛欲裂，连车子都下不来，只好坐到车里吸氧，那天就没有干成活，晚上返到沱沱河兵站住了下来。

2004 年春季开工，他飞往格尔木，刚下了飞机将行李带进办公室，突然之间，天旋地转，大汗淋漓，脸色苍白，浑身在颤抖，如打摆子一样抽搐，被一位进来请示工作的同志发现了，连忙叫来医生，扶回宿舍吸氧。

纵使如此，为青藏铁路画下一个圆满句号的重担历史地落在黄弟福肩上。

6 月 19 日，当时的铁道部负责人宣布，西宁分局正式并入青藏铁路有限公司，黄弟福任党委书记兼指挥长，负责工程，兰州铁路局局长铁春林为总经理，专事经营，采取三峡公司的经营模式，黄弟福成了法人代表，建管运营和还贷款一体化。而此时，中铁一局的铺轨工程正从雁石坪方向和安多方向，向唐古拉之巅会师，中铁十一局从安多一步步推进拉萨，黄弟福再次将自己的指挥部重点转向拉萨，重点组织了唐古拉山以南的铺轨决战，于 2005 年年底全线铺通。在 9 月 1 日西藏自治区建立四十周年的喜庆日子时，仅剩下最后 40 公里了。而当我的书稿进入二校时，10 月 15 日拉萨方向传来佳音，1142 公里的格尔木至拉萨段正式铺通。美国现代旅游家保罗·泰鲁在《游历中国》一书中说"有昆仑山脉在，铁路永远到不了拉萨"的预言破灭了。一个大国标志和尊严的铁流穿越万山之祖而过，横亘在世界屋脊之上。

黄弟福是一个行事低调的人，记得我第一次到青藏铁路采访时，他是副指挥长兼党工委书记，提出要采访他，他淡然一笑，指着总指挥卢春房和常务副指挥长王志坚，说他们才是主角，我只是一个跑龙套的，没有什么好谈的。他接替卢春房成为青藏铁路指挥长，仍然避而不谈自己，两次采访都是谈别人的故事，很少提及自己。

青藏铁路通车的日子一天天临近了。黄弟福最忧心的还是550公里的冻土地带。应该说中国解决冻土的工程技术也是世界一流的，可是在他看来，90％的地段不会出问题，但是担心的仍然是那10％，国外冻土铁路的病害率是30％，而中国的已经降到最低了，因此到了冬天是冻胀期。在下山冬休期间，他又组织搞了一遍普查，进行补墙设计，力争将问题解决在零管试运营阶段，因为正式通车后，当时的铁道部部长要求时速在100公里，那时冻土出了问题，想停也停不下来。

孙永福副部长一再问黄弟福，路基和隧道有没有问题，他的回答是，我们的工程是按着建设一条世界一流的高原铁路来承建的，会不会有问题，只待历史和时间证明了。

2005年3月11日，趁黄弟福来京开会，我又一次抓住了他，请他谈谈今后的青藏铁路运营。他说："青藏铁路确定的是高质管理模式，实现无人化管理。在海拔高的地方，车站不放人，放人成本太高，生活也非常困难，而是采用设备的高可靠性和无人化管理，34个车站，只在9个站有人，而无人照看的地方，至多雇一些当地的保安看守。"

我问他："格尔木方向驶往拉萨，哪九个车站放人啊？"

"第一站自然是格尔木。"黄弟福掐指数来，"然后是南山口、不冻泉、沱沱河、安多、那曲、当雄、拉萨西、拉萨！"

"那其他无人站台呢，如果旅客想下来看看风景？"我问道。

"像昆仑山、可可西里、唐古拉等著名景区，我们都设置了观景台，中途可以停车几分钟，旅客可以下来拍照留念。"

火车长鸣，我看到逶迤苍莽的铁流缓缓驶过羌塘，驶向当雄草原，朝着拉萨开进。

第十一站　融入芃野

那洁白的牙齿，那轻盈的微笑。
那月亮的眸子四周轻轻地一扫。
眼角里传来的羞涩的目光，
把我这个年轻人看得心跳。
——六世达赖喇嘛仓央嘉措情歌

一草一湖总关路

越野吉普在当雄草原疾驶，车窗玻璃上，念青唐古拉的雪峰和牧场，云彩般的牛羊匆匆擦肩而过，将一幅幅美轮美奂的绝地风景抛到了身后。

这是 2004 年的 10 月 7 日，我六次进藏采访行将结束的时刻，要去一个地方，一个梦幻般的地方，那就是历代达赖喇嘛圆寂后，摄政王和大活佛都从拉萨来这里观看湖象，寻找达赖转世灵童的圣湖——纳木错。前五次进藏，每次都有机会来纳木错拜谒神山圣湖，可最终还是放弃了。心中默默地埋着一个祈愿，最美的风情，最神奇的秘境，须留在最后，一如戏至高潮时，压轴出现的人才是高人名角。

不过，这次刚到格尔木，我就对青藏铁路总指的才凡指挥长说，到了拉萨，请派车送我去一下纳木错。这不仅仅因为此次西行，也许是自己最后一次进西藏采访了，一个早该亲近和融入的地方，应该与它会晤了。还有一个重要的原因，就是当时青藏铁路欲从纳木错边上通过的，最终采纳了绕避方案，让它千古的神秘和神奇永留在亘古时空之中……

青藏铁路拉萨指挥部的 4500 吉普车，穿过当雄县城，左拐，沿着一条蜿蜒的山道，往念青唐古拉山脚下缓缓驶去，掠起一路风尘。

滚滚黄尘之中，时光的钟盘仿佛逆转到了 1935 年之夏，念青唐古拉之下这条朝湖的大道上，突然响起冰雹一样碎裂的马蹄声，踏碎了念青唐古拉山巅的寂静，马队前边，穿着红色袈裟的年轻摄政王热振活佛，在噶伦池门的陪同下，带着喇嘛随从和卫队，策马往纳木错飞驰而去，展开了声势浩大的朝湖和寻找达赖转世灵童的法事。

1933 年 12 月 17 日，十三世达赖喇嘛土登嘉措圆寂后，第二天早晨人们发现他从坐化的莲花座上，头朝东方倒了下去，这个指示性的标志是一种冥冥的暗示，他的转世灵童可能在藏东的康区，抑或青海一带诞生，但是达赖灵童究竟身在何处，村庄是什么样子，家里的房子有何标志，就得到纳木错来看湖象应验了。那诡谲多姿的祥云，也许会浮现达赖灵童的村庄，有山有寺庙，房前是一片青青牧场，也许七色的彩云还会惊现灵童家庭的姓甚名谁。

时隔 19 个月后，西藏摄政王热振大活佛，就是沿着我们进山的这条朝圣之路，驰马进入纳木错的。

我们乘坐的车子几经盘旋，朝着念青唐古拉的腹地横穿而过，念青唐古拉，又称唐拉秀雅，或雅秀，连绵数百里，横亘于当雄草原上，主峰当拉山，海拔7117 米，苍苍莽莽一片雪峰，俨然一个个披白袍、戴白冠、骑白马的格萨尔王武士方队，俯瞰着万千苍生。穿越念青唐古拉垭口，岭之北一片白雪莽苍，与雪山下的纳木错圣湖蔚蓝色连成一片，交相辉映，如一颗巨大的蓝宝石镶嵌在青藏高原上，我坐在车中一声惊呼，纳木错，这就是纳木错啊，美死了！

我庆幸青藏铁路指挥者超凡的远见和环保意识，未将铁路从纳木错环湖而过，避绕了数十公里之远，隔着一座雄浑的念青唐古拉山脉，从另一个侧面表明一个开放的中国，逐渐融入了人类文明的轨道。

其实，中国人的环保意识，也是随着中国国力的增强而渐次突现出来的。

1998 年的长江大水，一条江牵动 13 亿中国人的眼睛，也让国人第一领略了滥砍滥伐遭受的天罚和报应。于是，共和国总理朱镕基及时做出了历史性举措退耕还林，退草还湖，开始了新一轮保护母亲河和我们家园的活动。

青藏铁路开工之时，在南山口零公里处，出席开工典礼仪式的朱镕基，仍然是他一以贯之的领导风格，谈及青藏高原的生态时，他突然脱稿讲了一大段，要求所有的铁路参建者，认真贯彻国务院加强保护青藏高原生态环境的精神，十分爱护青海、西藏的生态环境，十分爱护青海、西藏的一草一木，精心保护我们祖国的每一寸绿地。

共和国总理的两个"十分"，震撼旷野，在巍巍昆仑上形成了一个历史性的回声，黄钟大吕般地掠过每个人的心灵。

也就在那一刻，孙永福副部长升腾起一个理念，保护青藏高原生态不惜血本。因为他明白青藏高原上一草一木，已经长了数万年了，是在严酷的环境中生存下来的，在世界屋脊上，与人类形成一个不可或缺的生态链，一旦遭受破坏，那便是灾难性的，永远也无法恢复。

"春房，青藏高原的生态举世瞩目，世界各国的眼睛都在注视着我们。如果我们铁路修成了，而生态被破坏了，那就是千古罪人。"孙永福将青藏总指指挥长卢春房叫了过来，说，"这些天我一直在琢磨，我们不但要设工程质量监理，还有环境监理。"

"孙部长，这个主意好！"卢春房笑了说，"举凡国内施工，设环境监理的，青藏铁路还是第一家，我们马上落实。"

"环境投资经费还要提高，起码要占整个青藏铁路投资总额的3%—4%。"孙永福饶有意味地说，"纳木错是西藏的圣湖，林周黑颈鹤可是稀世之鸟，我们的铁路线路能避让，就要尽量避让。"

卢春房点了点头，说："我们正在做方案，绕开林周黑颈鹤保护区，铁路起码要延长30公里，投资就多了三个亿了。遗憾的是可可西里和三江源避不开了。"

"纵使避不开，也要选择扰动最小、影响最小的线位通过。"孙永福的眼睛遥望着昆仑山，"我们要在世界面前崛起一个环保的昆仑，生态的青藏，过些天，将国家环保总局、水利部、国家林业局、中国科学院和青海、西藏两省区的专家都请上山来，请他们出谋划策。"

"我赞成！"卢春房建议，"在青藏铁路上，就得实行环保一票否定。"

数日之后，中央几个部局和省区的环保、水利、林业的专家纷纷上山来了，不仅来了一次，而是先后三度上山，对可可西里、长江源、纳木错、林周黑颈鹤保护区进行了科学考察和调研，对自然保护区和野生动物通道等敏感问题，编写了专题报告，对高原植被的恢复与再造技术展开现场试验。

在专家的建议下，青藏铁路避开了纳木错自然保护区，绕道回避了林周黑颈鹤保护区，对于路基施工填土，采取分段集中取土的方案，取土场都在线路200米以外，植被稀疏的地方，挖掘时，先将表面的熟土推开放在一旁，等取土完毕后，再回填覆盖，便道尽量缩小，使其尽量恢复植被的生长能力。

领导的魅力在于一双慧眼，敏锐地发现环保中涌出的新生事物，及时倡导。2001年夏天，可可西里清水河实验段刚开始施工时，孙永福副部长到中铁十二局工地巡视，只见他们的施工便道两旁沿途插上了一排排小红旗，直通取土场和路基工地。

下车之后，孙永福问中铁十二局指挥长余绍水，这小旗子有何功用。

余绍水答道："作施工便道的标识，忠告司机只能沿着小旗子拉起来的道路，车不能随便驶入荒原。"

"好！这个点子好。"孙永福扼腕而叹，说，"青藏铁路沿线的工地，都应该如此效法。"

于是，孙永福走一路，讲一路，表扬中铁十二局的环保意识已经渗透到普通职工心中了。领导倡导，立即在青藏高原上卷起旋风般的响应，每个指挥部都学十二局，将彩旗插遍辽阔的楚尔玛平原，插至沱沱河、开心岭雁石坪，插至唐古拉无人区，直下当雄、拉萨，如满天的经幡在飞扬。

有一天，中铁三局沱沱河实验段的草地上出现了两道深深的车辙，指挥长刘登科来检查时，蓦然回首之间发现了，仿佛是两道车轮碾碎了自己的心房，谁干的？

问遍施工队，没有一个司机敢站出来一为承认。

"司机碾了草坪，是你队里领导督导不力。我要让你们永远记着草原的伤痛。"刘登科将施工队的领导叫到跟前，"既然没有人认账，板子就该领导挨，司机罚两万的款队里出，另外队长、书记各罚两千。"

"刘登科罚得好！"温文尔雅的孙永福听说后，连声称道，"青藏高原的皮肤是长了几万年的，一旦损伤，几百年几千年也恢复不了。如果植被破坏了，就会损坏冻土，最终危及铁路，这是一环扣一环的生态链条。"

共和国部长说一声好，整个青藏线上一片肃然，环保由被动渐入自觉的境界，融入每个人的意识之中。

这种故事，也曾发生在青藏铁路总指挥卢春房身上。

有一次，他到安多车站检查，因为车站上没有路，看到草坪上有车辗过的痕迹，一向温和的卢春房质问十八局指挥长韩利民："是不是你们的车压的？"

韩利民一脸窘迫，环顾左右而言他。

卢春房神情肃然，郑重地说："韩指挥长，不是你压的更好，你在这施工，有责任教育你们送材料和路过车辆，不能压草坪，你守土有责，如果下次我来检查再发现车辙，拿你是问。"

韩利民尴尬地点了点头，他知道卢春房是一个说了就会落实的人，再不敢怠慢，以后十八局的环保一直做得不错。

2003年五月天，卢春房到西藏那曲北边秀岗的一个地方检查，要爬上一个大斜坡，前边是一片尚未返青的草原，四周水网密布，铁路从半坡上穿过，青藏总指的野越车要朝山坡冲上去，被卢春房制止了，找了一个路旁停下，径自往海拔4600米的山冈上艰难地爬了上去，那个斜坡有20多度，每个人都气喘吁吁，朝上边爬了100多米，检查完工作后，大家往下走。司机见卢总下来了，出于好意，驾车想去接他，碾着草坪冲了过来。卢春房大声呵斥，司机没有听到，在他跟前戛然停下，打开车门，请卢春房上车。

卢春房顿时恼怒了，斥责道："谁叫你开上来的，你压了草坪了，知道吗？"

司机是从格尔木一带招来的，说："我从小在草原上长大，草原未返青时，不怕压。"

"谁说不怕压，"卢春房的脸色一下拉了下来，"你能上来，别的司机也可以开车上来，压个几十遍，你说怕不怕压。"

"卢总……这！"司机觉得自己做错了。

"你开下去，我不坐你的车。"

司机的脸唰地红了。

进入唐古拉以南的羌塘地界，草场渐渐绿了。各个指挥部在路基取土时，先将草坪整块整块地取了出来，放置在一边养了起来了。在唐古拉、安多、当雄、羊八井，中铁十八局、十九局、十三局、铁五局、铁二局都养了许多草坪。

而就在这期间，卢春房恰好率中国铁道考察团到西德和法国考察高速铁路，在法兰克福至科隆的路上，列车穿过森林相掩的草地，看到路基两边都是绿草护坡和草坪水沟，穿越沼泽、湿地时，甚至预留了青蛙通道，人与自然巧妙地融为一体，其生态的保护之好，令人赏心悦目，有醉入花园之感。

回到格尔木，他给拉萨指挥部的黄弟福打电话说："国外的生态保护确实走在我们前边，我看了德国高速铁路的自然水沟，很受启发，当雄铁五局那一段草场，自然生态好，也可以搞草坪护坡和水沟啊。"

黄弟福说："我已经让铁五局做实验，把草坪取出来养着，路基建成了再迁回去，效果很好，正准备向你报告拍板，在当雄一带全线展开。"

"真是不谋而合。"卢春房大力支持说，"你们放手干，有条件的地方，都可以做草坪水沟与边坡草坪。"

黄弟福果然按卢指挥长之嘱，搞了一百多公里草坪护坡与水沟，路基边坡植草成功，既节约一大笔钱，又与青青的牧场融为一体，成为当雄草原上的一个环保亮点。

青藏铁路驶离安多时，经过一片清澈湛蓝的错那湖，原来铁路的走线紧贴湖边而过，后来，青藏总指决定绕避，尽量远离错那湖畔远一些，负责这个标段施工的十九局在错那湖边建起了挡墙，并在湖边种植了几万平方米的草地，将铁路与湖光草场融为一体。

融入芜野，我朝着神秘的纳木错圣湖迤逦而去。从山间溯着一条红土山道缓缓而下，穿过一片整洁的藏族村落，此时，已经中午1点多钟了，再左拐，从念青唐古拉岭北环湖而过，一步一步地走近圣湖，阳光从堆积在雪山之上的云缝里钻了出来，透过贴着棕色膜的车窗玻璃，那一簇簇云团渐次变成了紫红色了，令我一阵惊讶。环湖走过，我们直奔纳木错彼岸的扎西岛，越野吉普穿过经幡飞扬、一块巨石与山崖劈成的天堂之门，在一玛尼石前戛然停下。跨出车门时，从玛尼石摆放的牦牛头中间远眺，一个清澈宁静与雪山连成一片如蓝宝石的湖面浮现眼前，我们急不可耐地朝湖边走去，也许因为进入了冷秋，游人不多，湖边上有几头白色或黑色的牦牛供游人拍照，牦牛的主人望着稀少的游人，无望地守在这片神灵圣湖前发呆。我伫立湖边，波光如镜，湖水清澈见底，湖底小石子清晰可见，雪风掠过，卷起一圈圈涟漪，直扑岸边，如磬钟梵鼓一声声轰然如雷。

纳木错，蒙古语又称腾格里海，湖面海拔4718米，语意"天湖"，是世界上海拔最高的一个大湖，总面积1920平方公里，它不仅是寻找达赖转世灵童的圣湖，到了羊年，成千上万的朝圣客熙来攘往到这里转湖，或徒步行走，需十多天，若三步磕一个长头的膜拜，则要历时三个月。我的身后就是扎西岛，转身仰望，高不过数百公尺，因湖面海拔也逾4700米，扎西岛的海拔高度不小于5000米，我突然兴趣一来，对与我一起来的两位女士说："咱们上扎西岛吧。当年摄政王就是从山顶上骑着牦牛走下来，从湖面中找到达赖转世灵童的。"

"是吗？！"她们被这神秘诱惑了。

我们拾级而上，九曲回廊的阶梯伸向山顶，一步一喘，步步升高，蓦然回首间，只见右边的湖泊里祥风掠过，一个巨大经塔的影子浮现出来，我惊呼："快看，快看，湖中映现一个大经塔。"

两个女士回首一望，自己也惊呆了。渐渐地，经塔变成了一个喇嘛戴的黄帽。果然一派神秘与神奇，我连忙用照相机拍了下来。

遥想当年，十三世达赖圆寂后，摄政王热振与噶厦的噶伦池门就从扎西岛山往湖边走下，上下走了三趟，第一次骑牦牛，第二次，第三次，却是他独自下山，身后跟着几个贴身随从喇嘛，边走边往远处的祥云里眺望，寻找达赖转世灵童身在何方。他看到祥云里凸现的预兆是藏文的三个字母：a ka ma 时，一阵惊骇，然后湖面上又展现了海市蜃楼，其景是一座有三层松耳石顶的金塔式的寺庙，寺庙的东边有一条弯曲的小路，通向对面一座光秃秃的小山，山坡上屹立着一座蓝屋顶的平房。热振对这些幻影和预兆含义一直不得其解，请教几位老喇嘛和乃均神汉，才知那字母的意思即安多，就是青海省。后来从三个方向寻找达赖转世灵童，其中一支由格乌昌活佛率领，他在青海玉树谒见了九世班禅，根据大师指点迷津，找到了塔尔寺和它背后的小山，他伪装成仆人与那家的小孩子交谈时，那个小孩一眼便说出你不是仆人，而是色拉寺的格乌昌活佛，让他大吃一惊。随后格乌昌拿出两串念珠和两根手杖，其中有一串念佛和手杖是十三世达赖生前用过之物，那个小孩几乎没有什么犹豫，便准确地辨认出了老达赖用过的东西，让寻找转世灵童的活佛大惊失色。最后他们在他跟前摆放一只小摇喜鼓与大摇鼓中，那个孩子犹豫一把抓住了老达赖用过的小摇鼓，十四世达赖喇嘛丹增嘉措就这样寻访到了。

走下扎西岛的时候，橙黄色的太阳钻进云层，浮游湖面，圣湖彼岸的念青唐古拉雪雾涌起，云罅中闪耀着温婉的夕晖，落霞好似一面面在雪风中狂舞的经幡，在我的头顶上猎猎狂舞。我念着六字真言："唵嘛呢叭咪吽"走下神山，走向圣湖。

所幸，青藏铁路远远地绕避纳木错几十公里而过，否则将是一个历史性的败笔，好在这个败笔没有发生。

神山灵物父女缘

中铁一局铺架项目部领班叶东胜和妻子袁晓丽要上昆仑山了，将 11 岁的女儿叶靖琦扔在咸阳城里。

临出征前，叶东胜征询女儿的意见，说我们一家人要分离四年，爸爸妈妈都不在身边，你有什么要求尽管提。

叶东胜曾在 21 集团军当过兵，在部队没当上军官，将女儿当作自己的兵。从两岁半就对女儿实行军事化管理，上床睡觉前要将鞋子摆齐，按时熄灯，第二天早晨按时起床，被子要叠成豆腐块，女儿做得不好，他的巴掌就往屁股上拍了过去。有一次真的将女儿打重了，女儿嘟着小嘴说，叶东胜，你把我打疼了。"军阀式"的作风和培养，使女儿自理能力显著提升。她早已习惯父母在铁道上东奔西走、聚少离多的日子。不过这回毕竟一走就是四年，她仰起头来说："爸爸，我有一个要求。"

叶东胜的回答很干脆，说："女儿，纵是要月亮，我也给你摘来。"

"月亮我不要。"叶靖琦摇了摇头说，"可我喜欢青藏高原上神山圣湖的风光和精灵一样的动物，你每年下山，必须给我带风光和动物照片。"

叶东胜舒了一口气："我答应你。"

女儿伸出小手指与爸爸的钩在一起。叶东胜笑了，说："还真拉钩啊，身为人父，我哪敢骗女儿啊。"

目送着女儿欢天喜地去上学，叶东胜转身来对妻子袁晓丽说："给我取 2000 元钱来。"

妻子一听丈夫要取夫妻俩一个月的工资，急了，问："干啥用？"

"买照相机。"

妻子摇了摇头，问："你真的要与那丫头片子一块疯啊？"

叶东胜点头说："靖琦那么喜欢大自然，喜欢西藏的神山圣湖草地，还有那些小精灵，上去 4 年，我不想再留遗憾。"

妻子再没有说话，转身给丈夫取来了 2000 元钱，她知道丈夫说的不想留遗憾是什么意思。

叶东胜出身于中铁一局一个铁路职工家庭，父子俩都与青藏高原有缘。西格段第一期工程时，父亲便参加了德令哈地段的路基工程，染了一身病，最后罹患肝癌而亡。父亲咽气时，叶东胜站在病榻前，没有掉一滴泪，他是独子，面前站着妈妈、姐姐、妹妹，一夜之间他成了家里唯一的男人，得擎起一片天，男儿有泪不轻弹，现在就更不能落泪了。当兵回到咸阳后，民政局给好几个工作单位让他挑，他说我还是子继父业，当一个铺轨架桥的工人吧，踏遍青山人未老，铁轨伸向哪里，就走向哪里，人在天涯。

天涯游子就得承担常人无法想象的忧伤和沉重。1998 年过了春节，叶东胜与妻子袁晓丽依然回到南疆铁路的库尔勒—喀什线上，这时，丈夫已经堤升为铺架队的领工，轨排装在轨道车上，不断往戈壁深处延伸，离开铺架基地已经 200 多公里远了。5 月 14 日那天，南疆戈壁上的天空晴得阳光暖暖的真好，但是叶东胜心中的三春晖一样的慈母太阳却陨落了。母亲只有 48 岁，是一个家庭妇女，平时患有高血压，就是舍不得去看大夫，舍不得吃药，她说我是铁路工人的老婆，知道孩子们挣这点钱不容易，攒着吧，靖琦学习成绩好，上好中学、好大学，要花好多钱。就这样默默地挺着，挺到生命之灯熄灭前最后一个早晨，突然一头栽倒在地，送到医院，她一直瞪着一双大大的眼睛等待爱子，可最终只撑到了下午 2 点钟，便撒手人寰，至死也没有闭上牵挂的眼睛。

咸阳的电话当天傍晚打到库切来了，是妻子袁晓丽接的，妹夫的话说得很委婉，说嫂子，请告诉哥哥，母亲的病情有点不妙，能回来就抓紧时间回来。袁晓丽是心思细密的女人，觉得妹夫的话中有话，连忙给远在 200 公里外铺轨的丈夫打电话，手机没有信号，只能坐在电话旁，通过刚建成的小站一个一个地往下传，从下午就坐在那里打到了深夜，外边狂风肆虐，大雪纷扬，茫茫戈壁漫天飞雪，她不知丈夫何时能归。第二天见丈夫坐在一辆大货车的车棚上，出现了库切的铺架基地里，夫妻俩就这样忐忑不安地踏上归乡路。一直往咸阳城奔去，整整走了五天五夜，过了哭爹又喊娘的咸阳桥，走近那间曾经温馨的破旧的老屋，叶东胜才发现母亲已经不在，他大声喊着："妈妈你在哪里？！"

妹夫说："哥，我带你去看！"叶东胜跟着妹夫跨进了一辆出租车，直驱医院，他朝着住院部大步流星地走过去，妹夫说母亲不住前楼，而是在后边，叶东胜一愣，三转两拐，跟着妹夫坐电梯下到地下室，穿过长长的甬道，仿佛从人间来到了地狱，灯光黯淡，阴冷的黑风嗖嗖地刮了过来，偌大地下室里摆着一个个抽屉似的冰柜。妹夫将一个冰柜抽屉拉开了，只见母亲静静地睡着，脸庞上凝固了牵挂，一双慈目尚未全部合上。

"妈妈，你不孝的儿子来看你了！"叶东胜扑了过去，饮泣着喊道，用手抚摩母亲的脸，一片冰凉，儿时将自己相拥入怀的暖意尽失。他躬下身去，试图两次将母亲抱起来，可是却发现妈妈的身体已经僵硬了，任凭他如何贴近，母亲再也不能给他慈母般的抚摸。

"妈妈……"沉默的叶东胜像一头痛失母亲的幼狮一样悲嗥，"你为何不等着我见上最后一面，我知道你有许多话要说，生为人子，我一点孝心也没有尽到啊……"

叶东胜俯首在母亲身上哭泣时，霍然发现母亲的耳朵边凝结了一层白霜，他伸出指头，一点一点地扫，想把母亲耳里的霜凝全都扫出来，让母亲的脸暖和一些。可任凭他用手扫，母亲耳朵里的白霜，总也扫不尽，这时他才真正意识到，母亲踏着秋霜露白永远地走了。

伫立在母亲的灵前，叶东胜第一次，也是最后一次恸哭了一场。

叶东胜把对母亲无法挥发的爱，全都倾注到了女儿身上。

到了昆仑山下的中铁一局铺架基地，妻子袁晓丽在轨排厂做航吊工，而叶东胜则是铺架队里的一位领工员，带着他麾下的那个作业班，从昆仑山下南山口的青藏铁路零公里开始，乘坐一列宿营车，一个轨排一个轨排，一根桥梁一根桥梁，朝着雪水河、纳赤台、西大滩、昆仑山、可可西里、楚玛尔河、五道梁、不冻泉一步一步推进。

铺架队实行三班倒，叶东胜干了一个班时，就有一个白昼和夜晚的轮休。于是，他就手执那台国产海鸥单反相机，徜徉在纳台上的红柳丛中，踯躅在西大滩的玉珠峰下，镜头对着燃烧的红柳和胜似闲庭信步的雪狼。

路轨铺到了西大滩，玉珠峰连绵的山岭早已落雪，皑皑白雪铺盖着一座座山外寒山，雾霭散尽，惊如天人、酷似一位身着白色裙裾的处子，羽扇纶巾，楚楚玉立在朝云暮雨、碎霞长风之中，诱惑着一批批从她的身边匆匆而去的过客。几年前北大登山队的五名青年学子欲登上玉珠峰，结果遭遇雪崩，魂断昆仑山上。

"我将玉珠峰绝顶最美的风光拍下来，谁愿上山，跟我到玉珠峰顶留下中铁一局的足迹。"2002年的9月中旬，叶东胜开始筹划登顶事宜，归喜军、唐小东、王军强报名到了他的旗下，也组成五人登山队，没有登山鞋，没有登山服，没有户外登山训练，凭的就是一腔热血，凭的就是对大自然的酷爱。听说他们要去攀登玉珠峰，队里的小卖部无偿提供了五个人的吃喝，全队40多个人一一将名字签到了队旗上，希望他们将中铁一局青藏铁路铺架项目部的旗子插在玉珠峰顶上。

9月中旬一天，天麻麻亮，叶东胜扛着队旗，挎着照相机，便开始进山了。他并非奢望最终登顶，而给自己四个弟兄提了一个要求，尽量往上爬，能爬多高爬多高，站在西大滩上远眺，玉珠峰近在眼前，也就是几个雪坡相连，屈指可数。可是叶东胜和四个兄弟一进山了，才发现一个雪坡一公里，山上有山，岭含蓝天，那莽苍的白雪全都冻成了冰壳，像一个鸟蛋把昆仑山包裹起来了。尽管他们没有穿专业的登山鞋，衣服也只是中铁一局自己定做的，但是他们在寒山缺氧的环境中锤打出来的强健的体魄，深入玉珠峰腹地，叶东胜被唯余茫茫的雪国景色倾倒了，一边走一边拍照，白色的雪狐在前方轻灵一跃，狐步翩跹，昆仑苍狼悠然尾随而来，离他们不远不近，走得不紧不慢。他趴在雪地上，留下了一个个激动人心的镜头。

到了下午三点，离玉珠峰主峰还有400米，太阳西斜，雪风从山那边吹来，卷起千堆雪。叶东胜看了看表，如果最终冲顶，400米的距离还有一个多小时，下山就要摸黑了，而且还可能在玉珠峰上冻一夜，帐篷睡袋这些必备的东西，他们都没有。

"找个地方，将中铁一局的旗子插上，证明我们来过玉珠峰。"叶东胜吩咐大家。终于找到了一个椭圆形的冰堆，将一面中铁一局的旗子插了上去。打开背上来的啤酒，庆贺一番，在队旗下一一照相，然后下山。

斜阳已经挂在了西岭之上，开始下山的路，还能享受着阳光嫣红，乱云飞渡的晴空，享有着一种融入和征服的心情。可是等夕阳躲到山后边时，他们下山的路却成了阴面，冻成了一片光滑的冰带，一步三滑，走下来非常艰难，只好小心翼翼地往下走，远不及上山时那样快捷，到了晚上9点钟的时候，天色渐渐地黑了，连手电也没有带一个，叶东胜觉得这样走下去，他们到了天明也走不到驻地，立即叫大伙扔掉手中的东西，坐在冰坡上往下滑。

　　已是晚上 10 点了，铺架队长见叶东胜他们还未下山，着急了，立即派出几辆车前去寻找，在他们登上入口的地方，所有的汽车都发动起来，远灯全部打亮了，照射着他们下山的路，晚上 11 点多钟，叶东胜一行终于安全返回，食堂专门为他炒了几个菜，以示庆贺。

　　数日之后，叶东胜把在玉珠峰拍的照片，寄给了女儿靖琦，她被这种美丽的风光诱惑了，给爸爸妈妈打电话时，一个劲地吵着要到昆仑山，到可可西里看看。

　　2003 年的暑假，叶东胜与妻子商量，既然靖琦这般喜欢青藏高原，喜欢神山上的精灵，就让她来南山口的铺架基地度一个暑假，夫妻俩奢侈了一回，让女儿独自坐着飞机过来。那时，叶东胜铺轨已经到了楚玛尔河了，正在穿越可可西里，由于山上太忙，他没有时间下昆仑来看女儿，恰好有一天，一只浮在半空中歌唱的百灵，突然从晴空中折翅莽原，脚和翅膀受伤了，但是它仍然不停止嘤鸣。叶东胜路过时，偶然发现了这只受伤的小鸟，孤独地在寒风中凄厉地叫，便将它捡了起来，装进一个报废的空气离心器里，权当鸟笼，他知道女儿爱鸟如生命，就托一个下山的人带下去，交给靖琦，并附有一张纸条：百灵鸟翅膀和腿伤痊愈之日，便是放飞之时。

　　靖琦获得了这只美丽的百灵，爱不释手，怜悯情怀油然而生，她找卫生所阿姨要来红药水和药膏，精心地擦拭疗伤，认真地喂养。百灵鸟的伤势一天天好起来了，早晨傍晚，就开始在笼中歌唱了，小靖琦算好了日子，等着爸爸下山来的时候，就一起放飞百灵，让它与百灵妈妈一起去团圆。

　　爸爸从楚玛尔河下来时，女儿听说昆仑山有雪豹出入，希望能看到爸爸亲自拍到雪豹的图片。

　　无独有偶，就在叶东胜与妻子女儿相聚几天，重返回可可西里时，有一个休息日，他到荒原上拍旱獭，不经意与远处的雪山靠近了，走到一座雪峰的下风口，有一低洼处，离自己不到 50 米远，惊现一只像藏野驴一样大的动物，横卧在山冈上，叶东胜以为是一头藏野驴，就悄然抵近拍摄。簌簌而行的脚步声，惊动了那头野兽，它跃身一起，在惊慌中划过雪坡，朝着他扑了过来，就在那浑身的光带鹞然凌空时，叶东胜身上的冷汗吓出来了，这只动物根本不是藏野驴，而是他从未见过的雪豹，背脊是棕色的，肚皮上有一块一块白色的斑纹，与动物园里见过的豹子相差无几，就是可可西里的雪豹了，这可是百年难遇的啊，胆大过人的叶东胜对准镜头，想将这只罕至闯入自己视野的动物拍了下来。

也许他太心急了，也许他太好奇了，悄然走近这只庞然大物时，在雪地上匆匆走过的雪豹，惊讶地发现自己的栖息地走来了侵入者时，如猎隼似的凌空一跃，朝着雪坡下的叶东胜，冲了下来。蹲着拍摄的他一看大事不妙，扭头就跑，一口气跑了500米，蓦然回首，那头雪豹在阳光下又大摇大摆地往雪坡上反身入山了。不行，非要抓拍到它的镜头，叶东胜横过山坡，想从另个山头上居高临下地堵住雪豹，拍摄它在雪野上漫步的画面，朝它徐徐逼近。最终还是被雪豹发现了，这时雪豹开始狂啸，脚下生风，掠起一片白雪，朝着叶东胜风驰电掣般地扑过来了，叶东胜明白雪豹这回与他玩真的，转身就朝着雪线下跑，他人高马大，又受过系统的军事训练，体力尚佳，一口气又跑回了300多米，朝着铺轨的地方跑了过去，一脚踩空，踏到了旱獭的洞里，一个跟斗摔倒了，手中的照相机也摔得老远，铺轨的弟兄们发现他了，喊道："叶领班，咋事嘛，这么慌张，脸都白了？"

"雪豹，山上有雪豹！"叶东胜气喘吁吁地惊呼。

胡国林、王志平等四个轮休的兄弟，听说是有雪豹，拿着照相机和望远镜跟过来了，人多胆壮，心有余悸的叶东胜也不怕了。他挥了挥手说："咱们一定要拍到雪豹，好给孩子和家人们看看。"

这时，奔跑的雪豹离他们将近有1公里，五个人悄然追了过去，离开500米的地方，用望远镜一看，那雪豹足有一张床那么长，像条小黄牛一样高，见人撵了上来，它便往雪山七撤退，与叶东胜他们的距离保持在500米之间，从一个山沟尾随至另一个山沟，但是雪豹就是不让他们近身，叶东胜只好望豹兴叹，悻然而归。

回到昆仑山下时，女儿两个月的暑假就要结束了，他将自己拍摄到的雪豹的照片给靖琦看，女儿高兴了好些天。

叶东胜在青藏高原上拍摄了3000多幅照片，铺架项目部党委副书记邹宗统觉得他花销不小，每个季度都要给他报销七八百元的胶卷冲扩费，支持力度很大。叶东胜的铺架队伍正一步步向唐古拉挺进，他说等四载青藏铁路落下帷幕，他要在咸阳城里举办一次青藏铁路风光和动物图片展。

神山灵物父女缘，跃然青藏间。

藏羚羊轻灵跃过莽原

楚玛尔河的六月飞雪渐渐停了下来。

2002年6月2日日暮黄昏，奄奄一息的太阳坠落到地平线上了，云罅中闪烁着柔和的余晖，西边的天幕像从一个瓶子中倒出来的番茄酱，染成一片柔红。

中铁十二局青藏指挥部七项目部书记邬泽满坐着越野车上了路基，楚玛尔莽原上飘浮着几缕暮霭岚烟，天穹仍然透亮，极目远眺，极地之处，莽原与云天接在一起。驾车的张师傅眼观八方，突然发现路基以东的地平线上，碎霞中飘动着一片浮云，或成点点浮光，或为簇簇红柳，或像天马横空，像湖水一样漶漫着，隐隐约约，朝着路基方向涌动。

"邬书记，你瞧，那是什么，像涨潮的湖水漫过来了。"张师傅惊呼着，一脚将车踩住了。

邬泽满的头朝挡风玻璃处伸了伸，远眺荒原，只见那片浮云，那片潮水，拥簇着，渐次放大，从遥远的地平线上漫向了路基，让人看得有点眩目，他边看边吩咐道："张师傅，调头，回项目部拿望远镜。"

吉普车追逐着晚霞绝尘而去。

一会儿的工夫，邬泽满重又站到了路基之上，调清望远镜的焦距，朝着远方那片浮云遥望，千万只藏羚羊云积成黑压压的一片，每只藏羚羊都没有角，屁股一片白色，像片片白云在流动，领头的几只藏羚羊如尖兵伸向远方，如潮汐一样涌了过来，又调头回去，彷徨着，试探着，来来回回，向路基靠近一点儿，又惊惶地退了回去，熙熙攘攘，反反复复，任意张望，犹如一只只惊弓之鸟，遇有风吹草动，便逃之夭夭。

"是产崽的藏羚羊，清一色的母羊，有近万只之多啊！"邬泽满感叹道。

张师傅接过邬书记手中的望远镜一看，惊呼道："天啦，有这么多啊，全都是白屁股，怎么这么胆小，来来回回横着跑，朝前啊！"

张师傅的自言自语提醒了邬泽满，他立即回去给中铁十二局青藏指挥部余绍水打电话，说有几千只藏羚羊，堵在铁路路基的东边，焦急地张望，很慌乱，不知怎么回事。

"我们不是预留了藏羚羊通道了吗？"余绍水询问道。

"可这些小精灵不敢过呀！"邬泽满答道。

"你们守在那里，我马上赶过来。"余绍水叮咛道。

邸建玄总工也给局指党工委副书记师加明打电话，让他过来看看。

一会儿，中铁十二局青藏铁路指挥部的领导纷纷赶到了楚玛尔河的路基之上，身材魁梧的余绍水跳下车来，风风火火地走到路基边缘上，问道："藏羚羊在哪？"

邬泽满朝着一指："就在前边！"

余绍水接过部下递过来的望远镜，只见近万只母藏羚羊去意彷徨，潮水般地堵在路基一侧，踯躅不前，远眺黄昏下奇特壮观的影像，一向干练果断的他也坠入云里雾里，迷惑不解。他转身对身边的七项目部经理李庆光说："这里的施工暂时别停，我到索郎达杰保护站询问情况，究竟是怎么回事。"

余绍水驱车朝离七项目部不远的可可西里索郎达杰保护站驶去，恰好保护站里的藏族达吉·戈玛才旦在值班，已经是老熟人了，余绍水率领的队伍一到可可西里就拜访过他们，还捐了数万元钱帮他们安装了卫星电视转播台。未经寒暄，余绍水便向他们反映在路基的东边有大批的藏羚羊，不知怎么回事。

"啊哟，是藏羚羊要从这里通过，到卓乃湖去产崽。"达吉·戈玛才旦解释道，"每年这个季节，它们都从东边新疆的太阳湖而来，往西到卓乃湖旁，这是一条长途迁徙的通道。有几千里之远啊。"

余绍水不解，问为何从东到西跑这么远去产崽。

达吉·戈玛才旦解释道，藏羚羊从扎陵湖到卓乃湖的千里产崽通道，是一个亿万年形成的生物链，从喜马拉雅山造山运动形成时，就存在了。藏羚羊主要栖身地是青海的南部、西藏北部和新疆西部海拔 3000 至 5000 米的荒原上，上个世纪初有百万头之多，体形优美，身姿敏捷，时速可达每小时 80 公里。但自从上个世纪 80 年代，欧美贵妇人竞相追逐以藏羚羊绒做成的"沙图什"披肩后，一条价值几十万美元，它便成了猎杀的对象。如今已锐减到了五万头。但是它们仍然执着从青海南部和藏北的扎陵湖一带，往可可西里腹地的卓乃湖产崽，迁徙的途中，恰好是春天交配的季节，一场嬉戏的追逐过后，怀胎的藏羚羊腹部渐次地隆起，就像怀孕的母亲去医院分娩一样，卓乃湖却是最好的产崽之地，因为卓乃湖的水和周围的草乃至土壤含有丰富的维生素和盐分，母藏羚羊吃了草，喝了湖水后，特别下奶，供幼仔吃绰绰有余，由于奶水过剩，雌藏羚羊浑身难受，就在草地上打滚，奶水四溢，饱胀感消失后，藏羚羊也就舒服了，但是遗落在萋萋芳草的奶水和羊膻味，引来各色各样的群鸟和别的动物，它们将藏羚羊的奶视为最美的佳肴，鸟粪和动物的粪便，又使卓乃湖的青草长得极其茂盛，成了产崽期间藏羚羊的主要食粮。这种由藏羚羊产崽所引起的鸟与其他动物的生物链，千万年间轮回传承，万千年亘古不变，其中任何一个环节断裂，物种就会灭绝，人类生存的生态环境也将最终毁灭。

余绍水点了点头，终于明白藏羚羊在路基以东驻足不前，原来穿越可可西里腹地是它们每年夏天必经之途，青藏铁路在楚玛尔河设置动物通道时，考虑更多的是藏野驴、灰狐狸和棕熊，未曾想到楚玛尔河才是藏羚羊的唯一通道。沉默了片刻，余绍水问达吉·戈玛才旦，为何藏羚羊不敢逾越路基。

"这种情况，我们也是第一次碰到。"达吉·戈玛才旦颇觉茫然。

"跟我们到现场看看，一起想办法。"余绍水邀请达吉·戈玛才旦和他的同事们一起上了七项目的路基。

达吉·戈玛才旦接过望远镜一看，惊呼道："尽是白屁股，都是母藏羚羊，瞧，肚子都隆起来了。"

余绍水感到会不会是彩旗的问题，立即通知工地所有的人员，拔掉路基跟前所有便道上的彩旗，藏羚羊朝路基方向靠近了 300 至 400 米，又踌躇不前。

"怎么回事，这藏羚羊到底怎么回事，为何这样胆小。"余绍水有些焦虑不安了。

"余指挥长，我有句话不知该说不该说。"达吉·戈玛才旦突然走到余绍水身边。

"请不妨讲来，只要能让藏羚羊顺利通过。"余绍水心胸宽阔地说道。

"恕我直言！"达吉·戈玛才旦坦陈了自己的忧虑，"可能是你们施工的机械轰鸣声，让藏羚羊有恐惧感。"

"哦！"余绍水沉默了，达吉·戈玛才旦的一句话让他有点进退两难。他挥了挥手，说，"先回去吃饭，总能想出一个万全之策。"

余绍水虽然人回到了中铁十二局的指挥部，可心仍然牵挂在藏羚羊迁徙的通道之上。停工，这两个字却有千钧之重压在他的心上，停多长时间藏羚羊才能越过路基，青藏铁路可是工期为上的，每天的时间都是倒计时，停工影响了工期，这可是他这个指挥长吃不了兜着走的，再说，六七个项目部都横在楚玛尔河通道上，一停工，两个经理部加在一起近2000人。一天损失就达到1200万，这可是一件棘手的事情啊。

吃过晚饭，天还未黑下来，楚玛尔荒原上一片寂静，暮色将至，西边遥远的地平线上燃烧的金帐缓缓垂下，黑夜将临。余绍水又叫上公安处长，驾车上了七项目部的路基，让司机熄火关了车灯，一个人在路基上看，藏羚羊仍然在离路基不远处徘徊，就像一个个欲去医院分娩的母亲，走投无路，灰蒙蒙的一片在流动，渐渐地被黑暗吞噬，它们会在夜的冷风中伫立多久？此刻，黑夜拉长了一个巨大的问号，在叩问他的心扉，停工，还是不停工？到底要停多少时间，如果他一旦下了停工的命令，两个项目部经济损失最终又让谁来补。但是夜风之中，却飘来了藏羚羊凄怆的咩叫，这叫声突然唤醒了一个铁血男儿的柔情世界。

余绍水几乎是夜里11点才回到了指挥部，他对办公室主任说，马上通知六、七项目部的经理和书记来局指开会。

办公室主任一愣，知道余指挥长已经下了停工的最后决心了。

晚上11点多钟，六项目部经理孙永刚、书记王电锁，七项目部经理李庆光、书记邬泽满先后走进了会议室。局指总工邸建玄，党工委副书记师加明，一位副总工师和管环保的处长全部到会。看大家落座后，余绍水马上拍板，掷地有声说了一句话："六七两个项目部全部停工！给藏羚羊让道！"

望着指挥长，所有的人都怔住了。

"这个决心下得很痛苦，很悲壮！"余绍水说，"我站在路基看了半天，看到藏羚羊跑过去，返回来，就是不敢逾越路基的痛苦样子，心里实在不忍心，这可是天堂里的精灵啊，就像一个个孕妇要到医院生孩子，被红灯挡了，这是对生命的亵渎，太残酷了。达吉·戈玛才旦说得好啊，这不单纯是一个藏羚羊产崽的通道问题，而是动物与自然，自然与人类的一个千年万年的生物链。大家想想，如果藏羚羊的产崽之道阻塞了，物种灭绝了，总有一天，人类也要遭到万劫不复，天上黄河，流过我们家门口的长江之水就会干涸。因此，无论多大的经济损失，我们十二局人担着。我宣布，从6月3日零时起，六项目部、七项目部工地上所有机械、人员全部撤下来，给藏羚羊让出通道。"

李庆光问了一句，正在打桥墩孔的"贝尔"旋挖钻也撤吗？

"不但旋挖钻撤！"余绍水斩钉截铁地说，"包括推土机、压路机、装载机、大型自卸机，统统撤下来，连彩旗也全部拔掉！"

会议散了，李庆光回到七项目部向全体职工宣布局指的决定，所有的职工都哭了，李庆光也跟着哭了。

6月3日凌晨四时，六七项目部工地上所有机械全都撤下来了，楚玛尔河20公里的地段内恢复了属于可可西里的亘古死寂。静得只有寒风的呼哨，掠过千古如斯的莽原。

第二天早晨，楚玛尔荒原上下了一场大雪。白茫茫的一片，伸向遥远的天边。党工委副书记师加明按余绍水的要求，带着各个项目部的书记，组成了保护藏羚羊巡逻队，戴着红袖标在藏羚羊通过的地方巡逻。师加明与两个人悄然潜伏在路基旁边的寒雪中，荒原上飞舞的狂雪将他掩埋了，与涩雪连为一体。早晨5点多钟，天蒙蒙亮了，也许是骤然消失的机器的轰鸣，让藏羚羊找回了惯有寂静，还是纷扬的飘雪掩埋了路基，曙色将至，只见一只领头的藏羚羊轻灵地爬上了路基，像一个侦察兵似的四处张望，觉得没有什么危险了，又悠然地走下去，与藏羚羊的王后窃窃私语。一会儿，几只游动的前哨上来了，战战兢兢，畏畏缩缩试探着爬过路基，向路西方向轻车熟路地走了下去，一拨又一拨的藏羚羊爬上了路基，眺望着前方穿越路基的前卫哨是否跌落陷阱，随后又反身踅了回去。

师加明将拳头擂在雪地上，差点喊出了声来："快过啊，藏羚羊！"

埋伏在一旁的一个警官说："师书记，我从后边去赶。"说着便跃身要起。

"兄弟，使不得，你一赶，就前功尽弃了！"师加明一把拽住了他的手。

三五成群，几只体壮胆大的藏羚羊又爬上来了，一只牵头，站在路基上转悠了一会儿，然后迅速地跃下了路基，朝着广袤的可可西里蹿了过去。

"一只、两只，三只，四只，五只……一群，两群……"那个警官分外激动，大声说，"师书记，过去了，过去了！"

"嘘！"师加明提醒他小声点。

中铁十二局整整停了7天工。数万只藏羚羊分成一个个酋长部落，在天麻麻亮的拂晓，在暮霭如潮的黄昏，悄然越过路基，向着可可西里腹地卓乃湖千里跃进。

摸清了藏羚羊过路基的时间，在接下的一周时间里，每当早晨6点至10点，晚上7点至10点，他们就将横穿楚玛尔河的青藏公路的车辆都挡住，所有上青藏的人都给藏羚羊让道。

到卓乃湖产崽的藏羚羊过去了，余绍水马上下昆仑山到了青藏总指，向卢春房总指挥建议，将楚玛尔河藏羚羊越过路基的斜坡，不像原先修得这么陡，改成阶梯样的，缓缓而上。

"好，绍水，这个建议好！"卢春房点头许诺，"马上让铁一院修改设计。"

一个多月，楚玛尔河路基上的斜坡，纷纷变缓了。

翌年的6月2日，中铁十二局在楚玛尔河的主体工程已落下了帷幕，只有零星的线下工程，但是余绍水仍然下了停工一周，给藏羚羊让道。

藏羚羊还会不会像去年那样在路基前犹豫不前，青藏总指指挥长卢春房专门从格尔木上山来，站在楚玛尔河畔，极目远望，只见这群天堂的精灵憧然跃过路基，向着卓乃湖轻灵而去，再没有了胆怯，再没有了彷徨。卢春房笑了！

西藏，一个前尘的约定

我正向苍莽青藏的终点站——日光城拉萨驶去。

不过，此刻我不是坐在驶向西藏的第一趟列车上，而是在走向圣城的青藏铁路的文学之旅之上。

北纬30度，这片人类最后的秘境，这块只属于太阳与月亮山神的雪域边地，总是有许许多多无法破译的地理之谜，宗教之谜，风情之谜，历史之谜。走向青藏，其实就是冥冥之中走近一种宗教，一份虔诚，一个境界，一片诱惑，一缕前尘。

我一直就被这种前尘的缘定诱惑着。今夜依然如此。我没有觉得自己身在皇城，只想着青藏的寒山暖月。

这是一种宿命，一种属于西藏的宿命。

记得2002年9月13日，我就是在与今晚一样的秋风明月之夜，手执着一张站台票，一张中国作家协会与铁道部联袂发给我的书写国家重点工程的站台票，登上了西行的列车，从北京的零公里出发，开始了历时三年的青藏铁路的采访和写作。也就从这一天起，我的耕耘的犁铧，我的感情的触点，就一刻也没有离开过西藏这块莽苍的芜野。从9月13日进入采访，一直等到10月中旬从拉萨回到北京，我将手中采访的素材暂时搁了下来，因为青藏铁路从破土动工到全线铺通，历时四载，正式运营，则需六载，我只有等待，唯有等待，在一种遥望青藏，仰望昆仑，仰望唐古拉的等待中，等待青藏铁路所有的参与者创造出一部与巍巍昆仑一样雄浑和悲壮的大作，然后，再用古老的方块字将其记载下来，刻成碑碣般的文字，镶嵌在地球隆起的城墙之上。

就在远远仰望的等待中，我从这年的10月20日动笔，截至2003年6月20日止，完成了一部历时八年采访，四进四出西藏的关于江山家国、关于金瓯地舆、关于边界战争的书，一部我十二载专业作家生涯中最看重的书——《麦克马洪线》，洋洋洒洒60万字，几乎耗尽我的所有才学、激情和体力。整整写了250天，从早晨7点坐到桌子前面壁电脑，直到第二天凌晨1时才入睡。天天如此，月月如斯，唯有大年初一为自己放了一天假，唯有生一场病打了三天点滴液医生给我放三天假。杀青之后，阴法唐中将审读后，平时不轻易夸耀下属的老人，居然破例写了一页纸的评语，说"非常翔实，非常有价值，非常有感情，制造了一枚重磅炸弹，必然在读者中引起强烈的反响与共鸣"。军事科学院著名的西藏问题专家王贵逐字逐句地审读校改后，说"这是近些年非虚构军事文学的一部巨著"，但是老首长与老专家的青睐，并没有促成书稿的出版，虽然六家出版社抢这部书搞，长江文艺出版社甚至开出了首印七万册的高印数，最终还是胎死腹中。在我们这片国土上，作家的著书立说往往会看作是代表国家发言，代表军队发言，正如写作之中就预见的结局一样，是完全可以坦然接受的。出版不出版，于我都已经不再重要，于我已无意义，重要的是我用这样一部书，终结了自己，也终结了别人，因为再没有可能有人写这部书了，甚至连我也觉得吃惊。

就在遥望的等待中，国家广电总局剧本中心张思涛主任鉴于我对西藏的谙熟，邀我和当时一起赴青藏铁路采访的龙冬写一部反映青藏铁路的电影剧本。很快我们在2003年元旦的钟声刚敲过的一周内，迅速拿出1万多字的提纲，剧本中心破天荒地为我们掏了房费。王迪、高尔纯等五位电影专家审评后，一致认为这个剧本提纲好，是对主旋律电影的一个突破。可是因了许多说不明道不白的原因，这个剧本又最终夭折，我也被稀里糊涂地搅进了一场唾沫横飞的旋涡里去，几近淹没。最后我才知道是因为我将主人公的身份写成了"海归"。可那毕竟是文学啊，虚构想象的文学艺术。我本可以转身离去，但我还是留下了来，为自己，为给中国作家协会一个承诺，为青藏铁路那些不为人知的普普通通劳动者，为一个永不了情的西藏的缘定，在2005年9月13日晚上完成了关于青藏铁路的这部书，没有任何的刻意，采访的时间与写作终止的时间竟如此契合，仅仅是因为我前定的西藏宿命。

人世间有许多事情是无法理喻的，可是唯独在西藏这片土地上，就可以找到注脚，可以用前尘的约定来诠释。

上个世纪90年代的第一个夏天，我刚从一场命运炼狱的冥界中浮了出来，便随着阴法唐中将第一次去西藏，由青藏公路入藏，从格尔木出发的日子是1990年7月19日早晨五点半，我作为替代秘书，就与阴法唐中将和夫人李国柱同坐一辆车，穿越极地。时隔十四年后的2004年9月30日，我单身一人在格尔木采访青藏铁路，83岁的阴法唐老人和夫人李国柱带着两个女儿进藏参加江孜抗英百年纪念，最后一次走青藏公路，为的是看一看他奔走了20多年的青藏铁路。令我惊愕的是，并非刻意安排，事先也未有过约定，接待也属于两个单位，可是我却与他们一家同住到了格尔木金轮宾馆的同一层楼上，相隔不到五个房间。翌日拂晓时分，我起床为老人上山送行，到西藏驻格尔木办事处前分手，合影留念时，昆仑山上的晓风圆月，恰好照在我命运的头顶之上。

又见昆仑月圆，两年采访两度中秋，我都是在昆仑山下度过的，却是一夜无眠。

第一个昆仑中秋之夜，是三上昆仑未逾，重返格尔木市。吃过晚饭后，早已忘却今夜中秋月圆，后来是一同上昆仑的广电总局剧本中心张思涛主任邀作家与剧作家一起喝茶赏月，才记起这个夜晚的圆月不再属于昆仑，而属于中国，属于千家万户。也许当晚喝茶太多，也许一天上下昆仑的车马之劳，心脏与脑袋却高转、旋转，凌晨3时许，仍无睡意，于是，趁着几分微醺，几分子夜阑珊，填词吟诗，给一位只有一面之缘的伊人发短信，因为其笔名竟然与昆仑山腹地，与铁路线下如火如荼的红柳同出一源。一个陌生人的短信，一个小时后，撑动波澜不惊，短信居然回复了，居然也是一首精致的长短词，由此引发了一段重续莲花宝座下的祈愿，也化作了都市里灵魂沉寂了欲望浮起来的彩虹，炫目的彩虹，横跨天穹短暂灿烂便永远消失的激情彩虹。

又见中秋是2004年9月28日，我又出现在昆仑山下，中秋月晕从昆仑关河的罩门中浮出来了，彩虹却不再，我看着中铁一局职工在南山口青藏铁路零公里处载歌载舞，一起欢度中秋。天上宫阙，我离天宫最近，那轮昆仑山下的中秋月，又圆又低，欲摘下来再赠人间，却手握一把月水苍凉，蓦然间十面凄寂，芃野无风，戈壁如海，明月照我情与何堪？！我陪着坐在我对面四位轨排航吊上的女工流尽最后一滴乡愁的泪水，也洗却了我的最后一点轻狂和浅薄。风花雪月，红尘诱惑，在这横空出世的莽昆仑之前，就显得渺小和矫情，虽然我不会再浓烈地抒发这种感激，却记下了今夜的感动。一个只有走过青藏高原的人，才会有的这种特殊感动。

这一年初冬的一个日暮黄昏，我又一次气沉丹田地坐到电脑前。在青藏铁路一书界面上敲下了"第一张站台票，走进西藏"的序篇。几天之后，中国人民大学邀请我去有关"西藏——美丽的家园"的讲座，有一位同学问我，你为何会一而再、再而三地走进西藏，我同样用前尘约定来解释这份西藏的情结和宿命。我告诉他因为到了西藏这块宗教的沃土，进藏一次人生会顺一次。如果你的命运之兆走了背字，如果你陷入人生的低谷，如果你在罹患了一场灾难走不出痛苦，快到西藏走一趟吧，回来了，就会一帆风顺了。

台下的学生一片愕然，我却峰回路转。说这不是在宣扬神秘文化，也不是唯心至上；而是当一个人走进西藏，直面青藏高原的雄浑博大，人的胸襟自然开阔了，天下小了，视野空阔辽远了，青藏高原矮了，人生的境界高了。直面一座座神山，一个个湖泊，浮躁之心就会沉静下来，冷静地去思考，仔细地去做事，每个环节都在掌握之中，每个细节都在预料之内，人生和事业岂不顺焉？！

学生给我报以热烈的掌声。

掌声响起，人在旅途，灵魂依然在边地，仍然在漫长的文学苦旅上跋涉，这部书其实是我专业写作生涯中最艰难的一次远行。不仅仅因为采访的艰辛，多数的采访都是在大脑缺氧迟钝的地方进行的，前前后后采访了300多人，混沌地记下了厚厚的五大本笔记本。等这些采访本将最终合上的时候，我一直对自己写作的激情、才情，差点在青藏铁路线废了武功而记忆犹新。如果不是中国作协的陈建功书记、孙德全主任、陈新增先生、赵宁女士等人的全力支持，将本书列为中国作协的重点扶持作品；如果不是江西出版集团副总经理周榕芳和关小群社长、郑骏主任的热情大方相待，在我刚从青藏铁路第一次采访回来就签下了出版合同；如果不是铁道部孙永福副部长欣然接受采访；如果不是当时在青藏铁路建设领导小组办公室工作过的唐璐女士的仗义和侠气，积极协调，帮我及时联络上了铁道部卢春房副部长和青藏铁路有限公司党委书记兼指挥长黄弟福先生；如果不是铁道部宣传部王勇平部长的鼎力支持，我不知道自己是否会坚持下来，写到最后。但也有遗憾，我一直想联系采访铁道部当时的负责人，终因各种原因，未能如愿。当然，更要感谢我鲁院的同学梅卓，她从遥远的青海湖边给我寄来了陈小平先生的学术著作《唐蕃古道》，帮我理清了唐蕃古道的走向，叩响了走进雪域天国的门环。

终章的休止符，已在我孤独的周遭戛然落下，沉睡的十里长街上，又碾过车轮的轰鸣，划破了秋夜的静寂，可是今夜我没有睡去。冷山千重我独行，仍然在走向圣城的途中。

我总也忘却不了当雄草原上一个叫乌马塘的地方，往下行数公里，矗立着八座经塔，已在岁月的雪风中伫立了千百年。我三次从它身边匆匆掠过，三次停车下来拜谒，西方不少冒险家历尽九九八十一难，到了这八座经塔前，被噶厦的政府的藏兵给堵了回去。一位荷兰传教士的妻子甚至将婴儿生在这里，埋在了这里。我曾悄然撕下一幡印有经文的最古老的祈祷旗悄然带回北京，送给了一位以为可托灵魂的人，最终却是一场空，一场梦；我悄然地捡了块刻成六字真言的玛尼石，迢迢万里带回去云南，敬赠给妈妈，却被她送到寺庙里，祈祷今生今世的平安。

然而，等我2004年第三次路过经塔时，却意外地发现，八座经塔轰然坍塌了一座，这意味着什么，又昭告着什么呢？！我说不清楚。没有答案。神秘之境似乎许多事情都无答，无言亦无语。一缕雪风吹过，风吹无尘，往事随风而逝，唯有现在。

无语上天堂，却有一双慧眼注视万千众生。从九子纳的经塔再往下走，却是当雄草原上最大的一个经幡群，它背后仰躺着念青唐古拉的神峰女神，肆无忌惮地躺在那里。偶尔美丽的身段会被雪雾涌起，披上厚厚的云裳，但是如若心诚，如若与山神有缘，在云雾缭绕之中偶露婆娑，仰望其横卧在山巅上女神胴体的诡秘的部位，其美丽性感指数之高，让天下进藏的朝圣客激动不已，纷纷站在经幡下照相留影。这时卖经幡的妇女会一拥而上，牵着牦牛照相的男孩，也会很烦人走近你的身边，当游客挥手将他们轰走时，他会因为得不到小费而暴躁万分。我的忧虑也油然而生。如果有朝一日，火车开通了，朝圣的游人大量涌进，千古的肃穆和寂静，被都市的喧嚣划破了，何处再去寻这一方宁静和悠远？！

我们一路下坡地往下走，只见当雄草原一条小河蜿蜒流过，在偌大的草原上拐过九曲十八弯，犹如天上黄河飞流而下在青青的牧场上。这时一个叫央宗的牧羊少女，手执着乌朵走过来了，身边跟着一位比她大的牧童，宽大陈旧的藏袄藏尽女孩的倾城美丽，包裹着头巾仍脱不了一脸的稚气。我接过她手中羊毛织成的乌朵，可装上石头准确地抛出很远，放牧赶羊，却有一股强烈的羊膻味让人有窒息之感。站在一旁的中国青年出版社文学中心副主任龙冬鼓动我买，说这乌朵。就是当年王洛宾掀起你的盖头来，被头人的女儿狠狠抽过一鞭的乌朵啊，小小鞭子抽在身上，小小鞭子抽在心上，带回去送你一个可心的人吧。我真的如其所说，掏了20元递给牧羊少女央宗，看着她纯朴地朝我一笑，与我站在一起合影时，喜悦的挽歌也随之而起。这个小姑娘会不会因将来大量的游人涌来完全被商品化了这一份纯真？！

我的担忧并非杞人忧天。

经幡迎风飘荡，经幡如魂。过羊八井，进入堆龙德庆县。我正一步步往拉萨城走近。

那次在人民大学，突然有学生问我，你已经走过三趟青藏公路了，还会再去第四趟、第五趟吗。我说穿越青藏苍茫，再上青藏公路，如果要有第四次的话，那便是四四如意了。除了陪着我的夫人和女儿来，我再也没有再上天路的理由了，也许，我是不会再来了。

一条穿越莽苍的青藏铁道搭成的天梯，将人间与天堂连接在一起，成了我前世今生的前尘的约定。

我还会再来吗，雪域天堂？！

2004 年 11 月 20 日至 2005 年 9 月 14 日凌晨 5 点 30 分
于北京南礼士路寓所